요크

요크

Yolk

최현경 지음, **박아람** 옮김

일러두기

* 모든 각주는 옮긴이 주다.

* 본문은 현행 한글맞춤법과 외래어표기법에 따랐으나
  두루 쓰이는 표현은 허용했다.

* 본문 내 나오는 단행본과 영화 중 국내에 번역된 작품이
  있는 경우 국역된 제목을 따라 표기했다.

* 단행본은 『 』, 잡지와 일간지는 《 》,
  영화, 드라마, TV 프로그램, 노래 제목은 〈 〉로 표기했다.

* 원서에서 이탤릭체로 강조한 부분은 고딕체로,
  한글을 영어로 음차 표기한 부분은 볼드체로 표기했다.

먼저 태어나준 마이크에게 이 책을 바칩니다.

이 책은 식이 장애와 신체 이형 장애, 폭식증을 겪은

나의 과거가 담긴 픽션입니다.

신체상과 음식 때문에 힘들어하는 독자에게는

이 책이 감정적 고통을 일으킬지도 모릅니다.

자신에게 너그러워지세요. 예민하다는 건 굉장한 능력입니다.

그리고 이 세상에 흉측한 몸은 없다는 점을 명심하세요.

정말이에요. 공간을 차지하는 건 당신의 타고난 권리입니다.

– 사랑을 담아, 메리가

둘러댈 수도 있었어.
그게 좋다고,
저게 좋다고 할 수도 있었지.
– 빌리 아일리시

이 책에 대한 찬사

섬세한 통찰력과 감동으로 당신을 놀라게 할 책.

《엔터테인먼트 위클리》

최현경은 젊은이들이 세상을 살아가는 관점과 그들의 광적이고 울림 어린 목소리를 명민하게 포착하는 재주가 있다.

《콘데 나스트 트래블러》

정교한 구성에 넘치는 통찰력. (…) 문화적 정체성, 육체와 정신 건강, 형제애에 관한 사적인 감정 서사가 눈길을 끈다.

《퍼블리셔스 위클리》

제인과 준 백의 다면적인 이야기가 마음을 울리며 여운을 남긴다. (…) 개인적, 문화적, 지리적인 측면에서 최현경의 개방성이 스토리를 매끈하고 내적으로 능숙하게 풀어가게 해줬다. 글은 쭉 자신감이 넘치고 대화는 민첩하게 오가며, 심지어 그녀의 고통까지 제인의 고군분투를 통해 지독히도 잘 전달된다.

《쉘프 어웨어니스 프로》

이 애절한 이야기는 자매애라는 명목으로 평생 이어질 자기희생이라는 문제를 부각한다. 강렬하고 노골적이면서도 탄탄한 구성이 느껴진다.

《커커스 리뷰》

최현경은 영 어덜트 소설의 영역을 확장하고 있다.

《북리스트》

추천사

비틀대면서도 씩씩하게 걸어가는 '미친' 사람들

　정체성의 혼란과 사회적 갈등, 그에 따른 외로움은 이민자와 그 2세들만의 문제가 아니다. 우리는 모두 '세상'이라는 차갑고 냉정한 곳에 겁 없이 닻을 내린 이방인에 불과하다.

　삶이란 결국 내가 누구인지 끊임없이 자문하는 시간이다. 그 답을 찾아가는 과정이라 해도 과언이 아니다. 우리는 어떻게든 '세상'에 자신을 증명하고, 타인으로부터 '나'를 확인받기를 소망한다.

　그 분투 속에서 때론 잘못된 공식에 엉뚱한 상황을 대입해 넣기도 한다. 그렇게 계획에도 없는, 전혀 상상하지 못한 결과와 마주한다.

　하지만 종국에는 알게 된다. 그것도 하나의 '해답'이라는 사실을. 어느 날 마치 마법처럼, 삶에 명확한 공식도 정답도 없다는, 가장 완벽한 '진리'를 깨닫는 순간이 온다.

비록 그렇다 한들 그 성찰을 통해 앞으로의 삶이 아무 문제 없이 평탄해지리라고는 절대 기대할 수 없다. 우리는 여전히 엉뚱한 공식에 나를 대입해 볼 것이며 그 과정에서 계획하지 않은, 어쩌면 가장 걱정했던 최악의 결과와 마주할지도 모른다. 후회와 눈물, 자책과 비탄, 그로 인한 성장의 반복이 삶이라는 걸 알게 된다.

책장을 넘기기 무섭게 제인은 우리를 뉴욕 한복판으로 거침없이 끌고 간다. 그곳에서 살아가는 한국계 미국인 2세들의 삶을 아무런 필터 없이 날것 그대로 보여준다.

우리는 마치 제인과 함께 뉴욕 거리를 걷고, 마트에서 식료품을 사며 시끌벅적한 바에서 술에 취한 듯 몽롱한 기분에 사로잡힌다.

그러나 제인의 삶을 따라갈수록 뉴욕이라는 공간적 배경과 한국계 미국인이라는 현실이 전혀 새롭거나 낯설게 다가오지 않는다. 그 이유는 혹여 (제인으로 살아가는) 지영이 경험하고 아파하며 자책하는 순간과 서툰 사랑의 반복이, 우리에게도 너무 익숙하기 때문이 아닐까.

내면이 아닌 외부로부터, 볼 수 있는 뭔가가 아닌 보여지는 어떤 것으로부터 나를 찾으려는 노력은 단순히 어떤 환경과 특수한 상황의 문제가 아니다.

"미쳐"는 제인과 준 두 자매가 입버릇처럼 내뱉는 말이다. 우리는 모두 '미치지 않고서야 그때 왜 그랬을까?' 싶은, 떠올리기조차 괴로운 삶의 악몽(?)들이 한두 개쯤은 있다. 그 뜻은 다시 말해, 인간이라면 누구나 필연적으로 그 "미쳐"의 순간을 지나올 수밖에 없다는 의미다. 그리고 그 운명적 어리석음과 실수를 인정할 때 비로소 자유로워지고 스스로를 조금 더 따뜻한 시선으로 바라볼 수 있게 된다.

이 작품은 그 과정을 아주 상세히 그리고 적나라하게 보여준다. 덕분에 우리는 공감할 수밖에 없다. '세상'이라는 길 위에서 휘청이는 사람들에게 제인은 말한다. "당신만 비틀거리는 거 절대 아닙니다. 그냥 계속 걸어가면 됩니다." 마지막 책장을 덮었을 때 따뜻한 안도를 느낄 수 있다. 제인은 우리가 지나온 한순간, 앞으로 다가올 어디쯤 서 있다. 그녀는 그 어떤 사람과도 친구가 될 수 있는 진실한 존재임이 틀림없다. 나 역시 이 작품을 통해 제인을 만나게 돼 더없이 반갑고 기쁘다.

— 소설가 이희영

차례

1장

　다른 곳으로 주의를 돌리면, 그리고 목구멍 안쪽에 단단히 힘을 주면 가까스로 그를 지울 수도 있다. 그, 제러미. 쉴 새 없이 떠드는 제러미. 내 전 남자 친구. 지금 다른 여자가 앉아 있는 카페 의자 등받이에 팔을 두르고 있는 그. 여자는 놀랍도록 예쁘다. 희고 말랐다. 안쓰러울 만큼. 연보랏빛 머리카락엔 윤기가 흐르고 눈은 크고 맑다. 이름은 래. 그녀가 차고 큰 손을 내밀 때 나도 모르게 그녀의 얼굴에서 성형수술의 흔적을 찾아본다. 눈꺼풀, 입술, 코끝. 부츠는 아주 긴 끈이 달린 앤 드뮐미스터* 제품이고 낡은 듯 보이는 남성용 재킷은 꼼 데 가르송 제품이다.

　"부츠 예쁘네요."

　내가 말한다. 내가 그 브랜드를 안다는 걸 과시하려 했는데 막

＊　벨기에 디자이너 브랜드

상 얘기하고 나니 왜 그랬나 싶다. 기가 죽어 숨이 막힐 지경이다. 그녀가 너그럽고 다정한 미소를 짓자 더 착잡해진다. 이 여자는 내 앞에서 전혀 기가 죽지 않았다.

"여기서 샀어요."

그녀가 완벽한 영어로 내게 말한다. 나는 **여기**가 어디인지 묻지 않는다.

제러미는 내가 다른 여자들을 너무 신경 쓴다고 한다. 그 말이 옳을지도 모른다. 하지만 예전에 누군가 제러미는 나에게 인간 코카인 같은 존재라고 했었다. 그 말도 분명 맞는 말이었다.

"당황스럽지."

그는 몸서리를 치며 미끈거리는 입을 검은 냅킨으로 톡톡 두드린다. 이곳 레옹에서 온전한 식사를 하는 사람은 제러미뿐이다. 코코뱅.* 나는 익힌 양파 냄새를 한껏 들이마신다. 불에 그슬린, 지독히 달콤한 냄새.

"뉴욕에서 망한 게 다 알려져서 '이사'까지 해야 하는 상황을 상상할 수 있겠어?"

그는 '이사' 부분에서 움씰거리며 손으로 따옴표 표시를 만든다. 사실, 이사라고 해봐야 뉴욕주 북부에서 메트로 노스 철도로 두세 정거장 떨어진 턱시도라는 도시로 옮긴 일을 말하는 것이다.

---

* 와인으로 요리한 프랑스식 닭 요리

그는 자신이 뉴욕 토박이라고 떠벌릴 때마다 이 사실을 숨기곤 한다.

나는 래를 지켜본다. 콧잔등을 살짝 찌푸린 채 자기 인스타그램 스토리에 필터를 넣고 있다. 다 마신 자신의 에스프레소 잔을 비스듬히 찍어 올렸다. 라탄 카페 의자에 깊숙이 등을 기대고 계속해서 그녀의 프로필을 훔쳐본다. 코앞에서 이런 짓을 할 수 있는 건 프라이버시 필름을 붙인 덕분이다.

'핫한' 여자들의 인스타그램이 흔히 그렇듯 그녀의 피드에도 수수께끼 같은 사진들이 가득하다. 밀가루가 흩뿌려진 대리석 표면에 놓인 스콘 조각들, 파티 드레스를 입고 들판에 서 있는 자기 모습, 필름 카메라로 거울에 비친 자신을 찍고 있는 자기 모습.

좀 더 내려가 보니 래가 흰 블라우스와 검은 모자, 가운 차림으로 빙긋 웃고 있는 사진이 나타난다. 분위기가 사뭇 다르다. 그 아래 글을 보는 순간 나는 눈을 감는다. 시간이 필요하다. 어째서인지 글을 온전히 이해하기도 전에 느낌으로 알아차렸다. 그녀는 옥스퍼드대를 졸업했다. 그 사진의 설명이 대부분 한국어라는 사실에 나는 무너져 내린다. 그녀는 나와 비슷하지만 나보다 훨씬 나은 여자다.

삶의 의지가 내 피부를 뚫고 나와 허공으로 사라진다. 지금 나는 강의를 듣고 있어야 한다. 예전에 계산해 본 적 있는데 월수금 강의는 47달러다. 방세를 포함하지 않은 액수다. 이 도시에서 방

세까지 합산하면 가격은 천정부지로 올라간다.

"저기요."

제러미가 지나가는 직원을 불러 세운다. 짱짱한 곱슬머리의 통통한 흑인 여자가 음식이 잔뜩 놓인 쟁반을 두 팔로 든 채 우리 쪽을 돌아본다.

"여기 **깨끗한** 물 한 잔만 갖다 줄래요?"

제러미는 얼룩덜룩한 자기 잔을 조명에 들어 올리며 말한다.

"알았어요."

여자는 이를 악물고 대꾸한다. 눈을 찌푸리며 고개를 끄덕이는 모습을 보니 머릿속으론 제러미의 목을 조르고 있는 게 분명하다.

"여기 담당이 아니잖아."

그녀가 가고 나자 내가 속삭인다. 식당 집에서 자란 나는, 그래 봐야 푼돈을 받고 포장 음식을 파는 쇼핑센터 아시아 음식점이었지만, 어쨌든 그의 태도에 온몸이 오그라진다. 제러미는 그저 어깨를 으쓱할 뿐이다.

나는 래와 제러미의 머리 뒤에 걸린 좁다란 골동품 거울에 내 모습을 비춰본다. 분명히 오늘 아침보다 얼굴이 더 커졌다. 그리고 이제는 밑위가 긴 청바지의 허리 밴드가 뱃살을 파고들어 아랫배와 허벅지에 피가 돌지 않는다. 음부에서 심장 박동이 느껴진다. 무지근한 통증. 덕분에 잠시나마 거기에 정신이 쏠린다. 두 사람은 내가 오기 전에 내 얘기를 했을까?

가운데 놓인 공동의 감자튀김을 바라본다. 잇몸 뒤쪽에 침이 고인다. 나는 케첩에 약하다. 렌치 드레싱을 섞은 케첩은 더욱 유혹적이지만 그런 건 포기하도록 스스로를 단련했다. 래 같은 여자들은 절대 그러지 않을 거다. 아니, 어쩌면 그럴지도 모른다. 그렇다면 유난스럽거나 건강을 생각해서일 것이다.

래의 다리 굵기는 내 팔뚝과 비슷하다.

나는 공간을 둘러보며 미소를 짓는다. 이별을 그린 영화에 나올 법한 가볍고 따분한 미소. 나는 이곳을 사랑한다. 버려진 70년대 프렌치 레스토랑이 다시 인기를 끌게 되리라고 누가 예상했겠는가. 하지만 제러미는 그런 재주를 가졌다. 다양한 거물들이 어디로 옮겨 다니는지 파악하는 재주. 거기에 더해 관광객들을 제치고 여직원 오니를 꾀어 우리를 북적거리는 바 안쪽의 한적한 자리로 안내하게 하는 것도 그의 특기다.

언젠가는 나도 얼굴이 뜨거워질 만큼 부끄러워하지 않고 뉴욕의 식당에서 혼자 식사를 할 거다.

"나 얘 키워야겠다. 그렇죠?"

래가 감자튀김 하나를 입으로 들어 올리며 불쑥 말한다. 그것을 씹는 그녀의 관자놀이에서 힘줄이 고동친다. 그녀는 내게 바싹 몸을 기울이더니 포메라니안 강아지를 보여준다.

"유기견을 키우려 했는데, 얘 좀 봐요."

그녀는 엄지손가락으로 사진을 쓰다듬으며 다시 말한다.

"너무 갖고 싶다."

제러미를 흘끗 보니 포크를 입으로 갖다 대다가 잠시 멈췄다.

"우리 그거 몇 시지?"

그가 래에게 묻는다.

"뭐?"

나는 생각하지도 않고 덥석 묻는다.

래의 시선이 제러미에게로 급히 향했다가 나에게로 돌아온다.

그들은 내 물음을 허공에 띄워놓는다. 마치 냄새처럼.

나는 퍼뜩 정신을 차리고 어색하게 웃으며 말한다.

"아니야, 걱정 마. 나 약속 있어."

"안 돼. 같이 가요!"

래가 내 팔뚝을 힘주어 잡으며 소리친다. 그러더니 머쓱한 듯 웃으면서 다시 말한다.

"어머, 내가 좀 과했죠? 그냥 친한 친구 집에서 친한 사람들 몇 명이 모이기로 했어요. 안전한 곳이에요. 친구들한테 괜찮은지 먼저 물어볼게요."

그녀는 의미심장하게 미간을 좁히더니 손바닥을 펼쳐 내 다리를 잡는다.

"그런데 혹시 안 된다고 해도 싫어서 그러는 건 아니니까 기분 나쁘게 생각하지 마요."

그녀의 친구들은 전부 요정 같을 테니 가봐야 주눅만 들 게 분명하다. 내가 말한다.

"정말 좀 이따 가야 해요."

제러미가 자기 접시를 밀어놓는다. 나는 그가 부탁하기도 전에 그에게 내 물을 건넨다. 그의 시선은 나를 지나 주위의 모든 사람을 훑는다. 파티의 눈. 빛나는, 강렬한 눈. 말을 걸 누군가를 찾아 헤매는 눈. 나는 알고 있다. 나 역시 바로 그런 이유로 뉴욕을 사랑하니까. 이곳의 문화. 활력. 시의성. 타닥타닥 타오르는 기회의 불빛. 처음 만났을 때 나는 그의 이런 면이 가장 좋았다. 언뜻언뜻 빛나는, 굶주린 모습. 자석처럼 사람을 끌어당기는 그의 힘은 전염성이 강했다. 특히 그가 자신의 원대한 포부에 관해 떠들어댈 때. 그럴 때면 그와 한 팀이 된 기분이 들었다.

그가 선글라스를 벗어 내 냅킨으로 닦는다. 얼마 전까지만 해도 내게 그는 아름다운 사람이었다. 한편으로는 훤칠한 키 때문이었다. 뉴욕 기준이 아니라 객관적으로도 큰 편이다. 180센티미터가 넘으니까. 하지만 나를 끌어당긴 건 그의 야망이었다. 나는 그처럼 말이 빠른 사람을 본 적이 없다. 놀라웠다. 하지만 이제는 나도 보통 사람과 똑같은 눈으로 그를 본다. 노란빛이 섞인 금발과 이목구비를 흐릿하게 만드는, 그렇지 않아도 뭉툭한 턱선을 더 모호하게 만드는 피부색.

그러다가도 그가 뉴욕의 정신이 깃든 매력적인 얘기를 늘어놓으면 그를 놓기가 두려워진다. 게다가 그는 수많은 사람을 알고 지낸다. 모델에서부터 술집 앞을 지키는 사내들까지. 예전에 집으로 마리화나를 주문했는데 배달한 사람이 그와 함께 농구 하던 친구였다. 그들이 서로를 주먹으로 툭툭 치는 모습을 보고 나는 질투가 나서 말문이 막힐 지경이었다. 이따금 제러미는 나를 자기 친구들에게 소개하기도 하지만 딱히 도움이 되지 않는다. 그들의 눈은 금세 내게 흥미를 잃고 만다.

제러미는 자칭 시인이다. 그리고 공연 예술가. 하지만 어느 쪽도 그에겐 딱히 의미가 없다. 둘을 합치면 더더욱 그렇다. 평소에 그는 주로 문예지에 노력을 쏟는다. 그 문예지의 디자인은 내가 맡고 있지만 나는 그 문예지를 실물로 본 적이 없다. 짧게 소개하자면 그는 이스트 브로드웨이에 있는 클란데스티노라는 술집 바텐더다. 그가 내게 빚진 돈이 얼마인지는 생각하지 않으려 한다. 그리고 몇 달 동안 나와 침대를 함께 쓰다가 말았다는 사실도.

내가 그를 미워하지 않을 때가 있다면 그가 나에게 화를 낼 때뿐이다.

"집에 가느니 차라리 죽을래."

나는 딱히 누구에게랄 것도 없이 말한다.

2장

"금방 올게."

나는 자리에서 일어나 지갑을 들고 바 주위의 사람들을 비집으며 나아간다. 침을 꿀꺽 삼킨다. 배가 꼿꼿해진다. 나 자신이 너무도 순진하고 바보 같다. 말할 수 없이 슬프다. 막연히 제러미와 데이트 비슷한 걸 하게 되겠거니 생각하고 옷을 차려입었는데, 이제 그런 건 잊어야 한다.

"마이크."

나는 고개를 살짝 들어 바텐더에게 인사를 건넨다. 바텐더 마이크는 날렵하게 다듬은 콧수염과 문신이 더 많다는 점을 제외하면 묘하게도 제러미와 무척 닮았다.

"왔어요? 뭐 줄까요?"

제러미가 옆에 없는데도 나를 기억하다니 뭉클하다.

"보드카 소다. 싼 걸로요."

나는 늘 술을 따로 주문한다. 일행과 함께 주문해서 총액을 똑같이 나눠 낼 형편이 되지 않아서다.

"신분증 확인할게요."

내가 신분증을 건네자 그는 잔을 가득 채워준다.

"계산서 열어둘까요?"

"아뇨, 괜찮아요. 고마워요."

내가 대꾸하며 신용카드를 내민다.

그는 내게 김 서린 잔을 건넨다. 마음 한구석에서는 벌써 이 술이 진저리난다. 자리를 잡으려고 기다리는 연인들의 뾰족한 팔꿈치와 매서운 눈초리를 외면하고 선 자리에서 한 모금을 마신다. 독한 술이다. 그리고 아주 역하다. 바로 술기운이 돈다.

신용카드와 가짜 신분증을 주머니에 넣는다. 이름이 다르다는 걸아무도 알아채지 못하다니 기가 막힌다. 게다가 사진 속의 얼굴도내가 아닌데 말이다. 한편으론 나 같은 사람이 범죄자일 거라고는생각하지 않아서일 것이다. 검은 옷을 입은 동양인 예술학도. 하지만 다른 한편으론 내가 품고 있는 지독한 의심이 확인되기도 한다. 사람들이 나를 보지 않을지도 모른다는 의심. 아무도 나를 제대로 보지 않는다.

어느새 나는 웬 여자의 둥근 얼굴을 바라보고 있다. 그러다가문득 깨닫는다. 바 뒤쪽 거울 속에 그녀가 있다. 유령처럼. 일본 공포 영화처럼. 믿을 수 없는 현실에 웃음이 나오려 한다. 그녀는 사

람들을 비집고 나아가며 앞쪽 창가의 북적거리는 테이블들을 훑어
본다. 누군가를 찾고 있는 게 분명하다. 그녀가 거울 밖으로 나가
자 나는 고개를 돌리려다가 섬뜩한 생각에 멈칫한다. 그녀가 거기
없을지도 모른다. 입으로 손을 올려본다. 거울 속의 내 모습도 똑
같이 하는 걸 보니 현실이 틀림없다. 그녀가 다시 내게로 온다. 이
제 우리 둘 다 거울 속에 들어와 있지만 여전히 나는 그녀를 돌아
보지 않는다.

머리 스타일이 바뀌었다. 더 짧아졌지만 머리는 터무니없이 크
다. 동요에서 따온 우리의 이름 제인과 준을 모른다고 해도 우리는
너무도 분명한 자매다. 우리 둘 다 똑같이 머리가 크다.

집에서는 엄마가 준을 밀어내고 나자 내가 저절로 미끄러져 나
왔다는 농담을 듣곤 했다. 우리 사이의 터울은 2년이 넘는데도 말
이다. 보통 크기의 머리들은 마치 내 머리 주위의 궤도를 도는 행
성처럼 보인다. 그런데 언니 머리는 훨씬 더 크다. 다른 농담도 있
다. 예정일보다 11일 늦게, 5킬로그램 조금 넘게 태어난 준은 세상
에 나오기 싫었던 모양이라는. 내 언니는 애벌레에 붙어 부화한 뒤
태연하게 그 애벌레를 먹음으로써 자양분을 얻고 뻔뻔하게 그것
을 집으로 사용하는 기생충 알과 같다고, 그냥 내버려 뒀다면 준
은 계속 자라나서 엄마를 모자처럼 쓰고 다녔을 거라고 엄마 아빠
는 농담하곤 했다.

지난번 언니를 봤을 때 나는 숨었다. 그녀는 유니언 스퀘어에서

업타운*행 4호선으로 환승하려던 참이었다. 핸드폰에 코를 박고 있었고 무릎까지 내려오는 정장풍의 쥐색 원피스를 입은 모습이 나와는 전혀 어울릴 수 없는 사람 같았다.

그제야 나는 문득 깨닫는다. 언니는 나를 찾고 있는 것이다.

나는 벽에 등을 대고 서서 마치 파리지옥처럼 언니가 내게 오기를 기다린다. 테이블 쪽을 흘끗 살핀다. 래와 제러미는 둘 다 핸드폰을 보고 있다.

내가 팔을 잡자 언니는 화들짝 놀란다.

"여긴 왜 왔어?"

나는 화난 투로 속삭여 물으며 그녀를 카운터 뒤로 끌고 가 함께 숨는다. 내 언니는 거짓말을 할 만큼 어리석지 않다. 여긴 그녀의 활동 영역이 아니다. 나는 얼른 그녀의 행색을 훑어본다. 옷차림이 형편없다. 머리에는 '다파나 뮤추얼DARPANA MUTUAL'이라고 적힌 야구 모자를 썼다. 연회색 트렌치코트는 나도 본 적이 있는 옷이다. 하지만 그 안에 이상한 주황색 셔츠와 연회색 운동복 바지를 입고 군청색 고무 슬리퍼를 신었다.

"너 왜 강의 안 갔어?"

그녀는 내 손에서 팔을 흔들어 빼며 묻는다. 나는 코웃음을 친다.

---

* 뉴욕 맨해튼은 남북을 기준으로 크게 업타운과 미드타운, 다운타운으로 구분되며 동서는 이스트와 웨스트로 나눈다.

하나도 변하지 않았다. 거의 1년 만에 만난 동생에게 가장 먼저 한다는 말이 그거라니. 나도 지지 않는다.

"언니는 왜 회사 안 갔어? 그리고 그 옷차림은 뭐야?"

그녀가 정장이 아닌 다른 옷을 입은 건 몇 년 만에 처음 본다. 솔직히 말하면 마치 휴가 중인 시골 중국인을 보는 것 같다. 그 점이 가장 문제다. 나는 한 걸음 물러난다. 혹시라도 누군가 우리를 보고 있다면 우리가 일행이 아님을, 이 여자가 일방적으로 나를 찾아온 것임을 알리고 싶어서다.

"계속 전화했어."

언니가 말한다. 그녀의 눈이 내 손에 들린 잔을 보며 한심해하는 게 느껴진다. 나는 그 시선을 피하지 않은 채 길게 한 모금을 마신다.

"음성 메시지를 세 번이나 남겼어."

그녀가 말한다.

"몰랐어."

거짓말이다. 세 번 다 "전화해"라는 메시지였다.

"널 어떻게 믿을 수 있겠니?"

"그래서 스토킹이라도 한 거야?"

"그게 어떻게 스토킹이야?"

이제 인스타그램에 위치 정보를 태그하지 말아야겠다. 언니도 인스타그램을 한다는 사실을 잊고 있었다. 내가 마지막으로 본 피드는 핼러윈에 찍은 사진이었다. 〈유희왕〉의 옷차림을 한 모습. 나는 경악하며 그녀의 계정을 제한해 버렸다.

그녀는 거만하게 팔짱을 끼며 말한다.

"어차피 술이나 마시고 다닐 거였으면 그냥 샌안토니오 전문대에 갔어도 됐을 텐데."

한 대 때리고 싶은 마음이 굴뚝같지만 네 명의 무리가 우리를 바싹 지나쳐 가는 탓에 둘 다 벽으로 붙어 선다.

"대체 왜 왔어? 무슨 일이야?"

나는 화가 나서 묻는다. 잠시 고등학교 시절로 돌아간 것 같다. 아드레날린이 치솟는다. 나는 몸을 지탱하려 왼발을 뒤로 뺀다.

언니는 나를 밀거나 때리지 않고 그저 심호흡을 하며 눈을 피한다.

가슴이 서늘해진다.

"뭐야, 엄마한테 무슨 일 있어?"

내가 묻는다. 엄마가 죽은 거다. 틀림없다. 언니가 나를 찾아올 이유는 그것뿐이다. 그녀가 말한다.

"그런 거 아니야. 어쨌든 얘기 좀 하자."

"그러니까 얘기하라고. 그냥."

화난 내 말투가 내가 듣기에도 연극적이다. 취한 모양이다. 손에 든 잔이 어느새 비었다.

"요즘 어떻게 지내?"

그녀는 눈살을 찌푸리며 짐짓 걱정하는 표정으로 대화를 하려는 듯 묻는다.

"정말 이럴 거야?"

솔직히 그녀의 태도에 겁이 나기 시작한다. 우리는 이런 사이가
아니다.

그녀가 다시 말한다.

"알았어. 하지만 여기서 얘기하고 싶진 않아."

그녀는 내게로 손을 뻗는다. 나는 황급히 피하려다가 그녀의 손
톱에 맨팔을 긁힌다. 아프지 않은데도 나는 팔을 들어 올리며 원
망 섞인 눈으로 노려본다. 그렇게 서 있는 우리 사이에 분노가 고
동치듯 퍼져 나간다.

"내 친구들이 기다리거든."

나는 마치 노래하듯 말한다. 예전에도 이런 식으로 언니를 괴롭
혔다. 내가 더 인기가 많다는 사실을 과시하는 식으로. 그런 내가
싫다.

그녀가 말한다.

"엄마 일은 아니지만 중요한 일이야. 끝나면 문자 해. 차 보낼게."

"알았어."

내가 말한다.

자리에 돌아가 앉지만 제러미는 나를 보는 둥 마는 둥 한다.

"그건 복권 같은 거지 특권이 아니야. 백인이 백인으로 태어나게
해달라고 한 것도 아니잖아. 특히 요즘엔 더 그렇다고."

이런 대화에 다시 낀다는 게 너무도 괴롭다.

"문제는 인종이 아니라 계층이야. **이건** 사기라니까. 어째서 이젠 이성애자 백인 남자들이 문화와 동떨어진 것처럼 여기냐고?"

래는 자기 핸드폰에서 눈을 떼지 않은 채 말한다.

"우리, 지하철 J선 타면 될 것 같은데."

나는 외투와 가방을 집어 든다.

"난 그만 갈게……."

통로를 지나는데 화장실 문이 휙 열린다. '화장실'이라고 찍힌 얼룩덜룩한 유리판에 하마터면 얼굴을 맞을 뻔한다. 나는 그 안으로 들어가 문을 돌려 잠근다. 작은 화장실이다. 변기 하나와 구석에 반짝거리는 개수대 하나가 설치돼 있다. 관만 한 크기에 꽃무늬 벽지를 발랐고 변기 물을 내리는 손잡이는 체인이 달린 유럽식이다.

나는 이 도시의 화장실을 수집하고 있다. 화장실의 위치를 알아 두는 게 취미다. 첼시의 LGBT 센터 2층, 키스 해링의 벽화가 걸린 화장실. 영수증에 비밀번호가 찍혀 있는, 바워리가 홀푸즈 마켓의 푸드 코트 안쪽 화장실. 비디오 장치 예술을 공짜로 볼 수 있는, 뉴 뮤지엄 계단참의 아름다운 꽃무늬 타일 화장실. 이스트 빌리지 곳곳의 눅눅하고 허름한 아이리시 바들도 안전한 피난처이며 언제나 열려 있다. 정말 좋은 곳은 호텔 화장실과 몇몇 클럽의 화장실이다. 그런 곳은 바닥에서 천장까지 칸막이가 막혀 있어서 적당히 비밀을 지켜준다.

나는 소변을 보고 잠시 핸드폰을 들여다본다. 준을 기다리게 하기 위해서다.

우리가 앉았던 테이블을 흘끗 보니 아무도 없다.

밖으로 나오자 들어갈 때와는 다른 풍경이 펼쳐져 있다. 불빛이 어둑해졌고 점점 시끄러워지고 있다. 긴급한 분위기가 감돈다. 미드타운의 영화관에서 나와 초고층 빌딩들의 LED 조명을 마주할 때처럼 정신없는 느낌이다.

뉴욕은 복병 같다.

바깥은 마치 아이맥스 영화처럼 느껴진다.

특히 술 취한 뉴욕은 가관이다. 나는 술 취한 뉴욕을 사랑한다. 곳곳에 무한한 가능성이 숨어 있으니까. 도박을 하는 기분이 든다.

"준?"

운전사가 창문을 내리며 묻는다.

"맞아요."

내 이름은 준이 아니라 제인이라고 지적하지 않고 그냥 차에 오른다. 묵직한 분위기의 검정 SUV다. 어쩌다 업그레이드 차량이 배

차된 건지 아니면 준이 우버 블랙*만 이용하는 건지 모르겠다. 나는 잔뜩 술에 취해 정신이 나갔을 때 딱 한 번 다른 사람과 같이 타지 않기로 작정하고 우버 블랙을 이용한 적이 있다. 부자가 된 기분이었다. 다음 날 아침 우버 이용비로 80달러가 나간 걸 보고 울음을 터트렸다.

억울해. 차가 1번 애비뉴를 기어가다시피 달리는 사이 나는 생각한다. 뉴욕의 밤은 가족과 보내는 게 아니다. 하지만 몸을 기대고 색유리 너머를 내다보고 있자니 짜증이 가라앉는다. 내가 여기서 살고 있는 건 기적과도 같다.

이 도시는 온전히 전념하지 않는 사람은 모조리 쫓아낸다. 정말이지 집에 가느니 차라리 죽고 말겠다.

뉴욕에선 얼렁뚱땅 살 수가 없다. 여기선 세금을 내야 한다. 플라자 호텔에 사는 여섯 살짜리 말괄량이와 통했다면 엘로이즈가돼보는 것도 좋지만** 나의 로망은 따로 있다. 나는 첼시 호텔***을 사랑한다. 어릴 때 나는 텀블러****에서 데보라 해리와 패티 스미스, 바스키아, 댕 굿맨, 안나 수이, 마돈나가 자연스럽게 함께

---

* 차량 및 운전기사와 승객을 연결해 주는 미국의 우버 프로그램 가운데 '우버 블랙'은 고급 차량을 중계하는 서비스다.
** 플라자 호텔에 사는 여섯 살 소녀 엘로이즈의 이야기를 그려 텔레비전 영화로 제작되기도 한 케이 톰슨의 책 『엘로이즈』 시리즈를 말한다.
*** 플라자 호텔은 상류층 문화를 상징하는 반면, 첼시 호텔은 보헤미안 문화의 상징으로 여겨지며 주로 예술가들이 드나들었다.
**** 북미에서 인기 있는 소셜 네트워크 서비스

어울리는 사진들을 넋 놓고 바라보곤 했다. 다이안 아버스가 찍은 섬뜩한 애들의 사진, 어린애였지만 뉴욕 패션 위크에서 맨 앞줄에 앉는 특권을 누린 태비 게빈슨, 맥스 피시*, 라파예트 거리. 오프 닝세레머니**의 공동 창업자가 한국인 여성인 캐럴 임이라는 사실, 이런 것들이 나를 매료시켰다.

이곳엔 가능성이 있었다. 소호의 한 상점에서 눈에 띄어 영화 〈키즈〉의 스타가 된 어리고 여리여리한 클로에 세비니. 같은 고등학교에 다닌 레이디 가가와 니키 미나즈, 티모시 샬라메. 이런 게 이 도시의 에너지다.

나는 이 모든 걸 사랑하지만 그에 못지않게 사랑하는 게 또 있다. 단골 식료품점의 사내들이 내가 어떤 커피를 마시는지 안다는 사실. 그리고 텅 빈 지하철 객차는 입을 다문 홍합 껍데기만큼이나 확실하게 피해야 한다는 것을 안다는 사실.

차가 멈춘다.

하다못해 준의 집까지 택시를 타고 가면 16분이 걸리고 2번 애비뉴에서 F선 지하철을 타면 13분이 걸린다는 점도 나는 사랑한다. 이치에 맞는 게 하나도 없는, 그래서 완벽한 도시다.

준이 어디에 사는지는 막연히 알고 있었지만 유리 지붕까지는

---

* 1980년대에 맨해튼 로어이스트사이드에 문을 연 식당 겸 술집으로, 유명 뮤지션들과 예술가들이 자주 찾았다.
** 뉴욕에서 시작한 의류 브랜드

예상하지 못했다. 게다가 그녀의 아파트와 나의 학교는 겨우 한 블록 반 떨어져 있다.

다운 라이트가 설치된 로비는 박물관처럼 조용하고 벽면은 모두 어두운 색이며 내 아파트 전체 면적보다도 커다란 미술품이 설치돼 있다. 세련된 응접 구역이 있고 탁자에는 이런 곳에 살 수 없는 사람이라면 누구든 훔쳐갈 법한 양장 아트북 몇 권이 놓여 있다.

반짝거리는 대리석 바닥에 올라선 나는 굽이 닳아 못이 드러난 부츠 바닥이 요란한 소리로 나의 빈곤을 드러내지 않도록 오른쪽 발꿈치를 높이 든 채 프런트 데스크로 다가간다.

"자매인가요?"

내가 준의 이름을 말하자 연회색 제복을 입은 젊은 도어맨이 묻는다. 어쩐지 인종차별주의자 같은 분위기를 풍긴다. 실제로 그럴 수도 있을 테지만.

한껏 세운 깃과 수놓인 휘장을 보니 우주선 조종을 맡아도 어울릴 것 같다.

도어맨은 두 명이다. 둘 다 백인이고 머리카락은 갈색이다. 한 명은 젊고 다른 한 명은 늙었다. 젊은 도어맨들이 나이를 먹을 때까지 일하는 걸까? 아니면 늘 이렇게 젊은 사람과 늙은 사람이 한 명씩 필요한 걸까?

"동생이 왔다고 얘기해 주세요."

불려왔다는 사실에 부아가 난다. 내가 섹시한 구석이라곤 찾아

볼 수 없는 빌딩에 살 만큼 저속한 사람과 한 핏줄이라니. 심지어 건너 블록에는 치폴레*가 있고 식료품점도 코앞에 있다.

그들은 나를 들여보낸다. 나는 우편물실을 지나 패딩 조끼를 맞춰 입고 시츄를 데리고 나가는 커플을 지나친다. 굳이 눈길을 돌리지 않아도 남자는 백인, 여자는 동양인이라는 것을 알 수 있다.

승강기에 오르자 귀가 먹먹해진다.

준은 헤지펀드에서 일한다. 이 말은 곧, 독재자들과 과두정치 지지자들을 위해 위험한 도박 계획을 마련해 주고 영혼을 판 대가로 이런 집을 얻었다는 뜻이다.

복도를 걸어가자 머리 위에서 조명이 차례차례 켜진다. 굉장하지만 한편으론 오싹하다. 보안 시스템이 의식을 갖게 되면 거주민들을 죽이려 들 것 같은, 그런 건물이다.

34층. 펜트하우스보다 두 개 층 아래다. 쩨쩨하지만 아직 언니가 노력해서 얻어야 할 뭔가가 있다고 생각하니 기쁘다. 나는 잠시 그녀의 집 앞에 서 있다. 내가 온 것을 그녀가 모른다면 그냥 가버릴 텐데.

초인종을 울리고 기다린다. 아무 소리도 들리지 않는다. 좀 더 기다린다. 다시 초인종을 울리지만 반응이 없다. 나는 문을 두드린다.

---

* 미국의 멕시칸 패스트푸드 체인

"잠깐만."

준이 잠금장치를 풀며 날카롭게 말한다.

"미안."

그녀가 문을 열자 내가 말한다. 우리는 잠시 그대로 서 있다.

"왔어?"

묘하게도 언니는 나를 보고 놀란 얼굴이다. 옷을 갈아입었다. 연회색 실크 가운을 걸쳤고 목과 가슴에 다이아몬드가 드러나 있다. 묘하게 섹시하다. 텔레비전에 나오는 밀회의 복장 같다.

"안녕."

나는 너무도 어색해서 웃음이 나오려는 걸 참고 목을 가다듬으며 마저 대꾸한다.

"나 왔어."

"들어와."

그녀는 앞장서서 나를 부엌으로 데려간다.

우리 둘 다 깨트릴 수 없는 딱딱한 분위기가 흐른다. 나는 꾸물거리며 신발을 벗는다. 아까 신고 온 그 애처로운 슬리퍼를 제외하곤 내가 아는 언니의 물건이 전혀 없다. 내가 눈독을 들이던 것과 비슷한 양털 부츠가 보인다. 그 부츠는 100달러가 넘었는데 이건 그보다 훨씬 더 비쌀 것이다.

"마실 것 줄까?"

그녀는 메탈 실버 냉장고로 조용히 걸어가며 묻는다. 문에 얼음 제조기와 정수기가 달린 냉장고다. 희고 좁은 수납장들이 설치돼 있고 그와 한 쌍인 아일랜드 식탁과 바스툴 두 개가 부엌과 거실을 구분한다.

그녀는 나를 보며 다시 묻는다.

"물? 탄산수도 있어. 와인 줄까?"

나는 눈을 굴리지 않으려고 안간힘을 쓴다. 언니는 마치 가족 영화에 등장하는 역동적인 커리어 우먼을 연기하는 것 같다. 당장 그만두고 대체 무슨 일인지 얘기하라고 소리치고 싶다.

"그래, 와인 한 잔 줘."

이렇게 말한 가장 큰 이유는 그저 어떻게 되는지 보고 싶어서다. 우리는 함께 술을 마셔본 적이 없다.

그때 내 지갑에 언니의 신분증이 들어 있다는 사실이 떠오른다. 젠장. 이건 함정이다.

나는 안쪽으로 좀 더 들어가 본다. 고상한 베이지색과 미색의 가구들이 가득하다. 그 너머로 전면 유리창이 보인다. 전망이 끝내준다.

"레드 아님 화이트?"

언니의 물음에 나는 정색하며 대꾸한다.

"언니. 블루라도 괜찮아. 아무거나 줘."

건너편의 사무실 빌딩에서 두 여자가 칸막이를 사이에 두고 제각기 검은 모니터를 들여다보고 있다. 두 사람은 친구일까? 아니면 누가 먼저 퇴근하나 인내심 겨루기라도 하는 걸까? 망원경이 있다면 좋겠다.

이렇게 높은 곳에 올라온 건 처음이다. 준의 뉴욕은 나의 뉴욕과 딴판이라는 사실에 기가 찬다. 그러니까 누군가는 우리와 정반대의 뉴스를 듣는다. 아이콘은 똑같아도 그들의 핸드폰은 우리의 핸드폰과 완전히 다르게 구성돼 있다. 한편으로는 내 언니가 이렇게 많은 걸 누린다는 사실이 자랑스럽다. 우리는 같은 집에서 자랐는데 그녀는 이 모든 걸 스스로 마련한 셈이다. 한편으로는 혹시 그녀가 남몰래 공화당을 지지하는 건 아닐까 싶다.

나는 촘촘하게 짜인 베이지색 소파에 앉으며 그와 한 세트인 2인용 안락의자를 바라본다. 나는 뉴욕에서 소파를 두 개나 놓을 만큼 넓은 거실을 누리는 사람을 만나 본 적이 없다.

언니는 내게 화이트 와인이 담긴 잔을 건네며 말한다.

"레드가 더 좋은 건데."

우리는 그 잔을 바라본다. 나를 놀리는 건지 도무지 알 수가 없다.

"오프너를 못 찾겠어서."

그녀가 설명하며 내 맞은편에 앉는다. 상담 치료를 받으러 온 기분이다.

나는 와인 잔을 돌린다. 그 연약한 기둥을 손가락으로 뚝 부러뜨리고 싶다. 만약 그녀가 모둠 치즈를 내오고 감미로운 재즈를 틀며 조명을 낮춘다면 당장 뛰쳐나가리라.

"고마워."

내가 말하며 한 모금을 마신다. 풀 맛이 난다.

"집 좋다. 이 정도면 성공한 거지? 이케아 물건이 하나도 없잖아."

그녀는 힘없이 피식 웃으며 대꾸한다.

"그래, 고마워. 넌 아직⋯⋯?"

"윈저 테라스에 살아."

"거기가 퀸스인가?"

나는 그녀의 얼굴에서 농담의 기미를 찾아본다.

"브루클린."

그녀는 머리를 갸우뚱한다.

"맞다. 너 공동묘지 옆에 살지."

"공원이 더 가까워."

그녀는 나를 염탐하고 있는 게 틀림없다. 나는 어디로 이사했는지 얘기한 적이 없으니까. 내가 송장들 옆에서 잔다고 엄마에게 얘기할까 봐 알리지 않았다. 나는 와인을 한 모금 더 마신다.

"브루클린에도 공원이 있거든. 센트럴파크보다 더 오래된 공원이야. 게다가 거긴 우리가 살 집을 짓겠다고 흑인 동네를 밀어버린 일도 없어."

준은 몇 가지 주제에 대해서는 속속들이 알고 있다. 그 몇 가지를 제외하곤 완전히 무관심하다. 오래전부터 준은 "가감 없이 보여주다"를 "과감 없이 보여주다"라고 했고 그렇게 말해도 다들 알아듣는데 왜 짜증 나게 내가 자꾸 지적하는지 모르겠다고 우기곤 했다.

"그러니까, 잘 지내?"

그녀가 묻는다. 앞으로 질문은 딱 두 개만 더 받으련다. 그다음
엔 나가는 거다.

"응. 잘 지내. 일도 하고 학교도 잘 다니고."

내가 대꾸한다.

"엄마가 그러는데 너 지난 학기에……."

"지난 학기는 **지난** 학기지."

내가 말을 자른다. 이게 용건인 모양이다. 엄마가 자꾸 닦달하니까
죄책감에 나를 확인하려 한 것이다. 빌어먹을 단속반처럼. 맏이들
은 구제 불능이다.

"올해는 잘하고 있어. 그땐 헤이스팅스라는 선생 때문이었어. 완전
변태였거든. 나를 아주 싫어했어. 그리고 팀 프로젝트를 하는데
우리 팀원들이 다 미친놈들이었어. 정신이상자에 마약 중독자들이
었지. 이번 학기는……."

내가 얼버무리자 준이 당당하게 말한다.

"나도 팀 프로젝트는 질색이었어. 결국엔 항상 내가 다 했거든."

그녀는 잔에 담긴 물을 한 모금 마신다. 혹시 임신했나 하는 의
혹이 머리를 스친다.

설마. 그런 일은 없을 거다.

"맞아."

나는 등을 꼿꼿이 펴며 거울처럼 비치는 널찍한 테이블에 와인 잔을 내려놓는다.

"일도 잘하고 있어. 정말 올해는 훨씬 낫다니까. 다 괜찮아."

내 방어적인 말투에 진저리가 난다. 친언니가 전액 장학금을 받고 컬럼비아대에 다녔다는 건 내 직업적 자존감에 전혀 도움이 되지 않는다. 나는 팔짱을 끼며 다시 말한다.

"정말이야. 다 괜찮다고. 엄마한테 그만하라고 해."

준은 움찔하더니 불쾌한 눈으로 나를 쏘아본다. 거봐. 드디어 내가 아는 준이 나왔다.

"엄마 얘기가 왜 나와? 내가 물어보는 거야. 너도 마음만 먹으면 잘하잖아. 다들 네가 **감정 조절**이 안 된다고 어영부영 봐주는 거, 이젠 지긋지긋해."

나는 한참 그녀를 노려본다. 정신 건강 얘기만 나오면 준은 엄마가 된다. 그녀는 나약해서 불안한 거라고, 마음을 강하게 먹으면 다 극복할 수 있다고 생각한다. 그녀의 논리에 따르면 우울증은 일종의 나태함일 뿐 고강도 인터벌 트레이닝과 카페인으로 얼마든지 고칠 수 있다.

"대체 나를 왜 오라고 한 거야?"

그녀는 등을 꼿꼿이 폈다가 앞으로 몸을 숙인다. 나도 상체를 숙인다. 그녀처럼.

"나 아파."

그녀가 말한다.

"어디가 아픈데?"

"암이야."

나는 입을 딱 다문다. 어렴풋이 내가 미소를 짓는 게 느껴진다. 끔찍한 반사 작용이다. 내 머리가 상황을 온전히 이해할 때까지 공백을 메우는 작용.

"뭐?"

머리칼이 쭈뼛 선다. 온몸이 얼얼하다.

암.

언니가 죽을병에 걸렸다.

이게 앞으로 몇 년 사이에 내게 일어날 최악의 일일까? 아니면 여기서 더 나빠지는 걸까? 지금 이 순간부터 내가 어른이 돼야 하는 거라면 상황이 얼마나 더 나빠질지 당장 알아야 한다. '언니가 죽었어.' 이렇게 말하는 내가 그려진다. '우리 언니가 죽었어.' '사실 우리 언니는 죽었어.' 자매가 죽는 게 엄마가 죽는 것보다 더 지독한 일일까? 아무래도 그런 것 같다.

나는 장례식을 상상해 본다. 그 안에서 나는 내가 아직 갖지 못한 빈티지 디올 정장을 입고 있다. 높은 설교단에 놓인 반짝이는 언니의 관, 엄마를 돌아보는 나, 슬픔에 잠긴 엄마의 멍한 얼굴. 주위에서는 한국식 곡소리가 커져가고 꽃향기 가득한 대기가 내 목구멍을 메운다.

젠장.

내 상담 치료사인 지나 롬바르디는 미칠 것 같을 때면 눈에 보이는 것, 만질 수 있는 것, 귀에 들리는 것 다섯 가지를 꼽아보라고 한다.

나는 최대한 공기를 들이마셔 폐를 잔뜩 부풀린다.

손에 든 차가운 잔을 손톱으로 두드린다.

크림색 카펫을 밟고 있는 검은 양말.

젠장.

간신히 언니의 무릎까지 시선을 옮긴다. 거기에 그녀의 두 손이 있다. 내 눈이 다시 흐릿해지며 그녀를 지나 창문으로 향한다.

아, 견딜 수가 없다.

나는 다시 정신을 차리고 억지로 언니의 얼굴을 본다. 눈을 깜빡이지 않으려고 애쓴다. 문득 하품이 나올까 봐 겁이 난다.

그녀는 간결하게 말한다.

"암인 것 같아. 거의 확실해."

언니는 우울한 결론을 내리며 여러 번 고개를 끄덕인다. 마치 결정된 것처럼. 자기가 암을 결정하기라도 하듯. 그녀는 다시 입을 연다.

"암이야. 얼마나 진행됐는지 모를 뿐."

"뭐야?"

나는 벌떡 일어선다. 그녀도 일어선다.

나는 머리를 젖히며 남은 와인을 마저 들이켠다.

"그러니까 확실히 암이야, 아니야?"

팔에 감각이 없다.

"사실, 우린 다른 병이길 바라고 있어. 자궁내막증이나 다낭성."

도무지 무슨 말인지 그리고 "우리"는 누구를 말하는 건지 모르겠다.

"그럼 의사들은 암이 아닐 수도 있다고 생각하는 거네."

"의사들은 내가 열여덟 살 때부터 암이 아니라고 했어. 용종이나 섬유종양이나……."

"그런데 이젠 암이라고 생각하는 거야?"

"암이 아닐까 들여다보고 있어."

나는 다시 자리에 앉는다. 그녀도 똑같이 한다.

"음. 그게, 나도 자궁경부암인지 뭔지 하는 검사를 했었는데 혹시 그런 검사였어? 아니면 엑스레이나 그, 뭐지? CT? 거기에 음영이나 그런 게 나왔어?"

나는 지금까지 본 드라마 〈그레이 아나토미〉의 에피소드를 모조리 머릿속으로 돌려 보며 묻는다.

"덩어리가 있어."

그녀가 말한다.

"그게 대체 무슨 뜻인데?"

"의사들이 확실하게 알려주지 않아. 종양 전문의를 먼저 만나보래. 하지만 암이야. 그건 확실해."

여기서 한 가지 기억해야 할 점은 우리 언니가 알아주는 사이코라는 거다. 그녀의 확신은 맹신에 가깝다. 싸움에서 이길 수만 있다면 자기 손바닥을 그어 피를 낼 수도 있는 사람이다. 초등학교 3학년 때 그녀는 서머타임 제도가 말도 안 된다고 혼자 결론을 내리곤 일주일 동안 어디든 한 시간씩 늦게 갔다. 심지어 교장을 찾아가 학교의 행정이 수정 헌법 제1조에 나온 자신의 권리와 자신의 믿음을 행사할 자유를 침해한다고 주장하기도 했다. 꼬박 일주일 동안 방과 후에 학교에 남는 벌을 받고 성적을 깎겠다는 협박을 듣고서야 꼬리를 내렸다.

그녀는 내 눈을 똑바로 보며 말한다.

"엄마의 죽은 아기를 걸고 맹세하는데 암이 틀림없어."

나는 말문이 막힌다.

준이 엄마의 죽은 아기를 걸고 맹세한 건 아주 오랜만이다. 사실은 우리 둘 다 마찬가지다. 아주 어릴 때 우리는 하루에도 몇 번씩 그 아기를 걸고 맹세하곤 했다. 다른 애들은 **10억 달러를 걸겠다고**

말했지만 우리는 **엄마의 죽은 아기를 걸겠다**고 했다. 마치 그게 성경이라도 되는 것처럼. 그건 우리가 생각할 수 있는 최고의 베팅이었다. 그러다가 실수로 엄마 앞에서 그 말을 내뱉은 뒤로 더는 하지 않았다. 우리가 영어로 말할 때는 엄마가 듣지 않는 줄 알았는데 그 말을 듣고 엄마의 등이 눈에 띄게 꼿꼿해졌다.

그 아기는 딸이었다. 나보다 위, 준보다 아래. 나는 그 애가 사라진 연결 고리라고 생각하곤 한다. 나와 준을 온전한 관계로 만들어주는 가운데 조각. 벤다이어그램으로 표현하면 아몬드 모양의 눈, 그러니까 교집합 말이다. 나는 늘 그 애를 생각한다. 그 애는 준이 갖지 못한 모든 것을 가졌을 거라고 상상한다.

준이 말한다.

"엄마한테는 아무 얘기도 하지 마."

나는 움찔한다.

"약속해."

"당연히 안 하지. 내가 왜 이제 와서 엄마한테 연락하겠어?"

기분이 상한다. 한 달 넘게 엄마와 연락하지 않았다. 나는 쓸데없이 일을 키울 만큼 어리석지 않다. 이런 얘길 떠들어봐야 엄마는 곧장 성당에 달려가 초를 켜고 반경 150킬로미터 안에 있는 모든 한국인 가톨릭 신자들에게 기도를 강요할 것이다.

"좋아."

"지금까지 아는 건 뭔데?"

"골반 검사와 질 초음파, 조직 검사를 했어. 이상하게 구부러진 막대를 밑에 넣고 긁어내더라……."

준에 관해 또 하나 알아야 할 게 있다면 수술에 관한 리얼리티 텔레비전 프로그램을 전부 사랑한다는 것이다. 내 경우엔 그 정도까지는 아니다. 나는 부들부들 숨을 내뱉는다.

"그럼 자궁이 문제야?"

"혹은 난소. 어쩌면 둘 다."

나는 지금까지 본 여성의 생식기계 도식을 모조리 떠올려 본다. 창피한 일이지만 솔직히 말하면 난소가 자궁 안에 있는지 그 주위를 감싸고 있는지 모르겠다. 재수 없는 조깅족들이 많이 쓰는, 머리 뒤를 감싸는 헤드폰처럼 자궁을 감싸고 있을 것이다. 이따 검색해 봐야겠다. **자궁**이 정확히 뭘 말하는지도 함께.

"그럼 이제 어떻게 되는 거야?"

"병원을 수없이 들락거리겠지."

준은 소름 끼치도록 차분하다. 나는 암에 걸린 언니가 어떤 모습이 될지 상상해 본다. 머리카락이 빠질까? 그녀는 어릴 때부터 나보다 생김새가 반듯했다. 코는 누굴 닮았는지 매부리코다. 뾰족한 모자가 잘 어울렸으니 대머리가 돼도 괜찮을 거다. 그렇게 되려면 뼈의 모양이 아주 특별해야 한다. 예전에 느낀 질투가 되살아났다가 자기혐오에 밀린다. 언니의 암을 질투해선 안 된다.

준은 거실 어딘가를 응시하고 있다. 눈은 상어의 눈과 같고 두 손은 깍지 껴 무릎 사이에 넣었다.

일어서자 가슴이 타들어 가는 것 같다. 심장이 흉곽을 뚫고 나올 것만 같다. 나는 핸드폰을 집어 들며 말한다.

"결과 나오면 알려줄 거지?"

그녀는 고개를 끄덕인다.

"같이 내려가자."

승강기 안에서 우리는 아무 말도 하지 않는다.

그녀의 팔을 토닥이려다 그만둔다. 승강기의 층수가 바뀌는 것을 바라보며 1층으로 내려가는 동안 서서히 밀려드는 충격을 호흡으로 가다듬는다. 나는 힘겹게 소리 없이 숨을 내쉰다.

5장

"그냥 지하철 탈게. 그게 더 빨라."

나는 남들에게 들리도록 준에게 속삭인다. 로비에 있는 사람들에게 내가 입주민의 지인이라는 사실을 알리고 싶어서다. 비닐봉지를 들고 갈 때면 사람들이 배달원으로 오해하지 않도록 항상 지갑을 함께 드는 것과 같은 맥락이다.

"그래."

언니가 대꾸한다. 그녀는 가운 위에 트렌치코트를 걸쳤다. 머리에 롤러를 감기만 하면 시트콤에 나오는, 스쿨버스를 기다리는 교외의 학부모처럼 보일 것 같다. 그 모습에 속이 울렁거린다. 자궁수술을 받고 나서도 아기를 가질 수 있나? 준은 언니로서는 재수없지만 엄마가 된다면 좋은 엄마가 될 거다. 적어도 우리 엄마보다 더 나쁘진 않을 거다.

"알았어."

나는 살짝 손을 흔든다.

"그래."

언니가 대꾸한다.

나는 선뜻 움직이지 않는다. 뭘 기다리는 건지 나도 모르겠다. 그렇다고 포옹할 것도 아니면서.

"고마워."

엉뚱한 말이 튀어나온다.

"어쨌든 결과 나오면 알려줘."

"와줘서 고마워."

그녀의 말에 고개를 뻣뻣하게 끄덕이며 돌아서려는데 재활용 쓰레기가 가득 든 커다란 투명 봉지를 들춰 맨 여자와 부딪칠 뻔한다.

"헉."

내가 소리친다. 몸집이 아주 작고 백 살은 된 듯한 꼬부랑 할머니다. 비현실적인 몸. 봉지 안에는 주로 플라스틱 병과 깡통이 들어 있지만 전체 부피는 자기 몸집의 두 배쯤 된다. 동양인 산타 할머니 같은 모습이랄까. 혹은 신화 속의 아틀라스. 봉지의 주둥이를 움켜쥔 손에 보랏빛 핏줄이 두드러졌다. 노파는 웃으면서 다른 손을 내민다. 종이쪽지를 들고 있다. 내게 더 가까이 있지만 나를 무시하고 준에게 말을 건다.

"칼람보사코."

그녀가 쪽지를 내밀고 고개를 끄덕거리며 말한다. 사람들은 늘 내가 아닌 준에게 길을 묻는다. 언제나 그랬다. 노파가 빙긋 웃자 눈이 사라지고 입술이 안으로 말려 들어가 이가 다 빠진 듯 보인 다. 머리칼은 뒤로 넘겨 쪽을 졌다.

"저는 중국어 몰라요."

준이 큰 소리로 말하면 더 도움되기라도 할 것처럼 또박또박 말 한다. 엄마는 한국 기독교 라디오 방송에서 중국어가 "미래의 언 어"라고 들었다며 우리에게 중국어 수업을 듣게 했다. 3년 동안 그 렇게 한 끝에 엄마는 포기했다. 그동안 우리는 놀랍도록 배운 게 없었다.

"이스트 브로드웨이로 가려는 거겠지?"

준이 내게 묻는다.

"죄송해요."

나는 어깨를 으쓱하며 겸연쩍게 웃고는 손바닥을 보여준다. 도 울 수 없음을 전하는 국제 통용어다. 노파는 여전히 빙긋 웃으며 몇 번 고개를 끄덕이더니 가려고 돌아선다.

"잠깐만요!"

준이 핸드폰을 꺼내며 말을 잇는다.

"통역 앱이 있어요. 다시 말씀해 보시겠어요?"

노파는 다시 한번 말한다. 이번에는 좀 더 크게.

"이런."

내가 준을 밀어내며 말한다.

"콜럼버스 서클*이었어. 영어로 말씀하신 거야. 우리가 멍청했네."

나는 내 핸드폰의 지도를 보여주며 지하철 R/W선으로 가는 길을 알려준다.

"노란색이요."

가는 길에 다른 사람에게 다시 물어볼 수 있도록 펜을 꺼내 그녀의 쪽지에 'R/W선을 타고 57번가로. 콜럼버스 서클'이라고 적어준다.

노파는 다시 한번 상투적인 미소를 지으며 고개를 까딱해 인사한 뒤 떠난다. 횡단보도와 한참 떨어진 곳에서 대각선으로 경쾌하게 무단 횡단을 해가며.

"콜럼버스 서클? 거긴 왜 가는 거지?"

나는 어깨를 으쓱한다.

"난 당연히 이스트 브로드웨이나 플러싱으로 가는 줄 알았지."

준은 고개를 저으며 덧붙인다.

"내가 언제 이렇게 인종차별주의자가 됐지?"

나는 언니를 돌아보며 예전부터 그랬다고 말하려다가 멈칫한다. 그녀는 눈 밑이 시커멓고 머리카락도 지저분하다. 나는 새삼 화들짝 놀란다. 너무도 적나라한 모습이라 아바타가 아닐까 싶다.

---

* 맨해튼 어퍼 웨스트사이드에 있는 원형 광장으로 센트럴파크의 남서쪽 출입구가 있으며 맨해튼에서 가장 번화한 곳 중 하나다.

준은 아프다. 나는 그녀가 병에 걸릴 수 있다고는 생각하지 않
았다. 그녀를 쓰다듬어 주고픈 충동이 든다.

"그러고 보니 지하철에서 폐지 줍는 할머니를 한 번도 본 적이
없는데."

그녀는 멀어져가는 노파를 지켜보며 생각에 잠긴 얼굴로 말한
다. 나는 나란히 서서 어깨로 그녀의 어깨를 살짝 민다.

"나도 그래."

말하고 나니 지난 2년 동안 언니에게 전화하고 싶었던 순간들이
떠오른다. 내 핸드폰에는 준이 참견하고 싶었을 만한 일들이 잔뜩
저장돼 있다.

"유니언 스퀘어에서 추로스 파는 여자도 지하철을 탈까?"

나는 그 여자가 수레를 끌고 계단을 내려가는 모습을 한 번도
본 적이 없다.

"설마. 남편이 태워다주겠지. 계단은 어떡하고. 그 여잔 새벽 4시
에 일어나서 추로스를 만들 거야. 남편이 서 있기 싫다고 투덜거리
니까 혼자 팔기도 하고. 그럼 남편이 운전이라도 해야지."

우리는 점점 작아지는 폐지 할머니를 계속 바라본다.

"난 밤에 폐지 줍는 할머니를 본 적이 없어."

내 말에 언니가 나를 돌아본다.

"정말? 난 낮에 본 적이 없는데."

나는 지하철을 탄 노파를 상상해 본다. 아무도 자리를 양보하지

않아서 기둥을 붙잡고 서 있는 모습. 그들 모두와 맞서 싸우고 싶다.

"네가 저 할머니랑 같이 가는 게 어때? 잘 가는지 확인해 봐."

"그래."

폐지 노파는 몸집이 아주 작지만 확신에 차 보인다. 그녀가 모퉁이를 돈다. 돌아보며 손을 흔들지 않을까 잠시 기대했는데.

"엄마한테는 어떻게 숨기게?"

내가 마지막으로 준에게 묻는다. 나는 2년 동안 부모님을 만나지 않았지만 준은 엄마와 매일 연락하고 있다.

그녀는 웃으면서 손등으로 내 가슴을 친다. 나는 놀라서 돌아본다.

"네가 저 할머니를 보고 엄마를 떠올렸다는 걸 알면 엄마가 노발대발할걸."

나는 미소 지으며 그녀를 민다.

정말 그렇다.

나는 모두가 공유하는 누런 불빛에 의지해 다른 승객들을 바라본다. F선 열차에 타면 모두가 더없이 공평해진다. 내 앞자리에는 덩치 큰 금발의 사내가 노란빛이 도는 연두색 럭비 셔츠를 입고 있다.

사내 옆에는 커다란 후드 티셔츠와 통굽 운동화 차림의 어린 여자가 두 다리를 쭉 뻗고 앉아 있다. 십 대답게 늘어져 있는 모습이 너무도 부루퉁해 보여서 나도 모르게 미소가 나온다. 대체 왜 그러는지 모르겠다. 아프지 않고 멀쩡하게 돌아다니는 사람이 이렇게 많다니 믿기지 않는다.

하지만 아픈 사람도 수없이 많다. 검색해 봤다. 해마다 신규 암 발병은 1700만 건에 달한다. 그게 어느 정도인지 도무지 감이 잡히지 않는다. 하다못해 100만 명도 어느 정도인지 모르겠다. 소녀는 지저분한 앞머리 사이로 나를 보며 눈을 굴린다. 나는 창밖으로 시선을 돌린다.

푸르스름한 고층 건물 여러 채가 지평선을 수놓는다. 솔직히 말해 나도 돈만 있다면 저런 집에 살 것이다. 나는 예전부터 지상에서 높이 올라갈수록 안전하다고 느꼈다.

내 아파트 건물의 철문을 연다. 부츠 때문에 무릎이 욱신거리고 배를 디밀고 있었던 탓에 허리가 아프다. 이 빌어먹을 청바지를 한 시라도 빨리 벗고 싶다. 옷을 다 벗어 던지고 샤워를 한 뒤 잔뜩 먹고 쓰러져 자고 싶은 마음이 간절하다.

어쩐지 열쇠를 넣기 전에 소리를 들어봐야 할 것 같다.

조용하다.

좋아.

문을 열자 환하게 불이 켜져 있다.

젠장.

그가 없을 거라고 확신했는데. 제러미 말이다.

부엌 조리대에 레드 와인의 시커먼 찌꺼기가 남은 유리잔 두 개와 낯선 주황색 가죽 토트백이 놓여 있다. 가운데 파란색과 흰색 줄무늬가 있는 백이다.

문 앞에 여자 신발이 있나 확인해 본다. 제러미의 뉴발란스 운동화와 내 샌들뿐이다. 어떤 여자인지 몰라도 내 집에 신발을 신고 들어가게 했다니 어이가 없다. 틀림없이 비싼 신발일 것이다.

발끝으로 살금살금 침실로 걸어가는 사이, 힘주어 움켜쥔 열쇠가 손바닥을 찌른다. 매트리스 하나로 꽉 찬 방이다. 그것도 싱글

매트리스. 문에 귀를 대지 않아도 들린다. 웃음소리. 분노에 목이
멘다. 쌉쌀한 담즙이 느껴진다.

참고로 제러미가 내 진짜 남자 친구가 아니라는 건 나도 알고 있
다. 우리는 그저 섹스를 하다가 그만둔 사이다. 하지만 그는 여전
히 이곳에 살고 있다. 누가 물어보면 그는 우리가 크레이그리스트*
에서 알게 됐다고, 내가 올린 룸메이트 광고를 보고 자기가 연락했
다고 말할 것이다.

꼭 그런 건 아니다.

나는 그전에 그를 봤다. 뉴욕으로 이사한 여름, 나는 아는 사람
이 하나도 없었다. 준은 내게 매트리스 살 돈을 빌려줬고 나는 여
자 둘이 살고 있는 방 세 개짜리 아파트의 비좁은 방 하나를 빌렸
다. 그 집에 살고 있던 메건과 힐러리는 고등학교 때부터 절친한
친구 사이였다. 그들은 누가 더 내게 더 무관심한지 대결이라도 하
는 것 같았다. 막상막하였다. 그러던 중 부시윅**의 한 커피숍 앞
에서 크림색 자전거를 탄 제러미를 봤다. 그가 손을 내밀며 자신
을 소개했을 때 마치 그림이 내게 말을 걸기라도 한 듯 어안이 벙
벙했다. 몇 주 동안 누구든 말을 걸어주길 갈망하던 참이었다. 룸
메이트들은 어디든 함께 가고 무엇이든 함께 했다. 처음에는 예의

---

* 　미국에서 시작해 전 세계로 확산된 온라인 벼룩시장 사이트
** 　뉴욕 브루클린 북부의 노동자 계층 지역

를 지켰다. 그러다가 내가 실수로 쓰레기 봉지를 잘못 사 오자 내 잘못을 은근히 지적하는 빳빳한 스티커 메모지를 줄줄이 붙이기 시작했다. 내가 거실로 나가도 그들은 노골적으로 모른 체했다. 그 뒤로 나는 미술학도나 디자인학도, 뮤지션 지망생, 배우 등을 가리지 않고 내 또래가 모이는 곳은 어디든 갔다. 책 한 권을 들고 앉아 누군가 말을 걸어주길 기다렸다.

제러미는 자전거 자물쇠를 깜빡했다며 커피를 사는 동안 자기 자전거를 봐달라고 했다. 나는 부탁을 들어줬다. 그러곤 그가 고맙다고 인사한 뒤 자전거를 타고 가버리자 상심에 빠졌다.

그의 흰 셔츠 자락이 망토처럼 바람에 펄럭거렸다. 충전기와 시리얼 바, 대화의 소재가 될 만한 소설책 따위를 잔뜩 들고 다니는 나와 달리 아무것도 갖고 다니지 않는 듯한 그의 모습에 나는 매료됐다. 마치 샐리 루니*의 소설 속 주인공 같았다. 사뭇 시적으로 느껴지기도 했다.

그 후 거의 2년이 지난 넉 달 전 그가 초인종을 눌렀다. 계단을 올라오는 그의 정수리를 지켜보면서 나는 운명이라고 느꼈다.

나는 뉴욕에서의 삶이 삐걱거려서 끊임없이 방황하고 있었다. 룸메이트들의 냉랭한 대우뿐만이 아니었다. 나는 사람을 마주칠

---

* 주로 밀레니얼 세대의 사랑과 성장을 다루는 아일랜드의 젊은 소설가로 대표작은 『노멀 피플』이다.

때마다 따뜻한 기운을 찾아봤다. 친밀한 눈빛이나 다정한 미소. 그런 게 보이지 않자 내가 잘못하고 있다는 확신이 들었다. 대학교란 곳은 도무지 헤아릴 수가 없었다. 기숙사에 사는 애들은 금세 서로 돈독해졌다. 디자인과 학생들은 전공에 따라 몰려다녔다. 그리고 정교하게 화장한 차가운 얼굴의 여자들, 즉 뉴욕 토박이들은 어디서 파티가 열리는지 알았고 저희끼리 어울렸다. 나는 패션스쿨에서 마케팅을 전공하고 있는 데다 캠퍼스에서 한 시간 떨어진 곳에 살았다. 7번 애비뉴라고 부르는 패션 애비뉴는 결코 매력적인 곳이 아니었다.

첫해를 떠올리면 늘 뼛속까지 시렸다는 것 말고는 딱히 기억나는 게 없다. 이듬해에는 밖으로 나돌기 시작했다. 술을 주문하면 피자를 공짜로 주기로 유명한 허름한 술집에서 아이비를 만났다. 그녀는 내 옆에 앉아 뜬금없이 나의 텔파* 토트백을 칭찬했다. 자기도 초록색으로 똑같은 걸 갖고 있다면서. 그러곤 어둡고 눅눅한 실내를 가득 메운 사람들 가운데 자기와 잔 남자들을 일일이 손으로 가리켜 알려줬다. 아이비는 스물세 살이다. 머리는 금빛으로 탈색했고 눈은 갈색이며 푸르스름한 실핏줄이 피부에 비칠 정도로 창백해서 이마를 보면 태아의 발달 사진 속에서 빛을 발하는 아기를 보는 것 같다. 공짜 피자는 우리의 우정에 꼭 맞는 상징 같

---

* 뉴욕에 기반을 둔 디자이너 브랜드

았다. 진짜를 어설프게 모방한, 하지만 술에 취하면 기적처럼 느껴지는, 그런 무엇.

아이비를 좀 더 정확하게 설명하자면, 그녀의 침대 밑에는 여분의 침실용 스탠드와 우유 거품기, 헤어드라이어 따위가 담긴 커다란 봉지가 놓여 있다. 아마존에 물건을 잘못 보냈다고 거짓말을 해서 하나씩 더 얻어낸 물건들이다.

우리는 매일 밤 파티를 즐겼다. 어렵지 않았다. 아이비가 과연 내 성이나 알고 있을지조차 확실하지 않았다. 룸메이트들에게 쫓겨났을 때 그녀는 꼬박 일주일 동안 내 문자 메시지에 답을 하지 않았다. 그런 걸로 놀랐다면 그건 내 잘못인 듯했다. 하지만 그 못된 여자애들이 사악하게 나를 공격한 건 내 잘못이 아닌 것 같았다. 나는 메건과 힐러리에게 질렸다. 마침내 연락이 닿은 아이비는 그들을 '메롱'과 '헬'이라고 불렀다.

준에게 도움을 청할 수는 없었다. 그 무렵 우리는 1년 넘게 연락하지 않았으니까. 룸메이트들은 내게 일주일을 줬고 나는 싸우지 않았다. 그들이 열기처럼 뿜어내는 적개심에 겁이 났다. 나는 서둘러 크레이그리스트와 스트리트 이지*, 미심쩍은 아파트 공유 게시판을 뒤진 끝에 마침내 방 하나 거실 하나짜리 최저가 아파트를 찾았다. 그래도 거실에 세입자를 들여야 할 판이었지만. 아파트 전

---

* 뉴욕의 부동산 검색 사이트

체 블록이 찍힌 저화질 구글 어스 위성사진과 분홍색 세면대의 작
은 섬네일이 올라와 있었다. 거기에 적힌 번호로 전화를 걸고 엄
마 아빠가 가을 학기 등록금으로 보낸 돈에서 보증금을 떼 브루클
린에서 망사 조끼 차림의 호리호리한 남미계 사내 프랭키를 만났
다. 그는 불평 신고는 금물이며 누가 물어보면 우리가 먼 친척이라
고 말해야 한다고 일렀다.

　돌아보면 사기당하지 않은 게 기적이다.

　제러미는 그날도 흰 여름 셔츠를 입었고 목에서는 가느다란 금
목걸이가 반짝거렸다. 섬세한 장미 펜던트가 달려 있었는데 그걸
보는 순간 나는 그의 할머니가 가장 아끼는 손자에게 물려준 유산
이라고 멋대로 생각했다. 형제가 세 명쯤 있고 그도 나처럼 막내
일 거라고 넘겨짚었다.

　알고 보니 제러미는 외동이었다. 게다가 모르는 사람들조차 언제
든 친절을 베풀어줘 아무것도 들고 다니지 않는, 그런 외동이었다.

　그 목걸이는 그가 일하는 술집 화장실에서 주운 뒤 굳이 주인을
찾지 않고 자기가 걸고 다닌 것이었다.

　5월 말부터 제러미는 간헐적으로 내 집에서 지내고 있다. 내 집
에 오지 않을 때는 어디서 밤을 보내는지 모르지만 그가 돌아와
도 나는 외박한 사실을 모르는 척한다. 가끔은 눈을 감고 잠든 그
의 얼굴 앞에서 '사랑해' 하고 입 모양으로 말한 뒤 어떤 기분이 드
는지 가늠해 보곤 한다. 한 달 동안 섹스를 하지 않았지만 나는 우

리 사이가 발전하고 있다는 신호를 찾고 있다.

다시 웃음소리. 그런 뒤 신음이 들린다. 끈질기게 이어지는 쿵쿵 거림. 매트리스가 벽을 때리는 소리다.

어디까지가 굴욕감이고 어디서부터가 분노인지 모르겠다. 어쩌면 이 두 감정은 서로 분리될 수 없는 것인지도 모른다.

몸으로 방문을 들이받고 싶다. 경첩을 뜯어내고 싶다. 저 둘에게 달려들어 그들을 내 집에서 쫓아내고 싶다. 하지만 그러지 못하는 이상, 너무도 민망해서 찍소리도 낼 수가 없다.

나는 변태처럼 계속 귀를 기울인다. 누굴까? 내가 아는 여자일까? 중요한 여자일까? 래가 틀림없다. 잘난 옥스퍼드대에서 공부한 아름답고 가냘픈 래. 그렇게 생각하니 가슴이 쿵쾅거린다. 래를 데려왔다면 의외다. 지난 몇 주 동안 난방이 안 들어와서 우리 둘 다 외투를 입은 채로 잤고 여름에는 날개 달린 바퀴벌레가 득실거리는 이 쓰레기장에 그녀를 데려오다니.

더는 견딜 수 없고 미칠 것 같다. 그렇다고 인기척을 낼 수도 없다. 그들에게 걸리면 지금 내가 여기 있는 게 아니라고 상상할 수가 없으니까. 나는 내 집에서 강도처럼 조용히 종종걸음을 치다가 여기저기 긁혀가며 손과 얼굴을 씻는다. 바지를 벗고 지저분한 티셔츠와 반바지를 입는다. 준의 세탁기와 건조기가 떠오른다. 내가 이렇게 사는 걸 보면 그녀는 나를 어떻게 생각할까?

2인용 소파에 올라가 옆으로 몸을 구겨 눕는다. 제러미의 자금

사정에 대해선 전혀 아는 바가 없다. 그가 이 집에 들어온 첫 달에 나는 집세를 받지 않았다. 우리는 금세 침대에 함께 들어갔으니까. 두 번째 달엔 얘기하기가 괴로워서 넘어갔다. 8주 전 우리가 쫓겨날 거라고 하자 그는 내게 700달러를 송금했다. 8월 월세의 절반이었다. 나는 바닥에 앉아 있었고 그는 나가려고 선글라스를 쓴 채 서 있었다. 그는 핸드폰 버튼 몇 개를 눌렀다. 별일 아니라는 듯이. 마치 내 얼굴에 구겨진 지폐를 던지듯이. 그러곤 플라밍고 튜브 이모티콘을 보냈다. 그날 밤 그는 누군가를 데리고 들어왔다.

배가 꼬르륵거린다. 물을 마셔야 한다. 주황색 핸드백이 내 시야에서 어른거린다. 비싼 백이다. 클레어 브이*가 틀림없다. 래의 의자에 가방이 걸려 있었는지 기억을 더듬어본다. 이 핸드백에 기가 죽는다. 독특한 색을 보니 좋은 핸드백이 여러 개고 그중 하나인 모양이다. 말하자면 800달러짜리 수요일용 토트백.

그 백이 자꾸 거슬린다. 나는 보이지 않는 줄에 조종당하기라도 하듯 멍하니 일어나 그리로 가선 안을 들여다본다. 그러곤 빳빳한 양쪽 손잡이를 잡고 입구를 벌린다.

뻔하게도 노트북이 들어 있다. 보라색 가죽 슬리브에 넣은 얇은 맥북 에어. 유혹적이지만 탐내선 안 된다. 에어팟, 선글라스 케이스, '걸 보스Girl Boss'라는 흰색 글씨가 찍힌 형광 핑크색 고무 열쇠고

＊　캘리포니아에 기반을 둔 디자이너 클레어 비비에의 잡화 브랜드

리에 달린 열쇠들, 토리버치 브랜드의 에나멜가죽 지갑. 심장이 뛰고 뱃속이 오그라진다. 방문 쪽을 흘긋 살핀 뒤 지갑을 열어본다. 캘리포니아 신분증의 사진 속에서 하트 모양 얼굴에 주근깨가 난 흑갈색 머리의 백인 여자가 나를 보며 비뚜름한 미소를 짓고 있다. 래가 아니라는 사실에 안도하면서도 여자가 또 있다니 화가 난다.

뻔한 여자.

눈은 탁한 잿빛이고 사진을 찍으려고 스웨터 색과 똑같은 립스틱을 바른 듯하다. 성에는 하이픈이 들어가 있는데 내가 보기에 그건 부자라는 뜻이다. 별장이 있고 말을 좋아하는 여자. 마음이 무거워진다. 그녀는 내가 오늘 아침 화장실에 다녀온 후에 잰 몸무게보다 5.5킬로그램 덜 나간다.

나는 지갑을 제자리에 되돌려놓고 흐물거리는 벨벳 화장품 파우치를 엿본다. 지퍼를 여는 순간 파우치의 배가 내 손바닥 위에서 마치 살아 있는 동물처럼 움직이자 마음이 차분해진다. 마치 뜨거운 욕조에 들어갈 때처럼. 나는 금속 뚜껑이 덮인 반쯤 빈 향수병을 꺼낸다. 빅터앤롤프 브랜드의 플라워밤이다. 분홍색의 여성스러운 향수. 나머지는 가방에 다시 넣는다. 향수병을 쓰레기통에 던져 넣자 그것은 맨 위에 있는 더러운 키친타월을 지나 안으로 깊숙이 들어간다. 나는 다시 소파로 돌아간다.

다 불태워 버리고 싶다.

나는 눈에 보이는 사물 다섯 개를 꼽아본다. 내가 이 방, 지금

이 공간에 있음을 인지하게 해주는 사물들.

하나, 냉장고.

그러곤 잠에 빠진다.

7장

　알람 소리에 화들짝 잠에서 깬다. 핸드폰 배터리가 15퍼센트 남았고 입이 텁텁하다. 목구멍으로 신물이 올라온다. 어째서인지 잠을 자기 전보다 더 피곤하다. 눈을 비비면서 주황색 토트백이 사라졌고 침실 문이 열려 있는 것을 어렴풋이 인지한다.

　나는 비틀거리며 욕실로 가서 샤워를 하려고 뜨거운 물을 틀어놓고 변기에 앉아 소변을 본다. 수증기가 차오르면서 방향제로 간신히 덮어놓은 짜릿하고 시큼한 냄새가 코를 찌르고 기억을 되살린다. 이런. 그러고 보니 학교 가기 전에 처리할 일이 몇 가지 있다. 채워놔야 할 것들. 되돌려야 할 것들.

　어째서인지 가장 늦은 첫 수업에 시간 맞춰 가기가 가장 어렵다.

　머리를 감는다. 엉킨 머리카락이 풀어지지 않아서 급하게 잡아당기자 끝부분이 죄다 끊어진다. 서둘러 물기를 닦고 브래지어와 티셔츠를 입은 뒤 청바지에 다리를 끼워 아래위로 껑충껑충 뛰며 허벅지 위로 올리고 새벽에 잠이 덜 깬 채로 아무도 보지 못하게 소파 밑에 밀어 넣은 비닐봉지를 꺼낸다. 봉지를 벌리고 내용물을 살핀다. 꿈이 아니라는 걸, 또 그랬다는 걸 확인한 뒤 손잡이를 두 번 묶어 쓰레기통 깊숙이 쑤셔 넣는다.

쓰레기통에 다른 것도 있다는 사실이 떠오르자 짜릿한 쾌감이 자기혐오를 비집고 올라온다. 그 여자의 향수.

그녀의 알몸은 어땠을지 궁금하다. 나보다 가슴이 더 예뻤을까? 배가 더 납작했을까? 수돗물을 마시면서 다음번에는 법랑질을 보호하는 데 필요한 시간 30분을 기다렸다가 이를 닦고 자겠다고 맹세한다. 아니다. 다음번 같은 건 없을 것이다.

계산대에 그 멋진 남자가 있을까 봐 리퀴드 아이라이너를 그린 뒤 먼 식료품점으로 달려간다. 우리 집 모퉁이에도 슈퍼마켓이 있지만 거기 직원들은 모두 재수 없어서 길 건너 한 블록을 내려간다. 하지만 어련하실까, 멋진 남자가 아니라 늙은 남자가 계산대를 맡고 있다. 멋진 남자와 달리 이 남자는 신용카드로 계산하면 추가 수수료를 부과한다. 내가 그런 걸 따지는 사람이라면 좋겠지만 아쉽게도 아니다.

통로들을 돌아다니며 검은색과 흰색이 섞인 가게 고양이에게 인사를 하고 중간 크기의 치리오스 시리얼 한 상자와 시즌 라벨이 아니라 일반 라벨이 붙은 누텔라 한 통, 좋아하지도 않는 잉글리시 머핀, 칠면조 편육을 집는다. 브랜드가 다르긴 하지만 이 정도는 괜찮을 것이다. 솔직히 내가 노력하는 것만 해도 그에겐 다행이다. 블랙커피도 한 잔 산다.

다시 집으로 돌아와 냉장고와 수납장을 채운다. 치리오스 봉지를 반쯤 기울여 원래 있던 만큼 남기고 나머지는 지퍼백에 덜어내 더러운 옷더미 속에 밀어 넣는다.

나가기 전에 찬장 안쪽에서 샤워기 세정제를 꺼낸다. 그 안에 두 개를 넣어놨다. 제러미는 일랑일랑 향을 싫어한다. 그 시큼한 꽃향기를 맡으면 방향제를 잔뜩 뿌린 아버지의 볼보에서 멀미한 기억이 난다고 한다. 자극제 같은 거야. 그는 말했다. 나는 이렇게 말해주고 싶다. '네가 자극제지. 그리고 네 얼굴이 자극제야.'

나는 귀한 시간을 쪼개 어젯밤보다 더 열심히 욕실에 폭탄 공격을 시작한다. 일랑일랑을 욕실 매트 깊숙이 뿌려 발로 비비고 그의 수건까지 흠뻑 적신 뒤 문을 굳게 닫고 밖으로 나온다.

열차 안에서도 여전히 손에서 꽃향기가 난다. 두 손을 재킷에 문지르며 창밖을 내다본다. 나는 지상으로 나가는 구간이 가장 좋다. 내가 이곳에 이사 오기 직전에 사람들은 건물 하나를 헐고 그 잔해를 산처럼 쌓아놓은 뒤 조금씩 치우고 있다. 나는 세상이 얼마나 빨리 변하는지 생각하지 않으려고 애쓴다. 동네 상점이 문을 닫았다거나 좋아하는 빵집이 이제 시티은행이 됐다고 사람들이 투덜거릴 때마다 공황 발작이 올 것 같다. 발밑의 땅을 믿을 수 없을 것처럼. 이렇게 빨리 변하는 곳과 어떻게 친해진단 말인가? 그렇지 않아도 한참 뒤처졌는데.

인스타그램 화면을 쭉 훑어본다. 나를 초라하게 느끼게 하는 사람들만 팔로우하고 있다.

모델, 사진가, 인플루언서, 잘 나가는 피트니스 사업가, 배우.

갑자기 아는 얼굴이 나타나 심장이 멎는 듯하다. 내가 실제로 알고 지내던 사람. 그것도 뉴욕에서가 아니라 내 진짜 삶에서.

패트릭이다.

사진 속의 그는 600달러짜리 호피 무늬 플리스 재킷을 만드는 패션디자이너에게 문신한 팔을 두르고 있다. 이렇게 기막힌 우연이? 하지만 그가 틀림없다. 그는 열네 살 때와 거의 똑같은 모습이다. 그때처럼 깡마르진 않았지만 여전히 호리호리하다. 입을 크게 벌리고 하늘을 가리키고 있다. 노래를 부르고 있는 것 같다.

머리 스타일이 황홀하리만치 훌륭하다. 너무 티 나게 다듬지도 않았고 제품을 발라 뻣뻣하게 세우지도 않았으며 보이 밴드의 멤버처럼 일부러 중성적인 분위기를 내지도 않았다. 패트릭은 늘 모자를 쓰고 다니다가 어느 날 이 굉장한 머리 스타일을 하고 나타난 뒤로 '핫한' 남자가 됐다. 지극히 평범했던 그가 갑자기 잊을 수 없는 사람이 된 것이다. 그는 벙거지 모자를 좋아했다. 덩치 큰 아기처럼 보이는 그런 모자를 왜들 좋아하는지 나는 지금도 이해할 수 없다.

그때 나는 패트릭에게 매료되는 게 적절한 일인지도 확신할 수 없었다. 학교에서는 열망의 대상이 정해져 있었다. 그 가운데 1등은 단연 운동선수였다. 어른들의 행동에서도 힌트를 얻을 수 있다. 선생님들도 그들의 농담에 장단을 맞추고 입술을 젖히며 금방이라도 웃을 준비를 하니까. 홀랜드 힌트는 누가 봐도 매력적인 남자였다. 화장실 벽이 내게 말해준 사실이다. 185센티미터의 키에 금빛 머리칼과 초록색 눈을 가졌다면 아무도 반박할 수 없다.

성당에서는 패트릭에게 빠졌다. 저릿한 설렘에 얼굴이 빨개졌지만 준이나 학교 친구에게는 성당 남자 얘기를 털어놓을 수 없었다.

나는 사진을 확대해 본다. 패트릭의 광대뼈는 마치 하이라이터를 바른 것 같다. 특히 입을 벌리고 있어서 더 그렇게 보인다. 딱 붙는 셔츠는 릭오웬스 브랜드일 것이다. 아니라면 아주 오래된 셔츠거나.

나는 그의 이름을 클릭한다.

@40_7264N_73_9818W

아무래도 예술을 하는 모양이다.

그의 피드는 태그된 사진들과는 사뭇 다른 분위기다. 심지어 레옹에서 찍은 사진도 있다. 우리는 같은 시간에 레옹에 있었을지도 모른다. 하지만 사진 아래 설명을 보니 그는 은둔 생활을 하는 싱어송라이터의 즉석 앨범 발매 파티에 갔다. 나는 절대 가지 못할 파티. 그건 제러미도 마찬가지다. 그렇게 생각하니 조금은 흡족해진다.

그때 내가 옳았다고 생각하니 한심한 기분이 든다. 나는 일찌감치 패트릭의 매력을 알아본 것이다. 그때 차지하지 못해서 아쉽다기보다는 그때부터 이미 그는 나와 확실히 다른 부류였다는 사실이 씁쓸하다.

패트릭 계정의 팔로워는 5만 3천 명이 넘는다. 내가 실제로 알고 지내는 사람들 가운데 이렇게 팔로워가 많은 사람은 없다. 심지어 배우 조나 힐도 그를 팔로우한다. 내게는 아주 굉장한 일이다. 셀카는 두 장뿐이다. 하나는 영롱한 아침 햇살 속에서 조금 부은 듯한 얼굴을 찍었고 다른 하나는 한쪽 눈이 멍 든 사진이다.

피드는 대부분 무드 보드로 채워져 있다. 글씨가 적힌 이미지들, 건물들. 앨범 삽화. 어두운 분위기의 디자이너 옷을 겹쳐 입은, 입술이 터질 듯 통통하고 주근깨가 난 깡마른 동양 여자들. 그는 이런 여자들과 사귀는 걸까? 아마도 그럴 것이다. 아트 디렉터거나 사진작가인 모양이다.

그가 뉴욕으로 온 줄은 전혀 몰랐다. 그렇다고 연락하던 사이도 아니지만. 그의 가족은 아주 오래전에 텍사스를 떠났으므로 성당 사람들이 전국에 지명 수배령을 내릴 일도 없었다.

나는 그의 스토리 하이라이트를 본다. 촬영이라는 제목이 붙어 있다. 눌러보니 한쪽 벽면이 곡선으로 된 아름다운 흰색 로프트* 가 드러난다. 스탠리 큐브릭의 영화에 나올 법한 우주선의 분위기

---

* 예전의 공장 등을 개조한 뉴욕의 아파트

가 난다. 안쪽 벽 전체가 창문이고 열다섯 명이 둘러 서 있다.

그들은 앞에 있는 모델 대신 스크린을 보고 있다. 흰색과 파란색이 섞인 드레스를 입은 흑발의 모델은 두 팔을 올린 채 그들에게 손을 흔들고 있다. 그녀의 소매가 극적으로 펄럭거린다.

여자가 반복해서 같은 동작을 하자 최면에 걸릴 것 같다. 섬약하고 투명한 섬유에 빛이 굴절된다. 어디서 본 듯한 드레스다. 여자가 웃으면서 머리를 뒤로 젖히자 창백한 두 뺨 주위에서 웨이브 진 머리카락이 물결친다.

이 여자도 알 것 같다. 모델이 아니라 배우다. 한국 배우. 한국계 미국인 배우. 부업으로 청부 살인을 하는 CEO들을 그린 독립 영화에 출연해 상을 받았다. 그녀가 치맛자락을 그러모아 밑단을 들어 올리자 나는 그것이 한복의 변형이라는 것을 깨닫는다. 엄마가 결혼사진 속에서 입고 있는 드레스와 아주 비슷하다. 그것은 지금도 엄마의 옷장에 걸려 있다. 이런 배경 속에 나를, 우리를 닮은 사람이 있다니 놀랍다. 그녀는 40킬로그램이 아닌데도, 걸 그룹 출신이 아닌데도 시선을 끈다.

나는 내 계정으로 간다. 레옹에서 찍은 내 사진이 있는지 살펴본다. 안타깝게도 없다. 나는 사진을 삭제하기 시작한다. 대부분은 90년대 잡지 표지 사진이나 탈의실에서 내가 살 수 없는 옷을 입고 찍은 셀카, 내 손과 입의 클로즈업 사진들이다.

나는 피드가 좀 더 미적으로 보이도록 정리한다.

그러고 보니 나는 숨을수록 세상 앞에 나설 수 있다.

나는 그를 팔로우한다. 그는 팔로워가 하나 더 늘어도 알아채지 못할 것이다.

준에게 얘기하고 싶은 충동이 든다. 하지만 내가 얘기하고 싶은 준은 성당에 나와 함께 앉아 있던 준이다. 나와 함께 자란 내 언니. 오래전 고등학교 시절 악을 쓰며 싸우기 전, 지금과는 전혀 다른 준.

준.

어제저녁에 본 그녀를 떠올린다. 그동안 품었던 모진 생각이 이제는 다른 감정에 집어삼켜질 거라 생각하니 진저리가 난다. 연민. 나는 연민이 싫다.

순간 시선을 든다. 하마터면 못 내릴 뻔했다. 무슨 마법의 힘인지 결국엔 늘 23번가에서 내리고 만다. 커피 때문에 속이 쓰리지만 카페인이 필요하다. 오늘은 아무것도 먹지 않으리라 다짐한다.

황급히 기업가정신 강의에 들어간다. 외래 교수의 따분한 강의. 강의자는 연갈색 머리칼에 안경을 쓰고 파란 셔츠를 입은 꽤 젊은 사내다. 우리와는 상관없는 듯한 사람, 팟캐스트를 진행하는 게 더 어울릴 법한 사람이다.

작년 같았으면 나는 강의를 전혀 듣지 않았을 것이다. 파티에 갈 때를 제외하곤 침대에서 나올 수 없었다. 모든 게 무너질 듯한 느낌과 두려움에 팔다리가 무겁고 머리가 멍해도 누구 하나 알지 못한다는 게 좋았다. 내게 관심을 갖고 들여다보는 사람이 없으면 무엇이든 할 수 있다. 난생처음 가족과 멀리 떨어진 나는 무엇이든 내 선택에 달려 있다는 걸 깨달았다. 그래서 아무것도 하지 않는 쪽을 택했다. 그러지 않을 수가 없었다.

팟캐스트 진행자 같은 강의자는 최근의 비즈니스 역사에 관해 떠들어대고 있다. 최연소의 자수성가 억만장자들과 사업에 성공한 하버드 졸업생들, 연줄이 좋은 집안에서 사업의 씨를 뿌리고 끊임없이 발전해 가는 백인 여성들, 유명 인사 또는 테크놀로지 거물 기업 초창기 멤버의 자녀인 인플루언서들과 업계를 교란하는 사람들. 마치 그들의 사례가 내게 적용되기라도 할 것처럼. 마치 그런 게 이미 케케묵은 유물이 되지 않은 것처럼. 마치 내 생애 그런 사례가 되풀이되기라도 할 것처럼.

그는 우리가 시장에서 아직 충족되지 않은 니즈를 찾을 수 있다는 게 교훈이라고 주장하지만 그 역시 앵무새처럼 영혼 없이 되풀이하는 자기 말을 믿지 않을 게 분명하다. 아마도 그는 등 뒤에서 검지와 중지를 교차하고 있을 것이다.* 아니면 머리 위에 커다란 해시태그를 붙이고 있거나. '광고'라는.

나는 창밖을 내다본다. 무슨 의미가 있단 말인가? 지구는 뜨거워지고 있고 모든 건 운에 달려 있다. 준은 내가 아는 사람들 가운데 가장 똑똑한 축에 속했고 석사 학위도 없이 잘나가는 헤지펀드에

---

*   미국인들이 액막이가 필요할 때나 행운을 빌 때 하는 행동

들어갔다. 그녀의 첫 번째 룸메이트가 우연히도 '동물의 숲' 게임과 일본 소녀 만화를 좋아하는 금융가 거물의 자손인 덕분이었다.

나는 내년 봄 컬렉션 슬라이드를 넘겨보기 시작한다. 지난 패션 위크 때 아이비와 데이트하던 남자가 우리를 르뱅에서 열리는 뒤풀이 명단에 올려줬다. 가운데 뜨거운 욕조가 있는 클럽 르뱅. 하지만 어련하실까, 아이비는 오지 않았고 나는 아이비의 동행으로 올라가 있었으므로 들어가지 못했다.

대학교를 다니는 건 신에게 기도하는 것과 다르지 않다. 딱히 믿지 않지만 만일을 위해 해두는 무엇. 다른 사람들이 모두 하니까. 맨해튼의 디자인 스쿨은 독특한 머리 모양을 한 동양 애들에게 〈헝거 게임〉과도 같다. 우리가 그저 서로를 대체할 수 있는 존재라고 느낀다면 인종차별일지도 모르겠지만 어쨌든 그 모든 우대책이 내게는 사기처럼 보인다.

나는 조금이라도 우러러볼 만한 직업을 가진 사람을 만난 적이 없다.

장난삼아 검색창에 "세계에서 가장 부유한 동양인은 누구"라고 입력해 본다. 마윈이 나온다. 그는 중국 온라인 커머스 사이트인 알리바바의 창업자다. 그가 이렇게 생긴 줄 몰랐다. 훨씬 더 작은 얼굴에 어울릴 법한 이목구비. 너무 짧은 앞머리. 오싹하리만치 태아와 비슷한 모습이다.

문득 준이 떠올라 자궁 이미지를 검색해 본다. 알고 보니 난소

는 자궁 밖에 있다. 게다가 자궁은 이상하리만치 작다. 염소의 코
만 하다.

　나는 시계를 본다. 수업에 들어온 지 겨우 23분 지났다.

　제러미가 문자를 보낸다. 어젯밤 일에 관해 얘기하려나? 사과를
하거나 적어도 자기가 미친놈이었다고 인정하려는 걸까?

　하지만 그는 내게 어디 있냐고 묻는다.

> 수업

부탁을 들어줄 수 있냐고 한다. 입이 떡 벌어진다.

> 뭐?

　그는 내가 찍어준 자기 사진의 고화질 TIFF를 원한다. 제러미는
IT 쪽엔 놀랍도록 젬병이다. 나는 그게 메노나이트*에게 홈스쿨링
을 받은 탓이라고 말한 적이 있는데 그 뒤로 그는 며칠 동안 나와
말을 하지 않았다. 어느 잡지에 실릴, 자신에 관한 기사에 그 사진
이 필요하다고 한다.

　나는 답장하지 않는다. 속이 부글거린다. 그러곤 틴더를 확인한다.

＊　네덜란드 종교개혁자 메노 시몬스가 만든 교파로, 국가와 교회의 분리를 주장하며 외
　　부와 단절된 집단생활을 하는 것이 특징이다.

거절, 거절, 거절, 또 거절. 우리가 모두 이토록 쉽게 버려질 수 있
다니 아찔하다.

"사람들은 모두 모노폴리 게임의 마스코트 사내가 외알 안경을 쓰고 있다고 생각하지만 사실은 아니거든요.* 그것과 같은 맥락이에요."

"미스터 모노폴리가 외알 안경을 쓰지 않았다고요?"

"그렇다니까요. 우리는 그를 플랜터스**의 피넛 캐릭터와 혼동하는 거예요. 그런 걸 만델라 효과라고 하죠. 사람들은 넬슨 만델라가 감옥에서 죽은 줄 알지만 사실은 아니거든요."

화요일 오후 1시에 나는 상담 치료를 받는다. 나는 이 시간이 무척 좋다. 가장 큰 이유는 내가 훌륭한 환자이기 때문이다. 지나 롬바르디는 정신과 의사나 심리학자가 아니라 사회복지사다. 처음엔

---

* 영어로 외알 안경은 '모노폴리'와 발음이 비슷한 '모노클'이다.
** 미국의 스낵 브랜드. 로고이자 마스코트로 외알 안경을 쓴 미스터 피넛이 있다.

미심쩍었지만 함께 있으면 마음이 편안해진다. 짙게 태닝한 피부와 옆 가르마 덕분에 가끔은 미우치아 프라다*와 얘기하고 있다고 상상하기도 한다.

"이런 얘기를 들으니 오랫동안 갖고 있던 믿음에 의심이 들지 않나요? 자신이 알고 있다고 생각한 것들이 미심쩍지 않아요?"

그녀의 물음에 나는 어깨를 으쓱한다.

"그렇네요."

내가 위키피디아에서 남아프리카공화국의 정치 혁명들을 모조리 조사했다는 것을 그녀가 알았으면 좋겠다. 내가 묻는다.

"우리가 뭘 모르는지도 모른다는 게 **흥미롭지** 않나요?"

솔직히 말하면 지나는 늘 나의 준비된 모습을 마주하는 셈이다. 지난 두 달 동안 나는 그녀를 위해 재담을 차곡차곡 모았다. 그녀의 사무실이 어퍼 웨스트사이드**에 있는 것을 알고 첫 상담에 가는 내내 뉴스와 국제 시사를 찾아봤다. 타운하우스 지층에 있는 사무실 창문으로 사람들의 종아리와 순종 개들이 보인다. 안에는 맞춤 책장과 백색 소음기가 놓여 있다. 나는 이 사무실과 지층의 입구 옆에 있는 작은 대기실만 봤지만 이곳은 사실 그녀의 집일 거라고 멋대로 상상한다. 내가 앉아 있는 곳에서 조금 떨어진

---

* 이탈리아 명품 브랜드 프라다의 수석 디자이너
** 뉴욕 맨해튼 센트럴 파크의 서쪽, 59번가부터 110번가까지의 구역으로 문화와 지성의 허브로 간주되는 부촌

곳에 그녀의 은빛 금발이 닿는 이집트산 면 베개가 있을 거라 생각하면 어쩐지 짜릿해진다. 틀림없이 위아래 한 벌인 잠옷을 입고 잘 것이다. 그리고 거기엔 모노그램이 박혀 있을 것이다.

그럴 때면 내가 그녀와 진짜 친구 사이라면 얼마나 좋을까 생각한다. 딱 한 번 그녀가 내 얘기에 소리 내 웃은 적이 있는데 그날 나는 하루 종일 기분이 날아갈 것 같았다. 처음 만난 날 그녀가 가수 리아나를 모른다는 얘기를 듣고 그대로 나가려 했지만 잠시 후 그 말의 의미를 다시 생각해 봤다. 그녀는 충성이 없는 사람이다. 리아나를 모른다는 건 허무주의자라는 뜻이다.

지나는 늘 내 의욕 저하의 원인이 무기력한 게으름이 아니라 부정적인 자기 대화라고 한다. 처음 만났을 때 나는 학생과에서 첫 상담을 5주나 미뤘다는 사실에 화가 나서 그녀의 말에 대꾸도 하지 않았다. 그러다가 내가 이 여자와 말을 하지 않는다는 것을 까먹고 이상한 다큐멘터리에 관한 불평을 늘어놨다. 바이올린 신동들에 관한 다큐멘터리였다. 지나는 나의 그런 반응이 부적절한 적대심이며 그런 걸 가진 사람은 하나에만 몰두하게 마련이라고 하고는 깜짝 놀랄 얘기를 들려줬다.

그녀의 말에 따르면, 완벽주의자의 종류는 여러 가지였다. 나 같은 완벽주의자는 뭔가를 충분히 잘하지 못하면 완전히 포기해 버리는 부류다. **그것**이 내가 할 일을 끝내지 못하는 이유였다. 사실 나는 영화 〈블랙 스완〉의 내털리 포트먼처럼 영양실조를 겪고 하루 열여덟 시간씩 연습하며 덜덜 떨 정도는 돼야 완벽주의자라고 생각했는데, 그러고 보니 지나의 말이 옳았다. 나는 완벽하게 하지 못할 거면 포기하고 만다. 작년에도 어떻게든 기말고사를 치르고 평균 C 학점이라도 받았다면 학사 경고를 면했을 텐데 그러지 않은 것도 바로 그런 이유였다. 나는 그냥 포기해 버렸다. 모두가 보는 앞에서 죽도록 노력하고도 결국 실패하는 것만큼 창피한 일은 없으니까. 이번 학점은 대부분 A 아니면 B인데 그게 지나 덕분이라고 생각하고 싶다.

"흥미롭죠."

그녀의 대답에 나는 뿌듯하게 그녀를 본다.

"우리가 세상 모든 걸 알 수 없다는 걸 알면 주의를 환기할 여지가 생기죠. 그러다 보면 사고와 기분이 바뀔 수도 있고요. 그런 가능성이 열려요. 인지는 사람들이 실제로 느끼는 것보다 훨씬 더 주관적이거든요."

"맞아요."

나는 열심히 고개를 끄덕인 뒤 생각에 잠긴 척 잠시 멈췄다가 다시 입을 연다.

"하지만 때론 아무것도 모르는 게 낫다고 생각하지 않으세요? 제 언니 준은 자기 인지가 정말 없는 사람인데 좆…… 크게 성공했거든요."

지나 앞에서는 되도록 비속어를 사용하지 않으려 노력한다. 그녀는 책상 위에 딥티크 브랜드의 양초를 올려놓고 팬티스타킹을 신는 사람이니까.

내 상담 치료사는 흘끗 시선을 든다. 턱을 괴었던 손을 떼고 꼬았던 다리를 푼다.

그녀는 손목에서 커다란 은팔찌를 풀어 우리 사이에 놓인 고상한 테이블 위에 내려놓고 나를 살핀다. 혹시 아주 심오한 얘기를 하려는 걸까?

"언니가 몇 살이에요?"

그녀가 묻는다.

"스, 스물셋이요."

나는 숨을 멈추며 말을 더듬는다.

"그런데 크게 성공했어요?"

나는 경계하며 고개를 끄덕인다. 심리학은 미신과 거리가 멀다는 걸 알면서도 어째서인지 지나가 신탁을 전하는 사제와 같다고 믿고 있다.

"지금까지 언니 얘기를 한 번도 하지 않았다는 거 알아요?"

그녀는 이렇게 말한 뒤 내가 대답할 새도 없이 수첩에 뭔가를 적는다.

"언니는 어디 살아요?"

"6번 애비뉴 26번가요."

그녀는 다시 뭔가를 적는다.

마치 시험에 떨어질 것 같은 기분이다.

"둘이 가까워요?"

"네."

"하지만 언니 얘기를 한 번도 한 적이 없는데, 둘 다 뉴욕에 사는군요."

"네."

"거기엔 어떤 의미라도 있는 걸까요?"

그녀가 이렇게 나오면 짜증이 난다.

"아마도……."

"어떤?"

"사실, 우린 공통점이 없어요. 언니는 나를 싫어하는데 나는 그 이유조차 모르고요."

"언니에게 물어보면 뭐라고 할까요?"

'내가 인기가 많아서 짜증 나는 거라고 하겠죠. 나 때문에 자기가 불행하고 내가 태어나지 않았더라면 좋았을 거라고 할 거예요. 나는 내 몸 하나 책임지지 못하는 어린애라서 엄마 아빠에게 짐이 되고, 무기력하고 쓸모없으며 이기적인 아이일 뿐 아니라 걸레고 관종이라서 싫다고 할 거예요. 난 엄마에게 연락도 하지 않고 출신이 부끄러워서 자기 언니와 어울리지도 않는다고, 그래서 나는 영영 행복하지 못할 거라고 하겠죠.'

"내 결정이 못마땅하다고 할 거예요."

"왜죠?"

"혹시 여동생이 오빠에게 자기 남자 친구가 엄마를 칼로 찔러 죽였다고 믿게 해서 오빠가 남자 친구를 죽이도록 유도하는 다큐 멘터리 보셨어요?"

실제로 있었던 일이다. 그 여동생이 〈미국의 지명수배자들〉에 출연했다.

"아뇨."

"지금도 넷플릭스나 아마존 TV에서 볼 수 있어요. 한국 사람들 얘기예요."

지나가 텔레비전을 보기는 할까?

"못 봤어요."

이번 상담은 내가 계획한 대로 흘러가지 않는다.

"뭐, 사이가 안 좋은 형제자매도 있다고요. 이유야 어찌 됐든 그 들은 그렇게 살아가요."

내가 말한다.

"언니를 어떻게 생각해요?"

'우리 언니가 죽었어요.' 훗날 지나에게 이렇게 말하는 나를 상 상해 본다.

눈물이 코끝을 간지럽히는 느낌이다.

동생들은 모두 응석받이라고들 한다. 너무 어르며 키운 탓에 나 약하고 물러 터졌다고들 한다. 동생들이 반항할 때쯤 되면 부모는 이미 포기한 상태가 된다고도 한다. 나는 전혀 동의하지 않는다. 오히려 첫째들은 싫다는 대답을 받아들이지 못한다. 막내들은 강인하다. 평생 거절당한 탓에 맷집이 세다. 손위 형제자매에게 수없이 함께 놀자고 졸라도 그들은 동생을 밀치거나 눈을 굴리거나 문을 쾅 닫고 들어가거나 차갑게 웃어버리기 일쑤니까.

준의 얘기를 할 때면 늘 멍이 들 만큼 짓눌리는 기분이 든다.

그래서 하지 않는 거다.

나는 어깨를 으쓱하며 대꾸한다.

"난 언니가 나를 좋아했으면 좋겠어요."

상담이 끝난 뒤 일하러 가기 전에 웨스트 4번가에 있는 중국 빵집에서 아이비를 만난다. 그녀는 머리카락이 젖은 채로 내 귓가에 입 맞추는 시늉을 한다.

"늦어서 미안."

마치 평소엔 시간을 잘 지킨 것처럼.

"솔사이클*에서 오는 길이야."

오래전 딱 한 번 그녀와 함께 간 적이 있는데 시끄럽고 컴컴한 실내에서 나는 하마터면 기절할 뻔했다. 마치 모두 악령을 쫓는 의식을 치르는 것 같았다.

자부심이 넘치고 윤기 나는 탄탄한 몸들 사이에 섞여 수업을 끝마쳤을 때 아이비가 대여한 사이클링 신발을 회수함이 아닌 자기

＊   뉴욕에 본사를 둔 실내 사이클링 및 스피닝 운동 강습 체인

가방에 슬쩍 넣는 것을 봤다. 그러는 내내 그녀는 아무 일도 없다는 듯 쉴 새 없이 내게 종알거렸다.

문득 그녀의 운동 가방을 들여다보고 싶은 충동이 들지만 어차피 내가 상관할 일이 아니다.

"네가 여기서 보자고 해서 정말 다행이다."

그녀는 우리 뒤쪽에 진열된 빵들을 고갯짓으로 가리키며 말을 잇는다.

"어제부터 아무것도 못 먹었거든."

아이비는 주황색 손잡이가 달린 금속 집게를 들고 플라스틱 쟁반에 타르트와 달콤한 번을 쌓기 시작한다.

아무래도 내가 실수했다. 상담 치료를 받고 바로 아이비를 만나는 건 단식 디톡스를 한 뒤 곧바로 술을 마시는 것과도 같다.

내가 줄 선 그녀의 뒤에 빈손으로 서자 그녀는 고개를 갸우뚱한다.

"넌 아무것도 안 먹어?"

계산대 안쪽에서 짙은 색 머리의 여자가 빵을 하나씩 종이봉투에 넣기 시작한다.

"잠깐만요."

아이비는 계산원에게 이렇게 말하곤 나를 돌아본다.

"가서 하나 집어 와. 내가 사줄게."

나는 고개를 젓는다.

"괜찮아."

우리 뒤에 적어도 네 명이 기다리고 있지만 아이비는 그런 것에 주저하는 사람이 아니다. 그녀는 눈을 굴리며 말한다.

"좀 서운하네."

내가 밀크티를 주문하며 설탕을 넣지 말라고 하자 아이비는 얼굴을 찌푸린다.

"네가 그러면 난 뭐가 되니?"

그녀가 심통 난 듯 빵 봉지를 가방에 밀어 넣고 우리는 함께 밖으로 나간다. 길 건너 농구 하는 남자들을 보러 간다. 경기는 없지만 서너 명이 공을 튕기고 있고 그 너머 핸드볼장에는 사람들이 잔뜩 모여 있다. 나는 그 작고 단단한 공이 벽을 칠 때 나는 소리가 좋다. 나는 밀크티를 한 모금 마신다.

"그럼 저녁 먹으러 갈까?"

아이비가 주머니를 뒤지더니 전자 담배를 꺼내 내게 권한다.

"나 일하러 가야지."

내가 상기시킨다. 그녀는 길게 한 모금을 빨며 과장되게 어깨를 늘어뜨린다. 손톱은 파인애플 같은 젤 네일로 꾸몄다.

그녀의 콧구멍에서 연기가 구불구불 나온다. 우리 둘 다 시합을 보는 척한다. 사실 그들은 우리를 등지고 있어서 아무것도 보이지 않는데도.

"집은 어때?"

"괜찮아."

"그년들이 널 쫓아냈다는 게 아직도 어이없다니까."

"그러게."

"남자 친구는 잘 있어?"

아이비는 제러미 때문에 우리 사이가 멀어진다고 생각하는 게 분명하다.

"걔, 남자 친구 아니야."

남은 한 손으로 나는 차가운 철조망 쇠붙이를 붙잡고 다이아몬드 모양의 구멍 사이로 검은 옷을 빼입은 키 큰 남자가 3점 슛을 넣는 광경을 바라본다.

"너 이제 나랑 친구 안 할 거야?"

한참 뒤에 아이비가 조그만 소리로 묻는다.

뜻밖의 약한 모습에 나는 할 말을 잃는다. 돌아서서 우리 뒤에 있는 지하철역 안으로 사라지고 싶다. 나는 밝은 파란색 무릎 보호대를 한 남자에게 정신이 팔린 척한다. 넓적한 얼굴은 땀으로 번들거리고 숨이 차서 씩씩거리면서도 내내 웃으며 떠들고 있다.

"됐어. 너도 이제 재미없어."

아이비가 차갑게 말한다. 차마 그녀를 볼 수 없다.

대체 뭘 기대했는지 모르겠다. 아이비가 어떤 사람인지 잊은 채 그녀에게 준의 얘기를 할까 생각했다. 내가 그녀에게 어떤 존재인지 잊고 있었다.

"전자 담배 어디 있어?"

대신 나는 이렇게 묻는다.

그녀는 내게 전자 담배를 건넨다. 흰색 바탕에 한가운데 금색 띠가 둘러져 있다.

"인디카를 더 많이 넣은 하이브리드*야. 마음에 들 거야."

나는 길게 한 모금을 빨고 돌려준다.

"고마워."

가려고 그녀를 껴안자 그녀에게서 탄 듯한 바닐라 향이 난다.

"문자 할게."

내가 말한다.

헤드폰으로 에릭 사티의 음악을 들으며 내가 일하는 곳으로 걸어간다. 유니언 스퀘어가 가까워지자 이상하게도 내가 방금 전까지 영화관 옆의 공원에 있었는데 이제 다른 공원 근처의 다른 영화관을 지나고 있다는 걸 깨닫는다. 마리화나에 취한 게 분명하지만 어쨌든 피아노 선율이 흐르면서 이 광장이 한 편의 영화로 변하는 것 같아서 좋다. 계단에선 시위가 한창이라 쉬이 앞으로 나아가지 못한다. 애들이 표지판을 들고 있다. 메디케어**에 관한 시위다. 나는 고개를 숙인 채 경찰과 표식 없는 연방 수사관 차량을 찾아본다.

---

*   두 종류의 대마초 인디카와 사티바를 혼합한 것을 말한다.
**   미국의 노인 의료보험 제도

날이 추워지면 나는 자세가 흐트러진다. 텍사스에서 자랄 때는 기껏해야 청재킷과 후드 티셔츠 정도만 있으면 됐고, 겨울 기분을 내고 싶다면 짧은 코트 하나를 더했다. 하지만 뉴욕은 우습게 봐선 안 된다. 추운 날씨는 치가 떨리지만 매년 이맘때면 사방에 축제 기운이 넘친다. 핼러윈 장식이 나타난 뒤 눈 깜짝할 사이에 12월 31일이 된다.

나는 내가 일하는 가게 피시스 에디로 들어간다. 여름엔 이곳의 혼잡한 분위기에 매료됐다. 눈부시게 빛나는 진열품들, 조명 줄, 라탄으로 엮은 코스터, 그리고 수많은 양초. 골동품 교반기로 만든 샹들리에도 있다. 젖과 꿀이 흐르는 땅. 기막힐 정도로 풍족한 곳이다.

교대 시간보다 20분 먼저 도착했다. 나는 사람들과 함께 통로들을 돌며 소꿉놀이를 즐긴다. 새로 들어온 물건들을 살펴본다. 나도 언젠가 판매 직원이 패브릭 스와치를 주문해야 하는 종류의 가구를 사게 되면 여기 있는 물건들을 모조리, 아니, 그보다 더 많은 것을 사들일 것이다. 씁쓸한 마음으로 주변 사람들을 훑어본다. 손님들은 모두 부유해 보인다. 수많은 훌륭한 재킷들. 파리지앵처럼 복잡하게 매듭을 지은 다채로운 스카프들.

뚜껑이 있는 매끈한 자기 버터 접시를 손가락으로 훑는다. 나는 그것이 지닌 낭만을 사랑한다. 그것이 지닌 방자함. 오직 버터를 위한 공간인 데다가 머리 위의 지붕이 보호해 주기도 하니까. 그런 걸 누가 생각한단 말인가?

나는 30퍼센트 직원 할인을 받아도 필요한 물건을 다 사지 못할 것이다. 내가 원하는 건 에그 컵과 케이크 받침대, 쿠키 병, 넓적한 카페오레 그릇이다. 다육 식물을 키울 수 있는 골동품 밀크 저그와 거기에 어울리는 빛바랜 나무 선반도.

언젠가 갖게 될 내 집에 손님들이 오면 내가 이렇게 자란 사람이라고 믿었으면 좋겠다. 예전부터 쓸데없는 물건을 수없이 갖고 있었다고. 넘치는 곳에서 넘치도록 풍족하게 살았다고. 어릴 때 쓰던 침실의 벽은 흰색이 아니라 자신을 표현할 수 있는 다른 색을 직접 골랐을 거라고 믿었으면 좋겠다.

나는 닭을 굽고 유리병에 음료를 섞으면서 웃고 또 웃을 것이다. 부모가 자녀 방에 들어올 때면 똑똑! 하고 노크를 하는 집에서 자란 사람처럼 보이도록. 우리 집에서 직접 파자마 파티를 열기도 했고 다른 집 파자마 파티에 초대받기도 했으며 그럴 때면 부모가 우리의 사생활을 존중해서 먼저 노크를 하고 방에 들어온, 그런 어린 시절을 보낸 사람처럼 보일 수 있도록. 크리스마스를 한껏 즐기는 집에서 자란 사람처럼 보이고 싶다. 크리스마스를 크리스마스답게 쇠는 집. 크리스마스트리가 있고 그 밑에는 문제집이나 싸구려 사탕을 20달러짜리 지폐로 싼 선물이 아니라 내가 부탁한 선물들이 예쁘게 포장돼 놓여 있는 그런 크리스마스 말이다.

"왔어?"

마리가 인사하며 내게 팔짱을 끼고 나를 유리 제품 쪽으로 이끈다.

"재미있는 소식이 있는데."

마리는 나와 비슷한 시기에 들어왔지만 이내 사람들의 개를 맡아서 돌봐주기도 하고 모두와 함께 수요일 밤에 가라오케에 가기도 했다. 그녀는 늘 껌과 탐폰을 갖고 다닌다. 우리가 친구라고 생각하는 것 같다. 마리는 눈을 크게 뜨며 계산대에 있는 치나라와 트레브를 바라본다.

"치나라가 트레브의 첫 여자래."

마리가 잔뜩 신나서 속삭인다. 나는 두 사람을 보며 그들이 섹스하는 모습을 상상해 본다. 딱히 이상할 것도 없다. 트레브는 키가 작고 마른 남미계 남자로 가끔 스케이트보드를 갖고 온다. 치나라는 머리가 짧고 코에 피어싱을 한 나이지리아 여자다.

"최근에 그렇게 된 거야?"

두 사람은 적어도 이십 대 후반은 됐다.

"아니."

마리는 고개를 마구 저으며 눈을 굴린다.

"두 사람 고등학교 때."

"아."

나는 어떻게 반응해야 할지 몰라서 그저 빙긋 웃으며 이렇게 덧붙인다.

"멋지네."

"정말 뉴욕다운 일 아니니?"

마리는 기대감이 찬 눈을 동그랗게 뜨고 크게 몸짓을 해가며 말을 잇는다.

"10년 동안 안 보고 살았는데 둘 다 여기서 일하게 된 거야. 게다가 치나라는 결혼도 했다니까!"

"그럴 수도 있지."

나는 조심스레 고개를 끄덕인다. 마리가 실망했다는 것을 안다. 나도 적당한 말을 간절히 찾고 싶지만 아직 취기가 남아서 정신이 몽롱하다. 마리는 내가 괴짜라고 생각할 게 분명하다.

그녀는 혀를 삐쭉 내밀더니 빙긋 웃는다.

"봐, 그거라니까. 그래서 네가 친해지기 어려운 거야."

내 소지품을 넣어두러 가면서 예전 집에서 쫓겨나기 몇 주 전에 엿들은 얘기가 떠오른다. 그 집의 침실들은 모두 허름한 가벽으로 나뉘어 있었고 내 방 벽에는 천장 쪽에 약 15센티미터의 틈이 나 있었다. 룸메이트들은 내가 외동이라서 이기적인 모양이라고 했다. 그 말을 듣고 어안이 벙벙했던 기억이 난다. 나는 전형적인 둘째인데 말이다.

약 400제곱미터 매장 곳곳에 물건들을 채워 넣는 내내 나는 끊임없이 내 언니 준을 생각한다. 어릴 때 장난감이 없어서 부엌에 있는 진짜 컵과 접시로 식당 놀이를 하던 기억. 그녀가 내 머리를 빗겨주던 기억. 내게 통마늘 따위를 먹이고 웃음을 터트리던 기억.

한 번은 내게 자기 발톱을 자른 조각을 먹이기도 했다.

'넌 엉망진창이야'라고 적힌 쟁반들 옆에 목제 과일 궤짝이 놓여 있고 그 안에 깔아놓은 삼베 천에는 주황색 병따개들이 뒤엉켜 있다. 칠판에 적힌 가격은 12달러다. 나는 코르크 마개 따개를 잭나이프처럼 펼쳐본다. 멋지게 펼쳐졌다가 딸깍하고 들어간다. 완벽하다.

쉬는 시간에 그것을 사기 위해 계산대의 마리에게로 걸어가면서 마음만 먹으면 주머니에 슬쩍 집어넣을 수 있다는 생각에 심장 박동이 빨라진다. 그러지 않는 이유는 준에게 주려고 사는 물건을 훔치면 재수가 없을 것 같아서. 겨우 12달러짜리 와인 오프너를 훔치고 그 업보로 결국 언니가 죽는다면 나 자신이 너무도 한심할 것 같다.

퇴근 후 집으로 돌아가면서 속이 메슥거린다. 심호흡을 하고 현관에 귀를 대본다. 사진을 보내달라는 제러미의 부탁에 아직 답을 하지 않았다. 그는 여러 번 재촉했다. 하지만 다행히 그는 집에 없다. 나는 신발을 벗어 던지고 옷을 벗은 뒤 속옷 차림으로 침대에 털썩 몸을 던진다. 베개에 얼굴을 묻는다. 너무 피곤해서 며칠 동안 연이어 잘 수 있을 것 같다. 이 침대가 그리웠다. 내 침대. 하지만 이제 이불에서 그의 냄새가 난다. 불쾌한 냄새는 아니지만 그의 몸에서 나던 냄새와 똑같다. 매력의 작용이란 참으로 놀랍다. 나는 이 익숙한 그의 냄새를 사랑했다. 그의 넓은 가슴과 머리카락도. 그런데 이젠 다르게 다가온다. 축축하고 매캐하며 이질적이다.

나는 일어나서 캘빈 클라인 면 스포츠 브라의 어깨끈을 내려 허리춤에 매달아놓는다. 너무 귀찮아서 마저 벗을 수가 없다. 조나스 브라더스* 잠옷 셔츠를 입는다. 닉이 돌아와서 기쁘다. 예전부터 그가 똑똑한 사람인 것 같았다. 나머지 두 명이 어떻게 그를 설득해 돌아오게 했을까. 정확히 뭘 미끼로 삼았을까?

냉장고와 찬장을 샅샅이 살피며 뒤진다.

주전자에 수돗물을 받는다. 뉴욕의 수돗물은 물의 샴페인이라고들 한다. 베이글과 피자의 맛이 특별한 것도 수돗물 때문이다. 아무에게도 얘기하지 않았지만 가끔 나는 수돗물을 마시면서 그것이 뉴욕의 **정수**로 나를 채워주지 않을까 생각한다.

어쩌면 그 뉴욕의 정수는 미량의 납일 수도 있지만.

나는 턱에 물을 흘리며 꿀꺽꿀꺽 마신다. 마치 뱀이 알을 삼킬 때처럼 액체가 힘차게 목구멍으로 흘러 들어가 숨이 막힐 것 같다.

머리 위로 한 손을 들었다가 내리면서 의기양양하게 거실에 대고 트림을 뿜는다.

전기 주전자를 켜서 루이보스 한 잔을 우려놓고 금세 혀를 덴다. 젠장. 늘 그런다. 20년쯤 살았으면 적어도 한 번은 딱 먹기 좋은 온도의 차를 만들 수 있어야 하지 않나? 냉장고 문을 벌컥 연다. 아니나 다를까 보드카는 그가 끝내버렸다. 어쩌면 내가 마셨

---

* 조나스 삼 형제로 구성된 미국의 보이 밴드

는지도 모른다.

제러미 개자식. 그가 부탁한 사진을 보내지 않아서 천만다행이다. 제러미에 대한 더러운 감정들, 모두 거지 같다. 마치 스위치를 켠 듯 나는 '씨발'을 남발하며 수치심과 두려움, 가슴 먹먹한 감정을 떨쳐낸다.

전화기를 꺼내 화면을 넘기면서 계속 음식을 씹는다. 패트릭의 사진을 중독된 듯 확인하고 있다. '좋아요'는 누르지 않는다. 그는 사진을 자주 올리지 않지만 이런저런 이미지에 태그돼 있다. 그러다 옛날 생각이 나기도 하고 외롭기도 해서 그에게 DM을 보낸다. '안녕. 사진이 좋네요.' 무슨 시인이라도 되는 것처럼.

그러곤 민망해하며 오글거리는 느낌을 떨쳐내려 몇 번 아래위로 펄쩍펄쩍 뛴다.

컵을 집어 들어보니 차는 차갑게 식어 있었다.

나는 그것을 마시며 잔 가장자리 너머로 잔해를 바라본다. 빈 아이스크림 통. 구겨진 라이프 시나몬 케이크 봉지, 흩어진 시리얼 부스러기, 그리고 내가 푹신한 가운데 부분을 베어 먹은 제러미의 네모난 오트 브레드.

총 일곱 개다. 나는 그것들을 다이아몬드 모양으로 늘어놓는다.

커피는 탄 맛이 나지만 달콤하다. 그녀를 보는 순간 심장이 쿵쾅거린다. 아, 감사합니다. 핫핑크 트레이닝팬츠에 그와 한 쌍인 외투와 신발 차림. 피자 한 조각을 들었고 핫핑크 모피 재킷 주머니엔 냅킨을 쑤셔 넣었다. 나는 시간을 확인한다. 우리 둘 다 조금 늦었다.

나는 8번 애비뉴에서 동쪽으로 가고 있다. 이곳은 대체로 주거지다. 아파트 단지의 넓은 한 면이 블록 하나를 대부분 차지하고 있다. 27번가 위의 연결 통로로 옆 블록 건물과 이어진 아트 앤드 디자인 센터의 그늘 속으로 서둘러 들어가고 있을 때 그녀가 나타났다.

나는 그녀의 이름을 모른다. 그저 멋대로 크루엘라라고 부르고 있다. 머리카락이 새까만 검정, 빛이 전혀 투과하지 않는, 그런 검정이다. 그 진한 검정은 형광색만큼이나 눈에 띈다. 평소에는 솜

사탕처럼 얼굴을 감싸고 있었는데 오늘은 틀어 올렸다.

우리는 같은 쪽 인도에서 서로를 향해 걸어가고 있다. 항상 마주치는 걸 보면 이 근처에 사는 게 틀림없다. 대개는 손목에 비닐봉지를 걸고 다닌다. 가끔은 작고 하얀 치와와를 데리고 나오기도 한다. 오늘은 혼자지만 내가 가장 좋아하는 복장을 했다. 그녀는 늘 단색으로 세 가지 복장을 돌려 입는데, 자기 개에게도 똑같은 색의 옷을 입힌다.

처음 그녀가 내 눈에 들어온 것은 마치 갓 태어난 망아지 같은 걸음걸이 때문이었다. 내 시야 가장자리에서 누가 넘어지는 것처럼 보였는데 그냥 그녀의 움직임이 그런 거였다. 패션쇼 무대에서 디자이너 브랜드의 열다섯 살 동유럽 모델이 흐느적거리며 걷는 모습과 비슷했다. 가슴과 팔은 뒤로 늘어뜨리고 엉덩이와 무릎이 좀 더 앞서 나가는 걸음걸이. 옆에서 보면 마치 림보를 하는 듯 보인다.

너무도 마른 그녀의 모습에 이가 아플 지경이다.

피부는 푸석하게 희고 마치 줄을 그은 듯 새빨간 립스틱을 발랐다. 나는 그녀가 종이 접시의 피자를 타코처럼 반으로 접는 모습을 쳐다보지 않으려고 애쓴다. 그녀는 잠시 길바닥에 치즈 기름을 흘려보낸다. 구겨진 기름종이에서 콘크리트 바닥으로 기름이 떨어진다.

내가 옆을 지나칠 때 그녀는 피자의 끝부분을 베어 물면서 턱을 마치 토끼처럼 율동적으로 움직인다. 서로를 지날 때 잠시 눈이 마주치자 짜릿한 기분이 든다. 나는 도로 표지판을 확인하려는 듯 고개를 돌린다. 그녀는 냅킨 한 장을 꺼낸다. 나는 그녀가 피자를 거기에 뱉는다는 걸 알고 있다.

벽을 허물고 그녀에게 말을 걸 수 있다면 좋겠다. 나를 자주 마주친다는 걸 알고 있을까? 아, 그녀에 관한 네 시간짜리 다큐멘터리를 만들 수 있다면 무엇이든 내줄 수 있을 것 같다. 물어볼 게 너무도 많은데. 이 여자는 참견할 거리를 찾는 사람 같다. 그녀가 음식을 먹고 그런 짓을 하는 걸 처음 봤을 때 믿을 수가 없었다. 사람들이 훤히 보는 곳에서 그렇게 하다니. 그때 그녀가 들고 있던 음식은 파파야 도그*에서 파는 핫도그였는데, 마치 지하철 객차에서 자위하는 남자를 본 것 같았다. 언젠가 한 번은 그녀가 냅킨을 펼쳐 침에 젖은 덩어리들을 덤불 안에 놓고 다람쥐를 부르는 광경을 보기도 했다. 그것은 행위 예술이었다. 뉴욕에도 우리 같은 사람이 적어도 한 명은 있는 것이다.

그녀를 보는 날은 늘 기분이 좋다.

커피를 한 모금 더 마시는데 손에 든 핸드폰이 활성화된다. 준의 전화다.

평소엔 절대 그러지 않았을 테지만 이번엔 전화를 받는다. 언니는 이따 와달라고 한다. 그러고 보니 나도 가고 싶은 것 같다.

수업에 집중할 수가 없다. 시간이 어찌나 느리게 가는지 화가 날

---

* 뉴욕의 핫도그 가게

지경이다. 이따금 나는 다른 나를 상상해 본다. 마케팅이 아니라 디자인 쪽으로 갔다면 어땠을까? 재수 없고 자만에 빠진 인간이 됐을지도 모른다. "주 멕스키즈?(실례합니다?) 어떻게 오버로크 재봉틀이 **또** 고장이죠?" 이렇게 웅얼거리고 있을 것이다. 제품을 만들며 유난한 허세를 떨었을지도 모른다. '옷'이 아니라 '의상'을 만들며. 좀 더 진지하게 군다면 '작품'을 만들며. 엣지* 애호가라면, 그러니까 엣지 딜레탕트라면 '웨어러블 아트'를 만들며.

나는 딜레탕트의 복수형이 딜레탕티라는 것도 몰랐다.

몇 시간 동안 은둔자처럼 잡생각에 빠져 있다가 인스타그램을 확인한다. 나는 인스타그램 알림을 아껴뒀다가 왕창 쌓였을 때 확인하는 걸 좋아한다. 특히 멋진 스토리를 올린 뒤라면 더 그렇다. 종이비행기 아이콘을 클릭한다. 속이 울렁거린다.

패트릭이다.

그는 이렇게 썼다. '이야. 난 DM을 잘 확인하지 않거든. 그런데 세상에, 텍사스의 그 제인이라니.' 그리고 전화번호를 덧붙였다.

그가 내 스토리를 봤는지 확인해 본다. 보지 않았다. 이삼 일쯤 뒤에야 답장을 보낼 생각이다.

학교에서 준의 집으로 가는 길에 내막암과 자궁암이 같은 거라는 사실을 알게 된다. 그런데 자궁암이 더 심각한 느낌을 준다. 어

---

*   독립 상점을 지원하는 미국의 전자 상거래 사이트

쩐지 더 깊은 곳에 생기는 병 같다. 나는 이빨을 가진 세포들이 꽃처럼 피어나는 광경을 그려본다. 유방암이나 백혈병 같은 암에 대해선 자금이 초과 지원되는 반면 식도암이나 자궁암에 대해선 충분히 지원되지 않는다는 사실도 처음 알았다. 희귀한 질병조차도 상품화를 면할 수 없다니. 어느새 슈퍼마켓 앞에 걸음을 멈추고 꽃을 살까 고민하는 나를 발견하곤 한심한 기분이 밀려든다. 내가 이곳에 들러 데이지 꽃을 사 간다면 준은 비웃을 것이다.

가방에는 와인 오프너가 들어 있다. 대화 도중에 자연스럽게 와인 얘기가 나오면 그때 주기로 마음먹는다.

"왔어?"

집으로 올라가자 언니가 나를 맞이한다. 문이 열리면서 조리대 위에 각종 병과 벌어진 양념 봉지들, 행군하는 개미 군단처럼 잔뜩 흩어져 있는 통후추 알갱이들이 드러난다. 언니가 요리하고 나면 며칠 동안 곳곳에서 재료 부스러기를 발견하곤 했던 기억이 떠오른다.

"무슨 요리야?"

나는 재킷과 반스 운동화를 벗는다. 준은 터무니없이 작은 절구와 절굿공이를 과하게 힘주어 누르며 우리 사이의 복도 벽장을 고개로 가리킨다. 안에는 검정 파카와 카멜색 트렌치코트만 걸려 있다. 내 외투를 걸면서 지나치게 널찍한 공간에 기가 질린다. 옷을 걸 때마다 다른 옷을 옆으로 밀어야 하는 싸구려 플라스틱 행거를 넘어선 삶이라니.

"마파두부."

준은 다시 빨기 시작한다. 마파두부는 아빠가 좋아하는 음식이다.

"양념 만드는 김에 많이 만들어놓으면 좋을 것 같아서. 너도 좀 가져가."

"고마워."

도마 위에 포장된 두부가 있다. 생두부가 아니라 튀긴 두부다. 도마는 지저분하고 플라스틱인 데다가 여기저기 흠집이 나고 색이 바랬다. 갓 건너온 이민자의 물건처럼. 그녀에게 훌륭한 체커판 무늬 나무 도마를 선물하면 어떨까 상상한다. 나무의 나이테 부분을 윗면으로 사용해서 평생 쓸 수 있다는 값비싼 윌리엄스 소노마* 도마 말이다.

"뭐 해?"

준이 팔꿈치로 나를 찌른다. 내가 옆에 붙어서 지켜보는 게 싫은 모양이다.

"요리 많이 해?"

나는 아일랜드 식탁 너머에 있는 바스툴에 올라앉는다. 친목 모임이나 저녁 식사 데이트, 샤퀴트리** 등을 상상해 본다. 언니도

---

*   미국의 주방용품 및 가구 전문 브랜드
**   차갑게 요리하거나 염지 가공한 돼지고기 요리

틀림없이 독서 클럽 따위를 하고 있을 것이다.

"아니."

그녀는 프라이팬에서 눈을 떼지 않고 말을 잇는다.

"그럴 시간이 없었어."

준은 흩어진 통후추를 줍는다. 작은 대포알처럼 보인다. 그녀는 그 알갱이들을 다시 봉지에 넣고 손등으로 이마를 훔친다.

"눈 조심해, 주주."

나도 모르게 튀어나온 말에 턱이 굳는다. 준은 못 들은 체하고 요란하게 비닐을 구기며 하던 일을 계속한다.

그렇게 부를 생각은 아니었다. 그 별명을 몇 년 만에 불러보는 지 모르겠다.

"학교는 어땠어?"

잠시 후 그녀가 묻는다.

"괜찮았어."

의도치 않게 말투가 날카로워진다. 준이 내 행방을 감시하는 게 싫어서다.

그녀는 도마에 놓인 튀긴 두부를 소스에 던져 넣는다.

"그 두부 아닌데."

성인이 돼서도 아직 동생 짓에서 벗어나지 못하는 나를 때려주 고 싶다.

"그럼 먹지 마."

그녀는 대뜸 말하곤 요리용 젓가락의 끝부분을 빨아 먹는다.

나는 입을 다문다. 맛있는 냄새가 난다.

프라이팬을 휘적거리던 준이 잠시 손을 멈추고 나를 살핀다.

"왜?"

그녀는 생각에 잠긴 얼굴이다. 똥 누는 아기 같기도 하다. 무슨 생각을 하는지 도무지 알 수가 없다.

"아무것도 아니야."

그런 뒤 그녀는 고개를 돌리며 다시 말한다.

"할 말이 있었는데 까먹었어."

혹시 나한테 화가 났나?

"뭔데?"

"아니라니까."

그녀가 날카롭게 말한다.

그 두부가 아니라고 해서일 것이다. 아니면 "주주"라고 불러서거나.

"참, 저기……."

나는 어떻게든 분위기를 풀고 싶어서 스툴에서 폴짝 내려와 내 가방으로 향한다.

"내가 뭘 사 왔는데. 별거 아니야. 작은 거야. 가게에서 샀어. 내가 일하는 가게. 그냥……."

나는 종이봉투를 내민다. 준은 한 손으로 연기 나는 프라이팬을 잡고 다른 손으로는 젓가락으로 내용물을 뒤적거리고 있다.

"미안."

내가 황급히 말하며 와인 오프너를 꺼낸 뒤 종이봉투는 구겨서 주머니에 넣는다. 나는 오프너를 조리대에 놓으며 말한다.

"선물 받을 손이 없네. 선물이라고 할 건 없고. 그냥…… 쓰라고."

"아냐. 좋네. 고마워."

그녀는 조금 과할 정도로 밝게 말하며 프라이팬에 향신료를 넣는다. 향신료가 타닥거리면서 이제 집 안에는 뚜렷한 쓰촨의 향미가 가득 찬다. 후추에서 연기가 나자 준은 기침을 하며 나를 돌아본다.

"아, 와인 마시고 싶었니? **와인** 줄까?"

"아니."

나는 고개를 젓다가 다시 말한다.

"그래, 뭐. 내가 꺼낼게."

나는 냉장고를 연다. 그 안을 보곤 화들짝 놀란다. 먹다 만 음식들이 밀봉되지도 않은 채 아무렇게나 들어 있다. 그 민망한 광경에 얼른 문을 닫고 딴청을 부린다.

"지난번에 못 찾았잖아. 레드 와인이 더 좋은 거라면서 레드 와인을 주려다가……."

"아."

그녀는 애써 미소를 지으며 다시 말한다.

"그거 생각해서 사 온 거구나."

"그게, 12달러밖에 안 했거든."

나는 분위기를 무마하려 든다. 낯간지러운 상황. 손을 어떻게 해야 할지 도무지 모르겠다. 준은 돌아서서 요리를 마저 하며 바쁘게 움직인다.

"언니는 레드 와인 마실 거야?"

내가 묻자 그녀가 대꾸한다.

"난 됐어. 넌?"

"그냥 물 마실게."

그녀가 파를 써는 모습을 보고 있자니 그 율동적인 동작과 서걱거리는 소리에 마음이 편안해진다.

"예전에 언니가 엄마 아빠 식당을 물려받고 싶다고 한 거 기억나?"

내 말에 준은 심드렁하게 대꾸한다.

"응. 그랬다면 엉망진창이 됐겠지."

나는 찬장을 연다. 텅 비었다.

"뭘 찾아?"

준이 끼어든다.

"물컵."

"여기 있어."

그녀는 싱크대 위쪽 찬장을 가리킨다. 나는 그 안에 든 컵 네 개 가운데 두 개를 꺼낸 뒤 수돗물을 받아 조리대에 놓는다. 그녀가 말한다.

"고마워."

"내가 밥 풀까?"

"그래."

그녀는 돌아서서 뒤쪽 서랍을 열더니 내게 하얀 주걱을 건넨다. 냉장고 옆 조리대에 아주 조그만 전기밥솥이 있다. 작은 싸구려 밥솥이 번쩍거리는 다른 주방 기기들과 어울리지 않지만 이거라도 있다는 게 놀랍다. 그녀는 내게 파란 그릇 두 개를 건넨다.

엄마의 말에 따르면 우리는 둘 다 밥을 잘 짓지 못한다. 늘 물을 부족하게 넣고 엄마처럼 굳이 쌀을 불리지도 않는다. 손바닥을 넣었을 때 네 번째 손가락 첫마디까지 올라오도록 물을 넣는 게 비결이다. 우리 둘 다 그렇게 해도 제대로 되지 않는다. 나는 뚜껑을 열고 밥을 헤집어 퍼트린다.

뭐든지 한 번만 주면 재수가 없다는 말이 생각나 언니의 그릇에 주걱으로 두 번 밥을 푸고 내 밥은 조금만 푼다. 그 재수 이론은 자기 것에는 적용되지 않을 테니까.

준이 내 빈약한 그릇을 살핀다.

"점심 늦게 먹었어."

그녀는 잠시 얼굴을 찌푸리곤 내게 먹을 만큼 덜라고 국자를 건넨다. 나는 적은 양을 퍼 올린다. 두부 두 조각이면 그럭저럭 넘어갈 수 있을 것이다. 소스는 전분을 넣어서 걸쭉한 데다 기름이 둥둥 떠 있다.

준은 자기 몫을 푼 뒤 냉장고에서 김치를 꺼낸다. 우리는 각자의 그릇에 젓가락으로 김치를 던다. 내가 하얀 바스툴 앞에서 걸음을 멈추자 언니가 말한다.

"난 거기 앉으면 엉덩이가 아프더라."

나는 그녀를 따라 소파로 간다.

두 손을 따뜻한 그릇에 데운 뒤 조금 맛을 본다. 이번만큼은 따뜻한 음식에 마음이 녹는다. 집에서 만든 아시아 음식을 먹어본 지가 얼마 만인지 모르겠다. 한 숟갈 더 먹는다.

"이거 정말 맛있다."

"그렇지? 오늘 아침부터 엄청 먹고 싶었거든. 너 정말 두부 더 안 먹어도 돼?"

"응, 괜찮아."

우리는 조용히 먹는다.

"너 룸메이트 있어?"

잠시 후 그녀가 묻는다.

"한 명."

"어때? 괜찮은 애야?"

나는 내 침실에서 딴 여자와 섹스하던 제러미를 떠올린다. 두세 번 고개를 끄덕인다. 내 얼굴에서 뭔가를 감지했는지 언니는 씹던 동작을 멈춘다. 양말 신은 발을 올려 내 배를 쿡 찌른다.

"남자구나?"

그녀가 입에 음식을 가득 문 채로 묻는다.

나는 입에서 젓가락을 뺀다.

"남자 친구랑 사는 거지?"

나는 어릴 때부터 준에게 거짓말을 할 수 없었다. 게다가 그녀는 눈을 굴리지 않고도 어이없는 기분을 기막히게 표현한다.

"남자 친구 아니야."

그녀가 깔깔거린다.

"계약한 사람은 누구야? 너야, 그 남자야?"

"걱정 마. 걔 금방 나갈 거야."

내가 조용히 말한다.

"헤어졌어?"

"아니, 헤어진 거 아니야. 헤어지고 말고 할 사이도 아니었어."

그녀가 목구멍 깊은 곳에서 낮게 울리는 소리를 내는 사이 나는 내 그릇만 바라본다. 그녀는 고개를 저으며 말한다.

"뭐, 어쨌든 일관성은 있네."

거울처럼 비치는 소파 테이블에 그릇을 내려놓는데 의도치 않게 요란한 소리가 난다.

"걔 이름으로 계약한 거 아니야."

솔직히 말하면 내 이름으로 계약한 것도 아니다. 계약 따윈 없었고 이 아파트는 데이비드 벅스바움의 이름으로 돼 있다. 나는 임대차 규제를 받는 아파트에 불법 전대로 살고 있고 아직도 그 사람의 배심원 후보 선정 우편물이 내 집으로 날아온다.

"그래."

언니가 말한다. 그녀의 미간 주름이 깊어지는 걸 보니 머릿속으로 뭔가 계산하고 있는 게 분명하지만 더는 캐지 않는다. 내 그릇을 내려다보고 있는데 그녀의 파란 양말이 시야에 다시 들어오더니 나를 쿡 찌른다. 이번엔 팔이다.

나는 그녀를 노려본다. 그녀는 빙긋 웃으며 몇 번을 찌르더니 자기 그릇을 밀어준다. 더 가져오라는 뜻이다.

"김치도 같이 부탁해."

그녀가 다정하게 말한다.

"응, 알았어."

나는 눈을 굴리며 일어난다.

"어차피 나도 소스 더 퍼 오려고 했어."

"그 자식, 나도 만나게 되려나? 백인이냐고 묻는 건 무의미하겠지?"

거실에서 언니가 소리쳐 묻는다. 나는 조용히 우리 둘의 그릇에 밥과 김치를 담는다.

준의 그릇엔 새빨간 고춧가루를 왕창 넣는다. 언니에게 짜증이 나지만 그래도 우리 사이의 긴장이 풀어지는 듯하다.

"자."

나 역시 다정한 미소를 지으며 그릇을 건네고 자리에 앉는다.

"걔 이름이 뭐야?"

그녀는 젓가락으로 고추를 집어 테이블의 크롬 상판에 놓는다.

나는 다시 먹기 시작한다.

"내가 맞혀 볼게. 타일러. 아니다. 태너. 참, 체이스 라이스*는 어떻게 됐어? 그 사람, 무슨 프로그램에 나오지 않아? 동양 여자들하고만 자는 백인 남자 이름으로 딱이지?"

그녀는 고추 하나를 더 집어 아까 놓은 고추 옆에 놓는다. 나는 일어나서 키친타월 절반을 뜯어 건넨다. 이렇게 좋은 집에 살면서도 저렇게 게으르다니.

"그런데 그쪽 일은 어떻게 됐어? 암 말이야."

준은 눈썹을 치올린다.

"그쪽 일?"

나는 그저 화제를 돌리고 싶었다.

"결과가 나오긴 했어."

그녀는 계속 고추를 골라낸다.

"그런데?"

"여성의학과 암 전문 외과 의사를 소개받았고."

"그래서?"

"그리로 갈 거야."

여성의학과 암 전문 외과 의사라니. 나는 내 그릇에 담긴 걸쭉

---

* Chase Rice, 미국의 경연 프로그램에서 우승한 싱어송라이터로, 이름을 직역하면 '쌀/밥을 쫓다'라는 뜻이다.

한 적갈색 소스를 내려다본다.

"언제?"

"아침에."

그녀는 이제 웃음을 거두고 자기 냅킨을 뚫어져라 보고 있다. 그래서 나를 부른 거다. 그래서 집밥이 먹고 싶었던 거다.

"잠깐. 그럼 내일 수술해?"

준은 그릇을 테이블에 내려놓곤 선뜻 대꾸하지 않는다.

"언니?"

우리 식구들은 다 이런 식이다. 상대의 질문이 너무 내밀하다 싶을 땐 불같이 화를 내거나 입을 다물어 버린다.

"언니?"

나는 내 손을 보며 조용히 묻는다. 엄지손톱을 빼곤 매니큐어가 모두 벗겨졌다. 나는 질문의 방향을 돌려본다.

"병원이 어디야?"

나는 한 입 더 먹는 척하며 태연하게 묻는다.

그녀의 머리 너머로 텔레비전이 보이고 그 아래 놓인 연한 색의 목제 수납장 위 선반엔 〈길모어 걸스〉* 박스 세트에서 꺼낸 파스텔 색의 DVD 케이스가 보인다. 낯익은 물건을 보자 가슴이 답답해지

---

* 2000~2007년에 미국에서 총 일곱 시즌이 방영된 이후 큰 인기를 끈 드라마. 열여섯 살에 실수로 임신해 아기를 낳은 젊은 엄마 로렐라이 길모어와 십 대가 된 딸 로리 길모어 모녀의 이야기다.

면서 목이 죄여온다.

마침내 그녀가 말한다.

"병원은 죄다 어퍼 이스트사이드야. 엄청 멀다니까. F선, D선, R선 다 싫은데."

"Q선을 타."

"난 암 환자지 가난한 건 아니야."

목이 멘다.

테이블에 놔둔 내 핸드폰이 켜진다. 또 제러미다. 언니의 시선이 그리로 향하자 나는 전화기를 엎어놓는다.

"내일은 그냥 면담만 할 거야. 조직 검사 결과를 훑어보고."

내가 같이 가야 하나 생각하다가 한참 만에 연락한 사이에 그런 걸 물어봐도 되나 싶다. 틀림없이 함께 갈 친구들이 있을 것이다. 가까운 사람들.

"고마워."

내가 말한다. 그녀는 내가 한심한 말을 한 것처럼 나를 쳐다본다.

"내 부탁 좀 들어줄래?"

나는 무릎에 그릇을 턱 내려놓고 진지하게 고개를 끄덕인다.

"학교 좀 잘 다닐 수 없어? 제발? 너한테 **남자 문제**가 중요하다는 건 알지만……."

그 말에 나는 움찔한다.

"정신 좀 차려."

그녀는 한숨을 쉬곤 잠시 눈을 감는다. 나를 이렇게 성가신 존재로 여기다니 진이 빠진다.

"수업에 집중하고 잘 들어. 앞으로 몇 주 동안, 아니, 몇 달 동안은 엄마 아빠가 걱정하지 않게 해줘."

나는 그녀를 흘끗 올려다본다.

"몇 달이나 걸리는 거야?"

그녀는 다시 한숨을 쉰다. 내가 참을 수 없는 모양이다.

"나도 몰라, 제인."

"알았어."

나는 그저 고개를 끄덕인다.

"너도 노력하면 똑똑한 애잖아."

그 말에 벌컥 눈물이 고인다. 언니에게 얼마나 듣고 싶었던 말인지 모른다. 이런 상황에서 듣고 싶지 않았을 뿐.

"언니처럼 똑똑하진 않겠지."

내가 말하자 준은 자기 그릇을 다시 들어 올리다가 웃음을 터트린다.

"나만큼 똑똑하다고 한 건 아니야. 하지만……."

다시 한번 커다란 한숨.

"난 어떤 부분엔 똑똑하지만 다른 부분에선 멍청하잖아. 나도 빌어먹을 실수를 많이 했어, 제이제이."

목이 멘다.

"그래도 괜찮아지는 거지?"

내 목소리가 떨린다.

"내가 뭐라고 했으면 좋겠니?"

차라리 언니가 죽을 날짜와 시간을 정확히 알려주면 좋겠다. 그러곤 더 이상 새로운 추억을 쌓지 않고 그 순간을 준비할 수 있게 사라져 버렸으면 좋겠다. 안 그래도 그리워할 추억이 많으니까.

준이 일어난다. 이 대화는 끝났다. 나도 따라 일어서자 묵직한 현실에 다시 아찔해진다. 언니가 암에 걸렸다.

나는 그녀를 따라 부엌으로 들어간다. 뒤에서 보니 너무도 작다. 암이 들어갈 자리도 없어 보인다.

준은 몸을 숙여 식기세척기에 그릇을 넣기 시작한다.

"시리, 〈졸업〉 사운드트랙 틀어줘."

그녀가 허공에 대고 소리친다.

나는 참지 못하고 키득거린다.

"〈졸업〉을 보기나 했어?"

준은 나를 돌아본다.

"당연히 안 봤지."

"고전인데."

"안 봐도 돼."

그녀는 몸을 기울여 캡슐 세제를 식기세척기에 넣으며 다시 말한다.

"영화를 다 볼 시간이 어디 있니? 클립만 봤어. 사운드트랙이 좋더라. 무슨 내용인지는 알아."

나는 이 문제를 놓고 다시 싸우지 않으려고 안간힘을 쓴다. 그녀는 식기세척기를 켠다.

"식기세척기가 있다니 굉장하네."

내가 말한다. 진심으로 놀랐다. 그건 뉴욕에서 뒤뜰이 있는 집에 사는 것과 똑같으니까.

"게다가 진짜 사용하기도 하다니."

그녀는 웃으면서 팔짱을 끼고 조리대에 기대선다.

"그러게. 이걸 돌릴 때마다 엄마가 알면 뭐라고 할까 생각한다니까."

텍사스의 집에도 식기세척기가 있지만 우리 부모님은 그걸 건조대로만 사용한다. 한 번은 준이 정교한 도식을 만들어 손으로 설거지를 하면 얼마나 **더** 많은 물이 낭비되는지 보여줬지만 부모님은 들으려 하지 않았다. 엄마는 캡슐 세제가 있다는 것을 알면 목덜미를 잡을 것이다. 설거지 세제도 늘 희석해서 사용하니까.

"와, 언니가 만든 마파두부를 마지막으로 먹은 게 언제더라?"

나는 내 그릇을 헹궈 그녀에게 건네며 덧붙인다.

"고등학교 때일걸."

"고등학교 때 맞아. 내가 대학교에 가기 몇 달 전."

그녀는 뭔가를 생각하는 듯 오랫동안 천천히 물을 마신다.

나도 기억하고 있다. 그녀는 아빠를 위해 마파두부를 만들었다. 아빠를 위로하기 위해서. 그리고 그 외로운 밤, 우리 셋은 거의 먹지 않았다는 것도 기억한다.

11장

나는 아직 따뜻한 밀폐 용기를 손에 들고 지하철역으로 걸어간다. 암은 지독한 배신처럼 느껴진다. 몸속 깊은 곳 어딘가에 곧 폭발해서 불길을 일으킬 작은 폭탄들을 조용히 만들고 있다니.

나는 열차를 타러 계단을 쏜살같이 내려간다.

준은 아파 **보이지** 않는다. 원래 늘 그런 모습이었다. 언짢은 얼굴. 적개심을 잠시 억누르고 있는 얼굴이랄까. 허약한 기미가 보이기라도 했다면 이런 상황을 좀 더 쉽게 믿을 수 있을 텐데. 인간은 죽음을 피할 수 없고 그게 어떻게 작용하는지 모르는 건 아니지만 그걸 준에게 적용하기란 쉽지 않다. 누군가가 죽었을 때 사람들이 충격에 휩싸여 '어머, 그 사람 엊그제 봤는데' 하는 건 터무니없는 인지적 분열이 아닐 수 없다. 죽음이란 얼마나 통합적인가. 수십 년간 우리끼리만 아는 농담을 주고받고 우스꽝스러운 표정으로 서로를 놀리고 가족의 사랑을 받으며 온전히, 확실하게, 반박할 수 없게 살아 있다가 갑자기 그러지 않는다는 것을 받아들이기나 너무나 어렵다.

죽음에 관한 소식을 들으면 당장 자기 자신을 생각하게 되는 것도 이상한 일이다. 나는 준이 죽으면 내가 어떤 심정이 될지 확실히 알고 싶다. 그 기분을 보고 만지고 맛볼 수 있다면 좋겠다. 내가 계속 살아갈 수 있을지 확인하기 위해서라도.

지하철 승강장에서 내 숨결이 내뿜는 연기는 어쩐지 따뜻해야할 것 같은데 그렇지 않다.

젠장. 주주가 죽을병에 걸리다니.

하나, 빨간 토글 단추 코트를 입은 검은 머리의 여자.

둘, 누가 들어주기를 바라는 듯한 웃음소리.

셋, '쓰레기는 여기에'라는 (찢어진) 스티커가 붙은 쓰레기통.

넷, 얌체 콧수염이 있는 영화 포스터.

다섯, 다시 나오는 나의 입김.

하나, 둘, 셋, 넷, 다섯. **하나둘셋넷다섯.**

그녀는 죽으면 안 된다. 아직 인생을 끝내기엔 멀었다.

하나, 둘, 셋, 넷, 다섯.

준이 난생처음 내뱉은 말은 "우유"였다. 엄마는 준이 아기 때 분유통에 적혀 있던 글씨를 읽은 거라고 확신했다. 그것도 이상한 일이다. 죽음처럼. 1 아니면 0. 아무런 의미도 없던 글씨를 갑자기 펑! 하고 읽게 되는 게 아닌가. 내가 처음 내뱉은 말은 "소"였다.

엄마가 전화로 누군가에게 준이 처음 내뱉은 말이 우유라고 한 것을 엿듣고 나는 우리 둘이 똑같으면 좋겠다고 생각했다. 머릿속이 복잡해진다. 아기들은 그저 옹알거리며 돌아다니다가 하루아침에 이것저것 염탐하기 시작한다. 아무것도 읽지 못하다가 갑자기 글을 깨친다.

준은 어릴 때부터 조숙했고 자기 뜻대로 몸을 놀릴 수 있게 된 순간부터 사용한 기저귀를 치워야 했다. 깨끗한 기저귀를 가져오고 똥 기저귀를 치우고. 까딱거리는 머리 뒤로 해가 떠오르고 지고. 어린 준을 생각하니 마음이 아프다. 어릴 때 사진을 보면 준은 늘 웃고 있다. 그리고 한시도 가만히 있지 못해서 사진이 대부분 흐릿하다.

나도 마찬가지였다. 서울의 좁은 고층 아파트 18층에 살 때 나는 창문을 열고 넘어가곤 했다. 부엌 옆에 달린 어항만 한 콘크리트 화단으로 들어가면 작은 사각형 타일들이 내 무릎을 파고들었다. 그러다가 비좁은 집을 벗어나 산들바람을 만끽했다. 처음 탈출했을 때 아빠가 뒤따라 나왔다가 내가 주차장까지 가는 걸 보고 말문이 막혔다고 한다. 그다음엔 준이 나를 찾았는데 그때는 우리 둘 다 야단을 들었고 엄마는 울음을 터트렸다. 한 번은 22층에 사는 부모님 친구네 집에 다 함께 놀러 갔다가 내가 발코니 난간 사이에 실험 삼아 넣은 머리가 끼는 사고가 일어났다. 아빠는 내 작은 어깨와 따뜻하고 조그만 몸통, 버둥거리는 내 통통한 발을 난간

기둥 사이로 **빼내려** 안간힘을 썼고 나는 그 틈 속에서 위로 들려 올라갔다가 난간 너머로 안전하게 돌아갔다. 내가 머리를 내밀 수는 있었지만 귀가 걸려 다시 들어오지 못한 건 어린애의 비율 때문에 일어난 일이었다.

아무리 타일러도 나는 말을 듣지 않았다.

준이 인형을 던지기 전까지.

언니가 내 끈적거리는 손을 잡고 끌고 갈 때의 기분을 지금도 생생히 기억한다. 아장아장 걷는 통통한 다리 아래 차갑고 금 간 콘크리트 복도가 아주 가까이 있었다. 우리는 승강기를 타고 내려갔다.

준이 던진 건 자기로 만든 인형이었다. 앞섶에는 마치 단추처럼 술이 달려 있고 위아래가 하나로 붙은 번쩍거리는 광대 옷 같은 것을 입은 소녀 인형. 인형은 산산이 부서져 있었다. 깨져서 나뒹구는 도자기 손은 속이 텅 비었다. 우리는 비밀을 찾기라도 하듯 그 인형의 얼굴 내부를 들여다봤지만 그 안에는 아무것도 없었다.

준은 그곳에서 억지로 우리 집 창문을 올려다보게 한 뒤 다시 인형을 보라고 했다.

"다시는 나한테서 숨지 마."

언니는 어둡고 진지한 눈을 하고 이렇게 말했다. 그러곤 깨진 인형을 가리키더니 내 작은 가슴을 쿡 찌르며 덧붙였다.

"그럼 죽을 줄 알아."

우리는 깨진 인형의 조각을 모두 비닐봉지에 주워 담고 쓰레기수거함에 넣었다. 엉망이 된 인형의 몸이 **휙** 하고 내려가 깊은 어둠 속 어딘가에 **쿵** 떨어지는 소리가 들렸다.

그때 나는 만 세 살, 준은 여섯 살이었다. 그 뒤로 나는 절대 언니 곁을 떠나지 않았다. 그해 우리는 텍사스로 이주했고 텍사스에서도 그랬다. 그곳은 터무니없이 거대했다. 사방이 너무도 평평해서 어깨높이에 180도로 하늘이 펼쳐져 있었다. 등을 대고 누워 위를 올려다보면 하늘이 무겁게 짓눌러 숨을 쉴 수 없었다. 지평선이 나를 깔아뭉갤 것 같았다. 경계도 없이 드넓은 텍사스에는 숨을 곳이 없었다. 어디로도 도망칠 수 없었다.

우리는 준의 죽음을 예방하는 계획은 세우지 못했다. 내 죽음을 예방하는 계획만 세웠을 뿐.

언니도 내게서 절대 숨으면 안 된다. 무슨 일이 일어날지 모르니까.

지하철이 덜컥 멈춘다.

나는 마파두부가 담긴 용기를 꼭 끌어안는다.

셔츠 소매로 눈물을 찍어내고 복잡한 생각을 잊으려고 핸드폰을 꺼낸다. 인스타그램을 열자 가장 먼저 선글라스를 쓴 제러미의 얼굴이 나타난다. 아, 준은 제러미를 싫어할 게 분명하다.

그가 올린 사진들을 넘겨 본다. 프로필에도 링크. 스토리에도 링크. 여기저기 링크를 걸어놨다. 소규모로 운영되는 잡지에 관한 기사다. 뉴욕과 서울, 런던의 멋진 사람들이 출판 매체로 몰려들어 직접 판매하고 있다는 내용. 때론 판매하지 않고 모임의 한정판 기념품으로 증정하기만 한단다. 실제로 딱히 존재하지도 않는 어떤 것으로 그렇게 주목받을 수 있다니 기가 막힌다.

그러니까 이 기사 때문에 사진이 필요했던 거다.

나는 기사를 클릭한다. 제러미가 나타난다. 온 도시가 볼 수 있도록 우스꽝스러운 포즈를 취한 모습. 내가 본 적 없는 사진을 썼다. 누가 찍었을까? 찍은 사람의 이름은 없다. 그의 얼굴이 가장 잘 나오는 각도, 머리를 4분의 3쯤 돌린 모습이다. 보는 사람의 관용에 따라 옆모습과 정면이 실제보다 더 잘생겼다고 상상하게 만드는 각도.

기사를 빠르게 훑어본다. 사이드바에는 지금까지 그를 도와준 사람들이 모두 적혀 있다. 그의 멘토들, 내가 알기로는 그가 개인적으로 잘 알지 못하는 유명한 형제 감독. 모델 일과 스케이트보딩으로 엄청난 소셜 미디어 팔로워 수를 자랑하는 부잣집 친구. 그리고 래. 역시 그녀가 있다. 여기선 그의 뮤즈로 소개됐다.

욕지기가 난다. 다음 페이지는 전부 그녀에게 할애했다. 주로 사진이다. 잉크가 묻은 창백한 손과 파스텔 톤 머리카락을 내리고 그 사이로 내다보는 눈, 커다란 터머릭 라테 잔들 옆에 놓인 그녀가 쓴 책자들, 젖꼭지가 비치는 얇은 셔츠 차림으로 두 손을 높이 들고 나무 자세를 한 채 웃고 있는 모습. 모두 눈부시다. 모두 알몸에 가까운 새 같은 몸을 담고 있다. 심지어 그녀가 변기에 앉아 있는 사진도 있다. 분홍색 물이 샤워실 하수구로 소용돌이쳐 들어가는 사진에는 달과 초경에 관한 사행시가 함께 들어 있다.

증오가 파도처럼 나를 휩쓴다. 이 여자는 너무도 소녀 같고 섬약하며 부인할 수 없이 사랑스러워서 그녀의 생물학적 사실들이 낯뜨거울 만큼 유혹적이다. 감질나게 성욕을 자극한다. 보는 이에게 아무것도 요구하지 않는 파멸. 보는 이를·페미니스트라고 느끼게 하는 각성. 그러면서도 이따금 이 여자의 시선은 도발로 보일 만큼 자극적이다.

차라리 두 사람이 섹스를 하고 있는 편이 나았을 것이다.

나는 그럴 이유가 없는데도 충격에 빠진다. 유린당했다고 느끼는 게 수치스럽다. 그는 내게 그럴 기미조차 보여주지 않았지만, 그저 나 혼자 그가 나를 언급할 거라고 생각했다. 내 이름을 넣어줄 거라고. 당연히 여자 친구라고 밝히진 않겠지만 적어도 이 시각 예술을 뒤에서 도운 숨은 인재라고 말해줄 거라 생각했다. 며칠 동안 밤을 새워가며 서성이는 그의 옆에서 로고를 수정해 준 내게 고마움을 표할 줄 알았다. 내 잃어버린 시간, 그가 막판에 '전면적인 아이디어 수정'을 하는 바람에 그동안 내가 했던 인디자인 작업이 어그러지고 폰트와 레이아웃 따위를 모두 버린 뒤 그가 가져다주는 커피와 입맞춤과 격려를 받아가며 다시 투자한 시간을 인정해 줄 거라고 생각했다.

그의 이야기에는 내가 존재하지 않는다.

나는 없는 사람이다.

12장

어느새 나는 내 집 앞에 와 있다. 잠시 분열을 겪은 모양이다. 현관 너머로 그의 노트북에서 나오는 소리와 '허허허' 하는 그의 웃음소리를 들으며 나는 열쇠를 밀어 넣는다. 마음을 다잡는다. 문을 열자 그가 소파에 앉아 내가 얼굴을 묻었던 베개를 엉덩이에 깔고 컴퓨터를 보고 있다. 내 블루투스 스피커를 연결해 놨다.

"제러미."

나는 부엌 조리대 위에 과하다 싶을 만큼 힘차게 열쇠를 던진다. 열쇠는 곧장 싱크대 속으로 미끄러져 들어간다. 언니가 준 밀폐 용기를 스토브 위에 놓는다. 그가 벌떡 일어나자 농구복 반바지가 닭 다리 같은 다리 위로 헐렁하게 내려온다. 그는 노트북을 옆으로 치운다. 그가 내 넷플릭스 계정을 쓰고 있다는 걸 안다. 내 비밀번호를 물어본 뒤 상의도 없이 자기 계정의 구독을 취소했을 때 쫓아냈어야 한다. 사람이 본색을 드러내면 그대로 믿어야 하는 법. 첫 페이지에서 미소 짓는 그의 초록색 아바타를 봤는데 무슨 증거가 더 필요하단 말인가?

"이야, 마침 잘 왔네."

그가 말하며 내가 있는 부엌으로 다가온다.

"치사하게 굴고 싶진 않은데 물어볼 게 있었거든. 너 혹시 내 마리화나 다 피웠냐? 그건 좀 아니지……."

그는 얼굴을 문지르며 다시 말한다.

"그리고 내 생강 아이스크림 남은 거 네가 해치웠어……?"

"뭐?"

그의 뻔뻔함에 눈앞이 캄캄해진다.

"그걸 지금 말이라고 해?"

그러자 그가 진지하게 설명한다.

"그거 시즌 한정판이야. 30파인트만 나왔다니까. 인플루언서들을 위한 거라고. 콘텐츠로 올리려고 했는데."

"기사 봤어."

내가 날카롭게 말한다. 그는 반 발짝 물러선다. 그의 어깨가 원래 이렇게 처졌었나? 원래 이렇게 볼품없이 비스듬한 각도였나?

"기자가 멍청하더라."

그가 말하며 핸드폰을 꺼낸다. 자기 게시물의 조회 수를 확인하는 게 틀림없다. 그는 비꼬듯이 말한다.

"사진 보내줘서 아주 고마워. 그거 보내는 데 1초밖에 안 걸렸을

덴데. 그랬다면 내 한정판 다 먹어도 상관하지 않았겠지. 하지만 적어도⋯⋯."

"당장 내 집에서 나가."

내 말에 그는 땅콩처럼 작은 머리를 휙 젖힌다.

"잠깐만."

그가 우리 사이의 공기를 가늠하며 대꾸한다. 엄지손가락으로 화면을 넘겨 보던 핸드폰을 마지막으로 흘끗 확인한 뒤 보란 듯이 소파 테이블 위에 엎어 놓는다.

내가 눈을 굴리자 그의 표정이 굳는다.

"너, 집세 2100달러 밀렸어. 그리고 네 그 귀하고 잘난 한정판 아이스크림은 어떻게 됐는지 나도 몰라."

거짓말이 술술 나온다. 아이스크림은 달콤했다. 마리화나에 취해서 먹으니 더 맛있었다.

"잠깐⋯⋯."

그가 더듬거리자 내가 다시 말을 끊는다.

"지금 너 내쫓는 거야."

나는 운동화를 벗어 던지고 침실로 가지만 그러는 사이 오른쪽 눈에서 뜨거운 눈물 한 방울이 떨어져 내린다. 눈물을 훔치고 코를 훌쩍거린다. 그를 밀치고 지나가는데 그가 내 울분의 눈물을 잘못 이해하고 바보같이 히죽거린다.

"혹시 그날 일 때문에 이러는 거야?"

그가 내게 손을 뻗자 나는 뿌리치고 옷장에서 여행 가방을 꺼낸다.

"내가…… 누굴 데려온 날?"

거친 한숨.

"내가 여러 명을 만나는 거 너도 알잖아. 나한텐 폴리아모리*가 중요하다고. 그건 내가 아주 분명히 얘기했잖아."

나는 외출용 재킷 두 벌과 뒤엉킨 카디건들, 매끈한 셔츠들을 꺼낸다. 내 흰색 플라스틱 바구니에 뒤섞인 제러미의 더러운 옷들을 흔들어 털어내고 내 납작한 검은색 벨벳 옷걸이에 걸린 그의 플란넬 셔츠들도 옷더미에 던져놓는다.

그가 복도에서 소리친다.

"뭐 하는 거야? 이렇게까지 할 필요는 없잖아."

나는 옷걸이가 잔뜩 담긴 바구니와 여행 가방을 끌고 뒤로 나오면서 그와 세차게 부딪친다. 그러곤 거실에서 짐을 싸기 시작한다.

"얘기 좀 하면 안 돼?"

내가 고개를 돌려 노려보자 그는 아주 좋은 생각이 떠오르기라도 한 듯 얼굴이 환해진다.

"바꿔보자."

그는 지난 몇 주 동안 내가 자던 소파를 고갯짓으로 가리킨다.

"내가 소파에서 잘게."

---

* 다자 간 연애

그러곤 너그러운 미소를 지으며 다시 말한다.

"생각해 봐. 우리가 이 상황을 넘기는 게 건강에 좋아. 솔직히 나도 너랑 사는 게 아주 좋지만은 않지. 네가 이렇게 화를 내고 늘 조용히 해야 하니까. 그때 데려온 애는 그냥 이슬람 여자였어."

나는 더 이상 그의 얘기를 듣지 않는다. 짐을 싸는 데만 몰두한다. 나는 짐 싸는 게 좋다. 예전부터 그랬다. 어릴 때 나는 호보백과 엄마의 테이블보, 스카프 등을 가져다가 빗자루 끝에 묶고 그 안에 과자와 장난감을 가득 담곤 했다. 엄마는 늘 내가 떠나고 싶어 했다고 말하곤 했다.

나중에 나는 엄마의 위선을 비웃었다.

생각한 만큼 깔끔하게 짐을 싸지 못한다. 학교 교재가 가방의 절반을 차지한다. 압축 팩들은 수납장 높은 칸에 넣어놨는데 제러미에게 도움을 청하느니 차라리 내 눈을 빼 먹겠다. 짐을 꽉꽉 누르고 지퍼를 닫는다. 바구니를 들고 부엌으로 가서 내가 가진 트레이더 조*의 보냉 가방을 총동원한다.

"미치겠다. 대체 넌 음식하고 무슨 원수라도 졌냐?"

나는 첫 번째 보냉 가방의 지퍼를 연다.

"빌어먹을, 아이스크림 안 먹었다는 것도 거짓말이잖아. 다 알아. 전에 시리얼도 안 먹었다고 했지. 빵, 비욘드 버거, 다 거짓말이었

---

*　미국의 식료품점 체인

어. 대체 왜 그러는 거야? 어른스럽게 말로 할 수 없어? 이렇게 입을 다물어버리면 안 되지. 제인. 제인? 아, 씨. 이건 중요한 문제야. 날 봐."

식료품 수납장에도 쓸 것이 많다. 나는 참깨와 참기름, 쌀 식초, 진강 향초*, 고춧가루, 간장, 어간장, 김을 꺼낸다. 매기 소스**는 커다란 병과 작은 병을 둘 다 집는다. 난 둘 다 가져갈 자격이 있으니까.

그다음 냉장고를 휙 열고 **반찬**과 양념을 모조리 꺼낸다. 반조리 한국 음식은 워낙 비싼 거라 모조리 쓸어 담는다. 고춧가루를 탐내는 골룸처럼. 김치도 잊지 않는다. 유행에 민감한 이들이 유산균 때문에 먹는 하얀 배추 쓰레기 같은 김치까지도. 오징어 진미채 무침과 콩장, 무말랭이 무침, 된장, 냉동 만두, 냉동 떡, 트레이더 조에서 산 빌어먹을 냉동 껍질콩, 제러미가 배달 앱 심리스에서 자꾸 8달러짜리 껍질콩을 주문하고 나에게 그것까지 포함해 절반의 비용을 내게 해서 뭔가 보여주려고 사 온 것이다.

나는 그 껍질콩 봉지를 그의 얼굴에 대고 흔든다.

"내가 몇 번이나 말해? 똑같은 콩이라니까. 일식집 카레는 마트에서 파는 큐브형 카레로 만드는 거야. 식당의 우동도 반죽부터

---

* 중국 요리에 많이 사용하는 흑식초
** 스위스의 식품 브랜드 매기에서 만든 조미료

시작하는 게 아니라니까. 미쳐."

대체 왜 저렇게 멍청할까? 나는 아몬드 밀크와 그의 오트 커피 크리머도 챙긴다.

발끝으로 살금살금 걸으며 간식 수납장을 열어 대어를 낚는다. 신라면 블랙 다섯 개들이. 나는 그 봉지의 귀퉁이를 집어 조리대에 던진다.

"그건 안 돼."

그가 걸어와서 조리대 앞에 서 있는 나의 앞을 가로막는다. 집 안에서 버켄스탁 신발을 신고 있다. 밖에서는 신지 않는 거라고 우기지만 거짓말이다.

"내가 산 거야. 넌 이제 라면 먹지도 않잖아. 붓는다면서."

한국 사람과 똑같이 **라면**이라고 발음하는 그의 모습에 열불이 난다. 제러미의 그런 재주는 소름이 끼칠 정도다. 그는 나를 만나기 전부터 젓가락을 쓸 줄 알았다고 으스댔다. 매운 음식을 좋아한다고 떠벌리며 샤브샤브를 먹으러 가서 높은 단계의 맵기로 주문했다가 일주일 동안 불처럼 매운 똥을 눴다. 게다가 그는 끊임없이 내 취향을 훔쳐간다. 내가 데려가기 전까지 기노쿠니야 서점*을 알지도 못했으면서 어떤 여자에게 그곳이 가장 좋아하는 서점이라고 말하는 걸 들은 적도 있다.

---

* 동명의 일본 출판사가 운영하는 서점으로 미국에도 진출해 있다.

"너 나랑 헤어질 거야?"

그가 손으로 머리를 빗어 조금 흐트러뜨린다. 습관처럼 몸치장을 하는 그의 모습에 오싹해진다. 겸연쩍은 듯 헤어라인을 매만지는 모습을 보고 있자니 넌더리가 난다. 나는 굳이 혐오감을 숨기지 않는다. 꺼내놓은 물건을 전부 챙겨 넣으며 내가 그에게 말한다.

"그럴 수는 없지. 우린 사귀지도 않았으니까. 네가 나를 해고할 수 없듯이 말이야."

"와."

그가 길게 말꼬리를 늘인다.

"좋아. 하지만 규정상 넌 나한테 시간을 줘야지. 난 월세도 냈어."

"한 번 냈지. 두 달 전에. 지금은 10월이야."

마침내 다시 돈 얘기가 나오자 현기증이 난다.

그는 날카롭게 말한다.

"최소 30일을 줘야 해. 뉴욕의 법이 그래."

"일주일 줄게."

그는 내 파란색 손가방 위로 삐져나온 병을 고갯짓으로 가리키며 말한다.

"매기는 유럽 브랜드야. 크노르가 스위스 브랜드고."

뇌에 금이 가는 소리가 들리는 것 같다. 내 평생 억눌러온 그 모든 짜증의 순간들이 지금 이곳으로 집결돼 뾰족뾰족한 분노 덩어리를 이룬다. 나는 그것을 그에게 던지고 싶다.

"꺼져, 제러미!"

나는 그의 코앞에서 소리를 지르며 라면을 든 손으로 그를 밀어 버린다.

"넌 이걸 먹을 수 없어. 아니, 두 번 다시 사지도 못할 거야."

내가 이 개자식의 삶을 어떤 식으로든 발전하게 해줬다니 진저 리가 난다. 특히 이런 식으로 지식을 늘려줬다니. 이 개자식은 이 제 신라면 블랙에 스프 하나가 더 들어 있고 마늘 향이 더 첨가돼 일반 신라면보다 더 맛있다는 걸 알고 있다.

이런 새끼는 그런 풍부한 마늘 향을 누릴 자격이 없다.

나는 그의 얼굴에 대고 말한다.

"H 마트*에서, 아니, 선라이즈 마트**에서도 내 눈에 띄면 조져 버릴 줄 알아."

13장

　머리가 화끈거리고 귀에 피가 몰리는 느낌이다. 뭔가가 손바닥을 찌르는 느낌에 아래를 보니 성난 손으로 뒤엉킨 아이폰 충전기들을 움켜쥐고 있다. 두 개는 그의 것이다. 달랑거리는 흰색 큐브 하나에 파란 펜으로 J라고 적혀 있다. 젠장, 한심한 제러미. 우리 둘의 이름이 모두 J로 시작한다는 사실에 웃음이 터진다. 문득 내가 그에게 한국인들은 다른 사람들처럼 귀지가 축축하지 않고 보송해서 암내가 나지 않는다고 말한 일이 떠오른다. 나중에 그의 친구들과 만두를 먹으러 갔을 때 그는 친구들 앞에서 여러 번 내 손목을 잡아 팔을 올리고 내 겨드랑이 냄새를 맡으며 이렇게 말했다.

　"정말이야, 맡아봐. 아무 냄새도 안 난다니까!"

　나는 그를 한 대 때렸지만 내심 우쭐했다. 어쩐지 내가 날씬하고 고결해서 아무런 냄새도 나지 않는 것 같았다.

　차가 멈춰 서자 이케아 가방 하나가 정강이를 아프게 때린다.

　나는 안전벨트를 풀려고 몇 번이나 헛손질하다가 처음부터 벨트를 매지 않았다는 사실을 깨닫는다.

　폐지 줍는 여자 같은 행색으로 비틀거리며 로비를 지난다.

　준이 나를 통과시켜 주지만 막상 올라가자 내 짐을 보더니 이렇게 말한다.

　"무슨 일이야?"

　"사실은 같이 사는 애가 남자 친구였는데 완전 쓰레기였어."

　내가 말한다.

　"그렇다고 이렇게 나오면 안 되지."

　준은 문을 가로막는다.

　"그런 남자들하고 시간 낭비하지 말라고 늘 얘기하는 게 누군데!"

　그녀가 들여보내 주지 않자 순간 나는 몹시 흥분한다.

　"이건 아니야."

　준은 잠옷 차림인 데다가 얼굴을 잔뜩 찌푸리고 있다.

　"자고 있었어?"

　그녀는 내 말엔 대꾸하지 않고 대신 이렇게 말한다.

　"바보야, 이렇게 나오면 그 남자를 내보내기가 훨씬 더 어려워진다는 거 몰라?"

　"하지만……."

　나는 하릴없이 내 손을 내려다본다. 무거운 가방들에 짓눌려 빨간 자국이 남았다.

준은 팔짱을 끼며 나를 노려본다.

"미치겠다, 제인. 나 아침에 병원에 가야 하는 거 알잖아."

예고도 없이 눈물이 터진다. 나는 훌쩍이며 대꾸한다.

"미안해. 이럴 때 오는 게 아닌데 오늘 밤만 재워줘. 그럼……."

"그 남자 이름으로 계약했니?"

그 말에 나는 고집스레 말한다.

"걔는 곧 나갈 거야. 주말까지 나가라고 했어. 내가 한바탕했거든."

준의 시선이 다시 내 짐으로 내려간다.

"야, 근데 너 먹을 것만 가져왔어?"

"부탁이야, 언니."

그녀는 한숨을 쉬곤 엉덩이로 문을 밀고 뒷걸음질 쳐 들어간다. 나는 뒤뚱뒤뚱 뒤따라 들어가 냉동식품을 모두 냉동실에 넣고 냉장 식품은 아침에 넣으려고 보냉 가방에 남겨둔다.

만족스러운 수압과 수증기, 곰팡이 없는 욕조를 한껏 누리며 오랫동안 뜨거운 물로 샤워한다. 언니는 침실 문을 조금 열어놨다. 나는 킹사이즈 침대에 그녀와 나란히 눕는다. 침구는 빳빳하고 커다란 데다 옆에서 일정하게 들려오는 언니의 숨소리에 마음이 차분해진다. 여섯 시간 뒤에 나는 잠에서 깬다.

"아무거나 알아서 먹어."

내가 부엌에 들어가자 준이 툴툴거린다. 그녀는 예전부터 아침형 인간이 아니었다. 나는 냉장고 문을 열고 내가 가져온 물건들을 마저 넣는다. 강렬한 냄새가 코를 찌른다. 암모니아만큼 톡 쏘는 냄새. 안쪽 깊숙한 곳에 넣어놓은 피클 병에 두툼한 털이 한 층 덮여 있다. 염장 식품에도 그런 게 생기는 줄 몰랐다. 채소 서랍 안에는 여러 가지 채소가 섞인 봉지가 들어 있지만 내용물은 물렀고 봉지는 부풀어 올랐다. 도미노 피자 포장 용기도 있다. 여긴 뉴욕인데. 세계 최고의 피자를 먹을 수 있는 도시에서 내 언니는 도미노 피자를 주문해 먹는다. 형제나 자매가 정상이 아니라는 신호라는 게 존재한다면 이런 게 바로 그 신호다.

어제저녁에 먹다 남은 마파두부는 뚜껑도 덮지 않은 채 앞쪽 한가운데 놓여 있다. 그 안에 섞은 밥은 퀴퀴해졌고 젓가락도 그대로 꽂혀 있다. 그 뒤에는 포장 음식 용기들이 쌓여 있고 뚜껑이 제대로 닫히지 않은 플라스틱 포장 용기에 굳어버린 레드 벨벳 케이크 조각이 들어 있다. 마치 밀랍을 조각해 만든 모형 같다.

나는 계란을 찾아서 유통기한을 확인한다. 내가 가져온 히든 밸리 랜치 드레싱을 냉장고 문에 있는 좀 더 큰 랜치 드레싱 옆에 나란히 놓는다. 내 간장과 어간장도 식료품 수납장에 넣어둔다. 거의 모든 게 두 개씩 있는 걸 보니 흡족해진다.

"오늘 난 소파에서 잘게."

나는 이렇게 말하며 계란 두 개를 깨서 흰자를 작은 그릇에 넣고 그 위에 축축한 키친타월을 덮는다.

"노른자는 어떻게 했어?"

그녀의 물음에 나는 겸연쩍은 얼굴로 흘끗 본다. 그녀는 막 일어난 탓인지 얼굴이 부었다.

"버렸는데."

준은 발로 쓰레기통 페달을 밟더니 그 안을 들여다본다.

"쓰레기통에 버린 건 아니야. 내가 그렇게 엉망은 아니라고. 싱크대에 버렸어."

"너무하네."

이 집에서 정말 너무하는 건 냉장고 안에서 정교한 생태계가 살아 숨 쉬고 있다는 사실이라고 말하려다 참는다. 그녀는 머리를 느슨하게 넘겨 묶었고 어이없게도 두 해 전 크리스마스에 엄마가 우리에게 선물한 노란 장미 무늬의 파란색 털 잠옷을 입고 있다. 오늘 바깥 기온은 15도 남짓이지만 준은 예전부터 난방을 최상으로 올리고 실내에서도 겨울옷을 입는 걸 좋아했다. 이렇게 사치를 부릴 수 있다니, 나는 혀를 깨문다.

"네가 먹을 계란은 네가 사 와."

준은 잠이 덜 깬 목소리로 말한다. 나도 심통이 나서 눈곱이 꼈다는 걸 알려주지 않기로 한다. 그래 봐야 그 눈곱을 봐야 하는 사람은 나지만.

"알았어."

나는 조용히 계란을 전자레인지에 넣는다. 이번 주가 빨리 지나갔으면 좋겠다.

"그런데 아까 아무거나 알아서 먹으라고 했잖아."

그녀의 표정이 살짝 풀어진다. 희끄무레한 아침 햇살에 얼굴 솜털이 춤을 추는 듯 보인다.

"그거 농산물 시장에서 사 온 거야. 하나에 9달러짜리 유기농 무항생제 자연 방목 계란이거든."

나는 진심으로 놀란다.

"헉. 몰랐어."

상자를 확인해 본다. 겉보기엔 보통 계란과 똑같다. 조금 다른 게 있다면 라벨에 고상한 닭의 펜화가 찍혀 있을 뿐. 무슨 와인 라벨처럼. 혹은 농부가 캐릭터를 잡아먹으려고 죽이며 난리법석을 피우는 60년대 애니메이션 같기도 하다.

"됐어."

그녀는 손을 휘저으며 말을 잇는다.

"그냥 먹어. 사실은 이제 좋은 걸 먹어야겠다고 생각하고 샀는데 그러곤 까먹었어."

나는 쪼그라진 내 아침 식사를 내려다본다. 노른자를 그냥 먹을 수도 있었다. 원래 홀란데이즈 소스*나 플랜**을 아무렇지도 않게 먹는 사람인 것처럼.

---

* 버터와 계란 노른자, 식초로 만든 소스
** 계란과 치즈, 과일로 만든 파이

"젠장, 여기 농부들은 틀림없이 계란 하나하나에 이름을 붙였겠다."

그녀는 내 한심한 농담에 빙긋 웃는다.

"닭 키우는 사람이 농부 맞아? 농작물을 키워야 농부 아니야? '저는 닭 농부입니다.' 이렇게 말할 수 있나?"

"안녕하세요. 저는 '소 농부예요.'"

내가 말하며 빙긋 웃는다.

"우리가 멍청한 건가? 왜 우린 이런 걸 모르지? 그런데 맞는 것 같아."

나는 한 손을 올리며 다시 말한다.

"안녕하세요. 저는 돼지 농부입니다. 봐. 돼지 농부라는 말을 들어본 것 같은데. 확실해."

준은 웃음을 터트린다.

"이유는 모르겠지만 제일 웃긴 부분은 '안녕하세요'야."

나도 웃음을 터트린다.

"'안녕하세요' 맞아? 내가 그 말을 하면서 손을 흔들어서 그런 거 아냐?"

우리는 둘 다 자지러지게 웃는다. 그러다 나는 문득 생각한다. 이 계란은 뭘 의미하는 걸까? 예전에 준은 내게 유기농 식품이 전부 사기라고 했었다.

"좋아. 여기서 며칠 지내."

그녀는 냉장고에서 중국 음식 포장 용기를 꺼내 냄새를 맡아본다.

"그 자식은 뭐 하는 놈이야?"

그녀는 마분지로 된 포장 용기의 손잡이 철사를 비틀어 떼곤 종이를 접어 닫고 전자레인지에 넣는다.

"그냥 병신이야."

나는 언니의 뒤통수에 대고 말하며 전자레인지 안에서 빙글빙글 돌아가는 상자를 지켜보는 그녀를 살핀다.

준은 두려운 거다. 그렇지 않다면 농산물 시장에 가서 계란을 사 올 사람이 절대 아니니까.

14장

"나 간다."

내가 아침 설거지를 하고 있을 때 언니가 말한다. 나는 그녀가 외투 안으로 들어간 머리칼을 빼내는 모습을 보며 묻는다.

"그래, 여성의학과 암 전문의를 만난다고 했지?"

내가 마치 책을 읽듯 정성스럽게 그녀의 말을 그대로 읊조리는 소리가 들린다.

"응."

그녀는 주머니를 뒤져 열쇠를 확인한 뒤 뭔가를 잊은 듯 잠시 꾸물거린다.

같이 갈까 물어보고 싶지만 결국 그러지 않는 내 모습이 보인다.

"언제 끝나?"

대신 나는 이렇게 묻는다.

"나도 몰라. 주주도 암은 처음이거든."

물어본 내가 한심하게 느껴진다.

"그런데……."

내 목소리가 갈라진다.

그녀는 문을 연 채로 나를 훑어본다.

"내가 갈까? 같이? 거기?"

"왜?"

상대를 무안하게 하는 말투. 이윽고 그녀는 짧게 고개를 젓는다.

"됐어. 너 수업 없어?"

"있긴 한데……."

나는 몸을 꼿꼿이 펴고 어깨를 으쓱하며 말을 잇는다.

"그래도 갈 수 있어. 내가 도움이 된다면."

준은 눈썹을 치올리며 대꾸한다.

"솔직히 너랑 같이 가면 더 피곤해."

"알았어."

나는 눈물을 삼킨다.

그녀는 한숨을 쉬며 다시 말한다.

"받아들일 시간이 필요해. 나한테 조금만 시간을 줘. 알았지?"

"응, 알았어."

내가 자기 집에 와서 심통이 난 거다. 나는 알고 있다.

"저기."

준이 다시 입을 열자 나는 혹시 그새 마음이 바뀌었나 싶어 숨을 멈춘다. 그녀는 서랍에서 열쇠 꾸러미를 꺼내 흔들더니 조리대 위에 놓는다.

"네모난 게 현관 열쇠야."

나는 고개를 끄덕인다.

"잃어버리지 마. 건물 출입용 열쇠는 200달러짜리야."

"알았어."

코가 따끔거린다. 문이 닫히자 굴욕감이 밀려든다.

나는 맥없이 누워 핸드폰을 보다가 결국 욕실로 가서 얼굴을 매만진다. 약장을 열자 탐폰이 쏟아져 내린다. 준은 지금이 마치 1954년이라도 되는 듯 OB 탐폰*을 쓰고 있다. 바닥에 떨어진, 비닐 포장된 그 총알들을 주우면서 내가 1년 가까이 생리를 하지 않았다는 불편한 생각을 얼른 떨쳐낸다. 세면대 아래 수납장을 열자 커다란 비닐봉지에 호텔용 세면용품들과 테리 천 슬리퍼 한 켤레가 담긴, 조리개 달린 천 주머니가 들어 있다. 진통제와 감기약은 수없이 많다. 그리고 반쯤 쓴 피임약도 있다.

나는 언니가 그리웠다는 걸 문득 깨닫는다. 지난 4년을 빼앗긴 느낌이다. 그새 우리는 어른이 됐고 나는 물어볼 게 너무도 많았는데 우리는 거의 말을 하지 않고 지냈다. 나는 전부 다 제자리에 돌려놓고 아이라이너를 그린 뒤 다시 부엌으로 가서 냉장고를 연다.

---

*   애플리케이터가 없는 탐폰 상표명

병적인 상태는 보면 알 수 있다. 준은 예전부터 게을렀지만 이정도라면 도움이 필요하다는 확실한 신호다. 나는 쓰레기통을 가까이 끌고 와 어젯밤에 본 것들을 죄다 던져 넣는다. 그런 뒤 계속해서 부엌 구석구석을 뒤진다. 수납장마다 별의별 쓰레기가 가득차 있다. 내가 가져온 양념들을 넣어놓은 스토브 옆 선반에는 포장용 테이프 디스펜서와 화장지 한 롤, 테니스공이 들어 있다.

그 공을 보는 순간 내가 뉴욕에서 처음 함께 잔 남자가 떠오른다. 뉴욕에 온 지 일주일도 채 안 돼 처음 본 남자 세 명과 잠자리를 했으니 정상이 아니라는 건 나도 알고 있었다. 그래서 웬만하면 생각하지 않으려 한다. 첫 번째 남자는 모피 달린 구찌 모카신을 신었는데 그의 방에 가보니 바닥에 싱글 매트리스만 덜렁 놓여 있었다. 그것을 제외하곤 평면 텔레비전과 알록달록한 비디오게임 컨트롤러가 전부였다. 화장지도 없었고 보아하니 머리도 비누로 감는 것 같았지만 세면대 아래 수납장에 새 테니스공이 하나 있었다. 이유는 나도 모른다.

나는 준의 테니스공을 움켜쥔다.

슬며시 침실로 들어가 본다. 햇볕과 소녀 감성이 가득한 방이다. 길고 높고 커다란 침대에는 흰 침구가 덮여 있고 한쪽 구석에는 엷은 라일락색의 독서 의자가 놓여 있다. 침대 옆의 한쪽 벽면 전체가 벽장이다. 거울이 달린 문들을 보니 엄마의 장롱이 떠오른다. 하지만 준의 거울은 지문이 찍혀 얼룩덜룩하다. 문을 열자 세탁소 비닐에 싸인 정장 몇 벌이 걸려 있고 세탁물 바구니는 넘쳐난다. 선반에는 티셔츠가 차곡차곡 쌓여 있다. 그중 하나는 홀치기염색을 한, 낯익은 〈반지의 제왕〉 티셔츠다. 준이 대학교에 들어간 뒤로 나는 엄마가 준의 물건들을 성당 기부함에 넣지 못하게 하려고 끊임없이 내 매트리스 밑에 숨겼다. 그러곤 준이 한 번씩 집에 올 때마다 떠나기 전에 말없이 그녀의 여행 가방에 내가 챙긴 물건을 집어넣었다. 나는 우리의 옛집이 떠오르지 않을까, 준이 예전에 쓰던 클리니크 향수 냄새 따위가 나지 않을까 기대하며 그 낡은 면 티셔츠를 코에 대고 숨을 깊이 들이마신다. 세제 냄새만 날 뿐이다.

거실 텔레비전 아래 수납장이 있다. 안에는 백과사전이 가지런히 꽂혀 있다. 집안을 둘러보지만 다른 책은 보이지 않는다.

상체를 굽혀 한 권을 꺼낸다. 다행히 재수 없는 인간들이 미관상 들여놓는 가짜 책은 아니다. 감청색 책등에는 먼지가 잔뜩 꼈다. 나는 아무 데나 한 곳을 펼친다.

"페른베Fernweh. 명사. 어원: 독일어. 방랑벽이라고 번역하지만 문자의 의미는 먼 비애에 가깝다. 또는 먼 고통. 먼 곳을 향한 갈망. 가보지 못한 곳에 대한 향수라고 할 수 있다."

그러고 보니 놀랍게도 나는 지금 뉴욕에 있으면서도 뉴욕에 대해 이런 감정을 느끼고 있다.

다시 부엌으로 가서 무작위로 수납장 하나를 골라 문을 열어본다. 와인 잔 하나가 들어 있다. 그 옆에는 내가 사 온 오프너가 놓

여 있다. 나는 다른 수납장과 식기세척기를 모조리 열어보며 어쩐
지 내가 이미 알고 있는 듯한 사실을 확인한다. 준이 나에게 건넸
던 와인 잔은 그녀가 가진 유일한 잔이었다. 어쩐지 아주 분명하
게 잘못된 것 같아서 몸속 깊은 곳의 근육이 뒤틀리는 느낌이다.

　나는 핸드폰을 확인한다. 지금 뛰어가면 수업에 늦지 않을 것이
다. 당장 신발을 신어야 하지만 대신 나는 바닥에 앉아 패트릭에
게 문자를 보낸다.

지난 10년

요약 바람

시작

읽음: 오전 10:04

15장

미쳤어. 대체 내가 무슨 짓을 한 거지? 그건 그렇고 대체 어떤 사이코패스가 메시지 읽음 확인 보기를 켜놓는단 말인가? 화가 나고 혼란스럽다. 바람에 머리카락을 날리며 양손을 주머니에 찔러 넣고 사람들을 피해 28번가로 달려간다. 날이 춥다. 차가워졌다. 날씨가 언제 이렇게 바뀌었는지 모르겠다. 약에 취한 기분이다. 패트릭은 매너를 모르는 걸까? 아니면 정신이 나간 걸까? 아니면 OS 업데이트를 했는데 뭔가 잘못된 걸까? 아니다. 그냥 잊어야 한다.

지워버려. 미친놈.

사회학 수업에 들어간 나는 진땀을 흘리며 자리를 찾는다. 등허리에 땀이 차서 허리 밴드가 축축해졌다. 나는 살그머니 주위를 둘러본다. 모두가 나를 보고 있는 게 분명하다. 숨을 몰아쉬는 내가 한심하다고 생각할 것이다. 강의실은 고요하다. 뒤쪽에 자리를 잡지만 극장식 강의실이라 학생들이 노트를 훑어보는 모습이 보인다. 나는 구글 캘린더를 확인한다. 오늘은 퀴즈가 있는 날이다.

나는 얼른 노트를 펼친다. 범위는 산점도와 분포. 쉽게 말해 데이터를 해석하고 상관관계를 유추하는 방법에 관한 부분이다. 이 수업은 우울하지만 조금은 위안이 됐다. 우리 인간이 스스로 통제하고 있다는 환상에 빠지기 위해서 강박적으로 정보를 분류한다는 사실을 다루기 때문이다. 우리는 유아사망률과 같은 끔찍하고 불가해한 변수들을 경제학과 관련지어 정리하면서 조금이나마 마음을 놓는다. 그런 걸 예측할 수 있다면, 그저 작은 선 하나를 그을 수만 있다면 적어도 무력한 기분을 조금은 잠재울 수 있으니까.

무작위가 받아들여지지 않는 건 바로 이런 이유 때문이다. 조직적인 종교가 치료 약이 되는 것도 이런 이유 때문이다. 무작위라고 생각하기보다는 그것이 하느님의 질서라고 생각하는 게 훨씬 더 구미에 맞을 것이다. 무모한 결정으로 역사를 바꿔놓는 사이코패스들을 이해하기 위해선 음모론을 믿는 편이 더 쉬운 것도 이런 이유 때문이다.

하지만 언제나 자신의 갈 길을 확실히 알고 있는 듯 보이는 사람들도 있다. 나는 내 언니가 확실한 목적을 갖고 삶을 마치 잔디처럼 다듬어 나간다는 점이 좋다. 내가 보기에 그녀는 무작위로 하는 일이 전혀 없다. 그녀의 현실 왜곡장 안에 들어가면 나조차도 내가 뭘 해야 하는지 확실하게 알고 있다고 느낀다.

준이 아니었으면 나는 뉴욕에 오지 못했다.

내가 기억하는 한 아주 오래전부터 나는 패션 관련 사건들을 통해서만 역사적인 사실들을 정리할 수 있었다. 제이차세계대전의 종식 연도를 아는 건 그로부터 2년 뒤에 디올의 뉴룩이 시작됐기 때문이다. 1993년 디자이너 마크 제이콥스가 디자이너 페리 엘리스와 공동 작업한 그런지록 컬렉션을 나는 사진을 보듯 분명하게 기억하고 있다. 결국 마크 제이콥스가 기소된 사실까지도. 앤트워프 식스*가 왜 그토록 영향력 있는지 물어보면 줄줄이 읊을 수 있다. 나는 그중에서 가장 신비롭고 인습 타파적인 마리나 이를 무척 좋아한다. 단순히 그녀가 동양인이기 때문만은 아니다.

그렇긴 해도 내게 각 대학교의 카탈로그를 꾸준히 보낸 사람은 준이었다. 우리가 서로 말을 하지 않던 시기였으므로 그녀는 아무런 메모도 없이 내 앞으로 카탈로그를 보내곤 했다.

내 학비 지원 서류에 자기 집 주소를 적어서 나를 뉴욕 주민으로 만들어준 사람도 준이었다.

과학기술과 미디어가 내 삶에 미친 영향에 관한 입시 에세이를 조금 써준 사람도 준이었다.

하지만 영화의 사운드트랙만 듣는 사람에게 내 글을 온전히 맡길 수는 없었다.

다른 에세이는 내가 썼다. 그녀는 절대 쓸 수 없는 주제였기에.

---

* 1980~1981년에 벨기에 앤트워프 왕립예술대를 졸업한 여섯 명의 디자이너 그룹

문화와 예술에 관한 에세이였다. 나는 왕가위 감독의 〈화양연화〉를 주제로 삼았다. 크라이테리언 컬렉션* 선정 영화 가운데 내가 처음으로 본, 백인이 나오지 않는 영화였다. 어쩌면 백인이 나오지 않은 첫 번째 영화는 그보다 덜 알려진 〈효〉였는지도 모른다. 한국 사람이 아니면 제대로 발음하기도 어려운 이 단어는 '의무' 또는 '자식의 도리'라는 뜻이며 선조들에게 맹종하는 것, 때로는 꿈을 포기하고라도 부모의 명령을 따르는 것을 의미한다.

모두가 대니 송 캐스팅을 비난했다. 평론가들은 막 슈퍼 히어로 영화를 찍은 대니 송이 초저예산 영화에 출연하는 게 어울리지 않는다고 생각했다. 오클라호마에 사는 한국인 남매가 교통사고로 부모를 잃고 그들이 운영하던 중국 식당을 이어받으려 애쓰는 과정을 다룬 영화였다. 이 영화는 로튼 토마토**에서 100퍼센트의 성적을 거둬 모두를 놀라게 했다. 한국계 미국인들이 제작 및 연출, 유통을 맡은 〈효〉는 내가 보기엔 한국계 미국인의 정서가 너무도 뚜렷해서 아무도 공감할 수 없을 것 같았는데 말이다. 그 영화를 보고 나는 텍사스를 벗어나야 한다는 걸 깨달았다.

나는 디자인과에 지원할 생각이었다. 무드 보드와 스케치를 만

---

* 고전 영화와 예술 영화를 전문으로 수입하여 블루레이 등으로 복원하여 유통 및 판매하는 미국 기업

** 영화 관련 소식과 비평가들의 평점 등을 제공하는 사이트. 해당 사이트에 기록된 영화 평론가들의 비평이 모두 긍정적인 작품에 대해 100퍼센트의 점수를 매긴다.

들고 의상도 제작했지만 막판에 두려움이 밀려왔다. 내가 만든 재킷은 직접 입어보니 앞쪽이 축 늘어졌다. 마네킹도 없는 데다 볼품없는 싸구려 천을 주문한 탓이었다.

나는 과를 확실하게 정하지도 않은 채 합격했다. 기적 같았다. 방과 후 혼자 합격한 걸 알고는 무덥고 끈적거리는 집에서 소리를 지르고 방방 뛰며 준에게 전화하려고 핸드폰을 들었다. 하지만 역시 두려움이 밀려왔다.

이삼 주 뒤 엄마가 준과 통화하는 소리를 들었다. 나는 얼굴이 화끈거려서 방문을 닫았다. 하지만 얼마 후 준이 집에 왔을 때 나는 우리가 항상 서로 쓰겠다고 싸운 가장 크고 부드러운 수건을 그녀의 침대에 놔뒀다. 그리고 엄마에게 준이 싫어하는 팥을 밥에 넣지 말라고 부탁했다.

퀴즈를 끝내고 밖으로 나오자 크루엘라가 공원 벤치에서 치와와와 함께 스트링 치즈를 나눠 먹고 있는 걸 봤다. 둘 다 쨍하고 환한 노란색 옷을 입고 있는 모습이 마치 나를 기다리고 있었던 것 같다.

삶은 아무래도 무작위인 것 같다. 데이터가 어떻든 죽음은 무작위다. 암은 무작위다. 그래도 오늘은 크루엘라와 그녀의 개를 봤으니 어쩐지 운이 좋을 것 같다.

맥도널드에서 커피를 마실까 생각하다가 언니가 있는 집으로 돌아가기로 한다. 냉장고 청소를 마저 끝내고 싶다. 언니의 빨래도 해주면 좋겠다. 병원에 간 일은 어떻게 됐는지 궁금하다.

나는 귀에 이어폰을 꽂고 고개를 숙인 채 핸드폰을 보는 사람들을 비집고 긴 블록을 빠르게 달린다. 언니에게 차를 한 잔 만들어주고 싶다. 리모컨과 핸드폰 충전기를 챙겨 무릎에 놔주고 싶다. 어떻게든 돌봐주고 싶다. 그녀가 내게 뭘 해줬는지 다 알고 있다고 알려주고 싶다.

건물에 도착하자 쏜살같이 달려온 내가 한심해진다. 준은 시간이 필요하다고 했는데. 초조하게 현관에 귀를 대본다. 아무 소리도 들리지 않는다. 차갑고 생기가 없으며 고요하다. 약 15센티미터의 티타늄인지 뭔지 알 수 없는 금속이 느껴질 뿐이다. 부자들의 소유물은 열쇠조차도 다르다. 걸리거나 돌릴 필요도 없이 매끄럽게 들어간다.

준은 부엌에서 버몬트 카운티 스토어* 카탈로그를 넘겨 보고 있다. 다시 잠옷 차림이다. 나는 바보가 된 기분으로 뒤늦은 노크를 한다.

"나 왔어."

내가 티 나게 열쇠를 서랍에 넣는다.

"왔구나."

그녀는 카탈로그에서 시선을 들지도 않은 채 대꾸한다.

나는 새로운 소식을 들려주려나 싶어 그녀를 살펴본다. 소매가

---

* 버몬트에 본사를 둔 미국의 온라인 전자 상거래 소매점

손마디까지 내려와 있는 탓에 피를 뽑았는지조차 알 수 없다. 아무런 정보도 내주지 않아서 미칠 것 같다. 게다가 그녀는 콘 차우더 세트나 서머 소시지 따위를 딱히 보지도 않고 그저 책장만 넘기고 있다.

나는 외투를 걸면서 내 여행 가방과 다른 짐 가방들이 현관에서 보이지 않도록 소파 뒤에 제대로 놓여 있는지 확인한다. 내가 먼저 입을 연다.

"학교 잘 갔다 왔어."

나는 여분의 슬리퍼를 신으며 다시 말한다.

"병원은 어땠어?"

"진짜 웃긴 거 알아?"

그녀는 카탈로그를 덮으며 내게 묻는다.

"뭐가?"

나는 조리대 위로 손을 뻗어 언니의 팔을 잡는다. 그저 장난치려는 생각이었는데 그녀가 뿌리치지 않자 몹시 초조해지기 시작한다.

"한 시간이나 얘기했어."

그녀가 말한다. 눈에는 생기가 없고 미간의 골이 깊어졌다.

"그럼 검사도 더 받았어?"

그녀는 고개를 젓는다.

"아니, 그냥…… 의사를 만났어. 앞으로 나를 맡게 될 암 전문의. 여잔데 괜찮은 것 같아. 약혼반지가 조금 과한 것 같긴 하지만 상

관없어. 검사를 더 하려는 모양이야. MRI 검사를 해야 한대. 아
니, 내가 검사를 받아야 한다는 거겠지. 검사 전엔 금식해야 하
는데 오후 2시로 잡아줬지 뭐야. 그때까지 쫄쫄 굶어야 한다니
까……."

"MRI 검사를 하고 나면?"

"나도 몰라. 수술 날짜를 잡겠지."

"그렇게 얘기했어?"

"뭐, 대충."

그녀는 내 말을 거의 듣지 않은 게 분명하다. 다시 카탈로그를
집더니 똘똘 만다.

"그런데 뭐가 웃기다는 거야?"

"응?"

"오후 2시에 MRI 잡은 거?"

"응?"

"아까 '진짜 웃긴 거 알아?' 했잖아."

"뭐가 웃겨?"

그녀는 성마르게 얼굴을 찌푸리며 되묻는다. 마치 내가 귀 기울
여 듣지 않아서 짜증 난다는 듯이.

나는 참고 있던 숨을 천천히 내뱉는다.

"언니가 처음에 이렇게 얘길 시작했잖아. '진짜 웃긴 거 알아?'"

"아."

그녀는 손을 내젓는다.

"사실 웃긴 것도 아니지. 그냥 한 시간 동안 얘기했다는 게 기가 막혀서. 의사가 무슨 말을 했는지 하나도 기억이 안 나거든. 그냥 60분 동안 의사의 입이 움직이는 걸 보고 온 것 같아."

나는 입술을 오므린다. 코끝이 찡해진다. 어찌해야 할지 모르겠다. 무슨 말을 해야 할지도. 당장 여기서 나가고 싶다. 아이비를 불러 취하고 싶다. 하지만 '제 할 일을 하는' 사람은 나가지 않는다는 걸 알고 있다. 나도 그럴 수 있다면 좋겠다.

준은 발을 끌며 소파로 간다. 나는 억지로 그녀를 따라간다.

"수첩도 안 가져가다니 참 한심해."

그녀는 머리를 살짝 저으며 다시 말한다.

"의사가 나간 뒤에 간호사가 똑같은 얘기를 다시 한번 해줬는데 그것도 딱히 머리에 들어오지 않은 것 같아."

그녀는 마치 기억을 더듬듯 눈을 좌우로 움직인다.

"녹음이라도 할 걸 그랬네."

내 언니답지 않다. 코딩도 하는 수학 천재인 내 언니. 이런 상황이 싫다.

"거봐."

내 목소리가 갈라진다.

"그러게 내가 같이 가겠다니까."

그녀는 입술을 오므린다.

"됐어. 다음엔 녹음할 거야."

"MRI는 언제야?"

"다음 주."

"같이 가."

그녀는 고개를 젓는다.

"MRI라니까. 난 그냥 누워 있는 거라고."

"그럼 난 그냥 앉아 있을게."

"그러고 보니 웃긴 게 또 있어."

그녀의 표정이 아득해진다.

"대기실에 임산부가 있었거든. 배가 엄청 불렀더라고. 그리고 동양인이었어. 그런데 앞머리를 내렸어. 무슨 이상한 심리학 실험실에 있는 것 같았다니까."

나는 테이블을 내려다본다. 그 아래 카펫에 청소기를 돌려야 할 것 같다. 준이 훌쩍거리는 소리가 들린다. 우리는 집에서 소리 내 울지 않는다. 아주 오래전 아빠가 딱 한 번 울음을 터트렸을 때 준과 나는 아빠가 원자 폭탄이라도 되는 듯 피해 다녔다. 심지어 그날 하루 종일 우리끼리도 서로 눈을 마주치지 않았다.

우리 사이에 무시무시한 정적이 흐른다.

"〈길모어 걸스〉 볼까?"

내가 묻는다.

"그래, 좋아."

그녀가 대꾸한다. 준은 〈길모어 걸스〉라면 언제든 환영한다.

나는 제스가 나오는 시즌 2부터 시작하자고 한다. 준은 딘을 좋아한다. 그것만 봐도 준이 어떤 사람인지 알 수 있다. 반면 나는 로건이 좋은데 그래서 내가 정신적으로 문제가 있다는 거다.* 이상하게도 우리는 늘 시즌 2부터 시즌 6까지만 본다.

어릴 때 우리는 〈길모어 걸스〉와 〈프렌즈〉를 줄기차게 봤다. 아빠가 코스트코에서 세일하는 텔레비전과 DVD 플레이어 콤보를 샀는데 우리 집에는 케이블이 들어오지 않았으므로 우리는 이 두 드라마의 박스 세트를 사달라고 졸랐다. 우리 집에 있는 물건들은 죄다 코스트코에서 산 것이다. 준의 영화 사운드트랙 사랑이 시작된 곳도 코스트코다. 엄마가 준에게 〈사랑보다 아름다운 유혹〉의 사운드트랙을 사준 뒤로 우리는 1년 내내 그걸 줄기차게 들었다.

"로리가 제스를 따라가지 않는 게 어이없다니까."

제스가 로리에게 자신과 함께 창문을 넘어가자고 하는 장면에서 내가 말한다.

"난 저 허세꾼이 로렐라이의 맥주를 훔치는 게 어이없어. 집도 없는 자기를 루크가 구제해 줬잖아."

준이 날카롭게 말한다.

＊   로리의 고교 시절 남자 친구인 딘은 평범한 가정에서 자란 소박한 청년인 반면, 로리가 예일대에 들어가서 만난 로건은 거만하고 악동 같은 명문가 자제다.

성격 장애의 극치인 패리스는 우리 둘 다 좋아한다.

배신자 애덤 브로디가 드라마 〈디오씨〉로 가야 해서 그가 맡은 데이브가 레인을 떠나게 만든 장면에 이르러서야 나는 핸드폰을 확인한다. 패트릭이 내 메시지에 답장을 보냈다. 이모티콘이 줄줄이 등장한다.

태극기.

영국 국기.

고속도로.

선인장.

야자수.

카메라.

노트북 하는 남자.

날아가는 돈.

절하는 또는 팔굽혀펴기 하는 작은 남자.

뒤이어 그는 이렇게 썼다.

> 난 준말엔 젬병이야. 이모티콘도 잘 몰라.
> 괜찮다면 길게 얘기해 줄 수 있어.

나는 참았다가 아침에 답을 보내기로 마음먹는다. 그렇게 하면 그도 내가 읽었다는 걸 알 테니까. 나쁜 놈. 하지만 참지 못한다.

네 식대로 해.

내가 답장을 보낸다.

16장

와, 정말 미치겠다. 패트릭이 예일대에 다녔다니.

게다가 그는 메시지 읽음 확인 기능을 켜놓을 뿐 아니라 장문의
문자 메시지를 보내는 남자다. 설교처럼 길고 긴 문자.

다음 날 아침 핸드폰을 확인하니 그의 메시지가 와 있다.

> 서울에 살았어. 런던으로 가서 잠깐 살다가
> 캘리포니아의 예술 학교에 다녔어. 그다음엔
> 예일대에서 석사를 했고. 예전부터 여기 살
> 아보고 싶어서 이리로 왔어. 여긴 정말 내가
> 생각한 그대로고 모든 게 예상을 뒤엎어. 음
> 악을 들으면서 걸으면 꼭 영화 속에 들어와
> 있는 것 같아. 넌 어떻게 지냈어?

나에게 똑같은 질문이 돌아오는 상황을 전혀 대비하지 못했다
니 참으로 한심하다.

하루 종일 수업 시간에도 어떻게 답장을 보낼까 고민한다.

괴로워하며 수첩에 적었다가 핸드폰으로 옮긴 뒤 지우길 반복한다.

이렇게 보내면 어떨까? '룸메이트들한테 쫓겨나고 다른 집을 찾아서 룸메이트를 구했는데, 나랑 사귀는 사이인 줄 알았더니 그것도 아니고 뻔뻔한 변태성욕자였어. 나는 고등학교 친구들을 다시는 보고 싶지 않았거든. 그래서 오기로 이를 악물고 공부해서 간신히 고등학교를 졸업했어. 지금은 언니가 나를 불쌍히 여겨서 함께 살고 있지. 사실 불쌍히 여겨야 할 사람은 언니인데 말이야. 왜냐면, 추신, 우리 언니는 죽을병에 걸렸거든. 언니가 암으로 죽었어, 패트릭. 우리 언니가.'

그의 질문에 미칠 것 같다. 나는 아무것도 보여줄 수가 없다. 내가 뭘 했는지 모르겠다. 어디에 있었는지도 모르겠다. 다음 날 일하는 가게에서 계산대를 보다가 나는 견딜 수 없는 상황에 이른다. 목이 길고 머리카락이 붉은 할머니가 매장에서 산 물건을 온라인 기프트 카드로 결제하겠다고 고집한다.

"난 컴퓨터가 없어요."

그녀는 강조하기 위해 머리를 까딱거리며 높은 목소리로 말한다. 어느새 그녀의 뒤에 여섯 명이 줄을 섰다.

"죽은 내 남편 모티가 이걸 줬다니까."

그녀가 다시 말한다. 마치 만화 속의 주인공처럼 현실을 외면하려 드는 태도를 나로서는 흔들 수가 없다.

"물질세계에서 쓸 수도 없는 실물 카드를 왜 파는 거예요? 왜 이렇게 삶을 힘들게 만드냐고요?"

나는 여러 번 사과한다.

"죄송합니다. 삶이 왜 그렇게 힘든지 저도 모르겠네요."

8시가 가까워 오자 마리가 묻는다.

"저녁 먹으러 갈래? 아니면 술 한 잔? 수성이 거꾸로 돌아가는지 아니면 보름달이 뜨나 봐. 오늘 다들 이상해."

나는 배낭을 멘다. 집에 가봐야 혼란스러운 준을 마주해야 할 테니 굉장히 유혹적인 제안이지만 그래도 그녀를 혼자 둘 수 없다. 지난 며칠 동안 나는 밤에 여러 번 일어나 언니가 자는 모습을 확인했다. 내가 멀쩡히 옆에 있는 동안 끔찍한 일이 일어나선 안 되니까. 그녀가 보이는 여러 증상, 즉 짜증과 피로, 망각 등을 검색하는 짓도 그만해야 할 것 같지만 그러지 않으면 달리 뭘 해야 할지 모르겠다. 그녀는 의사의 말도 기억하지 못하는데 말이다.

"과제 해야 해."

나는 이렇게 말하며 돌아서서 배낭을 보여준다. 딱히 거짓말은 아니다. 무엇보다도 나는 패트릭에게 내 존재 이유에 대해 서른 단어로 요약해 보내는 일을 미루고 있다.

이 도시를 걸으면 마치 영화 속에 들어와 있는 것 같다는 그의 말이 마음에 든다. 정곡을 찌른 것 같달까. 나도 바로 그런 이유로 내가 좋아하는 거리를 걸을 때면 가사 없는 음악을 듣는다. 가사가 장면을 방해하지 않도록. 어떤 면에서는 그것이 그에게 답장할 수 없는 이유기도 하다. 오글거리지 않으면서도 솔직하게 얘기하려면 어떻게 해야 하는지 모르겠다.

내가 유니언 스퀘어를 사랑하는 건 방탄조끼를 입고 정치 캠페인 배지를 파는 곰 같은 사내 때문이라고 말하고 싶다. 크루엘라 덕분에 7번 애비뉴와 8번 애비뉴가 의미를 갖는 거라고 말하고 싶다. 나는 사람들을 알아볼 때면 그들도 나를 알아볼지 모른다는 희망을 품는다.

그 뒤로 며칠 동안 준과 나는 함께하는 삶에 적응해 간다. 준은 이따금 병원에 가고 나는 그녀의 자원을 거머리처럼 빨아먹고 있다는 사실에 민망해하며 잔뜩 움츠린 채로 살금살금 돌아다닌다. 준은 회사에 뭐라고 얘기했는지 몰라도 갑자기 하루 종일 나가지 않고 나를 지켜보고 있다. 나는 매일 아침 그녀의 소파에서 벌떡 일어나 베개를 내 여행 가방에 넣고 이불은 최대한 작게 갠다. 밥값을 하기 위해 요리와 청소도 한다. 아마존 프라임에서 다양한 물건이 끊임없이 배송된다. 그 상자들을 뜯으면서 그렇지 않아도 구멍이 숭숭 뚫린 내 자존감이 너덜너덜해진다.

"그 맘진*은 너한테 안 어울려."

그녀가 상자에서 폼 롤러를 꺼내며 말한다.

"장난해? 《뉴요커》 토트백? 네가 그런 걸 읽는다고 누가 믿겠니?"

---

* Mom jeans, 밑위가 길고 통이 넓은 디자인의 청바지

테이블에 영양제 한 병이 놓인다.

"굳이 디자인 스쿨에 가서 디자인 수업을 안 듣는 이유가 뭐야?"

그녀는 '혼밥' 요리책 너머로 나를 보며 이렇게 묻기도 한다.

"너 꼭 머리 크고 몸은 앙상한 스티브 매든 광고 캐릭터 같아. 탄수화물 좀 먹어. 대체 뭐가 문제야?"

그녀는 두 번째로 산, 훨씬 더 긴 폼 롤러로 나를 쿡 찌르며 이렇게 묻기도 한다.

"왜 그렇게 백인 문화를 숭배하는 거야?"

이건 정말 아슬아슬했다. 하마터면 뛰쳐나갈 뻔했다.

"남들한테 그런 걸 물어보는 사람이 어디 있어?"

"넌 남이 아니라 내 동생이잖아."

그녀는 천 피스짜리 새 체스판 퍼즐 맞추기를 앞에 놓고 펜을 돌리며 말한다.

그러는 사이 나도 "그런데 MRI 결과 나왔어?" 하고 물어본다.

대꾸가 없다.

어느 날 밤 나는 일을 끝내고 저녁 8시 45분에 집에 들어온다. 요즘 준은 야유할 거리를 찾기 위해 오기로 드라마 〈사인필드〉를 보고 있다.

"제리가 자기 식당을 말아먹어서 남아시아 이주민이 강제 추방됐는데 그게 왜 웃겨?"

그녀가 하루 종일 텅 빈 거실에 대고 저렇게 중얼거리고 있었던 게 아닐까 싶다. 나는 지하철 먼지가 묻은 손을 씻는다.

보통 암 환자들이 어떻게 행동하는지 나는 모른다. 그저 가끔 암 퇴치를 위해 10킬로미터 달리기에 참가하거나 답을 찾아 세상을 돌아다닌 사람들의 얘기를 들을 뿐이다. 그렇다고 준이 감동적인 뭔가를 하길 기대하는 건 아니지만 지금까지 상황을 보면 그녀는 마치 이별 후 엄마의 집으로 들어온 마흔 살짜리 남자처럼 굴고 있다.

"회사 이렇게 오래 쉬어도 괜찮아?"

내가 나지막이 묻는다. 그녀는 다시 일해야 한다. 아프다고는 해도 지금 나를 공격하는 걸로 봐선 주 80시간 의사 결정과 문제 해결을 거뜬히 할 수 있을 것 같다. 그러니까 나와 시트콤의 전설 제리 사인필드를 공격하는 걸로 본다면 말이다.

"일 짜증 나."

그녀가 날카롭게 말한다. 나는 등을 꼿꼿이 편다. 조짐이 좋지 않다. 우울증이나 다른 정신 질환이 생긴 게 틀림없다. 준은 일에 대해 저렇게 말할 사람이 아니니까.

"회사에 얘기했어?"

나는 그런 걱정이 얼굴에 드러나지 않도록 신경 쓰며 소파에 앉는다.

"얘기 안 했어. 연차 쓰는 중이야. 누가 보면 내가 회의 테이블에 똥이라도 싼 줄 알겠네."

기다려도 그녀는 더 얘기하지 않는다. 그저 엄지손가락을 입으로 가져가 손톱을 물어뜯을 뿐이다. 그녀가 천천히 고개를 기울이며 손톱을 끝까지 물어뜯는 모습이 내 한쪽 시야에 들어온다. 손가락을 돌리는 편이 더 쉬울 텐데 늘 저렇게 머리를 움직인다.

"오늘 뭐라도 먹었어?"

"몰라."

그녀는 여전히 손톱을 물어뜯으며 대꾸한다. 눈은 화면에 고정하고 있다.

"그런데 저 프로그램이 인종차별적인 것만 문제는 아니야. 〈사인필드〉의 인종차별적 농담을 누구나 이해할 거라고 여기는 제도적 기대도 문제지."

나는 일어나서 식료품 수납장을 연다.

"라면 먹을래?"

내가 신라면 블랙을 꺼내며 묻는다.

"그래."

그녀가 대꾸하곤 다시 묻는다.

"근데 신라면 블랙이야?"

"일반 신라면하고 똑같은데 더 맛있어."

나는 냄비에 물을 받아 스토브에 올린다. 배가 몹시 고프다.

"그런데 우리 김치 없어."

그녀가 소리친다.

나는 냉장고를 확인하지만 어제 우리가 다 먹었다는 걸 이미 잘 알고 있다.

"김치랑 계란, 파가 없으면 라면을 무슨 맛으로 먹어? 엄마는 그런 걸 넣고 끓여줬는데."

나는 그녀에게 등을 돌리고 눈을 감는다. 엄마 얘기를 꺼내다니 어이가 없다.

결국 다시 외투를 입는다.

"갔다 올게."

내가 말하곤 문을 쾅 닫는다.

나는 새로운 식료품점에 가는 걸 좋아한다. 새로운 장소. 한동안 이곳을 눈독 들였다. 가장 먼저 김치를 집는다. 지갑만 한 납작한 플라스틱 통에 든 김치가 8달러다. 준은 비타민이 필요할 테니 자몽도 집는다. 잠시 후 그걸 내려놓고 잘라서 포장한 망고를 집는다. 준이 카드를 줬으니 사치를 부려본다.

계란 옆에 의심스러운 건강 간식들이 세로로 매달려 있다. 나는 초콜릿을 입힌 말린 바나나의 검은 포장을 손으로 만져본다. 기껏해야 예닐곱 조각이나 들었을까? 가격표를 확인한다. 5달러. 도둑놈들이다.

걸어가면서 먹으려고 하나를 뽑아 든다. 탄산수도 한 캔 집는다. 준의 것까지 두 개. 첵스도 있다면 좋을 텐데 여긴 그런 평범한 시리얼을 파는 가게가 아니다. 조리된 음식을 파는 뷔페 코너도 살펴본다. 플라스틱 보호막 안쪽에 뒤엉긴 치킨과 브로콜리가 있고 볶음면도 있다. 닭 다리 하나가 바닐라 푸딩에 빠져 있다. 마라스키노 체리*와 약간의 휘핑크림을 디저트에 추가하려 한 사람이 있다면 아쉬워할 일이다. 나는 에그롤을 흘끗거리면서 초콜릿 입힌 바나나 봉지를 주머니에 슬쩍 넣는다. 내 나일론 외투에 쏠려 사각거리는 소리가 흡족하게 느껴진다. 초콜릿 바나나 봉지는 그 안에 납작하게 들어맞는다.

주머니에서 진동이 울린다. 패트릭이 아닐까 하는 헛된 희망을 품는다. 벌써 일주일째 답장도 하지 않았으면서.

> 우리 그냥 치폴레 먹을까?

준이다. 내 전화기에는 여전히 주주로 저장돼 있지만. 나는 우리가 예전에 주고받은 아이메시지를 훑어본다. 마지막으로 그녀가 내게 문자 메시지를 보낸 게 언제인지 모르겠다. 감성 파괴자인 그녀는 주로 전화를 한다. 마지막 메시지는 1년 전의 것이다.

> 엄마한테 전화해.

그녀의 연락처에는 가장 바보 같은 사진이 저장돼 있다. 파마가

---

* 칵테일이나 파르페 등에 사용하는 설탕에 절인 체리

거의 풀려 있던 고등학교 2학년. 나는 그녀가 입 벌리고 자는 모습을 찍었다. 이름을 바꾸려고 정보를 클릭한다. 그제야 깨닫는다.

목에서 피식, 하는 소리가 새 나온다.

그럼 그렇지. 나는 주위의 식료품을 보며 빙긋 웃는다.

멍청하긴.

이것 때문에 준이 내 위치를 아는 거다.

정보 페이지에 들어가니 26번가와 6번 애비뉴가 만나는 지점에 커다란 입의 아바타가 보인다. 우리는 오랫동안 위치를 공유했다. 엄마가 떠나기 전부터였다. 준이 대학교에 간 뒤로는 너무 샘이 나서 더 이상 확인하지 않았다. 운전면허도 없이 텍사스에 처박혀 있는 신세로 그녀의 입이 맨해튼 곳곳을 돌아다니는 걸 보고 있으면 너무도 괴로웠다. 나는 굳이 끄지 않는다. 내가 어떻게 알았냐고 물었을 때 우리가 위치를 추적하고 있다고 얘기하지 않았다니 기가 막힌다. 엉큼하기는.

나는 연락처들을 훑어본다. 그러고 보니 나는 많은 사람에게 내 위치를 노출해 놨다. 이제 연락조차 하지 않는 고등학교 시절 친구들에게도. 아, 지난 10년 동안 **정말** 나는 어디에 있었던 걸까?

내가 제러미의 문예지 브랜드 아이덴티티를 만들어줬다고 패트릭에게 얘기하면 한심하게 보일까? 한심할 **뿐 아니라** 망상에 빠진 사람처럼 보이려나? 무엇보다도 나는 그에게 어떤 라면을 먹느냐고 물어보고 싶다. 〈사인필드〉가 인종차별 드라마라고 생각하는지도. 준이 얼마나 재수 없었는지 기억하는지도 묻고 싶다. 다행히 그는 준보다 한 살 더 많다.

키친타월로 손을 뻗는데 주머니에서 부스럭거리는 소리가 난다.

그가 석사라니 믿을 수 없다. 우리가 고등학교 때 사귈 수도 있었을까? 나는 신입생이었고 그는 졸업반이었고…….*

주머니에 손을 넣는다. 어느새 나는 엄지손가락과 다른 두 손가락에 힘을 주며 봉지를 뜯고 있다. 내용물이 주머니 속으로 쏟아지지만 하나를 잽싸게 입에 넣자 기대한 것보다 훨씬 더 맛이 좋아서 온몸이 짜릿해진다.

한 봉지로는 턱도 없다. 게다가 다 떨어지면 끊임없이 생각날 게 분명하다. 나는 다시 과일 코너로 간다. 이번에는 테이트 쿠키의 영양 정보를 확인하는 척하며 다른 손으로 한 봉지를 집어 다른 쪽 외투 주머니에 넣는다.

돌아서는 순간, 작업복 차림으로 에어팟을 끼고 있는 여자를 마주치고 화들짝 놀란다. 내가 빙긋 웃자 그녀는 마치 모자를 기울이듯 한쪽 이어폰을 기어이 빼고 미소로 답한다. 시선을 올리자 천장에 달린 커다란 거울이 보인다.

나는 태연하게 계산대 안쪽을 본다. 손바닥이 축축하다. 내가 열심히 들여다봤던 샐러드 바 뒤에 평면 텔레비전 네 대가 설치돼

---

*　미국의 고등학교는 9학년에서 12학년까지 총 네 개 학년이다.

있고 거기에 감시 카메라 화면이 나온다. 심장이 마구 뛰면서 호흡이 빨라진다. 걸리면 준이 나를 죽이려 들 것이다. 어느새 나는 내 앞의 선반 위에 쌀을 올려놓는 내 손을 보고 있다. 망고는 냉장고로 돌아간다. 나는 식료품들을 빠르고 차분하게 돌려놓는다. 머리를 숙인 채 밖으로 나온다. 틀림없이 발각될 것이다. 잠시 후면 누군가가 뒤에서 달려와 나를 붙잡을 것이다. 나는 문을 닫지도 않고 추운 밤으로 달려 나와 서둘러 준의 집으로 돌아간다. 그 잘난 바나나 조각들을 입안에 잔뜩 쑤셔 넣고 아무 맛도 느끼지 못하는 채로.

17장

　다음날 수업을 마치고 집에 돌아오니 준은 소파에 널브러져 프링글스를 먹고 있다. 오늘은 핼러윈, 디자인 스쿨에서는 진풍경이 펼쳐지는 날이다.

　"왔어?"

　외투를 거는 내게 준이 말한다. 〈길모어 걸스〉의 로리는 이미 예일대에 들어간 뒤다. 계절과 상관없이 그들이 사는 마을 스타즈 할로우는 언제나 크리스마스 같다.

　"응."

　그녀가 나를 살핀다.

　"어디 갔었어?"

　나는 눈을 굴리려다 참는다.

　"수업."

　아침에 내가 깨끗이 치워놓은 부엌이 다시 엉망이 됐다. 조미료

대여섯 개가 나와 있다. 깨가 흩어져 있고 어제부터 있던 다이어트 콜라도 그대로다. 냉장고를 열어본다. 며칠 전 나는 더 이상 참지 못하고 냉장고 선반들을 꺼내 햇볕에 말렸다. 채소 칸 바닥에는 상어의 배를 갈랐을 때 나올 법한 물질이 깔려 있었다. 그 안에서 오래된 변기 커버가 나온다고 해도 놀라지 않았을 것이다.

나는 콜라를 싱크대에 쏟아붓는다.

"치우지 마. 사람 부를 거야."

그녀가 말한다.

"괜찮아."

나는 요란하게 콜라병을 으스러뜨리며 말한다. 지난해 이맘 때 아이비와 함께 몇 시간을 들여 〈유포리아〉 드라마의 메이크업을 하고 약병 의상으로 꾸민 일이 까마득하게 느껴진다. 그날 우리가 사탕을 하도 많이 먹어서 나는 사탕을 많이 먹으면 당뇨병에 걸리는지 검색해 보기도 했다. 가끔은 내 기억들이 마치 다른 사람의 기억인 양 아득하기만 하다.

나는 각종 조미료 병의 뚜껑을 찾아 덮은 뒤 모두 제자리에 돌려놓는다.

2년 전에는 메건과 힐러리가 집에서 파티를 열었다. 테마는 90년대 패션이었다. 그날은 둘 다 내게 잘해줬다.

나는 싱크대를 닦는다. 이 정도는 해야 마땅하다. 스트리트이지에서 이 집의 매물을 찾아봤을 때 방 하나 거실 하나짜리의 월세가 3500달러였다.

준이 일어나 앉으며 말한다.

"정말 치우지 마. 신경 쓰이잖아."

준이 왜 저러는지 안다. 지루한 거다.

전자레인지의 시계를 확인한다. 오후 4시.

"오늘 밖에 나가봤어?"

틀림없이 아닐 것이다. 집 안의 공기는 100퍼센트 입김으로 차 있으니까.

그녀는 나를 노려보고는 프링글스를 여러 장 겹쳐 베어 물며 티셔츠에 부스러기를 흘린다. 반쪽짜리가 떨어졌는데도 그녀는 힘차게 털어낸다.

내 언니는 싸우고 싶어 안달이 났다.

"뭐?"

그녀가 흥분하며 묻는다. 공격 태세. 얼굴 주위의 잔머리가 모조리 곧추선다.

나는 무표정을 유지할 수가 없다. 웃음을 참느라 젖산이 두 뺨을 뜨겁게 달군다. 나는 고개를 저으며 태연하게 말한다.

"아니야."

턱이 떨린다.

내가 싱크대에 스프레이를 분사하자 그녀가 단호하게 말한다.

"아, 씨, 그만하라니까. 그만 좀 해."

차마 그녀를 볼 수가 없다. 그녀는 일어나 앉는다. 감자 칩을 뒤집어쓴 채로 턱을 내밀고 있다.

나는 두 손을 올리곤 포뮬라 409*를 내려놓는다.

우리는 몸싸움을 한 적도 있고 심지어 피를 본 적도 있지만 지금은 그런 분위기가 아니다.

나는 애써 목을 가다듬으며 재정비를 한다. 하지만 코에서 킬킬거리는 소리가 계속 빠져나온다. 입술을 깨문다.

"뭐야?"

그녀가 다시 공격하지만 목소리가 떨리고 있다. 그러곤 일어나서 내게로 다가온다.

나는 손을 올려 방어하며 물러선다.

"난 싸우지 않을 거야, 이 사이코야."

그 말에 그녀는 팔을 뻗어 손바닥으로 내 어깨를 찰싹 때린다.

나는 내 어깨를 내려다본 뒤 다시 그녀를 본다.

두 눈을 무섭게 뜨고 손을 높이 들어 올린 그녀는 살짝 위협적이긴 하지만 기껏해야 빵모자를 뒤집어쓴 래브라두들**이 화를 내는 것 같다.

"뭐 하자는 건데?"

---

* 다목적 세정제 상표명
** 래브라도레트리버와 푸들의 교배종

준은 계속 노려본다.

"언니, 난 질암 걸린 여자를 때리지 않을 거야."

그녀가 나를 다시 때리자 내가 항의한다. 그녀는 점점 더 세게 때리다가 결국 웃음을 터트린다.

"으으윽, 짜증 나."

준은 울부짖다시피 하며 다시 소파로 돌아가 앉는다.

"너무 따분하단 말이야."

"나가서 동네 한 바퀴 돌고 와."

나는 바지 단추를 풀며 그녀의 옆에 풀썩 앉는다. 난 그저 집에 와서 좋다.

그녀는 장난으로 나를 걷어차며 말한다.

"너희 집에 가보자. 그 자식 갔나 보게."

"뭐?"

그녀는 어느새 활기를 되찾고 눈을 반짝인다.

"그래, 가서 그 개자식이 나갔는지 보자고."

"지금?"

"일주일 넘었잖아."

"그냥 내가 가서 확인할게."

나는 일어서며 말한다. 혹시 이런 식으로 나를 쫓아내려는 걸까?

"언닌 안 가도 돼."

그러자 그녀가 징징거린다.

"나도 나가고 싶어. 핼러윈이잖아."

정말 어린애 같다.

"그래, 핼러윈이지. 1년 중 지하철이 가장 붐빈다고 알려진 날."

"아직 이른 시간이잖아."

나는 신음한다.

"모르겠어. 나도 시간이 좀 필요하다면?"

나는 그녀가 며칠 전에 했던 말을 그대로 돌려준다.

"이건 내 사생활이고 나도 받아들일 시간이 필요해."

그녀는 생각해 본다.

"물 한 잔만 가져와."

나는 유리잔에 물을 받다가 내가 며칠 동안 물을 마시지 않았다
는 사실을 깨닫고 오랫동안 꿀꺽꿀꺽 마신 뒤 다시 물을 받아 그
녀에게 건넨다. 잔소리를 듣게 되리라는 건 뻔한 사실이다.

"나 먼저 주고 그다음에 네가 마셔야지. 내가 언니잖아."

치사하게 굴기는.

"나도 갈래. 너 혼자 가는 거랑 다르지."

그녀가 머리를 느슨하게 묶으며 말한다.

"언니가 가는 걸 내가 원치 않는다면?"

그녀는 잠옷 상의를 벗고 티셔츠 위에 두툼한 후드 재킷을 걸친다.

"그걸 말이라고 해? 지금 그런 말이 나와? 넌 일주일 동안 여기
내 집에서 살았는데 나를 못 오게 하겠다? 나도 보고 싶어. 네가

우리 집 약장이랑 서랍이랑 구석구석 다 들여다본 거 알거든. 그러니까 조용히 해. 이제 내 차례야."

"아니야!"

"웃기네. 나를 데려가서 그 개자식 남자 친구를 소개해 주지 않으면…… 쫓아낸다."

"미쳐."

나는 흥분하며 티셔츠를 입는다.

"진짜 개념이 없네. **눈치**가 전혀 없어."

"네 **눈치**는 볼 필요가 없지. 우린 가족인데."

그녀는 슬리퍼를 신는다.

"그게 무슨 상관이야?"

나는 문 옆의 거울을 보며 립스틱을 바른다.

준은 외투를 걸치며 퉁명스럽게 대꾸한다.

"사실, 넌 가족인 데다가 손아랫사람이잖아. **눈치**는 개뿔. 그런 건 너한테 해당이 안 된다니까. 난 상속인이고 넌 여분이야. 넌 나 때문에 존재하는 거야. 내가 아니었으면 넌 여기 있지도 않았어."

그녀가 말하는 "여기"가 뉴욕인지 이 세상인지 모르겠다.

우리는 F선을 타고 말없이 브루클린으로 향한다. 준의 말이 맞았다. 아직 이른 시간이다. 제각기 핼러윈 의상을 입은 학생들 한 무리를 제외하곤 한산한 편이다. 핼러윈이 월요일이라서 좋은 점이 있다면, 진짜 정신 나간 사람들은 모두 주말에 파티를 즐기고 이미 지친 뒤라는 것이다.

스미스 9번가에서 열차가 지상으로 올라가자 여전히 속이 편치 않은데도 마음이 차분해진다. 대기에 전류가 흐르는 듯하고 모든 표면의 모서리가 금빛으로 반짝거린다. 나는 이렇게 쨍한 뉴욕이 좋다. 마법의 시간, 그럴 때면 감사하지 않을 수 없다. 뉴에이지 블로그 어디선가 이 지구상에는 전율이 일 만큼 자신에게 꼭 맞는 곳이 있다는 글을 읽었다. 아마도 보조제 따위를 검색하다가 발견했을 것이다. 어떤 특정한 기운이 자신의 에너지와 함께 소용돌이 치는 듯 느껴지는 곳이 있다고 했다. 나는 그 아래 보험 약관처럼 깨알 같은 글씨로 그것이 사실은 아메리카 원주민의 기운이라고, 혹은 오스트레일리아 원주민의 기운이라고 적혀 있을 거라 주장하고 싶다. 어쩌면 하와이 원주민의 기운일지도 모른다. 가루나 영약을 파는 백인 여자들은 그런 기운을 갖고 자기들이 역사의 일부라고 느끼는 것인지도. 그렇다 해도 나는 저마다의 영혼에 꼭 맞는 집이 있다고 믿고 싶다. 이런 순간이면 뉴욕은 내게 꼭 맞는 곳처럼 느껴진다. 잠시 창밖을 내다보며 내가 어디에 있는지 상기하는 순간 말이다.

"저기 자유의 여신상 보여?"

나는 맞은편에 보이는 자유의 여신상을 가리킨다. 물 위로 높이 팔을 들고 있는 흐릿한 녹색의 그녀가 수평선에 엄지손가락만 하게 보인다. 나는 이 여신이 달과 닮았다고 생각한다. 같은 지점에서 더 크게 보이기도 하니까.

준이 스카이라인을 보며 감탄한다.

"와, 너 정말 멀리 사는구나."

아직 여섯 정거장이 남았다.

"멋진 곳이야."

그리고 저렴한 곳이다.

내가 좋아하는 잔해 더미를 지나친다.

"학교까지 얼마나 걸려?"

"한 시간."

"헐. 완전 여행이네. 나는 10분이면 출근하는데."

그녀는 나를 마주 보는 자리에 앉아 발목을 꼰 채 창밖을 내다 본다. 그러다가 상체를 숙이더니 양말을 당긴다.

"이것 봐."

새파란 양말목이 그녀의 발목을 물고 있다. 그러고 보니 다른 쪽 양말은 색이 더 연하고 가장자리에 흰색 물결무늬가 있다. 준은 당황한 얼굴로 나를 보며 말한다.

"정신이 나갔나 봐. 이런 적이 없었던 것 같은데."

"그러니까 양말은 다 똑같은 걸로 사야 해."

나는 늘 유니클로에서 똑같은 검은색 양말을 산다. 나는 발끝을 그녀에게 내민다. 보란 듯이 두 발을 흔들지만 반응이 없자 고개를 들어본다. 당황스럽게도 준은 울고 있다. 또. 표정은 변하지 않았지만 닭똥 같은 눈물방울이 뺨을 타고 흘러내려 마치 뒤집어진 벌레처럼 무릎에 올려놓은 두 손으로 떨어진다.

"언니……."

안내 방송이 우리의 정류장을 알린다. 내가 일어서자 그녀도 뒤따라온다.

우리는 내 아파트까지 세 블록을 걸어간다. 나는 건물 입구에 카드를 갖다 댄 뒤 앞장서서 그녀와 발걸음을 맞춰 위층으로 올라간다.

"그 자식 갔어?"

내가 문을 열기도 전에 그녀가 묻는다. 그러곤 목을 가다듬으며 눈을 톡톡 두드린다. 나는 열쇠로 문을 열고 불을 켠다. 우리는 신발을 벗는다.

얼핏 봐선 모르겠다. 그런데 거실 한가운데 커다란 바퀴벌레가 죽어 있다.

나는 욕실로 달려 들어가 화장지를 둘둘 말아서 밖으로 던진다. 얼굴이 화끈거린다. 차마 언니를 볼 수가 없다.

크레이그리스트에 사진이 올라온, 푹 꺼진 웨스트엘름 2인용 소파는 그대로 있다. 책장과 내가 숙제할 때 쓰는 합판 카페 테이블과 의자들도. 집의 냄새도 똑같다. 부엌에 놔둔 양초에서 옅은 꽃향기가 난다. 일랑일랑 샤워기 세정제 냄새는 흔적도 남지 않았다. 침실 문이 열려 있어서 나는 천천히 그리로 다가간다. 마치 공포 영화의 마지막 여자라도 되는 양 오싹한 공포가 밀려든다. 나는 방 안을 들여다본다.

커튼이 쳐져 있다. 나는 어둠 속을 더듬어 벽장 안 바닥에 놓인 스탠드를 켠다. 천장 조명은 오래전에 나갔다. 침대 시트가 벗겨져 있다. 그는 나갔는지도 모른다. "걔 집에 없어" 하고 말하는 순간 뒤에서 미는 힘에 나는 매트리스 위로 넘어진다.

"우아아악!"

준이 문 앞에 서서 소리친다.

나는 심장이 쿵쾅거리는 것을 느끼며 돌아눕는다.

"못됐어!"

준은 내 얼굴에 대고 웃음을 터트리며 나를 침대에 대고 누른다.

"뭐가 그렇게 무서워? 네 집이잖아."

그녀가 말하며 방을 둘러본다. 나는 내 언니의 눈으로 방을 본다. 그녀가 오지 않기를 바란 건 이런 이유 때문이었다. 나는 방을 가득 채운 매트리스를, 창문 위에 맺힌 하얀 페인트 방울을 보는 그녀를 지켜본다. 천장에서 침대 위로 떨어진 회반죽 부스러기를 털어내고 선반에서 맞는 시트를 씌우려고 꺼낸다. 문득 발가벗은 매트리스가 음란하게 느껴지는 탓이다. 준이 손을 뻗어 고무줄이 끼워진 시트의 아래쪽 귀퉁이를 펼친다. 이걸 끼우려면 그녀는 통로에 서야 한다.

하얀 테리 천 매트리스 표면에서 누런 육각형의 자국이 눈에 띈다. 마지막으로 시트를 간 게 언제인지 모르겠다. 마치 프랑스 지도 같다.

"이게 내가 사준 매트리스야?"

그녀는 누빈 매트리스 귀퉁이를 노련하게 벽에서 당겨내 시트를 끼우며 다시 묻는다.

"내가 큰 거 사라고 하지 않았어?"

나도 침대 위에서 그녀와 똑같이 시트를 끼우며 대꾸한다.

"나 그 돈 갚았어. 그리고 큰 건 안 들어가잖아."

나 역시 한 번만이라도 나만의 퀸사이즈 침대가 있는 아파트에서 살아보고 싶다.

준이 시트를 매만진다.

"야, 매트리스 커버도 있는 거 몰라? 이거 산 지 1년밖에 안 됐잖아."

"2년 반 됐어."

그녀는 나를 노려본다.

"여기 이 얼룩들이 네 것이라면 좋겠다."

내가 그녀를 얼룩 위로 끌어당기자 그녀가 넘어지면서 자지러지게 웃어대는 통에 나도 웃음을 터트린다.

"짜증 나."

내가 말한다.

나는 욕실을 확인한다. 현관 수납장과 찬장도 확인한다. 보아하니 그는 다시 돌아올 것 같다. 그의 물건들이 대부분 남아 있다.

나는 당장 넷플릭스 비밀번호를 바꾸고 그의 프로필을 삭제한다. 꺼지라지.

준은 내 냉장고를 들여다본다.

"뭐야, 걘 먹지도 않아?"

그녀가 말하며 냉장고 문을 거칠게 여는 바람에 양념 병들이 달그락거린다. 그녀가 그 안에서 끈적거리는 유자차 병을 꺼내자 나는 전기 주전자를 켠다. 준은 라디에이터 위에 손바닥을 대보며 걱정스럽게 나를 본다. 그러곤 외투를 다시 입는다. 집이 춥다.

"간 것 같지 않은데."

그녀가 말한다.

"모르겠어."

나는 어정쩡하게 대꾸한다.

"네가 남자랑 동거한 거 엄마가 알면 난리 날걸."

그녀는 부엌 수도꼭지를 틀고 그 아래 손을 갖다 댄다. 그런 뒤 온수 쪽으로 끝까지 돌려보며 다시 말한다.

"제인."

나는 물줄기를 맞으며 꼼지락거리는 그녀의 손가락을 본다.

"이게 말이 돼?"

"뭐가?"

내가 그녀를 노려본다.

"여기 꼴 좀 봐. 어떻게 이렇게 살아? 침실 벽에도 검은 곰팡이

가 폈잖아."

그녀는 비난을 담아 그쪽을 가리키며 말을 잇는다.

"꼭 고양이들이 수백 년 동안 오줌을 갈긴 듯한 냄새가 나고. 제발 이번 달 월세는 안 냈다고 해줘. 뜨거운 물도 안 나오잖아."

"내가 남자랑 산다고 엄마한테 말하지 마."

내가 말하며 상부 장을 열기 위해 그녀를 옆으로 살짝 민다. 돼지우리 같은 집에 살지언정 적어도 보통 사람이라면 집에 머그잔을 갖추고 있다는 걸 그녀에게 보여주고 싶다.

나는 우리의 차를 만든다.

"제인."

나는 좀 더 좋은 컵을 골라 손끝이 뜨거워도 참고 손잡이가 그녀 쪽으로 향하도록 내민다.

그녀는 천천히 손을 뻗어 잔을 받아 들고 소파로 걸어간다. 거기에 앉기 전에 아주 잠깐 거만한 콧대에 주름이 진다. 나는 그 옆에 끼어 앉는다.

나도 외투를 입고 싶지만 준이 의기양양해질까 봐 참는다. 마치 그녀가 새침데기인 양 나는 등을 기대고 두 다리를 쭉 뻗는다.

우리 집에는 소파 테이블이 없어서 바닥에 잔을 내려놨다가 다시 집어 든다. 바닥도 지저분하다. 여태 몰랐는데 먼지 뭉치와 머리카락이 너무 많다.

"전에 살던 집에선 왜 나왔어?"

"엄마는 아직도 주말마다 전화해서 미사 다녀왔냐고 물어봐?"

나는 대답 대신 딴 얘기를 묻는다.

"응."

대꾸하는 준의 얼굴에 짜증이 스친다.

"가끔 전화 좀 받는다고 죽는 거 아니야. 나만 부담이 두 배가 되잖아."

그런 생각은 미처 못했다.

"자식이 성당에 가지 않으면 부모가 지옥에 간다는 게 사실일까? 엄마는 음성 메시지로 자기가 지옥에 갈 거라고 막 울부짖거든."

"아니지. 그런데……."

그녀는 킬킬거리며 다시 묻는다.

"정말 그게 사실이냐고 묻는 거야? 지옥 같은 건 없어."

준은 차를 한 모금 삼키더니 혀를 내민다.

"아, 씨, 혀 뎄잖아."

그녀는 늘 혀를 덴다. 나보다 더하다. 그리고 항상 음식 맛을 보기도 전에 소금을 친다.

"사실이 아니라고?"

솔직히 나는 그렇게 생각해 본 적 없다. 언니가 지옥을 믿지 않는 줄도 몰랐다.

그녀는 설명을 덧붙인다.

"엄마를 위해선 모르는 척해야 해. 엄마는 모르는 편이 더 행복할 테니까. 대부분의 사람들도 마찬가지야."

때마침 우리 앞 바닥에 있던 내 핸드폰이 울린다. 엄마다.

"어떻게 이럴 수가 있어?"

우리는 서로를 보다가 다시 핸드폰을 본다.

알렉사*나 시리, 아마존 광고보다도 더 지독하다.

"미쳐."

나는 심호흡을 한다. 전화는 음성 메시지로 넘어간다.

"소름 끼친다."

엄마는 준과 똑같다. 최소한 여섯 번쯤 연이어 전화한 뒤에야 음성 메시지를 남긴다.

화면에 다시 '엄마'가 뜬다.

"언니한테도 이래?"

"안 그러겠니?"

준의 외투에서 진동이 울린다. 그녀는 핸드폰을 보여준다. 엄마다. 아니나 다를까. 그리고 아니나 다를까, 준은 전화를 받는다.

"여보세요?"

그녀는 이렇게 말하곤 "바로 다시 할게요" 한다.

아찔한 불안감이 밀려든다.

"뭐 하는 거야? 전화 왜 받아?"

---

* 미국 전자 상거래 기업 아마존의 음성인식 인공지능 비서

준은 페이스타임으로 엄마에게 전화한다.

나는 머리를 매만진다.

엄마가 전화를 받는다.

"여보세요?"

화면에는 엄마의 귀가 나타난다. 그녀는 한국말로 소리가 잘 안 들린다고 중얼거린다.

준이 웃으면서 소리친다.

"엄마, 우리를 봐야지. 화면을 봐!"

"엄마."

내가 준의 뒤에서 고개를 내민다.

인상을 쓰고 있던 엄마의 얼굴에 이내 미소가 떠오른다.

"어쩐 일로 둘이 같이 있어?"

엄마가 한국말로 묻는다. 그러곤 금세 다시 표정을 바꾼다.

"거긴 왜 그렇게 컴컴하니? 불 좀 켜. 눈 나빠질라. 별일 없지?"

저렇게 금방 행복한 표정과 걱정스러운 표정을 오가다니 놀랍다.

준이 말한다.

"아무 일 없어요. 그냥 엄마한테 우리 얼굴 보여주면 좋을 것 같아서."

"아, 그렇구나."

엄마가 입은 민트색 골프 셔츠에 보이는 로고는 랄프로렌 모조품 같다. 말은 없고 폴로 선수만 수 놓여 있다. 엄마가 다시 말한다.

"그래도 잘 안 보여. 엄마가 스탠드 하나 보내줄까?"

우리는 대꾸하지 않는다.

"우리 **유자차** 마시고 있어."

나는 잔을 들며 말한다. 늘 하듯이. 한국적인 행동을 할 때면 잘 보이려는 듯 엄마에게 알린다. 그렇게 하면 엄마가 나를 대견해하기라도 할 것처럼.

엄마가 묻는다.

"어디서 샀니? 라벨이 빨간색이야, 아님 초록색하고 금색이야?"

다시 냉장고에 가서 확인할 생각은 없다.

"초록색일걸?"

"그건 설탕 덩어리야. 다음엔 빨간 라벨로 사. 빨간색하고 노란색인가 그럴 거야."

"알았어요."

나는 거짓말로 대꾸한다.

엄마의 얼굴을 아주 오랜만에 본다. 처음 보는 은테 안경을 쓰고 있다. 목이 막히는 듯하다. 마치 태양을 보는 것 같다.

"나 집에 갈 거야."

준의 말에 엄마의 얼굴이 금세 환해진다.

"정말? 출장이야? 언제? 며칠 있을 거니? 바쁘겠지."

그러자 준이 대꾸한다.

"응, 출장. 댈러스에서 미팅이 있는데 집에도 들를게요."

가슴이 철렁 내려앉는다. 나한테는 얘기하지도 않았는데. 준에게는 이런 일이 너무도 쉽다는 게 믿기지 않는다.

"얼마나 있을 거야?"

"주말 보내고 와야지."

"그래도 연휴에 또 올 거지?"

"크리스마스에 갈게요."

준이 말한다. 엄마 생일이 추수감사절 무렵이지만 우리는 딱히 챙기지 않는다. 우리에게 추수감사절은 진짜 명절이 아닌 것 같다. 게다가 엄마는 칠면조를 싫어한다.

"왜 그렇게 맛없는 새를 먹어. 그리고 너무 크잖아."

엄마는 칠면조가 미국 음식을 완벽하게 풍자한다고 생각한다.

"비행기 몇 시인지 알려줘. 제인도 같이 오니?"

엄마가 묻자 나는 화면에서 벗어나 언니를 노려본다.

"직접 물어보세요."

나는 손을 뻗어 준의 허벅지를 꼬집는다.

"제인?"

준은 핸드폰으로 나를 비추며 두 눈썹을 치올리고 새침한 미소를 짓는다.

나는 엄마에게 영어로 대꾸한다.

"가고 싶은데 학교랑 일이 너무 바빠요."

엄마의 얼굴이 굳는다.

"그래. 할 일은 해야지. 너희 둘 다 안쓰러워. 그 지저분한 도시에서 뼈 빠지게 일하고. 거기 지하철은 시도 때도 없이 고장 난다며. 나는 지하철을 타고 동굴 속으로 들어가는 건 돈을 준다고 해도 하기 싫더라. 운동은 하니? 밥은 제때 챙겨 먹고? 공부 잘하고 돈 잘 벌어봐야 건강 잃으면 아무 소용 없어. 지영아, 너 돈은 있니?"

"있어요."

죄책감에 욕지기가 날 것 같다.

"그럼 이번 주말에 오는 거야?"

엄마가 언니에게 묻는다.

"응."

나는 준을 골똘히 바라본다. 그녀는 눈을 깜빡이지 않는다. 그건 거짓말을 하고 있다는 뜻이다. 댈러스 출장 같은 건 없다고 나는 장담할 수 있다. 그저 가고 싶어서 가는 거다. 그리고 돈이 많으니까 그렇게 할 수 있는 거다.

"금요일에 갔다가 일요일에 올게요. 엄마 아빠 보고 싶어."

그녀가 말한다.

"네가 이것저것 싸가서 제인한테도 가져다주면 좋겠다. **멸치랑** 국거리랑."

엄마는 나를 보며 준에게 말한다. 안경 때문에 더 늙어 보인다.

"고마워, 엄마."

언니가 암에 걸렸어! 전화기에 대고 이렇게 소리치고 싶다.

"그래도 쉰 번째 생일 전에 보겠네."

엄마가 말한다. 과장하는 재주는 여전하다. 쉰 살이 되려면 아직 3년은 더 있어야 하면서.

"엄마가 얘기했던가? 지난 생일 직전에 꿈꾼 거?"

엄마는 자기가 어느 정도 신통력을 갖고 있다고 믿는다.

"아름다운 꿈이었어. 내가 아주 깨끗하고 잔잔한 물에서 헤엄치고 있었거든. 체온하고 꼭 맞는 온도의 물이었어. 목욕물처럼. 그런데 하늘에 하얀 용이 나타나는 거야. 수평선 너머에 똬리를 틀고 있다가 나한테 확 달려들더라. 눈이 새파란 초록색이었어. 기분이 어찌나 좋던지. 그렇게 좋은 꿈은 아무나 못 꾼다니까."

그녀는 마치 엄마들이 **임신**했을 때가 아니라 자기 생일 전에 길몽을 꾸는 게 한국의 전통인 것처럼 말한다.

"너희들 사는 곳에 성당은 있니?"

엄마가 묻는다. 아무래도 준과 내가 한동네에 산다고 생각하는 모양이다.

준이 대꾸한다.

"그럼요. 여기 아일랜드 사람들이랑 이탈리아 사람들이 많거든."

"여기 성당만큼 좋진 않겠지. 그래도 둘이 같이 다니면 좋겠다, 준. 넌 감사할 게 많잖아. 우리 모두 너희들 기도를 얼마나 많이 하는지 몰라."

전화를 끊고 나자 나는 준의 팔을 찰싹 때린다.

"무슨 짓이야?"

"뭐가?"

그녀도 나를 때린다.

"갑자기 왜 집에 가? 출장 아니잖아."

"무슨 상관이야? 그냥……."

그녀는 내 집을 둘러보며 말을 잇는다.

"집에 가고 싶어."

"하지만 언니 집이 있잖아."

"네가 왜 그렇게 텍사스를 싫어하는지 모르겠다. 나는 엄마 집에 가면 좋아. 편하잖아."

이상하게도 엄마와 아빠가 한집에 사는데 그곳은 언제까지고 엄마 집일 것이다.

"난 지쳤어."

그녀는 침을 꿀꺽 삼키며 다시 말한다.

"짜증 나는 과정이 시작되기 전에 엄마 아빠를 보고 싶어. 샌안토니오에 가면 사람들이 신흥 시장이 어떨지, 내 보너스가 얼마나 두둑해질지, 내가 그 잘난 스위트그린*에서 뭘 주문하는지 같은 걸 알아내려고 기웃거리잖아. 그런 기분을 다시 느끼고 싶어. 너무 피곤해. 마늘 넣은 멸치볶음도 먹고 싶고 엄마가 감자를 강판

---

* 샐러드와 따뜻한 요리를 판매하는 미국의 캐주얼 레스토랑 체인

에 갈아서 만들어주는 그 요리도 먹고 싶어. 끼니마다 국도 먹고 싶고 코스트코에서 내 엄마가 이것저것 사주는 것도 그리워."

"**우리** 엄마지."

나는 심술궂게 말하며 소꼬리와 무를 넣고 끓이는 엄마의 맑은 국을 떠올린다.

"웃기지 마. 내가 엄마를 더 오래 알았거든."

준은 핸드폰 화면을 넘기며 항공권을 찾아본다.

"언니 출장 아닌 거 난 알고 있었거든. 거짓말쟁이."

준은 어깨를 으쓱하며 못 들은 체한다. 그녀는 오비츠 같은 항공권 가격 비교 사이트도 거치지 않고 백만장자들처럼 곧장 항공사 앱을 연다.

그녀가 내 귀에 바싹 대고 몇 번이나 헛기침을 한다. 나는 그녀의 얼굴을 한 대 때리고 싶다. 내가 준이었다면 동생에게 다정하게 대해줬을 텐데. 준은 못된 언니다. 착한 딸이지만 그보다는 못된 언니다. 나한테 심술궂게 굴면서 **덤으로** 엄마에게 알랑거리는 거다.

엄마의 죽은 아기가 살아 있었다면 나와 사이좋게 지냈을 텐데. 이렇게 짜증 나는 상황은 없었을 것이다. 준은 아리도록 질투했을 것이다. 어릴 때 아팠던 내 둘째 언니는 엄마의 사랑을 독차지했을 테고 준도 마침내 소외당하는 기분을 이해했을 것이다.

"난 어떡해?"

준이 신용카드 비밀번호를 입력하자 내가 불쑥 묻는다.

마침내 그녀가 핸드폰을 내려놓고 의기양양하게 미소 지으며 대꾸한다.

"글쎄? 내가 무슨 상관이야. 기분 나쁘게 듣지 마. 솔직히 난 며칠 동안 널 잊어버리는 것도 괜찮을 것 같아."

나는 코를 훌쩍인다.

"고맙네. 요리랑 청소는 내가 다 하는데. 언니 침구도 다 빨았거든. 뜨거운 물로 두 번 더 돌린 뒤에 헹궜다고. 나도 지친 것 같아. 나도 잠깐 언니를 잊고 싶어."

그러자 그녀는 핸드폰을 치워놓는다.

"그럼 잘됐네. 좀 떨어져 있자."

이런 시기에 나를 두고 가다니 어이가 없다.

"내가 와인 오프너도 사줬는데 이러기야?"

사실은 행주도 사줬다. 세일해서 사긴 했지만 아주 귀여운 택시가 그려진 행주였다. 몸이 아파서 집에 가고 싶다면 이해해 주겠지만 어쩐지 나 **때문에** 가는 것 같다.

"네가 안 가는 거지. 또 혼자 드라마 찍네. 집에 잠깐 다녀온다고 뉴욕이 어떻게 되는 거 아니거든."

"돈이 없으니까 그렇지. 연휴 때는 450달러쯤 한단 말이야."

지난해에 표를 찾아보지 않은 건 아니다.

"미치겠네."

준은 혀를 내밀고 눈을 굴리며 다시 말한다.

"가고 싶으면 내가 표 사줄게. 그냥 갈 건지 말 건지 말해."

"일하는 가게에도 얘기해야 하는데."

세상 모든 사람이 재수 없는 내 언니처럼 길고 긴 휴가를 쓸 수 있는 건 아니다.

"그럼 얘기해."

"좋아."

나는 이렇게 대꾸하며 항공권을 찾아본다.

"내가 사줄게. 마일리지로 살 수 있어."

"알았어."

"그게 끝이야?"

준은 무릎으로 내 무릎을 톡톡 치며 묻는다.

"고마워."

"그다음엔?"

이번엔 나를 마구 흔든다.

"고마워, **언니.**"

"그거지, 꼬맹이."

우리는 차를 마신다.

"이거 유통기한 지난 것 같아."

내가 컵 속을 들여다보며 말한다. 바닥에 유자가 두툼하게 깔렸는데 딱히 맛이 나지 않는다.

"유자차는 항상 유통기한이 지난 것 같은 맛이야."

준은 이렇게 말한 뒤 뒤쪽의 빈 침실을 가리킨다.

"이제 어떡할 거야? 여기 있을 거야? 완전 우울한데. 마치 크리스마스 날 아침의 스트립 클럽을 보는 것 같아. 영화에서 FBI가 야간 투시경을 쓰고 습격하는 장면에서 본 집 같기도 하고."

나는 집을 둘러본다. 나도 이곳에 있고 싶지 않다. 여기 있으면 얼마나 우울한지 지난주 내내 잊고 있었다. 그저 제러미가 나갔을지 확인할 생각만 했을 뿐. 이 집에서 눈을 감고 잠을 청하는 장면이 그려지지 않는다. 내가 말한다.

"그래야 할 것 같아. 여기가 내 집이니까."

준의 집을 나설 때만 해도 돌아가지 않을 줄 몰랐다. 준은 틀림없이 젖은 수건을 세탁기에 던져 넣어서 다시 냄새나게 할 것이다. 게다가 내가 만든 렌즈콩과 칠면조 요리를 데우기 귀찮아서 심리스 프라이드치킨을 먹을 것이다. 그리고 우리는 〈길모어 걸스〉에서 크리스토퍼가 돌아오는 에피소드를 보다 말았다. 벌써 세 번째로 보는 거지만.

준이 일어서며 말한다.

"알았어."

나도 일어선다.

"필요한 거 있으면 문자 보내."

그녀가 덧붙인다.

"표 고마워."

"마일리지인데, 뭐."

언니는 자기 잔을 내민다.

"이거 어떡해? 싱크대에 넣으면 돼, 아니면……?"

내가 막 걸음을 뗴는 순간 그녀가 내 쪽으로 온다.

"미안."

"내가 치울게."

나는 그녀의 컵을 받는다. 손에 뭐라도 들려 있으니 안심이 된다.

"나중에 봐."

말하고 보니 언제 볼지 모르겠다. 내가 다시 말한다.

"공항에서 보겠네."

"아, 그래."

그녀가 말한다.

"그래."

금요일이 아득하게 느껴진다.

우리는 서로를 마주 본다.

"야, 근데 그거 알아?"

준이 눈을 굴리며 불쑥 말한다.

"너 진짜 멍청하다. 짐도 안 챙겨왔잖아. 칫솔은 있어?"

나는 과장되게 고개를 젓는다.

"아니. 나 진짜 멍청하네."

그녀는 이를 드러내며 말한다.

"난 여태 충치가 한 번도 없었던 거 알아?"

언니는 사팔눈을 하며 입술을 뒤로 당겨 활짝 웃는다.

나는 고개를 끄떡이며 말한다.

"운이 좋네."

"그냥 우리 집으로 가. 여긴 더럽게 춥고 우울하잖아. 바퀴벌레도 우글거리고."

"딱 **한 마리**였어. 죽었고."

내가 지적한다.

"잘났다. 그래서 여기 있겠다고……?"

"아니."

그녀는 우버를 부르며 다시 말한다.

"그리고 남의 정액이 묻은 시트에서 어떻게 자니. 그건 좀 아니지."

나는 웃는 언니를 슬쩍 민다.

우리는 우버 블랙 차량을 타고 돌아온다. 핼러윈 특수 때문에 엄청나게 비쌀 뿐 아니라 의자에 열선도 들어온다. 몸과 마음이 모두 따뜻해진다. 준이 내게로 몸을 기울여 핸드폰의 뭔가를 보여주지만 뭔지 잘 모르겠다. 그녀가 자기 자리로 돌아가자 멀게 느껴진다. 어릴 때 차를 타고 멀리 갈 때면 그녀는 안전벨트를 감고 몸을 비틀어 두 다리를 내 다리 위에 얹은 채 잠을 잤다. 그리 편해 보이지 않았다. 그보다는 그저 자기가 언니니까 그렇게 해도 된다는 걸 내게 보여주려 한 것이다.

나는 웃음을 참기 위해 입술을 깨문다. 정말이지 준은 그렇게 재수 없는 인간이다.

18장

"버키스*에서 육포도 사야 하고……."

준은 텍사스에서 꼭 가야 할 가게들을 꼽고 있다.

"맞다."

버키스는 온 우주를 통틀어 화장실이 가장 좋은 곳이기도 하다.
크고 깨끗하다.

"이지 롤도 먹고 싶다."

엄마 아빠의 식당에서 파는 스시 롤은 부리토만큼 크다.

"미가스**도 먹고 싶어. 두툼한 타코도. 타코 카바나*** 칩도."

나는 텍사스에 그리운 것들이 꽤 많다는 사실을 깨닫는다. 달콤
한 차. 벨벳처럼 어둡고 고요한 밤, 텔레비전의 인기 프로그램들에

---

* 　주로 미국 남부 여러 지역에 지점을 운영하는 주유소 및 휴게소 체인

** 　남은 빵이나 계란 등을 넣고 만드는 스페인 요리

*** 텍사스 샌안토니오에 본사를 둔 미국의 멕시코 요리 패스트푸드 체인

관해 경쟁하듯 떠들어대지 않는, 슬리퍼와 반바지 차림의 사람들. 식료품점에서 마주치면 눈웃음과 고갯짓을 나누는, 그런 사람들. 우리가 자란 집은 딱히 그립지 않지만 샌안토니오에는 좋은 점이 꽤 많았다. 이를테면 지금 기온이 28도라는 점.

우리는 준의 아파트 우편실에 먼저 들른다. 이 아파트의 여러 혜택 가운데 나는 이 점이 가장 좋은 것 같다. 지금 집이나 예전 집에서는 실제로 택배를 받는 것이 기적과도 같은 일이었다. 게다가 준의 아파트에 사는 부르주아 주민들은 카탈로그를 딱히 원치 않는다. 재활용 분리 구역에는 늘 카탈로그가 쌓여 있다. 나는 허리를 굽혀 엘엘빈*과 해리 앤드 데이비드**의 추수감사절 카탈로그를 집어 든다.

준은 여전히 파란 봉투가 씐 채로 대리석 선반 위에 놓여 있는 남의 집 《뉴욕타임스》를 집는다.

"왜?"

내가 쏘아보자 그녀가 묻는다. 그러더니 내게 주소를 보여주며 다시 말한다.

"4C호 미친놈이야. 그 자식이 자기 개한테 어떻게 하는지 봤어?"

"언니."

그녀는 눈을 굴리곤 그것을 제자리에 돌려놓는다. 그러더니 손

---

*   L.L. Bean, 미국의 의류 브랜드

**   Harry & David, 미국의 고급 식품 및 선물 제조 및 소매 업체

을 뻗어 내가 집어 든 해리 앤드 데이비드 카탈로그를 빼앗는다.

"안 돼."

내가 저항하자 그녀는 음흉한 미소를 짓는다.

"너 하는 거 봐서 여기서 크리스마스 선물을 줄 수도 있는데."

그녀는 나머지 우편물을 내 얼굴 앞에서 흔든다. 나는 그것들을 받아든다. 우리 사이의 암묵적인 거래다. 준이 모든 비용을 지불하는 대신 나는 짐꾼이 돼야 한다.

"그래서 델타 항공으로 끊었다고."

그녀가 말한다. 차에서 내게 보여준 화면이 그것이었던 모양이다.

"직항이 그것밖에 없어. 그래도 델타 컴퍼트 플러스로 끊었어. 공짜로 타는 네 것까지."

그녀는 마치 승강기를 재촉하기라도 하듯 버튼을 백만 번쯤 누른다.

그녀가 카탈로그를 넘겨보는 동안 나는 우편물을 훑어보다가 낯익은 청구서 봉투를 발견한다. 준의 건강보험이 내 것과 똑같은 줄 몰랐다. 예전에 엄마는 준의 건강보험이 박피도 공짜로 받을 수 있을 만큼 비싼 거라고 했었다.

나는 그제야 발견한다. 거기엔 내 이름이 적혀 있다는 걸.

때마침 준이 해리 앤드 데이비드 카탈로그를 내게 내밀며 묻는다.

"이 배는 뭐야? 대체 왜 이렇게 비싼 거야? 한국 배가 훨씬 좋다는 건 다 알잖아. 이런 배는 그 하얀 그물주머니에 넣어주지도 않고."

나는 듣는 둥 마는 둥 한다. 집 안으로 들어가서 준이 돌아선 틈을 타 그 봉투를 뜯는다.

암 항원 혈액 검사들이 열거돼 있다.

질 초음파도.

조직 검사도.

"그거 뭐야?"

내가 조용한 것을 깨닫고 준이 묻는다. 나는 이름을 확인한다. 페이지마다 내 이름이 찍혀 있다. **제인 지영 백. 제인 지영 백. 제인 지영 백.** 마치 묘비에서 내 이름을 발견하기라도 한 듯 오싹한 기분이 든다.

준이 다시 묻는다.

"야, 그거 뭐야? 너 내 우편물 뜯었어?"

"언니?"

나는 그녀에게 서류를 보여준다. 공제액과 각종 혜택이 빼곡히 적혀 있다.

"어떻게……?"

그녀는 눈을 휘둥그레 뜨며 그것을 홱 낚아챈다.

"아, 씨."

그러곤 침을 꿀꺽 삼킨다.

"왜 거기 내……?"

"아, 씨."

그녀가 같은 말을 되풀이하며 이번에는 내 얼굴을 살핀다.

폐에 공기가 충분히 들어오지 않는 것 같다. 준의 표정 때문이다. 꼬박 1분 동안 한 번도 눈을 깜빡이지 않았다.

"무슨 문제라도 있는 거야?"

"네가 걱정할까 봐 얘기 안 했어."

마침내 그녀가 말한다.

"언니."

나는 다시 미소를 짓고 있다. 멍청하고 한심한 미소.

"어떻게 된 거야?"

내 목소리가 날카로워진다.

"제인, 알았어."

그런 뒤 그녀는 제안한다.

"앉아서 얘기할까?"

내가 고개를 젓자 언니는 요란하게 숨을 내쉰다.

"미치겠다. 난 지난 1년 내내 뭔가 잘못됐다는 걸 알았어."

그녀는 내 눈을 보며 급하게 말을 이어간다.

"느낌이 왔거든. 병원에서 초음파를 하자고 그러기 전부터 난 알았어. 병원에선 그냥 용종이나 낭종이나 자궁 내막증이라고 생각했지만 난 알았다고."

나는 혼란스러워하며 고개를 젓는다.

"그런데 왜 거기에 내 이름이 있어?"

나는 서류를 빼앗아 그녀에게 보여주며 다시 묻는다.

"언니, 왜 내가 암에 걸린 거야?"

"난 9주 전에 일을 그만뒀어."

그녀가 말한다.

"뭐?"

우리가 왜 서로 다른 얘기를 하고 있는지 모르겠지만 준이 실업자가 될 수 있다니 그동안 내가 알던 세상이 뒤집히는 것 같다.

"그럼……."

"다른 방법이 없었어."

그녀는 입을 굳게 다물었다가 다시 연다.

"건강보험이 없어서 네 학생 보험을 사용했어. 내가 네 신분증을 가져갔거든……."

"뭐?"

나는 꼭두각시 인형처럼 계속 고개를 젓고 있다. 여전히 미소를 짓고 있다는 것도 안다. 속수무책 내 언니를 바라보며.

준은 핸드백에서 지갑을 꺼내더니 내게 신분증을 보여준다. 내 신분증이다. 텍사스 신분증.

"네가 내 신분증 갖고 있는 거 알아……."

"난 절대……."

나는 반박하려 한다. 그녀가 물어본 적이 있지만 그때도 시치미를 뗐다.

그녀가 끼어든다.

"제인, 네가 그동안 내 신분증 도용하고 있었다는 거 알아. 1년 전에 네 지갑에서 봤어. 그래서 나도 네 걸 훔쳤어. 그냥 혼내줄 생각이었어. 돌려주려고 했는데 그러지 않았지."

그녀가 내게 신분증을 건네자 나는 그것을 받아든다. 내 얼굴이 나를 보며 웃고 있다. 엄마가 싫어하는 사진이다. 그날 나는 끈 달린 민소매 옷을 입었는데 머리를 내린 탓에 발가벗은 듯 보인다. 최악의 신분증이다. 고약한 세로형의 텍사스주 미성년자 신분증. 이걸 본 사람들은 모두 왜 운전면허증이 아닌 이런 신분증을 갖고 다니는지, 왜 운전을 배우지 않았는지 궁금해한다.

"아무도 모르더라."

그녀는 눈을 크게 뜨고 나를 본다.

"네가 놀랄까 봐 주소를 바꿨어. 수술이나 치료가 필요하면 네 이름으로 받아야 할 테고, 그러려면 검사부터 네 이름으로 받아야 하잖아. 다른 방법이 없었어. 나도 이것저것 알아봤어. 네 건 본인 부담금이 엄청나지만 그 정도는 낼 수 있어. 할 수 있는 건 다 해봤다는 거 알아줘. 모든 면을 따져봤어. 얼마나 많이 생각했는지 몰라."

그녀는 귀 뒤로 머리를 넘겨 꽂고 아랫입술을 깨문다.

이제야 이해가 된다. 그러니까 행정상의 오류가 아니다. 철자 오류 때문에 우리 두 사람이 한 사람으로 합쳐진 게 아니었다. 준이 그런 거다.

"비급여 암 치료비는 감당할 수가 없어."

그녀는 손톱으로 조리대를 두드리며 계속해서 떠들어댄다.

"수술비만 해도 2만 달러쯤 되거든. 검사비랑 입원비까지 하면……."

나는 조리대 위에 신분증을 엎어 놓는다. 머리를 떨군다.

"그래도 회사에서 몇 달은 건강보험을 내주는 줄 알았는데."

"이번엔 아니야. 좀 복잡해."

"오바마케어*는?"

나는 빠르게 눈을 깜빡인다. 여전히 미소를 짓고 있다. 여전히 도움이 되려 노력하고 있다. 그리고 여전히 내 언니에게 빠져나갈 빌미를 주려 한다.

그녀는 콧방귀를 뀌며 대꾸한다.

"무슨 착오 때문에 첫 청구서가 엄마 아빠한테 갔는데 엄마 아빠는 우편물을 절대 안 열어보잖아. 그래서 미지급자로 분류됐어."

우리 부모님은 뉴욕주 보건복지부에서 온 두둑한 우편물을 딱히 신경 쓰는 유형이 아니다. 엄마 아빠는 그저 메디케어 가입 연령이 될 때까지 기다리다가 그사이 큰 치료를 받을 일이 생기면 한국으로 가겠다는 천재적인 전략을 세웠다.

"항상 그런 식이잖아. 똥은 딴 사람들이 싸놓고 뒤치다꺼리는 내가 하고."

---

*　버락 오바마 대통령의 주도하에 추진된 정부 지원 국민 건강보험 제도

나는 손을 올린다.

"잠깐. 정말 그렇게 생각해? 누가 언니한테 똥을 쌌다고? 언니가 내 신원을 훔쳤잖아. 나한테 물어보지도 않고 내 건강보험을 마음대로 쓰고 자기 실수로 주소가 잘못됐는데 **언니**가 뒤치다꺼리를 한다고?"

나는 조리대의 서류를 집어 그녀에게 내민다.

"와, 씨, 나한테 물어봤어야지."

마침내 내 목소리가 높아지자 그녀는 흘끗 내 눈치를 살핀다.

"그런 걸 말도 없이 그렇게 해버리는 사람은 없어."

"널 생각해서 그런 거야. 너까지 복잡해질 건 없잖아?"

내 언니는 정말 놀라운 인간이다.

"와. 생각해 줘서 고맙네."

화끈거리는 눈에 찬 손바닥을 갖다 대면서 문득 깨닫는다. 나는 손을 내리며 묻는다.

"그래서 병원에 같이 가지 않으려고 했구나? 이걸 숨기려고."

참을 수가 없다. 이번에는 진짜 웃음이 터진다.

"아, 내가 언니를 걱정한 게 기가 막힌다."

나는 고개를 젓는다. 언니는 돈 생각만 하고 있다.

거울 뉴런이 활발하게 움직이는지 그녀도 미소를 짓지만 눈에는 경계하는 기색이 가득하다.

"그동안 이상하다 했어. 우울해서 그런 줄 알았는데……."

나는 손가락으로 머리를 빗으며 말을 잇는다.

"그냥 파산하고 싶지 않았던 거네."

그 말에 그녀는 내게 손가락질을 하며 쏘아붙인다.

"어차피 너도 같이 가고 싶지 않았잖아. 네 얼굴에 다 드러났거든. 넌 누가 뭔가를 필요로 하면 질색을 하지. 기겁하잖아. 난 알아. 어설프게 플로렌스 나이팅게일 행세를 하면서 다른 사람이 된척 연기할 필요 없어. 아무도 너한테 기대하지 않거든, 제인. 절대. 그냥 널 개똥같이 대하는 루저들하고 도망 다니면서 평생 그렇게 살아. 그게 너야. 넌 그런 사람이잖아."

숨을 쉴 수 없다. 우린 너무도 다르지만 그래도 언니가 속으로는 나를 위하고 있다는 걸 한 번도 의심하지 않았다. 나를 못마땅해한다는 건 알고 있었다. 내 옷차림과 내 친구들, 내 학업 등을 못마땅해한다는 것도 알았다. 하지만 우리가 고등학교 시절 서로 못 잡아먹어 안달일 때에도 나는 그녀가 속으로는 나를 사랑한다고 생각했다. 나를 좋아하지는 않아도 사랑한다고.

"그래, 언니 말이 맞아. 정확하게 집었네. 지금까지 나에 대해 생각한 것, 말한 것 다 맞아. 고마워."

나는 바닥에서 내 가방을 집어 든다.

언니는 지켜보고 있다.

"봤지?"

그녀는 한 번 더 쓸쓸한 미소를 지으며 고개를 젓는다.

나는 문을 연다.

"너 그럴 줄 알았어."

그 말에 나는 그녀를 노려본다. 내 언니는 좋은 사람이 아니다. 그리고 내 편도 아니다. 애처로운 사실은 내가 충격을 받았다는 것이다. 그녀가 다시 내 삶에 들어오기 전에는 그녀를 미워하는 게 어렵지 않았는데. 마치 만화경을 돌리듯 수많은 영상이 머리를 스친다. 드문드문 우리의 어린 시절이 떠오른다.

성당에서 서로를 웃겨주는 우리.

식당에서 빠르게 컵을 닦던 우리.

늦은 밤 숙제를 하며 기다리다가 엄마 아빠가 집에 돌아왔을 때 고개를 들던 준의 모습.

"텍사스엔 갈 거야?"

그녀가 조용히 말한다. 나로서는 의도를 헤아릴 수 없는 말투다. 나는 밖으로 나와 문이 닫히게 둔다.

어찌해야 할지 모르겠다. 얼굴에 감각이 없다. 목구멍에서 심장박동이 느껴진다. 미친 듯이 승강기 버튼을 누르면서 준이 내게 한 번도 미안하다고 말하지 않았다는 것을 깨닫는다.

그리고 이런 상황에서도 내가 일부러 내 신분증을 놓고 왔다는 것을. 혹시 필요할지 모르니까.

19장

"너희 쌍둥이라고 해도 믿겠다."

사람들은 준의 이름이 지현이고 내 이름이 지영이라는 것을 알
게 되면 이렇게 말한다.

"둘 다 이름에 지가 들어가잖아!"

마치 쌍둥이의 이름을 똑같이 짓는 사람도 있다는 듯. 누가 그
런 짓을 한단 말인가. 가학성애자도 그러지 않는다.

엄마 아빠는 준이 미국에서 부르기 쉬운 이름이라고 생각했다.
지현의 두 음을 합쳐 만들었지만 한국인들이 발음하기도 쉽고 영
어로 하기에도 쉽다. 준의 한국 이름에서 지는 '뜻' 또는 '본심'이라
는 의미다. 현은 '나타나다'라는 뜻이다. 강한 이름이다. 준이 아
주 어릴 때부터 벽에 컬럼비아대 포스터를 걸어놓은 것도 놀라운
일은 아니다. 그녀는 배 속에 있을 때부터 자기가 뭘 원하는지 알
고 있었다.

내 이름의 지는 다른 뜻이다. 한국에서는 형제나 자매의 이름 앞글자를 맞추는 경우가 많다. 내 이름의 지는 그렇게 좋은 뜻이 아니다. '열매' 또는 '씨'를 뜻한다. 아주 하찮은 무엇. 나는 온전한 독립체가 아니라 쪼가리, 부스러기, 뭔가의 먼지 같은 존재다. 우리 이름을 생각하면 소설 『시녀 이야기』에 나오는 이름들이 떠오른다. 나는 '부모님의 것' 또는 '준의 것'인 셈이다.

지영의 '영'도 그리 대단할 게 없다. '꽃잎'이라는 뜻이다. 작고 예쁜, 전혀 중요하지 않은 무엇. 전쟁에서 싸운 장군이나 독약의 이름을 땄다면 얼마나 좋을까. 준과 내가 미국 여권을 받기 위해 함께 영주권을 갱신하러 갔을 때 사람들은 우리의 이름과 사회보장 번호가 너무 비슷해서 힘들어했다. 누군가는 이렇게 말하기도 했다.

"그래, 네가 지영이니까 더 '영'한 동생이야. 그렇게 외우면 되겠다."

마치 준과 나에게 특별한 기억 장치가 필요하기라도 한 것처럼.

나는 내 몸을 끌어안고 언니의 집을 떠나 다운타운으로 나간다. 얼굴에 눈물이 흐르고 머릿속은 뒤죽박죽이다. 밖은 몹시 춥다. 걸음을 옮길 때마다 미야자키 하야오 만화에 나올 법한 조그만 구름이 입에서 나온다. 코스튬을 맞춰 입고 나온 인파 속에서 이보다 더 외로운 적은 없었다. 이런 외로움이 가능한 줄도 몰랐다.

서로 확연히 다른 자매를 구분하는 방법이 왜 필요하단 말인가. 쌍둥이와 마찬가지로 자매 중에도 늘 더 나은 쪽이 있다. 우리 집, 그리고 특히 성당에서는 더더욱 준과 나의 여러 자질이 마치 일반 상식이라도 되는 듯 대놓고 논의되곤 했다. 준의 성적. 내 머리카락. 내 하얀 피부. 준의 코딩 캠프. 내 가느다란 팔다리. 준의 월등한 수학 실력. 우리는 똑똑한 애와 예쁜 애로 나뉘었다.

그러다가 내 외모가 변했다.

엄마가 성당에서 어울리는 무리에 따르면 나는 "건강해"졌다. 그들은 용감하게도 내 뱃살을 툭툭 치고 내 뺨을 꼬집었다.

"내가 해주는 밥이 문제가 아니야. '텍사스만 한'이라는 말은 텍사스 허벅지를 말하는 거라니까."

엄마는 내게 다 들리게 속삭이곤 했다. 한 번은 성당의 여러 테레사 가운데 한 명이 가정불화 때문일 수도 있다고 했다. 엄마는 뺨을 얻어맞은 얼굴이 됐다.

자매끼리는 결코 친구가 될 수 없다. 자매는 태어나는 순간부터 경쟁한다. 딸 하나는 보물. 둘은 세금이다. 아, 우리 부모님은 둘째 딸이 죽은 뒤 하나를 더 낳기로 했을 때 얼마나 아들을 원했을까.

가물가물 떠오르는 어떤 생각이 점점 팽창하며 내 흉곽을 부수고 가슴을 무너뜨린다. 준이 레옹으로 나를 찾으러 온 이유는 걱정해서가 아니었다. 핸드폰으로 내가 수업에 빠진 것을 확인했을 것이다. 내 건강보험을 쓰려면 내가 풀타임 학생이어야 한다.

브로드웨이에 이르자 나는 가방 바닥을 뒤져 이어폰을 찾는다.

플랫아이언 빌딩.

아기처럼 얼굴을 꾸미고 아기처럼 옷을 입은 대머리 남자.

담배를 문 말레피센트.

섹시한 마녀 엄마와 시무룩한 어린 아들.

건널목.

애써 울음을 참지 않는다. 추워서 얼굴이 얼얼하다.

이런 기분은 두 번 다시 느끼고 싶지 않다.

저 멀리 어딘가에서 준과 내가 뒤섞여 하나가 된다는 게 싫다. 아무리 서류상으로라도. 나와 준이 이런 식으로 다시 하나가 되다니. 차라리 그냥 자궁에 흡수돼 버린, 쌍둥이의 한쪽이 되는 편이 낫겠다. 차마 입 밖에 낸 적은 없지만 가끔은 내가 존재하지 않을까 봐 걱정된다. 내가 세상에 없는 존재는 아닐까? 준이 모든 면에서 나보다 뛰어나기 때문만은 아니다. 그저 확신이 없어서도 아니다. 실제로 그렇기도 하지만. 그보다는 내가 둘째 언니의 환생, 그녀의 혼을 재활용한 존재가 아닐까 하는 강한 의심이 든다. 아니, 그건 믿음에 가깝다. 끈질기게 나를 괴롭히는 끔찍한 믿음. 나는 나름의 인격이나 운명을 타고난 존재가 아니라 그저 누군가의 두 번째 삶이 아닐까? 그래서 내 삶이 이토록 삐걱거리는 느낌이 드는 건 아닐까?

우리 가족은 관심을 끌려는 수작이라고 생각한다. 나의 우울증. 나의 불안 장애. 혹은 준이 말하듯, 나의 "감상적" 성향. 엄마는 불안 장애가 철저한 부자병이라고 생각한다. 마치 유당 불내증처럼. 기근이나 전쟁이 없는 세상에서 불평거리를 찾다 보니 생겨난 거라고. 배가 부른 사람은 배가 아플 권리도 없다.

엄마의 죽은 아기가 지영이었냐고 차마 물을 수 없지만 나는 그렇다고 확신한다. 자식이 죽고 나면 그다음에 태어난 아기에게 죽은 자식의 이름을 붙이는 경우도 있다. 나의 존재는 일종의 코스튬 같다. 준에게 이름을 빼앗기고 나니 더욱더 그렇다.

평생 나를 따라다니는 이 끔찍한 느낌, 내가 존재하지 않으며 실체가 없는 듯한 이 느낌이 현실이 되는 게 너무도 두렵다. 나는 눈물을 닦고 코를 크게 들이마신다.

어디로 가는지 모르는 채 나는 유니언 스퀘어 근처에서 차량이 통제된 도로를 비집고 나아가 L선으로 향하는 사람들의 물결에 휩쓸린다. 지하철 승강장에서 콤팩트를 꺼내 거의 남지 않은 화장을 고친다. 나 같은 여자는 수없이 많다. 이전에도 셀 수 없이 많은 여자가 이렇게 했고 앞으로도 그럴 것이다. 괜찮아. 나는 얼룩덜룩 눈물이 묻은 스스로를 다독인다. 제삼자의 눈으로 나를 관찰한다. 동양 여자. 머리카락. 괜찮은 부츠. 비탄. 실제로 슬퍼하기보다는 슬퍼하는 나를 지켜보는 게 더 쉬우니까.

나는 아이라인을 다시 그리고 립스틱을 덧바른 뒤 내 모습이 담긴 거울을 치운다. 입가에 미소를 띠며 묘한 매력을 지닌 사람이 돼본다. 내가 영화 속에 들어와 있다고 상상한다. 대개는 도움이 된다. 주위를 둘러보며 매력적인 사람들을 찾아본다. 남자든 여자든, 젊든 늙었든 상관없다. 그저 나를 꿰뚫어 볼 사람이면 된다.

철로를 노려보며 그리로 떨어지는 나를 상상해 본다.

제러미에게 문자를 보내고 싶지만 참는다. 대신 가판대에서 껌 한 통을 사서 전부 입에 욱여넣고 힘겹게 씹는다. 정말이지 나를 봐줄 사람이 필요하다.

"보드카 소다요!"

나는 무시무시하게 변장한 페니와이즈에게 준의 신분증과 준의 신용카드를 건넨 뒤 단숨에 술을 들이켠다. 아직 그 집 열쇠도 갖고 있다. 그 잘난 200달러짜리 '복제 금지' 열쇠들. 보드카 소다를 한 잔 더 마신다. 끝내준다. 금방 취기가 올라온다. 나는 심호흡을 하며 그가 나타나길 기도한다. 레옹으로 오라고 한 뒤 어떻게 되나 볼까 생각해 봤지만 대신 그에 못지않게 짧은 시간 안에 사고를 치기 좋은 최악의 술집을 골랐다. 그가 오지 않아도 괜찮다고 혼자 되뇐다. 다른 남자를 고르면 되니까.

싸구려 술집이지만 옆문을 열면 마치 하우스 파티나 야외 파티를 즐기는 기분을 느낄 수 있다. 지난번에 아이비와 함께 와서 정오부터 술을 마셨는데 기분이 무척 좋았다. 마치 모두가 보는 앞에서 숨어 있는 것 같다고 할까. 하루쯤이야 어떻게 되든 상관하지 않는 듯한 분위기 때문인지 모두 무모하고 과격했다.

아이비는 이곳에서 하룻밤 섹스 상대를 찾기 쉽다며 이곳을 틴더 라이브라고 불렀다. 실제로 그런 곳이다. 그저 느낌으로도 알 수 있다. 한마디로 말하면 발정 난 분위기. 팹스트 블루 리본 맥주*를 안정적으로 조달하며 포토샵 사고가 난 듯 보이는 라벨이 붙은 각종 브랜드의 데킬라 샷도 판매한다. 럭스라는 술도 있는데 장담컨대 합법적인 술은 아닐 거다. 아니면 윤활제로 사용되거나.

나는 멍하니 허공을 바라본다. 사람들의 눈을 훑는다. 아는 사람을 발견하기를 간절히 바라는 눈빛을 애써 숨기며. 내 오른쪽 옆에 있는 남자가 나를 치고는 내가 괜찮은지 돌아보지도 않는다. 목소리가 높고 하와이안 셔츠를 풀어 헤쳤다. 복고풍의 콧수염 사이로 그가 말한다.

"글쎄. 카고 바지는 성형수술 망한 놈들이나 입는 거 아니야?"

그의 옆에 있는 바가지 머리의 남자가 고개를 끄덕인다. 그는 카고 바지를 입었다. 나는 그가 사내의 말을 들으며 슬쩍 셔츠를 아래로 당기는 모습을 본다. 마치 나를 보는 것 같다.

마음이 쉽게 안정되지 않는다. 아까 일어난 일이 믿기지 않는다. 못된 준. 어떻게 그런 짓을.

받아들일 수 없는 불편한 현실을 잊으려 술을 한 모금 더 삼킨다.

사실, 한편으로는 아무것도 몰랐던 때로 돌아가고 싶다. 준은 정곡을 찔렀다. 나는 이런 상황에 부딪히는 게 싫다. 아까 그 봉투를 뜯어보지 않았더라면 지금쯤 그녀가 산 팟타이를 먹으며 함께

---

*   텍사스 샌안토니오에 기반을 둔 팹스트 양조 회사의 맥주

텔레비전을 보고 있을 것이다. 잔뜩 위축돼 있을 테지만 빈대로 사는 것도 그렇게 나쁘진 않다. 지금쯤 나는 설거지를 하고 있을 것이다. 그 일만 없었다면 다 괜찮았을 것이다.

어쩌면 나는 이미 알고 있었을지도 모른다. 어느 정도는. 준은 이렇게 나를 받아준 적이 없었다. 이렇게 잘해준 적도 없었다. 내가 한동안 요리와 청소를 도맡긴 했지만 예전 같으면 준은 그 밖의 갖가지 하찮은 일을 더 시켰을 것이다. 이번엔 그녀의 어깨를 주물러주지도 않았고 발뒤꿈치에 로션을 발라주지도 않았다. 그녀의 가방을 들고 열 걸음 뒤처져 걷지도 않았다.

더 큐어의 음악이 너무 시끄럽게 울려 퍼져서 나는 소리를 줄여보려고 얼굴을 찌푸린다.

술잔을 들고 비닐 부스와 구식 비디오게임, 비좁은 복도까지 구불구불 이어져 있는 오른쪽 화장실 대기 줄을 지나 연기 자욱한 테라스로 향한다. 아무하고도 눈을 맞추지 않으려 애쓰며. 누군가가 봐주길 바라는 사람들의 눈빛이 내게는 너무도 부끄럽게 느껴진다. 나도 똑같은 것을 갈망하고 있으니까.

바깥은 쌀쌀한데도 인간들의 냄새가 난다. 시큼한 냄새. 손에 든 핸드폰이 켜진다.

> 나 왔어. 넌?

나는 바로 대답하지 않고 술을 마저 마신다. 맥박이 빨라진다. 거울로 내 모습을 확인한다. 이대로 떠나도 괜찮을 것이다. 그가 나를 찾으러 오지만 않는다면 옆문으로 나갈 수 있다. 그가 내 이름을 불러도 못 들은 척하면 된다. 여긴 무척 시끄러우니까. 나는 얼음 한 조각을 입에 넣고 숨을 깊이 들이마신다.

눈을 감고 숨을 내뱉자 차가운 입김이 나온다.

내가 완전히 다른 사람이라고 상상한다. 새로운 사람. 강한 사람. 온전한 사람.

20장

　나는 사람들을 헤집고 다시 앞쪽 바로 간다. 흥분이 등을 타고 내려온다. 외투를 벗고 두툼한 티셔츠에서 두 팔을 빼 머리 위로 벗어내자 닭살이 돋는다. 검정 실크 캐미솔만 남았다.

　나는 좌우로 빠르게 눈을 움직이며 시야가 흐릿해지는 걸 즐긴다. 이제 누구한테든 매료될 수 있어, 하고 혼자 되뇐다.

　전자 담배를 빨아들이는 안경 쓴 여자 옆에 그가 보인다. 그는 편안한 미소를 짓는다.

　나는 땅바닥을 향해 바보같이 빙긋 웃으며 그쪽으로 걸어가 막판에 고개를 든다.

　"졸업하고 디자인 스쿨에 지원해서 머리를 기르고 뉴욕으로 이사해 너를 만남."

　이렇게 인사를 대신한다. 그가 코스튬을 입고 있지 않아서 안도한다.

"내 지난 10년을 요약한 거야."

패트릭은 활짝 웃으며 두 팔 벌려 나를 안아준다. 그에게 안기는 순간 가슴에서 뭔가가 풀어지는 느낌이 든다. 내가 전화했을 때 그가 바로 받은 것이 운명 같다.

"반가워."

나는 캐시미어가 덮인 그의 가슴에 대고 한숨을 쉰다. 태평하고 자신만만한 사람의 가면이 서서히 벗겨지고 있다.

"나도."

위에서 그가 말한다. 그는 예상보다 오랫동안 나를 안고 있다. 나는 그의 포옹을 한껏 누린다. 피를 빨아먹는 거머리처럼.

이윽고 몸을 떼고 고개를 든다. 확실하게 튀어나온 그의 광대뼈. 믿을 수 없이 흰 치아. 복슬복슬한 회색 스웨터 때문에 크림색 피부가 돋보인다.

"안녕, 우리 둘 다 확실히 뉴욕에 사는구나."

내가 정상적이고 상식적인 성인인 척 말한다.

"그러게."

그는 나를 살피더니 주위를 둘러보며 웃음을 터트린다.

"그런데 뉴욕에서도 하필 여기로 오다니. 그것도 핼러윈에 말이야."

"최악이지. 난 좋은데."

나도 미소를 짓는다.

그가 시선을 돌리는 모습에 잠시 아는 사람을 봤나 생각한다.

하지만 그는 고개를 돌리지 않고 내 어깨를 살짝 건드려 그 사람이 지나가게 한다.

"뭐 마실래?"

우리는 바 앞에 서 있다.

"보드카 소다."

내가 그의 목에 대고 속삭인다. 그는 매끈하고 값비싼 지갑을 꺼낸다.

그가 잔을 건넨다. 살짝 맛을 보니 내가 마시던 싸구려 술이 아니다. 우리는 건배를 한다.

잠시 후 그는 다른 손으로 내 손을 잡고는 바에서도 좀 더 조용한 쪽으로 자리를 옮긴다. 그가 손을 놔주자 손바닥이 욱신거린다.

그가 주머니를 뒤지더니 알약 제산제 한 알을 꺼내 내게 건넨다.

"펩시드 소화제야."

그러곤 잠시 후에 덧붙인다.

"넌 술 마시면 얼굴 빨개지지 않아?"

나는 고개를 젓는다.

"특이하네."

그가 약을 든 손을 내리며 말한다.

"특이한 거야?"

"응. 동양인들은 알코올을 해독하지 못하거든. 우리와 아시케나지 유대인이 그 특별한 유전자 복권에 당첨됐지."

우리에 대해 이렇게 모르고 있었다니 부끄럽다.

"반갑다, 제인."

그의 말에 이번엔 사뭇 다른 이유로 뺨이 화끈거린다. 패트릭이 내 이름을 부르는 게 좋다. 그가 내 이름의 독특한 철자를 알고 있는 것도 좋다. 그리고 말할 때마다 잘 들리라고 몸을 가까이 기울이는 것도 좋다.

"솔직히 네가 과연 답장을 보낼까 의심스러웠어. 내가 문자엔 워낙 젬병이라."

그가 말하곤 고개를 젓는다.

"여기 산 지 얼마나 됐어?

"거의 1년. 하지만 예전부터 자주 와서 지내긴 했지."

"난 2년 반."

"그렇지. 여기서 학교 다니니까."

나는 어느 학교에 다니느냐는 피할 수 없는 질문을 피하려고 다시 말한다.

"넌 예일대 다녔잖아. 성당 아줌마들한테 그런 얘길 못 들은 게 놀랍네."

"예술대는 안 쳐줄걸."

그가 킬킬거린다.

나는 내 술을 보며 미소 짓는다. 그의 말이 맞다.

"어느 학교 다녀?"

"예일은 아니야."

넌더리 나게도 멍청한 대답이 나온다.

"준은 컬럼비아에 다녔어. 전액 장학금으로."

"너희 둘 다 여기 있다니 잘됐네."

"응."

"언제 다 같이 만나서 맛있는 거 먹자."

"그래."

내가 너무 어눌하고 버벅거리는 것 같다.

그는 어릴 때 그랬듯이 나를 바라본다. 강렬하게. 눈으로 나를 기록하기라도 하듯. 내 인생에서 만난 사람들은 모두 나를 그냥 지나치는데 그는 정반대다. 그의 관심을 끌려고 안간힘 쓸 필요가 없다. 오히려 내가 집중력을 잃고 있다.

"커스틴은?"

"키키 누나는 런던에 있어."

키키는 그의 누나 커스틴의 애칭이다. 우리가 어릴 때 그녀는 일자 단발머리를 하고 다녔다. 그래서인지 그녀는 세련된 느낌이었다.

"아니다. 런던에 있었어. 지금은 평화 봉사단에 들어갔거든. 파나마에 있어."

"헐."

"그러게."

그는 멋진 누나를 둔 착한 동생답게 미소를 짓는다.

"너도 크리에이티브 디렉터잖아. 대단해."

그는 손으로 머리카락을 넘긴다.

"그렇지."

그는 목을 가다듬고 몇 번 고개를 끄덕인다.

"혹시 그게 뭐 하는 건지 모른다고 하면 좀 심한가?"

그는 웃음을 터트린다.

"아니."

그러곤 자기 칵테일에 꽂힌 막대를 꺼내 털더니 마땅히 둘 데를 찾지 못하고 주머니에 넣는다. 나도 그렇게 했을 것이다.

"크리에이티브 디렉터들은 대부분 자기 자신이 브랜드라고 생각하는 뜨내기 아마추어야. 난 보통 어떤 회사의 관점 등에 대해 답을 해주고 과한 돈을 받지. 아니, 두어 번 그랬어. 이제 막 졸업했으니까."

"어떻게 일해? 에이전시를 끼고 있나, 아니면……?"

그의 웹사이트에서 찾아보긴 했지만 이해하지 못했다. 플래시 웹사이트는 도무지 뭐가 뭔지 모르겠다.

그가 말한다.

"프리랜서야. 그러니까 굶어 죽을까 봐 전전긍긍하거나 계좌에 엄청난 돈이 꽂혀 있거나 둘 중 하나지."

"그럼 혼자 일해?"

그는 고개를 끄덕인다.

"지금은."

겨우 스물네 살에 저런 삶을 살다니 말문이 막힌다.

그렇다면 혹시 집이 없는 건 아닐까 싶어 단서를 찾아본다. 손톱, 깨끗함. 옷, 갓 세탁했음. 머리, 감았을 뿐 아니라 조명과 거울, 혼자만의 공간이 없다면 불가능한 스타일링을 했음. 하지만 예전에 어떤 여자가 소호 하우스* 멤버십을 이용해 데이트를 하고 하룻밤을 보낼 룸메이트를 구했다는 얘기를 들었다. 그리고 참고, 제러미 같은 남자도 있음.

"대단하다."

그러자 그는 솔직하게 말한다.

"아직 그렇게 말하긴 일러. 무엇보다도 나는 정말 야비한 혜택을 누리고 있거든⋯⋯."

패트릭은 주위를 둘러보더니 내게 몸을 기울이며 다시 말한다.

"난 월세를 안 내."

"불법 거주야?"

"응."

그가 정색하며 대꾸한다.

내가 눈을 크게 뜨자 그는 웃으면서 고개를 젓는다.

---

* 주로 예술 업계에 종사하는 창의적인 사람들을 대상으로 하는 멤버십 클럽으로 유럽과 미국, 아시아 각지에서 운영되고 있다.

"우리 엄마가 90년대에 뉴욕 주립 대학을 다니셨는데 그때 다운타운에 아파트가 있었거든."

나는 반 발짝 물러선다.

"다운타운 어디?"

"이스트 빌리지."

"짜증 나."

그는 웃음을 터트린다.

"거봐."

"임대차 규제되는 집이야?"

"아니."

그는 움찔한다.

이렇게 편안하게 그에게 다그칠 수 있다는 게 좋다.

"와, 그럼 어머니 소유구나?"

나는 파도처럼 밀려오는 질투에 휘청거린다.

"응."

"우와……."

나는 그에게서 머리를 젖힌다.

"그러니까."

그는 이를 드러내고 웃는 이모티콘 같은 얼굴을 하며 말을 잇는다.

"아무한테도 말하지 않았어. 공평한 세상을 만들려면 배트맨이 한밤중에 내 집에 와서 나를 죽여야 할 것 같으니까."

"그럼 프리랜서로 일하는 것도 그렇게 대단한 일은 아니네."

"조금 덜 대단한 거지."

"짜증 나."

나는 고개를 저으며 그를 쏘아본다.

"잠깐, 너희 집 그렇게 부자야?"

그는 멈칫한다.

"**그냥** 걱정 없이 산다고 말하려 했는데, 솔직히 말하면 그게……."

나는 그의 말을 대신 끝내준다.

"부잣집 애들이 하는 말이지. 와. 놀랍기도 하고 화가 나기도 하네. 운이 좋구나."

"바로 그거야. 불공평하잖아. 내가 혼자 프리랜서로 먹고 살 수 있는지는 장담할 수 없어."

"재능이 있을 수도 있지."

그러자 그가 말한다.

"나쁘진 않아. 하지만 내가 커리어를 쌓게 된 중요한 이유 하나는 대학 때 우리 팀이 대박 났기 때문이라는 것도 모르지 않거든. 내가 스물한 살 때 대니 송이 나한테 GQ 표지 사진을 부탁해서 찍어줬어."

특별한 사람이 된 기분이다. 우리에게 과거가 있었기 때문에 그가 내게 비밀을 털어놓는 것 같다.

우리는 서로를 보며 빙긋 웃는다.

누군가가 릴 핍의 음악을 틀자 바에 있던 백인 여자들이 모두 가라오케에 온 듯 소리를 질러댄다.

"여긴 네가 골랐어."

그가 지적한다.

주위를 둘러보며 청각적으로 좀 더 참을 만한 자리가 있을까 찾아보는데 마침 테이블 자리 하나가 빈다. 나는 그의 팔을 붙잡고 앞장선다. 우리는 그 안으로 들어가 테이블을 사이에 두고 마주 본다.

자리에 앉자마자 여윈 흑인 사내가 고개를 까딱 올리며 소리친다.

"둘이에요?"

그와 친구는 똑같이 코에 피어싱을 했고 둘 다 탈색한 듯 얼룩덜룩한 티셔츠를 입었다.

별수 없이 고개를 끄덕이지만 그들이 들어오기 직전에 패트릭이 내 옆으로 들어와 붙어 앉는다. 그러곤 내 귀에 대고 속삭인다.

"모두를 위한 결정이야."

그러더니 묻는다.

"괜찮아? 불편하면 다시 나가도 돼."

나는 빙긋 웃는다.

"괜찮아."

남자들은 우리와 마주 앉아 뜨거운 키스를 시작한다. 우리는 그저 잔을 보며 웃는다.

그가 우리의 등받이에 팔을 두른다. 귀가 화끈거린다.

내가 그에게 일러준다.

"네가 얘기하고 있었어. 일 얘기."

대니 송은 만인의 남자 친구가 되기 전부터 내 연예인 남편이었지만 그에게서 어떤 냄새가 나더냐고 묻지 않는다. 나는 그를 **곁에 두고** 싶은 건지 그처럼 **되고** 싶은 건지도 잘 모르겠다. 그저 그가 우리 엄마를 만나 허리를 숙이며 존댓말로 인사하는 상상을 하면 마음이 따뜻해지곤 했다. 내가 다른 남자들과 저지른 끔찍하고 부끄러운 실수들을 모두 만회할 수 있을 것 같았다. 한국 남자를 한 번도 사귀어본 적이 없는 것도 어떤 면에선 비정상이라는 걸 알고 있다. 심지어 동양인을 만난 적도 없다. 하지만 대니 송 같은 사람과 결혼하면 모든 걸 바로잡을 수 있을 것 같았다. 그런 점에서라면 패트릭과 결혼해도 마찬가지일 것이다. 그런 생각이 들자 당황한다.

"그러니까 내가 하려던 얘기는……."

그가 목을 가다듬는다. 그의 허벅지가 내 허벅지와 맞닿아 있다.

"모르겠어. 내가 가진 생각들이 결국엔 나를 괴롭힐 거야. 모든 게 엉망이잖아. 억만장자들은 세금을 내지 않고. 멍청한 인종차별주의자들이 세상을 지배하고 있고. 난 아무리 지엽적이라고 해도 사악한 사람들을 위해 일하진 않으려고 노력 중이야. 그러다 굶어 죽겠지. 하지만 아직은 괜찮아."

그는 자기 손을 내려다본다.

나는 목을 가다듬는다. 검은 테이블 상단에 남은 둥근 컵 자국을 노려본다. 나는 진지한 얘기가 나오면 늘 당황한다.

"넌 어때?"

마침내 그가 묻는다.

"나?"

그의 시선에 조금 기가 죽어 쉰 목소리가 나온다.

"난 오늘 연설을 해야 하는 줄 몰랐어."

그의 시선이 좀 더 아래로 내려간다면 좋으련만.

"그런데 전공이 뭐야? 뉴욕은 창의적인 일을 하는 사람들에겐 끝내주는 곳이지. 공부가 다 끝나면 뭐 하고 싶어?"

"글쎄……."

사실 나는 사회주의자들의 주장을 다 이해하지만 만약 누군가가 예쁜 아파트와 오래가는 소파를 누릴 만한 돈을 제시한다면 꿀벌을 죽이는 회사에서 하루 종일 마케팅 전화를 해야 한다고 해도 기꺼이 하련다.

"아직 네 얘기 안 끝난 것 같은데. 넌 그 일이 잘 맞는 것 같아."

내가 조심스럽게 말한다.

"그걸 어떻게 알아?"

"넌 예전부터 늘 디테일에 집중했잖아. 관찰력도 뛰어났고."

그가 과연 동의할지 모르겠다.

적어도 나는 그렇게 느꼈다. 그러니까 그 시절엔 말이다. 4년이 아주 큰 차이처럼 느껴지던 시절. 그가 고등학교에 들어갔을 때 나는 초등학생이었다. 나 자신이 보이지 않는 존재일 뿐 아니라 볼품없는 아이처럼 느껴지기도 했다. 머리도 엉망이었고 피부도 엉망이었다. 뺨은 얼룩덜룩했고 턱에는 여드름이 마구 피어났다.

눈에 띄는 법을 알기 전이었으니까. 그리고 숨는 법도 몰랐다.

21장

처음부터 패트릭에게 반한 건 아니었다. 그저 그가 움직일 때마다 눈에 띄었고 그의 태도에 감탄했다. 농구공을 갖고 뛰어다니거나 장난으로 여자애들에게 달려들던 다른 성당 남자애들과 달리 패트릭은 주로 그래픽 노블을 읽었다. 그에게는 타오르는 강렬함이 있었다. 책만 있으면 그 자리, 그 순간에 필요한 모든 것을 가진 사람 같았다. 학교에서는 인기 있는 애들이 빛을 발했고 이따금 위협적으로 보이기도 했지만 그런 애들과도 달랐다. 그가 다른 삶에서, 평일에 성당이 아닌 그의 진짜 삶에서 인기가 있었는지 어떤지는 알 수 없었지만 어쨌든 그는 조용히 자신감을 발산하는 듯했다. 나와 눈이 마주쳐도 시선을 돌리지 않았다. 오히려 내 눈을 더욱 강렬하게 들여다봤다. 늘 먼저 눈을 돌리는 사람은 나였다. 그가 나를 놀리는 게 아닐까 생각하기도 했다.

"넌 조용한 것들을 보잖아."

내가 속삭이다시피 말하자 그가 대꾸한다.

"너도 마찬가지야. 어쨌든 예전엔 그랬어."

"난 많이 변했어."

나는 내 말이 사실이 되길 바라며 보드카 잔을 마저 비운다.

"그래, 그런 것 같네."

그가 차분하게 말하자 나는 빈 잔을 내보이며 제안한다.

"이번엔 내가 살게. 뭐 마실래?"

"됐어, 백지영. 여기서 돈 쓰지 마. 내가 나이가 더 많잖아. 앞으로도 항상 그렇겠지. 내가 살게."

나는 웃음을 터트린다.

"윽. 그래도 **오빠**라고 부르진 않을 거야."

그러자 그가 대꾸한다.

"윽? 그럼 부르지 마."

그가 나가자 나는 핸드폰을 확인한다. 준은 문자로든 전화로든 연락하지 않았다.

"머리 예쁘다."

그가 돌아오자 내가 말한다.

그는 손으로 머리를 빗는다.

"아직도 모자를 자주 쓰고 다니긴 하는데 그래도 신경을 좀 썼지."

혹시라도 내가 손을 뻗어 그의 머리를 만질까 봐 두 손을 모은다. 참기가 너무 힘들다. 여기서 그를 처음 만났을 때부터 몹시 만지고 싶었다. 솔직히 말하면 그 전부터. 패트릭의 모자를 구경하는 건 성당에서 나 혼자 남몰래 즐기는 의식이었다.

그가 다시 나를 살피며 말한다.

"이렇게 말하면 정신 나간 놈처럼 보일 수도 있지만 널 잘 알지도 못하는데 네가 참 친숙하다."

나는 그에게 내 옆얼굴을 감추기 위해 귀 뒤로 넘긴 머리칼을 뺀다. 어쩐지 내가 변하지 않았다는 사실을 들킨 것 같다. 그는 그래서 더 좋다는 듯이 말하고 있지만.

"무슨 말인지 알아."

내가 말한다. 사실은 모르면서.

나는 몇 번이고 그의 입술만 쳐다보지 말고 얘기를 들어야 한다고 나를 다그친다. 우리의 앞자리 사람들이 끊임없이 바뀌고 있지만 나는 그들이 드나드는 것도 거의 의식하지 못한다.

저녁을 먹었어야 했다는 생각이 들지만 이미 술을 너무 많이 마셨다. 나는 술을 잘 마시지 못한다. 말이 너무 많아지고 있다. 오줌이 마렵기도 하다.

패트릭이 말한다.

"좋아. 그럼 화장실 다녀오자. 그리고 너, 말 그렇게 많지 않아."

"아."

나는 웃으면서 일어선다. 내가 그런 얘길 소리 내 말한 줄도 몰랐는데.

우리는 테이블 앞에서 몸을 빼낸다. 발밑의 바닥이 스펀지 같다. 그리고 왼쪽 엉덩이가 저릿하다. 나는 몸을 지탱하려고 그의 어깨에 손을 얹는다. 내가 눈을 너무 오래 감고 있다는 걸 알지만 그러고 있으니 한결 편안하다. 몹시 지친 것 같다.

"엇, 이런, 괜찮아?"

그가 나를 살피며 묻는다.

나는 내 앞에 보이는 세 명의 패트릭 중 내 심장박동에 맞춰 고동치는 가운데 패트릭에게 초점을 맞춘다.

"취한 것 같아."

의도했던 것보다 말이 느릿느릿 나온다.

그는 빙긋 웃는다.

"놀리지 마."

내가 애원한다.

"안 놀릴게."

그는 내게 자기 팔을 내주며 다시 말한다.

"자, 백지영, 우리 이제 2인조가 되는 거야. 먼저 소변을 보고, 물론 같이 보지 않는 게 좋겠지. 그런 다음 너에게 커피 한 잔을 사줄 거야. 가능하다면 빵도 하나 사준 뒤에 택시 태워 줄게."

"난 중학교 때 이후로 빵 안 먹어."

내가 말한다.

그는 나를 이끌고 테이블 자리를 떠나 화장실로 향한다. 처음 문자 메시지를 보낼 때 상상한 눈부신 유혹과는 너무도 거리가 멀다.

내가 불쑥 말한다.

"난 이제 숫기 없는 애가 아니야. 난…… 난 사람들과 잘 어울리고 활달해."

그가 예의상 참고 있지만 무표정 속에 끓어오르는 웃음을 감추고 있는 게 느껴진다.

"숫기 없다고 누가 뭐라고 하지 않아."

그는 진지하게 나를 보며 다시 말한다.

"그리고 넌 정말 재미있고…… 알딸딸해."

나는 그의 팔을 찰싹 때린다. 그가 예전에 알던 그 번들거리고 뚱뚱한 아이는 죽었다고 말하고 싶다. 이제 나는 흥미로운 사람이라고 말하고 싶다. 누구나 원하는 사람이라고. 대단한 사람들이 나와 함께 갖가지 끔찍한 결정을 내렸다고.

화장실 대기 줄이 붉은 조명의 통로 밖으로 넘쳐 나와 구식 주크박스를 휘감았다. 나는 주크박스에 기대 CD를 뒤집는 버튼을 누른다. 피아노 음악을 듣고 싶다. 감상적이지 않고 열정적인 음악. 이를테면 모리스 라벨. 하지만 제이슨 므라즈도 괜찮을 것 같다.

뒤로 돌아서다가 하마터면 그와 부딪칠 뻔한다. 패트릭의 눈이 커진다. 그의 입술이 코앞에 있다. 우리가 수년의 시간을 거쳐 여기까지 오는 동안 우리의 입이 한 번도 맞닿지 않았다는 사실이 터무니없게 느껴진다. 나는 그의 입에 내 입술을 댄다. 잠시 후 그가 물러선다.

"자자, 킬러."

그가 싹싹하게 말한다. 이런 식의 거부에 얼마나 분개해야 할지 모르겠다. 상관없다. 이제 불이 켜졌다. 나는 지금 이 순간, 이 공간, 아니, 이 뉴욕 위에서 반짝거리고 있다. 오늘 밤 무슨 일이 있어도 패트릭은 날이 밝기 전에 나를 좋아하게 되리라는 것, 지금 내가 아는 거라곤 오직 그 한 가지뿐이다.

나는 주크박스의 CD 페이지들을 넘겨본다. 〈사랑보다 아름다운 유혹〉의 사운드트랙이 보이자 손바닥에 땀이 난다. 나는 패트릭을 돌아본다.

마치 꿈속에 있는 기분이다. 나는 손가락으로 그의 뺨을 어루만진다. 어쩌면 너무 힘을 줬는지도 모르겠다.

습기 때문에 그의 뒷머리가 고불거린다. 나는 손을 뻗어 뒷머리를 만진다.

50센트의 곡이 나온다. 우리 왼쪽의 인파가 〈인 더 클럽In Da Club〉에 맞춰 소리를 질러댄다.

그때 그의 뒤에서 화장실 문이 열리고 밝은 노란색 빛이 새 나온다. 나는 그의 손목을 잡고 끌며 새치기해서 들어간다. 그가 나에게 집중해야 한다. 지금의 나를 있는 그대로 봐줘야 한다. 화장실 안에는 수백 개의 스티커가 붙어 있고 그 위에는 수백 가지 펜으로 뭔가가 적혀 있으며 지린내가 너무 심해서 맛으로 느껴질 정도다.

"자, 각자 소변을 보려던 계획이 조금 틀어졌지만 아직 바로잡을 수 있어."

패트릭은 이렇게 말하며 나가려고 문을 잡는다.

"잠깐만 있어. 밖에서는 네 목소리가 안 들린단 말이야."

그러자 그가 대꾸한다.

"아, 얘기하러 들어왔구나."

문득 화장이 망가졌을 거라는 생각이 든다. 벽 거울은 없다. 그 저 플라스틱 손거울이 하나 있을 뿐이다. 검은색이고 수도꼭지에 사슬로 연결해 놨다. 유리는 깨졌다.

"와. 이건 무슨 상징이야?"

내 말에 그는 너그럽게 미소를 짓는다. 정말이지 지린내가 너무 심하다. 살짝 구역질이 난다.

누군가가 문을 두드린다.

"잠깐만요!"

내가 웃으며 소리친다.

그때 그의 주머니에서 너무도 확실한 틴더 매칭 알람이 울린다. 그는 핸드폰으로 휙 손을 옮긴다.

"이런! 밤이 무르익고 있네."

내가 불쑥 농담을 건넨다. 머릿속이 흐릿한 와중에도 그렇게 매 끄럽게 흘러가지 않으리라는 것을 알고 있다. 나는 좋은 사람, 재 미있고 태평한 사람이 되려고 애쓴다.

"미안."

그가 불쌍하다는 듯이 나를 보자 한 대 때리고 싶다. 차라리 농담을 했다면 좋았을 텐데. 갑자기 눈물이 날 것 같다. 그가 데이트하러 가버리면 어떻게 해야 할지 모르겠다.

나는 다시 그에게로 다가가 입을 맞춘다. 마지막 승부수. 그의 입은 따뜻하고 칵테일의 달콤하면서도 쌉싸름한 맛이 난다. 정말 이상한 생각이지만 수분이 딱 적당하다. 아, 그는 하루 종일 물을 자주 마시거나 그와 비슷한 성가신 일을 잊지 않고 하는 모양이다. 그가 다시 물러난다.

나는 계속 노려본다. 대담하게. 그러자 그가 내게로 몸을 기울이더니 내 목덜미를 잡고 키스한다. 그의 다른 손은 내 엉덩이에 있다. 나는 그의 허리춤을 잡고 그를 바싹 끌어당긴다. 그의 목에 입을 맞춘다. 짭조름하고 미끈거린다. 틴더에서 그의 매칭 상대가 된 여자는 나보다 예쁠지 궁금하다.

"그만."

내 손이 그의 바지 속으로 들어가자 그가 다시 몸을 떼며 말한다. 술집 화장실에서 섹스해 본 적은 없지만 지금은 뭐든 할 수 있다. 패트릭은 안전하니까. 이대로 떠나고 싶지 않다. 지금은 도무지 집으로 돌아갈 수 없다. 준의 집이든 내 집이든.

다시 다급하게 문 두드리는 소리가 들린다.

그가 몸을 떼고 잠금장치로 손을 뻗으며 말한다.

"자, 이제 그만하자. 원한다면 차 불러줄게."

그런 뒤 그는 내게 다시 한번 가볍게 입을 맞추고 돌아선다.

"여긴 아니야."

그의 단호한 말투는 마치 자신을 설득하려는 것 같다. 나가기 전에 그는 마치 나를 꿰뚫을 것처럼 강렬하게 바라본다. 마치 내가 모르는 나의 어떤 면을 알고 있기라도 한 듯.

그가 나가자 나는 문을 닫는다.

이런. 어쩌면 그는 신앙이 굳건한 사람인지도 모른다. 그러라지. 착한 가톨릭 신자. 혹은 그저 내게 반하지 않은 건지도 모른다.

나는 변기에 엉덩이를 대지 않고 소변을 본다. 하이힐 때문에 허벅지가 불타는 듯하다. 그런 뒤 오랫동안 손을 씻는다. 손목에 닿는 찬물이 반갑다. 내 모습을 볼 수 없는 것도 다행이다. 얼굴이 엉망일 게 분명하니까. 얼굴을 만져보고 싶지도 않다. 이 화장실은 너무 더럽다.

한숨 돌리고 나자 우리가 거기서 멈춰서 다행이라는 생각이 든다. 나는 패트릭이 무척 좋다. 그의 윤리는 나로선 그 함축적인 의미를 이해할 수 없는 시처럼 느껴지지만.

문을 열자 간호사 코스튬을 하고 전화 통화를 하는 여자가 서 있다. 그녀는 어이없다는 듯이 나를 쏘아보더니 내 면전에 대고 문을 쾅 닫는다.

놀랍게도 패트릭은 복도에서 기다리고 있다. 뒤에서 누군가가 나를 부른다.

"제인."

내가 돌아본다. 패트릭도 돌아본다. 아이비다.

"여기 있었네."

그녀가 말한다. 파란 립스틱을 바르고 그와 똑같은 색의 털목도리를 했다.

나는 그녀의 품에 안기며 그녀를 껴안는다.

"와, 여긴 어쩐 일이야?"

나는 손바닥으로 그녀의 부드러운 털을 쓸어내린다. 여기서 보니 무척 반갑다. 우리가 이렇게 다시 만나다니 기적 같다.

"제인."

그녀는 내게서 떨어지며 콧방귀를 뀐다.

"네가 나더러 만나자고 했잖아."

그랬다. 그랬었다. 나를 보는 패트릭의 시선이 느껴진다. 그가 오지 않을까 봐 아이비에게 문자를 보내놨다.

나는 웃으면서 눈을 굴린다.

"맞다. 나 완전 취했나 봐."

"됐어. 그럼 나랑 같이 피트네 집에 가자."

아이비가 핸드폰을 꺼내 내게 보여주며 덧붙인다.

"그 집 핼러윈 파티가 끝내주거든."

인스타그램 스토리에는 어둑한 조명 속에서 요란한 하우스 뮤직에 맞춰 몸을 흔드는 아름다운 사람들의 이미지가 가득하다. 피트는 벤조 피트다. 아니면 페도 피트. 작년에 내 나이를 맞히려 하다가 내가 열아홉 살이라는 사실에 기뻐하던 사십 대의 징그러운 신인 발굴 팀.

"너 이제 그 사람하고 안 어울린다고 했잖아."

그러자 아이비는 이를 빛내며 노래하듯 말한다.

"제인, 나한테 마약 버섯이 있지."

패트릭이 우리를 보는 게 느껴진다. 어째서인지 그와 아이비가 만났다는 사실을 받아들일 수 없다. 나의 서로 다른 세계가 충돌하지 않았으면 좋겠다.

"난 못 가."

나는 두 손으로 그녀의 손을 잡지만 그녀는 홱 뿌리친다. 아이비와 파티를 하고 사흘 뒤에야 다시 내 몸을 찾을 생각을 하니 속이 메슥거린다.

"너 진짜 웃긴다."

아이비는 바 쪽으로 돌아선다.

나는 억지로 미소를 짓는다.

"우리 바람 좀 쐬자."

나는 쾌활하게 패트릭의 팔짱을 끼곤 그의 시선을 피하며 밖으로 나간다. 입을 벌리지 않으려고 턱에 힘을 준다. 코가 맹맹해진다. 절대 울지 않으리라.

22장

밖으로 나오자 그가 말한다.

"저기, 나 고백 하나 해도 돼?"

이만 가겠다는 말을 각오하며 나는 고개를 끄덕인다.

"나 정말 화장실 가야 하거든. 여기 있을 거지?"

"응."

나는 고개를 끄덕인다. 그는 다시 오지 않을 것이다.

그가 가는 모습을 지켜본다. 그래도 바깥 공기는 기분 좋게 차다. 달콤하다. 아주 오랜만에 아주 좋은 공기를 맛보는 것 같다.

핸드폰을 확인한다. 아이비가 나타나기 전까지 내가 문자를 보낸 걸 기억조차 못했다는 사실에 얼떨떨하다. 우리 사이는 이대로 끝나는 걸까? 아이비가 내게 화를 낸 일을 생각하니 살짝 현기증이 난다.

지금은 고인이 된 샤넬의 디자이너 칼 라거펠트는 어느 정도는 친구들을 두려워하는 게 좋다고, 머리 위에 늘 다모클레스의 칼*이 매달려 있는 게 좋다고 했다. 모두가 뭔가 잃을 것이 있는, 그런 긴장 상태를 유지하는 게 좋다고. 내가 아이비와 그런 상태인지는 모르겠다. 내가 아는 거라곤 그녀가 내 유일한 친구라는 사실뿐.

예전 집에 살 때 그녀와 함께 내 침대에서 잔 날이 떠오른다. 우리는 창밖에 대고 담배를 피웠다. 내 룸메이트들이 알면 노발대발할 테지만 그들은 집에 없었다. 우리는 한껏 옷을 차려입었다가 마음을 바꾸고 틱톡을 보며 정크 푸드를 먹기로 했다. 아이비의 아빠가 급할 때 쓰라고 준 신용카드를 썼고 포장지와 쓰레기를 바닥에 내던진 채 아무것도 느껴지지 않을 때까지 먹었다. 아이비에게 그녀도 나와 똑같은지 묻고 싶었다. 우리가 만나 야단법석을 떨며 고주망태가 되는 밤이면 그녀도 모든 걸 내팽개쳤다가 다음 날 아침 정신이 든 뒤 간밤의 일을 생각하지 않으려 애쓰는지 말이다. 그러나 아이비는 뉴저지에서 보낸 몹시 우울했던 고등학교 시절 얘기를 시작했다. 애들이 다 그녀를 싫어했다고 했다. 나는 호밀 과자가 다 떨어진 탓에 첵스믹스**에서 브레드스틱을 모조리 골라내고 있었다. 그때 아이비는 3학년 때 남자 친구가 자기에게 '손찌검'을 했다고 했다. 복수하려고 그의 친구와 잤는데 그때부터 걸

---

* 고대 그리스의 디오니시우스 왕이 신하인 다모클레스에게 권력의 위험을 보여주기 위해 머리 위에 칼이 매달린 왕좌에 앉아 위를 보게 한 일화에서 유래한 표현
** 여러 가지 스낵을 섞어놓은 시리얼 상표명

레라고 괴롭힘을 당하는 바람에 결국 전학을 하고 말았다.

그녀가 그 단어를 내뱉는 순간 머릿속 깊은 곳에 잠들어 있던 기억이 마치 영화처럼 펼쳐졌다.

걸레.

고등학교를 마친 뒤로는 그 말이 그리 괴롭게 느껴지지 않는다니 참으로 이상한 일이다. 3층 화장실에 내 이름과 나란히 적힌 그 단어를 본 뒤로는 딱히 그에 관해 생각해 본 적도 없었다. **제인은 짱깨 걸레.**

나는 아이비의 시선을 느꼈다. 반응을 기다리는 눈. 자신이 내 준 신뢰의 선물을 인정해 주길 바라는 눈. 나는 침묵을 깨지 않은 채 나의 인정을 바라는 그녀의 발가벗은 갈망을 관찰했다. 너무도 절박한 갈망이었다. 그녀가 너무 간절히 원해서 주고 싶지 않았다. 내 입에서 연기가 구불구불 나왔다. 그 뒤로 어떻게 됐냐고 물어볼 수도 있었다. 그 일이 그녀를 바꿔놨냐고. 혹시 그 뒤로 남자의 손길이 닿을 때마다 감각이 없어지지 않냐고. 하지만 나는 고개를 돌린 채 창밖의 거리를 보고 있었다. 결국 그녀가 농담으로 침묵을 깼다.

그때 나는 그저 나와 비슷한 친구를 원치 않는다는 생각에 빠져 있었다. 나 같은 사람은 나 하나로도 충분했다.

"지금 가면 아까 그 틴더 매칭 상대를 만날 수 있을 텐데."

마치 연습한 대사 같지만 내심 패트릭이 돌아온 게 고마워서 귀에서 심장이 쿵쾅거린다.

"그러지 마."

그는 외투를 걸치고 깃을 매만진다. 그가 그러는 사이 쇄골 옆에 있는 문신이 보인다.

"조금 전에 있었던 일에 대해 얘기하고 싶어?"

그의 물음에 나는 마구 고개를 젓는다.

"아니."

"좋아."

그가 고개를 끄덕인다.

"엄마가 문신한 거 보고 뭐라고 안 하셔?"

"색깔이 없어서 다행이래. 그랬으면 가짜 야쿠자처럼 보였을 텐데, 세상에 진짜 조폭보다 더 끔찍한 게 가짜 야쿠자니까."

"와. 멋지네."

"그리고 어차피 아빠가 상관할 일이지 엄마는 상관없대. 대중목욕탕에 범죄자 같은 아들을 데려가야 하는 건 엄마가 아니라 아빠니까."

그의 엄마는 호탕한 성격인 모양이다. 사실 겉모습으로 봤을 때는 그저 골프를 즐기는 여느 한국인 가톨릭 신자 아주머니 같았다. 그의 엄마가 지금까지 줄곧 이스트 빌리지에 아파트를 갖고 있었다는 사실도 아직 믿기지 않는다.

"왼쪽으로 가세요."

안내인이 우리에게 소리친다.

우리는 포장 전문 중국 음식점 입구 옆으로 간다.

보도에는 지하실로 이어지는 검은 철문이 하품하는 입처럼 벌어져 있다. 패트릭은 우리가 그 안으로 넘어지지 않도록 나를 비켜서게 한다. 여덟 살쯤 된 듯한 빼빼 마른 동양인 소녀가 땅다람쥐처럼 계단에서 불쑥 튀어나오고 그보다 몇 센티미터 작은 소녀가 뒤이어 나타난다. 자매다. 둘 다 머리가 젖었다. 식당 집 딸인 나는 한눈에 그 애들이 집에 가서 샤워한 뒤 다시 식당에 왔다는 것을 알아차린다. 틀림없이 숙제를 하러 왔을 것이다.

애들은 작은 식당으로 쪼르르 들어가 유리창과 가까운 구석 테이블에 앉더니 아이패드를 꺼내 놓는다. 그러곤 이어폰을 한쪽씩 낀다. 그들을 보고 있자니 명치를 얻어맞은 느낌이다.

나는 식당 집 아이로 자란 시절을 떠올린다. 다른 애들과는 얼마나 달랐는지. 저 애들의 엄마 아빠는 학부모 면담 시간에 갈 시간이 있을까? 애들이 숙제를 다 했는지 확인만 하는 게 아니라 숙제를 도와줄 수도 있을까?

"너희 부모님은 영어 잘하셔?"

내가 묻자 패트릭은 미소를 지으며 핸드폰을 뒷주머니에 넣는다.

"응, 엄마는 NGO에서 일하셔서 프랑스어와 중국어, 스페인어를 하고 독일어 회화도 조금 하셔. 우리가 못하는 걸 한심하게 생각하지. 키키 누나는 아마 지금쯤 스페인어는 조금 할 거야."

나는 억지로 미소를 짓는다. NGO가 뭘 하는 곳인지 아주 어렴풋이 알고 있을 뿐이다.

"아버지는?"

"아빠는 버클리대에 다니셨으니까……."

패트릭은 목을 가다듬는다.

"우리 집이 식당 한 거 알았어?"

내가 묻자 그가 대꾸한다.

"응. 우리 부모님도 가셨을걸. I-10번 고속도로 옆이었지?"

"I-10과 410번."

패트릭은 소녀들을 바라보는 나를 보며 재킷 주머니에서 담뱃갑을 꺼내 한 개비를 톡톡 두드려 꺼낸다. A24라는 흰색 글씨가 찍힌 검은색 라이터로 불을 붙인다.

"나도 누나한테 연락 좀 해야겠다."

그가 고갯짓으로 소녀들을 가리키며 말한다.

나는 패트릭의 입에서 담배를 빼앗아 깊게 한 모금 빤다. 한동안 담배를 피우지 않았다. 가슴 깊은 곳이 죄여오고 목이 칼칼해지면서 창피하게도 요란한 기침이 발작처럼 시작된다. 기침이 너무 심해서 숨을 쉴 수가 없다. 그에게서 고개를 돌리는 순간 위에서 뜨거운 산이 역류해 올라온다.

정말이지 뭐라도 먹었어야 했다.

"이런."

뒤에서 말하는 소리가 들린다. 패트릭인지는 알 수 없다.

"윽."

또 다른 거리의 목소리가 끼어든다.

나는 허리를 숙이고 손등으로 입을 닦는다.

"후우."

내가 심호흡을 한다.

눈물을 머금고 눈을 떠본다. 시야가 흐릿하다. 나는 도로에 서서 빗물 배수로의 시커먼 구멍을 바라보고 있다. 눈의 초점이 맞지 않아서 배수로가 여러 개로 보인다. 그 여러 개가 내 심장박동과 함께 고동치고 있다. 그러다 갑자기 모든 게 선명해진다.

뭔가가 내 팔꿈치를 부드럽게 잡더니 나를 뒤로 끌어당긴다.

"도로에서 비켜서자."

그가 말한다. 나는 차마 그를 볼 수가 없다.

패트릭은 뒷주머니에서 커다란 손수건을 꺼내 내게 건넨다.

"미안해."

나는 입을 가리고 숨을 쉬려고 안간힘을 쓰며 웅얼거린다.

손수건은 많이 세탁한 탓에 얇아졌고 섬유유연제 냄새가 난다. 이렇게 다정한 사람이라니.

"깨끗한 거야."

그가 내게 말한다.

"정말 미안해."

속을 게우고 나자 백 배는 나아진 것 같다. 늘 그렇다.

"괜찮아."

그가 말한다.

고맙게도 그는 질색하기보다는 걱정하는 듯 보인다. 나는 내게서 시큼한 입 냄새가 풍길까 봐 그에게서 조금 떨어진다. 이제 머리가 조금 맑아졌고 매력적인 사람이 돼 그를 유혹하는 환상도 깨졌으니 자존심 따윈 버려도 괜찮을 것 같다.

나는 조심스럽게 입을 연다.

"있잖아. 부탁이 있어."

창피하지만 어차피 가망이 전혀 없는 친구 사이로 넘어갔다면 시도하지 못할 이유가 없다.

"너희 집에 가도 돼?"

나는 희미하게 웃으며 말을 잇는다.

"걱정 마. 아무것도 안 할게. 사실은 아직 집에 갈 준비가 안 됐거든. 그리고 나 혼자만의 생각일지 모르겠지만……."

나는 두 손으로 코끝을 덮으며 다시 말한다.

"나 술 다 깼…… 깬 것 같아."

그는 즐거워하는 얼굴이다. 그것을 동정이라 읽지 않기로 한다.

"사실은 지금 갈 데가 없어."

내가 말한다. 지금은 준도 제러미도 택할 수 없다.

"그럼 우리 집에서 살아도 되냐고 묻는 거야?"

그가 정색하고 묻자 나는 고마운 마음에 웃음이 터진다.

"룸메이트 문제가 좀 있거든. 지금은 언니랑 살아. 그런데 오늘 저녁에 아주 뜨거운 사건이 있었어."

"아."

고개를 끄덕이는 그의 얼굴에 묘한 표정이 스친다.

"그래서 전화한 건 아니야."

내가 단언한다. 나는 가방을 뒤지며 껌을 찾아본다. 없다는 걸 뻔히 알면서.

"전화하고 싶었어. 정말이야. 일주일 동안 문자 하고 싶었다고."

나는 잠시 멈췄다가 그가 했던 것처럼 솔직함에 기대보기로 한다.

"네가 너무 성공해서 연락하기가 두려웠어. 예술 학교에, 예일대 에……."

나는 크게 몸짓을 하며 말을 이어간다.

"난 10년 동안 뭐 했나 싶어서 창피했거든. 하지만 만나고 싶었어."

그는 차분히 고개를 끄덕인다.

"이건 어학의 문제일 텐데 나는 그 '뜨거운 사건'이라는 표현이 싸움을 말하는 건지 파티를 말하는 건지 모르겠더라."

목캔디 하나를 찾아 입 안에 넣고 그가 나를 볼 때마다 나 역시 억지로 그를 보려 노력한다.

"정치 쪽에서 나온 말일걸."

나는 입 냄새가 가시도록 혀로 사탕을 이리저리 굴리며 말을 잇는다.

"아니면 스포츠인가? 한창 뜨고 있는데 나만 모르나 싶으면 꼭 정치인이나 스포츠 선수더라고."

"나도 현재 가장 유명한 사람은 잘 몰라. 내 친구들은 항상 그걸로 놀려."

"그건 늙어서 그래."

그의 한쪽 입꼬리가 올라간다.

"그래, 우리 집에 가자."

그가 체념한 듯 말한다.

차를 타고 가는 내내 그는 말이 없다. 생각에 잠긴 듯 창밖을 내다볼 뿐이다.

"차비 같이 낼까?"

나는 그가 그러자고 하지 않기를 기도한다. 리프트*와 연동시킨 카드가 어떤 것인지 기억조차 나지 않는다.

"됐어."

그가 말한다. 혹시 벌써 나를 초대한 걸 후회하나 싶다.

---

*   캘리포니아에 기반을 둔 승차 공유 서비스 기업

23장

　9번가와 애비뉴 A가 만나는 지점에서 차가 멈춘다. 톰킨스 스퀘어 공원 바로 앞, 모퉁이에는 젤라토 가게가 있다. 뉴욕에서 내가 좀 더 알아보고 싶었던 지역이다. 책에서 읽고 80년대 마약과 아이들에 관한 다큐멘터리에서 봤던 지역. 그 뒤로 많이 변했다는 건 알지만 그래도 나의 기억과 맞춰보고 싶다.

　"와, 결국 네가 여기 사는 사람이 됐구나. 끝내주네."

　내가 차에서 올려다보며 말한다.

　"그러게."

　그가 대꾸하며 차에서 내린 뒤 나를 위해 문을 잡아준다.

　"처음 여기서 잠깐씩 지낼 때, 나랑 누나랑 초등학생이었는데 지금하고는 완전히 달랐어. 몇 년 사이에 몰라보게 바뀌었다니까."

　그가 열쇠로 문을 열며 어깨 너머를 가리킨다.

　"저기 고층 건물들도 다 새로 들어선 거야. 엄마 말씀으론 처음

이곳을 샀을 때 톰킨스 공원에 마약 중독자들이 가득했대. 주사기가 굴러다녔지. 별명이 파상풍 공원이었어. 그런데 지금은……."

그는 인스타그램 업로드용인 듯 보이는, 사랑에 관한 벽화가 그려진 깔끔하고 감성적인 카페를 고개로 가리킨다.

그가 앞장서서 좁은 현관을 지나 2층으로 올라간다.

"여기야."

그가 왼쪽을 가리킨다. 천장에 문양 타일을 붙인 오래된 건물이다. 복도는 차가운 돌바닥이고 희미하게 바스마티 라이스* 냄새가 난다. 취기가 거의 사라지고 있다. 남자 집에 처음 들어갈 때 늘 그렇듯 긴장되지만 이 남자는 패트릭이라고 스스로 되뇐다. 성당 친구. 그리고 내가 연애 감정으로 엮일 가능성을 완전히 차단하는 데 성공한 남자. 패트릭은 내가 토하는 걸 봤다. 우린 어차피 글렀다.

그가 나를 위해 문을 잡아준다.

조그만 아파트다. 조금 답답할 정도로 작다. 안으로 들어가면서 비좁은 일자형 부엌을 들여다본다. 벽마다 책장이 들어차 있고 창문 아래 바닥에도 책들이 쌓여 있다. 창턱에는 지금껏 내가 본 가운데 가장 작은 화분들이 줄지어 놓여 있고 그 안에서 미니 선인장들이 보초를 서고 있다. 가구들은 낡았다. 그리고 굉장히 복고적인 매력을 풍긴다. 엄마가 쓰던 물건들 같다. 소파는 속을 빵빵하게 채

---

* 　주로 인도에서 나는 독특한 향의 길쭉한 쌀

위 혼자 설 수 있으며 마법 같은 내부 설계로 구부릴 수 있게 만든, 커다란 겨자색 가죽 좌식 소파다. 경첩으로 접히고, 어떻게 보면 커다란 야구 글러브를 닮았다. 아름답지는 않지만 비싸 보이는 가구. 졸리레이드 브랜드다. 소파계의 마르니. 우리는 신발을 벗는다.

소파 테이블은 거꾸로 된 U자 모양의 투명한 플라스틱이고 텔레비전은 보이지 않는다. 대신 소파 위 천정에 프로젝터가 설치돼 있다. 창문이 있는 반대편 벽면에는 빨간 벽돌이 노출돼 있다.

"뭐 줄까?"

그가 부엌에서 소리친다.

"이 집을 주면 안 될까?"

나는 거실 한가운데 서서 목을 가다듬으며 이를 닦을 수 있다면 얼마나 좋을까 생각한다. 벽에는 옛날 영화 포스터 액자들이 걸려 있는데 진짜 영화관에서 떼어온 듯한 크기다. 바닥은 어두운 경재고 소파 뒤 창밖으로 비상계단의 난간이 보인다. 근사하고 부러운, 부인할 수 없는 뉴욕의 아파트다.

그가 다시 나타나자 나는 그의 발을 내려다본다.

어그처럼 보이는 털신을 신고 있다.

"음."

그는 운동화가 꽉 들어찬 신발장을 열더니 안에 털을 덧댄 모카신 한 켤레를 꺼낸다. 한눈에 봐도 작은 사이즈다. 엄마의 것이거나 데이트 앱에서 만나 하룻밤을 보내러 오는 손님을 위한 것이다.

"신는 게 좋을 거야."

"고마워."

나는 그것을 신는다. 양말을 벗고 싶지만 누가 신었던 신발인지 알 수가 없다. 그래도 포근하다.

"집 좋다."

그는 내 외투를 받아 걸고 거실을 가로질러 걸어간다.

"고마워."

그가 말하며 창문을 조금 연다.

밖에서 들려오는 차들의 경적 소리조차도 어쩐지 평소보다 더 뉴욕스럽게 느껴진다. 나는 영화 포스터들을 좀 더 가까이 들여다본다. 트뤼포, 구로사와, 마야 데렌.

왕가위 감독의 〈화양연화〉 포스터도 있다. 어련하실까.

"프랑스판이 있다니 굉장하네."

나는 대학교 1학년 때부터 이베이에서 이 포스터를 찾았다. 벽돌담이 보이는 골목에 장만옥과 양조위가 마주 서 있는 포스터. 둘 다 아래를 보고 있고 양조위의 그림자가 그녀를 건드리며 주인이 하지 못하는 일을 대신하고 있다. 아찔한 포스터다.

패트릭이 말한다.

"내가 산 건 아니야. 혹시 사타구니가 저릿해 온다면 넌 우리 엄마한테 끌리는 셈이지."

"저릿해?"

사타구니가?

그는 미소를 지으며 어깨를 으쓱하곤 설명을 덧붙인다.

"대부분 엄마 물건이거든. 책은 빼고."

그는 부엌 싱크대에서 손을 씻고 빨간색과 흰색 줄무늬 수건에 손을 닦으며 다시 말한다.

"내가 편한 옷으로 갈아입어도 될까? 하고 말하면 너무 에로틱하게 들리겠지만 아무래도 진짜 편한 옷으로 갈아입어야겠다."

그는 자기 침실로 들어가 문을 살짝 닫는다.

"배고파? 목말라?"

그가 회색 트레이닝팬츠와 후드 티셔츠를 입고 나와서 묻는다.

나는 갈망이 가득한 눈으로 그의 편안한 옷을 바라본다.

그는 알겠다는 듯이 미소를 지으며 고개를 젓는다.

"편한 옷 줄까?"

"아냐. 괜찮아."

"거짓말."

"그래, 줘. 솔직히 말하면 트레이닝복이 너무 간절해서 지금 너한테 돈을 주고 살 생각도 있어."

그는 방으로 들어가더니 자기 옷과 똑같은 트레이닝복을 들고 나타난다.

"난 짝이 안 맞는 건 질색이거든."

그의 말에 나는 내 양말을 떠올리며 미소 짓는다.

"빌려주는 거야."

그가 의미심장하게 내 손에 옷을 건네며 다시 말한다.

"내 물건들 자꾸 뺏기는 게 지긋지긋하거든."

다시 한번 나도 모르게 그가 그동안 어떤 여자들을 데려왔을까 궁금해진다. 슬리퍼와 편한 옷은 '작업'이나 '진도'의 일부일까?

"고마워."

나는 건배를 하듯 옷을 들어 올린다. 그러곤 부엌 끝의 복도를 가리키며 묻는다.

"저기가 화장실이야?"

화장실은 작지만 완벽하다. 여기에도 식물이 있고 다리가 달린 구식 욕조도 있다.

거울 속의 내 얼굴은 거의 알아볼 수 없을 지경이다. 얼굴은 번들거리고 눈 화장도 다 번졌다. 욕실의 약장을 열고 가글을 찾아 입을 헹군 뒤 뱉고 나자 기분이 아주 조금 나아진다.

거울 달린 문을 닫으면서 내가 일부러 그의 약병들을 자세히 보지 않는다는 것을 깨닫는다.

젠장. 그가 좋다.

세면대 위에 펌프형 세안제가 있다. 세수하고 싶은 마음이 간절하지만 아직은 예의를 지키고 싶다. 내가 열두 살 때 이후로는 아무도 아이라이너를 그리지 않은 내 얼굴을 본 적이 없다. 아이라이너가 없으면 내 얼굴은 사라진다. 나는 쌍꺼풀이 없고, 한국에서는 쌍꺼풀 수술이 성인식과 같은 기본적인 통과의례인데도 엄마 아빠는 안 된다고 했다. 나는 손을 씻는다. 잠시 따뜻한 물 아래 손을 대고 있다가 손끝에 비누를 묻혀 눈과 눈썹 **주위**를 씻는다. 미친 여자처럼.

너무 타이트해서 벗을 때마다 뒤집어지는 청바지를 껍질처럼 벗겨내며 내가 몹시 더럽고 끈적거린다는 것을 깨닫는다.

"저기……."

나는 살짝 문을 열고 민망해하며 이를 악물고 묻는다.

"나 샤워해도 돼?"

내가 노숙자가 아니라는 걸 다시 한번 상기시키지 않는다면 그는 진심으로 내가 노숙자라고 믿을 것이다.

아, 내가 사기꾼이라고 생각할지도 모른다.

나는 토한 기억을 떠올리며 몸서리친다. 그 모습이 어떻게 보였을까?

"좋을 대로 해."

그가 말한다. 뜨거운 물을 트는 순간 문 두드리는 소리가 들린다.

나는 문을 살짝 열고 그 뒤에 숨는다. 그가 내게 수건을 건넨다.

"거기 작은 수도꼭지 안쪽을 누르면서 물을 틀어야 샤워기로 물이 나와."

그가 말한다.

"고마워."

"낡고 오래된 집이라서."

"고마워."

내가 조그맣게 말한다.

나는 샤워 커튼을 친다. 욕조에는 티 하나 없고 하수구에는 머리카락을 걸러내는 하늘색 플라스틱 그물망이 덮여 있다. H 마트 가정용품 코너에서 똑같은 걸 본 적이 있다. 나는 그가 이 물건을 장바구니에 넣는 장면을 그려보며 미소 짓는다. 어쩌면 그의 엄마가 보냈을지도 모른다. 내가 계속 써봐야지 하면서도 쓰지 않는 사각형의 연노랑 때수건과 함께.

그의 화려한 부모는 영어를 유창하게 하고 누나는 평화 봉사단에서 일하는데도 패트릭은 이 바보 같은 파란색 머리카락 거름망을 피하지 못했다. 그의 얼굴을 마구 꼬집어주고 싶다.

마치 기적처럼 뜨거운 물이 분사된다. 앞으로 남은 밤이 어떻게 되든 지금 이 순간은 그저 너무도 감사할 뿐이다.

트레이닝복을 입자 눈물이 나올 것 같다.

패트릭은 부엌에 있다. 검은 안경을 쓰고 어깨에는 행주를 두른 채 소매를 걷어 올렸다. 나는 그의 팔뚝에 있는 진한 잉크 선을 곁눈질로 살핀다. 또 한 번 저릿한 느낌이 든다. 확실히 사타구니에. 그가 말한다.

"스파게티 알리오 에 올리오를 만들려고. 아니, 알리오 에 올리오 에 페페론치노인가?"

"뭐라고?"

그는 웃음을 터트린다.

"파스타 해준다고."

싱크대 위쪽으로 하얀 찬장이 설치된 부엌은 아주 작고 조리 공간도 우스울 정도로 비좁지만 우묵한 구석에 공간이 이어져 있고 그 안에 카페 테이블을 놔둔 덕에 식사를 즐기기엔 더없이 완벽하다. 허세 없이 아늑하고 기분 좋은 곳. 주인이 너그럽고 깔끔한 성격이라면 다 함께 즐겁게 요리할 수 있는 곳이다. 저마다 틈새를 찾아 재료를 썰 수 있고 노동의 부담 없이, 화가 나거나 서운한 일도 없이 먹고 마실 수 있는, 그런 곳.

간단히 말하면 우리 엄마와는 정반대로 요리할 수 있는 곳이다.

나는 이 집에 사는 상상을 하지 않으려고 애쓴다. 그와 동시에 우리가 똑같은 앞치마를 두르고 내가 조리대 위에 놓인 아보카도 모양의 오래된 에그 타이머를 보며 팬케이크를 만드는 상상을 하지 않으려고 애쓴다.

나는 타이머를 집어 든다. 손에 쥐자 가볍게 윙윙거린다. 내 가슴에 아보카도 타이머 모양의 구멍이 있는 줄 몰랐다.

나는 다시 그를 흘끗 보며 완전히 매료된다. 타이머와 행주가 뭐라고 이렇게 사랑스러운 걸까? 왜 그는 세상 사람 모두가 쓰는 핸드폰 타이머를 쓸 수 없는 걸까?

"계란 모양 타이머는 너무 뻔했나?"

"계란을 익혀 죽이는 데 다른 계란을 연루시키는 건 너무 잔인하잖아."

그가 프라이팬을 확인하며 가볍게 말한다.

"닭 모양은 절대 안 되겠네."

내가 말한다.

마침내 그가 내게로 몸을 돌리고 내 옷을 본다. 나는 바보처럼 웃는다.

내가 우스꽝스러워 보이는 것 같다. 그가 하이파이브를 하려는 듯 손을 올린다. 나는 손을 뻗어 그의 손을 마주친다.

"우리 꼭 일본 게임쇼에 출전한 사람들 같다."

"백만 달러짜리 같은데."

그가 말한다. 갑자기 긴장이 풀린다. 마음이 편안해진다. 마치 둘 다 편한 옷으로 갈아입는 순간 자의식의 막을 벗어낸 것 같다.

타이머가 울리자 나는 자세히 지켜본다. 그는 파스타 삶은 물을 조금 떠서 마늘을 볶은 팬에 넣고 올리브 오일과 페페론치노를 넣는다. 손에 행주를 들고 날렵하고 효율적으로 움직이며 체를 이용해 스파게티의 물을 따라 버린 뒤 체를 한 번 흔들고 면을 팬에 툭 넣자 지글거리는 소리가 난다. 냄새가 끝내준다. 다시 나를 돌아보는 그의 안경에 김이 서렸다. 내가 좀 더 용감했다면, 그리고 이게 영화였다면 나는 한 걸음 다가가 소매로 그의 안경을 닦아줬을 것이다. 그는 안경을 벗으며 미소 짓는다. 그러곤 파란 테가 둘러진 그릇 두 개에 면을 담는다.

"못 먹겠으면 남겨. 내가 먹을게."

그가 말하며 하나를 내게 건넨다. 그런 뒤 안경을 닦아 다시 쓰고는 스토브 옆의 서랍을 연다.

"포크 쓸래, 젓가락 쓸래? 난 아무거나 좋아."

그가 자의식도 없고 형식을 따지지도 않는다는 점이 놀랍다. 그는 무엇 하나 그저 보여주기 위해 하는 게 없다. 그 조용한 자신감이 내게는 생경하다. 나는 포크 두 개를 집는다.

그가 말한다.

"냉장고에 파르메산 치즈가 있어. 그리고 파란 통에 파슬리가 있고."

나는 그와 냉장고 문 사이에 서 있다.

나도 모르게 냉장고 문을 열면서 숨을 참는다. 라크루아 탄산수와 맥주 캔들이 들어 있다. 문에는 오트 밀크가 있다. 슈퍼마켓에서 사 온 전기구이 닭 한 마리. 작은 김치 통 하나와 튜브형 고추장, 각종 **반찬**이 담긴 플라스틱 통들도 차곡차곡 쌓여 있다.

한편으로는 마음이 놓이고 다른 한편으로는 승리감에 가까운 다른 감정이 끓어오른다. 가족이 아닌 다른 한국인의 냉장고를 열어본 나는 새로운 사실을 깨닫는다.

봐, 나는 백인 문화를 숭배하는 게 아니라고. 준에게 이렇게 말하고 싶다.

"거기."

패트릭이 서랍을 가리키며 말한다. 그 안엔 랩에 싼 부채꼴 모양의 치즈만 덩그러니 들어있다. 그리고 그가 말한 대로 파란 뚜껑이 덮인 통 안에 초록색 식물이 들어 있다. 나는 뚜껑을 연다. 바닥에 하얀 키친타월을 깔고 파슬리를 넣어놨다. 그가 파슬리를 씻어 꼼꼼히 물기를 찍어내는 모습이 너무도 생생하게 그려져서 가슴이 팔랑거린다. 그의 부모님에게 상패를 주고 싶다.

"마실 것 좀 줄래?"

그가 묻는다.

"그래. 뭐 마실 거야?"

"탄산수?"

나는 캔을 집는다. 갑자기 허기가 밀려든다.

우리는 소파 테이블에서 먹으려고 소파에 앉았지만 내가 바닥으로 슬금슬금 내려가자 그도 내 옆으로 내려온다.

"나도 원래 이렇게 먹는데 네가 나를 짐승이라고 생각할까 봐 참았어."

이런 느낌이 좋다. 마치 야식을 먹는 어린애가 된 기분이다. 파스타는 훌륭하다. 완벽히 익었고 간도 꼭 맞다. 그는 치즈 그레이터를 내게 건넨 뒤 그것을 들고 있는 내 손을 뚫어져라 보며 말한다.

"저기, 내가 뿌려줘도 될까?"

"뭐?"

내 두 손이 내 그릇 위 허공에서 멈춘다.

"이 녀석이 이상하게 미끄러워서 건강을 위협할 수 있거든. 설계상의 결함인데 항상 까먹고 있다가 다른 사람이 사용하려고 하면 생각나더라."

"좋아. 내 치즈를 갈아줘…… **오빠.**"

내가 말하자 그는 눈을 굴리며 대꾸한다.

"원할 때 그만하라고 해."

"그만."

나는 떨어지는 치즈 가루를 보며 그에게 말한다.

그는 숟가락에 대고 면을 감아 입 속으로 밀어 넣는다.

"요리는 어디서 배웠어?"

그의 파르메산 치즈는 진짜다. 올리브오일은 밝은 녹색이다. 심지어 소금과 후추조차도 특별히 엄선한 것 같다. 작은 목제 그릇에 담아뒀다가 낡고 닳은 커다란 후추 그라인더로 간 것 같다.

그는 계속 씹다가 마침내 입을 연다.

"우리 '팝스'*가 요리를 정말 잘하거든. 하지만 이건 레시피도 필요 없어. 훌륭한 파스타는 네 가지만 있으면 돼."

"우리 **팝스?**"

"응."

＊   미국에서 아빠를 부를 때 쓰는 호칭의 하나

"팝스? 아버지를 그렇게 불러?"

나는 탄산수를 한 모금 마신다.

그는 고개를 끄덕인다.

"완전 미국 사람이네."

냉장고에 **고추장**과 훌륭한 파르메산 치즈가 함께 들어 있던 그의 어린 시절은 어땠을지 다시 궁금해진다.

그는 웃음을 터트린다.

"잠깐, 그럼 할머니는 뭐라고 불러?"

"그야, **할머니**."

"그렇구나."

나는 안심하며 한 입 더 먹는다.

"왜 그 말을 듣고 안심하는 것 같지?"

나는 입을 가리며 미소 짓는다.

"나도 몰라. 하지만 안심이 되네."

나는 내 그릇을 내려다본다. 의도치 않게 빨리 먹고 있다.

"'팝스'는 버클리에 다니셨고, 어머니는 천재고. 어떤 분들이야?"

"좀 이상해. 아주 오랫동안 난 두 분에 대해 전혀 궁금하지 않았거든. 그냥 내 부모님이었지. 그런데 한국에 돌아가면서 상황이 바뀌었어. 거기서 2년을 보내며 부모님이 친구들이나 가족과 함께 있는 모습을 보니 굉장하더라. 엄마는 한국에선 완전히 다른 사람 같았어. 우습지만 난 그때까지 엄마가 그렇게 재미있는 사람인 줄 몰랐어. 그 전까지 내게 두 분은 딱히 사회적 인간이 아니었거든. 내가 정말 멍청하다고 생각하겠지만 우리 부모님이 진짜 인기가 있더라고."

인기 얘기가 나오자 우리 부모님은 어떤 사람일까 생각해 본다. 도무지 모르겠다. 거리의 부랑아처럼 담배를 피우는 엄마를 그려 본다. 시 낭송회에 참가한 엄마를 상상해 보려 하지만 기껏해야 베레모를 쓴 모습이 그려질 뿐이다. 내가 생각하는 멋진 사람의 원형이 이토록 제한적이라니. 차라리 이모티콘이 나보다 우리 부모님을 훨씬 더 입체적으로 표현할 수 있으리라.

내가 패트릭에게 말한다.

"난 우리 엄마 아빠에 대해 아무것도 몰라. 두 분 다 블랙박스야. 하지만 다 알고 싶어. 예전에 난 우리가 언어와 미묘한 표정, 말투 따위를 모두 통역해 주는 필터를 통해 얘기할 수 있는 앱을 개발하면 제대로 소통할 수 있을 거라는 환상을 품었어. 나중에 생각해 보니까 그러면 부모님은 나와 얘기하고 싶어 하지 않을 것 같더라. 우리 아빠네는 금융 위기 때 파산해서 돈과 성공에만 목을 매고 있고 엄마는 아주 작은 마을에서 자랐대. 하지만 그게 뭐 어쨌다는 건지도 모르겠어."

지금껏 누구에게도 부모님 얘기를 이렇게 솔직하게 털어놓은 적이 없다. 준에게조차도.

그는 포크를 내려놓는다.

"그런데 어쩌다 텍사스에 오시게 됐어?"

"나도 몰라. 그냥 무작정 온 게 아닐까 싶어. 텍사스에 아는 사람이 있었던 것도 아니거든."

"거기가 그리워?"

나는 고개를 저으며 되묻는다.

"넌?"

"항상 그립지. 뉴욕에는 제대로 된 아이스티를 만드는 사람이 없잖아."

그건 사실이다. 나도 남몰래 그것 때문에 괴로웠다.

"나도 식당에서 6달러인가? 내고 주문하면 늘 슬퍼진다니까. 게다가 리필도 돈을 받잖아."

"뉴욕의 아이스티는 완전 사기야."

"그렇다고 C타운*에 프렌치토스트 만들기 딱 좋은 미시스 베어드 텍사스 토스트**가 있는 것도 아니고."

"브리오슈도 그럭저럭 괜찮아."

나는 고개를 젓는다.

"그래도 짜증 나. 사실은 나 이번 주말에 갈 거야."

나는 반쯤 먹은 파스타를 그에게 건네고 소파에 올라앉는다.

---

* 뉴욕주에 본사를 두고 미국 북동부 곳곳에 지점을 둔 슈퍼마켓 체인
** 텍사스 식빵 상표명

"그래? 기분이 어때?"

나는 어깨를 으쓱한다. 다리가 저려온다.

"여기 온 뒤로 한 번도 안 갔어. 너희 부모님은 지금 어디 계셔?"

"한국."

그가 대꾸한다. 그는 남자애처럼 먹고 있다. 게걸스럽게.

"혹시 부모님을 보면서 왜 저렇게 힘들게 살까 생각한 적 있어?"

내가 묻자 그는 소파로 올라와 내 옆에 앉으며 말한다.

"와, 깊이 들어가는데."

"미안."

나는 입술을 깨문다.

"아니야."

그는 손을 뻗어 내 팔을 건드리며 말을 잇는다.

"그런 뜻이 아니야. 그보다는……."

이윽고 그는 고개를 젓는다.

"내가 몇 년 동안 생각해 온 걸 네가 집어낸 것 같거든. 좀 오싹해서."

그는 등을 기대며 말을 이어간다.

"우리 이민자의 자식들은 항상 '내가 우리 위 세대의 가장 큰 꿈'이라는 걸 생각해야 하잖아. 우리 부모님이 희생한 건 알지만 한편으로는 두 분의 선택을 이해할 수가 없어. 나와 누나의 교육을 위해 세 번이나 삶의 터전을 바꾼 거 말이야. 그리고 아버지는 폭력적인 형에게 많은 돈을 주고 있거든. 자아도취 사이코패스인데 그저 장남인지 뭔지 하는 이유로 우린 눈감아 줘야 하지. 자기를 우선시하지 않고 전체의 이익을 고려하는 집산주의 사고방식이 너무 과한 것 같은데 가끔은 그만 좀 하지, 하는 생각이 들어. 한 번씩은 선을 긋고 패턴을 깼으면 좋겠어."

나는 그와 함께 등을 기댄다. 내 어깨에 그의 어깨가 닿아 온기가 전해진다.

"너희 집안에도 왜 비밀로 해야 하는지조차 알 수 없는 비밀이 있어?"

내가 그에게 묻는다.

"응. 삼촌이 딴살림을 차렸는데 우린 그 얘길 하지 않아. 너희는?"

나는 준을 떠올린다. 엄마에게 준이 암에 걸렸다는 사실을 숨기고 있는 우리. 그리고 내게 실직한 사실을 숨긴 준.

"우리가 고등학교 다닐 때 엄마가 석 달 동안 집을 나갔는데 우린 그 일에 관해 얘기하지 않아. 어디 갔었는지, 왜 나갔는지, 언제 돌아왔는지 모르지만 모두가 그저 없었던 일인 척하고 있어."

그러자 그가 말한다.

"힘들었겠네. 너랑 준도 얘기 안 해?"

나는 고개를 젓는다.

"응. 가족이 있는데도 이렇게 외롭다니 참 이상해. 엄마 일이 없었다고 해도, 혹은 가족 모두가 완전히 잊고 치유됐다고 해도 한 가족의 일원이라는 게 사람을 미치게 하는 것 같아. 나는 절대 우리 가족을 온전히 이해하지 못할 거야. 정말 짜증 나는 사실은 그렇다면 그들도 나를 영영 이해하지 못한다는 거잖아. 하지만 누가 알겠어."

나는 어깨를 으쓱하며 덧붙인다.

"뭔가 이유가 있어서 그렇게 만든 건지도 모르지. 가족은 아주 작고 이상한 사이비 집단 같아."

"말 되네. 결혼이 원조 사이비 집단이지."

"형제자매도 그래."

"아, 그렇긴 하지. 하지만 한국인들이 특히 더 그런 것 같아. **한** 때문에. 우린 침략당하고 식민 지배를 받은 데다 분단되기도 했는데 한 번도 복수하지 못했잖아."

"우린 너무 억눌려 있어."

"너무 억눌려 있지."

패트릭은 팔짱을 끼고 생각에 잠기는가 싶더니 다시 입을 연다.

"너 혹시 밤늦게까지 나가 놀거나 진탕 술을 마시거나 다 때려 부수거나 사람들 앞에서 키스하거나 그런 건 다 백인 애들이 하는 거라는 생각, 해본 적 있어?"

"당연하지!"

나는 찢어진 청바지를 입고 얼굴에 피어싱을 하고 머리를 염색한 내 친구들을 떠올리며 대꾸한다.

"나쁜 짓은 백인 애들이 다 했지."

"동양인 여자도 힘들겠지만 미국에서 동양인 남자로 사는 것도 정말 못 할 짓이야. 대학도 이상하고 텍사스도 이상했어. 중간에 아시아에 살 때는 더 이상했지. 서울의 국제 학교에서는 동양 남자들이 운동부도 하고 깡패도 하고 약도 하고 인기도 많고 그랬거든. 그때 우린 그런 생각을 딱히 하지 않았어. 동양인 미국 남자들은 내심 자기들이 남자로 여겨지지 않는다는 트라우마를 갖고 있기도 하지만 사실 난 그런 것도 아니었어. 그런 애들은 약물에 빠져 미친 대장 노릇을 하거나 병신이 되잖아. 하지만 우리 아버지는 교수고 엄마는 유럽에 살다 왔어. 나도 잠깐 한국에 살았지만 캘리포니아 남부 애들은 나를 **충분히** 동양적이라고 생각하지 않더라. 나와 누나는 구몬 학습을 하지도 않았고 할머니와 함께 살지도 않았으니까. 그렇다고 식당이나 가게를 하는 집도 아니었고. 우리 부모님은 내가 예술을 해도 좋다고 독려했고……."

"넌 아버지를 '팝스'라고 부르잖아."

내가 웃으면서 말한다.

"난 아버지를 '팝스'라고 부르지."

"잠깐. 너희 집은 친구네 집에서 자는 거 허락해 주셨어?"

내가 묻는다.

"너도 못 했구나."

그는 짐짓 안타까운 얼굴을 하며 대꾸한다.

"넌 어땠는데?"

"주말마다는 아니지만 그래도……."

패트릭은 자기가 충분히 동양인으로 인정받지 못한다는 사실에 부아가 날지 몰라도 내가 보기에 그는 유니콘과도 같다.

"와."

나는 손을 뻗어 그의 뺨을 건드린다.

"우리는 겉모습은 비슷해 보이지만……."

나는 다른 손으로 내 뺨을 건드린다.

"완전히 다르네."

그는 어깨를 으쓱해 내 손을 떨친다.

"뭐라고 해야 할지 모르겠군, 친구. 난 친구네 집에서 자기도 했고 친구들이 우리 집에서 자기도 했어. 점심으로 피넛 버터 젤리 샌드위치를 먹기도 했고 **김밥**을 싸 가기도 했는데 그러고 보니 딱히 그런 생각을 해본 적이 없네."

패트릭이 몸을 기울여 자신의 물을 마시는 모습을 보고 나도 그렇게 한다. 그러고 나자 그는 우리의 접시를 거둔다.

나는 그를 따라 부엌으로 들어간다.

"잠깐."

그가 고개를 돌려 나를 보며 말한다.

"진짜 한국적인 걸 알고 있어. 완전히 한국적인 거."

"뭔데?"

"내가 대학 다닐 때 아버지가 혈관 우회술을 받았거든."

그는 접시에 물을 틀면서 말을 잇는다.

"그런데 내 기말고사 기간이라서 부모님이 나한테 얘기를 안 하셨지."

또 내 언니가 떠오른다. 나는 고개를 끄덕이며 말한다.

"그건 굉장히 한국적이네. 동시에 굉장히 이상하기도 하고. 결국 아버지의 혈관 문제로 한국인이라는 걸 입증하다니."

패트릭에겐 식기세척기가 없어서 다행이다. 그는 나와 다르지만 73퍼센트가 아니라 39퍼센트쯤 벗어나 있다.

나는 그에게 그릇을 받아서 오븐 문에 걸린 행주로 물기를 닦는다.

"그럼 그냥 주변 사람이 건강이 어떻다더라, 뭐 그런 얘기를 하시면서 방학 때까지 기다리신 거야?"

그는 나를 보며 대꾸한다.

"아니. 기말고사 끝나는 날 영상 통화를 해서 아버지를 보러 오라고 비행기 표를 사주셨어."

나는 얼굴을 조금 찌푸린다.

"그렇구나. 글쎄, 그 일에는 예외 표시를 붙여야 할 것 같은데. 지금은 정서적으로 아주 안정되고 편안해 보이잖아."

그의 부모님은 확실히 스칸디나비아인 같다.

그는 화장실로 걸어가며 말한다.

"좋았어. 난 밤새워 트라우마 얘기를 하겠어."

"잘해봐."

내가 말한다. 그가 시작했지만 틀림없이 나를 이기진 못할 거다. 동양인 여자로 사는 건 정말 힘든 일이니까.

패트릭은 손잡이에 치과 상표가 찍힌 새 칫솔을 들고 돌아온다. 작은 치실도 함께.

나는 둘 다 받아든다.

"와, 고마워. 날 데려와 주고 얘기도 해주고 소파까지 내줘서 이루 말할 수 없이 고맙네."

나는 소파 가죽에 손바닥을 대고 옆구리로 미끄러진다. 뺨에 닿는 감촉이 너무 좋다.

그는 웃으면서 하품을 한다.

"아니야. 네가 침대로 가."

그가 다시 하품을 하더니 덧붙인다.

"이 소파 엄청 편하거든. 넌 여기서 자면 안 돼. 엄마가 알면 난 죽어."

"엄마가 어떻게 아셔?"

그는 코웃음을 친다.

"엄마는 알아."

아무래도 그는 진짜 한국인인 모양이다.

24장

　이를 닦는데 너무 피곤해서 몸이 절로 고꾸라진다. 패트릭의 침실은 크고 널찍한 침대를 빙 둘러 걸을 수 있을 만큼 넓고, 두툼한 파란색 커튼이 드리워져 있다. 가로등이 점점이 비쳐 보인다. 나는 눈을 뜨고 있으려 안간힘을 쓴다. 그러나 그의 줄무늬 이불 속으로 들어가 차가운 베개에 얼굴을 묻고 건조기 유연제 냄새와 패트릭의 목덜미 체취가 분명한 냄새를 들이마시자 아까 식당 창문으로 봤던 젖은 머리의 두 소녀가 환영처럼 눈앞을 아른거린다.

　한 쌍을 이루는 존재는 보기엔 달콤하지만 실제로 그 일부인 사람에겐 결코 달콤하지 않다. 나는 준에게 묶여 있는 게 지긋지긋했다. 늘 한 세트로 선보이는 게 싫었다. 손님들은 우리를 마치 한 사람처럼 대했다. 때로는 마치 우리가 없는 것처럼 아주 태연하게 우리 얘기를 하기도 했다. 우리가 서로를 지워버린 것처럼. 준은 가끔 따졌다. 한 번은 우리를 아기처럼 대하는 백인 여자에게 이렇게 딱딱거렸다.

"사진을 찍으세요. 그게 더 오래가니까."

그러곤 그녀의 면전에 대고 웃었다. 짜릿했다. 나도 용기가 있었다면 그렇게 했을 테니까.

준은 절대 입을 다물지 않았다. 나는 부아가 났다. 속은 썩어 들어갔고 그녀에게 아무것도 숨길 수 없다는 게 내게는 지옥 같았다. 식사 시간이면 나는 부모님과 요리사들, 주방 보조들, 설거지 담당들 옆에 앉아 시선을 내린 채 그저 없는 사람인 척했다. 그들을 모르는 척. 두 뺨이 화끈거렸다. 준은 모두의 앞에서 내가 문만 열리면 학교 친구가 오는 게 아닐까 싶어 화들짝 놀란다며 비웃곤 했다. 부서진 포춘 쿠키를 먹으면서 그 안에 들어 있는 운세가 적힌 쪽지는 읽지도 않고 쌓아두며 이렇게 말하기도 했다.

"넌 네가 쿨하다고 생각하지. 정말 못 봐주겠다니까."

언니의 조롱은 엄마의 조롱만큼이나 상처가 됐을 뿐 아니라 며칠 동안 곁을 맴돌며 수없이 나를 물었다. 언니나 형의 손에 맡겨진 동생들은 우습게도 형과 언니 역시 어린애라는 걸 잘 의식하지 못한다. 준이 열한 살 때의 일을 나는 아직도 기억하고 있다. 그때 나는 여덟 살이었고, 준은 생일을 보내고 나면 몇 달 동안 나보다 두 살이 아닌 세 살이 많아져서 유독 더 못되게 굴었다. 11은 누가 뭐래도 두 자릿수였다. 준은 "난 이제 어른이야" 하고 우기곤 했다. 그 시절 우리는 식당에서 저녁을 먹은 뒤 우리끼리 집으로 걸어가 잠자리에 들 준비를 했다. 집으로 가는 길에 가장 무서운 구간은 중학교와 거대한 HEB 슈퍼마켓*을 지나면 나타나는, 410 순환도로 아래 도로였다. 그곳에 이르면 등 뒤로 쌩쌩 달리는 차들에 완전히 노출된 것 같았다. 나는 늘 최대한 걸음을 재촉했다. 초조하게 밭은 숨을 쉬면서.

준은 내가 그 구간을 얼마나 싫어하는지 알고 있었다. 엄마는 준에게 내 손을 꼭 잡고 가라고 엄하게 지시했다. 준의 커다란 머릿속에서 이 모든 정보가 합쳐졌다. 그녀는 마치 내 목숨을 손에 쥔 사람처럼 굴었다. 그 위험한 구간에 이르면 준은 일부러 땀으로 미끈거리는 내 손을 느슨하게 풀곤 했다. 그러곤 "어머" 하며 눈을 크게 뜨는 시늉을 했다.

그날 준은 내게 자기 배낭을 들라고 내밀었다.

"들어."

나는 고개를 저었다.

"들라니까."

나는 계속 거부했다.

준은 배낭을 던져놓고 대담하게 성큼성큼 앞장서 걸어갔다.

"엄마한테 이를 거야."

그녀는 선언하듯 말하며 HEB 슈퍼마켓의 주차장 불빛 속으로

---

*   텍사스에 본사를 둔 미국의 슈퍼마켓 체인

쏜살같이 달려갔다.

나는 그녀를 따라 달렸다.

"엄마가 알면 넌 죽었네."

준은 나를 보고 사악하게 웃으며 노래를 불렀다. 나는 그럴 일은 없다는 걸 알았지만 준은 엄마가 한국말로 캐물을 때면 교활하게 얘기하곤 했다.

"가서 가져오는 게 좋을걸."

우리 집이 있는 거리에 들어서서 길을 건너자 그녀가 소리쳤다.

나는 뒤로 돌아섰다. 누가 언니의 배낭을 가져가면 어떡한단 말인가.

심장이 요동치는 것을 느끼며 나는 왔던 길을 되돌아 달려갔다. 내 책가방이 등에서 덜렁거렸다. 준의 배낭끈을 집어 두 팔로 들고 다시 뛰어갔다. 폐가 타 들어가는 듯했다. 두 발로 단단한 콘크리트를 밟으며 쏜살같이 달렸다.

한 발 한 발 내디딜 때마다 준이 점점 가까워졌다. 점점 커졌다.

마침내 그녀가 고개를 돌리는 순간, 눈이 휘둥그레졌다.

전조등 한 쌍이 내 시야로 쏟아져 들어왔고 비명이 귀를 가득 메웠다. 달려오는 차에 내 몸이 깔리는 고통을 느낄 수 있을까 궁금했다. 충돌하면 이상한 각도로 날아오를까? 그런데 그때 얼굴과 목에 엔진의 열기가 느껴졌다. 나는 눈을 꼭 감고 있었다. 길고 요란한 경적 소리와 위쪽 어딘가에서 문을 쾅 여닫는 소리가 들렸다.

"이게 뭐 하는 거니?"

머리가 부스스하고 키가 큰 여자가 커다란 SUV에서 내리며 소리쳤다. 그녀는 십자가를 그으며 다시 말했다.

"하마터면 칠 뻔했잖아."

얼굴에는 점이 수없이 많았고 내게로 몸을 숙일 때 꽃무늬 셔츠 속으로 치타 무늬 브래지어가 보였다.

준이 달려와 자기 가방을 집었다.

"멍청아."

준은 내 배를 꼬집곤 세게 끌어당겼다. 그러곤 여자에게 손을 흔들며 외쳤다.

"죄송합니다."

나는 울음을 터트렸다. 엉엉 울면서 꼬집힌 옆구리를 문질렀다. 차에 치일 뻔해서 놀랐고 언니가 이런 상황에서 내게 화를 내다니 분했다.

준은 쿵쾅쿵쾅 걸어가며 말했다.

"어떻게 보지도 않아? 너 진짜 멍청한 아기구나."

그녀는 우는 나를 길에 버리고 갔다. 나는 울고 또 울다가 꺽꺽거리기 시작했다. 화가 치밀었다. 어떻게 언니라는 사람이 그렇게 못됐을까 생각하며 울었다. 마치 내 장례식이 열리기라도 한 것처럼 울었다.

얼마 후 언니가 돌아왔다. 터진 토마토처럼 새빨간 얼굴에 눈물을 주룩주룩 흘리면서. 그러곤 자기 가방과 내 가방을 둘 다 둘러멨다.

"미안해."

준은 신음하듯 말하며 나를 꼭 끌어안았다. 나는 그녀의 가냘픈 어깨에 얼굴을 묻고 계속 흐느꼈다.

"쉬이이."

그녀는 내 머리칼을 아프도록 세게 쓰다듬으며 다시 말했다.

"미안해."

그 말에 나는 더 크게 울었다. 어째서인지 내가 언니를 울게 했다는 사실이 더 슬펐다.

그때의 언니를 생각하면 늘 마음이 아프다. 나한테 돌아오기 전에 혼자 집 안으로 쿵쾅쿵쾅 들어가 숨을 참고 문을 닫은 뒤 거기에 기대서 울면서 얼마나 외로웠을까.

언니가 내게 화를 낸 날에도, 내가 언니를 미워한 날에도 나는 밤마다 그녀의 침대로 들어갔다. 어쩐지 부모님이 오기 전에 내가 잠들어 버리면 부모님이 죽을 것 같았다. 준에게는 그런 얘기를 할 필요가 없었다. 그녀는 그저 알고 있었다. 그 시절 그녀는 모든 걸 알고 있었다. 그러나 내가 몰래 이불 속으로 들어가 그녀의 몸을 건드리지 않고 작은 몸을 그녀의 뒤에 뉘어도 모른 체했다. 나는 최대한 숨을 죽이려고 노력했다. 그녀는 내가 숨을 너무 크게 쉬거나 많이 쉬면 자기가 자다가 내 이산화탄소에 질식할 거라고 했기 때문이다. 내가 아는 한 준이 두려워하는 건 그것뿐이었다.

일어나 보니 패트릭은 창가에 서 있다. 밖에는 비가 쏟아지고 있다.

"굿모닝."

나는 그의 침실 문을 열고 하품하며 잠긴 목소리로 말한다. 마치 이제 막 깬 사람처럼. 동이 틀 때 창문으로 들어오는 빛과 핸드폰 불빛에 의지해 묵은 화장을 지우고 새로 화장을 하기 위해 아침 7시 알람을 맞추지 않은 사람처럼. 심지어 패트릭이 소파를 껴안고 나지막이 코를 골며 죽은 듯이 자는 사이에 몰래 똥을 눌까 고민하다가 참기도 했다. 그보다는 그저 내 몸의 미생물 생태계에 독을 퍼트려 서서히 죽는 편이 나을 것 같았다.

그가 발을 끌며 부엌으로 가더니 커피 한 잔을 들고 돌아온다.

"잘 잤어?"

나는 고개를 끄덕이며 그 뜨거운 음료를 받아 든다.

우리는 커다란 창문 앞에 나란히 선다. 고약한 날씨다. 우산마저 뒤집어져서 그저 차양 아래 움츠리고 서서 비가 잦아들기를 기다려야 하는, 그런 날씨.

뒷머리가 뻗친 채로 안경을 쓰고 커피 잔을 든 채 웃으면서 거리의 처량한 인간들을 내려다보는 그는 소셜 미디어의 모습이나 심지어 어릴 때 성당에서 보던 모습과도 사뭇 다르다. 나쁘지 않네, 하고 나는 혼자 생각한다. 제러미 말고 다른 남자와 이런 식으로 아침을 맞이한 적은 처음이다.

"넌?"

"아주 잘 잤어."

그가 대꾸하며 내 잔에 자기 잔을 부딪친다.

혹시 내가 여기서 잔 것 때문에 심기가 불편하지 않은지 살핀다.

"난 그만 가야겠다."

그가 선수 치기 전에 내가 말한다.

그는 인상을 쓰며 고갯짓으로 거리를 가리킨다.

"이런 날씨에? 수업이 몇 시인데?"

"11시."

"아침 먹을까?"

그가 기대에 찬 얼굴로 묻는다. 8시가 조금 넘었다.

나는 하늘을 보며 비가 그칠 기미가 보이는지 살핀다. 우울한 구름이 잔뜩 덮여 있다. 패트릭이 미소를 짓는다. 솔직히 그가 더 부추기지 않아도 나는 이미 마음을 정했다.

"잠깐 문자 하나만 보낼게."

지나 롬바르디의 사무실에서 답장이 온다. 24시간 이내에는 예약을 변경할 수 없으니 전체 상담 시간에서 제하겠다는 내용이다.

상관없다. 게다가 나는 그녀에게 조금 화가 났다. 정말이지 준에 관해 이것저것 묻기만 했을 뿐 해결책을 가르쳐주지 않은 건 무책임한 일이다.

"어디로 가?"

내가 패트릭에게 묻는다. 어느새 나는 훗날 지금 이 순간이 어떤 의미로 남을까 생각하고 있다. 그가 고르는 곳이 우리의 특별한 장소가 돼 기념일마다 가는 곳이 되지 않을까?

그가 대꾸한다.

"글쎄, 1부터 10까지 점수를 매기면 그렘린 괴물이 되고 싶은 마음이 얼마나 돼?"

"10이 가장 심한 거야, 아니면……."

그는 고개를 끄덕인다.

"10은 혼수상태. 커플 트레이닝복 차림으로 샤워도 하지 않고 식당까지 굴러가서 계란을 쑤셔 넣을 수 있는 상태야."

그의 트레이닝복을 그대로 입고 있는 게 내가 당장 생각할 수 있는 최고의 즐거움이다.

"그거."

나는 양말 한 켤레와 팀버랜드 신발까지 빌려 신는다.

그가 나를 보며 말한다.

"이야, 완전 귀엽다."

뺨이 화끈거린다. 나는 내 발을 보며 외투를 껴입는다.

그는 식당이 아주 가깝다고 했는데 과장이 아니었다. 겨우 반 블록이라 우리는 전속력으로 달려가 차양 아래로 껑충 들어간다. 거기에 이르자 그가 잠시 내 손을 잡는다. 내 손은 축축한데 그의 손은 따뜻하다. 그는 나를 데리고 열린 문으로 들어가 카운터로 향한다. 나는 끊임없이 되뇐다. 이건 데이트가 아니라고. 이 사람은 하마터면 내가 토사물을 쏟아놓을 뻔한 사람이라고, 그러니까 이건 남자와 밤을 보낸 뒤 비 오는 아침에 데이트를 즐기는 상황이 아니라고. 더 기가 막힌 건 우리가 우스꽝스러운 차림을 하고 있는데도 전혀 개의치 않는다는 사실이다. 나는 기분이 몹시 좋다. 마치 위아래가 하나로 붙은 옷을 입고 셀카를 찍는 커플이 된 것 같다. 마음에 든다.

우리가 자리에 앉자 카운터 안쪽에서 키 작고 통통한 남미계 사내가 패트릭의 잔 받침 위에 엎어진 컵을 뒤집어 놓고 김이 모락모락 나는 커피를 부어준다. 그러곤 나를 본다. 내가 고개를 끄덕이자 그는 말없이 내게도 커피를 따라준다.

"난 여기 자주 오거든."

패트릭이 설명하는 순간, 사내가 그에게 늘 먹던 것을 먹겠느냐고 묻는다.

나도 늘 이런 대우를 받고 싶었다.

패트릭은 메뉴판을 집어 들며 말한다.

"잠깐만요. 오늘은 아주 의외의 메뉴를 시킬 수도 있어요, 앙헬."

앙헬은 태연하게 어깨를 으쓱하며 커피 주전자를 가져간다.

"늘 먹는 게 뭐야?"

"계란 반숙 두 개와 소시지, 구운 감자, 버터 바르지 않은 호밀 토스트, 핫 소스. 하지만 여긴 모든 게 맛있어."

나는 메뉴를 훑어본다.

"스트림라인 스페셜 먹어 봤어?"

코티지치즈와 참치 통조림, 복숭아라고 적혀 있다.

패트릭이 말한다.

"응, 끝내주지. 왠지는 모르겠지만 어쨌든 그래. 땅콩버터와 베이컨처럼."

문득 배가 몹시 고프다.

"그냥 너 먹는 거 먹을래."

그는 고개를 끄덕인다.

"도넛도 갖다 달라고 할까?"

"응."

그는 메뉴판을 덮고 앙헬에게 말한다.

"좋아. 늘 먹는 걸로 주세요."

"저도 얘가 늘 먹는 걸로 주세요."

나는 고갯짓으로 패트릭을 가리키며 말한다.

"글레이즈드 도넛도 하나 주세요."

어째서인지 이 주문이 뿌듯하다.

내가 그에게 묻는다.

"어릴 때 우리 부모님이 함께 어울렸다면 우리도 친구가 됐을까?"

"그랬겠지."

그가 말한다. 그러곤 고개를 갸우뚱하며 덧붙인다.

"우리 넷 다 친구가 됐을 거야. 넌 키키 누나한테 푹 빠졌을 테고 난 핸드폰과 좀 더 친하게 지낼 테고 준은 우리 모두에게 땍땍거리고 있겠지. 우린 이제 조금 달라진 것 같지만 기본적으론 여전히 똑같잖아."

그는 내 얼굴을 살피며 다시 말한다.

"그런데 잘 모르겠다. 넌 전혀 달라진 것 같지 않거든."

나는 눈을 가늘게 뜬다. 그는 어젯밤에도 비슷한 말을 했다. 이 말에 기분 나빠 해야 하나 생각해 본다.

"하지만 예전처럼 무섭진 않아. 솔직히 말하면 아니다. 모르겠어. 지금도 무서워."

나는 그 말에 웃음을 터트린다. 날카로운 웃음. 그의 평가에 어이가 없어서 흘끗 돌아본다.

"내가?"

"그래, 너. 예전에도 좀 오싹했거든. 음침한 기운이 있었어. 늘 두꺼운 책을 읽고 있었잖아. 난 어린애가 그렇게 집중하는 걸 본 적이 없어. 넌 **너무** 바빠서 나랑 말도 하지 않았잖아."

"자기는 나한테 말을 한 것처럼 얘기하네."

나는 그 책들을 기억한다. 주로 문고본 공포 소설이나 로맨스 소설이었다. 만화책과 비디오게임을 좋아하고 귀걸이를 하고 다니던 패트릭도 기억한다. 한 번은 보라색으로 머리를 물들여 성당 아주머니들 사이에서 화젯거리가 되기도 했다. 언젠가는 비한국인 친구들을 미사에 데려와 미사가 끝난 뒤에 비린내 나는 국과 다른 모든 음식을 먹게 했다. 운동화로 봐선 멋진 애들 같았는데, 자신의 이런 부분을 그 친구들에게 드러내는 패트릭이 대단해 보였다. 모두가 항상 패트릭에게 말을 걸었다. 그가 몇 년 더 우리 곁에 있었다면 얼마나 좋았을까. 그랬다면 내가 좀 더 온전해진 모습을 봤을 텐데.

"난 너한테 말을 걸려고 노력했어."

그가 커피를 마시며 말한다.

"언니한테 그랬지 나한테는 안 했어."

그 시절을 떠올리자 질투가 일렁인다. 준은 누구하고든 얘기할 수 있었다.

"준하고 얘기한 건 걔가 만날 나한테 소리를 질렀기 때문이야. 준은 우리가 처음 만난 순간부터 서로 아주 잘 아는 사이처럼 굴었거든. 내가 남북전쟁에 관한 만화책을 막 읽기 시작했는데 그걸

빌려달라고 얼마나 닦달하던지. 내가 나이가 더 많으니까 양보해
야 한다고, 그게 내 의무라고 했어."

나는 웃음을 터트린다. 준은 틀림없이 그랬을 것이다.

그는 턱을 두드리며 다시 말한다.

"너한테도 말 걸었어. 어쨌든 시도하긴 했지. 미사가 미치도록
지겨웠던 걸로 봐서 아마 부활절 즈음이었을 거야. 넌 숲의 위성
엔도* 서머 캠프 티셔츠를 입고 있었어."

나는 그 티셔츠를 기억한다. 보라색이었고 준의 것이었다. 마음
이 무거워진다.

"아니. 내가 아니야. 그건 언니 티셔츠였거든."

모르는 사람이 나와 준을 헷갈려 한다면 모를까 이건 엄연히 다
르다. 화가 난다. 어린 시절을 추억하게 될 줄 알았는데 어쩐지 속
은 기분이다. 나는 카운터에 놓인 플라스틱 스페셜 메뉴들을 넘겨
보며 차갑게 말한다.

"난 평생 〈스타워즈〉 영화를 한 편도 본 적이 없거든."

이 식당에서 술도 판다니 다행이다. 그저 태연하게 아이리시 커
피를 주문할 수도 있으니까. 내 얼굴이 굳는 느낌이 들지만 패트릭
은 모르는 눈치다. 그는 무릎으로 내 무릎을 쿡 찌르더니 가까스
로 웃음을 참으며 말한다.

---

* 영화 〈스타워즈〉에 나오는 위성의 이름

"너 그때도 그렇게 말했어. 정말이라니까. 지금하고 똑같이 얘기했어. 그렇게 교만하게."

그는 몸을 바싹 기울이며 말을 잇는다.

"내가 **이워크족***의 언어로 말했거든. 난 그게 엄청 멋지다고 생각했어."

그는 웃으면서 내 얼굴을 살핀다.

나는 빙긋 웃는다. 그의 말이 맞는 것 같다. 기억이 나진 않지만.

"뭐라고 했는데?"

"됐어. 말 안 해."

나는 다그친다.

"말해봐. 내가 기억할지도 모르잖아."

그는 고개를 젓는다.

"싫어. 넌 그때 무시무시한 얼굴로 '뭐라고?' 하더라. 그래서 내가 설명을 했지. 그런데 점수는 하나도 못 얻고 네가 이렇게 말했어. '난 평생 〈스타워즈〉 영화를 한 편도 본 적이 없거든.' 끝."

틀림없이 그랬을 것이다. 나는 고개를 젓는다.

"와. 완전 재수 없다."

"그리고!"

그는 더 자세히 떠올랐다는 듯이 다시 말한다.

---

*   영화 속에서 숲의 위성 엔도에 사는 토착 종족

"그때 준은 없었어. 그 주말에 무슨 천재 나사 어쩌고에 갔거든. 나랑 키키가 아버지한테 끝없이 그 얘기를 들었다니까. 지금도 자식 중에 자신의 수학 머리를 물려받은 놈이 없다고 한탄하셔."

그러고 보니 생각난다. 그의 말이 맞다. 준은 휴스턴에 가고 없었다. 존슨 우주 센터. 무슨 대단한 데이터 대회에서 우승해서 아빠와 함께 갔다. 나는 엄마가 옷을 하나도 빨아놓지 않아서 난리를 치다가 별수 없이 준의 옷을 입었다. 패트릭이 내게 말을 건 일은 기억나지 않지만 준이 참석한 행사의 입장료와 호텔비가 300달러였던 것을 분명히 기억한다. 내가 헬스클럽 회원권을 끊어달라고 졸랐지만 엄마 아빠는 집 앞에서 팔 벌려 뛰기를 하라고 했다.

우리의 음식이 나오자 나는 전부 다 잘게 잘라 헤집어놓는다. 아침 식사는 어렵지 않다. 정차할 곳이 많으니까. 계란, 아무도 다 먹지 않는 감자. 눈속임하기엔 소시지보다 베이컨이 더 쉽지만 괜찮다. 계란 프라이는 더없이 쉽다. 노른자를 터트리면 얼마나 먹었는지 아무도 모르니까.

그는 칼로 도넛을 자른다. 나는 내 몫인 절반을 열성적으로 크게 한 입 베어 문다. 눈이 커진다. 내 동공이 작아지는 소리가 들리는 것 같다. 설탕을 먹으면 늘 그런다.

"음."

나는 신음을 내뱉으며 남은 내 몫을 접시로 가져온다. 우리가 마주 보지 않고 나란히 앉아서 다행이다. 그러면 눈속임을 하기가 더 쉬우니까. 패트릭은 핫 소스와 케첩을 여기저기 뿌리고 아버지 얘기를 하며 먹느라 정신이 없다.

패트릭의 아버지는 잘 기억나지 않는다. 하지만 패트릭에 관한 또 다른 기억이 의식 너머로 고개를 든다. 그 일이 있던 해였다. 패트릭은 여름 내내 보이지 않더니 완전히 변한 모습으로 돌아왔다. 준이 먼저 알아차릴 만큼.

"패트릭 멋있어졌네?"

그가 가족과 함께 들어오자 그녀가 내 옆구리를 찌르며 말했다.

어느새 그는 늘 모델 같았던 누나보다 머리 하나만큼 더 커졌다. 그뿐만이 아니었다. 태도에도 여유가 넘쳤다. 여름 내내 어디에 다녀왔을까 궁금했다. 하지만 언니에게 솔직하게 말할 수는 없었다.

미사 후 다 함께 식사하기 전에 엄마 심부름으로 성가집들을 차에 갖다 놓으러 갔을 때 그를 봤다. 주차장 반대편에 있는 그는 갑자기 어른이 된 것 같았다. 나는 이어폰을 가져오지 않은 걸 아쉬워하며 땅에 눈을 고정한 채 그에게 인사를 할까 말까 망설였다. 그러나 고개를 드는 순간 그가 전화를 받았고 미소가 떠오르는 걸 보니 여자 친구나 좋아하는 여자와 통화하는 게 틀림없었다. 나는 그를 모른 체하고 앞만 보며 일부러 그의 눈에 띌 만한 각도로 거칠게 걸어갔다.

"어땠어?"

그가 자신의 토스트를 마저 먹으며 묻는다. 나는 그 기억에 침을 꿀꺽 삼킨다. 아, 그때 나는 정말 얼간이였다.

"맛있네."

그가 내 접시를 흘끗 내려다본다. 나는 냅킨으로 남은 음식을 덮고 커피를 한 잔 더 주문한다. 내가 화장실에 들른 뒤 우리는 그의 아파트로 돌아가 영상을 튼다. 그가 핸드폰으로 일과 관련된 사항을 확인하자 나는 그의 핸드폰 화면을 보지 않으려 노력하지만 그의 평소 삶이 어떨까 궁금하다. 내가 과연 거기에 맞을까? 내가 들어갈 여지가 있기나 하다면 말이다. 사귀는 사람은 있을까? 틴더의 매칭 상대는 어떤 사람이었을까. 자신이 사진을 찍은 모델과 데이트한 적은 있을까?

그는 빙긋 웃으며 사과를 하곤 핸드폰을 테이블에 내려놓는다. 이 남자의 오락거리라는 게 소파에 누워 넷플릭스로 〈베이크 오프〉*를 보는 거라는 사실이 흡족하지만, 그리고 나 역시 그의 옆에 자리를 잡긴 했지만 내가 너무 편하게 있는 건 아닐까 궁금해진다.

나는 슬쩍 그를 본다. 성당 시절의 패트릭 그대로지만 어떤 면에서는 너무도 다르다. 나와 패트릭은 새로 시작해야 한다고 결론을 내린다. 이번엔 어그러지게 둬선 안 된다.

"나 샤워해도 돼?"

내가 불쑥 물으며 벌떡 일어난다. 그는 졸린 얼굴로 머리를 갸우

---

* 영국의 베이킹 대회 프로그램

뚱하며 미소를 짓는다.

"해."

머리는 감지 않고 화장을 모조리 지운 뒤 얼굴을 씻고 다시 시작하기 위해 김 서린 거울을 닦는다. 머리를 부풀린다. 아직 웨이브가 살아 있고 풍성해 보여서 스스로를 조금 토닥여 준다. 한편으로는 흥미가 인다. 우쭐해지기도 한다. 남자와 친구가 돼본 적은 없는데 철학적으로 그건 어떤 의미일까? 그가 나에게 끌리지 않는다고 생각하면 견딜 수가 없다. 그는 나를 자신의 일과 사생활에 끼워주지 않을지도 모른다. 그런 건 너무도 쉽게 상상할 수 있다. 제러미가 그런 것처럼. 그에게 나의 가치를 일깨워야 한다.

"뭐 마실 거 있어?"

나는 그의 트레이닝복을 다시 입고 훨씬 더 깨끗해진 상태로 욕실에서 나와 그에게 묻는다. 훨씬 더 정신을 집중한 상태로.

그가 고개를 든다. 테이블에 놓인 노트북에서 영국식 파이의 핫워터 크러스트 페이스트리*의 온도에 관해 떠들어대는 소리가 들린다.

"버번도 있고……."

"그거 줘."

나는 고개를 끄덕이며 꾸짖는 투로 덧붙인다.

"나 혼자 마시게 하지 마."

---

* 뜨거운 물과 돼지기름을 끓여 밀가루를 섞어 만드는 영국의 전통 파이 반죽

그는 부엌으로 가더니 내게 작은 잔에 담긴 음료를 건네곤 나와 잔을 부딪친다. 그는 건배를 하며 내 눈치를 살핀다.

"나도 샤워해야겠다. 잠이 덜 깼어."

"해."

내가 말한다. 그는 잔을 비운다. 고개를 젖히는 그의 목에서 목젖이 까딱거리고 잔 속의 얼음 조각들이 철렁거린다. 이윽고 그는 욕실로 사라진다. 지난 30분 사이에 나는 우리가 같이 자야 한다는 결론을 내렸다. 데이터를 얻고 싶다. 자고 나면 어떤 기분이 드는지 알고 싶다. 과연 패트릭은 다를까?

맬컴 이토가 떠오른다. 맬컴 이토는 턱수염으로 뒤덮인 얼굴에 색안경을 쓰고 다니는 마흔 살의 일본 가구 디자이너로, 최근 프랑스인 사교계 명사인 열다섯 살 연상의 영화감독과 이혼했다. 우리는 뉴 뮤지엄에서 열린 파티에서 만났다. 때는 봄, 아이비의 예전 여자 친구가 일하는 한 예술 잡지의 창간 행사였는데 나는 샴페인을 진탕 마셨다. 우리는 옥상의 덱에서 입맞춤을 했다. 너무도 낭만적인 키스였다. 그의 턱수염이 내 턱에 쓸렸다. 나는 그의 얼굴을 어루만졌다. 우리의 입술이 떨어졌을 때 그가 숨을 들이켜는 소리가 들렸다. 그는 내가 처음으로 키스한 동양 남자였다. 나는 당장 그를 사랑하기로 결심했다.

마치 정밀한 기계의 연동 작용처럼 내 심장이 그의 심장과 맞물려 돌아가는 것 같았다. 나와 꼭 맞는 사람과 키스하면 그런 기분이 들 거라고 나는 상상했었다. 나를 받아주는 선하고 가치 있는 사람. 아주 깊은 곳에서부터 서로를 알아보고 도저히 나를 떠날 수 없는 그런 사람 말이다. 그는 잠깐 전화를 한다며 사라지더니 돌아오지 않았다. 나는 정신이 흐릿한 채로 손수건처럼 얇은 드레스 자락을 흩날리며 오들오들 떨면서 기다렸다. 먼 배수탑을 바라보며 그가 돌아올 거라 굳게 믿었다. 몇 달 전에 검색해 보니 그는 열성적으로 도예를 배우는 노르웨이 출신 모델과 약혼했다. 그들은 정확히 그렇게 묘사했다. 열성적으로. 도예를. 배우는.

문득 패트릭이 어떤 문제의 답처럼 느껴진다. 우리는 같은 부류다. 드디어 지금까지 대체 무엇이 잘못됐는지 알게 될 것이다.

나는 술을 썩 잘 마시지 못하고 섹스도 그리 잘하지 못한다. 지금까지도 나는 딱히 어른의 일을 뛰어나게 하지 못한다. 시도는 해봤다. 섹스. 하지만 한 번도 내가 원하는 대로 되지 않았다. 1루의 가벼운 키스와 2루의 애무 등을 거쳐 마침내 홈런에 이른다고들 하지만 내게 그것은 그저 전기 스위치와도 같다. 한 번도 하지 않은 상태, 간신히 키스만 한 상태에서 갑자기 섹스를 한 상태로 바뀌는 것이다. 본격적인 섹스. 끝나고 나면 내게 더 좋은 쪽으로 이용하지 못했다고 느낀다. 어째서인지 나는 매번 놀라지만 그마저도 늘 나의 잘못이다.

그건 상대가 공격적으로 그리고 줄기차게 섹스를 시도하기 때문이다. 내가 늘 궁지에 몰린 기분을 느끼는 탓이다. 문자로든 술집에서든 차에서든 그들의 집에서든. 가끔은 상대가 너무 노골적이라 내가 헷갈리는 게 아닐까 싶다. 그들이 너무도 확실하게 섹스를 원해서 내가 상반된 감정을 느끼는 게 잘못이라고 믿게 되는 건 아닐까?

나는 술을 한 잔 더 따르러 간다. 아직 대낮이지만 오늘은 주말과도 같다. 그의 냉장고 맨 위 칸의 은색 쟁반에 술병들이 놓여 있다. 냉장고가 돌아가자 그 술병들이 미세하게 떨리며 부딪친다. 하지만 버번은 싱크대에 나와 있다. 나는 조용히 그것을 조금 따른다. 그가 나를 알코올중독이라고 생각하지 않도록.

부엌 옆에 걸린 원형 벽 거울로 내 모습을 확인한다. 또 한 모금 마시는 나를 바라본다. 놀랍게도 나는 내가 어른이라고 확신하고 있다. 손가락으로 입술을 세게 문지른다. 입술 색이 진해지고 조금 붓도록 꼬집는다. 그가 샤워를 마치고 나오면 적어도 30초쯤은 입술이 통통하고 색이 진해져 있을 것이다.

남자들은 립스틱을 보는 건 좋아해도 그 맛은 좋아하지 않는다.

그건 마치 이어폰으로 전송되는 소리와도 같다. 너무도 풍부하지만 내 것은 아닌 무엇.

나는 매끄러운 미소를 지어본다. 미친 여자 같다. 두 뺨을 홀쭉하게 들이마시고 붕어 입술을 만든다. 목을 가다듬는다. 배를 집어넣었다가 불룩하게 내민다. 술을 한 모금 더 마신다. 싱크대에 잔을 내려놓고 손을 펼쳐 손끝으로 두 뺨의 광대를 두드린다. 술을 더 마시며 속을 데운다. 한 잔 더 마실까 고민하며 물소리를 들어본다. 모험은 하지 않기로 한다.

음악이 흐른다면 좋겠다고 생각하며 소파에 앉는다. 팔다리가 가죽에 닿아 퍼져 보이지 않도록 자세를 바꾼다. 취기가 돌긴 하지만 주의를 돌릴 만한 것이 하나 더 있다면 좋을 것 같다. 나는 몸을 다루는 데는 젬병이다. 냄새와 맛, 살과 살의 마찰, 내 가슴과 그의 가슴이 붙었다가 떨어질 때 이따금 나는 창피한 소리. 그럴 때 웃을 수 있다면 좋겠지만 그럴 수가 없다. 그건 최악의 상황이다. 그는 포르노 영화에서처럼 신음으로 그것을 덮으려 할 테고 그러면 나도 좀 더 높은 소리로 애원하듯 신음하며 우리 둘 다 그 소리를 모른 체하려 애쓸 것이다. 우리가 맡은 역할을 벗어나 버리면 그 모든 게 더럽게 부끄러운 일이라는 사실이 드러날 테니까.

괜찮겠어?

응.

응?

주문의 언어는 배웠지만 주문은 어떻게 건단 말인가? 나는 어디에 서야 할까? 팔은 어떻게 해야 할까? 모든 침실에 포스터를 코팅해서 붙여놔야 한다. 식당에 하임리히 응급 처치 안내문을 붙여놓듯이. 이 주문은 왜 그렇게 어색할까? 내가 지금까지 했던 섹스는 모두 피할 수 없는 듯했다. 자연스레 일어났다기보다는 누군가가 정해놓은 것 같았다. 마치 누군가가 높은 데서 떨어지는 광경을 보고 있는 것 같았다. 높은 데서 떨어진 사람이 어디로 가는지는 누구나 알고 있다.

나는 머릿속을 잠재우기 위해 얼음 조각 하나를 입에 문다. 이번엔 다를 거다. 달라야 한다. 패트릭이 다시 트레이닝복 차림으로 소파로 오자 나는 무릎으로 서서 그의 다리를 짚고 마주 보다가 그의 입술에 내 입술을 포갠다. 그의 입에서 치약 맛이 난다. 그의 입은 차갑지만 곧 따뜻해진다. 술기운 때문에 눈앞의 모든 선이 흐릿해지고 뾰족했던 생각과 초조한 마음이 뭉툭해진다. 가느다란 떨림, 그의 목에서 올라오는 낮은 신음이 몸과 귀로 전해진다. 그의 두 손이 내 허리를 붙잡고 나를 끌어당긴다. 나는 조금 몸을 뗀다. 코앞에 있는 그의 얼굴이 흐릿해지면서 아주 잠깐 마치 영화 필름에 이질적인 장면 한 컷이 끼어든 것처럼 현실이 왜곡되고 제러미가 처음 나를 떠났을 때 내가 함께 밤을 보낸 모르는 사내의 맛이 입을 가득 메운다. 나는 그의 이름도 몰랐다.

나는 완전히 몸을 뗀다.

말없이 일어나서 그의 손을 잡고 그를 침실로 이끈다. 그는 순순히 따라온다.

침실은 내가 나갈 때의 모습 그대로다. 퀸사이즈 침대. 줄무늬 침구. 그러나 푸르스름한 오후의 빛 때문에 똑같은 사물들이 저마다 새로운 의미를 뿜어낸다. 책 더미가 놓인 침대 옆 탁자. 그가 마시다가 남겨놓은 물병. 안경.

나는 그의 미래에 내 미래를 끼워 넣어본다. 침대 옆 탁자에 내 『비밀의 계절』 책을 놓고 그의 안경 옆에 내 머리끈을 놔본다. 뭔가 하나를 놓고 가면, 귀걸이나 콤팩트, 속눈썹 따위를 놓고 가면 한 번 더 올 수 있는 안전한 구실이 생긴다.

이 순간이 지난 뒤에도 우리는 연락하게 될까?

나는 침대 가장자리에 앉고 그는 서서 지켜본다. 나머지는 근육 기억, 그러니까 근육의 습관적 움직임에 맡겨야 한다. 오래된 안무. 나는 내 티셔츠의 부드러운 밑단을 만지작거리며 그와 눈을 맞춘 채 티셔츠를 벗는다. 그가 얼마나 열중하는지 표정으로 살피며. 그가 얼마나 내게 집중하는지, 이 일이 끝난 뒤 내가 그를 얼마나 가질 수 있을지 가늠하며.

그는 나를 뜯어본다. 나는 브래지어를 입지 않았다. 내가 그의 바지를 당기자 그는 침대로 올라온다. 우리는 키스하며 매트리스 위쪽으로 옮겨간다. 그가 내 위로 올라온다. 이런 각도가 된 이상 그가 누구든 상관없다. 나는 눈을 감고 기다린다. 그런데 그 순간 그의 온기가 사라진다. 그가 몸을 떼고 일어나 앉는다. 살그머니 눈을 뜨자 그가 손가락을 구부려 내 뺨에 대고 당긴다. 목구멍 안쪽에서 머리카락 하나가 빠져나와 축축한 입을 간지럽히다 풀려난다. 아주 섬세한 행동이다. 부드럽고 참을성 있는 행동. 나의 모든 감각이 살아나면서 기분 좋은 윙윙거림이 귀를 간지럽히다 어느 순간 시야가 뚜렷해진다. 패트릭이 자신의 쾌락보다 나의 불편을 먼저 생각한다는 사실에 정신이 번쩍 든다. 나는 얼어붙는다.

"잠깐 브레이크 좀 밟자."

그가 나를 살피며 말한다. 나는 고개를 끄덕인다. 그가 옆으로 가서 등을 대고 눕더니 내 손을 잡는다. 우리는 나란히 천장을 바라본다.

내가 그의 손을 올려 입을 맞춘다.

"남자들은 립스틱 맛 싫어하지?"

옆에서 웃는 그의 떨림이 느껴진다.

"뭐?"

"아니…… 립스틱을 바르면 예쁘지만 그걸 먹는 건 싫지 않아?"

나는 옆으로 돌아누워 그의 뺨에 입을 맞춘다.

"립스틱에 맛이 있는 줄은 몰랐는데. 그리고 립스틱을 바르면 어떤지는 생각해 보지 않았어. 아마 예쁘겠지."

그는 입을 다물었다가 잠시 후에 묻는다.

"이거 혹시 퀴즈야? 난 지금 네가 어젯밤에 립스틱을 바르고 있었는지 기억을 더듬는 중이거든."

이번엔 내가 웃는다.

"아니야. 그냥 남자들이 다 그렇게 느끼는 줄 알았는데 이런 바보 같은 얘기가 어디서 나왔는지 모르겠네."

그는 나를 마주 보곤 입을 맞춘다.

"난 입을 좋아해. 인간은 입을 좋아하지. 난 장식 같은 것에는 별 관심이 없는 것 같아."

우리는 잠시 그렇게 누워 있다. 거리의 소리를 들으며. 아무 말도 하지 않은 채. 지금껏 그가 어떤 여자들과 잤는지 물어보고 싶다.

내가 그에게로 더 가까이 다가가 옆구리에 바싹 붙자 그는 자세를 바꿔 내가 팔 안으로 들어가게 해준다. '넌 내 거야.' 나는 생각한다. 혹시 그가 내 마음을 읽을 수 있는 걸까? 그렇지 않다면 내가 저돌적으로 굴긴 했어도 잠깐 숨 쉴 시간이 필요했다는 걸 어떻게 알았지? 우리가 잃게 될 모든 것을 두려워한다는 걸, 그 전에 먼저 그와 친해지고 싶었다는 걸 어떻게 알았지?

"이제 그만 가야 할 것 같아."

잠시 후 내가 속삭인다. 주인이 가길 바라기 전에 가는 게 좋으니까.

그는 알 수 없는 표정으로 나를 돌아본다.

"차 불러줄게."

마음이 설렌다. 대수롭지 않은 제안이지만 고맙다. 나는 고개를 젓는다. 그가 내 거절의 의도를 오해하지 않기를 바라며. 나는 많은 것을 원하는 사람이 아니라는 걸, 나는 까다롭지 않고 수수하며 편안한 사람이라는 걸 그가 알아주길 바라며. 나는 그의 침대 옆에 아무것도 남겨두지 않기로 한다. 패트릭 같은 남자에겐 그런 게 먹히지 않는다.

그가 나를 다시 보고 싶어 한다는 뜻으로 제안한 것이길 바란다.

나는 작고 밝은 목소리로 말한다.

"난 지하철이 좋아. 난 편한 사람이거든."

26장

패트릭이 나를 지하철역까지 데려다준다. 우리는 몸을 움츠린 채 그의 우산을 함께 쓰고 있지만 그가 우산을 내 쪽으로 기울이고 있어서 그의 어깨가 점점 젖어간다.

지하철역에 이르자 그가 나를 모퉁이에 있는 지중해 식당의 차양 안으로 끌어당긴다. 그러곤 우산을 접어 내게 건넨다.

나는 우리 사이에서 흔들리는 우산을 받지 않고 아이처럼 고개를 젓는다.

그는 우산을 좀 더 내밀며 말한다.

"내가 오빠잖아. 받아."

길거리에서 파는 5달러짜리 우산이 아니라 질 좋은 진짜 우산이다.

"고마워."

나는 미소를 짓는다.

그는 후드를 쓰며 빙긋 웃는다.

우리는 그렇게 오글거리는 모습으로 서 있다.

그가 인상을 쓰는가 싶더니 누군가의 우산이 접히면서 우리 둘에게 차가운 물이 흩뿌려지고 우리는 하마터면 왼쪽 골프 우산에 맞을 뻔한다.

내가 얼굴을 닦는 사이 패트릭이 손으로 내 엉덩이를 잡아 끌어당긴다.

우리는 다시 빙긋 웃는다. 이번엔 그런 일을 당한 게 기가 막혀서다. 나는 내 뒤에 있는 지하철 계단을 고개로 가리킨다.

"잠깐."

그가 내 손을 잡으며 묻는다.

"텍사스엔 언제 가?"

그의 따뜻한 엄지손가락이 내 엄지손가락을 어루만진다.

"금요일."

"가기 전에 만나자."

"정말?"

너무도 희망찬 내 말투에 머쓱해진다.

"응, 정말."

그가 키득거린다.

"좋아."

"좋아."

그는 상체를 기울여 내게 입을 맞춘다.

"연락해 줘서 고마워."

그가 내게서 입술을 조금 떼고 말한다. 나는 그를 꼭 끌어안는다. 그가 내 귀에 대고 속삭인다.

"우산은 가져도 되지만 내 옷은 꼭 돌려줘."

나는 그를 더 꽉 끌어안는다. 옷을 쑤셔 넣은 내《뉴요커》토트백이 우리 사이에서 으스러진다. 나는 사랑한다고 말하고 싶지만 대신 이렇게 말한다.

"곧 만나."

그러곤 계단을 내려간다. 모퉁이를 돌기 전에 그에게 손을 흔든다.

패트릭이 친구들과 얘기하는 장면을 그려본다. 남자들의 수다. 우리가 잤다고 얘기할지 궁금하다. 내가 먼저 그에게 입을 맞췄다고 얘기할까? 혹은 내가 리드했다고 하려나? 유혹해 놓고 내뺐다고 할지도 모른다. 어린애 같다고 할지도 모른다. 나는 눈을 감는다. 순조로운 것 같아도 상대가 무슨 생각을 하는지, 나에 대해 뭐라고 말할지는 알 수 없다.

나는 가방을 들어 올려 모양이 다른 카드들을 더듬으며 지하철 카드를 찾는다. 동전들과 가방 바닥에 늘 굴러다니는 잡동사니들 속에서 준의 집 열쇠들이 달린 금속 고리가 손에 잡힌다. 나는 지갑과 함께 그것을 꺼낸다.

브루클린행이 아닌 업타운행 F선을 타러 간다. 열차 안에서 내

맞은편에 쇠테 안경과 높은 주황색 비니를 쓴 나이 많은 백인 남자가 앉아 있다. 그는 수첩을 꺼내놓고 다양한 승객들을 스케치한다. 마치 뉴욕 사람들을 모조리 그리려는 듯 빠르게 손을 놀리며. 그의 옆자리로 가서 그 안에 크루엘라도 있는지 뒤져보고 싶다.

가장 뉴요커 같은 뉴요커들은 '포켓몬 GO'와 비슷한 구석이 있다.

패트릭도 좋아하는 뉴요커가 있을지 궁금하다. 틀림없이 그럴 것이다. 그는 섬세한 성격이니까. 머릿속으로 지난 열두 시간을 되짚으며 그의 집에 있던 다양한 요소들을 떠올려본다. 영화 포스터. 두꺼운 예술 서적들. 끝내주는 아보카도 모양 타이머. 그가 설거지한 그릇들을 행주로 닦을 때 손에 느껴지던 감촉. 그때 느낀 감정이 뭔지 모르겠다. 즐거우면서도 동시에 부끄러운 느낌이 온몸에 오싹하게 퍼져나갔다. 나는 왜 여태 패트릭이 완벽한 나의 짝이라는 걸 몰랐을까? 그의 욕조에 꽃 모양 머리카락 거름망이 있다는 게 놀랍다. 런던에 있는 우리를 그려본다. 파리에 있는 우리를 그려본다. 그리고 레옹에서 제러미를 마주치는 장면도. 그를 모른 체하고 지나쳐갈 수 있다. 나는 웃으면서 내 몸을 껴안는다.

"제인!"

나는 화들짝 놀라 고개를 든다. 어느새 준의 아파트 건물에 도착했는데 여전히 바보같이 히죽거리며 두 팔로 내 허리를 감싸고 있다. 준은 눈을 크게 뜨고 승강기에서 내린다. 나는 미소를 거둔다. 잠시 시간을 갖고 못된 얼굴로 무장하려 했는데.

"여기서 뭐 해?"

그녀는 데님 오버롤과 후드가 달린 레인코트를 입고 있다. 그녀가 오버롤은 둘째 치고 데님을 입은 모습을 마지막으로 본 게 언제인지도 기억나지 않는다. 손에는 형광 노란색의 플라스틱 폴더를 들었다. 건널목의 안전 요원이 떠오르는 색이다.

준은 내 큼직한 트레이닝복을 흘끗 본다. 그러곤 내 가방 속에 들어 있는 어젯밤 옷을 내려다본다.

"어디서 잤어?"

"내 물건 가지러 온 거야."

나는 승강기가 닫히기 전에 얼른 발을 들이밀며 말한다.

"열쇠는 경비실에 맡길게."

"알았어."

그녀가 대꾸한다. 알 수 없는 표정이다.

"난 비켜줄게."

"그런데 어디 가?"

잠시 침묵.

"업타운."

그녀가 말한다.

"병원 가는 거야?"

나는 그녀의 손에 들린 폴더를 고갯짓으로 가리킨다. 준은 병원에 갈 때면 늘 길이 막힌다고 투덜거린다.

그녀는 폴더를 내려다보며 인상을 쓴다.

"아니, 예전 고객 만나려고."

그러더니 매서운 눈으로 말한다.

"너 텍사스에 갈 거야? 비행기 표 취소할지 말지 알려줘."

나는 대답하지 않고 승강기 문이 닫히게 둔다.

준은 눈을 한 번도 깜빡이지 않았다.

"제인!"

내가 외친다.

이번엔 언니가 핸드폰을 보다가 고개를 든다. 화들짝 놀라며.

F선이나 M선을 타면 준의 아파트에서 53번가와 매디슨 애비뉴가 만나는 지점까지 17분 걸린다. 두 노선 모두 여기서 퀸스 쪽으로 방향을 튼다. 렉싱턴 애비뉴 쪽으로 나오면 된다. 얼마나 쉬운가.

차를 타면 얘기가 달라진다.

준이 탄 우버 차량은 파크 애비뉴에서 일방통행인 53번가를 우회해 한 블록을 돌아오는 데만 11분이 걸렸다. 나는 준의 입 큰 아바타를 따라 병원까지 왔다. 이번 달에 그녀는 이곳에 두 번 왔다.

나는 팔짱을 끼고 굵은 쇠기둥에 기대서 있다. 그녀는 불안하고 초조해해야 마땅하다. 내가 모르게 이 모든 일을 끝낼 수 있다고 생각했다니 아직도 믿기지 않는다.

준은 차에서 내려 곧장 내게로 와선 내 팔을 잡는다.

"뭐 하는 거야, 제인?"

내가 묻는다. 그녀는 회전문 옆에 서 있는 경비를 흘끗 본다. 그러곤 건물 옆에 있는 화단으로 나를 끌고 간다. 여전히 이슬비가 내리고 있다.

준이 화난 목소리로 속삭인다.

"너야말로 여기 왜 왔어? 거짓말할 생각하지 마. 네가 이쪽으로 올 일이 전혀 없다는 거 아니까."

그녀는 다시 한번 내 옷을 훑어본다. 준의 집에 들어갈 새가 없었으므로 나는 여전히 패트릭의 트레이닝복을 입고 있다.

솔직히 나도 내가 여기에 왜 왔는지 모르겠다. 아마도 그저 언니와 무의미한 싸움을 하기 위해서였을 것이다. 나는 아무것도 모른다는 듯이 묻는다.

"나? 여기서 약속이 있어. **언니**야말로 예전 고객을 만나는 줄 알았는데."

"이번만큼은 좀 조용히 있었으면 좋겠다."

그녀가 말한다. 콧구멍을 벌름거리며. 내게 화를 낼 염치가 있다니 기가 막힌다.

"그나저나 어젯밤엔 어디 있었어?"

그녀는 내 가방에 쑤셔 넣은 옷을 노려보며 다 안다는 듯이 나를 쏘아본다. 그러곤 눈을 굴리며 돌아선다.

나는 대답 없이 그녀를 따라 건물 안으로 들어간다.

내가 먼저 안내 데스크로 간다. 삼십 대 중반쯤 돼 보이는 갈색 머리의 백인 남자 둘이 데스크를 맡고 있다. 명찰을 보니 한 명은 '닉', 다른 한 명은 '애덤'이다. 나는 술집에서 사용하던 준의 신분증을 보여준다. 그러곤 준에게 미소를 짓는다. 준은 내 신분증을 내민다. 부엌 조리대에 두고 나왔으니 그걸 집어 온 게 분명하다.

동시에 신분증을 내밀고 나란히 서서 서로의 이름이 적힌 스티커 이름표를 받는데도 아무도 눈치채지 못한다.

하지만 솔직히 말하면 나 역시 닉과 애덤의 얼굴을 구분할 수 없다. 그들은 작고 둥근 카메라로 우리의 얼굴을 찍더니 이름표를 건넨다.

"자, 이게…… 제이 아이 헤윤? 지……."

"그냥 준이라고 하세요."

나는 이렇게 말하며 이름표를 받아든다. 우리 신분증에 찍힌 이름은 지영 제인 백과 지현 준 백이다. 뭐가 그렇게 어렵단 말인가.

흐릿한 보안 카메라로 찍힌 내 사진에는 허연 바탕에 작고 까만 두 눈만 나와 있다.

나는 준에게 그녀의 이름표를 건넨다. 그녀의 사진에는 머리 윗부분만 나왔다. 내 언니는 눈도 갖지 못했다. 그저 가르마를 탄 헤어라인뿐이다.

승강기에서 내리자 나는 준을 따라 미로 같은 복도를 나아간다. 사람은 많은데 오싹하리만치 조용하다.

우리는 말없이 걸어간다. 리놀륨 바닥은 반짝반짝 윤이 난다. 지나치게 밝은 대기실 라운지에서 머리를 검게 물들인 마르고 초췌한 남자가 멍하니 허공을 바라보며 코코넛 음료를 마시고 있다. 복고풍 소파에 줄무늬 쿠션을 놓고 기대 앉아 있는 그의 모습에서 어쩐지 불신의 기운이 느껴진다.

준이 그에게서 최대한 멀찍이 떨어진 곳으로 나를 끌어당기며 말한다.

"너 정말 왜 왔어?"

"오면 안 돼?"

"제인."

"준이지."

내가 지적한다.

"내 이름은 준이야. 불편하면 지현이라고 부르든가."

우리는 등을 맞대고 앉아 말없이 〈부동산 형제〉*를 본다. 광고는 전부 처방 약 광고다.

적갈색 수술복을 입은 여자가 내 이름을 부른다. 우리는 둘 다 고개를 들곤 그녀를 따라 문을 지나 복도로 들어선다.

안내를 받아 방으로 들어가자 가운데 가르마를 탄 작은 여자가 책상 앞에서 일어나 우리를 맞이한다.

---

* Property Brothers, 쌍둥이 스콧 형제가 진행하는 캐나다 리얼리티 텔레비전 시리즈

"제인, 어서 와요."

"이쪽은 제 언니 준이에요."

준이 말하자 내가 웃으면서 의사에게 말한다.

"제인의 언니예요. 더 빨리 왔어야 하는데 죄송해요. 일이 바빴거든요."

쓸데없는 설명을 하고 있다는 건 알지만 한편으론 우리가 이러고 있다는 게 믿기지 않는다.

의사와 악수를 하는데 그녀의 손이 차갑다.

"닥터 라미레즈예요."

닥터 라미레즈는 커다란 눈을 더 커 보이게 하는 안경을 썼고 입은 조그만 데다 진지한 얼굴이다. 마치 호감 가는 쥐 같은 얼굴. 무릎 주위에 살구색 팬티스타킹의 주름이 살짝 보이고 고무 소재의 신발을 신고 있어서 좀 더 나이 들어 보이지만 기껏해야 서른 중반일 것이다. 눈썹이 예쁘고 입술이 통통하며 목소리는 고음이다.

"제인, 지난 한 주는 어땠어요?"

닥터 라미레즈가 자리에 앉으면서 맞은편에 놓인 가죽 등받이 의자들을 손짓해 가리킨다.

준이 의자에 앉는다. 나도 그 옆에 앉으며 몸이 너무 늘어지지 않도록 조심한다.

"괜찮았어요."

"스테파니는 만났어요?"

준은 예의 없이 그저 어깨를 으쓱한다. 나는 그녀의 신발을 걸어차려다가 참는다.

"스테파니가 누구야?"

내가 묻자 준은 나를 쏘아보며 대꾸한다.

"라미레즈 선생님이 상담가를 만나보라고 하셨거든."

닥터 라미레즈는 의자에 깊숙이 등을 기댄다. 눈 밑의 불룩한 주머니가 원래 있는 건지 피곤해서 생겼는지 모르겠다. 침묵이 우리를 에워싼다.

"자궁을 절제하기 전에 심리 상담을 받는 게 좋겠다고 하셨어."

"중요한 결정이니까요."

닥터 라미레즈는 책상 위에서 두 손을 깍지 끼며 말을 잇는다.

"물론 결정은 환자의 몫이죠. 혹시 임신 능력을 보존하고 싶다면 그렇게 할 수도 있거든요."

나는 사방을 둘러싼 베이지색 벽을 훑어본다. 내 옆에 앉아 있는 준이 작아 보인다. 어느새 나는 닥터 라미레즈의 오른쪽에 있는 앤설 애덤스*의 편안한 산 사진을 보고 있다. 이 방은 마치 세트장 같다. 모든 게 비현실적이다. 금방이라도 벽이 허물어지고 무대 조명과 생방송 스튜디오 관중이 드러날 것만 같다. 닥터 라미레즈도 진짜 의사처럼 보이지 않는다.

---

* 풍경 사진의 일인자로 꼽히는 20세기 미국의 사진작가

나는 여기까지 생각해 보지 않았다. 그저 어리석은 사기를 친 준에게 겁을 주고 이 멍청한 동생이 모든 걸 망칠 수도 있다고 조금 협박할 생각이었는데, 막상 오니 처참한 기분이다. 이 방정식에서 불치병이라는 인자를 고려하지 않았다니 나 자신에 대해 환멸이 밀려든다. 나는 뭔가 잘못된 인간이 틀림없다. 언니가 옳았다. 나는 이런 문제를 마주할 수가 없다.

닥터 라미레즈가 나를 보며 묻는다.

"혹시 물어보고 싶은 거 있어요? 제인은……?"

그녀는 따뜻한 미소를 짓는다. 내 이름으로 준을 부르자 나는 움찔한다. 그녀가 말을 마저 끝낸다.

"한 번에 소화하기엔 어려운 얘기니까요."

그저 체념한 듯 수동적으로 듣고만 있는 준의 모습에 기가 찬다. 나는 핸드폰을 꺼내 음성 메모 버튼을 누른다. 파일 이름에 제인의 이름을 넣으면서 심장이 쿵쾅거린다.

"수첩을 안 가져와서 녹음하려고요."

나는 핸드폰을 화면이 위로 올라오도록 의사의 책상에 놓는다. 닥터 라미레즈는 빙긋 웃으며 대꾸한다.

"제인이 괜찮다면요."

내 옆에서 준이 자세를 바꾼다.

"전 괜찮아요."

"라미레즈 선생님, 이제 어떻게 되는 건가요?"

내 목소리가 떨리고 있다. 나는 아랫입술을 잡아 뜯지 않으려고 두 손을 깔고 앉는다.

"추천하는 자궁암 치료법은 수술이에요. 자궁과 양측 자궁 부속기를 모두 절제하는 걸 추천했어요."

"부속기라니 웃기지 않아? 무슨 기계 부품 같잖아."

우리가 병원에 도착한 이후로 준이 처음으로 먼저 내뱉은 말이다.

닥터 라미레즈는 안경을 벗어 흰 가운 소매로 닦는다. 안경이 사라지자 갑자기 이목구비가 흐릿해진다. 그녀는 다시 안경을 쓰고 우리의 의사로 돌아온다.

"그러네. 부속으로 달린 부품 같네."

내가 준의 말에 대꾸한다. 달리 무슨 말을 해야 할지 모르겠다.

"그러니까."

준이 말한다.

나는 침을 꿀꺽 삼키며 묻는다.

"양측 자궁 부속기가 뭐예요?"

그러자 준이 끼어든다.

"양쪽 난소와 자궁을 모두 들어낸다는 말이야."

"그렇구나."

무릎이 심하게 떨려서 꼬았던 다리를 푼다. 머릿속에서 수술 장면이 마치 유혈의 영화처럼 펼쳐진다. 언니의 축축한 장기들이 질척거리며 미끄러지는 광경을 상상하다가 어느새 내 집중력이 커다란 포물선을 그리며 이 방에서 저 멀리 창밖으로 옮겨간다.

내 핸드폰의 검은 화면이 켜진다. 벌써 17분째 녹음되고 있는 걸 보고 나는 화들짝 놀란다. 준의 말이 무슨 뜻인지 알 것 같다. 한 마디 한 마디 모두 아는 단어지만 문장들을 도무지 이해할 수가 없다.

"제인."

닥터 라미레즈가 부르는 소리에 퍼뜩 고개를 들다가 이곳에선 내가 제인이 아니라는 사실을 떠올리곤 시선을 돌린다.

"복강경 수술이라 최소로 침습할 거예요."

의사는 작은 두 손으로 코팅된 그림을 잡고 있다. 분홍색. 복숭아색. 빨간색. 문득 여성의 생식기계가 영화 〈백 투 더 퓨처〉에 나오는 유량 축전기처럼 보인다. 도무지 우리하고는 상관없는 그림 같다. 나는 심호흡을 하고 눈에 보이는 것을 따져본다.

하나, 열심히 의사를 보고 있는 언니.

둘, 오르락내리락하는 그녀의 가슴.

셋, 6사이즈 운동화를 신고 오버롤을 입은 채 제자리에서 뛰고 있는 우리 언니.

저건 어린애의 발이다. **팝니다: 아기 신발. 한 번도 신지 않았음.***

닥터 라미레즈가 뚜껑 닫은 펜으로 그림의 한 부분을 그으며

---

* 어니스트 헤밍웨이가 여섯 단어짜리 소설 쓰기 내기에서 썼다고 알려진 초단편 소설

말한다.

"자궁을 들어내고……."

나는 입술을 너무 세게 오므리고 있어서 눈물이 날 지경이다. 입가에 끈적끈적한 뭔가가 붙어 있어서 손톱으로 긁어낸다. 참혹하다. 준은 아기 대신 자궁을 내보내야 하다니.

가여운 준. 불쌍한 준.

어른이 있다면 좋겠다. 우리 말고 엄마나 아빠 말이다.

언니는 이런 일을 감당하기엔 너무 어리다. 하지만 알리지 않으려는 마음도 이해할 수 있다. 지금 이 상황보다 더 참담한 게 있다면 부모님에게 소식을 알린 뒤 그들의 얼굴이 공포로 뒤덮이는 광경을 지켜보는 일일 테니까.

"잠깐만요."

내가 끼어든다. 준은 내 존재를 잊고 있었던 듯 어리둥절한 얼굴로 나를 올려다본다.

"그러니까 다 들어내는 방법밖에 없다는 말씀인가요? 그건 좀…… 글쎄요, 너무 극단적이지 않나요? 얼마나 심각한 거죠? 수술을 당장 해야 하나요?"

"이십 대 초반에 자궁암은 흔치 않아요. 호르몬으로 가임력을 보존할 수는 있어요. 그게 아까 말씀드린 방법이고요. 하지만 그건 수술을 연기하는 방법이지 대체하는 방법은 아니에요. 결국 제인은 자궁과 난소 절제 수술을 받아야 해요."

닥터 라미레즈는 끊임없이 환자의 이름을 언급하며 설명한다. 그럴 때마다 불편하다. 의대에서 그렇게 배우는 걸까? 아니면 그저 예의를 지키려는 걸까? 어쨌든 그것 때문에 우리의 대화가 초현실적이고 기계적으로 느껴진다. 마치 사전 녹음을 한 것처럼.

문득 머릿속을 스치는 생각. 닥터 라미레즈는 하루에 열 명에서 열다섯 명의 환자를 마주할 테고 언니는 그중 하나일 뿐이다.

"하지만 여러 과의 전문의들로 구성된 팀이 특별 관리를 해주면 제인은 수술 전에 건강한 아이를 출산할 수 있어요."

준은 웃음을 터트린다. 전혀 즐겁지 않은 건조한 코웃음이다.

"고맙습니다만, 저는 가까운 미래에 남자와 잘 계획이 없어요. 아기를 갖기 위해 정자를 받으려면 데이트 앱 프로필에 뭐라고 올려야 하는지도 모르겠네요."

"제인."

닥터 라미레즈가 이번에는 나를 똑바로 보며 말한다. 간담이 서늘해진다. 마치 그녀가 알고 있기라도 한 것처럼. 이윽고 그녀는 다시 자기 환자를 돌아본다.

"고맙습니다만."

준이 말한다. 나는 이 말투를 알고 있다. 마음을 정했다는 뜻이다.

"선생님이 직접 말씀하셨잖아요. 결정은 제가 하는 거라고요. 저는 선생님을 만나기 위해 소견서를 받기까지 한참 기다렸고 수많은 절차를 밟았어요. 혹시라도 앞으로 몇 년 사이에 남자랑 잘 기회가 있을지도 모른다는 이유로 목숨을 걸진 않을래요."

　준은 고개를 젓고는 덧붙인다.

　"많이 생각했어요. 수술해 주세요. 그냥 다 들어내시라고요."

　준은 손을 펼치더니 손바닥으로 배를 문지른다. 마치 자기 배를 떠내려는 사람처럼. 그러곤 한숨을 쉬며 다시 말한다.

　"그리고 선생님, 괜히 트집 잡으려는 건 아닌데 솔직히 난자를 얼리는 건 사기 아닌가요? 실제로 그렇게 해서 아기를 낳을 확률이 8퍼센트인가 그렇던데. 그걸 위해 3만 달러어치 약을 먹고 난리를 친다고요?"

　"원한다면 그런 선택을 할 수도 있다고 알려준 거예요."

　닥터 라미레즈가 말한다.

　"어쩌다 돈을 못 내면 드라마 〈스토리지 워즈〉에서처럼 그냥 난자를 버리잖아요."

　고맙게도 닥터 라미레즈는 아주 침착하다. 그녀는 고개를 끄덕이며 말한다.

　"알았어요."

　준은 형광색 폴더를 펼친다. 서류가 잔뜩 들어 있다. 여러 청구서에 그녀의 길쭉한 글씨가 보인다.

　"날짜나 잡아주세요."

　"그러죠."

　"좋아요."

준은 서류 몇 장을 뒤적거린다.

"그리고 또 하나. 제 몸을 열기도 전에 수술비 본인 부담금을 물어보는 건 좀 그런가요?"

닥터 라미레즈는 두 손을 책상 위에 올려놓는다. 그러자 금세 그녀는 다시 쥐처럼 보인다. 책상 뒤의 의자에서 그녀의 작은 발이 달랑거리는 상상을 해본다.

"그건 보험회사와 상의해야 하고……."

"그게."

준은 출력한 서류들을 넘기다가 한 장을 꺼낸다. 솔직히 나는 그녀가 하루 종일 쓸모없는 텔레비전만 보고 있다고 믿었다. 그녀의 무릎에 펼쳐진 병참 무기들은 그녀의 조타실인 셈이다. 환자가 되는 건 일종의 풀타임 직업이었다.

"그쪽에서는 선생님하고 상의하라고 하던데요. 병원 정책에 따라 다르다고요. 보험회사랑 얘기했는데……."

준은 메모를 보며 확인한다.

"어제요."

"연락할 번호를 알려드릴게요."

"고맙습니다. 그리고 한 가지 더 여쭤볼 게 있어요."

준은 폴더를 치우며 말한다.

"뭐든 물어봐요."

"얼마나 아플까요?"

순간 나는 숨이 멎는다.

닥터 라미레즈는 내 언니를 주의 깊게 살핀 뒤 입을 연다.

"환자들은 복부와 어깨의 불편감을 호소하고……."

"잠깐만요."

준이 눈을 감는다.

"왜 '복부의 불편감'이죠? 통증이겠죠. 통증은 그냥 통증이라고 부르면 안 될까요?"

마지막 '통증'에서 그녀의 목소리가 갈라진다. 그녀는 다시 눈을 뜬다.

"환자들은 통증을 호소했어요."

준이 숨을 내쉰다.

"복부 안에서 장비를 움직여야 하니까 공기 주머니를 만들 거예요. 그래서 복부와 어깨에 영향이 가는 거죠. 근육통과 비슷해요. 몸속 여기저기에 공기가 들어 있는데 적응이 되지 않았으니까요. 얼마나 불편…… 아니, 통증을 느끼는지는 정확하게 말씀드릴 수 없어요."

의사는 잠시 멈췄다가 심호흡을 하며 다시 말한다.

"우리는 '통증'이라는 말을 사용하지 말라고 배웠지만 그게 얼마나 못마땅한지 이해해요."

그러자 준이 말한다.

"저는 엄청 무섭거든요. 병원에선 의료 과실 소송 같은 게 걸릴까 봐 모든 걸 축소해서 얘기하는 것 같아요. 엄청나게 고통스러울 것 같다고요."

닥터 라미레즈는 천천히 고개를 끄덕이며 대꾸한다.

"이해해요. 통증이라고 부를게요."

"더럽게 심한 고통이라고 하면 더 좋을 것 같은데."

준이 성마르게 말한다.

"알았어요. 환자들은 더럽게 심한 고통을 호소하죠. 하지만……."

닥터 라미레즈의 어깨가 처진다.

"정말 더럽게 심한 고통이라고 할 만한 느낌이 들면 당장 나한테 얘기해요. 정말 더럽게 심한 고통을 느껴선 안 되니까. 알았죠?"

의사의 가면 뒤에서 브롱크스 억양이 살짝 새어 나온다.

순간 나는 닥터 라미레즈가 멋진 사람이라는 것을 깨닫는다.

"그래도 상담은 생각해 볼 거죠?"

그녀의 갈색 눈이 부드러워진다.

"어쨌든 스테파니한테 전화라도 해봐요. 나중에라도 필요할 수 있으니까. 큰 도움이 될 거예요."

"저 의사, 마음에 들어."

밖으로 나오면서 준이 말한다. 그녀는 폴더가 젖지 않도록 재킷 속에 끼워 넣는다.

"포커나 그런 거 엄청 잘할 것 같아."

"응, 멋진 것 같아. 틀림없이 위스키를 마실 거야."

내가 말한다.

"그것도 스트레이트로. 뱃사람처럼 욕도 할 것 같은데."

"맞아."

달리 무슨 말을 해야 할지 모르겠다. 내가 준에게 다시 화를 낼 수 있을까 생각해 본다. 그럴 수 없을 것 같다.

"네 물건 챙겨 갈 거야?"

차가 오자 그녀가 내게 묻는다. 내가 고개를 끄덕이자 그녀는 나를 차에 타게 한다.

27장

나는 2인용 소파 뒤에서 내 여행 가방을 꺼내 열어젖힌다. 또 짐을 싸다니 기가 막힌다.

준은 신발을 벗어 던지고 오버롤의 끈을 풀어 바지를 거실 바닥에 벗어놓는다. 그러곤 소파에 털썩 앉아 눈을 감는다.

나는 건조기에서 내 세탁물을 꺼낸 뒤 바닥에 책상다리하고 앉아 그것을 앞에 던져놓는다. 지난 24시간이 1년처럼 느껴진다. 눈을 뜨고 있기도 힘들다. 나는 가장 쉬운 양말부터 공략한다.

"나 잘렸어."

준이 말한다. 여전히 눈을 감은 채로.

"그만둔 거 아니야. 전체 메일로 먼저 소식을 들었어. 그러곤 한 시간 뒤에 나한테 통보하더라."

나는 빨래를 개던 손을 멈춘다.

준은 늘 그러듯 두 손을 주먹 쥐고 집게손가락 밑에 엄지손가락을 넣는다.

내 눈높이에 있는 소파 테이블 위에 책이 한 권 보인다. 백과사전이 아니다. 작은 양장본이다. 책등에 찍힌 제목은 『숨결이 바람 될 때』. 낯익은 제목이다.

"짐을 싸고 있는데 경비를 부르더라."

내 언니가 사람들에게 붙들려 건물에서 쫓겨나는 광경을 상상해 본다.

준은 몸을 기울여 테이블에 놓인 책을 집어 든다. 앞표지에는 30퍼센트 할인 스티커가 붙어 있고 뒤표지에는 저자의 흑백 사진이 보인다. 병원 수술복을 입은 의사. 준은 자신의 맨다리에 그 양장본을 톡톡 두드리기 시작한다.

"내가 기업 문화를 제대로 이해하지 못한대."

그녀는 콧방귀를 뀌며 덧붙인다.

"풀어서 말하면 상사가 나를 싫어한다는 뜻이지."

나는 입을 다문다. 세계 곳곳에서 해고당하는 사람은 한둘이 아니지만 어련하실까, 준의 해고는 개인적인 원한 때문이란다.

그녀는 씁쓸하게 말한다.

"정말이야. 실적 때문이 아닌 건 확실하거든. 내가 자기한테 벌벌 기지 않으니까 화가 난 거야. 빌어먹을 고등학교 때랑 똑같다니까."

지금은 이런 얘기를 들어줄 기운이 없다.

준의 목소리가 떨린다.

"사람들은 이유 없이 나를 싫어해."

그녀는 마치 자신을 설득하려는 듯이 고개를 끄덕인다.

톡, 톡, 톡. 그녀는 계속해서 무릎에 책을 두드린다. 점점 더 세게. 이제야 떠오른다. 저 책을 쓴 남자가 어떻게 죽었는지. 그는 암으로 세상을 떠난 암 전문의다. 언니에게서 책을 빼앗아 멀리 던져버리고 싶다. 누군가에게 털어놓지 않고 대신 그에 관한 책을 읽으려 하다니, 미쳐버릴 것 같다.

나는 잠시 뜸을 들이다가 대꾸한다.

"힘들었겠네."

내가 차분히 말한다. 어릴 때부터 이와 비슷한 얘기를 수없이 들었다. 준은 언제나 옳다. 무슨 일이든 그랬다. 서머타임이든 주차 제한 규정이든 이웃의 신문이든. 다른 사람은 다 얼간이고 그녀가 옳다. 아무래도 그녀는 통계상 언제나 100퍼센트 옳은 게 불가능하다는 사실을 받아들이지 못하는 것 같다. 뒤엉킨 그녀의 수건과 내 티셔츠를 떼어내자 정전기가 인다. 건조기에는 정전기 방지제를 넣어야 한다고 되뇐다. 하지만 그러고 보니 이젠 내가 상관할 일이 아니다.

"너 지금 장난해?"

준은 믿을 수 없다는 듯이 묻는다. 숨 가쁜 목소리, 흥분이 가득한 목소리다. 그녀는 맨살이 드러난 허벅지에 두 손을 철썩 얹는다.

"왜?"

"'힘들었겠네?' 그게 지금 나한테 할 소리야? 내 인생에서 가장 굴욕적인 일을 너한테 털어놓는데 힘들었겠네? 내 말을 듣기는 하니?"

"그만 좀 해."

나는 양말 뭉치 하나를 커다란 창문에 던진다. 양말은 힘없이 '툭' 소리를 낸다.

준은 허리를 펴고 입을 벌린 채 창문으로 고개를 휙 돌렸다가 다시 나를 본다. 마치 내가 벽돌로 창문을 깨기라도 한 것처럼.

나는 눈을 굴린다.

"나더러 어쩌라는 거야? 언니 얘기는 늘 똑같잖아. 뭘 했는데? 분명 언니가 **뭔가**를 했겠지."

"그냥 내 편을 들란 말이야! 한 번만이라도."

그녀는 얼굴이 파랗게 질려 소리친다.

"싫어. 언닌 망상에 빠져 있잖아."

나는 책상다리를 풀고 금방이라도 튀어나갈 준비를 하며 덧붙인다.

"언니가 뭔가 했겠지. 나한테 그런 것처럼."

소리 내 말하고 나니 후련하다.

"미치겠다. 넌 무슨 얘길 하고 싶은 거야?"

그녀는 머리를 휙 젖힌다. 못생긴 자기 아바타와 똑같아 보인다.

"시끄러워."

어쩜 저리도 **뻔뻔**할까. 그녀의 얼굴에서 거만한 표정을 뜯어내고 싶다.

그녀는 내 눈을 똑바로 보며 말한다.

"2천 달러 줄게. 차라리 돈을 주겠다고. 2천 달러면 되겠어? 나한테 훨씬 더 큰 걱정이 있는데 오히려 네가 우는 거, 그거 그만두게 하려면 얼마 주면 돼? 혹시 공감이라는 거 알아? 들어보긴 했어? 단 1초라도 너 말고 다른 사람을 생각할 수 없니? 그렇다고 해도 너랑은 상관없는 일이겠지. 야, 난 실직했어. 그리고 암에 걸렸어. 너도 한 번쯤은 너 말고 다른 사람을 위해 뭔가를 할 수 있는데 이렇게 못되게 굴면서 징징거릴 거야? 넌 아무것도 하지 않아도 되고 아무한테도 얘기할 필요가 없는데도 이렇게 못되게 굴잖아."

나는 일어선다. 분노가 가슴을 메운다. 어릴 때 같으면 그녀의 머리카락을 쥐어뜯고 옷을 잡아당겼을 것이다. 저 테이블에 그녀의 머리를 박았을 것이다. 어쩜 이런 식으로 역공을 한단 말인가.

그녀는 소파에서 나를 노려본다.

"아니."

나는 날카롭게 말하며 두 손을 움켜쥐고 그녀를 공격할 만한 단단한 물건을 찾아본다. 암에 관한 책이 눈에 띄지만 그런 아이러니는 허락할 수 없다.

"난 입 다물고 있지 않을 거야. 나한테 입 다물라고 하지 마. 이 상황은 내가 아니라 언니가 일으킨 거야. 언니가 문제라고."

그러자 그녀는 불같이 화를 낸다.

"내가 아니었으면 넌 뉴욕에 오지도 못했어. 네가 나한테 그런 말을 할 자격이나 돼? 네 꼴을 봐. 집도 없고…….”

준은 할머니 속옷 같은 팬티 바람으로 낮은 소파에서 몸을 일으킨다. 그러곤 잠시 휘청거린다. 눈에 살기가 번뜩이지 않았다면 우스운 광경이었을 것이다.

그녀는 엄지손가락을 빼 들곤 큰 소리로 내 약점을 꼽기 시작한다.

“집도 없고 전공에 매진할 용기도 없어서 학교도 망했잖아.”

그녀는 검지를 펼쳐 손을 총 모양으로 만든 뒤 내 얼굴에 들이대며 말을 잇는다.

“집중력도 빵점이지. 한심한 자기 몸에 집착하지 않으면 남자 꽁무니를 쫓느라 기운을 빼니까.”

이게 세 번째 약점이다.

“데이트 앱에서 만난 한심한 놈의 옷을 걸치고 이상한 가방을 들곤 뭐가 잘났다고 내 병원에 나타난 거야?”

“내 병원?”

내가 반박하며 몸을 꼿꼿이 편다. 이럴 때면 내가 언니보다 키가 커서 다행이라는 생각이 든다.

“난 도와주러 간 거야, 이 망상병 환자야. 거기 가면 정신줄을 놓는다며. 자기 입으로 그렇게 말했잖아. 이젠 왜 그런지 알 것 같더라. 무슨 교장실에 불려간 아이처럼 부루퉁하게 앉아서 심통이나 부리고. 그 의사는 언니를 도와주려는 거잖아. 나도 마찬가지고.”

목소리를 쥐어짜느라 목이 아파온다.

그녀가 비꼬는 투로 대꾸한다.

"네가? 넌 그냥 조용히 물러나 있는 게 도와주는 거야. 참 나, 제인. 주제 파악 좀 해."

그녀의 목소리가 잠기더니 놀랍게도 울음을 터트린다. 그러곤 마침내 두 팔을 옆으로 내리고 덧붙인다.

"웃기지 마. 네가 날 어떻게 도와?"

그녀는 두 손으로 눈을 가리고 어깨를 들썩이며 서럽게 흐느낀다.

"난 빌어먹을 암에 걸렸는데……. 우리 둘 다 알잖아……. 네가 나보다 더 아프다는 거."

어안이 벙벙해진다. 귀에서 피가 고동친다. 준은 예전부터 교활하고 무자비했다. 누구보다도 더럽게 싸우는 사람이었다. 하지만 이런 상황에서 나에게 굴욕을 돌리다니 어이가 없다. 대체 어디까지 가려는 걸까? 다시 주워 삼킬 수 없다는 것을 우리 둘 다 알고 있는, 그런 얘기를 하려는 걸까?

"제정신이 아니네."

내가 내뱉는다. 그러곤 한심한 마음에 고개를 젓는다. 뒷걸음질 치다가 하마터면 내 여행 가방에 걸릴 뻔한다.

준은 흔들림 없이 나를 보며 나지막한 목소리로 말한다.

"엄마 아빠는 모를지 몰라도 난 알아."

나는 숨을 참는다. 어떻게든 입을 다물게 해야 한다.

준은 코를 훌쩍 들이마시고 자세를 가다듬으며 두 뺨을 아무렇게나 훔친다. 그러곤 거친 목소리로 말한다.

"야. 네 역할은 끝났어. 네가 나를 용서하든 말든 난 상관 안
해. 어쨌든 나는 너를 보호하려고 그런 거야. 다 너를 위해서였어.
그 방법이 제일 괜찮을 것 같았어."

"그래, 그런데 언니가 죽으면?"

그녀의 낯빛이 창백해진다.

"와, 엄청 고맙네."

"농담이 아니고 정말 언니가 죽으면?"

"난 죽지 않아."

준은 숨을 고르며 다시 말한다.

"그리고 내가 죽으면 네가 좋은 거지. 전부 다 너한테 남길 거니까."

내가 울고 있는 줄도 몰랐는데 입술에 짭조름한 맛이 느껴진다.

"난 죽지 않아."

그녀가 다시 한번 말한다. 이번엔 좀 더 낮은 목소리로.

나는 천천히 대꾸한다.

"언니. 언니가 죽으면 제인 지영 백은 죽은 사람이야. 나는 병원
에서 죽은 사람으로 처리돼. 사망 증명서는 **내 이름**으로 발급될 거
야. 학교에서도 죽은 사람이 되겠지. 뉴욕시에서, 뉴욕주에서, 미
국에서 모두 내가 죽은 줄 알 거야. 언니의 유언장은 중요하지 않
아. 서류상 살아 있는 사람은 언니니까. 나와 엄마의 죽은 아기가
세상에서 사라지는 거야. 나는 이름 없는 연옥에 갇히겠지. 중간

세계에서 유령으로 떠돌게 될 거야."

준의 눈이 커진다. 얼굴이 하얗게 질린다. 정말이지 그녀는 어떤 부분에선 아주 똑똑하지만 나머지 부분에선 아주 멍청하다.

"미쳐."

그녀가 말한다.

"언니가 죽으면 내가 죽는 거야."

나는 또박또박 말해준다.

"내가 죽으면 네가 죽는 거야."

준이 따라 한다. 그러곤 다시 소파에 앉는다.

나는 다시 바닥에 앉는다. 앞에 놓인 옷 무더기가 흐릿해진다. 나는 그녀의 하얀 팬티를 최대한 작게 접는다.

"명심해, 언니. 절대 죽으면 안 돼."

이번만큼은 언니도 할 말이 없다.

28장

    사흘 뒤 델타 항공 터미널에서 준을 만나지만 더 이상 화가 나지 않는다. 솔직히 이제는 딱히 어떤 감정도 들지 않는다.

    내 아파트로 돌아갔을 때 비로소 내가 그동안 준의 아파트에 얼마나 적응이 됐는지 깨달았다. 문을 열자 이번엔 죽은 바퀴벌레만이 아니었다. 죽은 바퀴벌레도 그대로였을뿐더러 붉은 새끼 바퀴벌레가 화들짝 놀라 황급히 움직이는 모습도 눈가에 들어왔다. 바퀴벌레가 벽을 타는 건 처음 알았다. 내가 지켜보는 가운데 새끼 바퀴벌레는 천장 모서리에서 머뭇거렸다. 이윽고 계속 나아가더니 천장에 거꾸로 붙은 채 더는 움직이지 못하고 고집스레 버텼다.

    나는 딱히 결단력 있는 사람이 아니다.

    하마터면 그저 준의 아파트로 돌아가기 위해서 꼬리를 내리고 사과할 뻔했다. 그러나 곧 화가 난 사람은 나라는 사실이 떠올랐다.

    첫날 밤은 소소한 문제가 끊임없이 터져서 죽을 것 같았다. 나는 오후에 준이 낮잠 잘 때 그 집을 나섰다. 우리가 작별 인사를 할 필요가 없도록.

내 아파트로 돌아가 보니 난방이 들어왔다. 드디어. 하지만 나는 온기를 그토록 갈망하기만 했을 뿐 내가 온도를 조절할 수 없다는 사실을 잊고 있었다. 준의 아파트에는 스마트폰으로 조작하는 중앙 냉난방 시스템이 있어서 원하는 온도가 되면 파란 불빛이 번쩍거리지만 불의 고리처럼 나를 에워싼 내 집의 바닥 난방은 내가 통제할 수 없었다. 가뜩이나 사용할 수 있는 콘센트는 하나뿐인데, 거기에 바싹 붙어 있는 거실의 노출 파이프 안에 증기가 가득 차서 성난 사람처럼 씩씩거렸고 나는 뭔가의 플러그를 뽑을 때마다 거기에 손마디를 데곤 했다.

그날 나는 한숨도 자지 못했다. 라디에이터에서 끈질기게 들려오는 요란하고 불규칙한 소리에 고문당하는 것 같았다. 나는 어느새 그 소리를 기다리기 시작했고 그러다가도 소리가 들리면 화들짝 놀라며 깨곤 했다.

아침에 욕실에서 곰팡이 난 차갑고 미끈거리는 샤워 커튼이 다리에 감기고 눈에 샴푸가 들어가자 나는 울음을 터트렸다. 영화에서는 그럴 때면 타일 벽에 기대거나 바닥으로 무너져 내리지만 주변의 모든 표면이 너무 더러운 탓에 꼿꼿이 서서 흐느껴 울었다.

더 심란한 건 제러미가 드나든다는 사실이었다. 둘째 날 나는 저녁 늦게까지 학교를 떠나지 않고 도서관에서 모든 숙제를 끝냈다.

그가 언제 집에 들어오는지 몰랐기 때문에 살그머니 문을 열고 그의 흔적을 찾아봤다. 방을 샅샅이 훑었다. 그는 작은 물건을 이리저리 옮겨 집을 최대한 헝클어뜨리곤 했다. 내가 싱크대에 넣어놓은 하나뿐인 머그잔이 조리대에 올라와 있었다. 소파에 있던 그의 빈티지 레이커스 티셔츠는 의자에 걸쳐져 있었다.

잠을 설치며 달뜬 꿈을 꿨고 꿈속에서는 지독히 게으른 유령의 소행이라고 믿었다. 하지만 끈질기게 사라지지 않는 냄새가 그의 짓임을 알려줬다. 르 라보 상탈 33 향수. 그것은 내가 뿌린 일랑일랑 샤워기 세정제에 대한 응징이었다. 그리고 그 응징은 매번 성공했다. 나는 그 냄새를 맡으면 금세 속이 심하게 메슥거렸다. 학교나 거리에서 누군가가 그 냄새를 풍기면 머리가 아찔해지곤 했다.

일하는 가게에서 마리에게 주말에 집에 다녀와야 하니 교대해달라고 부탁하자 그녀는 무슨 일이 있냐고 물었다. 나는 울음을 터트렸다. 그녀는 나를 안쪽으로 데려가 안아줬다. 나는 레몬 향이 나는 그녀의 매끄러운 머리칼에 얼굴을 묻고 울었다. 우리 언니가 암에 걸렸다는 말이 혀끝에서 맴돌았다. 마리는 모든 것을 이해하고 내게 적당한 말을 해줄 것 같았다. 하지만 결국 그녀는 나를 안아준 뒤 내게 아티반* 한 알을 줬다.

그날 밤 집에 돌아가 보니 매캐하고 유독한 냄새가 가득 차 있었

---

* 안정제 상표명

다. 내 핸드폰 충전기가 라디에이터 파이프에 녹아버린 탓이었다. 다시 울음이 터졌다. 패트릭이 사흘 동안 주로 자정에서 새벽 3시 사이, 그러니까 내가 가장 마음이 약해지는 시간에 냉담하게 느껴지는 문자를 보내더니 급기야 우리의 저녁 약속을 취소했을 때 나는 딱히 놀라지 않았다. 그 무렵 나는 지옥처럼 참혹하지 않았던 삶을 거의 기억할 수도 없었으니까.

그가 마감 때문에 바빴다고 사과하는 문자를 보냈을 때 나는 천장에 붙은 새끼 바퀴벌레가 떨어질까 봐 머리부터 발끝까지 이불을 텐트처럼 뒤집어쓰고 땀을 흘리며 〈테라스 하우스〉*를 다시 돌려보고 있었다.

그날 밤 그는 두 번이나 전화했지만 나는 음성 메시지로 넘어갈 때까지 받지 않았다.

나는 그의 음성 메시지를 듣고 또 들으며 요란한 배관 소리가 들리는지 귀를 기울였다. 그가 어디 있는지 알아보려고 그의 인스타그램 스토리를 확인했지만 은밀한 그는 그런 걸 남길 리가 없었다.

그는 내가 가기 전에 함께 점심을 먹으면 좋겠다고 했지만 나는 그저 토라져 있기로 결심했고 그러면서도 딱히 신경 쓰지 않는 척 쾌활한 문자를 보냈다.

---

* 일본의 리얼리티 연애 프로그램

> 일 때문이잖아! 그럴 수 있지!

느낌표만으로 내가 얼마나 슬픈지 그가 알아챘다면 좋았을 텐데.

공항에 가는 날 아침엔 물이 나오지 않았다. 가장 먼저 욕실에서 물을 틀었는데 파이프에서 신음 소리만 날 뿐 아무것도 나오지 않았다. 부엌의 수도꼭지를 틀자 녹빛이 나는 물이 쫄쫄 흘러나왔다. 차라리 잘됐다. 나는 이상하게도 깨끗한 느낌이었다. 몸과 영혼이 분리된 게 틀림없었다.

"멋지네."

게이트에서 준을 보고 내가 말한다.

"고마워."

준이 대꾸한다. 마치 한 달여 만에 보는 것 같다. 검은색 정장과 뾰족한 하이힐은 나에겐 가장 익숙한 준의 복장이지만 그런 모습의 그녀는 내가 가장 모르는 준이기도 하다. 그런 모습으로 돌아간 그녀를 보니 묘하게도 마음이 놓인다. 마치 그녀의 미모지*를 보는 것 같다. 나는 오늘도 트레이닝복 차림이다.

"뭘 좀 먹어야겠다."

그녀는 유럽풍 레스토랑을 고갯짓으로 가리키며 말한다. 하이힐을 또각거리며 걸어가는 그녀를 보다가 그 옆에서 반짝거리는 하드

---

* 애플 기기에서 사용할 수 있는 개인화된 3D 아바타

케이스 여행 가방을 보고 감탄한다. 공항 분류학에 따르면 우리는 일행처럼 보이지 않는다. 언니는 내가 창피하지 않을지 궁금하다.

"언제 왔어?"

나는 세 시간 전에 도착해 그동안 내가 수표를 보낸 빌어먹을 데이비드 벅스바움이 누구인지 알아내려고 안간힘을 썼다. 변기에 물이 나오는지 확인하려고 내려보낸 물이 마지막이 될 줄은 미처 몰랐다. 공항에서 이를 닦았지만 준에게 그런 얘기를 할 필요는 없다.

"방금 왔어."

나는 거짓말을 한다.

준은 잘했다는 듯이 고개를 끄덕인다.

"30분 전에 오면 충분해. 특히 클리어*가 있다면."

내 언니는 이런 식으로 잘난 척하는 인간이다. 마치 내가 클리어에 가입할 형편이 된다는 듯이.

우리는 가죽 등받이 스툴이 놓인 바에 앉아 각자의 핸드폰을 들여다본다. 중개인으로 저장한 번호로 계속 진동이 울리는데 오싹하게도 음성 메시지로 넘어가지 않는다. 내가 보낸 문자는 초록색으로 남아 있다.

준은 화이트 와인 한 잔과 구운 샌드위치를 주문한다. 나는 물을

---

* CLEAR, 동명의 미국 생체 인증 테크놀로지 기업이 개발한 항공기 탑승객 신원 확인 시스템

주문한다. 그녀는 계산서를 음식과 함께 갖다 달라고 부탁한다. 어째서인지 짜증 나는 첫 데이트를 하고 있는 것 같다. 내 언니와.

이곳은 지나치게 밝고 지나치게 시끄럽다. 주변 사람들 모두가 저마다 다른 방식으로 불행해 보인다.

우리의 오른쪽에 있는 작은 대기 구역에선 사람들이 카페를 중심으로 모여 앉아 소음을 차단하기 위해 헤드폰을 쓰고 선글라스 뒤에 숨어 고개를 숙인 채 아이패드와 핸드폰을 넘기거나 모자 아래 숨어 잡지를 넘겨보며 과자와 사탕, 트레일 믹스*, 육포 등을 입에 쑤셔 넣고 있다. 바 끝에는 커다란 맥주잔과 와인 잔, 칵테일 잔 등이 땀을 흘리며 감자튀김과 동그란 오징어 링, 두툼한 조각 초콜릿 케이크 등과 함께 놓여 있다.

공항의 출발 구역은 마치 신용카드를 가진 어른 아기들을 돌보는 거대한 탁아소 같다.

그렇긴 해도 지금 이 순간 나 역시 리즈 피스**를 먹고 싶은 마음이 간절하다.

"엄마 아빠 볼 생각 하니까 어때?"

준의 물음에 나는 어깨를 으쓱한다.

"괜찮아."

---

* 그래놀라와 건과일, 견과 등을 섞은 스낵

** 땅콩버터 사탕 상표명

이상한 얘기지만 나는 공항에서 준을 만나는 일만 생각했을 뿐 그 이후에 일어날 일들은 딱히 생각해 보지 않았다. 내 머리는 수송기에 탄 동물과도 같다. 내가 어딘가로 가고 있으며 그것이 유쾌한 일이 되지 않을 가능성이 높다는 걸 느끼고 있을 뿐 그에 대해 아무것도 할 수 없으니까. 어떤 상황이 벌어질지 도무지 상상되지 않는다. 나는 한 번도 집에 가본 적이 없다. 그저 거기에 살았을 뿐이다.

"괜찮다고?"

준이 검정 인조가죽 계산서 폴더를 펼쳐 신용카드 영수증에 아무렇게나 서명을 한다.

나는 그 영수증을 바라본다. 그녀의 서명은 가관이다. 기울어진 Z와 N을 섞어놓은 것 같다.

"**그건** 언니 서명이 아니잖아."

내가 코웃음을 치며 말한다.

"내 서명이야."

그녀가 대꾸한다.

나는 가방에서 검은색 스프링 노트를 꺼내 빈 곳을 펼친 뒤 내가 좋아하는 검은색 메탈 까렌다쉬 펜을 딸깍 눌러 아래쪽이 멋들어지게 휘어진 'J'를 휘갈겨 쓴다. 그런 뒤 Y를 쓰고 알아보기 어려운 원을 몇 개 그린 뒤 우아한 K로 마무리한다. 그러곤 다시 한번 되풀이한다. 나는 내 서명이 좋다. 미적으로 아름다우면서도 정확하다. 고상해 보인다. 마치 혈통 좋은 사람의 서명 같다.

"내 서명 어떻게 하는지 알아?"

누군가의 신원을 훔쳤다면 이 정도 숙제는 해야 하는 법.

"안면 인식이랑 칩 카드가 있잖아. 요즘 누가 서명을 보냐?"

그녀는 내 펜을 가져가며 덧붙인다.

"이게 내 진짜 서명이야."

그녀는 J와 비슷해 보이는 글씨와 알아보기 어려운 작은 언덕 몇 개를 그린다. 그러곤 다시 한번 되풀이한다. 한 번 더. 매번 다르다. 그녀는 곁눈으로 나를 보며 말한다.

"넌 이런 거에도 멋을 부리지?"

"어디서 읽었는데 종이를 거꾸로 돌리면 따라 하기가 더 쉽대."

나는 노트를 넘기며 덧붙인다.

"거꾸로 돌리면 의미가 아니라 글씨의 모양에 집중할 수 있으니까."

"바보야."

준은 콧방귀를 뀌며 남은 와인을 마저 마시곤 다시 입을 연다.

"일단 병원에서 저기요, 선생님, 잠깐만요. 저 종이 좀 돌릴게요, 할 수 없잖아. 그리고 그거 내가 너한테 가르쳐준 거야. 종이 거꾸로 돌리는 거."

기억 하나가 머리를 비집고 들어온다.

"그림이라고 생각하란 말이야."

준의 목소리가 들린다. 우리 둘이 식탁에 앉아 있고 내가 수표장 복사본을 보고 엄마의 서명을 연습하고 있다. 나는 준의 갤버스턴

해양 생태 견학 허가서에 서명해야 한다. 엄마와 아빠는 일하러 갔고 나는 깨알 같은 글씨를 읽으며 겁에 질린다. 익사 사고나 알레르기 반응, 그 밖에 모든 활동에서 일어나는 각종 문제에 대해 학교는 책임을 지지 않는다는 내용이다. 준은 이렇게 말했다.

"겨우 세 시간 거리야. 어쨌든 우린 8시까지 돌아오기로 돼 있으니까 혹시 그때까지 내가 오지 않으면……."

그녀는 내 시선을 피하며 어깨를 으쓱한다.

"학교에 전화해서 후버 선생님을 찾아. 아니면 경찰에 신고하든가."

언니가 내게 도움을 청하는 게 이상하다고 생각했다. 그러다 문득 그 이유를 깨달았다. 자기가 어디에 있는지 누구에게든 알리고 싶었던 것이다. 무슨 일이 생기면 걱정해 줄 사람이 필요하니까.

"언니는 내가 알기를 바랐구나."

내가 말한다.

준은 샌드위치를 먹다 말고 고개를 든다. 루콜라를 골라내면서. 루콜라, 생양파, 비트, 이 모든 게 그녀의 적이다.

"뭘?"

그녀가 한 입 베어 물자 마늘 냄새가 퍼진다.

"내가 알아채길 바란 거야. 내 도움이 필요한데 도움을 청하는 방법을 몰랐겠지."

"대체 무슨 소릴 하는 거야?"

준은 질척하게 씹으며 묻는다. 가끔 그녀와 함께 음식을 먹다

보면 토하고 싶을 때가 있다. 언제나 너무 적나라하다.

나는 물을 마저 마시고 컵 바닥에 남은 얼음 조각들을 흔든다. 그러곤 엄지손가락과 집게손가락으로 준의 접시에 놓인 루콜라를 집어 내 입에 넣는다.

"아, 역겨워."

준은 고개를 저으며 다시 말한다.

"고개 돌리고 먹어. 냄새난단 말이야."

나는 그녀의 귀에 대고 씹는다.

"언니가 내 신분을 훔쳤다는 걸 내가 모르길 바랐다면 애초 나한테 아프다고 말하지도 않았겠지."

나는 내 언니를 안다. 마음만 먹으면 얼마든지 허가서에 몰래 서명할 수 있는 사람이다. 우리는 부모 동의서와 지각 신고서를 수도 없이 작성했다. 준은 그날 자기가 어디에 갔는지 내게 알리고 싶었지만 솔직하게 말하고 싶진 않았던 것이다.

"내가 암에 걸렸으면 네가 **눈치챘을** 거라고 생각하지 않아?"

그녀는 나를 밀어내고 천장을 보며 눈을 깜빡거린다.

"나한테 숨길 수도 있었지."

나를 찾아오기 전에, 나에게 오라고 하기 전에 다 처리할 수도 있었다.

"그런데 나를 찾아왔잖아. 그리고 내가 들어가서 살게 해줬고. 나한테 우편물을 **건네주기도** 했어."

"미쳤구나."

"내가 필요한 거지."

준은 콧방귀를 뀐다.

나는 동정하듯 얼굴을 살짝 찌푸리며 혀를 찬다.

"내가 곁에 있어줬으면 했겠지. 괜찮아. 굳이 인정하지 않아도 돼. 언니의 잠재의식이 다 말해주고 있으니까. 난 똑똑히 들었거든."

"웃기네."

준은 허공을 찌르며 다시 말한다.

"내가 너를 우리 집에 들여서 구원해 주지 않았다면 넌 아무것도 몰랐을 거야."

나는 노래를 부르듯 대꾸한다.

"난 안 믿어요. 동생의 도움이 필요했던 거지."

"닥쳐, 제인."

그녀는 지갑과 여행 가방을 집어 든다. 그러곤 거칠게 걸어가 게이트의 서비스 데스크 줄에 선다.

내가 말한다.

"준이라고 불러. 괜찮아. 여긴 안전해."

말다툼에서 언니를 이겨본 건 처음이다. 짜릿한 기분이다. 나는 그녀가 꺼내놓은 샌드위치 속을 마저 먹는다. 꿀맛이다. 승리의 맛.

업그레이드 승객을 위한 방송이 나오자 준은 나를 돌아보지도 않고 일등석 승객들과 함께 탑승한다.

　괜찮다. 나는 언니보다 18등급 뒤에 탑승한다. 내가 들어가자 그녀는 잡지에서 눈을 들지 않는다. 나는 그 옆을 지나면서 손바닥으로 그녀의 얼굴 옆면을 어루만진다.

　"너무 고마워하지 않아도 돼."

29장

준과 나는 텍사스에 도착한다. 그다음 절차는 우리 둘 다 잘 알고 있다. 우리는 공식적으로 말을 하지 않는 상태지만 어쨌든 준은 게이트에서 나를 기다리고 있다. 내가 나오자 그녀는 아빠에게 전화한다.

"아빠. 우리 왔어요."

우스운 일이다. 준이 지금보다 더 크게 성공한다고 해도, 수없이 자동차 공유 서비스를 이용한다고 해도 엄마 아빠는 영원히 준을 태우러 공항으로 나온다고 우길 것이다. 대학에 들어간 이후 처음으로 집에 온 나는 이 아이러니한 상황에 말문이 막힌다.

부모님이 차로 태우러 오는 상황이 돼서야 비로소 어른이 된 셈이니까.

작전상 우리는 2층의 출발 구역으로 나와야 한다. 그래야 부모님이 주차비를 내지 않을 테니까. 그게 전략이다. 참으로 거창한.

밖으로 나오자 후텁지근한 밤공기가 우리를 맞이한다. 대기는 안개를 가득 머금어 뿌옇고 군청색 하늘이 끝없이 펼쳐져 있다. 나는 숨을 깊이 들이마신다. 우리의 옆에 서 있는 금발의 여자가 금연 표지판 앞에서 가느다란 담배를 피우고 있는데도 공기가 환상적이다. 흙냄새를 품은 풍부한 공기는 마치 내 코에 도달하기까지 아주 먼 거리를 흘러온 것 같다. 여전히 해가 떠 있을 때의 냄새가 난다. 나는 두꺼운 외투를 벗어 가방에 접어 넣는다.

우리는 차가 보이는지 경사로를 살펴본다.

귀가 먹먹한 정적이 흐른다. 마치 하늘이 그 드넓은 공허로 내 귀를 가득 메운 뒤 뇌 속으로 소용돌이쳐 들어오기라도 하듯. 옆 터미널 저편에서부터 아빠의 네모난 볼보 전조등 불빛이 점점 커진다. 안개등까지 켠 것을 보면 아빠가 틀림없다. 어둠 속에서 조수석 문이 열렸다 닫힌다. 움직이고 있는 차에서 엄마의 작은 실루엣이 풀쩍 내린다.

"미쳐."

우리가 내뱉는다. 동시에.

우리 엄마는 그런 사람이다. 걸어오는 게 더 빠르다고 믿으며 움직이는 차에서 내리는 사람.

"이게 다야?"

엄마의 인사말. 그녀는 내가 기억하는 모습보다 훨씬 더 작아졌다. 분홍색 폴로 셔츠의 깃을 세웠고 검정 바지를 입었다. 바뀐 건 안경만이 아니었다. 머리도 예전과 달리 뒤로 넘겨 검은 끈으로 묶었다. 변한 모습이 어쩐지 불편하다. 마치 내가 그동안 엉뚱한 기억으로 향수를 품어온 것 같달까.

언니가 엄마를 덥석 껴안고는 차에 오르며 한국어로 쏘아붙인다.

"'이게 다야?'라니? 우리 집 얘기야, 아니면 딸들 얘기야?"

준의 한국어는 유창하다. 미국으로 이주했을 때 나보다 몇 살 위였던 그녀는 부모님과 자유롭게 농담을 주고받는다. 엄마 아빠가 웃음을 터트린다.

나는 대학에 들어간 뒤로 한국어를 한 적이 있나 싶다.

"안녕, 아빠."

내가 앞자리의 아빠에게 영어로 소리친다.

아빠는 변색 렌즈 안경을 쓰고 있다. 룸미러로 손을 흔들며 미소를 짓지만 눈은 보이지 않는다.

"안녕, 제인."

아빠가 영어로 대답한다. 그러곤 스테레오 볼륨을 높인다. 피아노 선율에 맞춘 감미로운 바리톤이 차 안을 가득 메운다. 창문에서 울고 있는 여자에 관한 노래다. 정확히 언제부터인지는 몰라도 몇 년 전부터 아빠는 끊임없이 콧노래를 흥얼거리거나 노래를 부른다. 어릴 때는 집에서 딱히 음악을 듣지 못했는데, 내 고등학교 마지막 해에 성당 사람이 USB에 한국 노래를 담아 줬다. 부모님의 어린 시절 히트송과 프랑스 노래가 섞여 있었다. 꾀꼬리 같은 에디트 피아프의 노래도 있었다. 엄마는 〈라 비앙 로즈〉를 소리 나는 대로 외워 어색하게 따라 부르곤 했다.

엄마가 미지근한 물병과 펌프형 손 소독제를 말없이 뒷자리로 넘겨준다.

그 익숙한 행동에 목구멍 안쪽에 맺혀 있던 걸쭉한 덩어리가 올라오려 한다. 엄마는 우리를 수천 번 돌아봤다. 바로 뒤에 앉은 나와 아빠의 뒤에 앉은 준. 나는 엄마가 너무도 보고 싶었다. 당장이라도 꼭 껴안고 싶다.

나는 의자에 깊숙이 등을 기댄다. 하늘로 이어질 것 같은 고속도로에 오르자 요동치는 불안감이 더욱 커진다. 때로는 방위를 잃었을 때, 망망대해에서 더 이상 육지가 보이지 않을 때 초조해지는 법이다. 내게는 텍사스의 하늘이 늘 망망대해처럼 느껴졌다. 주변 세상이 아득히 멀어지는 것 같았다.

하늘뿐만이 아니다. 적막한 빈 공간도 마찬가지다. 이곳에 있으면 나는 영영 발견되지 않을 것 같다. 도로에는 우리의 차를 제외하곤 아무도 없는 것만 같다. 세상의 종말이 온다면 우리는 마지막으로 그 사실을 알게 될 것이다. 길을 잃는다고 해도 우리는 알 길이 없을 것이다.

층층이 테라스가 갖춰진 낯익은 피라미드형 은행 건물이 오른쪽 시야에 들어온다. 영화 〈트론〉에서 그대로 가져온 듯한 전면 거울의 스펙트럼 빌딩도 스쳐 간다. 내가 지금까지 거의 평생을 살아

온 도시의 건축물이 가까스로 스카이라인을 이루고 있다니 왠지 편치 않다. 저 멀리 보이는 거대한 교회 두 채는 그저 그 드넓은 제단을 숭배하라고 주장하는 듯 보인다.

집, 그러니까 뉴욕의 내 집에서는 사람들이 끊임없이 자신의 도시에 대해 투덜거리는 소리가 들린다. 너무 북적댄다고, 차 소리 때문에 진득이 뭔가를 생각할 수가 없다고. 그게 바로 내가 텍사스를 두려워하는 이유다. 이곳의 정적은 생각을 견딜 수 없이 증폭시킨다.

나는 지평선을 살펴본다. '난 그냥 잠깐 온 거야.' 내 머리가 몸에게 이른다. 머릿속에서 브루클린 아파트를 밀어낸다. 배가 꼬르륵거린다. 내가 지금 어디에 있는지 가늠해 본다.

하나, 고속도로.

둘, 타코 카바나.

"빈 앤드 치즈 먹고 싶다."

타코 카바나의 네온사인을 지나면서 준이 속삭인다.

셋, 엄마의 파마머리 뒤통수.

넷, 노래하는 아빠.

다섯, 군청색 창밖을 보는 준.

내가 여기 온 이유다. 내 언니가 가족을 보고 싶어 해서. 나는 그저 바람잡이일 뿐이다.

"추월해."

엄마가 아빠의 팔을 툭툭 치며 왼쪽을 가리킨다.

"저 남자는 차선을 바꿀 생각이 없어. 미친놈이라 깜빡이를 켜 놓은 거야."

엄마는 차에 타면 1등 잔소리꾼이 된다. 조수석에서 퍼붓는 엄마의 간접적인 분노는 살기가 돌 정도다.

"깜빡이를 켜놓고 까먹은 모양이네."

아빠가 사람 좋게 말한다.

"아니야. 소리도 날 텐데."

엄마는 다시 아빠의 팔을 툭툭 치며 말한다.

"지금이야. 추월해."

아빠는 그 차를 추월한다.

"저런 사이코패스가 운전면허를 땄다면 제인도 해볼 만할 텐데."

준이 말한다.

역시 효과가 있다. 엄마의 뾰족한 어깨가 팽팽해지는 느낌이 든다. 나머지 우리 셋은 속으로 카운트다운을 한다. 셋, 둘, 하나…….

"제인, 너도 온 김에 해보면 딸 수 있을 것 같은데."

엄마가 말한다.

어련하실까.

엄마가 운전하는 아빠를 자꾸 방해하지만 않았어도 나는 언니를 걷어찼을 것이다.

엄마가 다시 말한다.

"아빠 차는 바보도 몰 수 있다니까. 다른 차가 가까이 오면 삐삐거리고 주차용 후면 카메라도 있잖아. 거의 저 혼자 달리는 거야. 너도 할 수 있어. 엄청 쉬워. 지영아, 자꾸 그러면 공포증이 생긴 다니까."

"공포증"은 영어로 한다.

"운전은 열다섯 살짜리도 하잖아, 제인."

준이 말한다.

내 편을 찾아보지만 룸미러에 비친 아빠의 눈은 읽을 수가 없다.

나는 핸드폰 화면의 밝기를 낮추고 리프트 앱으로 근처에 부를 수 있는 차가 있는지 확인한다. 혹시 필요할까 봐 우버 앱도 다운로드한다. 언제든 도망칠 수 있게. 패트릭의 인스타그램에 들어가 본다. 그가 문자 메시지를 보냈지만 답하지 않고 대신 그의 피드에 '좋아요'를 누른다. 마지막 문자에서 그는 안전하게 도착했냐고 물었다. 이렇게 하면 아무 때고 답장을 보낼 수 있다. 그리고 그가 좀 더 나를 걱정하게 두고 싶다.

우리 동네 출입문이 열리고 볼보의 바퀴가 덜컹덜컹 레일을 넘어가자 마음이 설레고 가슴이 죄여온다. 감각이 가진 기억은 폭력처럼 무자비하다.

한국에서 열여덟 시간 걸려 처음 이곳에 왔을 때도 저녁이었다. 크고 둔한 SUV를 렌트해 새집으로 향할 때 우리는 몹시 피곤하고 불안했다. 차를 렌트할 때 준과 나는 부모님이 마치 무력한 아이처럼 손짓 발짓을 해가며 사진을 가리키는 모습을 말없이 지켜봤다. 그들의 주변 곳곳에서 짤막한 엉터리 영어가 오가는 가운데 그들은 겸연쩍게 웃으며 한국어로 진지하게 속닥거렸다.

차 안에서 나는 창밖을 내다봤다.

그때 난생처음 진짜 밤이 어떤 것인지 깨달았다. 아주 진하고 까만 밤. 불안하리만치 적막한 밤. 휑한 고속도로를 빠져나와 칠흑같이 어두운 구릉으로 들어섰을 때 아빠는 정지 표지판 앞에 한참 멈춰 섰다. 드디어 아빠가 자신이 얼마나 잘못했는지 깨달은 걸까 생각하려는데 그때 경이에 차서 속삭이는 그의 목소리가 들렸다.

"보여?"

아빠의 손이 앞 유리 너머 차의 전조등이 비치는 곳을 가리켰다. 우리도 보였다. 그들의 실루엣.

"사슴이야?"

엄마가 물었다.

우리는 그들이 지나갈 때까지 기다렸다.

"사슴 가족이야."

준이 흥분하며 숨을 몰아쉬었다. 차 안의 공기가 다 빠져나간 듯 나는 숨이 막혔다. 우리가 이런 곳에서 살게 되다니 믿을 수 없었다. 이런 황무지에서 살다니. 진짜 사슴이 있는 빌어먹을 황무지.

내 머릿속에서 정적이 아우성쳤다.

주소지에 이르자 작은 벽돌집의 흰 덧문이 우리를 노려봤다. 그림책에 나오는 집 같았다. 만화에서나 보던 기울어진 물매 지붕을 보고 우리는 황홀해했다. 날이 밝은 뒤에야 우리는 그것이 진짜 벽돌집이 아니라는 걸 깨달았다. 그것은 벽돌 단판이었다. 겨우 1~2센티미터 깊이의 벽돌 판을 붙인 포장지일 뿐이었다. 이곳은 근처 공군 기지의 수요가 늘면서 급하게 조성된 분양지로, 두 집 건너 한 집은 우리 집과 똑같은 모양이었다.

"저녁 안 먹었지?"

엄마가 우리의 짐을 들고 낑낑대며 묻는다. 양손에 가방을 하나씩 집어 들었다. 달라고 해봐야 소용없다는 것을 우리는 잘 알고 있다.

"엄청 배고파."

준이 말한다.

"그럴 줄 알았어."

엄마는 집으로 이어지는 짧은 계단을 올라가 자기 신발을 한쪽에 벗어놓고 차고 문 버튼을 눌러 닫는다.

나는 뒤따라 안으로 들어간다. 차고는 부엌과 바로 연결되고 거기서 통로를 지나면 왼쪽에 식당과 거실이 나온다. 미처 대비하지 못한 냄새가 코를 찌른다. 고소한 밥 냄새와 기름에 구운 비릿한 생선 냄새에 엄마의 꽃향기 향수 냄새가 뒤섞이자 정신이 혼미해진다. 나는 손톱으로 손바닥을 후빈다.

집은 마치 박물관 같다. 천정에 달린 환한 백색 조명이 으스스한 분위기를 더한다. 가구들은 모두 그대로 놓여 있다. 다리로 크림색 카펫을 움푹 파고든 의자, 한가운데 자리한 검은색 가죽 소파, 구석에 놓인 리클라이닝 마사지 의자. 반짝거리는 커다란 소파 테이블에는 레이스 달린 테이블보와 유리판이 덮여 있다. 예전 그대로다. 마치 석화된 것처럼. 그 안에 누가 살든 상관하지 않는, 우리가 모두 죽어도 살아남을 배경.

부엌 조리대 위, 족히 백 자루쯤 되는 펜이 꽂힌 사각형 꽃병에 내 시선이 닿는다. 틀림없이 그중 3분의 1은 나오지 않을 것이다. 이 꽃병이 놓인 야트막한 쟁반에는 그 밖에도 비타민 병과 영양제 병, 일회용 조미료가 가득 담긴 초록색 뚜껑의 네모난 밀폐 용기 따위가 놓여 있다. 뚜껑을 벗겨내는 일회용 잼을 뒤집어 본다. 우리 부모님은 잼을 먹지 않는다. 4년 전에 유통기한이 지났다. 한쪽에 쌓여 있는 《리더스 다이제스트》는 내가 기억하는 한 처음부터 이곳에 있었다. 우리가 이사 오기 전부터 있었던 게 아닐까 싶다.

나는 오래전부터 이런 식의 가벼운 비축이 한국인의 속성이라고 생각했다. 이것저것 모으고 비축하는 우리 부모님의 성향은 그동안 내가 가본 성당 사람들의 집에서도 엿볼 수 있었다. 그들은 포장 용기를 애호한다. 집집이 식당에서 가져온 냅킨들이 쌓여 있거나 꽂혀 있다. 카리아웃* 간장은 물을 탄다는 이유로 일회용 키코만** 간장이 더 인기였다. 사람들은 두 가지 모두 부지런히 비축했다. 골

---

* 미국의 포장 식품 및 소스 브랜드
** 일본의 식품 브랜드

프장에서 주운 골프공을 씻어서 모으기도 했다. 옷핀과 철사 옷걸이 따위를 모아 약초나 채소, 꽃을 말리는 기발한 장치로 개조하기도 했다.

그리고 수많은 묵주가 걸려 있었다.

"어디 좀 보자."

엄마가 실내화를 신으며 우리를 살핀다.

"살이 빠졌나 쪘나?"

그녀는 손을 뻗어 내 티셔츠를 올리곤 배를 본다. 나는 본능적으로 숨을 들이마셔 배를 홀쭉하게 만든다.

"우리 똑같아, 엄마."

준이 눈을 굴리며 부엌 싱크대에서 손을 씻는다.

"지영아, 엄마가 너 온다고 음식을 얼마나 열심히 했는지 모른다."

아빠가 내 어깨를 톡톡 치며 말을 잇는다.

"다 네가 좋아하는 거야. 누가 보면 네가 결혼하는 줄 알겠어."

"무슨 소리."

엄마가 날카롭게 말하며 아빠를 철썩 때리곤 초록색 앞치마를 두른다.

"평소처럼 했어. 누가 들으면 내가 자기를 굶기는 줄 알겠네. 매일 아침 점심 저녁 차려주는데. 평생 삼시 세끼 잘 먹고 있잖아."

"하긴 그렇지. 우리 다 행운아라니까."

아빠는 어깨 너머로 내게 한쪽 눈을 찡긋한다.

"내가 좋아하는 것도 조금은 했겠지?"

준이 묻는다. 엄마는 대꾸하지 않는다.

집 안의 공기가 답답하다. 그리고 시끄럽다. 아빠가 어느새 텔레비전을 틀었다. 매트리스만 한 삼성 LED 평면 텔레비전은 미심쩍은 합법적 사이트를 통해 한국 방송이 나오게 해놨다. 우리 부모님은 서울에서 한국인 진행자들이 중계하는 애리조나 US 골프 대회를 텍사스에서 본다. 이런 설정이 어떻게 가능한지 미스터리다. 우리 부모님은 라우터를 다시 켤 줄도 모르고 핸드폰 설정을 바꿀 줄도 모르는데. 준의 뉴욕 집 냉장고에는 부모님의 애플 아이디를 적은 포스트잇 메모지가 붙어 있다.

통로 끝에 보이는 준과 아빠는 마치 액자 속에 들어가 있는 것 같다. 텔레비전 속에서 텔레비전을 보는 사람들을 보는 것 같달까.

준은 괜찮아 보인다. 나는 그렇게 결론을 내린다. 깔끔한 정장을 입고 있으니 그럭저럭 건강해 보인다고. 나는 손을 배에 대고 손바닥을 오므려 배가 얼마나 나왔는지 가늠해 본다.

내 짐 가방을 바닥에 뉘어 놓고 지퍼를 열어 면으로 된 얇은 실내용 원피스를 꺼낸다. 아래층 욕실로 슬그머니 들어가 문을 닫는다. 이곳의 조명도 무자비하다. 머리 위로 후드 티셔츠를 벗어낸 뒤 옆으로 돌아서서 거울에 상체가 보이도록 발뒤꿈치를 든다. 소변을 보고 복부에 힘을 준 뒤 다시 거울을 본다. 반대편으로 돌아서서 다른 쪽 팔의 굵기를 확인한다. 군청색 실내복 원피스에 소매가 있어서 다행이다. 나는 엄마에게 팔을 보여주지 않는다. 엄마가 내 알몸을 마지막으로 본 게 언제인지도 기억나지 않는다.

아니, 사실은 기억난다.

기억하지 못할 리가 없다. 5년 전. 바스락거리면서도 부드러운 그 연보라색 비단의 감촉을 떠올리자 얼굴이 화끈거린다. 나는 이리저리 몸을 흔들어봤다. 엄마의 한복을 입어볼 나이는 지났지만, 어깨끈이 달리고 허리선이 높으며 풍성하게 주름진 한복 치마는 마치 공주풍의 페티코트 같았다. 뒤에서 가느다란 비단 끈을 묶게 돼 있었고 그와 한 벌인 짧은 긴소매 웃옷, 즉 저고리는 앞에서 넓고 긴 띠를 묶어야 했다. 내가 너무도 아름답게 느껴졌다.

그때 문이 열렸다. 부모님이 들어오는 소리를 못 들어서 문을 잠글 생각도 하지 않았는데 거울에 내 둥근 얼굴 위로 마치 달이 뜬 듯 엄마의 허연 얼굴이 보였다. 언제부터 그렇게 서 있었는지 몰라도 엄마의 눈은 평생 잊지 못할 것 같다. 엄마의 눈은 내 두 손을 보고 있었다. 점점 넓어지는 등 때문에 앞가슴을 온전히 덮지 못한 저고리의 앞섶을 쥐고 있던 손.

내 손이 내려간다. 그리고 내 입이 벌어진다. 그 순간이 영원히 끝나지 않고 우리를 따라다닐 것 같았다. 엄마를 흉내 내려다 딱히 성공하지 못한 채로 발각된 내가 너무 한심해서 경악스러우면서도 한편으론 보여주고 싶었다. 부끄러웠지만 나는 기대를 놓지 않았다. 아무도 입을 열지 않은 그 침묵의 순간, 나는 엄마가 예쁘다고 말해주지 않을까 잠시 멋대로 생각했다. 내가 그 옷을, 엄마의 뭔가를 간절히 원한다는 사실에 엄마의 눈이 부드러워지지 않을까.

그때 엄마가 나를 때렸다. 한 치의 망설임도 없이 있는 힘껏 내 뺨을 후려쳤다.

나는 바닥으로 내동댕이쳐졌고 입에서는 쇠 맛이 느껴졌지만 여전히 거울로 그 모든 장면을 보고 있었다. 뺨을 부여잡고 양말 신은 발을 버둥거리며 엄마에게서 도망치려고 카펫에 뒤꿈치를 디뎠다. 치맛자락이 내 아래 깔리면서 어깨끈이 살을 파고들었다. 오해가 있는 게 틀림없었다. 내 본능이 내게 일렀다. 엄마에게 나라는 사실을 일깨워 주라고. 내가 낑낑거리며 말하는 소리가 들렸다. 애원하는 소리. 나를 보라고 간청하는 소리가 들렸다. 엄마는 자신이 잘못했다는 걸 깨닫고, 나를 다른 사람으로 착각했다는 사실을 깨닫고 몹시 후회하며 괴로워할 거라고 생각했다.

하지만 그녀는 검고 어두운 눈을 하고 내게 손가락질할 뿐이었다.

"너희들이 전부 다 가져가면 안 되지."

엄마는 소리친 뒤 바닥에 풀썩 무릎을 꿇고 얼굴을 가린 채 울음을 터트렸다. 엄마가 그렇게 우는 건 그때 처음 봤다.

"벗어."

엄마가 두 손으로 얼굴을 가린 채 애원하듯 말하자 나는 옷을 벗기 시작했다. 황급히. 귀가 윙윙 울렸다.

손이 마비된 듯 말을 듣지 않았다. 나는 옷고름과 씨름했다. 빨

리 벗으려고, 옷을 찢지 않으려고 애쓰며 등의 가느다란 매듭을
풀기 위해 손을 뒤로 뻗었다. 저고리를 엄마의 침대에 던져놓고 치
마의 끈을 풀었다. 내 트레이닝복 바지를 집어 최대한 몸을 가렸
다. 얼굴은 내내 돌리고 있었다.

나는 무너져 내린 엄마를 두고 나왔다. 두려워서 다시 볼 수가
없었다. 그 눈에 담긴 증오를 두 번 다시 마주하고 싶지 않았다.
미치도록 후회가 밀려들었다. 다행히 준은 집에 없어서 내가 그토
록 비참해지는 장면을 보지 못했다. 컴컴한 복도로 나와 엄마의
방문을 닫는 순간 아빠가 서재 문을 닫고 잠그는 소리가 들렸다.

2주 뒤 엄마는 집을 나갔다.

나 때문이라는 것을 알았지만 준에게는 말하지 않았다.

입었던 티셔츠를 안고 욕실에서 나오자 엄마가 서 있다. 나는 화
들짝 놀란다. 그녀가 손을 뻗어 내 치마 밑단을 만지작거리자 나
는 얼어붙는다.

"이거 싼 거야, 비싼 거야?"

엄마가 묻는다. 사실은 싸기도 하고 비싸기도 하다. 원래 터무니
없이 비싼 일본 디자이너 제품이다. 샘플 세일 때 1시간 15분 줄
을 서서 샀다.

"싼 거야."

나는 참고 있던 숨을 내뱉으며 말한다. 바가지 썼다는 얘기를
들을 만큼 어리석진 않다.

엄마가 말한다.

"다행이네. 싸 보인다고 말하려 했거든."

그러더니 고개를 숙이고 옷감을 **핥으며** 다시 말한다.

"봐. 땀 흘리면 이런 색이 된다니까. 실용적이지 않아."

다음으로 그녀는 손으로 한쪽 귀퉁이를 꽉 움켜쥐곤 주름이 생기는 것을 지켜본다.

"관리하기도 어렵네. 드라이클리닝 해야 하니?"

나는 모른다.

"아니."

"그렇게 적혀 있어도 찬물로 돌리면 멀쩡할 거야."

나는 집에서 이 옷을 절대 벗지 않겠다고 다짐한다. 엄마에게 자기 이론을 시험해 볼 기회를 줄 수는 없다. 옷이 줄거나 색이 변해도 결국 내 탓이 될 것이다. 예전에 엄마는 큐빅 끈이 달린 바이어스 재단 실크 원피스를 망쳐놓곤 내게 왜 그렇게 까다롭고 잘 변형되는 옷을 입냐고 따졌다. 엄마들의 이론은 대부분 마녀재판과 비슷하다.

나는 엄마의 작은 어깨와 파마머리를 따라 다시 부엌으로 들어가면서 비난에 대한 걱정 없이 엄마의 따스한 손길을 느끼는 건 어떤 기분일까 생각해 본다.

"상 좀 차려."

엄마가 한국어로 말한다.

"고맙다, 제인. 정말 마음에 들어."

영어로 말하는 아빠의 목소리가 들린다. 나는 휙 돌아본다. 아빠는 붉은 비닐에 싸인 골프 가방 모양의 어떤 것을 들고 있다. 머그잔인 것 같다.

"그 안에 들어 있는 골프공들은 초콜릿이고 바닥에 티도 있어요."

준이 말한다. 우리 둘이 같이 주는 선물이라고 말한 모양이다.

"'아버지의 날' 못 챙겨서 죄송해요."

준이 다시 말한다. 우리는 원래 아버지의 날을 챙기지 않는다. 한국의 어린이날인 5월 5일이 마침 신코 데 마요*고 텍사스에서는 꽤 큰 행사라 대개는 그날 다 함께 특별한 뭔가를 한다. 나는 눈을 크게 뜨고 준을 본다. 준이 저렇게 감상적인 짓을 하는데 아무도 이상하게 생각하지 않는다니 어이가 없다.

"제인, 빨리."

엄마가 나를 재촉한다. 지난 10초 사이에 무슨 일이 있었는지 기억이 나지 않는다.

"상 차리라니까."

엄마는 한숨 섞인 목소리로 내게 상기시킨다.

나는 얼른 수저 서랍을 연다. 어째서인지 짝이 맞는 젓가락이 하나도 없다. 싱크대를 훑어보지만 세척해서 뒤집어 널어놓은 지

---

*　스페인어로 5월 5일이라는 뜻으로, 과거 전쟁에서 멕시코의 승리를 기념하는 축제

퍼백들만 보인다. 얼마나 재활용을 했는지 로고가 다 지워졌다.

"식기세척기에 있어."

아빠가 말한다. 나는 그리로 손을 뻗으며 준이 식기세척기에 그릇 몇 개와 캡슐 세제를 넣고 돌리던 일을 떠올린다. 준은 얘기하느라 바빠서 나를 보지 않는다. 나는 수저를 집어 젓가락의 짝을 맞춘다.

엄마가 냉장고 앞에 서서 얕은 접시들을 끊임없이 꺼내 뒤쪽 식탁에 놓는다. 마치 냉장고 안에 공장 조립라인이 설치돼 있어 노동자들이 끝없이 접시를 건네주기라도 하듯.

"네가 와서 참 좋다."

엄마가 불쑥 말한다. 그러곤 침을 꿀꺽 삼키자 나는 시선을 돌린다.

나는 엄마가 집을 나간 날을 정확히 기억한다. 마이아 앤절로는 상대의 말이나 행동은 잊어도 그 사람이 안겨준 감정은 절대 잊지 않는 법이라고 했다. 엄마는 몇 시간 동안 나에게 깊은 사랑을 쏟은 뒤 떠났다.

그 오전의 일은 마치 꿈과도 같다. 그날 나는 처음으로 학교 수업을 빼먹었다. 그래서 그날이 어떤 날이 될지 알게 되기 전의 일들까지 또렷이 기억하고 있다. 수업에 빠지는 건 믿을 수 없이 쉬웠다. 그때까지 한 번도 시도해 보지 않은 내가 바보처럼 느껴질 만큼. 엄마도 우리를 떠나 목적지에 이르렀을 때 똑같이 느끼지 않았을까? 그토록 쉽게 떠날 수 있었는데 한 곳에만 머물러 있었다니 너무도 안주했다는 생각이 들지 않았을까?

나는 스쿨버스에 오른 지 세 시간 만에 집으로 다시 돌아갔지만 엄마는 그리 놀란 것 같지 않았다. 중고 닥터 마틴 신발을 좋아한다는 공통점 때문에 막 친해진 친구가 남자 친구와 어딘가에 간다고 하자 나는 충동적으로 태워달라고 부탁했다. 나는 트럭 뒤에 타고 눈을 감았다.

현관에 들어서자 유혹적인 음식 냄새가 풍겼다. 식탁에 음식이 차려져 있었다. 부엌의 간이 식탁이나 가끔 바닥에서 식사할 때 쓰는 반짝거리는 접이식 상이 아니라 다이닝 테이블에 맛있는 음식이 가득 차려져 있었다. 마치 동화에 나오는 숲속의 오두막에 찾아온 것 같았다. 누가 오기로 했나? 하고 나는 생각했다. 인기척이 느껴졌지만 텔레비전은 꺼져 있었다. 나는 위층으로 올라갔다. 엄마가 고개를 돌려 나를 봤다. 늦은 아침의 햇살을 받은 엄마는 아름다웠다. 흰 브래지어와 심플한 회색 스커트 차림이었다. 마치 사무실에 출근하는 사람처럼. 나는 깜짝 놀랐다. 내 엄마가 틀림없었지만 그녀의 다른 삶을 엿본 것 같았다. 비밀의 삶. 마치 내 영화에서 엄마를 연기하던 여자가 이번엔 완전히 다른 영화에 출연한 것 같았다.

엄마가 코스트코에서 산, 구김 가지 않는 폴리에스테르 바지가 아닌 다른 옷을 입은 모습은 아주 오랜만에 봤다. 머리는 뒤로 넘겨 은색 핀으로 고정했다. 심지어 움직임도 달라 보였다.

침대 위에 여행 가방이 열려 있었다. 밝은 초록색의 작은 트렁크였다. 평소엔 벽장 바닥에 보관돼 있었다. 그쪽 벽장은 나의 출입이 허락되지 않는 곳이었다. 나는 엄마에게 어디 가냐고 묻지 않기로 했다. 어차피 알려주지 않을 테니 묻지 않는 대가로 엄마의 사랑을 듬뿍 받고 싶었다.

엄마는 보석 빛깔의 사각형 실크 천을 햇살에 들어 올렸다.

"네가 이 스카프로 작은 **보따리**를 만들곤 했었는데 기억나니?"

엄마의 목소리도 다르게 느껴졌다. 더 행복한 목소리. 공기가 더 많이 섞인 목소리였다.

"넌 어릴 때부터 늘 떠나고 싶어 했어."

그때까지만 해도 엄마와 둘이 있으면 한복 사건이 새록새록 떠오르고 뺨이 화끈거려서 피해 다녔는데 이번엔 엄마가 나를 초대하는 것 같았다. 특별한 날임을 인정하는 듯. 그녀는 평행 우주에 있는 것 같았다. 나는 그 평행 우주의 입구를 지나 마치 종이 인형의 옷인 듯 납작하게 펼쳐놓은 옷이 흐트러지지 않도록 조심스럽게 그녀의 침대에 앉았다.

엄마가 내게 무슨 말이든 해주길 갈망했다. 엄마는 감상적인 사람이 아니었다. 우리에게 지독하리만치 쌀쌀맞았다. 향수 따위를 느끼지도 않았다. **할머니**는 우리 집에 오면 늘 다정했다. 빳빳한 지폐를 슬쩍 쥐여주고 우리의 뺨을 쓰다듬어주곤 했다. 그럴 때면 나는 눈으로 애원하며 목구멍까지 올라온 질문을 삼켰다. 왜 그렇게 비밀이 많은지 이해할 수 없었다. 왜 엄마에 관해선 무엇이든 은밀한 경로로 알게 되는지. 한번은 엄마가 성당에서 오르간을 연주하는 모습을 우연히 봤다. 정확하게 페달을 밟으며 단 한 번도 실수하지 않고 클래식 한 곡을 온전히 연주하는 모습. 엄마는 우리 앞에서 한 번도 오르간을 연주한 적이 없었다. 엄마의 속옷 서랍에서 가지런히 개어 숨겨놓은 검은색 구식 가터벨트 실크 스타킹을 발견하기도 했다. 그것은 내가 영영 알지 못할, 그리고 나로선 따라 할 수도 없는 엄마의 다른 모습을 말해주는 듯했다.

"왜 벌써 왔어?"

엄마가 한국말로 물으며 실크 느낌의 상아색 블라우스를 걸쳤다. 나는 그녀의 팔에 느껴질 블라우스의 시원한 감촉을 그려봤다. 스커트 속에 제왕 절개 흉터가 있다는 걸 알았지만 햇살을 등지고 있는 엄마는 세상에서 가장 아름다운 여자인 것 같았다. 엄마는 예전부터 완벽한 사이즈를 자랑했다. 자그마한 체구. 툭툭 튀어나온 작은 뼈들이 숨 막힐 듯 아름다웠다. 손은 날렵하고 발은 작았으며 눈은 수술하지 않고서도 우리 가운데 가장 컸다.

"나 쓰러질 뻔했어."

나는 이렇게 말한 뒤 얼른 덧붙였다.

"보건실에 갔는데 보건 선생님이 집으로 보냈어."

그저께 저녁 이후 일부러 아무것도 먹지 않았다는 얘기는 하지 않았다. 나와 새 친구들 사이의 암묵적인 약속 때문이었다는 얘기도 하지 않았다. 1학년이 끝나가던 그 무렵 우리 중 한 명은 앙상하게 여위었다. 그 애의 비밀은 아는 사람은 나뿐이었다. 그 애는 실컷 먹은 뒤 게워냈다. '리셋' 버튼을 누른 것이다. 그에 관해 얘기한 적은 없지만 나는 소리를 들었다. 그 애는 내가 물어보길 원했을 테지만 그래서 나는 묻지 않았다. 대신 학교나 식당의 화장실 문 앞을 지키다가 누가 들어오면 물을 틀어 알려줬다. 여러 차례 물 내리는 소리와 그 애의 머리카락과 입에서 나던 시큼한 냄새를 나는 모른 척했다. 나는 그 애를 살피는 게 좋았고 그러면서도 우리 둘 다 그 사실을 모른 척하는 게 좋았다. 비밀은 소망과 비슷하다. 입 밖으로 내뱉는 순간 효력이 없어진다는 걸 모두가 알고 있다. 하지만 비밀이 힘을 가지려면 그것의 존재 자체를 인정해선 안 된다.

엄마가 떠났을 때 내 비밀은 나를 안전하게 지켜줬다.

"열은 없는데."

엄마가 무심코 손으로 내 뺨을 감싸며 말했다.

나는 엄마가 나를 만질 때 눈을 감고 재스민과 흰 꽃의 냄새를 음미했다. 그 차가운 손에 뺨을 맡겼다. 어릴 때 나는 엄마의 귓불을 만지지 않고는 잠들 수 없었다. 엄지손가락과 집게손가락 사이에 그 연약한 살을 쥐고 걱정하던 기억이 난다. 여물지 않은 피어싱 흉터가 나를 유혹했다. 준은 귓불 대신 엄마의 목덜미를 잡아당기곤 했지만 내가 태어나자 엄마의 무릎에서 쫓겨났다.

　엄마는 내게서 몸을 떼고 창문을 돌아봤다. 나는 구슬처럼 톡톡 튀어나온 그녀의 연약한 등뼈를 바라봤다. 나는 엄마를 관찰하는 게 좋았다. 그만큼 알 수 없는 사람이었으니까. 엄마는 새끼손가락을 들어 올린 채 실크 파우치에 이것저것 챙겨 넣고 그것을 여행 가방에 넣었다. 거울에 비친 내 모습을 보며 좀 더 날씬해 보이려고 등을 꼿꼿이 펴는데 보석함이 **딸깍** 열리는 소리가 들렸다. 어쩐지 비싸게 느껴지는 소리.

　나는 머릿속으로 엄마의 보석함에 든 액세서리들을 떠올리며 저 블라우스를 위해 무엇을 고를까 가늠해 봤다. 차가운 인조 진주 목걸이. 금빛 네페르티티 펜던트, 정체를 알 수 없는 호박색 액세서리, 오른쪽에 들어 있는 제이드 뱅글. 아마도 귀걸이를 고를 거라고 나는 넘겨짚었다. 그때 엄마가 내 옆에 앉았다. 나는 화들짝 놀랐다. 그녀는 내 손에 작은 루비 두 개가 박힌 가느다란 금반지를 쥐여줬다.

　손가락을 모두 펼치고 있는 내 손바닥에 그 반지가 구멍을 만들어냈다.

　"예쁘지?"

　나는 고개를 끄덕였다. 엄마는 내게로 바싹 몸을 숙였다. 내가 숨을 참고 있는 사이 엄마는 두 손으로 내 손을 잡고 손가락들을 안으로 접어 넣었다.

"네 거야."

나는 그것을 약손가락, 그러니까 반지 손가락에 끼웠다. 순간 내 손은 마치 다른 사람의 손인 양 아름다워졌다. 어릴 때부터 나는 손가락에 가장 자신이 있었다. 엄마의 손가락과 똑같았다. 반지는 맞춘 듯 꼭 맞았다. 언젠가는 내 다른 부분들도 그 순간의 손처럼 예뻐지길 나는 기도했다.

"배고프지?"

엄마가 공모의 의미가 담긴 듯한 미소를 지으며 물었다.

나는 또 고개를 끄덕였다.

우리는 함께 부엌으로 갔다. 이번엔 식탁을 살펴봤다. 작은 접시들이 빼곡히 놓여 있고 그 위에 덮인 랩이 보석처럼 반짝거렸다. 엄마는 우리 집에서 가장 큰 냄비의 김 서린 유리 뚜껑을 들어 올렸다. 돼지비계를 넣은 김치찌개. 준이 가장 좋아하는 음식이었다. 검은 뚝배기에는 계란찜이 있었다. 내가 가장 좋아하는 음식. 아빠가 좋아하는 마파두부도 있었다.

엄마는 의자 하나를 빼더니 후하게 음식을 내줬다. 평소에 엄마는 성당의 아주머니들에게도 내게 먹을 것을 많이 주면 안 된다며 절반씩만 담으라고 했다. 내 몸무게는 공동의 걱정거리였다.

마치 우화 같았다. 금지된 음식을 먹거나 신들에게 바치는 공물을 훼손하고 깨보면 탐욕을 부린 벌로 짐승이 돼 말도 못 하고 깩깩대고 있더라는, 그런 우화 말이다. 한국의 전래 동화에서는 여자들이 곰이나 학, 구미호 따위로 다양하게 변신한다. 때로는 벌이고 때로는 상이다.

나는 계속 먹었다. 불편해질 때까지. 엄마는 자신의 실수를 얘기하고 딸들에게 용서를 바라는 건 죄라고 말하기도 했다. 그런 얘길 들으면서 나는 한국말로 벌이 날아다니는 벌과 똑같다는 생각을 했다. 나는 이미 엄마가 떠나리라는 걸 알았고 그래서 조금이라도 더 붙들어두기 위해 천천히 먹었다. 한편으론 나를 데려가길 바랐다. 나만 데려가길. 나는 반지를 꼭 움켜쥔 채 엄마가 생선 지느러미 밑에 붙은 작고 교묘한 가시들을 발라 떼주는 살코기를 먹었다. 그러고 나자 엄마는 내게 가서 누워 있으라고 했고, 나는 그렇게 했다. 피곤했으니까. 그리고 속이 좋지 않았다. 불편할 정도로, 괴로울 정도로 배가 불러 똑바로 누워 있기도 힘들었다. 차고 문이 열리는 소리도 못 들었는데 아래층에 내려가 보니 엄마는 없었다.

잠에서 깼을 때 나는 여전히 반지를 쥐고 있었다.

마치 시험을 통과하지 못한 기분이었다. 보석 한 점에 엄마를 팔아넘긴 것 같았다. 내 안에서 끓어오르는 그 모든 부글거리는 감정을 잠재워야 했다. 내 실수를 되돌려야 했다. 내 죄를 용서받아야 했다. 내 안에 들어 있는 짭조름하고 번지르르하며 역겹고 걸쭉한 뇌물을 다 게워내고 싶었다. 나는 끈을 당겼다.

엄마가 사라진 뒤 몇 달 동안 똑같은 꿈을 자주 꿨다. 꿈속에서 나는 크고 으스스한 성당에서 영성체를 받기 위해 서 있었다. 성당은 환하고 추웠고 나는 빛으로 이어지는 수백 개의 가파른 계단을 올라가야 했다. 늘 너무 무서워서 아래를 보지 못하고 꼭대기에 다다라선 두 손을 펼쳐 포갠 채 제병을 받으려고 내밀었다. 그때 손바닥에 따끔한 통증이 느껴지더니 어느새 벌이 나를 쏘고 있었다.

엄마가 없는 동안 나는 내 귓불을 만져보곤 너무도 시끄럽고 짜증 나며 불쾌한 느낌에 깜짝 놀랐다. 엄마가 나처럼 위안을 얻고 마음이 가라앉는 느낌을 받지 않으리라곤 한 번도 생각해 보지 않았다. 내가 얼마나 성가신 존재인지 전혀 몰랐던 것이다.

나는 준이나 아빠에게 엄마가 떠나는 걸 봤다고 말하지 않았다. 내가 한복을 더럽혔을 때 엄마가 손가락질하며 "너희들이 전부 다 가져가면 안 되지" 하고 외친 것이 무슨 뜻이었는지 분명히 알 것 같았다. 준은 며칠 동안 잠도 자지 않고 엄마를 기다렸지만 나는 엄마가 오지 않으리란 걸 알았다. 아빠는 밤이면 우리가 잠든 줄 알고 전화를 걸었고 그때마다 조금씩 아빠에게 실망이 쌓여 갔다. 엄마의 얼굴에서도 그런 표정을 본 적이 있었다. 엄마는 내게 반지를 줬고 나는 그걸 받음으로써 엄마를 배신했다. 언니나 아빠는 그런 상황에서 가지 말라고 애원했을 테지만 나는 가라고 허락한 셈이었다.

준이 떠났을 때 나의 비밀은 폭발했다.

30장

엄마는 기대에 찬 얼굴로 나를 돌아본다. 나에게 무슨 말을 하고 있었던 모양이다.

가혹한 불빛이 그녀의 뺨에 짙은 그림자를 드리우면서 입술 주변과 목에 주름을 만들어낸다. 그녀는 화장을 거의 하지 않고 SPF 지수가 아주 높은 자외선 차단제만 허옇게 발랐다. 머리카락은 밝은 갈색과 회색의 중간쯤이다.

나는 고개를 저으며 한국어로 말한다.

"못 들었어."

"그럼 됐어."

엄마는 냄비들을 분주하게 옮기며 짜증 섞인 말투로 대꾸한다. 손에 젓가락을 든 채 테이블에 삼발이를 놓고 그 위에 냄비들을 놓는다.

잠시 우리는 왜 다이닝 테이블이 아닌 부엌의 간이 식탁에서 식사를 할까 하는 의문이 스친다. 어째서 엄마가 집을 나간 날에만 다이닝 테이블에 상을 차린 걸까?

"와, 잔칫상이네."

내 뒤에서 준이 다가오며 말한다. 그녀는 하얀 손잡이가 달린 연한 청록색의 작은 티파니 쇼핑백을 들고 있다.

"둘이 같이 샀어요."

그녀는 고갯짓으로 나를 가리키며 말한다. 엄마는 준과 나를 차례로 보며 앞치마에 손을 닦고 쇼핑백을 받아 든다.

"이야, 비싼 것 같은데."

아빠가 웃으면서 말하자 엄마는 아빠를 쏘아본다.

"나중에 볼래."

그러곤 눈에 띄게 부끄러워하며 덧붙인다.

"저녁 먹고 나서."

"그냥 풀어봐."

아빠가 말한다. 아주 잠깐 나는 그것이 반지라고 확신하며 초조해진다.

엄마는 앞치마를 벗어 의자 등받이에 걸쳐 놓는다. 아빠에게 쇼핑백을 건네고 머리끈을 빼내서 삐져나온 머리칼을 모아 더 꽉 묶는다. 그러곤 두 손을 다시 허벅지에 닦고 쇼핑백으로 손을 뻗는다. 그런 행동을 하는 이유를 깨닫고 가슴이 아파온다. 엄마는 좋은 선물을 받으려면 옷을 갈아입고 적당히 꾸며야 한다고 생각하는 사람이다. 자기가 우리의 시선을 의식한다는 점을 그렇게 의식하지 않았더라면 잠시 양해를 구하고 립스틱이라도 발랐을 텐데.

엄마는 쇼핑백에서 납작하고 네모난 상자를 조심스레 꺼낸다. 그러곤 마치 의심하듯 잠시 그것을 바라본다.

"고마워."

그녀는 차마 우리를 보지 못하고 상자를 향해 말한다. 그런 뒤 폭발물을 만지듯 머뭇거리며 상아색 리본을 당긴다. 상자에 깔린 솜 위에 아주 조그만 다이아몬드가 박힌 십자가 목걸이가 들어 있다. 엄마는 그것을 들어 불빛에 비춰본다. 아름다운 목걸이다.

"고마워."

엄마가 다시 말한다. 그러곤 바로 덧붙인다.

"웬 돈을 이렇게 많이 썼어."

"마음에 들어요?"

준이 뒤에서 엄마의 어깨를 잡고 다그치자 결국 엄마는 미소를 짓는다.

"생일 선물 당겨서 드린 거예요."

엄마의 생일은 한 달이나 남았다.

"정말 예쁘다."

엄마가 그것을 아빠에게 건네자 아빠는 고리를 풀고 돌아서서 조심스레 엄마의 묶은 머리를 올린다.

"이건 엄마의 다른 목걸이들하고는 달라."

준이 두 사람 사이에 끼어들어 그림자를 드리우며 아빠의 시야를 가린다.

아빠는 엄마를 불빛 쪽으로 데려간다.

"고리가 너무 작다."

아빠가 말하며 인상을 쓰더니 노안 때문에 고리가 보이지 않자 목을 길게 뺀다. 부모님은 너무 늙어 보이고 준은 너무 애정에 굶주린 듯 보여서 누구 하나 편히 바라볼 수가 없다.

"백금이야."

준이 말한다.

마침내 엄마는 가슴까지 내려온 십자가를 어루만진다. 그러곤 우리 모두를 보며 미소 짓는다.

"무게로 봐선 백금이 확실하네. 엄마 나이에 은을 하고 다닐 수는 없지."

엄마의 말투가 너무도 부드러워서 우리 모두 웃음을 터트린다. 준의 웃음소리가 가장 크다.

"자, 이제 밥 먹자."

엄마는 접시들을 덮은 랩을 서둘러 벗긴다. 그 찰나의 순간은 이제 끝났다.

"모두 앉아. 딱 맞게 식었어."

나는 네모난 식탁에서 내가 늘 앉던 자리에 앉는다. 엄마가 뚝배기 하나를 더 내려놓으며 말한다.

"너 살 그만 빼야겠다. 나이 들어 보여."

"나이 들었어."

"까불지 말고 이거 마셔."

엄마가 머그잔을 내 코 밑에 들이댄다. 마치 그 안에 시간을 멈추는 약이 들어 있기라도 한 것처럼. 색이 탁한 데다 견과류와 발 냄새를 섞은 냄새가 난다. 엄마가 말한다.

"차가버섯이야. 피부에 좋아."

엄마는 손을 뻗어 내 뺨을 쓰다듬지만 애정 어린 손길이 아니라 피부를 가늠해 보려는 것 같다.

"너무…… 푸석푸석해. 짝짝이 귀가 더 튀어나왔네."

나는 한쪽 귓불이 작다. 어느 쪽인지는 까먹었다.

나는 컵에 든 음료를 마시지 않고 입술에 대기만 한다. 우리는 늘 이런 식이다. 나는 나중에 몰래 싱크대에 쏟아부을 테고 엄마가 그게 얼마짜리며 얼마나 멀리서 왔는지 아냐고 하면 몹시 미안해질 것이다. 엄마는 상대의 가장 민감한 신체 부위를 세심히 뜯어보고 비판하는 방식으로 애정을 표현한다. 나는 언니를 흘끗 보며 엄마가 투시력을 이용해 언니의 모공 크기나 머리카락 윤기만으로 암에 걸렸다는 사실을 알아채길 기대한다.

"음식 식는다고 한 것 같은데."

내가 상기시킨다.

저녁을 먹다 말고 엄마가 나가더니 차고에서 검은 플라스틱 쟁반에 둥근 뚜껑이 덮인, 시판 파이를 들고 돌아온다.

"해피 패밀리!"

엄마가 소리친다. 마치 우리가 평소 파이로 엄마 아빠의 합동 생일 파티를 기념하기라도 한 것처럼.

"블루베리 파이도 있었는데 그건 이렇게 예쁘지 않더라. 그래도 호박 파이는 아니야. 그건 너무 맛이 없거든."

"당신이 호박을 싫어하니까 그렇지."

아빠가 말한다.

"이거 마지막 하나 남은 거였어. 김테레사가 그러는데 HEB의 파이는 비싼 레스토랑들에 들어가는 파이랑 똑같은 데서 나온대."

엄마는 마치 파이를 직접 만들기라도 한 듯 자랑스럽게 말한다.

"해피 패밀리!"

준이 나를 보고 빙긋 웃으며 말한다.

"언니도 해피 패밀리."

내가 노래하듯 말하자 그녀는 진짜 웃음을 터트린다.

내 침대에서 언니가 나지막이 코를 곤다. 나는 바닥에 매트를 깔고 누웠다. 준의 방은 식당 물건들로 가득 차 있어서 내 방에서 함께 자기로 했고 그녀는 언니라는 이유로 침대를 차지했다. 나는 패트릭의 문자를 보다가 안전하게 도착했다는 답장과 함께 엄지손가락을 날린다. 그러곤 좀 더 수다를 떨고 싶어서 카우보이 스마일이모티콘을 보낸다.

피부에 닿는 방 안의 공기가 답답하게 느껴진다. 나는 조용히 일어나 준이 움직이는지 살피다가 내 책상 서랍을 열고 일자 드라이버를 꺼낸다. 준을 한 번 더 살핀 뒤 밖으로 나가 조용히 문을 닫는다.

복도 온도는 29도로 맞춰져 있다.

욕실 불을 켜고 눈을 한참 깜빡거리다가 거울을 본다. 얼굴이 가장 못생겨 보이는 거울이다. 나 혼자만의 착각은 아니라고 나는 꽤 확신하고 있다. 예전에 검색해 보니 거울에 얼굴이 못생기게 비치는 것은 과학적으로 입증된 현상이었다. 거울이 자체 무게 때문에 불룩하게 휘어서 얼굴을 더 짧고 퍼져 보이게 만드는 것이다. 그리고 이 거울, 내 인격이 형성되는 시기에 내가 가장 열심히 들여다본 내 어린 시절의 이 거울은 언제나 사물을 왜곡해 보여준다.

나는 내가 보이지 않을 때까지 거울을 응시한다. 내 얼굴이 의미를 잃을 때까지. 눈에 눈물이 고이면서 눈 주위가 빨개지고 입술은 침으로 번들거리고 뺨이 부풀어 보랏빛이 된다. 이곳에서 악몽 같은 일이 너무도 많았지만 다행히 이제 그중 대부분은 생각하지 않는다. 나는 욕조에 앉아 조용히 울곤 했다. 모든 것을 조용히 했다. 이곳은 우리 집에서 유일하게 문을 잠글 수 있는 장소였다. 내 방문은 손잡이를 흔들어 밀면 금세 열렸다.

나는 욕조를 밟고 올라서서 손바닥을 천장에 대고 중심을 잡은 뒤 다른 손으로 금속 환기구의 나사를 돌려 연다. 덮개가 아래로 내려오지만 나사 때문에 떨어지지 않는다. 나는 그 안으로 손을 뻗는다. 익숙한 형체가 손에 닿는다. 작은 양장 노트들과 오래된 담뱃갑을 움켜쥔다. 그런 뒤 책상다리를 하고 욕실 매트에 앉아 파란 상자를 열고 코에 갖다 댄다. 필터에선 내가 기억하는 냄새가 난다. 이를테면 건포도 냄새. 다른 냄새도 있다. 톡 쏘는 냄새. 상자를 거꾸로 돌려 손바닥에 톡톡 두드리자 피우다 만 마리화나가 미끄러져 나온다.

노트들 사이에는 도서관 졸업 앨범에서 찢어낸 페이지들이 접힌 채로 끼워져 있다. 우리는 모두 학교 소장용 앨범을 약탈했다. 졸업 앨범은 한 권에 75달러인데 대부분의 학생들은 그걸 살 돈이 없었다.

맨 앞에 있는 페이지를 펼쳐본다. 너무 많이 만져서 접힌 부분이 하얗게 바랬다. 내가 가진 몇 안 되는 그의 사진 중 하나다. 연한 금빛 머리칼로 눈을 가린 그. 내 마음을 무너뜨리고 자존심을 짓밟은 내 일생의 사랑 홀랜드 힌트가 드물게 학구열을 보이는 사진. 그는 보호용 고글을 쓰고 실험실 가운을 입고 있다. 몸은 비쩍 말랐고 머리를 떨구고 있다.

배경에는 그를 돌아보게 하겠다는 듯이 강렬하게 바라보고 있는 내가 보인다. 우리가 함께 찍힌 유일한 사진이다. 우리의 졸업 앨범 부록에 실린 내 이름 옆에는 내가 나온 페이지 세 쪽이 열거돼 있는데 이 사진이 그중 하나다. 창피한 사진. 그가 아는지는 물어보지 않았다. 이 앨범이 나왔을 때 우리는 이미 모르는 사이로 돌아갔으니까.

나는 노트들을 묶은 끈을 빼낸다. 그중 한 권의 아래쪽에 삐져나온 가름끈 끝부분을 잡아 표시된 페이지를 펼친다.

"준은 대체 왜 그렇게 짜증 나는 병신일까?"

나는 붉은 펜으로 이렇게 써놨다.

고등학교 시절 내가 가장 두려워한 일은 내 언니처럼 되는 것이었다. 준과 나는 중학교를 함께 다니지 않았지만 그렇다 해도 준이 고등학교에서 어떤 아이일지 전혀 예상하지 못한 내가 한심했다.

내 언니가 집에서 지독히 무감각한 인간이라는 건 알고 있었다. 내가 놀란 건 바로 그녀의 일관성이었다. 복도에서든 사물함 앞에서든 그녀는 요란한 웃음이 나와도 참을 줄 몰랐다. 아침에는 침대에서 부스스 나와 아무 생각 없이 낡은 레깅스와 티셔츠를 주워 입었다. 유행하는 화장이나 모두가 입는 청바지, 적당한 과시용 배낭 따위에 전혀 관심이 없었다. 학교에서 옷차림에 신경 쓰지 않는 사람은 후드 티셔츠만 입어도 신격화되는 인기 절정의 남자애들뿐이었다. 그들은 뭘 입어도 상관없었다. 준은 아니었다.

내가 처음 등교하는 날 아침, 우리는 동이 트기도 전에 밖으로 나가 스쿨버스를 기다렸다. 정거장에 다른 한 명이 나와 있었고 우리 셋은 말없이 기다렸다. 버스에 올라타자 모두가 모두 잠이 덜 깬 탓에 조용했다. 그 가라앉은 분위기가 어쩐지 어른스럽게 느껴

졌다. 내 심장이 덜컥거리는 소리가 그들의 귀에 들릴 것만 같았
다. 나는 언니를 따라 통로로 들어갔다. 앞에서 서너 번째 좌석에
서 그녀가 이리 와 앉으라고 나를 손짓해 부르자 나는 화들짝 놀
랐다. 그녀는 첫 시간에 어디로 가야 하는지 아냐고 물었다. 모두
의 시선이 우리에게로 향하는 게 느껴졌다. 그녀는 너무도 시끄러
웠다. 마치 그녀가 갑자기 노래를 부르기라도 한 듯 어색한 분위기
가 흘렀다. 속닥거리고 키득거리는 소리가 들렸다. 준이 내게 돈은
있냐고 물었을 때 나는 조용히 하라고 말하고 싶었다. 모두가 아
는 규칙을 그녀만 모르는 것 같았다.

학교 앞에서 애들이 삼삼오오 모여 여름방학 동안 밀린 회포를
풀었지만 준은 그들을 지나 혼자 학교로 들어갔다.

나는 다른 열여섯 살짜리들이 모두 흰색 나이키 에어 포스 1과
흰 티셔츠 차림으로 사물함 안쪽에 대고 몰래 전자 담배를 피운
다는 걸 몰랐다.

준이 방학 내내 주로 집에서 인터넷 수업을 듣는 동안 다른 애들
은 음식점에서 일하거나 서머스쿨에 참가했다는 걸 몰랐다.

내가 모르는 게 너무도 많았다.

준의 동급생들은 준과 다르게 화려했다. 그들은 세련됐다. 언제
웃어야 하는지, 못돼 보이도록 웃으려면 어떻게 해야 하는지 알았
다. 반짝거리면서도 매트한 립스틱을 어디서 사야 하는지도 알고
있었다. 그들은 크고 작은 악마의 눈 귀걸이를 하고 다녔다. 내 언

니를 제외하곤 모든 3학년이 바지 위 3센티미터 지점에서 끝나는 상의를 입었다. 예외는 없었다. 그리고 모든 춤을 알면서도 춤을 출 때면 모르는 춤인 듯 멋쩍게 웃었다.

나는 그 모든 걸 배울 준비가 돼 있었다.

그리고 그들과 똑같은 시선으로 준을 보는 법을 배웠다.

버스에서 앞쪽이 아닌 다른 자리에 앉아야 한다는 것도 배웠다.

학교 식당에서 내 언니를 보고도 모른 척하는 건 너무 잔인한 짓이라 점심시간이면 학교 밖으로 나갔다.

언니도 친구들이 있잖아. 나는 이렇게 스스로를 위로했다. 하지만 그녀의 친구들은 다른 애들이 아무도 함께 다니고 싶어 하지 않는 애들이었다.

1학년 때 쓴 일기에는 이렇게 적혀 있다. "언니도 철이 들어야지! 이건 옳지 않아!" 나는 몇 장을 더 넘겨본다.

"적어도 일주일에 세 번은 머리를 감아야 하지 않나?"

"준에게 말을 너무 많이 하지 말라고 이를 것."

"모두가 재미없어 할 때 혼자 웃지 말라고 이를 것."

"사탕 팔이를 그만두게 할 것."

우리 학교는 축구가 특기였고 1년에 두 번 인기 있는 치어리더들이 기금 모금을 위해 사탕을 팔았다. 그때마다 준은 더 싸고 좋은 사탕으로 그들과 경쟁하기 시작했다. 학교 자판기에는 없는 매운맛 치토스도 정기적으로 사다가 팔았다. 부모님이 식당에서 일하는 것도 모자라 애들이 우리 언니가 치토스 걸이라는 얘기를 할까 봐 나는 끊임없이 두려움에 떨었다. 숨을 곳은 없었다. 전교생이 2천 명인 학교에서 동양인은 겨우 여섯 명뿐이었다.

나는 주황색 노트를 펼친다. 고등학교 4학년 때 쓴 일기다. 그 무렵 준은 이미 콜럼버스대에 들어간 지 오래였다. 여기서부터는 모든 규칙이 내게만 적용된다. 이 무렵부터 나는 일기장이 아닌 시스템 다이어리를 쓰기 시작했고 손 글씨로 적어 넣은 날짜 옆에 다른 숫자가 하나씩 있다. 내 몸무게다. 대개는 숫자가 여러 개 적혀 있다. 여러 번 줄을 그어 지우고 다시 적은 탓이다. 소변을 보고 나서 잰 몸무게. 운동하기 전과 후의 몸무게. 물 마시기 전과 후의 몸무게. 6인치 서브웨이 샌드위치 가운데 2인치 또는 베이크드 레이스* 등등을 먹기 전후의 몸무게, 아무것도 먹지 않았을 때의 몸무게. 나는 그때그때의 기분을 기억하고 있다. 발끝으로 디지털 저울의 표면을 누르고 눈을 감은 채 그 위에 올라서서 기적이 일어나길 기도할 때의 기분.

나는 욕조 가장자리로 올라가 환기구 덮개를 다시 제자리에 끼우고 나사를 돌린다.

일기장들을 내 가방에 넣는다. 담배도 함께.

이제 잠이 다 깼으니 뭔가를 해야 한다. 기분 전환. 핸드폰을 손

---

* 감자칩 상표명

에 들고 계단을 내려간다. 삐걱거리는 부분을 피해가며.

부엌 식탁에 먹다 남은 파이가 놓여 있다. 나를 빼고 모두 한쪽씩 먹었다. 나는 소리를 내지 않으려 근육에 힘을 주며 뚜껑을 연다. 부스러기를 손가락으로 찍어 핥아 먹자 입에서 녹아내린다. 한 조각을 해치운다. 혀에서 녹는 듯하다. 밀가루와 버터의 풍미가 감각을 깨운다. 역시 소리를 내지 않으려고 힘을 준 채 식기세척기를 열고 포크를 찾아보지만 찾을 수 없어서 젓가락을 집는다. 파이를 찔러 점선으로 작은 조각을 분리한 뒤 선 자리에서 네 번 만에 먹어 치운다. 옷에 묻은 부스러기를 털고 뚜껑을 덮곤 젓가락을 싱크대에 넣는다.

핸드폰 손전등을 켜고 시커먼 텔레비전 옆의 커다란 장식장으로 가서 양쪽 문을 연다. 둥근 손잡이에 걸린 비단 나무 장식이 달랑거린다. 우리의 사진 앨범이 그 안에 들어 있다. 준과 나의 것도 하나씩 있다. 우리의 사진은 모두 약국 종이봉투에 보관했는데 어느 날 내가 색색의 앨범에 정리해 놨다. 나는 그중 가장 좋아하는 앨범을 집는다. 빨간색. 준의 것이다. 그것을 펼치자 한 페이지가 분리돼 바닥으로 떨어진다. 준은 예전부터 귀여운 아이였다. 늘 뭔가에 몰두하고 있는, 달콤하고 풍부한 눈. 한 페이지에 세 장의 사진이 들어 있고, 그중 가운데 사진에는 네 살 때쯤 바닥에 책상다리를 하고 앉아 의자에 올려놓은 도자기 광대 인형을 올려다보는 준의 모습이 담겨 있다. 그녀가 깨뜨린 바로 그 인형이다. 나는 그

페이지를 제자리에 넣고 치워둔다.

냉장고가 덜덜거린다. 나는 부엌을 돌아본다. 방금 전에 먹은 파이 조각이 너무 작았다. 어차피 봉인을 풀었으니 한 조각을 제대로 먹고 싶다. 나는 일어선다. 이번엔 버터나이프를 찾아 큼직하게 잘라낸다. 칼로리 폭탄이지만 그래도 먹고 싶다. 이 정도는 먹어도 괜찮다. 집에 오느라 피곤했으니까. 나는 키친타월에 파이를 올린 뒤 두 손으로 주위에 떨어진 부스러기까지 모두 뭉쳐 입에 넣는다. 전부 다 내 거다.

내가 한숨 쉬는 소리가 들린다.

설탕과 지방이 들어가자 몸이 살아나는 듯하다. 물 한 잔을 마신 뒤 다시 파이 상자를 본다. 쇄골을 따라 두려움이 밀려든다. 3분의 1밖에 남지 않았다.

'24시간 HEB'를 검색해 본다. 우버로 18분 거리에 하나가 있다.

계획을 세운다. 이 파이를 마저 먹고 새것을 사 오는 것이다. 새 파이를 세 조각쯤 먹으면 감쪽같을 것이다.

"안녕, 제인 백."

나는 휙 돌아본다. 아빠다. 그가 아이폰 손전등으로 내 얼굴을 비추고 있다.

"아빠."

집안이 후텁지근한데도 아빠는 카디건을 입었다. 나는 티셔츠에 묻은 부스러기를 털어낸다. 아빠는 핸드폰으로 열린 장식장을 비춘다.

"왜 일어나셨어요?"

내가 목을 가다듬으며 묻는다. 어둠 속에서 보니 아빠는 놀라우리만치 작아 보인다. 우리가 어릴 때는 늘 화가 나고 불쾌한 듯 보였는데. 나는 아빠가 부엌의 아래쪽 수납장을 열고 커다란 병을 꺼내는 모습을 지켜본다. 연한 갈색의 찐득한 뭔가가 들어 있다.

"이 어미에게 밥을 줘야 하거든."

아빠는 모닥불 주위에 둘러앉아 귀신 얘기를 할 때처럼 불빛을 얼굴 아래 대고 비춘다. 수납장에서 꺼낸 병 속에 엄마의 정기가 들어 있기라도 한 것처럼.

아빠는 다른 병의 액체를 이 탁한 병에 붓고 그것을 다시 제자리에 돌려놓는다.

"스코비야. 이걸로 콤부차를 만드는 거야."

이번에는 냉장고에서 커다란 유리병이 나온다. 주둥이가 넓은 병이다.

"이건 빵 만들 때 쓰는 사워도우 스타터."

아빠는 뚜껑을 돌려 열며 다시 말한다.

"우리 가족의 생존을 책임져야 하니까."

그는 미소를 지으며 그것을 내 코에 들이댄다.

유혹적인 냄새다. 따뜻한, 빵보다는 맥주에 가까운 냄새.

"글루텐 프리야."

그가 말한다.

"아빠는 늘 남들보다 이런 데 앞서갔죠."

내가 말한다. 나는 아빠의 실패한 사업을 모두 기억하고 있다. 자석과 수정, 옥 페이스 롤러를 선구적으로 판매한 일도. 모든 게 얼마나 앞서갔는지도. 텍사스가 얼마나 부적절했는지도. 내가 알기로 아빠는 한국의 마스크 팩 수입을 처음 시도한 사람이다. 한국 화장품 판매자들이 돈을 쓸어 모으기 전의 일이었다. 세상의 수많은 대니 송들이 《배너티 페어》의 표지를 장식하기 전. 내가 일하는 가게에서 비한국인들이 내게 어떤 한국 드라마를 보냐고 물어보거나 이런저런 것을 보라고 알려주기도 전.

"요즘 어때?"

"괜찮아."

나는 좀 더 확신을 주기 위해 고개를 끄덕이며 덧붙인다.

"좋아요."

아빠는 다정하게 미소를 짓는다.

"집에 정말 오랜만에 왔네. 내가 군 복무할 때도 우리 부모님을 이렇게 한참 못 보지는 않았는데."

"알아. 죄송해요."

내가 말한다.

"죄송하긴. 준이랑은 잘 지내?

"뭐, 그럭저럭."

아빠는 가볍게 웃으며 나무 숟가락으로 그 푹신하고 텁수룩한 반죽을 젓더니 일부를 덜어 지퍼백에 담는다.

"얘는 어디로 가는 거야?"

"이 녀석은 나머지 가족을 위해 분리해야 해."

아빠는 그것을 냉동실에 넣으며 거기에 대고 "고마워" 하고 말한 뒤 서랍을 닫는다.

"모두를 먹일 수는 없으니까 이 녀석의 생명 활동이 중지되는 거지."

"안 됐네."

그는 일부를 덜어낸 병에 밀가루를 조금 붓는다.

"생각해 보면 영웅적인 역할이야."

그는 나무 숟가락 뒤로 섞으며 다시 말한다.

"너와 준이 뉴욕에 함께 있어서 다행이다. 거기서 혼자 살려면 너무 힘들잖아."

그런 뒤 그는 병에 물을 첨가한다.

"때로는 함께 있는 것도 힘들긴 하지. 가족이란 게 원래 그런 거야."

아빠는 잠시 젓다가 다시 뚜껑을 덮는다.

"그래도 도와줄 사람이 없을 때 도울 사람은 가족뿐이야."

그는 허리를 굽혀 병을 아래쪽 수납장에 넣고 조심스레 문을 닫는다. 다른 병은 냉장고에 도로 넣는다.

"가장 도움이 필요할 때 도움을 청하기가 쉽지 않거든."

아빠는 내 어깨를 두드린다.

나는 엄마가 집을 나갔을 때를 떠올린다. 그때 아빠가 얼마나 슬퍼했는지. 그 뒤로 아빠가 얼마나 부드러워졌는지.

"꺼낸 거 다 제자리에 돌려놔야 한다."

아빠는 열린 장식장으로 불빛을 돌리며 말한다.

"알았어요."

"엄만 다 알거든."

그는 내 얼굴에 대고 불빛을 흔들며 킬킬거린다.

"응, 알아."

"잘 자, 우리 딸."

"잘 자, 우리 아빠."

31장

"넌 줄 서 있어."

다음 날 아침 엄마가 쇼핑 카트를 계산대 쪽으로 밀며 내게 말한다. 엄마는 우리를 육체노동에 끌어들이는 데 천재적인 수완을 가졌다. 준은 엄마를 따라 한국 슈퍼마켓에 가서 간식을 사고 싶어 했고 나는 그저 호구라서 따라나섰다. 우리 앞에 네 사람이 줄 서 있다. 어릴 때는 이 역할이 싫었다. 엄마는 늘 막판에 사라졌고 그러면 나는 쭈뼛거리며 뒷사람을 앞으로 보내곤 했다. 엄마는 준을 다른 통로로 보내며 지시한다.

"넌 가서 찹쌀가루 좀 찾아와. 좋은 걸로. 베트남산이 있으면 더 좋고. 코끼리 그림이 있을 거야. 어간장도 하나 가져와. 라벨에 게 세 마리가 있는 걸로. 물고기 그려진 거 말고."

준은 전혀 알아듣지 못했을 것이다.

"엄만 잠깐 다녀올게."

엄마가 우리에게 말한다.

준은 엄마가 말한 어간장과 엉뚱한 쌀가루를 들고 어슬렁어슬렁 걸어온다.

"내가 잘못한 것 같네."

그녀가 스스로 인정한다.

"맞아."

우리는 오는 길에 은행에 들렀다. 준과 엄마는 에어컨이 돌아가는 차 안에서 기다리고 내가 달려 들어가 파란 가죽 봉투의 현금을 입금했다. 막내인 나는 죽을 때까지 심부름을 해야 하는 운명이다.

"점심은 식당에서 먹자."

주차장에서 엄마가 차에 물건을 싣는 우리를 감독하며 말한다. 이윽고 그녀는 카트를 준에게 넘긴다.

"이건 네가 갖다 놔. 제인이 은행에 다녀왔잖아."

언니는 나와 눈을 맞추곤 터벅터벅 걸어간다. 우리가 식당에서 무슨 일을 하게 될지는 아직 모른다.

서울 가든은 이름만 한국 식당이다. 실제로는 다양한 국적의 사람들을 아우르기 위해 갖가지 동양 음식을 판매한다. 한가운데 초밥 바가 있고 한국식 바비큐뿐 아니라 중국식 면 요리도 언제든 먹을 수 있다. 운영하는 입장에서는 주문을 받아 요리사들과 회를 뜨는 바의 셰프들, 음료를 내주는 진짜 바텐더들에게 나눠주는 일이 여간 골치 아프지 않다.

주차장에는 차들이 가득하다. 엄마는 고객용 주차장을 지나친 뒤 좁은 골목을 달려 뒤쪽에 있는 주차 공간으로 간다. 사각지대 모퉁이에서 다른 차가 우리를 향해 돌진하자 엄마는 급제동을 걸며 본능적으로 팔을 뻗어 준의 가슴을 잡는다.

"미안."

그녀는 나지막이 말하곤 언니의 머리카락을 쓰다듬는다. 엄마를 보는 언니의 눈빛이 너무도 다정해서 가슴이 미어진다.

엄마는 뒷문으로 이어지는 진입로에 차를 세운다.

우리는 마치 새끼 오리들처럼, 겨드랑이에 지갑을 끼우고 걸어가는 엄마를 따라 식기세척기와 대형 냉장고를 지난다. 발밑에서 미끄럼 방지 매트가 요란한 소리를 낸다. 엄마와 함께 이리로 들어와 본 게 언제인지 까마득하다.

"우리 딸들 기억하죠?"

후끈한 주방을 지나면서 엄마가 말한다. 준과 나는 머리를 살짝 까딱이고 손을 흔들며 인사한다. 엄마는 몇몇 사람들에게 차에 실린 짐을 내리라고 지시한다.

우리가 늘 앉던 테이블, 어릴 때 숙제를 하던 테이블에는 생선회가 가득 담긴 반짝이는 빨간 멜라민 접시가 놓여 있다.

"이거 우리 거야?"

준이 묻는다.

된장국과 밥, 아이스티도 네 개씩 놓여 있다.

"로드리고에게 전화해서 차려놓으라고 했어."

엄마가 말한다. 로드리고는 초밥 담당이다. 초밥보다는 축축한 부리토를 닮은, 준을 위한 장어 엔틸라다 롤과 내가 좋아하는 이지 롤도 있다. 통째로 튀긴 롤. 교자와 김치전, 평범한 초밥도 점점이 섞여 있다. 바로 이런 이유로 나는 뉴욕에서 돈을 내고 초밥을 먹지 못한다.

엄마는 우리를 돌아보더니 새 지폐 뭉치에서 20달러짜리 두세 장을 빼낸다. 엄마가 돈뭉치를 들고 있는 모습을 핸드폰으로 찍는다면 좋겠다.

"너희들 팁 안 챙겼지?"

엄마는 고개를 저으며 꾸짖듯 말한다.

"웨이터들은 신용카드로 팁 주는 거 싫어해. 내가 몇 번이나 말해야 해?"

엄한 목소리지만 엄마는 제때 식사가 완벽히 준비돼 기뻐하고 있는 게 분명하다.

"지영아, 아빠 모셔 와."

엄마가 말한다. 아빠의 사무실은 주방 뒤에 있다. 내가 아빠에게 문자를 보내려고 핸드폰을 꺼내자 엄마가 이를 악물며 말한다.

"문자 보낼 거면 내가 했지. 버르장머리가 없어."

내가 일어서자 준이 웃으면서 자기 아이스티에 설탕을 넣는다.

엄마가 말한다.

"얼른 가. 초밥 식겠어."

이건 우리만의 오랜 농담이다. 이제 둘이 함께 나를 놀리고 있다.

저 두 사람은 맏이다. 맏이끼리 잘해보라지.

32장

두 시간 낮잠을 자고 깨보니 준이 브래지어와 정장 바지 차림으로 흰 블라우스 소매에 팔을 끼우고 있다. 나는 엎드려서 노트북 컴퓨터로 숙제하는 척하다가 잠이 들었는데 무방비 상태의 언니가 너무도 아름다워 보여서 화들짝 놀란다. 그 모습을 흐트러뜨리지 않으려고 잠든 척한다. 처진 어깨가 나른한 느낌을 줘 나이보다 성숙해 보인다. 긴장을 풀고 주변에 불만을 품지 않은 얼굴. 엄포를 벗은 그녀는 다른 사람 같다. 그러고 보니 주변에 아무도 없을 때만 감정을 드러내는 게 엄마를 닮았다. 준이 숨을 깊이 들이마셨다가 부들부들 내뱉자 견딜 수가 없다. 그녀의 연약한 모습에 덜컥 겁이 난다.

"뭐 하는 거야? 성당에 정장 입고 가게?"

내가 일어나 앉는다. 너무 오래 잔 탓에 머리가 아프다.

"아부 떨기는."

그러나 그녀는 미끼를 물지 않고 유쾌하게 말한다.

"멋지게 보이면 좋잖아. 엄마가 좋아할 거야."

문 뒤 옷걸이에 그녀의 옷 주머니가 걸려 있다.

"미쳐, 정장을 몇 벌이나 가져온 거야?"

시커먼 성당용 가방은 어쩐지 장례식 분위기를 풍긴다. 나는 입술을 세게 잡아당기다가 준이 나를 보자 손을 깔고 앉는다. 그러자 다리가 떨린다.

"골라 입고 싶어서."

반면에 나는 좋은 옷을 한 벌도 가져오지 않았다. 엄마가 핥았던 옷을 아직도 입고 있다.

"진주까지?"

나는 옆으로 몸을 돌려 핸드폰을 확인한다. 패트릭이 음성 메시지를 남겼다. 거의 3분짜리다. 관자놀이가 팽팽해진다.

준은 어깨를 으쓱하며 대꾸한다.

"있는 거니까."

그러곤 머리를 기울여 귀걸이를 채운다. 그런 뒤 블라우스를 바지 속에 넣는다.

나는 한숨을 쉰다.

"대단하네. 옆에 있으면 난 완전 부랑자 같겠다."

나는 다시 핸드폰 알림을 바라본다. 음성 메시지는 나쁜 소식을 전할 때 사용한다. 어쩌면 잘못 눌렸는지도 모른다.

준이 말한다.

"첫째, 너 부랑자 맞아. 둘째, 빌려 입든가."

그녀는 옷 가방의 지퍼를 열고 매끈한 검은색 정장을 꺼낸다.

"이건 좀 길긴 한데, 하이힐도 가져왔어."

"안 맞을걸."

내가 반사적으로 말한다.

"맞을 거야. 딸 둘이 정치인 같은 모습으로 성당에 나타나면 엄마가 완전 으쓱하겠지."

나는 옷감을 만져본다. 고급 영국 브랜드다. 그녀가 이 브랜드를 안다는 게 놀랍다. 뾰족한 깃이 달렸고 매끈하게 흘러내린다. 나는 팔을 끼운다.

"잘 어울리네."

준이 말하며 내 얼굴에 바지를 던진다. 나는 욕실로 가서 바지를 입어본다. 그러곤 방으로 돌아와 둘이 나란히 거울을 본다. 얌전하게 화장하고 검은 옷을 입은 모습으로.

나는 거울 속의 나에게 어색하게 손을 흔들며 말한다.

"안녕, 난 준이라고 해. 난 도미노 피자를 좋아하고 금융계에서 일하는 한심한 여자야. 내가 가장 좋아하는 음악은 〈스타 탄생〉의 사운드트랙이지만 그 영화를 본 적은 없어. 사실, 그 영화가 총 네 편이라는 것도 모른다니까."

준은 엉덩이로 나를 치며 똑같이 따라 한다.

"난 제인이야. 오트 밀크와 아무도 좋아하지 않는 밴드, 나를 싫어하는 백인 남자, 신탁 기금을 타 먹으며 가난한 척하는 남자들에게 환장하고 문신을 하지 않은 사람이 정말 하나도 없는데 여전히 문신이 불온하다고 생각해."

그러곤 미소를 지으며 덧붙인다.

"따분한 잡지 이름이 찍힌 가방도 좋아해."

나는 웃음을 터트린다. 솔직히 말하면 언니가 나에 대해 그렇게 많이 알고 있다는 사실에 조금 감동한다.

준이 주차하는 사이 나는 심호흡을 한다. 부모님이 성가대 연습 때문에 먼저 가서 준이 아빠 차에 나를 태우고 왔다.

"긴장 풀어."

그녀는 룸미러를 보고 립스틱을 바르며 말한다. 나는 콤팩트를 꺼내 이마에 파우더를 바른다.

"언니는 쉽겠지. 이런 거 좋아하잖아."

준은 립스틱을 한 번 찍어낸 뒤 이를 점검한다.

"이런 걸 누가 좋아해?"

"그럼 왜 해?"

준은 눈을 굴리며 립스틱 뚜껑을 닫는다.

"가족의 일원으로 살려면 타인을 위해 원치 않는 일도 해야 하거든. 엄마 아빠는 우리를 위해 모든 걸 희생했잖아. 그리고 아주 작고 하찮은 대가를 원할 뿐이야."

"그게 뭔데? 실업자라는 걸 숨기는 거?"

준은 내게 눈을 흘긴다.

"넌 상대가 얘기하면 귀 기울여 듣긴 하니? 아니면 개가 짖나 보다 하는 거야?"

그녀는 립스틱을 핸드백에 넣고 다시 말한다.

"엄마 아빠는 우리가 안전하다는 걸 확인하고 싶으신 거야. 우리를 잘 키웠다는 증거를 얻고 싶은 거고. 내가 해고당한 걸 왜 얘기해야 해? 엄마가 하루에 3천 번씩 전화하고 잠을 못 잔다고 해서 다시 취업이 되는 것도 아닌데. 난 엄마를 위해서 이러는 거야. 그리고 헤드헌터들과 연락하고 있거든. 지금 상황이 풀리고 나면 다시 취업할 거야. 사람들은 실제로 네가 어떻게 지내는지 딱히 관심 없어. 그냥 자기들이 어떻게 지내는지 얘기하고 싶어서 네 안부를 먼저 물어보는 거지."

그러곤 어깨를 으쓱한다.

"엄마도 마찬가지야. 난 이제 그런 게 예전처럼 짜증 나지 않아."

내 언니는 정신 나간 사람처럼 내게 환하게 미소를 짓는다.

"사람들은 유능하고 긍정적인 사람을 좋아해. 현실이 어떻든 상관없어."

그러곤 더 활짝 웃으며 덧붙인다.

"봤지? 짠. 다른 사람이 됐잖아."

그녀는 차 문을 연다.

"그냥 괜찮은 척해. 알았지? 나를 위해서."

준은 내가 대답할 새도 없이 차에서 내린다.

엄마가 다니는 성당의 이름은 한국 수난자 성당이다. 아주 적절하고 진지한 이름. 정확히 말하면 일주일에 한 번, 토요일 저녁이면 한국 수난자 성당이 된다. 샌안토니오 지역의 한인 가톨릭 단체에서 가톨릭 고등학교의 성당을 매주 토요일 6시에 우리에게 빌려주기 때문이다. 일요일 오전은 더 부유한 성당이 차지했다. 미사가 끝나면 우리는 체육관에서 식사한다. 나는 성심회 표지판 위에 걸린 비닐 현수막의 사진을 찍는다. 패트릭에게 보내고 싶어서다. 아직 그가 보낸 3분짜리 설교도 듣지 않았지만.

"언젠가 우리 성당도 일요일에 미사를 할 수 있을까?"

준이 문을 열면서 묻는다.

"하지만 그럼 우린 수난자가 아니겠지."

내 말에 준은 나를 쿡 찌르며 대꾸한다.

"그러네. 어차피 주말에만 수난자가 되지만."

이건 우리끼리의 오랜 농담이다. 우리는 토요일마다 이 농담을 조금씩 변형해서 즐기곤 했다. 나는 엄마가 떠난 뒤로 더는 성당에 오지 않았다. 우리가 여전히 아무 일 없는 가족인 척하는 위선을 견딜 수 없었다. 고맙게도 엄마는 내게 강요하지 않았다. 나는 그것이 엄마의 속죄 방식이라고 여겼다.

뒷자리에 앉은 불퉁한 사내가 떠드는 우리를 노려본다. 나는 입을 다문 채로 차분하게 미소를 지은 뒤 손가락을 성수에 담그고 이마와 가슴에 십자가를 긋는 척한다. 그게 축복이 되든 아니든 상관하지 않는다. 천연두를 치료할 수도 있지만 그 안에 결막염 균이 떠다닐 수도 있다.

"헐."

준이 중얼거리며 주위를 둘러본다. 그러곤 앞장서서 우리가 늘 앉던 자리, 성가대 회중석 바로 뒷자리로 향한다. 오르간 바로 뒤다. 모든 것이 내가 기억하는 것보다 훨씬 더 작다. 목재 패널이 둘러지고 고동색 카펫이 깔린 구역은 마치 양로원의 대기실 같다. 나는 이곳저곳 살펴보다가 뒷벽에 남은, 부츠를 닮은 이탈리아 지도 모양의 갈색 얼룩에서 시선을 멈춘다. 예전에 나는 그 얼룩을 멍하니 바라보곤 했다. 그것이 녹으면서 나도 함께 녹는 느낌이 들 때까지.

준이 일어나 몇몇 사람에게 인사를 한다. 빳빳하게 다린 보라색 가운을 입은 성가대원들을 익숙하게 껴안으며 한 사람 한 사람에게 허리를 굽혀 인사한다. 나는 뒤에서 머뭇거린다. 언니의 정장으로 무장하고도 용기가 나지 않는다. 김테레사. 임테레사. 박헬레나. 포트 샘 휴스턴 근처에 사는 다른 김테레사. 나는 영리하게 그들을 대하는 준을 지켜본다. 그녀는 그 많은 테레사들을 모두 구분할 만큼 기억력이 좋다.

"예뻐졌다, 제인."

두 줄 앞에서 그중 한 명이 내게 손가락을 흔들며 인사를 건넨다. 촉촉하고 수수한 얼굴에 부스스한 앞머리. 그녀는 방백을 하듯 큰 소리로 속삭인다.

"예전에 뚱뚱했다고 누가 그러겠어. 지금은 젓가락이네. 젓가락이야! 키도 170은 넘을 것 같은데. 모델 해도 되겠다."

내가 늘 좋아했던 박헬레나 아주머니가 손을 흔든다. 그녀는 잠깐만 듣다 보면 모욕으로 변하는 한국식 칭찬 공격을 하지 않는다. 엄마들에게 에워싸인 지금, 발을 담그고 있으면 그 주위로 몰려들어 죽은 세포를 뜯어먹는다는 물고기가 떠오른다. 패트릭의 엄마는 이 짜증 나는 여자들과 달랐다. 그녀는 노래하거나 골프를 치지도 않았다. 솔직히 패트릭의 엄마나 아빠와는 그저 형식적인 인사만 나눴을 뿐 다른 얘기를 한 기억이 없다.

준이 내 옆에 앉으면서 내 다리를 툭 친다. 연대의 의미다. 왁자지껄한 가운데 여기저기서 익숙한 카카오톡 알림이 들린다. 오르간 연주자가 첫 성가를 연주하기 시작한다.

엄마가 들어와 자리를 잡고 뒤이어 아빠가 들어온다. 성가대장인 엄마는 가운 위에 금색과 흰색의 띠를 둘렀다. 엄마를 제외하고 띠를 두른 사람은 신부님뿐이다. 신부님의 띠에 있는 금색이 좀 더 진하긴 하지만. 엄마도 틀림없이 눈치챘을 것이다.

엄마는 뒤로 돌아 낡은 인조가죽 장정의 성가집을 준에게 던져

준다. 또 한 번 카카오톡 알림이 들린다. 한 번 더. 또 한 번 더. 사람들이 겸연쩍어하며 전화기를 확인한다. 어른들은 늘 우리가 산만하다고 꾸짖으면서 핸드폰을 무음으로 바꾸지 못한다.

첫 성가가 시작된다.

나는 벽의 얼룩을 응시하며 패트릭은 나와 함께 이 안에 갇혀 있을 때 무슨 생각을 했을까 고민해 본다.

내가 영적 구원에 집중하지 않는 걸 알아차린 듯 엄마가 휙 돌아서서 나와 준을 보며 지휘를 한다. 가운을 입은 엄마의 소매가 펄럭일 때마다 바람의 움직임이 느껴지는 것 같다. 준은 나보다 노래하는 시늉을 더 잘한다. 그리고 영적으로 고양된 표정을 훌륭하게 흉내 낸다. 첫음절을 힘차게 내뱉은 뒤 바오로를 확실하게 발음한다. 나는 거의 입을 움직이지 않는다. 준이 다시 나를 팔꿈치로 찌른다. 이번엔 더 세게. 후렴에 이르자 그녀는 눈을 빛내며 턱을 크게 벌린다. 금방이라도 웃음을 터트릴 것 같다.

엄마는 마치 어린 배우를 지도하듯 미소를 지으며 과장된 입 모양을 만든다. 얼굴을 찌푸렸다가 환하게 웃더니 자기 입을 가리키며 내게 미소를 강요한다.

내가 간신히 따라잡는 순간 노래는 끝이 난다.

나는 차마 영성체를 받을 수 없어서 뒤에 있는 사람들을 앞으로 보낸다. 얼굴이 화끈거린다.

미사가 끝나자 우리는 체육관으로 향한다. 준과 나는 엄마를 따라 걷는다. 하늘은 보랏빛이다.

체육관 문을 들어서기 직전에 엄마가 뒤로 돌더니 내 머리칼을 귀 뒤로 넘겨준다. 나는 가시 돋친 말을 기다린다. 하지만 바지가 너무 꽉 낀다거나 머리를 좀 빗으라거나 하는 말은 나오지 않는다. 대신 엄마는 미소를 지으며 애정을 담아 내 팔을 꼭 잡아준다.

나는 그 순간을 간직한다. 이런 추억을 만들었다는 것만으로도 이번 여행은 가치가 있었다.

33장

또 카카오톡 알림이 들린다.

마늘과 젓갈이 가득 들어간 걸쭉한 한국 음식의 냄새가 벌써 체육관을 가득 메웠다. 엄마가 앞장서서 주방으로 들어간다. 그 앞에 늘어선 접이식 테이블 위에는 커다란 알루미늄 쟁반들이 놓여 있고 그 밑에서 고체 연료가 타오른다.

나는 엄마가 목에 감청색 앞치마를 걸고 일회용 비닐장갑을 끼는 모습을 지켜본다. 그녀는 요염하게 머리를 넘기며 목걸이를 드러낸다. 다른 아주머니들이 감탄하듯 바라보자 엄마는 머리를 이리저리 기울여 그들을 웃게 한다. 이윽고 그들은 다시 시뻘건 채소와 양념한 고기를 모두가 먹을 수 있도록 조금씩 손으로 퍼 담고 **반찬**을 돌리기 시작한다. 냄새가 굉장하다.

우리 뒤로 박헬레나 아주머니가 들어온다. 우리는 허리를 굽혀 인사한다.

"너희들 정말 반갑다."

따뜻한 미소를 짓는 그녀의 눈가에 주름이 진다.

"저희도요."

나는 정말 그렇다는 것을 깨닫는다. 돌아와 보니 나쁘지 않다. 준의 조언대로 나는 마음을 비우고 억지로 미소를 지어본다. 효과가 있다. 마치 즉석 전두엽 절제술을 받은 것처럼.

"특히 너, 제인."

헬레나 아주머니는 내 팔꿈치를 꼭 잡으며 말을 잇는다.

"집에 좀 더 자주 와. 네 엄마가 지난주 내내 쉴 새 없이 움직이더라니까. 우리 집 냉동실을 뒤져서 내가 만든 만두를 가져가고 오테레사네서 무김치도 가져갔어. 뉴욕에서 딸들이 온다고 며칠 동안 얼마나 자랑을 하던지. 엄마가 너희들 엄청 자랑스러워하셔서. 엄마가 너희들을 보러 갈 수 있으면 좋을 텐데."

"저는 자주 와요."

준이 끼어들자 아주머니는 웃음을 터트린다.

"그러니 다행이지. 네가 예전부터 동생을 잘 돌봤잖아."

그녀는 준의 어깨를 토닥이며 다시 말한다.

"일은 어떠니? 부모님이 어찌나 자랑스러워하시는지."

"아주 좋아요. 힘들지만 보람이 있어요. 좋은 성장의 기회기도 하고요."

그들은 훠턴 스쿨에 다니는 그녀의 아들과 그의 장학금에 대해 떠들어댄다. 나는 눈의 초점을 잃는다.

"너희들 어서 먹으렴."

헬레나 아주머니가 말하곤 멀찍이서 남자들과 함께 긴 접이식 테이블에 앉아 있는 신부님에게로 간다.

"엄마가 한 번만 더 내 얼굴에 대고 자랑스럽다고 말하면 머리가 폭발할 거야."

나는 신부님에게 음식을 가져다주러 몰려가는 아주머니들을 보며 준에게 말한다.

"정말이야. 귀에서 피가 쏟아지고 두개골과 머리카락이 사방에 흩어질 거라니까."

준은 눈을 굴리며 대꾸한다.

"엄마잖아. 당연한 거 아니야?"

나는 자기 접시에 음식을 담는 엄마를 다시 바라본다. 갑자기 견딜 수가 없다. 더는 엄마를 볼 수가 없다.

"나 배 안 고파."

내가 속삭이며 뒤로 돌아서서 저녁의 대기 속으로 걸어 나간다.

빌려 신은 하이힐이 주차장에 깔린 콩 자갈을 요란하게 밟는다.

길 건너편에서 싸구려 흰색 해치백*이 붉은 미등을 번쩍이며 주유소로 들어선다. 짧은 치마와 타이즈, 원색의 커다란 후드 티셔츠

---

* 차체 뒤쪽에 위로 들어 올려 열 수 있는 문이 있는 자동차

차림의 두 소녀가 차에서 껑충 내린다. 둘 다 머리를 밴드로 묶었다. 나는 어릴 때 토요일마다 내 친구들이 성당으로 나를 찾아오는 상상을 하곤 했다. 이 상상에서 가장 중요한 부분은 모두가 보는 앞에서 그런 일이 일어나는 것이다. 모든 성당 아이들이 내가 얼마나 멋진 아이인지 알 수 있도록. 내게는 성당 친구들이 필요치 않으며 그동안 나를 무시하고 따돌린 게 얼마나 큰 잘못인지 알 수 있도록.

나는 알루미늄 벤치에 앉아 담배를 꺼낸다. 어둠이 깔렸지만 낮에 내리쬔 햇볕의 온기가 남아 있다. 연기가 무겁게 폐를 뒤덮는 느낌이다. 학교 뒤에 있는 축구장에 스프링클러가 틀어져 있어서 불빛이 닿는 곳에 안개의 포물선이 보인다.

패트릭의 음성 메시지를 들어본다.

일하는 중이란다. 점심시간. 그는 치킨가스 샌드위치를 따분하고 상세하게 묘사한다. '식빵 가장자리를 잘라냈어. 신경을 좀 썼네.' 내가 뭘 하고 있는지, 정확히 어디에 있는지 묻는다. 식당엔 다녀왔냐고, 준은 함께 있냐고 묻는다. 혹시 무슨 일이 있는 건 아니냐며 집에 가는 이유를 물어보지 않은 자신을 질책한다. 그는 내 생각을 하고 있으며 저녁 약속을 취소한 일이 아직도 미안하단다. 그러곤 바비큐를 먹었는지, 공기의 냄새는 어떤지 묻는다.

나는 난생처음 음성 메시지의 매력을 깨닫는다.

그를 생각하자 꺼끌꺼끌한 느낌이 몸을 파고든다. 내가 아는 그와 내가 없을 때의 그가 충돌하는 탓이다. 인스타그램의 그는 평면적이다. 피도 눈물도 없는, 무서우리만치 어려운, 낯선 사람.

패트릭은 나를 뉴욕과 이어주는 유일한 끈처럼 느껴진다. 그리고 지금 이 순간 나와 그의 연결 고리는 아주 미약하고 현실감이 없다.

나는 내 입에 들어간 머리카락을 조심스럽게 빼주던 그를 떠올린다. 흔들림 없는 그의 어두운 눈. 내 위로 솟아오른 어깨. 따뜻하고 놀라운 존재감을 지니던 그 어깨. 지금껏 내가 살면서 겪은 최고의 순간이었다. 머릿속으로 그 장면을 몇 번이고 돌려봐도 매번 그 달콤함에 화들짝 놀란다.

나는 신발 밑창으로 담배를 비벼 끈다. 그의 번호를 누르자 심장이 쿵쾅거린다.

세 번째 신호에 그가 전화를 받는다.

"안녕."

나는 어둠에 대고 말한다.

"이야, 안녕."

"지금 성당이야."

"어때?"

"소름 끼치게 그대로야."

그는 웃음을 터트린다.

"난 또, 네 핸드폰이 주머니에서 실수로 눌린 줄 알았네."

"응, 난 전화가 익숙하지 않거든. 이런 실시간 대화는 어려워."

수화기 저편에서 그가 키득거리는 소리가 들린다. 가슴이 저릿해 온다.

"뉴욕에 간 뒤로 여기 처음 왔어."

"기분이 어때?"

"복잡해. 여기 있다가 돌아가면 뉴욕이 나를 다시 받아주지 않을 거라는 망상에 시달리고 있어. 샹그릴라나 엘도라도 같은 이상향처럼 떠난 자에게 벌을 내릴 것만 같아."

"네가 지금껏 노력한 게 다 허사가 되기라도 할까 봐?"

"응."

나는 전화기에 대고 미소를 지으며 덧붙인다.

"성적표에 0점이 찍힐 것 같아."

"뭔지 알아."

그가 말한다.

"하지만 넌 뉴욕에 진짜 삶이 있잖아. 거기가 네 집이잖아."

"그건 너도 마찬가지지."

그가 지적한다.

길 건너 주유소에서 두 소녀가 차로 돌아간다. 너무도 작아 보여서 차에 올라가는 모습이 곤충 같다. 초록색 후드 티셔츠를 입은 소녀가 조수석에 앉은 소녀의 배낭을 잡아당겨 끌어낸다. 그 아이가 비틀거리자 둘 다 자지러지게 웃는다.

나도 저만 할 때가 있었다고 생각하니 기분이 묘하다.

"이번 주말에 뭐 해?"

"일해야 돼. 누가 온다고 하기도 했고."

그런 뒤 그는 한숨을 쉬며 묻는다.

"언제 와?"

"내일."

"드디어."

"내 말이."

그는 웃음을 터트린다.

"오늘 밤 다 같이 여기저기 다니면서 뭔가 재미있는 걸 해야겠네."

그가 나를 위해 남부 사투리를 써주자 마음이 따뜻해진다.

"아이스티 공짜 리필 기억하지? 바비큐는?"

"맞다."

"그리고 텍사스엔 드넓은 하늘이 있잖아."

나는 고개를 든다. 여전히 있다. 망망대해처럼 사위를 잠재우는 하늘.

"넌 다시 뉴욕을 보게 될 거야. 내가 약속할게."

"알았어."

"게다가 너 아직 우리 트레이닝복 한 벌 갖고 있잖아."

나는 어쩔 수 없이 빙긋 웃는다.

우리는 밤 인사를 주고받는다. 나는 다시 담배에 불을 붙이고 한 모금을 빤다. 패트릭에게 성당 사진을 보낸다. 금세 좋다는 표시가 뜬다.

"장난해?"

준이 내 옆에 무겁게 앉는다.

"난 진짜 암 환자거든."

그녀는 연기를 가리키며 말한다.

나는 길게 한 모금을 마신다. 너무도 맛이 없지만 그녀 때문에 끄고 싶진 않다. 나는 보란 듯이 고개를 돌리고 연기를 뱉는다.

손등에 준의 차가운 손끝이 느껴진다. 그녀가 담배를 빼앗더니 놀랍게도 한 모금 빤다.

"뭐야?"

"우웩."

그녀는 연기를 내뱉곤 자기 발밑에 침을 뱉는다.

"맛없어."

그러면서도 담배를 놓지 않고 다시 들이마신다.

나는 그것을 빼앗아 던진다.

패트릭 얘기를 하고 싶지만 그럴 수 없다. 어차피 언니가 무슨 말을 할지 뻔히 아는데 그런 걸로 다시 사이가 틀어지고 싶지 않다. 그녀는 내가 이미 알고 있는 사실을 얘기할 것이다. 그가 내게 너무 과분하다는 것.

그녀가 우리의 통화를 얼마나 들었는지 모르겠다.

"너 마지막으로 여기 온 게 언제지?"

준의 입에서 희미하게 마늘 냄새가 난다.

"알면서."

"알지."

우리는 어둠 속에 사이좋게 앉아 있다.

"바람 쐬러 갈까?"

준이 자동차 열쇠를 흔들며 묻는다.

내가 체육관을 흘끗 돌아보자 그녀가 말한다.

"엄마 아빠는 한참 걸릴 거야. 치우고 떠들고 하려면."

그녀는 일어나며 덧붙인다.

"가자. 데어리 퀸*에 데려가 줄게."

그녀가 나에게 왜 이렇게 다정한지 모르겠지만 아주 오랜만에 언니와 함께 돌아다닐 생각을 하니 마음이 들뜬다.

"좋아."

나는 어깨를 으쓱한다. 그러곤 박하사탕 하나를 까서 입에 넣고 몸에 향수를 뿌린다. 준에게도 건넨다.

"소심하기는."

그녀는 이렇게 말하며 고개를 젓는다. 그래도 나는 어쨌든 향수를 뿌려준다. 내가 아니라 준이 엄마에게 걸려도 무섭긴 마찬가지니까. 엄마가 담배 냄새를 맡는 날엔 우리 둘 다 끝장이다.

나는 손을 얼굴로 올려 냄새를 맡아보고 거기에도 향수를 뿌린다.

---

* 소프트 아이스크림에 주력하는 미국의 패스트푸드 체인

"잠깐."

준이 손을 펼치며 말한다.

"여기도 뿌려."

34장

"데어리 퀸이 지미 버핏* 소유인 거 알아?"

나는 수업 시간에 배운 내용을 지껄인다.

"지미 버핏이 데어리 퀸을 엄청 좋아해서 파산 직전까지 간 걸 되살렸다니까."

준은 환하게 불이 켜진 주차장으로 들어가며 중얼거린다.

"바보야, 나도 경영대 나왔거든."

사실 나는 데어리 퀸의 히스 바 블리자드 아이스크림을 너무도 좋아한다. 준도 알고 있다. 그렇다고 피넛 버스터 파르페가 훌륭하지 않은 건 아니다. 어금니에 끼는 날카로운 덩어리가 든 아이스크림 한 통을 통째로 먹고 싶은 마음이 간절해서 칼로리 계산도 잊기로 한다.

나는 목을 길게 빼며 커다란 플라스틱 메뉴판을 들여다본다.

---

* 미국의 싱어송라이터 겸 사업가

"바나나 스플릿 블리자드도 있는 거 알아? 인터넷에서 보고 알았다니까. 아, 버터핑거를 먹어야 하나?"

나는 패트릭에게 보여주려고 사진을 찍는다. 우리 앞에 줄 선 차가 네댓 대쯤 된다. 빨리 먹고 싶어서 견딜 수가 없다.

준이 말한다.

"야, 그냥 둘 다 먹어. 아무도 상관 안 해."

우리 차례가 되자 준이 창밖으로 몸을 내밀고 소리친다.

"파인애플 선디 하나요."

나는 낯선 사람을 보듯 내 언니를 바라본다.

"헐, 데어리 퀸에서 **그걸** 먹어?"

세상에 이렇게 어이없는 일이 또 있을까? 수많은 디저트 가운데 그 흔한 파인애플 선디라니.

준은 어깨를 으쓱하며 대꾸한다.

"난 지금 그걸 먹고 싶어. 나한테는 데어리 퀸이 그렇게 특별하지 않아. 나가면 널린 게 드라이브스루인데."

나는 헬스 바 블리자드를 주문한다.

"운전 강습은 왜 도중에 그만뒀어?"

준은 차를 창구 쪽으로 조금씩 이동하며 내게 묻는다.

"몰라."

나는 머리를 짧게 깎은 붉은 얼굴의 강사를 떠올린다. 그는 파파도우 해산물 식당에서 웨이터로 일한다며 그곳에 오면 음료수를 공짜로 주겠다고 했다. 적어도 스물다섯 살은 된 것 같은데 너무 징그러웠다.

그때 그만뒀다. 거기에 신경 쓸 겨를이 없었다. 엄마가 집을 나갔으니까.

"뭐 하러 배워? 텍사스에서 서쪽으로 여덟 시간을 달려도 아직 텍사스인데."

내가 묻자 그녀가 대꾸한다.

"그래도 떠날 수 있다는 걸 알면 좀 더 견디기 쉽거든. 나한텐 도움이 됐어. 말도 안 되게 드넓은 하늘 아래를 정처 없이 달렸지만 적어도 그 안에서 내가 어느 정도의 결정권을 가졌다고 느꼈으니까."

실제로 준은 처음 운전면허를 땄을 때 훨씬 더 행복해 보였다. 숙제를 끝내고 그녀가 내게 문자를 보내면 우리는 함께 아이스크림을 먹으러 데어리 퀸에 가고 체리 라임에이드를 먹으러 소닉*에 가기도 했으며 정말 풀어지고 싶을 때는 롱 존 실버스**에 갔다가 추가로 왓어버거*** 크림 그레이비 치킨 핑거와 텍사스 토스트를 먹기도 했다.

준은 늘 차에 타고 있을 때 더 편한 대화 상대였다. 내가 조용히 말한다.

---

* 미국의 드라이브스루 패스트푸드 체인
** 미국의 해산물 전문 패스트푸드 체인
*** 텍사스에 본거지를 둔 햄버거 체인점

"이번에 데려와 줘서 고마워."

"그렇게 나쁘지 않지?"

"응. 성당도 그렇게 싫진 않았어."

"그렇지?"

"응."

나는 엄마가 계기반에 붙여둔, 체스 말만 한 크기의 성모마리아 상을 바라본다. 학교에 가서 짐을 풀었을 때 내 여행 가방 맨 아래 똑같은 마리아상이 있었던 기억이 난다. 나는 그것을 양말 서랍에 던져 넣곤 그 뒤로 한 번도 보지 않았다.

"아까 성당에서 나에 관해 물어본 사람 있었어?"

지난 4년 동안 변한 게 거의 없다는 사실에 내가 불편한 건지 안도하는 건지 모르겠다.

준은 웃음을 터트린다.

"성당 아줌마들이 매주 네 더러워진 영혼을 위해 촛불을 밝혔냐고 묻는 거야? 아니면 신부님이 제인이 신자들의 품으로 돌아왔다는 설교라도 했을까 봐?"

준은 나를 돌아보며 다시 묻는다.

"그런 걸 묻는 거야?"

"아니, 언닌 왜 그렇게 재수 없냐고 묻는 거야."

준은 웃음을 터트린다. 그러곤 차를 좀 더 움직인 뒤 다시 주차 모드로 바꾼다.

"그때 엄마가 어디 갔냐고 누가 언니한테 물어본 적 있어?"

그녀는 어깨를 으쓱한다.

"아니. 아빠한테도 안 물어봤을걸. 너도 알잖아. 성당 아줌마들은 꼬치꼬치 참견하다가도 **진짜** 암울한 일이 터지면 입을 다문다니까. 전염된다고 생각하나 봐."

나도 안다. 그건 성당뿐만이 아니다. 어디나 마찬가지다.

"엄마가 어디 갔었는지 우리가 알게 되는 날이 올까?"

"물어보면 되지."

준의 말에 우리 둘 다 자지러지게 웃는다.

"넌 정말 엄마가 안 올 거라고 생각했지?"

나는 엄마의 짐 가방을 떠올린다. 그리고 소름 끼치도록 차분했던 엄마의 얼굴도.

"응, 그랬어."

나는 솔직하게 대꾸한다.

35장

　오래전 준에게 엄마가 돌아오지 않을 거라고 했을 때 그녀는 알
람시계로 내 머리를 후려쳤다.

　"나쁜 년!"

　그녀는 내 머리칼 한 줌을 두둑이 움켜쥐곤 있는 힘껏 잡아당겼다.

　"저리 가, 이 사이코야!"

　나는 분한 눈물을 가득 머금은 채 몸을 비틀어 떼어냈다. 그녀
는 피부가 가장 연한 귀 뒤쪽의 머리칼을 낚았다. 나는 계단을 달
려 내려가다가 카펫이 깔린 계단참에서 뒤로 돌아 조롱의 말을 쏟
아냈다.

　멍청한 년. 역겨워. 루저. 따분하게 굴지 말라고 소리치기도 했다.
나는 거실로 뛰어들어 가 열쇠와 지갑, 립글로스 따위를 무작정 가
방에 쑤셔 넣으며 짐을 챙겼다.

　얕은 주머니에 손을 넣어 엄마의 단단한 반지를 확인했다. 그 첫

날 밤에 나는 준에게 말하려 했다. 우리의 새로운 삶이 시작됐다고. 하지만 그녀는 들으려 하지 않았다. 변화를 받아들이지 않는 그녀가 한심했다. 그 순진함에 욕지기가 났다. 언니라면 언니답게 굴어야 하는데. 좀 더 영리해질 필요가 있는데.

그녀는 내 앞에 얼굴을 바싹 들이밀고 명령조로 말했다.

"너 숙제나 좀 해! 엄마가 돌아왔는데 성적이 더 떨어지면 어쩌려고 그래?"

나는 몸을 꼿꼿이 펴며 씁쓸하게 웃었다.

"정말 순진하다."

나는 다 얘기하고 싶었다. 우리의 소중한 엄마는 이제 우리 곁에 머물 만큼 우리를 사랑하지 않는다고, 떠나다가 걸려서 내게 반지를 줬다고. 이 부당한 뇌물과 그 잔인함을 나만 알고 싶진 않았다. 준은 누구보다도 엄마를 사랑했는데 엄마는 그걸 상관하지 않았다. 준에겐 아무것도 남기지 않았으니까. 엄마는 그만큼 큰딸에게 관심이 없는 거라고 나는 말하고 싶었다.

"솔직히 난 언니가 불쌍하다."

나는 그녀를 노려보며 밀쳐냈다. 그때 그녀는 초췌하고 작아 보였다. 수분과 활기, 도덕적 분노가 모조리 빠져나간 사람처럼. 학교 갈 때 입은 우스꽝스러운 호그와트 티셔츠를 그대로 입은 채였고 소매에는 얼룩이 묻어 있었다. 그녀가 학교에서 사회적 부채라는 사실, 마법과 판타지에 대한 집착을 모두의 앞에 드러내고 다닌다는 사실만으로도 충분히 부끄러웠다. 진실을 받아들이는 게 고통스럽다고 해도 집에서만큼은 현실을 직시해야 할 게 아닌가. 그 점을 용서할 수 없었다.

"엄마는 돌아오지 않아!"

나는 다시 한번 이렇게 소리쳤다.

준은 나를 밀쳤다. 나는 엉덩방아를 찧으면서 볼을 세게 깨물었다. 준이 너무 미워서 치가 떨렸다.

그녀는 문을 가로막으며 소리쳤다.

"넌 정말 못됐다. 의리라고는 눈곱만큼도 없네. 어쩜 그렇게 이기적인지. 토할 것 같아. 넌 우리 가족이 될 자격도 없어."

"가족?"

나는 텅 빈 집을 향해 식식거렸다.

"여기 가족이 어디 있어?"

아빠는 가게에 나가고 없었다. 그는 어떻게든 우리를 피하려 했고 우리는 어떤 설명도 듣지 못한 채 그저 알아서 살아가야 했다.

준도 정신을 차려야 했다.

"엄마는 떠났어. 엄마는 우릴 신경도 쓰지 않아. 언니가 아무리 졸업생 대표를 하고 집을 티 한 점 없이 치우고 매일 성당에 가서 기도해도 엄마는 돌아오지 않아. 엄마는 떠났어. 이제 신경도 쓰지 않는다고."

엄마에게 직접 듣지 않아도 나는 알 수 있었다. 엄마의 음성 사서함은 가득 찼다. 우리가 채운 것이었다. 엄마의 침묵에 나는 가슴이 무너졌다.

한 달쯤 지났고 나는 이미 단념했다. 오히려 엄마가 떠난 건 내게 일어난 최고의 사건이었다. 엄마가 우리를 잊을 수 있다면 내가 먼저 엄마를 완전히 잊어야 했다. 나는 난생처음 마리화나를 피웠다. 평일에도 밤새워 놀았고 진을 마셨으며 귀가 먹먹할 정도로 토악질을 했다.

나는 내 열다섯 살 몸뚱이로 최대한 거만함을 끌어모아 그녀를 지나쳐 갔다. 건방지게 머리를 기울이기도 했다.

"난 나간다. 친구 없는 건 자기 탓이지. 멍청한 루저."

준이 달려들었다. 나는 발길질로 그녀를 떼어내고 문을 홱 열었다. 진입로를 달려 내려가면서 샌들이 찰싹찰싹 발에 붙었고 바람에 머리칼이 날렸다. 날아갈 것 같았다. 나는 뒤돌아보지 않고 엄마의 반지를 손가락에 끼웠다.

차가 덜컥하며 멈춘다.

"엄마는 아팠던 건지도 몰라."

준이 말한다. 앞차의 브레이크 등에서 나오는 붉은 빛이 그녀의 얼굴을 감싼다.

"돌아왔을 때 좀 이상해 보였잖아."

엄마는 석 달 뒤에 돌아왔다. 이른 아침이었다. 여위고 창백한 모습으로 돌아와 바로 잠에 빠졌다.

"아, 아빠가 정말 안돼 보였어."

"그래. 그래서 아빠 혼자 성당에 가게 둘 수 없었던 거야."

우리 앞차의 운전자가 손을 뻗어 두둑한 봉투 네 개와 디저트 받침대 두 개를 받는다.

"누가 데어리 퀸에서 식사를 주문해?"

준이 중얼거린다.

우리는 둘 다 질색하며 고개를 젓고는 앞으로 나아간다.

"어, 안녕하세요."

준이 계산원에게 말한다. 그녀의 말투가 어딘지 신랄하게 느껴져서 나는 고개를 숙이고 그녀의 시선을 따라가 본다. 순간 나는 화들짝 놀라며 얼굴이 화끈거린다. 그와 동시에 내게로 향하는 준의 시선이 느껴진다. 그는 나를 모를 테지만 나는 한눈에 그를 알아봤다.

홀랜드 힌트의 남동생 윌리.

내 위치에서 보이는 그는 두 뺨에 여드름이 가득하고 지난 몇 년 사이에 키가 홀랜드만큼 컸다. 그만큼 옆으로는 커지지 않았지만.

홀랜드보다 두 살 어린 그는 나와 준을 알 리가 없는데도 나는 어느새 숨을 참고 있다.

지난번에 찾아봤을 때 그의 형은 공군에 들어간 걸 알아냈지만 그래도 혹시 그가 여기서 일하지 않을까 하는 걱정에 가슴이 덜컥 내려앉는다. 나는 고개를 돌려 주차장에 낡은 파란색 닛산 트럭이 있는지 살펴본다. 수많은 기억이 밀려든다. 그는 나를 태우고 라디오를 켠 채 좀처럼 말을 하지 않고 돌아다녔다. 그리고 아는 사람이 보일 때마다 숨으라고 했다.

윌리가 언니에게 액수를 알려주는 소리가 들린다. 준은 단정하게 지갑 버튼을 열고 그에게 20달러를 건넨다.

나는 콤팩트를 꺼낸다. 얼굴에 기름이 흐른다. 입술도 다 일어났다.

윌리는 거스름돈을 주고 우리에게 다음 창구로 가서 기다리라고 한다.

준은 기어를 주행으로 바꾼다. 잠시 후 그녀가 브레이크를 밟자 나는 앞으로 덜컥 튕긴다.

"걔 동생 맞지?"

준이 말한다. 턱에 힘이 잔뜩 들어갔다.

나는 대답하지 않는다. 그녀가 기억한다는 게 놀라울 뿐이다. 나는 준이 눈치채지 못하게 슬며시 룸미러로 그에게 우리 얘기가 들리지 않을지 확인한다.

준은 고개를 저으며 나를 살핀다.

"와, 저 개자식들 완전 똑같이 생겼네."

점점 끓어오르는 그녀의 분노가 느껴진다.

"인사라도 하지 그랬어?"

그녀가 거친 목소리로 말한다.

"그러지 마."

그녀는 내게서 콤팩트를 빼앗아 닫는다.

"너 혹시 쟤가 자기 형한테 전화해서 네가 어떤 모습인지 얘기할까 봐 이러는 거야?"

나는 내 손에 들린 파우더 퍼프를 노려본다. 내가 그걸 꺼낸 줄도 몰랐다.

"언니."

그녀는 가운데 콘솔에 거스름돈을 던져 넣으며 말한다.

"쟤는 널 몰라. 그리고 쟤 형이 여기 있다고 해도 널 모른 척할걸. 고등학교 때처럼."

그녀는 온몸으로 분노를 뿜어내고 있다.

나는 어깨를 으쓱하며 대꾸한다.

"난 고등학교 시절은 거의 기억 안 나."

"웃기고 있네."

그녀가 말한다. 어둠 속에서도 뺨이 벌겋게 달아오른 게 보인다.

내가 한숨을 쉬며 창밖을 내다보자 그녀가 다시 말한다.

"솔직히 말해. 너 이제 아이스크림 먹고 싶지 않지?"

정확히 맞혔다.

"이제 배 안 고파."

"알았어."

그녀는 날카롭게 말한 뒤 시동을 걸고 핸들을 오른쪽으로 거칠게 돌린다. 우리 앞에 있는 승용차 미등을 들이받는 줄 알았는데, 막판에 그녀는 후진 기어를 넣는다.

"언니!"

내가 소리친다. 나는 손을 올려 천장을 붙잡고 발로 바닥을 단단히 딛는다.

"시끄러워!"

그녀가 말한다. 경적이 울리고 있다.

고개를 돌리자 우리 뒤에 있던 멕시코계 가족의 놀란 눈이 보인다. 준은 욕을 하며 줄에서 나가기 위해 조금씩 움직인다.

"고맙습니다!"

우리는 둘 다 룸미러를 보며 손을 흔들다가 앞으로 나가는 순간 도로에서 넓게 돌려 주차장으로 들어오는 밴을 들이받을 뻔한다.

준은 다시 급브레이크를 밟는다. 엄마가 그랬듯 팔을 뻗어 내 몸을 붙잡으려다가 결국 목을 세게 때리곤 팔꿈치로 배를 찌르고 만다.

"아. 아프잖아."

나는 원망하는 눈으로 그녀를 노려보며 가슴을 문지른다.

밴 운전자는 우리에게 가운뎃손가락을 들어 올린다.

"미치겠다, 언니. 차 좀 세울래? 잠깐만 세워봐."

"알았어."

준은 조용히 주차 공간으로 들어간다.

우리 옆에 고동색 밴이 주차돼 있다. 뒷유리에 붙인 표지판에는

흰색 구두약으로 이렇게 적었다. '신장이 필요합니다. A형 또는 O형.'
그리고 전화번호가 있다.

"넌 왜 이렇게 **약해 빠졌니?**"

준이 정면을 노려보며 말한다. 욕을 각오하고 있던 나는 무너져
내린다. 그녀는 숨을 훅 들이마시며 눈을 꼭 감는다. 그러곤 부들
부들 숨을 내뱉는다.

"너도 어쩔 수 없는 거 알아. 하지만 그래도 너무……."

준은 손바닥으로 핸들 아래쪽을 세게 내리친다.

손가락에 엄마의 루비 반지를 끼고 귓전에 울리는 언니의 목소
리를 무시하며 홀랜드의 파란 트럭 문을 열 때만 해도 나는 그의
여자 친구가 될 줄 알았다. 그런 예감이 들었다. 드디어 내가 모두
를 제쳤다고. 내가 주인공의 연인이 되는 거라고. 모든 대중가요가
나의 주제곡이 되는 거라고.

"안녕."

그는 알 수 없는 표정으로 말했다. 나는 미소를 기대했는데. 안
아주길 바라기도 했지만 그는 짜증이 난 듯 보였다. 마치 내가 성
가신 존재인 것처럼. 친구들과 함께 그가 일하는 대마 가게 플래
닛 케이에 갔을 때 내가 몰래 그에게 다가간 건 사실이지만, 먼저
만나자고 한 사람은 그였다. 트럭에 올라탔을 때 나는 바닥에 굴
러다니는 빈 플라스틱 음료수 병과 찌든 담배 냄새, 감청색 인조

가죽 좌석에 덕지덕지 붙여놓은 덕트 테이프, 그 위로 삐죽 튀어 나와 내 허벅지를 파고드는 스프링 따위에 화들짝 놀랐다. 나는 질색하는 내색을 하지 않으려고 노력했다. 까탈스러운 사람이라는 얘기를 듣고 싶지 않았다. 그것은 여자에게 최악의 모욕이라는 것을 알았기 때문이다.

"너를 샤토에 데려가려고."

그는 나를 보지도 않고 말했다. 나는 샤토에 가본 적 없었다. 우리는 말없이 달렸고 나는 그게 낭만적이라고 멋대로 생각했다. 우리는 철로를 지나 끝없이 이어진 듯한 구역으로 들어갔다. 그는 말이 없고 음울했지만 나는 어쨌든 우리가 결국 얘기를 할 거라고 생각했다. 내 침묵에 대한 보상으로 그가 나를 받아줄 거라고. 그는 내가 편안한 대화 상대라고 말해줄 게 분명했다. 그의 여자 친구가 이해하지 못하는 것들을 내게 털어놓을 것이다.

우리는 막다른 골목의 집으로 차를 몰고 들어갔다. 최소한 현관 앞에 불을 켜놓는 예의도 없는 집이었다. 그곳에서 나는 2학년들이 거의 알지 못하는 비밀을 알게 됐다. 학교에서 수많은 4학년들이 떠들어대는 샤토, 가장 난잡한 파티가 벌어지는 그곳이 그저 도시의 좀비 지역, 아무것도 없는 지역에 버려진 짓다 만 모델하우스에 불과했다는 비밀 말이다.

문은 조금 열려 있고 문손잡이가 있어야 할 자리에는 구멍이 뚫려 있었다. 홀랜드가 먼저 들어가면서 문을 잡아주지 않자 나는 실망에 휩싸이면서도 그런 내가 어리석다고 느꼈다. 바닥에는 맥주 캔들과 깨진 유리 조각이 흩어져 있고 지린내가 코를 찔렀다. 바닥에 깔린 지저분한 매트리스 주위에는 플라스틱 의자 몇 개가 놓여 있고 저편 벽에는 시커먼 검댕이 칠해져 있었다. 금빛으로 반짝거리는 뭔가가 시야에 들어왔다. 콘돔 포장지였다. 그러고 보니 매트리스 주위에 은박 포장지 조각이 수없이 흩어져 있었다.

나는 샤토가 저택이라고 생각했다. 하지만 대체 어디서 그런 얘기를 들었을까? 샤토에 수영장이 있을까? 우리가 거기에 발을 담그고 놀게 될까? 나는 바보처럼 이런 생각을 했더랬다. 이곳은 전기도 들어오지 않는 애처로운 폐가에 불과했다. 창문의 유리는 깨져 있었다. 주방에는 제대로 된 설비가 하나도 없었고 식당처럼 보이는 곳에 누군가가 변기를 끌어다 났다.

온몸으로 진한 혐오감이 퍼져 나가며 내 손톱이 손바닥을 파고드는 게 느껴졌다.

우리는 파이어볼 시나몬 위스키를 마신 탓에 입이 맵고 뜨거웠다. 그는 여전히 말을 하지 않은 채 이 껍데기뿐인 눅눅한 집의 거친 벽에 나를 기대 세워놓고 입을 맞췄다. 게슴츠레 뜬 그의 눈은 초점이 없었고 나는 그저 이 장면을 바라보는 구경꾼이 되고 싶어서 내 몸을 벗어났다. 적어도 한동안은 이걸 비밀로 해야 한다는 사실을 알았지만 나의 변화를 누구나 알아챌 거라고 나는 확신했다. 내 움직임에서 그것을 감지할 거라고. 엄마를 향한 강한 분노가 모종의 힘으로 승화할 수 있을 거라고. 그는 키스를 꽤 잘했다. 느리고 섬세한 키스가 계피 맛 술로 알딸딸해진 나를 녹이는 듯했다. 그 순간만큼은 우리가 무단 점유지에 서 있다는 사실도 개의치 않았다. 바닥에 깨진 유리가 그렇게 많아도 상관없었다. 우리 둘 다 허공에 떠 있는 듯했다.

나는 그의 손을 잡고 그를 다시 트럭으로 이끌었다. 그의 손은 놀랍도록 따뜻하고 부드러웠다. 그의 트럭 화물칸에는 성기게 엮은 거친 담요가 있었다. 그가 두 손으로 내 가슴을 더듬자 나는 바지까지 손을 뻗지 않기를 간절히 바랐다. 손톱이 더러운 남자가 질에 손가락을 넣으면 파상풍에 걸릴 수도 있다는 얘기를 들었다. 그의 손톱을 확인하려 했지만 너무 컴컴했다. 그가 내 목을 빨다가 다시 입에 키스하자 나는 신음 소리를 냈다. 여자라면 원치 않아도 그래야 한다는 걸 알았기 때문이다.

그가 내 손을 잡아 자신의 바지 지퍼로 끌어가자 어쩐지 비현실적인 느낌이 들었다. 어느새 내가 홀랜드 힌트의 성기를 만지고 있다는 사실에 나는 화들짝 놀랐다. 그리고 성기의 감촉도 충격적이었다. 마치 그와 완전히 분리된 존재, 앞을 못 보는 어떤 짐승을 더듬고 있는 것 같았다. 털이 없고 작은 고양이의 등뼈를 만지는 기분이랄까. 뜨거운 액체가 뿜어져 나와 내 손에서 반짝거리며 식어갔다. 속이 메슥거리는 게 현기증 때문인지 혐오스러워서인지 구별이 되지 않았다. 이 부분은 아무에게도 말해선 안 된다는 것을 나는 알고 있었다. 내 손톱을 살펴봤다. 깨끗했다.

그와 함께 반지가 사라졌다는 걸 깨달았다.

"내 반지."

가슴이 쿵쾅거리는 것을 느끼며 나는 일어나 앉았다. 엄마가 내게 남긴 전부였는데 약쟁이의 바지 속에서 잃어버리다니.

"뭐?"

"내 반지."

어느새 내 목소리가 날카로워지고 있었다.

"찾아야 해."

대낮의 환한 빛 속에서도 조는 듯 보이던 홀랜드는 이제 정신이 혼미해 보였다. 그는 꼼짝도 하지 않았다. 내가 반지 찾는 걸 전혀 도와주지 않았다. 아래위로 뛰어보면 자기 바지 속에 들어갔는지 확인할 수 있을 텐데 그렇게 하지도 않았다. 쓰레기가 가득한 그의 차를 뒤지도록 핸드폰을 비춰주지도 않았다.

다음 날 아침 그는 아무 일도 없었다는 듯이 나를 지나쳐갔다. 그런데도 2주 뒤에 나는 그 방에서 말없이 순결을 잃었다. 내가 쓴 콘돔 포장지가 바닥으로 떨어지는 것을 봤다. 그래도 서서 해서 다행이라고 생각했다. 물론, 아팠다. 그가 그렇게 잔인하고 부적절한 각도로 들어와선 안 될 것 같았다. 하지만 어쨌든 나는 아무것도 만지지 않으려고 안간힘을 썼다. 일주일 뒤 홀랜드 힌트는 두 번 다시 내게 말을 걸지 않았다.

세상일이 내 뜻대로 되지 않는다는 걸 그렇게 배웠다.

그가 복도에서 마르고 화려한 여자 친구의 가느다란 몸을 끌어당겨 어깨를 감싼 채 키스하는 모습을 볼 때면 깊은 고통이 뱃속을 후벼 파는 것 같았다.

그들은 둘 다 갈색 머리였다. 뒤에서 보면 마치 남매 같았다.

아무도 모르는 줄 알았다. 그런데 며칠 뒤 소문이 퍼지기 시작했다. 친구들은 멀어졌고 남자들의 연락이 많아졌다.

준이 시동을 끈다.

"넌 누가 너를 해칠 때마다 어떻게든 열 배쯤 더 가혹하게 자신을 해치잖아."

내 언니에게 그런 얘기를 듣는 건 편치 않지만 어쩐지 부인할 수가 없다.

"쳇, 상관없어."

희미하게 내 무릎 위로, 준에게 빌린 옷 위로 눈물이 떨어지는 소리가 들린다.

그래도 그녀의 말이 옳다. 끝까지 내게 치욕을 준 홀랜드 힌트 때문에 내게는 목적이, 방향이 생겼다. 그것은 불안한 보호막이 됐다. 그 장막 속에는 어느 때보다도 얄팍해진 내가 있었다. 내게는 홀랜드 힌트가 필요하지 않았다. 엄마가 필요하지 않았다. 준도 필요하지 않았다. 언니가 대학으로 떠날 무렵 나는 단단해졌다. 엄마와 홀랜드, 친구들, 그들 모두가 훌륭한 예행연습을 하게 해준 것이다.

"이제 갈까?"

준은 한숨을 쉰다. 나는 우리 옆의 밴에 구두약으로 적은 흰 글씨를 바라보고 있다. 누군가가 저들에게 신장을 내주기를 바라며. 대체 누가 왜 그런 짓을 할까 싶지만.

36장

나는 엄마의 침실로 살금살금 다가간다. 엄마 아빠는 아래층에서 텔레비전을 보고 있고 준은 샤워를 하는 중이다. 어릴 때 나는 속옷까지 모조리 벗고 내가 엄마라고 상상하며 알몸으로 엄마의 침대에 들어가곤 했다. 내가 어른이라고 상상하며. 아름다운 여인, 모두가 우러르는 여인이라고 상상하며.

어린애들은 그렇게 엉큼한 구석이 있다.

나는 엄마의 거울 달린 벽장 문을 옆으로 밀어 연다. 좀약 냄새가 엄마의 향수 냄새를 짓누른다. 나는 숨을 깊이 들이마신다. 얼굴에 닿는 섬유의 감촉이 좋다. 평소 엄마가 일할 때 입는 따분한 옷들을 지나 안쪽 깊숙이 손을 넣자 하얀 옷 가방이 만져진다. 아직 그대로 있다. 입지 않은 채로. 기다리고 있다. 나일론 가방 위쪽의 구멍으로 옷걸이를 당겨 잡고 지퍼를 열어 블레이저의 어깨를 꺼낸다. 엄마의 옷은 조그맣다. 유행이 지났지만 단정하게 반짝거리는 단추들이 조밀하게 붙어 있어 마치 인형 옷 같다. 나는 거기에 뺨을 대본다. 실크 섬유가 피부를 간지럽힌다.

나는 그것을 제자리에 돌려놓고 내가 가장 좋아하는 것을 찾아본다. 엄마의 한복. 기억 속의 모습 그대로 여전히 곱지만 가까이 들여다보니 작은 구멍들로 빛이 투과한다. 구멍이 줄줄이 이어져 있다. 저고리 진동 아래 모여 있는, 탐욕스러운 나방들이 먹어치운 흔적. 이 아름다운 옷의 가능성을 도둑맞았다는 생각에 가슴이 찢어진다. 아무리 정성스레 보존해도 결국엔 망가지고 말다니.

물소리가 그치자 나는 한복을 제자리에 돌려놓고 벽장 문을 닫는다.

텔레비전을 보는 엄마를 보는 준을 바라본다. 때가 된 모양이다. 그녀가 다 털어놓으려나 생각하니 초조해진다. 암에 걸렸다고, 수술을 해야 한다고, 손주를 안겨줄 수 없다고.

"그런데 이건 요즘 한국 예능 프로가 아닌데."

대신 준은 내게 이렇게 말한다. 나는 화면을 흘끗 올려다본다. 출연자들이 커다랗고 이상한 가면이나 만화의 마스코트 얼굴을 쓰고 노래를 불러 경연하는 프로그램이다.

엄마 아빠는 소파에 누워 있고 우리는 그 아래 바닥에 누워 있다. 준은 아빠가 혈액순환에 좋은 베개라고 주장하는 나무토막을 베고 있고 나는 옆으로 누워 팔로 머리를 받치고 있느라 팔이 저린다.

"여기서 리메이크한 거야."

엄마가 눈도 깜빡이지 않고 말한다. 준은 내게 눈빛을 보낸다. 우리는 엄마가 아닌 척하면서 항상 듣고 있다는 사실에 놀라곤 한다.

"복면가왕."

엄마는 화면에서 시선을 떼지 않고 영어로 말한다. 엄마는 가끔 그럴 때가 있다. 우리가 생각하는 엄마의 모습과는 다른 모습을 보여줄 때. 예를 들어 고등학교 졸업반 시절 나는 엄마가 스퍼스*의 스타팅 라인업에 대해 확고한 의견을 갖고 있다는 것을 깨달았다.

고양이 가면을 쓴 참가자가 마치 목이 부러진 사람처럼 불편한 각도로 머리를 꺾은 채 〈메모리〉를 부른다. 풍부한 남자 목소리와 몸에 걸친 슬림한 빨간색 정장이 어쩐지 오싹한 느낌을 더한다.

카메라가 관중석에서 황홀해하는 젊은 여성의 얼굴을 클로즈업한다.

준이 내게 말한다.

"**이래서** 네가 K 드라마에 빠지지 못하는 거야. 꼰대들 프로그램만 봤잖아. 한국 드라마에 빠지면 한국어가 금방 좋아질걸. 그런 걸 수동적인 학습이라고 해."

그녀는 베개를 긴 쪽으로 돌린다. 사실상 나무토막에 불과한 베개가 그렇게 하면 더 편안해지기라도 할 것처럼.

"웃기네. 자기도 〈길모어 걸스〉만 보면서."

---

* 텍사스주 샌안토니오가 연고지인 NBA 프로 농구 팀

내가 지적한다.

"첫째, 나는 너보다 한국어가 아주 뛰어나니까. 둘째……."

그녀는 일어나 앉으며 말을 잇는다.

"세 글자로 말하면, 레인 김.*"

마치 의사봉을 내리칠 때처럼 그녀의 얼굴에 만족감이 감돈다.

"그리고 로렐라이랑 로리가 나오는데 그렇게 말하면 안 되지. 정신 차려. 수키는 어쩌고. 제스도 그렇고."

"하지만 레인의 엄마는 이상하잖아."

"그 엄마는 살면서 힘든 일을 많이 겪었어."

그녀는 다시 누우며 말을 잇는다.

"별의별 꼴을 다 봤을 거야. 인정해 줘야지."

아빠가 다시 채널을 돌린다. 이번에는 군대에서 돌아와 엄마를 껴안고 울음을 터트리는 아들들의 영상이 나온다. 엄마들은 아들의 품으로 뛰어들어 무너져 내린다. 배경에 나오는 클래식 피아노 음악이 한없이 고조된다.

그 장면에 우리 둘 다 감정이 북받친다.

나는 2년의 군 복무를 마치고 미국으로 돌아온 대니 송의 유튜브 영상을 떠올린다. 나는 대놓고 울음을 터트렸다. 그는 한국계 미국인이라 다르게 느껴지기도 했다. 언니가 남몰래 목을 가다듬

---

* 〈길모어 걸스〉에서 주인공 로리의 친구로 등장하는 한국계 인물

는 소리가 들리는데, 엄마는 어느새 식당을 비추는 CCTV로 채널을 돌린다.

"체리에게 흰 운동화를 신지 말라고 몇 번이나 얘기해야 해?"

엄마는 아무것도 모르는 화면 속의 종업원을 보며 혀를 찬다. 어차피 그녀는 엄마의 말을 듣지도 못할 텐데.

엄마는 여러 개의 영상을 훑어보다가 하나씩 선택해서 확대한다.

카운터 옆 식당의 앞쪽을 보여주는 화면에 줄지어 기다리는 사람들이 잔뜩 보인다. 아빠는 화들짝 놀라며 벌떡 일어난다. 엄마는 얼른 식당의 메인 홀로 화면을 넘긴다. 그런 다음 옆쪽 테이블들을 살핀다.

"점점 많아지네."

엄마가 말한다.

아빠는 어느새 일어나 패딩 조끼를 입고 있다.

엄마가 번개 같은 속도로 이를 닦고 실내화를 벗어 던진 뒤 다시 텔레비전으로 돌아온다. 그 15초 새에 뭔가 바뀌기라도 했을 것처럼.

모르는 사람이 보면 출동하는 소방관이라도 되는 줄 알 것이다.

준은 일어나 앉아 두 사람을 지켜본다

그들은 2분도 안 돼 준비를 마쳤다.

"기다리지 말고 자."

엄마가 우리를 돌아보지도 않고 말한다. 차고 문이 열리는 소리로 봐서 아빠는 벌써 차에 탄 모양이다.

기가 막힌다. 나는 언니를 바라보며 엄마 아빠가 우리의 마지막 밤에 이렇게 가버렸다는 사실에 실망하지 않았는지 살핀다.

그녀는 리모컨을 집어 텔레비전을 끈다.

침묵이 내 어깨를 짓누른다.

다른 집이었다면 뭔가 특별한 계획을 세웠을 것이다. 커다란 그릇에 팝콘을 담아놓고 함께 영화를 보거나 얘기를 나눴을 텐데.

"왜 저럴까?"

"뭐가?"

그녀는 가죽 소파로 올라가 눕더니 과장되게 기지개를 켠다.

"**가**버렸잖아."

준은 하품을 한다. 짜증이 등줄기를 타고 올라온다. 그녀가 상관하지 않는 척하는 건 단지 내가 상관하기 때문이다.

나는 일어나서 그녀의 다리 위에 올라앉는다. 밑에서 그녀가 꼼지락거린다.

"화나지 않아? 다른 날도 아니고. 우리가 이렇게 와 있잖아."

준은 나를 밀어내기는커녕 내 등을 토닥이며 말한다.

"그냥 가버린다고 해서 버리는 건 아니야."

"어쨌든."

나는 위층으로 쿵쾅거리며 올라가 세수를 하고 잠자리로 향한다. 방 안은 답답하다. 바닥의 카펫이 접이식 매트리스의 메모리폼을 뜨겁게 데우는 것 같다. 이 아래쪽이 더 뜨거운 걸까? 열기는 위로 올라가니까 위쪽이 더 덥나? 어쨌든 열이 오른다. 잘난 척하는 준의 말투에 화가 치민다. 이상한 게 한두 가지가 아닌데도 엄마 아빠가 무심해서 알아차리지 못한다는 점도 부아가 난다.

80년대에 인기를 끈, G.I. 조 액션 피겨만 한 플라스틱 야광 성모마리아가 책상에서 우리를 내려다본다. 우리를 감시하는 희미한 야간 등처럼.

"야."

준이 문을 밀어 연다.

나는 못 들은 척한다.

"방금 누웠으면서."

그녀의 말에도 나는 여전히 눈을 뜨지 않는다.

"제인."

"아, 왜?"

내가 이불을 홱 걷어찬다.

"미안하지만 지금 바빠?"

장난기 가득한 목소리다. 나는 결국 일어나 앉는다.

"왜 그러는데?"

준은 복도의 불빛을 등진 채 방문 앞에 서 있어서 얼굴이 보이지 않는다. 이윽고 그녀는 뒤로 돌아 걸어가기 시작한다.

"언니?"

계단이 삐걱거리는 소리가 들린다. 문득 예전에 그녀가 집 안에서 자기를 졸졸 따라다니는 나를 혼내주려고 저만치 달려가다가 숨은 뒤 뛰어내리면서 겁주던 일이 떠오른다. 나중에 그녀가 고등학생, 내가 중학생일 때는 대낮에 나를 부른 뒤 마치 내가 자기를 부른 것처럼 "왜?" 하고 소리치곤 했다. 나는 그녀가 어디로 갔는지 보지 않으려고 안간힘을 쓴다.

"더워서 미치겠다."

그녀가 돌아오며 말한다. 차고에서 옛날 선풍기를 꺼내 왔다. 파란 날개가 달린 산요 선풍기. 우리는 그 앞에 얼굴을 바싹 대고 있곤 했다. 목소리가 떨리고 머리카락이 사방으로 휘날리는 게 재미있었다.

준은 침대에 등을 기대고 바닥에 앉아 선풍기를 켠다.

마침내 공기가 돌기 시작한다. 산들바람이 살갗을 간질인다.

"창문도 열어야 하지 않아?"

내가 묻는다.

준은 눈을 굴리더니 씩씩거리며 다시 일어나 덜거덕거리는 소리를 내며 블라인드를 만진다. 나는 일어나서 돕는다. 잠시 후 완전히 닫혀 있던 창문이 올라간다. 집의 경보가 빠르게 두 번 삐삐거린다. 나는 눈썹을 한껏 치올린다.

언니는 고개를 저으며 말한다.

"이제 안 켜놓네. 야, 너 몰래 나가는 거 진짜 못했잖아. 경보기 암호가 엄마 생일인데 그걸 외우는 게 왜 그렇게 어려웠어?"

그녀는 내 옆에 다시 앉는다. 우리의 몸이 닿지 않았는데도 그녀의 온기가 내 옆으로 내려오는 느낌이 든다.

"문도 열어야 하나?"

내가 묻는다.

"너 진짜 멍청하다."

준은 웃으면서 다리를 뻗어 발로 문을 연다.

"자."

자매가 있는 건 이럴 때 좋다. 똑같은 조건에서 똑같이 조금은 이상한 사람들의 손에 자란 우리는 서로가 무슨 생각을 하는지 정확히 알고 있다.

준이 말한다.

"야, 그거, 사실 아니야. 선풍기 틀고 자면 죽는다는 거."

한국에는 창문이나 문을 열어 환기를 시키지 않은 채 선풍기를 틀어놓고 잠들면 질식해서 죽는다는 미신 같은 믿음이 널리 퍼져 있다. 논리적으로나 과학적으로나 말이 되지 않지만 엄마를 설득할 수가 없다. 사실은 나도 굳건히 믿고 있다.

"난 그냥 아침에 잔소리 듣고 싶지 않아서 그래."

내가 변명한다.

"난 가끔 엄마가 우리에게 해준 얘기가 대부분 지어낸 게 아닐까 생각해."

준의 목소리가 잠긴다. 그녀는 두 무릎을 세우고 앉아 거기에 뺨을 대고 있다. 저러다 발을 씰룩거리거나 마른기침을 하면 곧 잠이 든다는 신호다.

그녀가 말한다.

"선풍기 틀고 자면 죽는다는 건 근거 없는 얘기야. 밥 먹고 바로 누우면 소가 된다는 얘기랑 똑같다니까."

"그런 논리가 애들한테만 적용된다는 것도 웃겨. 엄마 아빠는 쉬는 날엔 점심 먹고 바로 기절하다시피 했잖아."

나는 기억을 떠올리며 미소 짓는다.

준이 말한다.

"이름을 빨간색으로 쓰면 그 사람이 죽는 건 사실일걸. 그건 과학이라니까. 〈그루지〉의 속편 줄거리로 써도 될 것 같은데."

준은 몸을 기울이더니 자기 어깨로 내 어깨를 툭 친다. 나는 미소를 짓는다. 우리가 함께 그 영화를 처음 봤을 때 나는 일주일 동안 준의 침대에서 잤다.

우리는 잠시 아무 말도 하지 않는다.

나는 두 다리를 앞으로 뻗으며 입을 연다.

"참 이상해. 난 엄마 말을 믿지 않았는데, 그렇다고 믿지 **않은** 것도 아니거든. 엄마 얘기를 의심할 생각을 안 한다니까."

"그래, 뭔지 알아."

준은 내 옆에서 나란히 다리를 뻗으며 다시 말한다.

"난 엄마가 하라는 걸 다 하거나 엄마가 하는 대로 다 따라 하면 엄마가 나를 더 사랑해 줄 거라고 생각했어."

나는 준의 인형 같은 발을 응시한다.

"난 어차피 엄마가 나를 좋아하지 않는데 무슨 소용이야? 하고 생각했어."

그러자 준이 무뚝뚝하게 말한다.

"엄마는 널 사랑해. 그냥 표현을 못할 뿐이지. 특정한 행동으로 사람을 바꿀 수는 없어. 날씬하거나 똑똑하다고 해서 사람들이 널 다르게 대하는 것도 아니고."

"난 그냥 엄마가 나를 좋아했으면 좋겠어."

나는 언니의 등 뒤로 손을 뻗는다. 마치 팬티에 끼어 들어간 드레스 자락처럼 매트리스 밑으로 들어간 하얀 침대 커버 자락을 풀어낸다. 언니도 나를 좋아했으면 좋겠다는 얘기는 하지 않는다.

준은 평소와 달리 다정하게 내 다리를 토닥인다.

"엄마는 너를 좋아해."

그러곤 웃으면서 덧붙인다.

"박헬레나 아줌마한테 그렇게 얘기했어. 그러니까 틀림없이 사실일 거야."

37장

다음 날 아침 엄마가 우리를 공항으로 태워다준다. 오늘은 엄마가 뭔가 심오한 얘기, 의미 있는 얘기를 하지 않을까 기대하지만 그저 우리의 점심으로 김밥을 쌌다고 얘기할 뿐이다.

"잊은 거 없지? 깨끗한 속옷이랑 세탁물이랑 네 가방에 넣었어."

"응."

준이 말한다. 그녀는 앞자리에 탔다. 아빠는 급여를 지급하러 식당에 갔다.

"또 언제 보니? 크리스마스?"

나는 준에게 대답을 맡긴 채 거울을 들여다본다.

"생각해 볼게. 엄마 하는 거 봐서."

준이 말한다.

엄마는 인상을 쓰지만 곧 둘 다 웃음을 터트린다. 나는 두 사람의 뒤통수를 바라본다. 거울로 준의 시선을 끌어보려 하지만 그녀는 엄마만 보고 있다. 그녀가 말하지 않는 게 엄마를 위하는 길이라고 생각한다니 가슴이 미어진다. 틀림없이 말하고 싶을 텐데.

"김밥 고마워요."

수많은 얘기가 담긴 표정으로 준이 말한다.

"나도, 엄마. 고마워."

엄마는 몸을 돌려 내 다리를 토닥인다. 엄마가 우리를 데려다주러 잠깐 나올 때도 립스틱을 발라서 좋다. 엄마가 내게 말한다.

"금방 다시 와."

나는 문을 연다.

엄마가 차에서 내려 우리의 짐을 꺼낸다. 그러더니 난생처음 우리 둘을 한꺼번에 끌어안으며 말한다.

"아이고, 우리 딸들. 우리가 언제 또 이렇게 모일까?"

그녀는 우리의 손을 잡는다. 종잇장처럼 얇고 거친 손으로.

"조금 있으면 둘 다 결혼해서 더 멀리 떠날 텐데. 나도 엄마를 두고 온 벌을 받는 거지. 딸들은 원래 처음부터 남이라고 하더니."

엄마는 우리 손을 꼭 잡으며 입술을 삐죽 내민다. 저러다 우는 게 아닐까?

"그 말이 꼭 맞는 것 같네. 지현이는 태어날 때부터 멀리 갈 줄 알았어. 하지만 넌……."

그녀는 내 뺨을 어루만지며 말을 잇는다.

"넌 엄마 곁에 있을 줄 알았는데. 우리 막둥이."

준이 우리를 보는 게 느껴진다.

"갈게요, 엄마."

나는 이렇게 말하며 엄마에게서 떨어진다. 내가 백 번째로 탑승권을 확인하는 사이 준이 엄마를 껴안는다.

"사이좋게 지내. 너희 둘뿐이잖아."

엄마가 말한다.

나는 보안 검색대를 통과하고 나서야 울음을 터트린다.

"나 잡지 좀 사 올게."

준이 내 팔을 힘주어 잡은 뒤 돌아선다.

비행기가 활주로에 닿는 순간 나는 패트릭에게 문자 메시지를 보낸다.

나 왔어.

그가 기도하는 손 모양의 이모티콘을 보내자 나는 통로 쪽을 보며 바보같이 웃는다.

"너 우리 집으로 갈 거야?"

비행기에서 내리자 준이 묻는다.

"그게……."

나도 물어보려고 했다. 내 집에 물이 나오는지조차 모른다.

"그래도 돼?"

"그럼. 뭘 물어?"

그녀가 말하며 내 팔을 잡는다.

"빨리 가자. 내가 바보같이 벌써 차를 불렀거든. 4분 뒤에 도착 한대."

도착 홀을 질주하면서 나는 준과 엄마의 공통점이 많다는 사실을 깨닫는다. 두 사람 모두 상황을 괜히 다급하게 만들곤 한다. 이해한다. 아무리 사소한 일이라도 통제에 성공하면 기분이 좋아지는 법이니까. 오히려 엄마가 뉴욕으로 이주하지 않은 게 놀랍다. 그럴 기회가 있었다면 뉴욕의 활기를 사랑했을 텐데. 뉴욕에서는 어떤 상황에서든 늘 지각한 느낌이 든다.

준의 집에 도착하자 우리는 겉옷을 입은 채로 소파에 늘어진다. 가방은 문 앞에 던져놨다.

"미치겠다."

준이 말한다. 우리는 집으로 오는 차 안에서 한마디도 하지 않았다.

"나도."

"너무 피곤해."

언니는 쓰러지며 눈을 감는다.

돌아왔다는 생각에 마음이 놓이지만 조금 있으면 그녀는 잠들 테고 그 전에 먹을 것을 해결해야 한다.

손에서 핸드폰이 진동한다. 패트릭이다.

> 언제 만날 수 있어?

뒤이어,

> 빨리 얘기 듣고 싶다.

그와의 통화를 떠올리며 빙긋 웃는다. 하고 싶은 얘기가 너무도 많다.

나는 움찔하며 과감하게 묻는다.

> 내일은 어때?

창피해서 전화기를 멀리 던져버리고 싶지만 그저 소파 테이블에 엎어놓고 할머니처럼 끙끙거린다.

"배고파."

준이 말한다.

"나도."

나는 일어나서 냉장고를 열어본다. 지난주에 내가 언니를 위해 만든 칠리 칠면조가 여전히 그 안에 들어 있다. 뚜껑 없는 냄비에 국자 하나가 꽂힌 채다. 나는 그것을 꺼내 쓰레기통에 긁어 넣는다.

"그래도 냉장고에 넣긴 했다."

그녀가 소리친다.

"장을 봐야겠네."

내 말에 준은 끙끙거린다.

"내가 갔다 올게."

나는 준의 뻣뻣한 행주에 손을 닦으며 다시 묻는다.

"뭐, 필요한 거 있어?"

내가 외투로 손을 뻗자 준이 다시 끙끙거리며 대꾸한다.

"됐어. 같이 가."

트레이더 조는 정신없이 북적거린다. 나는 빨리 움직이려고 바구니를 집어 들지만 준은 2층짜리 카트로 바꾼다. 나는 공격적으로 사람들을 헤치고 나아가는 그녀의 뒤통수를 바라본다. 그녀에겐 모든 게 경쟁이다. 그녀가 냉동식품 코너 한가운데 아무렇게나 방치된 카트들을 들이받기 전에 내가 얼른 카트를 빼앗는다. 준이 카트를 몰면 싸움을 피할 수 없다.

그녀는 누구에게랄 것도 없이 손으로 카트들을 가리키며 묻는다.

"사람들이 왜 그래? 개념이 없다니까."

뉴욕에 돌아온 지 몇 시간 만에 호화로운 텍사스의 광활함은 먼 추억이 됐다. 이 가게는 무슨 투견장 같다. 콜리플라워 라이스와 훈제 송어 앞에서 마치 똬리를 튼 거대한 뱀처럼 아수라장을 이룬 성격 급한 뉴욕 사람들을 헤치고 나아가려면 기수가 네 명쯤 필요할 것 같다. 보통 때 같으면 나는 트레이더 조에서 장을 보느니 차라리 따분한 우체국에서 하루 종일 보내는 게 낫다고 생각하는 사람이지만 지금은 필요한 물건이 있다. 세척 샐러드와 호박 면, 타마리 쌀 케이크.

준이 어디론가 사라지더니 조그만 종이컵에 담긴 시음용 커피를 들고 돌아온다. 나는 그것을 받아 마신다. 아몬드 밀크를 넣었다는 사실에 감동하며. 나는 그 종이컵을 목제 휴지통에 던지지만 빗나간다. 그것을 주우면서 살그머니 주위를 둘러본다. 난백 한 통과 살사, 소고기 육포, 세 가지 색 피망 한 팩을 집는다. 살사를 빼고 핫 소스로 바꾼다. 병이 너무 무거워서다.

준이 냉동식품을 무더기로 카트에 던져 넣는다.

"이건 쓰레기야."

내가 접시에 담겨 포장된 냉동 엔칠라다를 집어 들며 말한다.

"쓰레기 아니야. 비건 식품이야."

그녀는 나와 눈을 맞춘 채 비닐에 싸인 상자 하나를 더 넣는다.

"피곤할 때 해 먹으려고."

나는 겸연쩍어하며 네 개를 더 집어 카트에 넣는다. 언니가 아프다는 사실을 깜빡할 때마다 죄책감이 든다. 암이 나의 나태함을 알아차리고 홧김에 더 빨리 퍼질 것 같다.

준이 빵 코너로 사라지자 나는 소금과 후추로 조미한 피스타치오 봉지와 눈을 맞추며 그걸 다 먹어치우면 몇 인분이나 될까 생각해 본다. 그때 언니가 나를 부르는 소리가 들린다. 제인! 하고 부른 뒤 "지영아" 한다. 엄마도 그랬다. 사람들 앞에서 우리의 한국 이름을 큰 소리로 부르곤 했다. 나는 경악한다. 그녀에게 문자를 보낸다.

> 미쳤어?

하지만 답이 없다. 카트를 밀고 옆 통로로 가자 그녀가 웃으면서 내게 손짓한다. 누군가와 얘기를 하고 있다.

패트릭이다.

나는 황급히 뒷걸음질 치다가 뒤에 있던 여자와 부딪친다. 여자가 정확히 2음절로 소리친다.

"아야."

나는 얼른 뒤로 돌아 사과를 하고 앞으로 달려간다. 그러다 패트릭과 함께 서 있는 흰색 레깅스 차림의 남아시아 여자를 카트로 친다.

"아야."

여자가 외치며 발목을 문지른다. 완벽한 흑담비색 눈썹을 한껏 찌푸리며.

패트릭은 비니를 쓰고 두꺼운 격자무늬 셔츠를 입었다. 산뜻한 모습이다.

반면 나는 그의 트레이닝복을 입고 있다.

나는 겸연쩍게 빙긋 웃지만 어린애처럼 걱정스러운 얼굴로 고개를 들고 자기가 다쳤다는 걸 알리는 듯한 여자의 모습에 미소를 거둔다.

"죄송해요."

나는 그녀에게 자신 없는 투로 중얼거린다.

패트릭의 눈은 아무것도 내주지 않는다. 굳게 닫힌 문처럼 차갑고 단호하다.

"누군지 봐봐!"

준은 시음용 종이컵을 움켜쥐고는 마치 퀴즈 프로그램 진행자처럼 소개하는 손짓을 한다.

나는 눈싸움을 포기하고 눈을 깜빡이며 그의 카트를 내려다본다.

"안녕."

내가 체념하며 말한다.

준의 얼굴에 미심쩍은 기미가 스치는 것을 보니 내가 너무 태연하게 말한 모양이다.

"누군지 알지?"

나는 고개를 끄덕이며 억지로 미소를 짓는다.

"응. 안녕, 패트릭."

적의에 가까울 만큼 과장되게 달콤한 목소리가 나온다.

"아, 안녕. 제인."

패트릭이 손을 살짝 흔든다.

내 이름을 부르는 그의 말투를 가늠해 본다. 아무래도 짜증이 난 것 같다.

"신기하다."

준은 먼저 나를 흘끗 보더니 다시 패트릭을 돌아본다. 그러곤 팔꿈치로 패트릭의 팔을 쿡 찌르며 말을 잇는다.

"꼭 내 환상이 만들어낸 사람 같아. 우린 **막** 텍사스에 다녀왔거든. 성당에 가면서 패트릭은 어떻게 지낼까 생각했는데 어쩜 이렇게 만나다니. 미치겠다."

그녀는 '이게 말이 돼?' 하는 표정으로 다시 나를 본다.

"준이라고 해요."

언니가 패트릭의 옆에 있는 여자에게 말한다.

모든 것이 슬로모션으로 펼쳐지는 듯하다. 패트릭이 빨간색 카트 손잡이를 잡고 있던 손을 여자의 어깨로 올린다. 그의 손이 닿으면서 윤기 나는 긴 머리가 찰랑거린다. 나는 피스타치오를 꼭 움켜쥔 탓에 손이 저려온다.

"이쪽은……."

패트릭은 나를 똑바로 보며 머뭇머뭇 입을 연다. 눈살을 찌푸리면서.

"알리야예요."

그의 아름다운 친구가 의미심장하게 가슴으로 손을 올리며 말한다.

"알리야, 초면에 미안하지만……."

준이 핸드폰을 꺼내 셀카 모드로 바꾸며 다시 말한다.

"우리 엄마한테 사진을 보내야겠어요. 엄마가 깜짝 놀랄 거예요. 패트릭, 우리 정말 오늘 막 돌아왔다니까. 제인, 가까이 와봐."

가슴 속에서 심장이 덜컥거리며 멀미가 난다. 나는 뒷걸음질로 그들 사이에 낀다. 머리는 드라이 샴푸를 뿌린 탓에 뿌옇고 비행기 배기가스 냄새를 풍기는 채로.

내 언니가 알리야까지 완전히 나오게 하려고 화면을 세로에서 가로로 전환하는 바람에 나는 하마터면 우리 카트로 그녀를 칠 뻔한다.

"언니."

내가 이를 악물고 말한다.

"고마워요."

준이 사진을 넘기며 중얼거린다. 나는 패트릭과 눈을 맞추려고 안간힘을 쓰지만 그는 자기 카트에 담긴 수많은 트레일 믹스와 간식용 사탕 및 말린 과일, 견과류 봉지들, 그래놀라 바 상자들을 넋 놓고 바라보고 있다.

"캠핑 가?"

내가 희미하게 웃으면서 묻는다. 핸드폰을 꺼내 그가 내 마지막 문자를 읽었는지 확인하고 싶어 미칠 것 같다.

"비슷해."

패트릭이 말한다.

알리야가 그를 보며 미소 짓는다. 애정 어린 미소다.

"그런 건 아니에요."

그러고 보니 그녀의 말투에서 영국 억양이 들린다. 재미있군. 나는 마음의 준비를 한다. 곧 그녀는 내게 옥스퍼드대에 다녔다고 말할지도 모른다. 뉴욕의 지독히 우아한 여자들이 대부분 그렇듯이.

"그보다는 미션에 가깝죠. 평화 봉사단이라서 돌아가기 전에 이 것저것 챙기는 거예요."

멋지군. 천재 인류애자라니. 하지만 평화 봉사단 얘기가 나오자 어렴풋이 뭔가가 떠오른다.

"네 누나도 평화 봉사단이잖아. 그렇지?"

"어머, 키키를 알아요?"

알리야는 티 한 점 없는 태양 몇 개를 합친 것처럼 환해진다.

"우리가 그렇게 만났거든요. 커스틴과 제가 오래전부터 친구라서요."

"우와, 억양이 참 아름답네요."

준이 말한다. 그녀는 "아름답다" 따위의 말을 절대 쓰지 않는데.

내 목구멍에서 비웃음 같은 콧방귀가 나온다. 나는 열의 있게 말한다.

"어머, 정말, 아름다워요."

'미션' 무화과* 한 팩을 패트릭의 얼굴에 던지고 싶다.

"그런데 저희는 이만⋯⋯."

---

*　식용 무화과의 한 품종

알리야가 긴 줄을 고갯짓으로 가리키며 말한다.

"그래."

패트릭과 내가 동시에 대꾸한다.

"번호 좀 알려줘."

준이 핸드폰에 패트릭의 이름을 입력하며 말한다.

"문자로 사진 보내줄게."

패트릭은 내 언니에게 바싹 몸을 기울이고 꼼꼼히 번호를 불러준다. 잠시 나를 흘끗 보지만 너무 짧은 순간이라 내 착각이었나 싶다.

"모두 만나서 반가웠어."

그는 상냥하게 미소 지으며 돌아선다. 알리야가 손을 흔든다.

"재미있다."

준이 내게 잿빛의 축축한 뭔가를 건네며 말한다.

"풀드 포크*야. 나쁘지 않아."

그녀는 마치 질척한 돼지고기가 과자라도 되는 듯 포크도 없이 입에 넣는다. 나는 고개를 젓는다. 그녀는 나머지 하나도 마저 먹으며 말한다.

"이거 하나 먹는다고 안 죽어. 정말 눈곱만큼이잖아."

나는 카트를 밀고 나가며 내가 엄청난 충격을 받았다는 사실을 깨닫고 당황한다. 바보가 된 기분이다.

---

* 가늘게 찢어서 천천히 훈제한 돼지고기 요리

준은 아무것도 모른 채 다시 말한다.

"난 예전부터 패트릭이 좋았어. 그런데 **저 여자**는 너무 별로인 것 같은데. 어떻게 흰색 레깅스를 입고 다니냐? 그건 흰 소파를 사는 것과 똑같잖아. 평화 봉사단에서도 저렇게 입나? 빨래는 어떻게 하고?"

나는 마카다미아와 초콜릿 씌운 아몬드를 카트에 던져 넣는다. 그리고 리즈 미니어처 피넛 버터 컵도 넣는다.

준은 그 군것질거리들을 보더니 다시 나를 본다.

"왜 그래?"

눈물이 앞을 가린다.

"언니는 왜 항상 내가 하기 싫은 걸 하게 만들어?"

준은 화들짝 놀란다.

"대체 무슨 얘기야?"

나는 유모차와 카트를 함께 밀며 낑낑거리는 여자가 지나갈 수 있도록 준의 팔을 잡고 카트를 옆으로 옮긴다.

"난 풀드 포크 먹고 싶지 않았어. 그리고 가게 한복판에서 빌어 먹을 사진을 찍고 싶지도 않았어."

"알았어."

준이 눈을 휘둥그레 뜨고 대꾸한다.

"그냥 가면 안 돼?"

"진심이야?"

나는 고개를 끄덕인다. 말없이. 눈물이 주룩주룩 흘러 콧물과 섞인다. 내 트레이더 조 장바구니를 뒤지며 냅킨이나 티슈를 찾아보지만 머리핀과 먼지 묻은 동전 말고는 아무것도 없다.

"알았어, 그럼. 두고 가자."

준이 말하며 카트를 놓고 내 팔꿈치를 잡아 이끈다.

우리는 나란히 터벅터벅 한 블록을 걸어간다. 그사이 나는 주머니를 마구 뒤진다. 접힌 종이가 손에 잡히자 그것을 꺼내본다. 나는 그 기다란 편의점 영수증에 대고 코를 푼다.

지독하게 매력적인 검은 머리의 부부가 우리 앞에서 길을 건넌다. 그들에겐 아기가 있다. 남자는 재사용이 가능한 커피 잔에 담긴 음료를 홀짝거린다. 매끈한 검은색 정장을 입었고 가슴에는 아기 띠를 맸다. 여자는 일자 단발머리에 파란색 비니를 썼다. 카멜색의 오버사이즈 외투와 노란색 통굽 슬리퍼 차림으로 갈색 종이에 싼 야생화 다발을 움켜쥐고 있다. **저 여자**는 틀림없이 핸드백에 티슈를 넣어 다닐 거라고 생각하는 찰나, 준이 묻는다.

"왜 남자들은 늘 저런 타입에 끌릴까? 액자에서 튀어나온 듯한 여자들 말이야."

"남자들은 쓰레기니까."

내가 대꾸한다. 우리는 걸음을 재촉해 그들을 앞지른다.

"난 패트릭이 어떻게 그런 여자 친구를 만났는지 모르겠다."

준이 말한다.

"여자 친구일까?"

"방금 전에 본 그 빌어먹을 아말 클루니?*"

준은 코웃음을 치며 말을 잇는다.

"당연히 여자 친구지. 그 여자가 평화 봉사단에 들어갔는데 아직도 만난다? 그 전에 이미 그만큼 투자를 한 거지. 적어도 2년은 된 것 같은데. 그리고 그렇게 깊은 사이가 아니면 트레이더 조에 가지 않아. 트레이더 조는 가구로 치면 이케아랑 똑같아. 그건 누구나 알아. 싸울 각오를 하고 가는 곳이잖아. 오래된 연인이 가는 곳이라고. 공항에 태우러 나가는 거랑 똑같아. 건강한 관계도 아니야. 종속적인 관계지. 정기적으로 섹스를 하려는 사람하고는 트레이더 조에 가면 안 돼. 그럴 땐 홀 푸즈 핫 바에 가야지."

나는 눈을 감는다. 뺨을 잔뜩 부풀리곤 자기가 세상만사를 아는 것처럼 거들먹거리며 말하는 그녀를 보고 있자니 미칠 것 같다.

"너랑 그 개자식 룸메이트 겸 남자 친구는 트레이더 조에 가지 않았잖아. 안 그래?"

나는 그녀를 노려본다. 우리 집에서 가장 가까운 트레이더 조는 코트 가에 있다. 그건 관계의 문제가 아니라 거리의 문제다.

"갔었어?"

나는 노려본다.

---

* 레바논계 영국 인권 변호사이자 미국 배우 조지 클루니의 아내로, 빼어난 미모와 패션 감각으로도 유명하다.

“거봐.”

그녀는 의기양양하게 말한다.

“그래서 내가 일을 그렇게 잘 하는 거라니까. 난 사람들의 상황을 아주 잘 파악하거든.”

“아, 그래? 그래서 잘렸어?”

내가 쏘아붙인다.

가시 돋친 말에 그녀는 시치미를 뗀다. 그러곤 말한다.

“태국 음식이나 먹자.”

나는 언니가 잠들 때까지 기다렸다가 화장을 시작한다. 입술을
치아 위로 말고 그 위에 립스틱이 칠해지는 광경을 지켜본다. 그
근육 기억에 마음이 차분해진다. 내 마지막 고등학교 시절을 견디
게 해준 평온하고 아득한 무엇. 나는 몇 시간씩 유튜브로 화장법
을 배우며 앞으로의 삶을 준비했다. 무너뜨릴 수 없을 듯, 꿰뚫을
수 없을 듯 보이려면 어떻게 해야 하는지 터득했다. 화장으로 갑
옷을 만드는 법을 배웠다.

묘하게도 마음이 차분하다. 패트릭에게 무장을 해제한 건 내 잘
못이었다. 기억했어야 한다. 누구나 결국엔 실망스럽다는 것을.

준은 사람들이 나를 형편없이 대할 때면 내가 스스로를 더 괴
롭힌다고 말한다. 그럴 만한 이유가 있다는 것을 그녀는 이해하지
못한다. 작년에 사랑니를 뺐을 때 나는 끊임없이 혀로 쇠 맛이 느
껴지는 구멍을 핥으며 응고된 피를 모조리 쑤셔 신경을 모두 드러

냈다. 그때의 고통은 선명하고 충격적이었다. 정확하면서도 포괄적인 고통. 나는 그 찌릿한 고통이 언제 내 머리를 관통할지 통제할 수 있다는 게 좋았다. 그것은 다른 모든 소리를, 모든 이들의 소리를 잠재우는 듯했다.

내 두 손이 브러시로 피부를 훑는다. 나는 나를 보는 나를 보는 나를 보고 있다. 나는 누구든 될 수 있다. 거울 속 모든 여자의 입이 똑같아 보인다는 사실이 좋다. 얼굴에 뭔가를 더 많이 바를수록, 하이라이터와 음영을 바르고 눈썹과 아이라이너를 그리고 윤곽을 깎고 흉터를 가리고 어딘가를 강조할수록 우리는 더 똑같아 보인다.

내게는 특별한 밤이 필요하다. 장소는 어디든 상관없다. 그저 설명할 수 없는 안도감을 줄 뿐인, 가려운 곳을 긁어주기만 하고 다른 부분은 건드리지 않는, 그런 밤. 그저 배출할 수 있는 밤. 다른 건 기억할 필요가 없고 그저 허비하는. 어떤 결과도 낳지 않는 밤.

나는 준의 부엌 찬장에서 데킬라를 꺼내 마음껏 마신다. 목 넘김이 훌륭하다. 그러곤 그저 가장 쉽게 볼 수 있는 사람, 가장 쉽게 말을 걸 수 있는 사람에게 문자 메시지를 보낸다. 그리 좋은 생각은 아니다. 나는 마치 멀리서 나를 보고 있는 것 같다.

그가 전화한다. 그 즉각적인 반응, 그 충동적인 침입에 기분이 짜릿해진다.

"지금 뭐 해?"

내가 전화를 받자 그가 큰 소리로 말한다. 주위가 시끄럽고 그는 술에 취했다. 그는 늘 취하면 전화를 한다.

"이리로 와."

내가 대답할 새도 없이 그가 말한다. 전화기 저편의 식당은 소란스럽다.

걸어가는 거야. 나는 혼자 중얼거린다. 그러면 중간에 마음을 바꿀 수 있을 테니까. 하지만 어느새 나는 네온사인 앞에 와 있다. 강렬하게 빛나는 간판. **환한 불빛, 커다란 도시.** 트라이베카*에 위치한 이곳은 환상적이다. 〈새터데이 나이트 라이브〉가 최고의 인기를 구가할 때 그 오프닝 크레디트에 오르기도 했다. 내게는 크리스마스처럼 느껴진다. 완벽하다.

나는 문을 지난 뒤 남성용 나일론 항공 재킷의 지퍼를 열어 한쪽 어깨를 내린다. 그 속에는 속옷 같은 옷만 달랑 입었다. 그리고 침 흘리는 포식자들을 물리칠 만큼 커다란 귀걸이를 했다. 실내는 마치 한 편의 영화 같다. 안으로 들어가면서 눈이 마주친 사람들이 내 몸을 훑어보는 느낌이 든다. 내겐 고마운 분위기다. 어둑한 곳에서는 옷을 벗기가 더 쉬운 법. 구형 펜던트 등의 호박색 불빛이 고개를 쳐들고 떠드는 얼굴들에 따뜻하고 매력적인 빛을 드리운다. 앙리 드 툴루즈 로트레크**의 그림에 나올 법한 곳이다.

일자 단발머리를 하고 세련된 옷을 입은 마른 여자가 카운터에서 내게 인사를 한다. 어깨가 솟은 빨간 빈티지 드레스와 대비를 이룬 얼굴이 마치 진주처럼 보인다. 바깥 공사장의 불빛이 블라인드를 친 창문에 고동치면서 여자의 얼굴과 실내 곳곳에 비스듬한 그림자를 드리운다. 여자는 사람 형상의 로봇처럼 보이기도 한다. 하지만 친구를 찾는다고 말하는 내가 더 사이보그처럼 느껴진다. 나는 바 구역을 훑어보다가 그를 발견한다.

그는 조명의 광선이 닿지 않는 곳, 나와 반대편 구석에 놓인 긴 가죽 소파에 앉아 있다. 벽에 높이 걸린 거울이 아니었다면 발견하지 못했을 것이다. 그가 그런 구석 자리에 앉아 있다니 의외다. 같이 있는 사람은 누구인지 모르겠다. 얼굴은 사자 같은 금발에 에워싸였고 그 밑으로 짙은 색 블레이저 재킷을 어깨에 걸쳐 늘어뜨렸다. 부모들과 함께 식사하는 애들을 제외하고 손님들은 모두 나보다 열 살 이상 많아 보인다.

내 뒤에선 데이트하는 사람들이 북적거리고 검은색과 흰색 옷차림의 단정하고 매력적인 직원들이 뜨거운 접시들을 들고 무한한 인내심을 발휘하며 사람들 사이를 헤쳐 나간다. 돌아서서 나가고 싶다. 카운터에 서 있는 여자가 그토록 멋지고 아름답지 않았더라면 죄송하다고 중얼거리며 몸을 움츠리고 고개를 숙인 채 황급히 나갔을 것이다. 대신 나는 경쾌하게 미소 지으며 그녀처럼 침착하게 나아간다.

인사쯤은 할 수 있으니까.

제러미와 함께 있는 나이 지긋한 신사가 냅킨으로 얼굴을 콕콕 찍어내며 돌아본다. 잠시 짜증의 기색이 스치는 것 같았는데 내 착각이었나 싶게 금세 사라진다. 나는 아래로 손을 뻗어 외투 지퍼를 조금 올린다. 두 사람 앞에는 온전한 저녁 식사가 차려져 있다. 내가 이런 식으로 식사 중에 불쑥 찾아와 그 앞에 서 있다니, 나는 기겁한다. 그들 옆에 앉은 커플을 치지 않으려고 어쩔 수 없이 재킷을 추슬러 입는다. 이제는 그 커플도 나를 보고 있다.

"제러미 옆에 앉아요."

남자가 말하며 직원을 부른다.

"그 외투는 맡깁시다."

그가 나의 커다란 항공 재킷을 보며 말한다. 나는 그의 말을 따르며 마지못해 팔을 드러낸다.

거의 알몸이 된 나는 떨지 않으려고 이를 악문다. 사람들이 시선이 느껴진다. 그러나 곧 내 헐벗은 옷차림 때문이 아니라 우리 부모님도 알 만큼 끝내주게 유명한 내 앞의 배우 때문이라는 사실을 깨닫는다.

"왔구나."

제러미가 내 차가운 뺨에 자신의 따뜻한 뺨을 대며 말한다. 그가 내 옆에 딱 붙어 있으니 손을 어디에 둬야 할지 모르겠다. 그가 가죽 소파 등받이 뒤로 팔을 넘겨 내 목을 감싸는데도 저항할 수

가 없다. 샌들우드 오드콜로뉴 냄새가 나를 덮치자 입 안에 경고
의 침이 가득 고인다.

배우는 우리를 지켜보며 시선을 떼지도 눈을 깜빡거리지도 않
는다. 그는 무슨 말을 하려는 듯이 미소를 짓다가 재기 시작한다.
나는 평가받고 있다. 그의 눈은 흐릿한 청록색이지만 구슬처럼 반
짝거린다. 그와 대비를 이루는 오므린 입술과 발그레하고 통통한
뺨, 반짝이는 커프스단추와 커다란 손목시계, 마치 왕족 계급의
새끼 돼지와 얘기하는 것 같다.

정말이지 누구나 꾸미면 누구든 될 수 있다.

"저녁 먹었어요?"

그가 자기 접시를 가리키며 묻는다. 내가 고개를 끄덕이자 그도
고개를 끄덕인다.

"난 손님이 오는 줄 몰랐네. 그럼 다른 자리를 달라고 했을 텐데."

나는 머뭇거리며 대꾸한다.

"죄송해요. 저는 술자리인 줄 알았어요."

제러미를 흘끗 보지만 그는 내 시선을 피한다. 알 것 같다. 자기 살
길은 찾아야 하니까. 그에게 이건 완전히 새로운 높이의 야망이다.
다운타운의 멋진 예술가 친구들을 모두 앞지를 수 있는 출세의 길.

배우는 자신의 생선 요리를 썰며 말한다.

"그럼 술 한잔해요."

그가 음식을 씹으며 제러미를 향해 눈썹을 치켜올리자 제러미는

얼른 주문을 한다.

그의 이런 모습이 흡족하다. 완전히 지배당하는 모습.

나는 제러미가 아니라 배우에게 직접 말한다.

"고맙습니다. 식사하시는 줄 알았으면 오지 않았을 거예요."

그는 그저 나를 흘끗 볼 뿐이다. 이 얘기는 끝났다는 뜻이다.

나는 목을 가다듬는다.

"80년대에는 유명인들이 여길 들락거렸어요."

그가 내게 말한다. 그의 말을 들으려면 몸을 바싹 기울여야 한다. 나는 차가운 손으로 원피스의 목선을 쇄골 쪽으로 끌어올린다.

"마티, 보비, 키스 해링, 그레이스 존스. 존 벨루시는 제멋대로 주방에 들어가 냉장고를 열고 원하는 음식을 만들기도 했지. 그땐 트라이베카가 지금하곤 완전히 달랐어요. 코카인 소굴이었거든."

코카인 얘기에 제러미가 웃음을 터트린다. 짧은 코웃음에 배우가 음식을 씹다 말고 어리둥절한 얼굴로 쳐다본다. 뭐가 그렇게 재미있냐고 묻는 듯한 표정이다.

제러미가 이 사내를 당황하게 하고도 개의치 않다니 놀랍다. 사내는 제러미에게 어떤 사람일까?

그는 자기를 소개하지도 내 이름을 물어보지도 않았다.

"남부에서 온 것 같은데."

그의 말에 나는 화들짝 놀란다.

"텍사스 출신이에요."

내가 의무적으로 대꾸한다.

그는 마치 내가 정답을 말하기라도 한 듯 고개를 끄덕인다.

"거기 말투가 나오더군. 뭘 하나? 그러니까……."

그는 적당한 말을 찾는 듯 포크와 나이프로 잠시 허공을 휘젓다가 마침내 다시 묻는다.

"직업이 있어요?"

"학생이에요. 패션 스쿨에 다녀요."

작은 잔에 담긴 우리의 술이 도착한다.

"옷차림만 봐도 얼마나 패셔너블한지 알 수 있죠."

제러미의 말에 얼굴이 화끈거린다. 나는 꼬았던 다리를 푼다. 테이블 밑에서 짧은 원피스의 치맛단을 만지작거린다. 배우는 예의상 빙긋 웃는다.

그가 잔을 올리자 나도 잔을 올린 뒤 크게 한 모금을 마신다. 꿀꺽꿀꺽 네 모금에 해치우고 뛰쳐나갈 수도 있다.

"이 칵테일은 좀 올드 패션인데 괜찮으려나?"

그의 입가에 일그러진 미소가 떠오른다. 유명한 특유의 미소. 마치 보통 사람들이 이해하지 못하는 뭔가에서 유머를 찾는 듯 눈가에 주름이 진다.

칵테일이 뜨겁게 목구멍으로 내려가며 체리 맛을 남긴다. 나는 음미하듯 고개를 끄덕이고 입술을 핥으며 그에게서 고개를 돌린다.

"그들이 이곳에 우주를 만든 거 알아요?"

나는 한 모금을 더 마신다. 내가 마시는 동안 그는 마치 나를 부추기듯 턱을 올린다. 내가 냅킨으로 입을 닦자 이번에도 그는 입술을 둥글게 올리며 호응해 준다. 일본 인스턴트커피 광고에 나오는 대스타들이 짓는 자상한 미소다. 저렴한 캔 커피 광고 말이다.

어느새 나는 그의 손목에 난 털을 보고 있다. 아주 값비싸고 커다란 시계의 금속 줄 위로 꼬부라진 털이 삐져나와 있다.

"나는 패션을 몰라요. 딱 봐도 알겠지만."

배우는 눈을 찡긋한다. 이제 제러미는 이 자리에 없는 것 같다.

"30년 동안 똑같은 브리오니 정장을 입고 있거든. 가끔 로로 피아나 스웨터를 입기도 하지. 우리 딸도 패션을 공부해요. 나더러 자기가 싫어하는 상원 의원처럼 옷을 입는다고 하더군."

"그래도 브룩스 브라더스는 아니잖아요."

나는 내 손을 내려다보며 미소를 짓는다.

"이름이 뭐지?"

마침내 그가 묻는다. 나는 흘끗 시선을 든다. 그의 눈에서 빛이 쏟아져 나와 내 눈으로 들어오는 것 같다. 마음이 따뜻해진다.

"제인이요."

"가운데 'y'가 들어가요."

제러미가 끼어든다. 어쩐지 욕하는 것처럼 들린다.

"여배우 제인 맨스필드도 그렇지. 예쁜 이름이야."

배우가 제러미를 무시하며 말한다.

그는 내 술을 한 잔 더 주문해 주고 나는 고맙다고 인사한다. 내가 첫 잔을 다 마신 줄도 몰랐다. 그저 한없이 고맙다. 이렇게 중요한 사람이, 이 레스토랑에 있는 모두가 우러러보는 사람이 나에게 이렇게 관심을 쏟다니. 문득 그의 딸에게 질투가 인다.

그가 다시 입을 연다.

"재주가 많은 아가씨 같네요, 제인. 한 가지 물어볼 게 있어요. 디자인 스쿨에 다닌다는 내 큰딸이 무급 인턴은 비윤리적이라고 하더군. 난 이런 쪽은 도통 모르겠어."

그는 고개를 저으며 말을 잇는다.

"정치적 올바름도 그렇고 요즘 민감한 부분들 있잖아요. 여자들 앞에선 성기를 꺼내놓고 자위를 하면 안 된다는 건 알지. 저속한 예를 들어서 미안해요. 하지만 친구가 도와줘서 한 자리 차지할 수 있다면 거절할 이유가 없지 않나? 뭘 아느냐보다 누굴 아느냐가 중요한 거야. 안 그래요?"

내게 물어봐 주다니 고마울 따름이다. 나는 조심스레 대꾸한다.

"공정한 기회의 장이 되느냐가 문제죠. 그런 자리가 무급이라면 돈을 벌지 않아도 되는 사람들만 기회를 얻게 되잖아요. 그러니까 비윤리적이죠. 왜냐면……."

옆에서 제러미가 긴장하는 게 느껴진다.

배우는 입을 닦고 냅킨을 접시에 내려놓는다. 뭔가 암시를 주는 것 같은데 그게 뭔지 잘 모르겠다.

"그런데 말이지."

그가 너그럽게 미소를 지으며 눈가에 주름을 만든다. 하지만 가벼운 미소가 아니다. 오히려 그의 표정이 갑자기 굳어져서 나는 얼른 입을 다문다. 그가 다시 말한다.

"이런 건 아무나 할 수 있는 인턴십이 아니에요. 돈이 있든 없든. 그럼 무급으로 일할 형편만 된다면 안 할 이유가 뭐가 있겠나? 만약 시급 10달러든 얼마든 절실하게 벌어야 하는 사람의 일자리를 뺏는 거라면 비윤리적이지."

나는 두 번째 잔을 절반쯤 비운다. 그러곤 설명한다.

"아, 그렇죠. 일리가 있네요. 저는 양쪽 다 이해할 수 있다는 얘기를 하려고 했어요. 따님은 마음이 선하신 것 같아요. 가정교육을 잘 받았다는 뜻이죠. 얼마나 좋아요. 하지만 현실을 생각하면 논리적으로 선생님 말씀이 옳아요."

내 착각일지 모르지만 그의 어깨가 조금 편안해지는 것 같다.

"창작 분야는 다르죠."

제러미의 말에 배우가 대꾸한다.

"맞아. 이쪽에서는 업무 시간이 중요하지 않지. 론 마이클스나 믹 재거에게 다섯 시니까 끝났다고 얘기할 수는 없잖아."

"아멘."

제러미가 두 손바닥을 치켜올리며 중얼거린다.

"다들 너무 까다로워져서 걱정이야. 나도 여성 해방을 지지해.

시민 평등권도 지지하고. 다 좋아요. 하지만 점점 너무 심해지잖아. 이것도 화가 나고 저것도 화가 나고. 아니, 내 말은, 진짜 괴물도 있긴 하지. 특히 미성년 소녀들을 쫓아다니는 놈들. 그건 야비한 놈들이야. 그런 놈들은 가둬야 해요. 하지만 이런 담화는 대부분 허세인 것 같아. 난 딸들이 있어서 진짜 무서운 쪽은 여자들이라는 걸 알거든."

그는 마치 자기 딸들이 어떤 변태의 불알을 걷어차는 상상이라도 하듯 킬킬거린다.

"그러니까 남자는 여자가 한 번 싫다고 하면 싫은 줄 알아야 한다는 말이야."

갑자기 그가 의자를 밀고 일어선다. 내가 뭔가 말실수를 한 걸까? 그렇다면 계산은 제러미가 하기를 하늘에 기도한다.

"화장실 좀."

그가 말한다.

그가 가고 나자 제러미가 감자튀김 몇 개와 남은 스테이크를 포크로 집어 입안에 쑤셔 넣고 술을 한 모금 마신다. 그러곤 한층 편해진 자세로 말한다.

"결국 네가 꼬리 내릴 줄 알았어. 유난 떨기는."

그는 입을 닦고 다시 말한다.

"그동안 어디서 지냈어?"

나는 그의 말을 귓등으로 흘리면서 배우를 지켜본다. 그가 지나

가는 길에는 새로운 활력이 감돈다. 그가 등을 돌리자 사람들은 고개를 낮추고 흥분해서 입 모양으로 그의 이름을 서로에게 얘기한다. 마치 그가 지나간 자리에 금화가 떨어지기라도 한 것처럼. 그들이 친구에게 이 배우를 봤다고 얘기하는 장면을 그려본다. 그 안에 나도 들어 있을까? 동양 여자가 같이 있었어. 이렇게 말할지도 모른다. 아내는 아니야. 그들은 이렇게 말할 것이다. 내가 하찮은 존재라는 듯이. 저쪽 구석에서 누군가가 핸드폰을 꺼내 낮게 들고 각도를 잡는다. 몰래 사진을 찍으려는 것이다. 갑자기 보호 본능이 인다.

"잠깐만."

내가 제러미에게 말한다. 그가 내게 집 얘기를 하고 있다는 걸 어렴풋이 인지하면서. 나는 황급히 식당을 가로지른 뒤 아래층으로 내려간다. 그가 보인다. 여자 세 명의 무리와 함께 마치 여학생 클럽처럼 쪼그려 앉아 셀카를 찍고 있다. 촬영이 끝나자 그중 한 명이 빨간 손톱으로 그의 재킷 어깨를 잡고 그의 귀에 바싹 입을 댄 채 뭔가를 속삭인다. 그는 서 있는 모습이 더 늙어 보인다. 그리고 더 둥글게 보인다. 그는 그 여자에게 주름 가득한 미소를 보여준다. 여자들은 내가 화장실에 갈 수 있도록 비켜주지만 배우는 내게 눈길 한 번 주지 않는다. 잠시 가슴에서 부아가 난다.

화장실은 아름답다. 무늬를 새기고 흰색 페인트를 칠한 금속 천장. 거울. 격자무늬 타일 벽. 셀카에 특화된 화장실 조명. 소변을 보면서 조금 서글퍼진다. 그래도 나만의 이야기가 생겼다. 제러미와 함께 집에 돌아가지 않겠다고 다짐하지만 정말 그럴 수 있을까 의심스럽다.

앞으로 이 밤이 어떻게 펼쳐질지 걱정하며 한숨을 쉰다. 그러나 화장실에서 나오자 그가 있다. 나를 기다리고 있다. 선택받았다는 생각에 기분이 좋아진다.

"아까 그 여자들과 사진도 찍어주시고 정말 자상하시네요."

내가 말한다. 나도 사진을 찍고 싶다고 생각하며.

"사진 찍어달라는 요청이 끊어지면 그때부터 걱정해야 하지."

그가 빙긋 웃으며 말한다.

나는 그와 함께 레스토랑에 다시 들어갈 생각에 한껏 들떠 계단을 바라보지만 그는 내게 팔을 내주기는커녕 살그머니 주위를 둘러보며 더 바싹 다가온다. 그러곤 나를 똑바로 바라보다가 내 입술에 축축한 아랫입술을 갖다 댄다. 머뭇거리며. 어찌해야 할지 몰라서 겁에 질린다. 무례하게 굴고 싶지도, 우리의 이야기를 망치고 싶지도 않은데. 그의 입맞춤에 호응하자 중년 남자의 혀, 놀랍도록 탄탄하고 징그러운 혀가 내 혀를 덮친다. 그러는 사이에도 나는 여전히 그와 함께 위층으로 갈 수 있을까 생각한다.

"우리 신부님이 베트남 사람이거든."

그가 몸을 떼고 입술로 내 관자놀이를 훑으며 말을 잇는다.

"어퍼이스트 사이드에 있는 성당이야. 설교가 아주 훌륭해."

나는 미소를 지으며 내 입술을 만진다. 그러고 보니 나는 그의 딸 얘기를 일종의 신호로 여겼다. 그는 안전하다는 신호. 그저 가정적인 남자, 바보 같은 아빠인 줄 알았다.

그는 손으로 내 다른 쪽 손목을 감싸 쥐곤 그것을 내려다본다.

"근처에 내 아파트가 있는데."

그가 내 손을 당겨 손등으로 자신의 뜨거운 사타구니를 스치게 한다.

나와 이 위협적인 남자의 차 사이에 계단이 있고 제러미와 레스토랑이 있어서 다행이다.

"저는 아침에 학교에 가야 해요."

내가 그에게 말한다. 그가 내 손목을 놓자 나는 휙 돌아서서 쏜살같이 달려간다.

"죄송합니다."

후들거리는 다리로 계단을 달려 올라간 나는 곧장 카운터로 가서 외투를 달라고 한다.

'빨리, 빨리, 빨리.' 두렵지만 돌아보고픈 유혹을 이기지 못한다. 어깨 너머로 흘끗 보니 제러미가 반쯤 일어나선 이를 드러내고 굳은 미소를 띤 채로 막 돌아온 배우를 맞이하고 있다. 배우의 표정이나 입의 움직임은 보이지 않고 그의 말소리도 들리지 않지만 그의 말에 제러미가 웃음을 터트리는 모습에 가슴이 쓰려온다. 그가 음흉한 자식인 건 알았지만 이렇게 나를 공물로 바칠 거라곤 생각

하지 않았다. 외투가 나오자 나는 마지막 남은 10달러를 던지다시
피 하며 그것을 받아 들고 거리로 뛰쳐나온다.

　패트릭에게서 전화가 온다. 음성 메시지로 넘어가게 둔다.

39장

"섹스."

며칠 뒤 내가 학교에서 집에 돌아오자 준이 대뜸 말한다.

"섹스."

내가 딱히 반응하지 않자 다시 말한다. 그녀는 부엌 조리대에 서서 스톤그라운드 크래커를 상자째 들고 먹으며 사방에 부스러기를 흘리고 있다.

그 배우를 만난 뒤로 나는 무서워서 내 아파트로 돌아가지 않았다. 제러미가 뜨거운 물이 안 나온다고 불평하는 문자 메시지를 두 번 보냈다. 내가 괜찮은지 확인하리라는 기대는 하지도 않았지만 이렇게 이기적이라니 어이가 없다.

섹스라는 말에 속이 울렁거린다.

"그게 뭐 어쨌다고?"

"할 거야."

그녀는 내게 다이어리에 형광색으로 표시한 글씨를 보여준다.

"11월 19일 전에 해야 할 일들을 정리하는 중이야."

나는 핸드폰을 꺼내 달력을 확인한다.

"11월 19일이 뭔데?"

"내 수술 날짜."

그녀는 다이어리를 넘겨 내게 보여준다. 내 언니의 공격적인 소통 방식에 말문이 막힌다.

"그럼 거의 다음 주잖아."

"다다음 주지. 화요일 아침 7시 30분. 내가 그날 첫 수술이야."

"언니."

나는 그녀의 손에 들린 크래커를 쳐내려다 참는다.

"나도 가도 돼?"

"네가 원한다면."

"날짜는 언제 잡았어?"

"텍사스에 있을 때."

"그럼 내가 계속 옆에 있었잖아."

"내 얘기로 돌아가면 안 될까?"

너무 기가 차서 나는 고개를 젓는다.

"어차피 다 언니 얘기 아니야?"

"넌 내 장기 얘기를 하고 있잖아. 난 내가 하고 싶은 것들을 얘기하려는 거야."

"섹스처럼."

"그렇지."

"그럼 더더욱 언니의 장기 얘기를 해야 하는 거 아냐?"

그녀는 웃음을 터트린다.

"시끄러워. 그런데 잠깐."

그녀는 고개를 갸우뚱하며 다시 묻는다.

"질도 장기야?"

이번에도 농담인지 구분이 되지 않는다.

"뭐? 당연히 장기지."

"그런가? 아니야. 폐는 장기지. 심장, 간, 그런 건 장기가 맞아. 다 뭔가에 싸여 있잖아."

"그런 게 장기라고 해서 질이 장기가 아닌 건 아니지. 페니스도 장기잖아."

이런 대화를 하고 있다니 어이가 없다.

"맞아. 그것도 싸여 있잖아."

그녀는 핸드폰을 꺼낸다. 나는 언니가 확인하기 전에 재빨리 검색한다.

"질은 관 모양의 근육으로 이뤄져 있지만……."

내가 핸드폰을 보며 읽자 그녀가 끼어들어 나보다 빨리 읽기 시작한다.

"……길이가 약 10~13센티미터에 이르는 신축성 있는 '장기'다……."

"11월 19일?"

나는 7시 30분 알림 설정을 했다가 삭제한다. '준 수술'이 아르바이트 일정이나 과제 마감 따위와 나란히 적혀 있는 건 말이 되지 않는다. 그리고 그런 건 까먹을 리가 없다.

"그러니까 그 전에 페니스를 구해야 해."

"윽, 언니, 제발."

내가 몇 달째 섹스를 하지 않아서 다행이다. 제러미는 딱 한 가지 동작만 했다. 피스톤처럼 왔다 갔다 하는 동작. 그럴 때면 마치 내가 석유 시추를 당하는 기분이 들었다. 게다가 그는 민망하게 지저분한 얘기를 하는 버릇이 있었다. 천박한 변태처럼 굴거나 더러운 말을 하는 게 아니었다. 그저 자기가 뭘 할 건지 끊임없이 반복해서 알려줬다.

'이제 넣을 거야……. 그다음에 난…….'

준이 다시 말한다.

"넌 마지막으로 한 게 언제…… 아니다. 대답하지 마."

그녀는 살짝 몸서리를 치며 다시 말한다.

"징그러워."

준은 선반에서 요리책을 꺼낸다.

"파티를 열까 생각 중이었어. 사람들을 초대해서."

그녀는 식용 꽃으로 장식한 멋진 전채 요리 사진을 펼치곤 그것을 가리키며 말을 잇는다.

"이것 봐. 이런 걸 해도 좋잖아."

멸치가 들어가는 요리다. 나는 책을 빼앗아 덮는다.

"언니, 만찬에서 섹스하는 사람이 어디 있어? 그냥 틴더에 들어가서 의도를 분명하게 밝혀. 장기를 만지고 싶다고. 누굴 초대할 거야?"

"헤이트 섹스를 할 만한 직장 동료들."

나는 내 언니가 웬 금융계 얼간이 아래 알몸으로 누워 율동적으로 꿈틀거리다가 실패하는 장면을 머릿속에서 떨쳐내려고 안간힘을 쓴다.

"그리고 친구들."

그녀가 덧붙이곤 목을 가다듬는다. 내 얼굴을 살피면서 그녀의 표정이 변한다.

"네 친구들만큼 **멋지지는** 않아도 좋은 사람들이야."

"알았어."

나는 조심스레 대꾸한다. 그런 뒤 가벼운 농담을 덧붙인다.

"금융계 사람들도 좋을 수 있나?"

그러자 준은 날카롭게 말한다.

"웃겨. 나한테는 **좋은 사람들이야**."

그녀는 나를 가까이서 살핀다. 내가 욕이라도 할까 봐 미리 입 막음하려는 건지 아니면 놀리는 건지 모르겠다. 나는 그럴 생각도 없는데.

"성대한 파티는 아니라도 재미있을 거야. 아니, 재미는 없어도 멋질 거야."

그녀는 눈을 굴리며 핸드폰에 열심히 뭔가를 입력한다.

"너도 올 거지?"

내가 잠시 머뭇거리자 그녀의 눈이 커진다.

나는 가까스로 대꾸한다.

"응. 그럼."

"됐어. 억지로 올 필요 없어."

그녀가 성난 목소리로 말하며 쿵쾅거리며 화장실로 간다. 나는 입을 벌린 채 그녀를 바라본다.

40장

벽돌과 목제로 지은 놀리타*의 레스토랑 앞에서 잠시 차양을 살펴본다. 아주 우아하고 꽤 북적거리는 트라토리아**다. 나는 안내에 따라 안쪽으로 깊이 들어가 아래층으로 내려간다. 준의 모임이 열리는 '비밀 바'는 외투 보관소를 지나 지하에 있다. 이번만큼은 언제든 말없이 빠져나갈 수 있도록 운동화를 신었다. 바이반스***를 코로 흡입하고 『아틀라스』****에 푹 빠져 있는 사람들에게 16달러짜리 칵테일을 마시며 휘둘리고 싶은 기분이 아니다.

나는 가장 수수한 옷을 입고 학교에서 곧장 왔다. 전형적인 남자 퇴치제 같은 차림이다. 검은색 와이드 팬츠와 반스 운동화, 팔

---

*　뉴욕 소호 근처의 지명
**　간단한 음식을 파는 이탈리아 식당
***　원래는 ADHD 치료제로, 코로 흡입하면 빠른 시간 내에 집중력을 높여준다는 근거 없는 속설 때문에 그렇게 이용되기도 한다.
****　미국 소설가 에인 랜드의 경제 소설

꿈치에 구멍이 뚫린 검정 스웨터. 이곳은 휑하고 춥다. 와인 저장
고는 붉은 조명에 휩싸여 있고 어두운 카펫이 깔려 있으며 긴 목
제 바 뒤에는 먼지 낀 병들이 줄지어 늘어서 있다. 양복쟁이들이
잔뜩 모여 있을 줄 알았는데 꽤 다양한 사람들이 보인다. 들쭉날
쭉한 재즈가 흐르고 사람들이 삼삼오오 모여 낮은 목소리로 얘기
를 나눈다. 특별한 기운의 지배를 받지 않는 차분한 분위기. 준이
이런 곳을 안다는 게 놀랍다. 마치 제러미가 친구들을 피해 숨을
것 같은, 그런 곳이다.

안쪽 벽에는 테이블 자리가 배치돼 있고 점점이 사진 액자가 걸
려 있다. 구석 테이블에 잔뜩 모인 사람들 속에 서 있는 준이 보인
다. 가슴이 깊이 팬 드레스를 입고 손에는 샴페인 잔을 들었다. 하
이힐 굽은 적어도 15센티미터쯤 돼 보인다. 그녀가 휘청거리며 내
게로 걸어오자 속이 울렁거린다. 저러다 넘어져서 테이블에 머리가
깨지는 건 아닐까 싶다. 그녀는 불안정한 자세로 내 팔을 잡는다.

"어머, 왔네."

그녀가 말한다. 얼굴 주위로 부드러운 굴곡을 이루며 층층이 내
려오도록 손질한 머리 덕분에 광대가 돋보인다.

"어."

그녀의 거창한 드레스에 말문이 막힌다. 새빨간 공단 드레스다.
허리는 딱 달라붙고 가슴을 한껏 끌어올렸으며 깃털 달린 플라멩
코 단이 들어갔다. 평소보다 훨씬 풍만해 보인다.

"드레스 예쁘네."

정작 하고 싶은 말은 "가슴을 엄청 보여주고 싶은가 봐?"지만 꾹 참고 그저 이렇게 말한다.

"고마워."

속눈썹이 너무 길어서 오싹하게 사람을 닮은 인형 같다. 지난 한 달 동안 봤던 그녀의 모습과 비교하면 얼굴을 만들어 붙인 수준이다.

누군가가 그녀의 어깨 너머로 내가 이해할 수 없는 농담을 던지자 그녀가 돌아선다. 나는 그녀의 뒤에 있는 친구들을 훑어본다. 이상한 조합이다. 하늘색 셔츠 위에 소매 없는 플리스 조끼를 입기도 했고 한 남자는 우스울 정도로 딱 붙는 정장을 입었으며 머리가 아주 짧은 한 여자는 청바지와 바람막이 재킷 차림이다. 나의 첫 감상은 그들이 부유해 보이지 않는다는 거다. 딱히 똑똑해 보이지도 않는다. 치아가 크고 머리칼이 엷은 갈색인 사내가 말한다.

"아니, 정말이라니까. 찾아봐. 컴퍼션compersion. 남이 기뻐할 때 거기에서 얻을 게 전혀 없는데도 그것을 보고 같이 즐거워하는 걸 뜻해. 질투의 반대 개념, 가장 고귀한 형태의 공감이지."

"넌 공감 능력이 뛰어난 사람이 될 위험은 없을 것 같은데."

언니가 그의 말을 자르고 나를 끌어당기며 말한다.

"여러분……."

사람들이 나를 돌아본다.

"제 동생, 제인이에요."

"안녕하세요."

내가 희미하게 웃으며 말한다.

준은 사람들을 하나씩 가리키며 소개한다.

"여긴 맬릭, 우지, 라일라, 엘리엇, 첸, 골즈, 애덤……."

나는 들어 올린 손을 내리지 않은 채 그들의 이름을 외울 생각 조차 하지 않는다.

그들은 키득거리고 웅성거리며 몇몇은 격려하듯 손을 흔들기도 한다.

"그러니까 셀리나의 동생이군."

가운데 무리 중 하나가 이렇게 말하며 내게 맥주로 건배를 청한다.

"존경합니다."

"진짜 셀리나도 동생이 있지 않았나?"

턱수염 사내가 말한다. 마치 내가 그들의 대화를 이해할 수 있 는 것처럼.

"수녀 아니었나? 이름이 매기?"

"여러분, 조용."

준이 한 손을 올리며 말한다.

"셀리나가 누구야?"

내가 묻자 그녀가 대꾸한다.

"그냥 무시해. 내가 신용카드를 맡겨놨거든."

그녀는 몸을 기울여 내 귀 뒤로 머리칼을 넘겨준다. 그러곤 내 뒤에 있는 바텐더를 가리키며 다시 말한다.

"필요한 거 있으면 서지한테 얘기해. 저녁은 먹었어?"

나는 고개를 젓는다.

"소화 작용이 그리 섹시하지 않은 건 알지만 먹을 것을 갖다 달라고 했어."

그녀는 좀 더 가까이 온다. 짙은 색의 옻칠한 목재 냄새와 연기 냄새가 난다. 내가 모르는 향수다. 그녀가 다시 말한다.

"시작하기도 전에 토하면 안 되니까."

"이 사람들 다 누구야?"

내가 묻는다.

"대부분은 직장 동료 얼간이들. 라일라는 대학 동창이야. 사회주의자지."

준은 어깨를 으쓱하며 덧붙인다.

"다양하게 부르면 좋을 것 같아서."

그러곤 내 팔을 꼭 잡는다.

"내가 돋보이도록 이렇게 허름하게 입고 와줘서 고마워. 속이 깊네."

"뭐 갖다줄까?"

내가 바를 가리키며 묻는다.

준은 자신의 남은 술을 마저 비운다.

"같이 가자."

내가 앞장서자 그녀는 조그맣게 트림을 하며 내 팔뚝을 붙잡는다.

"나 임신하고 싶어."

사람들 틈에서 벗어나자 그녀가 말한다.

"오늘?"

"할 수 있을 때."

내 목구멍에서 묘하게 낑낑거리는 소리가 빠져나온다.

"그럼 저 남자들은 전부 정자 공여자야?"

나는 테이블 쪽을 흘끗 보며 묻는다.

"말하자면."

"언니."

"난 진심이야."

그녀는 손톱으로 내 팔뚝을 움켜쥐며 다시 말한다.

"아주 잠깐만이라도 임신의 기분을 느껴보고 싶어."

"겨우 며칠 임신해 봐야 세포 덩어리에 불과해. 옥수수 한 알을 먹은 거랑 똑같다니까. 그림자에 불과하다고."

"난 사후 피임약도 먹어본 적 없어."

"그것도 썩 즐겁지 않아."

내가 날카롭게 말하자 그녀는 잠시 나를 본다.

"짜증 나."

언니가 말하며 웃음을 터트린다.

나는 스툴에 걸터앉아 반짝거리는 바에 기대 있는 그녀를 지켜본다. 가슴은 한껏 끌어모았고 바 아래 황동 난간에 발을 올려놨다.

"왜 임신하고 싶은데?"

"이 녹슨 장비가 잘 굴러가는지 확인해 보려고."

"그런데 정말 아기를 갖고 싶어?"

내가 묻는다.

"여기 있는 얼간이들의 아이를 갖고 싶진 않아."

그녀가 가볍게 말한다. 그러곤 내 표정을 보고 미소를 거둔다.

"잠깐이라도 임신을 해보고 싶다면 그때 그것도 생각해 볼 만하지 않아? 의사가 임신 전문가를 만나보라고 했잖아. 냉동하면 된다고…… **그거** 말이야."

그녀는 내 말을 무시하고 바텐더를 부른다.

"봄베이 마티니 두 잔이요. 엑스트라 드라이, 진하게. 올리브도 두 개씩 넣고, 스트레이트 업*으로."

준은 '업' 할 때 엄지손가락을 치켜세운다.

잠시 그녀가 이런 걸 알고 있다는 사실에 기가 막힌다. 저런 식으로 마티니를 주문할 줄 알다니.

"넌 아기 낳을 거지?"

그녀가 나를 돌아본다.

"난……."

---

* 칵테일을 만든 뒤 얼음을 걸러서 따라 주는 방식

나는 내 생리를 생각해 본다. 얼마나 오랫동안 끊겼는지. 지난 몇 년간 내 몸을 학대한 탓에 뭔가가 고장 났을까 봐 얼마나 두려운지.

"난 모르겠어."

내가 대꾸한다.

우리의 차가운 마티니 잔이 나온다. 준은 상체를 숙여 윗부분을 후루룩 마신 뒤 잔을 집어 든다. 나도 따라 한다. 짭짤하고 미끄럽고 차갑다.

준은 마분지 코스터를 세우더니 멍하니 그걸로 바의 모서리를 긁는다.

"사실은 만났어. 임신 전문가들. 스테파니도 만나봤는데 나는 난소를 보존하기에 좋은 조건이 아니래. 이미 물어봤어. 물리적으론 할 수 있지. 호르몬 치료를 받고 최대한 수술을 미루고 임신을 하는 거……. 그런데 아무도 권하지 않더라. 무엇보다도 난 이 문제에 대해선 저울질을 하고 싶지 않아. 무슨 일이든 늘 승부를 겨루려 했는데 성공하지 못했잖아. 솔직히 위험을 감수하고 싶지 않아……."

그녀는 나를 향해 잔을 들어 올린다.

"그러니까 당장 섹스해야 해."

나도 잔을 올린다.

"좋아. 이 비밀의 자궁 절제 섹스 파티에서 잠깐이라도 임신할 수 있기를."

우리는 잔을 부딪친다.

"그리고 내가 자궁과 난소를 출산하는 SF 호러 쇼를 위하여."

"어우, 언니."

그녀는 잔을 높이 들고 있고 내가 거기에 내 잔을 부딪친다.

우리는 함께 마신다.

"인생은 참 이상해."

그녀가 말한다.

"이상하지."

"더 나빠질까?"

"아마도?"

그녀는 웃으면서 내게 다시 건배한다. 나도 웃음을 터트린다. 언니가 내 어깨를 끌어안더니 힘주어 잡는다. 나는 두 팔로 그녀의 허리를 감싼다. 아찔하게 높은 하이힐 때문에 이번엔 그녀가 나보다 더 크다.

"야, 제인."

잠시 후 그녀는 긴 속눈썹을 나풀거리며 빠르게 눈을 깜빡인다.

"나도 이러고 싶지 않아."

그녀는 천천히 숨을 내쉰다. 내가 칵테일 냅킨을 건네자 그녀는 그걸로 눈가를 찍는다. 손톱에는 굴색 매니큐어를 발랐다. 그녀가 다시 말한다.

"하지만 적어도 정액은 일종의 항우울제야. 어쨌든 100퍼센트 단백질이잖아. 안 그래?"

"그렇지."

그게 사실인지 아닌지는 전혀 모른다.

"너는 아이를 낳겠다고 약속해 줘."

준이 코를 풀더니 냅킨을 펼쳐 확인한다.

"언니."

"넌 좋은 엄마가 될 거야."

그녀의 말에 목이 멘다.

"자식 망치는 부모도 많은데 넌 이미 당했으니까 그런 걸 잘 이해할 거야."

"뭐, 고마워."

"넌 괜찮은 팀원이거든."

그녀가 목을 가다듬는다.

나는 우리 둘을 생각해 본다. 우리의 작은 사이비 집단.

"그런데 정말 엄마한테는 얘기 안 할 거야?"

준은 고개를 젓고는 자기 잔의 바닥에서 올리브를 건져 낸다.

"엄마 아빠는 그렇지 않아도 힘들어."

그녀는 털이 덮인 올리브 씨를 냅킨에 놓는다.

나는 아빠의 반죽 덩어리를 생각해 본다. 나머지 가족이 번성하도록 따로 떼어져 냉동에 들어간 덩어리. 준은 모두가 보는 앞에서 지금껏 그렇게 해온 게 아닐까 싶다. 자기의 취약한 부분이 짐이 되지 않도록 숨기면서.

두 번째 잔이 나오자 그녀는 크게 한 번 더 들이켠다.

그러곤 친구들에게로 가면서 말한다.

"행운을 빌어줘. 내 장기에 육즙이 끼얹어지기를."

준에게 엄지손가락을 들어 올리는 순간 패트릭이 들어온다. 머리가 뜨거워지면서 두피가 따끔거린다. 그는 나와 눈이 마주치자 미소를 짓는다. 나는 어디를 봐야 할지, 손과 얼굴을 어떻게 해야 할지 몰라서 마시던 술을 한 모금 들이켠다.

심장이 제멋대로 쿵쾅거린다.

"안녕."

그가 무시할 수 없을 만큼 가까이 오자 나는 인사를 건넨다. 억지로 미소를 짓느라 귀가 터질 것 같다. 이 모든 게 견디기 힘들다. 내 가슴은 피가 가득한 내 심장을 담기엔 용량이 너무 작다. 기절할 것만 같다.

"안녕."

그가 말한다. 미소가 살짝 흔들린다.

나는 그에게로 한 발짝 다가가 그의 어깨를 꽉 움켜쥐고 뺨을 내민다.

"널 제거할 수는 없겠지?"

그는 비니를 벗는다. 머리칼이 평소보다 더 헝클어졌다. 게다가 조금 꾀죄죄해 보인다. 밖에서 들어온 탓에 뺨이 차갑고 지금껏 내가 본 가운데 가장 흐트러진 모습이다.

그가 불안한 듯 이를 빛내며 바싹 몸을 기울인다.

"잠깐만, 잘 못 들었어. 뭐라고?"

너무 가까운 탓에 내 입술에 그의 목의 열기가 느껴진다. 나는 조금 몸을 떼며 중얼거린다.

"아니야. 별 얘기 안 했어."

나는 경망스럽게 두 손으로 얼굴에 부채질한다.

"미안."

"준 생일이야?"

그가 묻는다.

"응?"

"준……? 자기 생일인 것처럼 얘기하던데."

나는 어깨를 으쓱한다.

"그냥 모임이야."

"앉을래?"

그가 묻는다.

언니를 위해 이렇게까지 해야 하다니.

작은 원탁을 골라 의자를 빼면서 억눌린 원통함 때문에 머릿속이 뒤죽박죽된다.

오늘은 커피를 석 잔하고도 조금 더 마셨다. 너무도 순식간에 내 자신이 싫어진다.

그는 앉으면서 가죽 재킷의 지퍼를 내려 의자 등받이에 건다. 똑같은 트레이닝복 바지를 입은 우리 둘의 모습이 아주 오래전의 과거인 동시에 아득한 미래처럼 느껴져서 현기증이 난다.

그는 두 손으로 다시 머리를 쓸어내린다. 피곤한 얼굴이다.

지난 이삼 주의 기억이 밀려든다. 솔직히 말하면 그와는 딱히 상관없는 수많은 치욕의 기억. 내 집의 바퀴벌레들. 데어리 퀸에서 마주한 준의 분노. 쉽게 다가갈 수도 이해할 수도 없는 내 부모. 래의 가느다란 허벅지. 험한 꼴을 겪고도 제러미에게 연락한 일. 내 입술에 닿은 배우의 입술. 그 뜨겁고 날카로운 중년 남자의 혀.

모든 장면이 만화경처럼 굴절되며 더러운 화장실에서 패트릭을 더듬던 내 모습에 이르자 수치심에 얼굴이 화끈거린다. 그때 나는 너무도 탐욕스럽게 침을 흘렸고 겁에 질려 있었다.

그에겐 여자 친구가 있는 게 당연하다. 그리고 그 여자는 SNS도 하지 않는다. 이미 확인해 봤다. 그렇다면 그녀는 나보다 나은 점이 또 하나 있다는 뜻이다.

나는 중요한 이메일을 확인하려는 사람처럼 핸드폰을 꺼낸다. 팔이 내 것이 아닌 듯 느껴진다.

패트릭은 목을 가다듬는다.

"준의 선물을 가져왔는데."

그는 광택 없는 고상한 쇼핑백을 내게 보여준다.

그가 일부러 내 언니의 선물을 샀다니. 편협하고 옹졸하고 비열한 생각이 내 안을 채운다.

어느새 내가 딱딱하게 말하는 소리가 들린다.

"감동적이네. 언니가 좋아하겠다. 가서 인사해."

나는 안쪽 구석을 가리킨다. 그곳에서 준은 의미심장하게도 자기보다 훨씬 작은 동안의 갈색 머리 남자의 어깨를 잡고 있다. 요란하게 손짓을 하면서. 모호한 U2 음악이 주위를 에워싼다. 스포티파이 재생 목록을 바꾼 모양이다.

"그래."

그가 의자를 뒤로 밀더니 바 쪽을 흘끗 보며 다시 묻는다.

"그 전에 술 가져올까?"

"좋아. 봄베이 마티니로. 스트레이트 업. 올리브 두 개 넣고. 그리고……."

나는 준이 또 뭐라고 했었는지 기억을 더듬어본다.

"난 그거 마실래."

"이번엔 보드카 소다가 아니네."

나는 고개를 젓는다. 그가 지난번 내가 마신 술을 기억한다고 기뻐하는 나 자신에게 넌더리를 내며.

나는 걸어가는 그를 지켜본다. 그는 어깨를 올리고 바에 기대선다. 바 아래 황동 난간에 발을 올린 모습, 살짝 올라간 티셔츠 뒤쪽과 새것처럼 깨끗한 운동화 위로 내려앉은 청바지 단, 딱히 노력하지 않아도 소년 같고 매력적이며 평온해 보이는 그의 모습에 결국 억울해진다. 그는 더럽게 괜찮다. 정성 들여 준비한 선물과 무심하게 무스를 바른 머리칼까지, 짜증 나리만치 바르고 점잖다.

그가 돌아오자 그를 때리고픈 충동이 밀려든다. 그의 팔을 세게 때리고 싶다. 그저 내 짜증이 가라앉는지 보기 위해서라도. 그는 가죽 재킷을 입었는데도 다른 남자들처럼 코스튬을 입은 듯 부자연스럽게 보이지 않는다는 사실에 화가 치민다. 그가 내 앞에 술을 놓으며 자연스럽게 미소를 짓는다는 사실, 그럴 때면 어째서인지 침묵이 편안하게 느껴진다는 사실에도 부아가 난다.

'뉴욕이 기다리고 있을 거라고 했던 거 기억해?' 그에게 따져 묻고 싶다. '나를 잊지 않겠다고 한 거 기억해? 진심이었어? 암시였나? 아니면 순 헛소리?' 이 분노와 분한 마음을 계속 불태우며 페미니스트의 격노를 확실하게 보여주고 싶다. 조금이라도 자존심을 내세울 수 있는 건 무엇이든 하고 싶지만 벌써 맥이 빠진다.

그가 준에게 인사하러 가자 준은 환한 얼굴로 그를 끌어당겨 포옹한다. 몸이 쳐지는 걸 보니 술에 취했다. 그녀는 마치 무성영화를 찍듯 우스꽝스럽게 과장된 몸짓을 하며 그를 소개한다. 그가 쇼핑백을 건네자 준은 한 번 더 그를 지나치게 오랫동안 껴안으며 귀에 대고 뭔가를 속삭인다. 문득 그녀가 패트릭을 또 하나의 후보로 초대했다는 생각이 스친다. 내 언니는 패트릭과의 섹스를 도모하고 있는 거다. 여자 친구가 있는데도 개의치 않는다는 점에 감탄해야 할지 진저리를 내야 할지 모르겠다.

혀에 남은 올리브 조각들 때문에 입에서 지독한 냄새가 난다.

나는 잔 밑에 놓인 사각형의 검은색 냅킨을 바라본다. 둥근 자국조차 없다. 저 개자식은 여기까지 오는 길에 한 방울도 흘리지 않았다. 우리는 그런 놈을 상대하고 있다. 내가 잔을 들어 올리자 술이 넘쳐 내 무릎으로 떨어진다.

내가 한껏 열이 올라 있을 때 그가 돌아온다. 나는 부글부글 끓어오른다.

"생일은 아닌 것 같네."

그가 의자를 빼내서 앉는다.

"아니라니까."

그는 어깨 너머로 돌아본다.

"와, 저런 에너지가 어디서 나오는지 모르겠다."

나는 그의 시선을 좇다가 웃음을 터트린다. 참을 수 없는 웃음이다. 너무도 묘한 분위기. 준은 우리에게 등을 둘린 채 두 남자의 어깨에 손을 얹고 있다. 마치 자기가 아빠고 가족사진을 찍고 있는 것처럼. 그녀가 저런 어른으로 자랐다는 사실에 기가 막힌다. 한편으론 너무도 당연하지만 다른 한편으론 도무지 이해가 되지 않는다.

"선물이 뭐였어?"

"마카롱. 고급 마카롱이야."

세상에, 여우 같은 놈.

"그건 이모한테나 사줄 법한 선물이잖아. 과일 상자 같은 건 품절이었나 봐?"

"모르겠어. 한 주가 정말 길었어."

그가 딱딱하게 대꾸한다.

나는 시간을 확인한다. 10시가 조금 넘었다. 이쯤 되면 그냥 가도 전혀 문제 될 게 없지만 당연히 가고 싶지 않다.

"알리야라는 친구는 잘 갔어?"

나는 누가 봐도 비어 있는 게 분명한 마티니 잔을 들고 남은 한 모금을 마시는 척하며 묻는다.

"좋은 사람 같은데."

내가 왜 리얼리티 데이트 프로그램에 나오는 소시오패스처럼 경멸을 드러내며 이런 대화를 하고 있는지 모르겠다.

"응."

그는 적당히 경계하며 나를 관찰한다.

"예쁘더라."

내가 고집스레 말한다. 정말이지 멈출 수가 없다.

"여기서 해결할 일이 있었거든."

"나쁜 일은 아니었다면 좋겠네."

패트릭의 여자 친구에게 나쁜 일이 일어났길 바라는 마음이 전혀 없지는 않지만 그저 세련된 사람처럼 굴기로 한다.

"잘 해결됐어."

그가 말한다. 그는 주머니에서 박하사탕 통을 꺼내 하나를 먹는다.

"나도 줄래?"

그는 그렇게 말하는 사람에게 으레 그러듯 잠시 나를 흘끗 본다.

그러곤 내게 작은 사탕 통을 내민다. 나는 놀이공원에 있는 쇠집게 게임처럼 정확하게 하나를 집는다. 실수로 네 개를 집지만 얼른 몽땅 입에 밀어 넣는다. 그가 눈치채지 못할 것처럼.

그가 통을 닫고 있는데 놀랍게도 그의 손을 간절히 잡고 싶다. 변태처럼 그 손을 내 얼굴로 가져오고 싶다.

"**정말** 예쁘더라."

지금 이 순간 누가 내 머리를 조종하고 있는 건지 모르겠다.

그는 심호흡을 한다.

"너한테 그 친구 얘기를 하려고 했어."

나는 환한 미소를 지으며 대꾸한다.

"이젠 그럴 필요가 없네. 괜찮아, 패트릭. 설명하지 않아도 돼. 우린 서로에게 어떤 의무도 없잖아."

나는 아주 초연하다. 나는 선택지를 가진 사람이다. 패트릭처럼 직업이나 아파트, 연인, 그림 등을 갖진 못했지만 언젠가는 그렇게 될 거다.

"난 한 잔 더 마실래."

그가 말한다.

나는 술을 가지러 가는 그를 보다가 갑자기 바가 몹시 북적거린다는 것을 깨닫는다. 시간을 확인한다. 어느새 자정이 됐다.

패트릭이 맥주를 들고 돌아와 길게 한 모금 들이켠다. 나는 냅킨을 가늘게 찢고 있었다는 사실을 깨닫는다. 중간에 끊어지지 않고 끝까지 찢으려 애쓴다.

준이 비틀거리며 우리에게로 걸어온다.

"나, 차 불렀어. 이쪽은 카즈미야."

그녀는 자신의 허리에 팔을 두른 남자의 가슴에 손바닥을 펼쳐 얹으며 다시 말한다.

"살림 카즈미."

"안녕하세요."

그가 고개를 치켜들고 휘청거리며 반 발짝 물러났다가 몸을 바로 세우며 웃음을 터트린다.

"애널리스트야."

준이 덧붙인다. 그 말을 할 때는 눈을 감고 있다가 다시 번쩍 뜨고는 쾌활하게 "양자리야" 하고 말한다. 마치 자신의 선택을 변명하려는 듯이.

살림은 목젖이 정확히 90도 각도로 튀어나왔고 마른 데다 키가 큰 몸에는 뼈가 툭툭 튀어나왔지만 얼굴 생김새는 동글동글하다.

짙은 색 눈은 디즈니 만화 주인공처럼 커다랗고 콧방울도 둥그스름하며 입술은 벌에 쏘인 듯 통통하다.

"안녕?"

그가 말한다. 둘 다 곤죽이 됐다.

나는 짐을 챙기며 패트릭에게 말한다.

"내가 같이 가야 할 것 같아. 언니가 살해되는 걸 막으려면."

준이 살림을 원래 알고 지냈는지 이 술집에서 만났는지 도통 알 길이 없다.

"나도 그만 가야겠다."

그가 재킷을 걸치며 말한다.

터벅터벅 위층으로 올라가면서 그를 붙들고 흔들고 싶은 충동에 휩싸인다. 우리는 손을 잡았다. 그는 나를 위해 요리를 해줬다. 나는 그의 침대에서 잠도 잤단 말이다. '팝스 얘기도 했잖아!' 나는 그에게 소리치고 싶다.

패트릭은 차가 도착할 때까지 우리와 함께 기다린다. 준이 대화를 시도하지만 파편적인 단어만 들릴 뿐이다.

패트릭. 성당. 말이 돼?

검은 차가 멈춰 선다. 반짝거리지만 침울해 보이는 차다. 준은 운전석 뒷자리에 올라탄다. 살림은 앞에 탄다.

"있잖아."

내가 차 문을 열자 패트릭이 내 귀에 대고 속삭인다. 나는 그가 내게 어떤 현명한 작별 인사를 할까 궁금해서 꾸물거린다. 그러나 그는 이렇게 묻는다.

"넌 어디 있으려고? 저 두 사람은…… 알잖아."

그는 우리가 차 안으로 밀어 넣은 사랑스러운 커플을 고갯짓으로 가리킨다.

"집에 침실이 따로 있어?"

"미쳐."

그에게 하는 말이라기보다는 나 자신에게 하는 말이다.

"같이 타시죠?"

앞자리에서 내 언니의 정자 공여자가 소리친다.

"파티잖아요."

그가 덧붙인다.

"파티, 파티."

준이 눈을 감고 중얼거린다. 그녀는 창문에 기대 있다. 입에서 나오는 작은 입김에 유리가 뿌옇게 흐려진다.

"안으로 들어가."

그가 말한다. 나는 눈을 굴리며 고개를 끄덕이곤 옆으로 자리를 옮긴다. 그가 올라타서 문을 닫는다.

42장

어둠 속에서 부드러운 클래식 음악이 우리를 감싼다. 준이 잠잠한 걸 보니 잠든 모양이다.

"어쩌려고 그래?"

내가 패트릭에게 속삭여 묻는다. 그날 밤 이후 그와 이렇게 가까이 있는 건 처음이다. 우리의 허벅지가 맞닿아 있고 나는 최대한 몸을 꼿꼿이 지탱하려 노력한다. 차가 급회전을 해도 그에게 기대지 않는다.

준이 나지막이 코를 곤다. 그가 준을 보고 빙긋 웃다가 미소 띤 얼굴로 나를 돌아보자 나는 짜증을 억누르고 미소를 짓는다. 이 나쁜 자식의 입에서 박하 냄새가 난다. 그가 속삭인다.

"이따 내려서 좀 걷자. 아니면 커피를 마시거나."

그는 내게로 좀 더 몸을 기울이며 다시 묻는다.

"너 정말 이 두 사람의 **몸싸움**을 따라다니고 싶어?"

그는 잠시 창밖을 내다본다.

"아니면 다 내려준 뒤 난 그냥 집에 가도 돼. 네 결정에 맡길게."

그는 오랫동안 내 눈을 보다가 다시 입을 연다.

"그냥…… 너에게 설명을 해야 할 것 같아서. 네가 허락한다면."

나는 누그러진다.

"알았어."

"먼저 올라가."

준의 집 앞에 도착하자 내가 그녀에게 말한다. 그녀는 패트릭을 흘끗 본 뒤 나를 한 번 보고 다시 패트릭을 본다. 어깨를 으쓱하더니 둘이 함께 비틀거리며 로비로 들어간다.

바깥 공기에선 밝고 깨끗한 냄새가 난다. 곧 눈이 올 것처럼. 우리는 유리로 에워싸인 하얀 출입구 앞 거리에 선다. 나는 온기를 빼앗기지 않으려 팔짱을 낀 채 최대한 고개를 숙이고 있다. 뒤에서 빛을 받는 우리의 몸짓을 건너편에서 본다면 이별의 장면이라고 생각할 것이다.

"내가 어떻게 얘기해도 개자식 같겠지."

그가 청바지 주머니에 두 손을 찔러 넣은 채 입을 연다. 나는 내 재킷의 깃 너머로 그를 흘끗 본다.

"알리야와 나는 헤어졌어."

추위 때문인지 몰라도 얼른 마음이 놓이지 않는다. 기분이 좋아지는지 기다려본다. 눈곱만큼 우쭐한 마음이 들긴 하지만 그보다는 누가 헤어지자고 했을지 궁금하다.

내가 원망 섞인 목소리로 말한다.

"네 틴더 알람이 울렸잖아. 화장실에서. 우리가 술집에서 처음 만난 날."

무엇보다도 나는 이 점이 꺼림칙했다. 못된 생각이지만 만약 그가 여자 친구를 두고 나와 바람을 피운 거라면 용서할 수 있었다. 아니, 나는 그걸 나에 대한 칭찬으로 받아들일 만큼 몹쓸 인간이다. 하지만 그는 그 정도가 아니라고 믿고 싶었다. 내가 아는 패트릭은, 아니, 내가 안다고 **생각**한 패트릭은 나보다 훨씬 더 나은 인간이니까. 여자 친구를 두고 다른 섹스 상대를 찾아 데이트 사이트를 기웃거리는 인간은 아닐 거라 생각했다.

"맞아……."

그가 한숨을 쉰다.

"하지만 그게……."

"설마."

나는 두 손을 휙 올리며 말을 잇는다.

"설마 '그게 좀 복잡해.' 뭐, 이런 얘기를 하려는 건 아니지?"

바보가 된 기분이다.

"지금 우린 정말 헤어진 사이야."

"정말"이라는 말이 내 등줄기를 타고 올라와 머릿속 깊숙한 곳에 찌릿한 통증을 남긴다. 나는 어느새 미소를 짓고 있다.

제러미도 다른 여자들과 잔 뒤에 똑같이 말할 것이다.

어떤 유망한 행위 예술가에게 이렇게 속삭일지도 모른다.

"우린 룸메이트야. 함께 살긴 하지만 딱히 사귀는 건 아니야."

나는 공통분모다. 패트릭은 제러미보다 낮고 제러미는 홀랜드를 능가하지만 세 사람 모두에게 나는 일회용품에 불과하다.

그가 말한다.

"복잡한지는 모르겠어. 그보다는……."

그는 무게 중심을 바꾼다. 문득 그의 가죽 재킷이 얼마나 실용성이 없는지 깨닫는다. 그리고 그 사실에 혐오감을 느끼며 안도한다. 허영심이 많은 남자는 나약하잖아, 하고 나는 합리화한다. 총알을 피한 나 자신을 칭찬한다. 이런 남자라면 필요 없다.

"내가 틴더를 켜놨던 게 왜 그렇게 큰 문제야?"

나는 과거형을 쓰는 그를 보며 눈을 굴린다.

그가 다시 말한다.

"생각해 봐. 스태튼 아일랜드*를 포함해 이 뉴욕시에서 가장 더러운 술집에서 만나자고 한밤중에 연락한 사람은 너야. 그 연락을 받고 난 생각했어. 와, 제인. 뉴욕에 온 지 얼마 안 됐나 보네. 이제 막 나와서 돌아다니고 있나? 아무것도 알 수 없었지. 일단 만났어. 둘 다 술에 취했고. 재미있었어. 그러다가 네가 길게 줄 서

---

* 뉴욕시의 다섯 개 자치구 가운데 가장 외곽에 위치한 섬으로, 맨해튼과 페리로 연결된다.

있는 사람들을 무시하고 나를 화장실로 끌고 들어갔잖아."

내가 이런 식으로 묘사되는 것을 듣고 있자니 얼굴이 화끈거린다.

"그다음엔 네가 보도도 아니고 찻길에 토하다가 지나가는 차에 치일 뻔했고, 대체 이게 무슨 상황일까 생각하고 있는데 네가 갈 데가 없다고 했어. 솔직히 말하면 제인, 네가 그냥 뉴욕의 다른 여 자였으면 그냥 하룻밤 보낼 수도 있었어. 아니, 솔직히 이런 상황 이 일어나지 않았을 거야. 그 전에 내가 적당히 뿌리쳤을 테니까. 하지만 너였잖아. 가족도 알고. 엄마도 알고. 무서운 네 언니도 알 고. 잔뜩 취한 너를 도랑에 버리고 갈 수는 없었어. 그래서 옷도 빌려줬어. 넌 내 집에서 샤워했고. 난 먹을 것을 만들어줬어. 난 예의를 지키고 너에게 침대도 양보했어. 다음 날 같이 시간을 보내 기도 했고. 다 좋았어."

그는 한숨을 쉰다. 그의 입김이 보인다. 그의 눈이 굳어 있다가 부드러워진다.

"제인, 우리가 다시 만났더라면 알리야 얘기를 했을 거야. 그 첫 날 했어야 했지. 그건 잘못했다는 거 나도 알아. 하지만 그래서 우 리가 끝까지 가지 않은 거야. 그래서 중간에 멈춘 거라고. 그렇다 고 괜히 나 혼자 앞서가서 너한테 전화로 '나 여자 친구가 있어' 하 고 싶지도 않았어. 난 사실 여러 명을 만나고 있었고 네가 어떤 상 황인지는 전혀 모르니까."

"여러 명을 만나고 있었다고?"

내 목소리는 가늘고 측은하다. 나는 멍한 얼굴로 그를 노려본다.

반짝이는 건물을 올려다보며 준의 집이 어디쯤인지 가늠해 본다.

"아직 안 끝났을 거야."

그가 내 마음을 읽은 듯 말한다. 그러곤 두 주먹을 호호 불며 얼굴을 찌푸린다.

"저리로 가자."

그가 고개로 건너편을 가리킨다. 배달원이 드나드는 입구에 우묵하게 들어간 부분이 있고 바람을 막아주는 두꺼운 벽도 있다. 심지어 계단도 있다.

우리는 망설이지 않고 황급히 그리로 가서 나란히 붙어 앉는다. 그가 말한다.

"우린 개방적인 관계였어. 알리야가 원했거든. 그런데 잘 안 됐어. 그래서 헤어졌지."

나는 두 손을 주머니에 넣고 몸을 굽혀 무릎에 입김을 분다.

"안타깝네."

"아니면서."

"그래, 아니야."

"우린 2년 동안 만났어. 여섯 달 동안 동거했고. 그런데 알리야는 나한테 얘기도 없이 평화 봉사단에 지원했어. 난 그저 우리가 대학원만 마치면 다 되는 줄 알았거든."

나는 그녀가 어디에 지원했는지 묻지 않으려고 안간힘을 쓴다.

"그런데 2년 동안 페루에 갈 거라고 하더라."

"헐."

"몇 달 전에 알리야는 어떤 남자랑 잤고 우린 그냥 어른처럼 터놓고 얘기를 했어. 그러곤 개방적인 관계를 해보자고 얘기하던 차에 널 만난 거야."

나는 고개를 기울이며 그를 바라본다. 그도 웅크린 채로 머리를 내 쪽으로 돌리고 관자놀이를 무릎에 대고 있다. 묘하게 친밀한 자세다. 마치 우리가 담요로 요새를 만들어 덮고 있는 것처럼.

"그런데 왜 헤어져?"

그는 두 무릎에 눈을 비비며 한숨을 쉰다.

"나는 안 맞더라. 노력해 봤어. 틴더든 뭐든 다 써봤고. 라야. 범블. 또 뭐더라, 힌지. 어쩌면 나쁘지 않을 거라고 생각했어. 난 열다섯 살 때부터 여자 친구가 있었거든. 고등학교 때 동양 남자들은 다 거기서 거기였는데 10년 뒤에 갑자기 우리가 모두 핫해진 것 같아. 어이가 없었지. 왜, 그런 거 있잖아. 두꺼운 안경을 쓴 천재 컴퓨터광이 갑자기 다 뜯어고치고 라식 수술을 받곤 딴사람이 되는 거. 처음엔 재미있었어. 나와는 전혀 연관성이 없는 사람들을 만나는 게 좋기도 했고. 특히 뉴욕에서는 더 그랬지. 그런데 처음 보는 사람이랑 섹스하는 게 더럽게 이상하더라. 난 별로인 것 같아."

익숙한 느낌이 내 가슴을 두드린다.

"내가 너무 감상적인 것 같기도 하고."

그는 어깨를 작게 떨며 킬킬거린다.

"아무도 나랑 친구가 되고 싶어 하지 않는 것 같아서 화가 나기 시작했거든."

나는 참지 못하고 조그맣게 공감의 신음을 내뱉는다. 그러곤 목을 가다듬는다. 아, 이 남자는 너무도 귀엽다.

"혼란의 나날이었어. 술 마시고 파티하고 그러다 자기도 하고. 덜컥 겁이 나더라. 그렇게 놀다 보면 충분히 조심할 수 없잖아. 이틀에 한 번꼴로 성병 검사를 받기 시작했어. 극심한 건강염려증에 시달렸지. 불안해서 죽을 것 같았어."

"지금은 괜찮아?"

원치 않는 연민이 가슴에 고이는 듯하다.

그는 고개를 끄덕인다.

"그 술집에서 너를 만났을 때, 아, 정말 반가웠어. 얘기할 사람, 함께 시간을 보낼 사람이 필요했거든. 네가 조금 혼란스러운 것 같긴 했지만 우리가 자게 될 줄은 정말 몰랐어. 너 같은 여자들도 만나봤어. 아니, 너 같은 여자들한테 외면을 당했지. 솔직히, 잘못 생각한 건지 모르겠지만, 넌 버블티를 마시면서도 일본어를 할 줄 아는 백인 포토그래퍼하고만 데이트하는 전형적인 패션계 동양 여자애 같은 모습으로 아주 힙하고 난잡한 바에서 만나자고 했잖아. 그래서 난 조금도 기대하지 않았어."

나는 등을 꼿꼿이 세운다.

"뭐라고?"

그는 고개를 젓는다.

"모르겠어, 제인. 하지만 그런 느낌이었어. 솔직히 너 동양 남자 몇 명이나 만나봤어?"

맬컴 이토.

"사실 난……."

솔직하게 말하긴 부끄럽지만 이렇게 역습을 당할 수는 없다.

"사실 난 제대로 남자 친구를 사귀어본 적이 없어."

"그래도 자보긴 했지?"

"응."

"그럼?"

"글쎄……."

나는 코웃음을 친다. 그러곤 건너편을 흘끗 본다. 보도를 바라보면서 내 안으로 숨는다. 혹시 그가 내게 백인광이냐고 물어보지 않을까?

"참나."

잠시 후에 그가 말한다. 그는 청바지에 손바닥을 문지르고 한숨을 쉬며 나를 돌아본다.

"미안해."

"뭐가?"

충분히 감정을 놔버려도 추위를 느낄지 궁금하다.

"내가 꼭 사이코처럼 말하잖아."

그가 대꾸한다.

차마 그와 눈을 맞추지 못한다. 아, 남자들은 정말 피곤하다.

"네가 원하는 게 뭐야, 패트릭? 여자 친구가 있는 사람은 너잖아."

"그렇지."

"그런데 지금 내 선택을 시험하고 있잖아."

"그냥 넌 어떤지 알아보려는 거야. 그런데 엉망진창이네. 아, 나 진짜 쓰레기 **아저씨** 같다."

"응, 너 지금 별로야."

"젠장."

나는 마침내 그를 돌아본다.

"알리야 얘기를 먼저 했더라면 좋았을 텐데."

"그래. 나도 완전 같은 생각이야. 하지만……."

그는 씁쓸하게 웃으며 다시 말한다.

"정말이지 네가 신경이나 쓸까 싶었어. 네가 막 밝고 도발적으로 굴 때는 확신이 들었어. 그런데 그렇게 **도발적**으로 굴다가 금세 어두워졌잖아."

나는 별수 없이 웃음을 터트린다. 틀린 얘기가 아니다. 마침내 나는 그가 얼마나 상처받은 모습인지 깨닫는다. 눈이 벌겋게 충혈됐다. 그러고 보니 이별을 극복하고 있는 기색이 역력하다.

나는 한숨을 쉬며 말한다.

"아. 이거 완전 바람둥이네."

그는 빙긋 웃는다.

"맞아."

우리는 한동안 그대로 앉아 있다. 내가 어깨로 그의 어깨를 쿡 찌르며 말한다.

"사실……."

내가 한숨을 쉬자 입김이 내 앞의 공기를 뿌옇게 물들인다.

"나는 어떤 사기꾼 자식하고 섹스를 시작했는데 이 자식이 내 아파트로 아예 들어와선 수많은 여자를 데려와 내 침실에서 자더라고. 나는 소파에서 자고. 그래서……."

옆에서 그가 자세를 바꾸는 느낌이 든다.

"이런. 그럼 이제 바람둥이는 한눈에 알아보겠네."

그가 말한다.

"난 바람둥이들의 호구야."

그가 고개를 젖히며 웃음을 터트린다.

"있잖아."

그는 일어나서 머리를 흔들곤 입술을 오므리며 입김을 내뱉는다. 나는 그를 올려다본다.

이윽고 그가 내 앞에 쪼그리고 앉아 내 얼굴에 대고 속삭인다.

"난 네가 정말 좋은데 너무 춥다."

"우리 참 멍청하지?"

"우리 집에 갈래?"

나는 이를 떨며 고개를 끄덕인다.

43장

우리의 차가 도착하고 패트릭은 뒷자리에서 내게 팔을 두른다. 몹시 피곤하다. 열이 나는 것 같기도 하다. 그의 집 계단을 오르면서 그가 내 손을 잡는다. 그러곤 문을 열며 말한다.

"의학적인 관점에서 우린 최대한 이불을 많이 덮고 있어야 할 것 같아."

그는 내가 지난번에 신었던 털 슬리퍼를 건넨다. 나는 고개를 끄덕여 고마움을 표한다. 어찌나 추운지 얼었던 두개골이 녹으면서 누군가가 부비강을 움켜쥐는 느낌이 든다.

"그래도 샤워를 해야 할 것 같아."

그가 재킷을 벗어 걸면서 덧붙인다.

"이불 세탁한 지 얼마 안 됐거든."

나는 마지못해 외투를 벗으며 잠긴 목소리로 대꾸한다.

"나도 할래. 그냥 들어가면 신발 신고 집에 들어가는 거나 다를

게 없잖아. 혹은 청바지를 입은 채로 침대에 앉거나. 별로야."

패트릭은 부엌 조리대에 기대서서 하품을 한다.

나도 고개를 끄덕이며 하품을 참지 못한다.

"네가 먼저 해."

그가 손을 씻고 주전자에 물을 받는다.

어느새 나는 온기를 찾아 그의 옆에 붙어 서 있다.

"아냐, 먼저 해."

그가 나를 내려다보며 묻는다.

"그럼 둘 다 죽도록 추우니까 다른 의도 없이, 서로의 몸을 보지 않고 같이 샤워하면 어떨까?"

내가 대답한다.

"좋아. 그리고 나 또 트레이닝복이 필요할 것 같아."

"그렇겠지."

그는 고개를 저으며 덧붙인다.

"그때 트레이더 조에서 네가 내 트레이닝복 입고 있었던 거 모를 거라고 생각하지 마."

나는 민망한 마음에 그의 어깨를 쿡 찌른다. 그는 킬킬거리며 내 손을 잡고 욕실로 이끈다.

우리는 꾸밈없이 서로 등을 돌리고 옷을 벗는다. 너무 추워서 알몸을 웅크리고 있다가 뜨거운 물이 분사되자 얼얼했던 등과 엉덩이, 다리가 저릿해 온다. 내가 거친 숨을 내뱉자 그도 똑같이 한다. 몸이 녹으면서 다시 인간으로 돌아오는 기분이 든다. 눈을 감는다. 수없이 노리개가 되고 헛발질을 하며 혼란 속에 살아왔는데 지금 이 순간이 그 종착지인 것 같다.

그의 두 팔이 나를 감싼다. 내 눈 화장이 번지고 있다는 것을 알지만 따뜻한 그의 품과 수증기가 잡생각을 몰아낸다. 그의 팔에 새겨진 문신을 훑는다. 악마의 눈이 있는 손바닥. 어깨에 있는 커다란 붉은색 도장 문신에는 그의 한국 이름이 새겨져 있다. 장민석. 좀 더 작은 문신들도 있다. 거북이 하나. 고양이 하나. 그리고 팔뚝에 피어나는 꽃들. 혀를 내밀고 있는 뿔 달린 도깨비. 우리는 오랫동안 뜨거운 물을 맞으며 서 있다. 그가 머리를 감으면서 샤워기의 물줄기 너머로 손을 뻗어 수납장에서 컨디셔너 샘플 병을 꺼내자 그것이 그녀의, 혹은 **그녀들**의 것인 줄 알면서도 상처받지 않으려고 애쓴다. 나도 머리를 감는다. 거품을 내며 느긋하게. 그러다가 그가 먼저 나가자 널찍한 욕조를 기분 좋게 독차지한다.

나는 손바닥으로 타일을 짚는다. 하수구의 파란색 꽃 모양 고무망에 발가락을 넣고 나의 긴 검은색 머리카락들을 끌어낸다. 울고 싶다. 여기 산다면 행복할 텐데. 패트릭과 함께 살고 싶다는 게 아니다. 이곳은 뉴욕에서 한 번도 느껴보지 못한 기분, 집에 있는 듯한 기분을 안겨준다. 벽에 걸린 그림들, 터무니없이 많은 책들, 아보카도 모양의 이상한 타이머. 이곳엔 사람 냄새가 가득하다. 금세 떠나야 하는 집이 아니다. 누구든 머물고 싶은, 그런 집처럼 느껴진다.

패트릭이 이를 닦으면서 내게 흰 수건 한 장을 건넨다. 나는 머리카락을 모아 쥐고 비틀어 짠 뒤 수건으로 겨드랑이 아래 몸을 감싼다. 하수구에서 건진 머리카락을 뭉쳐서 버리고 손의 물기를 닦은 뒤 화장지를 몇 칸 뜯어 눈을 문지른다. 거칠긴 하지만 그의 수건을 눈 화장으로 더럽히고 싶지 않다. 패트릭이 나를 지켜본다.

그는 내가 전에 쓴 칫솔을 건넨다. 손잡이에 치과 이름이 찍힌 칫솔이다.

그는 잠시 뜸을 들인 뒤 말한다.

"제인. 그거 아무도 안 썼어."

나는 빙긋 웃으면서 그와 나란히 서서 이를 닦는다. 거울에 비친 우리의 모습을 보며 남자들은 늘 똑같이 보이는 게 너무도 불공평하다는 생각이 든다. 남자들은 꾸미거나 화장을 하지 않아도 상대가 예의 없게 놀라는 상황을 겪을 필요가 없다. 거울 속에서 입에 칫솔을 문 그의 얼굴이 일그러지며 나를 향해 다가오더니 그가 수납장을 열고 내게 로션을 건넨다.

"몸에 바르는 것도 있으니까 필요하면 써."

그가 말한다. 세면대 위 유리 선반에 약국에서 파는 초록색 뚜껑의 로션이 놓여 있다.

나는 얼굴에 로션을 바른 뒤 손을 오므려 보디로션을 짜낸다. 그는 허리에 수건을 두른 채 나를 보고 있다.

"좀 비켜줄래?"

그는 웃음을 터트리며 나간다. 나는 팔과 다리에 로션을 바르고 허벅지에도 조금 문지른 뒤 이번만큼은 내 얼굴을 뜯어보거나 몸을 살피지 않는다. 다시 수건으로 몸을 감싸고 거실로 나간다. 그는 부엌에서 물을 마시고 있다. 그 모습이 행복해 보여서 나도 그리로 간다. 그가 김 서린 기다란 유리컵을 건넨다. 맛이 좋다. 그가 다시 따라 주자 그것도 다 마신다. 그가 키스한다. 우리의 입이 시원하고 매끈하게 느껴진다.

수증기를 머금은 몸을 그에게 바싹 붙이자 겨드랑이 밑에 끼워 넣은 수건에 살이 쓸린다. 그가 내 허리를 끌어당기면서 수건이 느슨해진다. 괜찮다. 우리 사이가 좀 더 가까워지기를 바라니까. 그의 가슴이 내 가슴에 닿는다면 좋겠다. 우리의 가슴이 쩍쩍 소리를 내도 상관없다. 차라리 내 가슴이 그의 가슴 속으로 완전히 들어가서 그 안의 온기를 느낀다면 좋겠다. 나의 감각들이 살아난다. 나는 수건이 완전히 떨어지기 전에 끌어당긴다.

"괜찮아?"

그가 진지한 표정으로 묻는다. 그러곤 조리대 위에 놔둔 물컵을 집어 한 모금을 더 마신다.

나는 고개를 끄덕인다. 그는 기다리고 있다. 내가 말한다.

"응."

나는 그를 방으로 이끈다. 방은 컴컴해서 좋다. 나는 수건을 풀고 세 번 접어서 내 젖은 머리가 베개를 적시지 않도록 그 위에 놓는다. 그런 뒤 이불을 들추고 그 안으로 들어간다. 그도 창가의 의자에 수건을 던지고 내 옆으로 들어온다. 그는 거기 누워 내게 팔을 내주고 나는 그에게 바싹 붙는다.

"네가 원하는 대로 해."

그가 말한다. 어둠 속에서 그의 눈이 반짝거린다.

그의 시선을 견딜 수가 없다. 나는 목을 길게 빼고 눈을 감으며 그에게 입을 맞춘다.

그도 내게 깊은 입맞춤을 한다. 나는 몸을 뗀다. 그의 입술이 부풀고 머리칼이 헝클어졌다. 그가 다시 묻는다.

"괜찮아?"

"응."

우리는 옆으로 돌아누워 서로를 마주 본다. 그의 손이 머리 쪽으로 올라와 뻣뻣하게 일어난 머리칼을 매만지는 모습을 보자 내 안에서 강렬한 회오리바람이 인다. 그를 먹고 싶다. 그는 부끄러움 없이 노골적으로 나를 뜯어본다. 놀라운 진지함이다. 놀라운 침묵. 강렬한 시선에 기가 질리면서도 기분이 좋다. 그가 내게 입을 맞추자 이번에는 내가 그의 위로 올라간다. 내 머리칼이 그의 얼굴로 떨어지며 텐트처럼 우리를 감싼다.

나는 미소를 짓는다.

"안녕."

"안녕."

내가 그에게 입을 맞춘다. 깊이. 모든 것을 쏟아부은 입맞춤. 그에게 키스하며 끈질기게 밀려오는 감정에 놀란다.

현기증에 가까운 아찔한 느낌. 그가 내 몸을 돌려 눕히고 내 위로 올라와 우리의 몸이 온전히 맞닿자 안도감이 밀려든다. 나는 손끝으로 그의 얼굴을 훑는다. 그의 광대뼈가 피부 가까이 튀어나와 있다. 그는 고개를 돌리고 내 손에 입을 맞춘다. 누군가가 이렇게 나를 만진 지가 너무도 오래됐다. 아니, 누군가가 이렇게 만져준 적이 있나 싶다.

그는 상체를 굽혀 콘돔을 집고는 다시 한번 괜찮은지 확인하고 나는 다시 한번 좋다고 대꾸한다. 그를 보면서 나는 내가 늘 이 부분을 외면해 왔음을 깨닫는다. 마치 공모하지 않으려는 듯이. 그래야 나중에 후회가 밀려들어도 나 아닌 다른 사람을 원망할 수 있을 테니까. 하지만 이번엔 지켜본다. 그는 겸연쩍게 미소 짓는다. 부끄러워하는 모습에 또다시 그가 사랑스럽다.

그는 내 위에서 입으로 내 입을 덮고 내 목과 어깨를 덮는다. 어느 순간 앞이 보이지 않자 궁금해진다. 내 모습은 어떨까? 이상한 냄새가 나지 않을까? 이상한 맛이 나지 않을까? 옷을 벗고 있거나 입고 있을 때 더 뚱뚱해 보일까 말라 보일까? 내가 이 세상의 수많은 여자 가운데서 어느 정도 수준에 들까?

가슴이 아프도록 가득 차 있다.

그가 내 안으로 들어오지만 침입한 느낌이 들지 않는다.

이런 기분은 처음이다. 이 다른 느낌.

인정받는 느낌. 마치 내가 그를 소유한 느낌.

그는 내 안에 완벽하게 들어맞는다. 그의 입에서 나는 맛도 그렇다. 그의 혀의 느낌도. 그의 냄새도. 나는 이 거래의 규칙을 오래전부터 알고 있었다. 내가 뭔가를 포기해야 한다는 것을. 육체적으로 침해당하는 불편을 견디면 그 대가로 뭔가를 얻는다는 것을. 상대가 나를 좋아해 주거나. 나를 특별하게 생각하거나. 내 곁에 머물고 싶어 할 만큼. 하지만 이건 좀 더 신비롭다. 상호 호기심이랄까. 앞으로 무엇이 펼쳐질지 나는 전혀 모른다.

그가 아래로 손을 뻗어 나를 만지자 내 숨소리가 거칠어진다. 그는 엉덩이를 뺐다가 다시 내 안으로 들어온다. 내 침에 숨이 조금 막힌다. 내가 그에게 놀라운 반응을 보이고 있다. 그의 머리칼이 얼굴에 붙어 있다. 나는 눈을 감는다. 그의 뜨겁고 축축한 입이 내 가슴에 닿자 추락하는 느낌이 든다.

끝나고 나자 나는 한숨을 쉰다. 오르가즘을 연기하지 않았지만 하마터면 그럴 뻔했다. 억지로 나를 다잡은 느낌이다. 하마터면 다른 사람하고 끝낼 때와 비슷해질 뻔했다. 내가 그의 두 손을 잡아 내 어깨를 더 꽉 잡게 하자 그는 내 뒤로 무너져 내린다.

"잠깐."

내가 소리를 낸다. 나는 최대한 나지막이 입으로 숨을 내뱉고 있다. 그가 내 목구멍의 깔딱임을 듣지 못하도록. 코끝이 찡해지는 걸 알아차리지 못하도록. 당황스럽다. 눈이 따끔거린다.

"제인."

그가 몸을 일으켜 나를 보며 말한다.

"응?"

나는 얼굴을 돌린다. 눈가로 새어 나오는 눈물을 숨기기 위해서다.

"제인."

그가 말한다.

나는 침을 꿀꺽 삼킨다. 내가 베개에 깔아놓은 수건에 눈물이 고인다.

"제인."

나는 고개를 돌려 그를 본다.

"나도 내가 왜 우는지 모르겠어."

나는 속수무책 웃으면서 말한다. 바보가 된 기분이다.

"아."

그가 걱정 가득한 얼굴로 묻는다.

"어떻게 할까?"

"나를 보지 말고 안아줄래?"

그는 뒤에서 나를 안고 내 등에 가슴을 댄다.

나는 숨을 내쉰다.

"내 반응은 아무런 의미도 없어."

나는 그의 손을 토닥이며 안심시킨다. 보지 않아도 그가 미소 짓고 있는 걸 알 수 있다.

내가 아이처럼 훌쩍거리며 말한다.

"미안해. 창피하다."

눈물이 마르기까지는 약간의 시간이 걸리지만 결국 마음을 가라앉힌다.

"나 오늘 여기서 자도 돼?"

"당연하지. 그런데 괜찮아?"

그가 묻는다.

"응."

"내가 너에게 솔직하지 않았던 거 알아. 하지만 이제 아무나 만나고 다니는 건 딱 끊겠어. 네가 좋아. 그러니까 오늘 밤 여기 있어줘. 자꾸 도망가려고 하는 사람은 너잖아. 얘가 왜 안 갈까 하고 생각하는 사람은 아무도 없어."

나는 다시 흐느끼기 시작한다. 눈물이 옆으로 흘러내린다.

"물 한 잔 줄까?"

그가 묻는다.

"응."

내가 훌쩍거리며 대꾸한다.

그는 회색 트레이닝팬츠를 집는다.

그가 걱정 가득한 얼굴로 머리가 헝클어진 채 돌아왔을 때 나는 이불로 몸을 감싸고 앉아 있다.

나는 벌컥벌컥 오랫동안 물을 마신다.

"고마워."

아이가 된 기분으로 그에게 잔을 건넨다.

그는 그것을 침대 옆 탁자에 내려놓는다.

"와, 나 엄청 피곤한 스타일이네."

내 말에 그는 웃음을 터트린다.

토하고 울고 소리 지르기도 했는데 패트릭은 대체 뭐가 잘못돼서 나를 좋아할까 궁금해진다.

"그런데 그거 알아?"

그가 침대 가장자리에 앉으며 묻는다.

"뭐?"

"너 아까 내 수건 더럽히지 않으려고 화장지로 눈 화장 지웠잖아."

나는 고개를 들어 그를 본다.

그가 빙긋 웃으며 다시 말한다.

"그거 섹시했어."

44장

동이 터올 때 나는 패트릭의 집 계단을 내려와 문을 나선다. 공기가 상쾌하고 산뜻하다. 나는 몸을 감싼다. 패트릭에게 맨투맨을 하나 더 얻어냈다. 이런 밤을 보낸 뒤 쓰레기차 소리를 들으면 왠지 찜찜한 기분이 들었는데 다행히 오늘 아침엔 이른 시각인데도 정신이 맑고 깨끗하다.

지하철에 오르자 놀랍게도 만원이다. 마지못해 잠을 떨치고 일어나 대개는 유니폼을 입는 일자리로 향하는 사람들. 그래서인지 묘하게 조용하다. 억지로 끌려가는 체념의 분위기 때문에 고등학교 시절 우리의 스쿨버스가 떠오른다. 언니를 만나고 싶다. 밤을 어떻게 보냈는지 몹시 궁금하다. 나는 그녀의 얘기를 들으며 함께 웃을 준비를 한다.

로비의 경비에게 고개를 까딱해 인사하는데 문득 준의 정자 공여자가 나가는 걸 봤냐고 묻고 싶어진다.

올라가서 모퉁이를 돌면서 패트릭 얘기도 할까 생각해 본다. 섹스 얘기보다는 그가 얼마나 좋은지 얘기하고 싶다. 그러나 준의 집 현관 틈으로 새어 나오는 빛에 나는 미소를 거둔다.

문이 열려 있다.

나는 손끝으로 문을 살짝 밀어 열고 잠시 귀를 기울인 뒤 문을 활짝 연다.

"언니?"

조용히 불러본다. 아무에게도 들리지 않을 만큼 조용히. 심장이 쿵쾅거린다. 패트릭과 함께 가는 게 아니었다. 언니를 월가의 변태 살인자와 두고 가버리다니. 그의 이름을 떠올려본다. 살림. 살림 뭐더라? 나머지 이름은 기억나지 않는다. 미쳤어.

'미쳤어, 미쳤어.'

인기척이 느껴지는지 살펴본다. 어깨가 움츠러진다. 혹시 도망쳐야 할지도 모르니 신발도 재킷도 벗지 않은 채 천천히 앞으로 나아간다.

"언니?"

다시 불러본다. 이번엔 좀 더 크게.

부엌 불을 켠다. 끔찍한 예감이 밀려든다.

'우리 언니가 죽었어.'

패트릭과 섹스를 즐기는 사이에 언니가 죽었다면 나는 절대 나 자신을 용서하지 못할 것이다.

"누구 있어요?"

가장 먼저 흔적들을 발견한다. 짙은 색 방울들. 새까만 빵부스러기 네 개가 준의 침실에서부터 상아색 복도 러그를 지나 욕실까지 이어지며 그녀의 행로를 알려준다. 나는 소리 없이 나아간다. 벽의 숨소리가 들리는 것 같다.

"언니?"

욕실 문을 밀어 열고 들어가면서 조용히 노크한다.

"악!"

준은 눈을 부릅뜨고 쉰 목소리로 외친 뒤 씩씩거리며 두 팔로 가슴을 감싼다.

"뭐야?"

그녀는 나라는 것을 깨닫고 손바닥으로 물을 튀긴다.

"깜짝 놀랐잖아!"

공포 영화의 한 장면 같다. 물속에서 그녀의 주위로 퍼져나가는 피를 보고 나는 경악한다. 심장이 요동치면서 아찔해진다. 그녀는 칼에 찔린 게 틀림없다.

"그 자식 여기 있어?"

나는 침실 쪽으로 고개를 돌린다.

"누가 있어? 무슨 소릴 하는 거야?"

그녀가 소리친다.

인간의 몸에 든 혈액은 5리터에 불과하다고 어디선가 읽었다. 보지 않으려고 애쓰면서도 나는 저 혈액이 손잡이가 달린 커다란 플라스틱 우유병을 채우고 남을지 가늠해 봐야 한다. 물속에서 그녀의 주위로 굽이쳐 나가는 핏줄기가 너무도 많다. 코를 찌르는 피비린내, 입에서도 맛이 느껴지는 것 같다.

"아무도 없어."

그녀는 한숨을 쉬고 다시 말한다.

"그 사람 갔어. 한참 열중하다가 내가 생리가 터져 사방에 피를 묻히고 있다는 걸 문득 깨달았거든. 끝내줬어. 정말 가관이었다니까. 페니스가 피투성이였어. 금방 기절할 것 같더라."

"놀랐잖아! 문도 열려 있었어."

내가 말한다.

"그 자식이 열어놓고 갔나 봐. 놀라서 도망가는 걸 네가 봤어야 하는데."

"미쳐."

나는 침실 문을 밀어 열고 범죄 현장을 살펴본다. 준의 매트리스는 마치 도살장 같다.

그녀가 씁쓸하게 말한다.

"7일 동안 피를 흘리고도 죽지 않는 존재는 절대 믿지 마라. 생리통일지도 모른다고 생각하긴 했는데 지속적으로 통증이 있어서 구분이 안 되더라."

나는 언니가 욕조의 물을 내려보내고 새로 받는 모습을 지켜본다. 깨끗한 물이 흐르자 나는 몇 년 만에 처음으로 그녀의 알몸을 본다. 두 무릎을 세우고 앉은 모습. 위에서 보니 배는 불룩한데 팔 다리는 더 가늘어졌다. 이쑤시개처럼. 그녀가 말한다.

"빨리 다 끝났으면 좋겠다."

"이것도 암 때문이야?"

나는 복도에서 욕실 안으로 조금씩 들어간다.

"아니. 생리야. 점점 더 심해지고 있어. 서너 달에 한 번 하는데 할 때마다 무슨 중병에 걸린 것 같다니까."

예전부터 준의 생리는 늘 가혹한 구석이 있었다. 엄마의 생리도 그랬다. 엄마는 우리에게 섹스와 관련된 얘기는 전혀 하지 않았고 그저 학교에서 가르치겠거니 생각했다. 그러나 생리가 시작될 무렵 우리를 슬쩍 불러내 여자의 몸은 짐이며 좋은 속옷을 입어봐야 돈 낭비라고 일렀다.

"와, 자국이 다 남았네."

욕조 가장자리에 붉은색 테두리가 남았다.

"여기서 김치라도 담근 것 같다."

그녀는 킬킬거리다가 신음을 내뱉는다.

"그만해. 나 기분 별로야. 올해 수혈을 얼마나 많이 받았는지 모른다니까."

나는 그렇게 심한 줄 몰랐다.

그녀는 물에서 손을 꺼내 손가락을 바라본다.

"아직 술이 덜 깬 것 같아."

나는 발끝으로 살금살금 핏방울들을 지나 욕조 옆 욕실 매트에 앉는다.

그녀는 졸린 듯 눈을 감는다.

"차마 성인용 기저귀는 못 사겠더라. 지하철 한 정거장마다 특대형 탐폰과 생리대까지 흠뻑 적시지 않으면 기적이라니까."

"하지만……."

나는 두 팔로 무릎을 끌어안으며 다시 말한다.

"솔직히 언니가 언제 지하철을 탔어?"

"시끄러워."

준은 이를 악물고 미소를 짓는다.

"야, 내가 일할 때 어땠는지 네가 몰라서 그래. 미팅 사이사이마다 화장실로 달려갔다니까. 너무 자주 가니까 어떤 애널리스트가 나를 찾아오기도 했어. 그 여자는 내가 코카인 중독인 줄 알았대. 그런데 차라리 그게 나았을 거야."

준은 다시 뜨거운 물을 튼다. 욕조 가장자리에 손을 올리자 손끝에서 분홍빛 이슬방울이 떨어진다. 내 언니의 속에 있어야 할 것이 밖으로 나왔다. 공황이 스멀스멀 내 가슴을 옥죄려 한다.

그녀는 얼굴을 찌푸리며 눈을 감는다.

얼굴의 물기가 땀인지 수증기인지 눈물인지 모르겠다. 그러고 보니 엄마랑 비슷해 보인다. 우리 둘 다 엄마를 닮지 않았다고 생각했는데 이제 보니 닮았다. 언니를 혼자 두고 가는 게 아니었는데.

"야, 그런데 너 패트릭이랑 **잤어?**"

그녀가 음흉하게 나를 보며 혀가 말린 소리로 묻는다.

"언니."

나는 눈을 굴리지만 내가 미소를 짓고 있다는 걸 안다.

"미쳐."

그녀는 흥분하며 손을 튕긴다.

"걔 여자 친구도 알아?"

"둘이 헤어졌어."

"그러시겠지."

그녀는 고개를 젓고는 요란하게 숨을 내쉰다. 괴로울 텐데 내 얘기를 물어보다니 뭉클해진다.

"내가 머리 감겨줄까?"

언니는 아무 말도 하지 않는다. 순간 물어본 게 창피해서 숨을 참는다.

"그래, 좋아."

그녀가 마침내 눈을 뜨며 말한다.

우리는 시커먼 물을 비우고 다시 받는다. 준이 머리를 뒤로 젖히고 몸을 기대자 나는 샤워기를 빼서 물의 온도를 확인한다. 언니의 검은 머리카락이 곱슬곱슬 내려온다. 그녀는 손바닥으로 두 눈의 물기를 닦는다. 나는 좋은 샴푸를 집는다. 내가 가져온 프레데릭 페카이 여행용 샴푸. 손끝으로 기분 좋을 만큼 세게 누르면서 눈에 들어가지 않도록 조심스럽게 거품을 낸다. 그녀는 얼굴을 일그러뜨리곤 소리 없이 울기 시작한다. 나는 말없이 계속 머리를 감긴다.

내 언니와 나는 서로 다른 방식으로 몸 때문에 고통받았다. 준은 고등학교 마지막 해가 끝나기 몇 주 전 어느 목요일에 레깅스를 흠뻑 적셨다. 학기는 거의 끝났다. 상급생들은 졸업만 기다리고 있었고 일주일 후면 기말고사였다. 하루하루가 길고 지루했다. 모두가 뭔가 일어나길 기다리는 분위기였다. 게다가 이건 유독 구미가 당기는 사건이었다.

서로 다른 수많은 파벌들, 즉 인기 파와, 그녀와 AP 과정*을 함께 듣는 경쟁자들, 그녀에게 간식을 사 먹고 외상을 진 아이들, 심지어 홀랜드와 쓰레기들까지 모두 그녀의 적이 됐다. 학교에서 딱히 눈에 띄지도 않던 사람에게 모두들 너무 잔인하게 굴었다. 영재들만 듣는 IB 과정** 수업을 마치고 일어났을 때 그녀의 엉덩이에 〈쏘우〉 영화가 펼쳐져 있었다.

반 아이들은 내게 달려들어 소식을 들었냐고 물었다. 홀랜드 힌트 사건 이후 냉랭했던 친구들이 다시 연락하기 시작했다. 하루 종일 학생들이 내 언니에게 탐폰을 던지고 그녀의 사물함에 대형 생리대를 끼워놨다. 일장기를 프린트해서 그녀의 등과 가방, 심지

---

* 고등학교에서 일부 대학 학점을 선이수할 수 있는 과정
** 비판적 사고와 창의력에 초점을 맞춘 국제 심화 교육 프로그램

어 그녀가 빌려 타고 온 엄마의 차에도 붙여놨다. 내가 그때까지 상식인 줄도 몰랐던 이야기, 즉 내가 언니를 부끄러워하는 걸 보고 우리가 서로 싫어하는 줄 알고 있었다는 이야기를 희희낙락 내게 전해주기도 했다.

입학 이후 내가 준의 일정을 외우고 다니며 그녀를 마주치지 않으려고 고개를 숙인 채 피해 다닌 건 사실이었지만 그래도 눈을 굴리고 일기에만 적었을 뿐 아무에게도 말하지 않았다.

나는 속이 메슥거려서 점심시간에 도서관에 숨었다. 뺨이 화끈거리는 것을 느끼며 시선을 내리고 발을 끌면서 5교시 수업에 가고 있는데 나와 친분은 없지만 학교에서 유명한 졸업반 여학생들이 복도에서 나를 불렀다. 그 가운데 제일 예쁜 아이가 입을 열자 나는 숨을 참았다.

"넌 네 언니와 완전히 다르다는 얘기를 너한테 해주고 싶었어."

그녀는 나를 보고 활짝 웃어줬다. 마치 자기가 내 제삼세계 집안의 후대에까지 마실 물을 하사하기라도 한 것처럼. 솔직히 말하면 나는 그렇게 느꼈다. 너덜거리던 내 평판이, 내 경솔했던 행동들이 그 순간에 다 용서받는 것 같았다.

나는 맞서지 않기로 했다. 겅중겅중 걸어가면서 안도감에 팔다리가 후들거렸고 비겁하게도 고마운 마음이 온몸에 퍼져 나갔다. 언니가 자초한 일이라고 나는 스스로를 설득했다. 나는 준과 한 가족으로 엮이지 않는 쪽을 택했다. 게다가 어차피 그녀는 나를 버렸다. 나는 그녀가 뉴욕에 있는 학교에 합격해 떠날 준비를 하고 있다는 사실에 화가 나 있었다.

또 무슨 얘기를 듣게 될까 두려워서 하루 종일 화장실을 피했지만 4교시와 5교시 사이에 더 이상 참을 수 없게 됐다. 나는 여자 화장실로 달려갔고 잠시 후에 준이 들어왔다. 나는 칸막이 틈새로 언니를 봤다. 얼굴이 창백했고 뺨에는 불타는 석탄처럼 불긋한 점들이 올라와 있었다. 나는 숨을 참았다. 그녀가 나를 보지 못하도록 두 발을 모아 들고 잠시 거울을 보는 그녀를 지켜봤다. 눈은 아무것도 보이지 않는 듯 공허했다. 정말이지 허망한 얼굴이었다.

그녀는 내 옆 칸으로 들어갔다. 내가 일부러 피하는 칸이었다. 왼쪽 칸막이벽에 내 이름이 적혀 있었기 때문이다. 나는 언니가 나를 못 봤기를, 내가 있는 걸 모르기를 기도했고, 그렇지 않더라도 그녀가 내게 말을 걸지 않기를 바랐다. 이건 그녀를 위하는 거라고, 그게 그녀를 굴욕에서 구하는 길이라고 스스로를 설득했지만 그보다는 그녀의 고통을 함께 떠안고 싶지 않은 마음이 더 컸다. 그녀는 엉엉 울었다. 아주 깊고 원초적인 고통에서 올라오는 듯 가슴을 먹먹하게 하는, 꼬리가 길게 이어지는, 그런 울음이었다. 나는 거기 앉아 눈을 꼭 감았다. 내 몸이 화장실 문과 함께 떨리는 것 같았다. 뺨으로 눈물이 주룩주룩 흘러내렸다.

엄마는 떠나고 없었다. 우리 둘뿐이었다. 그런데도 나는 언니를 버렸다.

나는 준의 머리를 헹군다. 컨디셔너를 바르고 엉킨 부분을 조심스레 풀어낸다.

그녀가 말한다.

"그래도 수술이 끝나면 이것도 사라지겠지. 이렇게 피 흘리는 거."

"응."

"그러고 나면 다음 단계로 넘어가는 거야."

그녀는 손등으로 눈을 닦으며 다시 말한다.

"폐경, 피로, 싸기, 토하기."

나는 얼굴을 닦으라고 수건을 건넨다.

"필요하면 내가 뒤도 닦아줄게."

그녀는 웃음을 터트린다.

"난 네 뒤를 수없이 닦아줬다. 2년 내내 그게 내 일이었다니까."

"난 2주 해줄게."

준은 내게 물을 튕긴다.

"필요하든 아니든 두 달은 써먹을 거야. 종을 하나 사야겠다."

나는 준의 침구를 치우고 새로 깔아준 뒤 통통한 흰색의 이부프로펜 계열 처방 약 한 알을 주고 이불을 덮어준다. 그러곤 욕실을 청소한다. 타일 사이사이를 닦고 수건과 욕실 매트를 세탁기에 던져 넣는다. 무릎을 꿇고 쪼그린 채 타이드 얼룩 제거 스틱과 종이 타월로 복도 러그의 핏자국을 누르고 다니는 사이 몇 시간이 흘렀는지 모르겠다. 너무 울어서 탈진할 것 같다.

언니는 죽을 거야.

나는 종이 타월로 카펫을 비빈다.

'털어놔, 얘기해, 얘기해야 해.'

귓가를 울리는 포효 소리를 떨칠 수가 없다.

가슴이 마구 뛰는 익숙한 느낌이 밀려든다.

45장

나는 지나 롬바르디의 사무실에 연락한다. 그들은 응급 상담을 잡아준다. 나는 원을 그리며 걸으면서 시간을 때운다. 지나 롬바르디가 해결해 줄 거야. 손톱으로 손바닥을 눌러 작은 붉은색 스마일 모양을 만들며 스스로를 다독인다. 대기실의 소음기가 내는 익숙한 윙윙거림이 너무도 위안이 된다. 나는 손끝으로 계란 껍데기 같은 질감의 벽지를 훑으며 가수 상태로 빠져들려 한다.

대체 무슨 생각으로 지난번 예약을 취소했는지 모르겠다. 지나 롬바르디가 문을 열자 나는 그녀를 껴안고픈 충동을 억누른다.

"어떻게 지냈어요?"

그녀는 창문과 가장 가까운 크림색 벨벳 안락의자에 자리 잡으며 묻는다. 빳빳한 흰색 블라우스의 목 단추를 풀고 주름진 울 슬랙스를 입은 이 여인은 내가 어떻게 해야 할지 알려줄 사람이다. 그새 그녀는 꿀 색깔의 머리칼을 단정하게 잘라서 이제는 내 쪽으로 몸을 기울여도 머리칼이 그녀의 깍지 낀 손을 간지럽히지 않는다.

"그럭저럭 괜찮아요."

내가 말한다. 어느 정도는 사실이다. 지금 나는 호의로 가득한 그녀의 돔 안, 강인한 정신과 명료한 인지가 지배하는 그녀의 세력권 안에 들어와 있으니까. 나는 흥미로운 얘깃거리를 찾아 기억을 뒤적거린다.

"독일어에 가보지 못한 곳에 대한 향수를 뜻하는 단어가 있다는 거 알고 계셨어요?"

처음 준의 아파트에 들어가서 이것저것 뒤져볼 때 백과사전에서 본 단어를 수첩에 적어놨다. 그 일이 너무도 까마득하게 느껴진다. 그때 우린 다른 사람들이었다.

그녀가 말한다.

"페른베 말이군요. 독일어에는 다양한 단어가 있어요. 지금 그런 기분에 시달리고 있나요?"

나는 고개를 젓는다.

"텍사스에 살 때 그랬어요. 여기 뉴욕에 대해서. 이곳의 건물들을 그려보고 소리를 상상하면서 정신을 집중하면 이곳으로 순간이동할 수 있을 것 같았죠."

"실제로 여기로 오니까 더 현실감이 드나요?"

거짓말할까 생각하다가 벌건 욕조에 누워 있던 준의 부은 몸이 떠올라 입을 다문다. 나는 착한 사람이 되는 법을 알고 있다. 딱히 믿지도 않는 신을 시험해선 안 된다.

　나는 고개를 저으며 대꾸한다.

　"내가 생각한 것과는 딴판이에요. 완전히 달라요. 내가 아무리 뉴욕을 사랑해도 뉴욕은 나를 사랑하지 않거든요. 내가 이렇게 망가진 상태가 아니라면 잘 맞았겠죠. 내겐 집이 없는 것 같아요."

　목소리가 갈라진다. 내가 묘사하는 나 자신이 몹시 서글프고 애처롭고 외롭게 느껴져서 울음이 터진다.

　나는 훌쩍이며 말을 이어간다.

　"내가 이상한 거죠. 난 나 자신에게 페른베를 느끼는 것 같아요."

　지나의 시선을 피하고 있는데도 그 시선의 무게가 느껴진다.

　그녀가 말한다.

　"페른베의 원천은 고통 또는 아픔과 슬픔이에요. 직역하면 '먼 고통' 또는 '먼 아픔'이라는 뜻으로, '하임베heimweh', 즉 '향수'와는 반대되는 말이죠. 하지만 익숙한 것이 답답하거나 힘들기 때문에 낯선 무엇을 갈망하는 것이기도 해요. 낯선 것은 멋지고 행복하게 보이죠. 무한한 가능성을 갖고 있으니까요. 그에 대한 자료나 경험이 없으니까. 하지만 일단 도달하고 나면 그것을 알게 되고 멀게 느껴지던 것이 곧 익숙한 것이 되죠. 그럼 어떻게 될까요? 거기에 쏟아부은 에너지와 갈망, 가능성이 더 이상 갈 곳이 없어져요. 더 이상 쏟아부을 데가 없죠. 그런 것들이 살 곳이 없어진다는 뜻이에요. 그런 건 삶을 개선해 주지 않는다는 생각은 해봤어요? 지리적인 치료제 따윈 없어요."

"미쳐."

나는 터무니없이 비싼 내 처량한 아파트와 제러미와의 비뚤어진 관계를 생각하며 더 크게 울어 젖힌다.

"그럼 그건 다 뭘 위한 거예요?"

그녀가 일어선다. 바지에는 주름이 졌고 에르메스 벨트를 하고 있다. 그녀가 내 앞에 건넨 클리넥스 상자보다 그걸 먼저 알아차렸다는 사실에 진저리가 난다. 두 손으로 클리넥스를 받아들면서 그것을 으스러뜨리고픈 충동을 억누른다.

"그게 다예요? 그럼 저를 도울 만한 건 없는 건가요?"

"그렇게 이해했어요?"

나는 눈을 굴린다. 왜 아무도 내게 확실한 답을 주지 않는 걸까? 나는 짜증이 치밀어 턱을 내민다. 어느새 나는 싸우려는 듯이 노려보고 있다. 갑자기 이 여자가 싫다. 찔러도 피 한 방울 나오지 않을 것 같은 고압적이고 새침한 모습에 부아가 난다.

나는 티슈 두 장을 뽑아서 그녀 쪽을 향해 요란하게 코를 푼다.

"스스로를 통제할 수 없는 느낌이에요."

내가 최대한 솔직하게 말한다. 도와달라는 신호가 좀 더 노골적으로 드러나도록.

"지금 몹시 절망스럽고 스스로 통제할 수 없는 느낌을 1부터 10 사이의 점수로 매기면 어느 정도예요? 가장 심한 게 10점이라면?"

나는 계속 노려본다. 그런 점수를 어떻게 매긴단 말인가.

"제인."

그녀가 차분히 말하며 노란 메모판에 어떤 것을 적는다. 그건 어김없이 내가 뭔가를 잘못했다는 신호다.

"주변에 보이는 것 다섯 가지를 말해볼래요? 그리고 만질 수 있는 것 네 가지, 귀에 들리는 것 세 가지, 냄새 두 가지……."

여기에 냄새부터 몇 가지가 더 있었다는 걸 잊고 있었는데 이제야 떠오른다.

"전 아파요."

어떤 삶을 사는지 나로선 전혀 모르는, 그저 내 앞에 앉아 있는 금발의 여자에게 내가 말한다.

두 손바닥을 노려보다가 손을 뒤집는다. 이상하게 얼룩덜룩하고 흉측하다.

지나가 기다리고 있다.

암에 관한 책을 다리에 톡톡 두드리던 준이 뜬금없이 떠오른다. 의사의 사진이 찍혀 있던 책. 『숨결이 바람 될 때』.

언니가 죽고 나면 영화에나 나올 법한 그 아이러니한 순간을 과연 잊을 수 있을까?

"제가 암에 걸렸다면요?"

그녀는 멈칫한다.

"암에 걸렸어요?"

더없이 밋밋한 말투. 금방이라도 하품을 할 것 같다.

"그럼 우울증은 설명이 되겠죠?"

"그렇죠."

그녀가 내 눈을 똑바로 보며 대꾸한다.

못되고 배부른 생각인 건 알지만 잠시 암에 걸린 준이 부럽다. 암에 걸리면 누구나 인정해 주니까. 암은 모두가 존중한다. 암에 걸렸다면 나를 제외하고 세상 사람 모두가 개인의 행복에 관한 매뉴얼이나 가이드를 갖고 태어난 것 같다는 터무니없는 의심도, 나의 불안증도, 병도, 슬픔도 모두 타당한 것이 된다.

암에 걸렸다면 지나 롬바르디는 나를 도와줄 것이다.

암을 향한 페른베가 싹튼다. 나는 참 지독한 인간이다.

지나가 참을성 있게 말한다.

"제인, 시간이 다 끝나가요."

그렇겠지. 나는 마치 줄에 매달린 꼭두각시 인형처럼 의자에서 일어난다.

"알겠어요."

"다음 주에도 이 시간에 만날까요, 아니면 예전과 같은 시간에 볼까요?"

"상관없어요."

지나는 책상으로 가서 의자에 앉아 마우스를 클릭한다. 은테 안경을 집어 쓰곤 집중하느라 입이 살짝 벌어진다. 그녀는 나를 흘끗 보며 목을 가다듬는다.

"미안해요, 제인."

그녀의 말투에 이끌려 나는 다시 자리에 앉는다.

그녀가 책상을 돌아 나와 내 옆으로 온다.

"더 일찍 알려줬어야 하는데 이번이 여덟 번째 상담이네요. 계속 상담을 받고 싶다면 본인 부담금 75달러를 내야 해요."

"뭐라고요?"

내가 무슨 수로 75달러를 낸단 말인가. 지나 롬바르디가 한쪽 다리를 꼬면서 고급 가죽 플랫 슈즈의 낡은 뒷부분이 벗겨져 발뒤꿈치가 드러난다. 그녀의 400달러짜리 부분 염색에도 혐오만 들뿐이다.

"제인의 건강보험 정책에 따른 거예요. 차등 요금을 적용하는 동료들을 소개해 줄 수 있는데……"

"음식을 먹고 토하는 짓을 하고 있어요. 그냥 알고 계시라고요. 멈출 수가 없어요. 그리고 1년째 생리가 없어요."

"저런."

그녀가 말한다. 입꼬리가 살짝 내려가긴 하지만 아주 침착한 모습이다. 그녀는 뒤로 돌더니 책장 맨 아래 칸에서 뭔가를 꺼낸다.

"도움이 될 만한 자료예요."

안내 책자 복사본이 내 무릎 옆에서 펄럭거린다. 목구멍으로 간질간질 웃음이 올라오려 하지만 그저 말없이 받아든다. 이런 안내 책자가 나를 구할 수 있다고 믿다니 어이가 없다.

"암에 걸린 건 아니에요."

내가 팔짱을 끼며 말한다. 머릿속 한구석 어딘가에서 어렴풋이 다시 울 것 같은 기분이 든다.

"토하는 것도 아니고요."

"제인."

지나는 무한한 인내심을 발휘하며 눈을 빛낸다. 그러곤 내 손에 들린 종이 책자를 고갯짓으로 가리킨다.

"잘 읽어봐요. 섭식 장애로 고생하는 환자들이 오면 소개해 주는 곳이에요. 도움이 될 거예요. 뉴욕은 그저 한 장소일 뿐이에요. 집이 돼주는 건 사람들이죠."

나는 억지로 발걸음을 옮겨 준의 집으로 가다가 브로드웨이에 있는 고급 슈퍼마켓에 들른다. 내가 좋아하는 그 슈퍼마켓이다. 껌이 필요하다. 커피도. 커피를 담을 텀블러도 필요하고 초콜릿을 입힌 그 맛있는 바나나도 살 수 있다면 좋겠다. 언니에게도 사다 주고 싶다. 그녀에겐 철분이 들어 있는 음식을 사다 주면 좋을 텐데. 철분이 든 음식이 뭐가 있더라? 문을 여는 순간 내 얼굴이 눈에 들어온다.

계산대 옆에 내 사진이 붙어 있다. 다른 세 사람의 사진이 함께 붙어 있고 검은색 펜으로 '수치의 전당'이라고 적혀 있다. 나머지 셋은 보안 카메라에서 얼굴을 돌린 채 찍힌 거친 흑백사진이지만 나는 각도가 기울어졌을 뿐 렌즈를 정면으로 보고 있다. 좀도둑들의 수배 사진. 내 위에 걸린 남자는 머리가 벗겨졌고 안경을 썼으며 RX 단백질 바를 노렸다. 내 왼쪽의 십 대 아이는 좀 더 저렴한 치토스와 애리조나 아이스티를 훔쳤다. 왼쪽 위에 있는 여자는 욕심이 많다. 소시지 여러 통과 영양가 높고 포만감을 주며 빽빽이 담긴 말린 콩 여러 봉지를 집었다. 그리고 나. 화들짝 놀란 모습의 희미한 사진 아래 '초콜릿 바나나'라고 적혀 있다.

수치심이 밀려든다. 즉각적이고 진한 수치심에 가슴이 덜컥 내려앉는다. 머리카락을 늘어뜨린 채 얼굴을 숨기고 발만 쳐다보며 벌컥 문을 당겨 열다가 웬 여자를 팔꿈치로 찌르고 만다. 어깨에서 딸깍, 하는 이상한 소리가 난다. 사과조차 할 수가 없다. 그저 너무 절박하고 당황스럽고 혐오스러울 뿐이다. 극심한 부끄러움에 몸이 뜨거워지고 속이 메슥거리는 것을 느끼며 지하철로 뛰어간다. 한시라도 빨리 이 끔찍한 기운을 태워 없애고 싶다. 수치심이 내 안을 파고들며 깊은 곳에 생채기를 낸다.

나는 황급히 카드를 꺼낸다. 이 동네도 이렇게 망쳐놓다니 믿을 수가 없다. 내 손이 닿는 것은 모조리 망가지고 만다.

열차에 타자 몸이 떨린다.

포효 소리.

발굽 소리.

열차가 지상으로 나가자 나는 심호흡을 하며 스카이라인을 바라본다. 고와너스 운하의 칙칙한 해구와 높이 솟은 주거용 건물들. 지하철의 지저분한 창문 밖으로 자유의 여신상이 쌀알만 하게 보인다. 아래로 시선을 돌려 내가 좋아하는 건물의 잔해 더미를 찾아보지만 깨끗하게 치워버렸다. 깊은 아쉬움이 밀려든다. 어째서 모든 게 내가 원하는 자리에 머물 수 없을까?

내 집으로 걸어가면서 기대감에 관절이 저릿해지고 온몸이 간질거린다. 염가 잡화점과 빨래방, 코트를 입고 고양이와 함께 플라스틱 의자에 앉아 있는 남자를 지나쳐간다. 내 사진이 머릿속에 떠오르고 뒤이어 암 센터에서 찍은 준의 흐릿한 이마 사진도 떠오른다. 다양한 감각 기억들이 스쳐 간다. 고개를 젖힌 채 울고 있는 준의 머리를 헹굴 때 내 손가락을 따뜻하게 간지럽히던 물. 성당에서 우리를 향해 펄럭거리던 엄마의 가운 소맷자락. 고속도로를 달릴 때 룸미러로 나를 보지 않던 아빠. 배우가 테이블로 돌아갔을 때 웃던 제러미. 우리 둘 다 취해서 눈이 풀렸을 때 얇은 옷자락 위로 우리 몸을 더듬는 남자들 앞에서 아이비가 짓고 있던 알 수 없는 표정. 킬킬거리며 서로를 화장실로 끌어당기던 우리. 차례대로 볼일을 보던 우리. 무설탕 박하사탕이나 입 냄새 제거제를 나누던 우리. 우리만의 은밀한 삶을 떠나기 전 서로에게 향수를 뿌려주던 우리. 패트릭은 나의 그런 면을 모른다. 그의 건전한 삶, 그의 신성한 아파트. 그 무엇도, 패트릭조차도 나로 오염시킬 수는 없다.

다른 이미지도 떠오른다. 예전 룸메이트들, 앞에는 메건이 서 있고 힐러리는 내 문가에 서서 내 방으로 한 발짝도 들어오지 않으려 한다. 항상 그렇게 지독한 건 아니라고 그들에게 말하고 싶지만 사실 그들은 상관하지 않는다. 높은 목소리. 분노가 번뜩이는 얼굴. 그들의 생김새, 그들의 뒤틀린 입 모양에 집중할 수가 없다. 그들이 화가 난 건 알지만 나는 너무도 피곤하다. 일어날 수 없을 만큼. 일어나서 내가 훔쳐 먹은 와인 병과 내 침대 위에 남은 힐러리의 망가진 생일 케이크 조각을 숨길 수도 없을 만큼.

그때도 나는 미소를 짓고 있었다. 그들에게 걸려서 불편하기도 했지만 그보다는 그들이 어디까지 받아들일지 궁금했다. 처음에는 신중하고 조심스럽게 그들의 식료품 수납장에 손을 댔다. 그러다가 점점 내가 해치운 것들을 되는대로 채워 넣었다. 그들은 슬슬 긁어대는 문자를 보내기 시작했다. 그리고 처음이자 마지막으로 집안 회의가 열렸다. 나는 깊이 사과하면서도 몰래 눈을 굴렸다. 고음으로 소리를 지르는 메건의 목에서 고동치던 굵은 핏줄. 그녀의 선고는 지금 생각해도 인상적이다. 그런 독설을 내뱉으려면 용기가 필요한 법인데. 머릿속이 잠잠해진다. 그 모든 게 아득해진다. 나는 머릿속의 장면에서 빠져나온다.

결국 천천히 눈을 깜빡이며 메건을 끌어당긴 사람은 힐러리였다. 그녀는 코로 나를 향해 노골적인 멸시를 드러냈다. 그러곤 일주일을 줄 테니 짐을 싸라고 했다.

"알았어."

시큼한 입으로 나는 이렇게 중얼거렸다. 가슴이 다시 쿵쾅거리고 공황이 밀려들면서 온몸에 거미줄을 치듯 충동을 퍼트렸다.

이게 다는 아닐 것이다. 마침내 여기까지 왔는데.

다시 준을 떠올린다. 욕조에 있던 준. 흰 타일에 튄 검은 자국.

'우리 언니가 죽었어.'

'우리 언니가 죽었어.'

'우리 언니가 죽었어.'

슈퍼마켓 문이 열리자 나는 심호흡을 한다. 통로마다 놓인 밝고 화려한 포장지들이 내 이름을 부른다. 너무 고마워서 다리가 후들거린다. 조금만 있으면 안정을 찾을 수 있다. 도넛이 필요하다. 패트릭과 함께 간 식당에서 먹은, 바닐라 글레이즈드 이스트 도넛, 정확히 그게 필요하다. 비가 퍼붓고 우리가 똑같은 옷차림을 한 채 안전했던 그날 먹었던 그 도넛. 애플파이도 먹고 싶다. 통째로. '해피 패밀리' 파이를 가족과 함께 나누지 않고 독차지하고 싶다. 그리고 진짜 파르메산 치즈도. 분홍빛 히말라야 소금 램프처럼 생긴, 내가 한 번도 먹어보지 못한 진짜 파르메산 말이다. 나는 곧장 냉장 식품 코너로 간다. 치즈 그레이터는 필요 없다. 이로 자국을 남기며 베어 먹을 거니까.

진짜 파르메산 치즈는 놀랍도록 비싸서 부아가 치민다. 한 덩어리에 9달러. 그것이 내 바구니에 묵직하게 자리 잡는다. 침샘에서 느껴지는 기대에 관자놀이가 아파오고 쿠키와 케이크 코너로 가자 선택지가 너무 많아서 아찔해진다. 엔텐만을 먹을까? 비닐 창이 있는 상자를 들여다보지만 이 도넛은 질감이 별로다. 건조하게 부서지는 질감. 마치 약쟁이가 콘돔을 삼켰을 때처럼 속이 답답해지는 건 싫다. 기름지고 폭신하며 빵 같은 질감이 좋다. 패트릭과 함께 먹은 그 도넛이 아니면 안 된다.

패트릭.

문득 그가 나를 어떻게 생각할까 궁금해진다. 그러고 보니 그의 집을 나선 게 겨우 오늘 아침이다.

나는 그에게 하트 이모티콘을 보낸다. 그가 하트로 답하자 축복을 받은 기분이다.

빵 코너 옆에 있는 제과 코너에서 여섯 개들이 도넛을 발견한다. 둥근 플라스틱 덮개에 찍힌 포장 일자는 나흘 전이다. 맨 위에 놓인 도넛이 상자 안쪽에 닿아 둥근 글레이즈 링이 생겼다. 음란해 보인다. 내가 원하는 바로 그 도넛이다. 반원 모양으로 포장된 절반짜리 파이도 있지만 나는 온전한 원형을 집는다. 애플파이. 내가 산 치즈와 잘 어울릴 것이다.

마카롱도 한 봉투 집는다. 고급은 아니다. 이모에게 사줄 만한 건 절대 아니다.

건강을 생각해 코코넛워터도 집는다. 조리 식품 코너에서 마카로니 치즈도 한 통 집는다. 안 될 이유가 없으니까.

나는 간식 코너를 두리번거린다. 바구니의 금속 손잡이가 내 팔을 짓누르며 재촉한다. 닐라 웨이퍼 쿠키 한 상자와 위트 신스를 집는다. 상자에 포장된 트리스킷은 너무 거칠고 뾰족한 데다가 평소에 잘 사지 않는 간식을 사고 싶다. 다른 사람의 것처럼 느껴지는 간식. 나는 GMO 프리 치즈볼도 한 통 집는다.

전부 내 현금카드로 계산한다. 사흘 뒤 월세를 내야 하는데 몇 주째 잔고도 확인하지 않았다.

나는 서둘러 내 아파트로 달려간다. 마음이 바뀔세라 날아가다시피 한다. 한 손을 비닐봉지에 넣고 손목을 이리저리 돌리다가 오른손 윗부분을 긁혀가며 도넛 통을 비집어 연다. 하나를 꺼내 끈적끈적한 글레이즈가 흐르는 채로 입 안에 넣는다. 씹으면서 계속 밀어 넣는다. 천국의 맛이다. 치타 무늬 재킷을 입고 전화 통화를 하는 여자와 눈이 마주친다. 그녀는 시선을 돌리며 예의를 차린다.

나는 입술을 핥고 하나를 더 집는다. 탐욕스럽게. 거리엔 통근자들뿐 아니라 엄마들도 가득하다. 조깅하는 사람들도 있다. 재수 없는 인간들. 나는 이런 브루클린이 좋으면서도 싫다. 인구밀도가 높은 이곳에선 쉽게 위장할 수 있다. 저들에겐 내가 보이지 않는다. 설사 보여도 그들은 신경 쓰지 않는다. 로비에 도착할 무렵 나는 실수했다는 걸 깨닫는다. 도넛 여섯 개는 충분하지 않다. 열두 개를 샀어야 한다.

난간 손잡이를 잡고 몸을 당기며 계단을 달려 올라간다. 4층에 이르자 종아리가 아우성친다.

쿵쾅쿵쾅.

우당탕탕.

거의, 거의 다 왔다.

번잡한 손놀림으로 열쇠를 찾는다. 한편으로는 문을 열고 들어 갔을 때 제러미가 있다면 좋겠다. 어떤 식으로는 내 앞을 방해할 그를 날려버릴 수 있으니까.

신발을 벗어 던진다. 아무도 없지만 문을 걸어 잠근다. 외투와 맨투맨을 벗어 욕조에 던져 넣고 머리를 질끈 묶은 뒤 브래지어 차림으로 바닥에 앉는다. 더럽지만 나는 그보다 나은 곳에 앉을 자격 이 없다. 내가 사 온 친구들을 주위에 늘어놓고 최대한 빨리 먹기 시작한다. 나의 다른 자아가 이 사실을 알아차리고 말리기 전에.

아드레날린이 가슴으로 솟구쳐 오른다.

설탕이 잔뜩 들어오자 신경계로 만족감이 퍼져 나간다. 너무 빨 리 먹어서 셀 수도 없다. 그러는 사이 평정이 벨벳 커튼처럼 나를 뒤덮는다. 마치 마라톤 주자가 리듬을 타듯 기계적인 턱의 움직임 이 최면을 건다. 위가 팽창하고 반복적으로 씹는 동작 때문에 머 리가 아파올 때까지 삼키고 또 삼킨다. 휘트 신스 세 개를 쌓아 한 입 베어 문다. 반구형의 닐라 웨이퍼는 두 개를 집어 평평한 면을 맞대고 작은 우주선을 만든 뒤 파괴한다. 열 번, 스무 번 그 과정 을 되풀이한다.

허리에 땀이 고여 청바지 허리띠에 스민다. 어느새 나는 단추를 풀고 지퍼를 내렸다. 하지만 그 행위를 목격한 기억은 없다.

마카롱은 컵케이크 모양의 비누처럼 보이지만 예쁘다. 색색의 보석 같다. 글라신지 상자를 코에 대보지만 아무 냄새도 나지 않는다. 내 손끝의 피부는 감각의 노예가 돼 가늘게 떨린다. 나는 단 하나의 목적에 사로잡혔다. 순서대로 먹어치운다. 아주 밝고 시큼털털한 것부터 시작해야 한다. 또는 아주 어둡고 단단한 것도 좋다. 그러면 미각이 죽어서 다른 건 맛을 느낄 수 없으니까. 초록색은 피스타치오 맛이다. 피스타치오는 완벽하다. 섬세하고 파삭한 표면을 뚫고 가나슈의 쫄깃한 식감을 파고 들어갈 때의 느낌. 그 느낌에 나는 눈을 감는다. 너무도 황홀하고 너무도 기분 좋다. 하지만 여전히 맛이 좋은지는 모르겠다. 주황색. 갈색. 연보라색. 설탕이 나를 공격한다. 냄새와 질감이 뒤섞여 구분할 수가 없다.

그 파괴에 나는 전율한다. 아름다운 것을 너무도 무심하고 너무도 빠르게 파괴하고 있다.

마카로니 치즈는 걸쭉하다. 그 질척한 식감이 입에 쩍쩍 들러붙으면서 모난 음식들을 품어 대비를 이룬다. 완충의 기능을 한달까? 닐라 우주선 하나를 그 안에 불시착시키고 한 스푼을 떠서 입에 넣는다. 다섯 개째 도넛을 먹는다. 그러곤 마지막 도넛의 윗부분을 공략한다. 손톱으로 설탕 옷을 뜯어내 입속으로 비벼 넣는다.

거의 때가 됐다.

혀로 입천장을 훑어본다. 쇠 맛이 난다. 그 안으로 들어간 것들이 상처를 낸 탓에 흐물흐물하고 따끔거린다.

치즈 볼은 잘못 골랐다. 너무 빨리 녹아서 막히는 느낌 없이 내려가 버린다. 하지만 바닐라 글레이즈와 연이어 들어가니 맛이 잘 어울린다. 이 모든 의식이 마치 세상에서 가장 느린 기차에 치이는 것처럼 느껴진다. 나는 내릴 수가 없다. 어렴풋이 내리고 싶지만 그 열망은 기각된다. 내가 진정으로 기댈 수 있는 건 이것뿐이니까. 내가 어디에 있든 나를 떠나지 않는 건 이것뿐이다.

마지막 마카롱을 해치우고 나자 쾌락은 끝난다. 마무리는 고역이다. 모든 게 잇새에 남아 있다. 나는 계속 씹으면서 무릎으로 기어간다. 이 광경이 싫다. 이 각도에서 바라보는 화장실 변기. 그것이 마치 제단이라도 되는 듯 들여다보는 나. 먼저 내 손에 속을 게운다. 이건 또 하나의 성스러운 의식이다. 첨벙하는 소리가 새어나가지 않게 하는 비결. 나는 혼자 있을 때도 그렇게 한다. 예전부터 이 부분이 조금은 자랑스러웠다. 아주 조용히 리셋 버튼을 누를 수 있다는 것. 나는 계속 나아간다. 늘 그러듯 사람들이 똥을 누는 곳에 입을 대고 굴욕적인 자세로 증오와 분노를 쏟아내려 애쓰지만 결코 모든 걸 게워내지 못한다.

한국어로 벌은 날아다니는 벌을 뜻하기도 한다.

다시 물을 내리자 시큼하고 연한 장밋빛의 물이 소용돌이친다.

피처럼.

몸처럼.

나는 욕조에 들어가 내가 던져놓은 옷을 깔고 앉아 무릎을 끌어 안는다. 희미한 이명이 나를 현실로 끌어내 움직이게 한다. 마치 머리에서 공기가 빠져나가면서 새된 소리가 나는 것 같다. 그제야 실내가 얼마나 추운지 깨닫는다. 난방이 들어오지 않는다.

나는 몸을 일으켜 거울을 들여다본다. 눈에는 눈물이 고였고 숨을 헐떡거리고 있으며 두 뺨은 보랏빛이고 선홍빛 입술은 축축하게 젖어 있다. 소화되지 않은, 미끈거리는 음식물이 점점이 붙은 채로.

나는 무너져 내린다.

내가 울고 있다. 그리고 우는 내 모습을 보면서 더욱 슬퍼진다. 오랜 시간에 걸친 나의 수많은 거울상 하나하나가 황망하도록 가엾다. 특히 가장 어릴 때의 거울상이 가장 애처롭다. 아무도 없는 곳에서 스스로를 연민하는 나를 보면서 나는 더 크게 울어 젖힌다.

비누로 두 손을 씻는다. 앞면 뒷면 꼼꼼하게. 물기를 닦는다. 손가락을 코에 대본다. 여전히 파괴와 약탈의 냄새가 남았다. 나는 치약으로 손을 문지른다. 이러는 내가 싫다. 그 느낌이 싫다. 스스로 그런 나를 봐야 한다는 사실이 싫다. 결국 원하는 것을 이루고 마는 이 끔찍하고 어두운 내 자아에게서 눈을 뗄 수 없다.

딱딱한 타일 바닥 위에서 핸드폰 진동이 울린다. 내가 넣어놓은 비닐백에 그대로 담겨 있다. 나는 손을 뻗어 손잡이를 내 쪽으로 끌어당긴다.

제러미다. 집에 돌아왔냐고 묻는다. 무슨 소리가 들리나 귀를 기울여 본다. 열쇠가 쩔걱거리는 소리, 복도의 마룻널이 삐걱거리는 소리를 찾아보지만 주위는 고요하다.

문자 창에 세 개의 점이 나타난다. 그가 생각하고 있다는 뜻이다.

문자가 도착하자 목구멍 깊은 곳에서 웃음이 올라오려 한다. 그가 보낸 목록을 보며 어리둥절해하다가 그것이 그의 음반 목록이며 나더러 찾아달라는 뜻이라는 것을 깨닫는다.

그는 오늘 자기를 만나 그걸 전해줄 수 있냐고 묻는다. 그리고 아직도 온수가 나오지 않는다고 일러준다. 그러면 내가 자기 부탁을 들어줄 거라고 생각하는 모양이다.

거울 속의 내 얼굴이 일그러지다가 진짜 즐거움이 담긴 미소가 떠오른다. 눈은 충혈됐지만 너무 우스워서 입술이 늘어나며 웃음이 터져 나온다.

기분이 좋다.

그 문자를 지우자 기분이 더 좋아지고 연락처 목록으로 들어가 그를 완전히 삭제하자 두 팔이 둥둥 떠오르는 것 같다.

나는 욕조에서 구겨진 맨투맨을 꺼내 다시 입는다.

우리의 공동 소유물을 훑어본다. 낡은 소파, 얼룩이 묻은 매트리스, 길 잃은 옷가지들과 책들, 음반들을 담아둔 우유 상자. 마음이 평온해진다. 빠뜨린 건 아무것도 없다.

내가 이런 식으로 나를 괴롭히는 것을 그만둘 수 있을지 모르겠지만 제러미 같은 인간들의 시중을 드는 건 되풀이하고 싶지 않다.

욕조에서 외투 소매를 집어 꺼내려는데 지나가 준 안내 책자가 바닥으로 떨어진다. 나는 세면대를 붙잡고 몸을 지탱하며 그것을 집어 든다. 몸으로 쏟아져 들어온 피가 머리로 빠져나가면서 별이 보인다.

나는 그것을 펼쳐 읽어본다.

허공에는 꽃향기가 가득하다. 나는 일랑일랑 샤워기 세정제 두 병을 모두 썼다. 매트리스는 흠뻑 젖었다. 소파도 마찬가지다. 소파 쿠션들을 들고 스프링에도 뿌린다. 제러미의 옷들을 전부 그가 역겨워하는 냄새로 뒤덮는다.

나는 음반 상자에 외투를 걸친 채로 엉덩이까지 들어 올리고 어깨에는 책가방을 멘다.

문을 잠그고 그 밑으로 열쇠를 밀어 넣는다. 데이비드 벅스바움, 안녕. 다달이 뉴욕주 캐너스토타 사서함으로 텍스스타 은행의 수표를 보냈음에도 난방이나 물 문제 때문에 검색했을 때는 도무지 찾을 수 없었던 관리 회사도 안녕.

나는 제러미의 귀한 음반 상자를 연석으로 가져간다. 뉴욕시 위생협회에 바치는 공물이다. 물론, 그들이 관심이 있다면 말이다.

다시 준의 집에 도착한다. 달리 갈 데가 없으니까. 준은 분홍색 목욕 가운을 입고 소파에서 텔레비전을 보고 있다. 얼굴에는 흰 색 한국산 마스크 팩을 붙인 채 액체가 떨어지지 않도록 이상한 각도로 머리를 기울여 나를 본다. 마치 새하얗게 화장한 일본의 가면극 배우 같다.

"어젯밤에 마신 술이 아직도 안 깰 수 있나?"

그녀가 묻는다. 배경에서는 〈길모어 걸스〉가 재생되고 있다.

나는 시간을 확인한다. 놀랍게도 겨우 저녁 8시 30분이다. 며칠은 지난 것 같은데 아직 하루가 채 가지 않았다니. 나는 가방과 신발을 벗어 던진다.

"나 할 얘기 있어."

내가 입을 연다.

내가 2인용 소파에 앉자 준이 일어나 앉는다.

"잠깐."

그녀는 탁자에 놔둔 금박 포장지를 내 무릎에 던지며 말한다.

"심각한 얘기면 너도 이거 하나 얹어. 난 10분 더 있어야 하니까."

나는 봉투를 집어 든다. 아름다운 꽃에 이슬방울들이 맺힌 클로즈업 사진이 보인다. 나는 그 분홍색 봉투를 뒤집어 뒷면을 읽어본다.

"어머, 진짜 줄기세포가 들어 있어?"

나는 머릿속으로 조그만 태아의 세포를 그려보며 묻는다.

"불법 아니야?"

"달팽이 팩은 이제 한물갔나 봐. 요즘은 이게 유행이야."

그녀는 어깨를 으쓱하며 대꾸한다.

"나 5분만 있다가 붙여도 돼?"

여기까지 오는 내내 할 말을 연습했다.

마스크 팩을 얹은 그녀의 얼굴이 안 된다고 한다.

나는 포장을 뜯어 점액이 흐르는 하얀 꾸러미를 꺼내 펼친다. 소파나 옷에 액체가 떨어지지 않도록 조심하며. 뒷면에 붙은 비닐을 살그머니 떼어내고 얼굴에 얹어 헤어라인에 맞춘다. 차고 불쾌하리만치 축축하다. 눈구멍과 코, 입에 맞춰 얹은 뒤 그 안으로 들어간 머리카락들을 빼낸다.

언니가 지시한다.

"남은 세럼은 목과 손에 발라야 해. 하나에 20달러짜리야. 시술 같은 거 받고 많이 쓰나 봐. 회복을 촉진한대."

나는 분홍색 봉투 하나를 더 집으며 말한다.

"그럼 잠깐 가운 벌려봐."

나는 마스크 팩을 펼쳐 그녀의 배에 찰싹 얹는다.

"어맛!"

준이 소리치며 깊은 웃음을 터트린다.

"차갑잖아."

"괜찮아."

어쩌면 이 액체가 그녀의 몸속으로 흡수될지도 모르니까. 준의 희고 미끈거리는 얼굴은 아래를 보고 있고 몸통에 붙인 얼굴은 나를 올려다본다.

"무슨 얘기를 하려고?"

준이 가운의 허리끈을 조이며 묻는다.

"나, 살 곳이 필요해."

"바보야. 알아. 너 거의 한 달째 나랑 살고 있잖아."

"그렇긴 하지만⋯⋯."

준은 마스크 팩 가장자리를 집어 벗겨낸다. 얼굴은 미끈거리고 이마에 잔머리가 들러붙었다.

나도 팩을 떼어내려는데 그녀가 이를 악물며 야단친다.

"넌 아직 15분 더 있어야 해."

나는 어쨌든 팩을 떼어 손에 들고 있다. 내 체온에 미지근해진 팩은 마치 살아 있는 피부 같다. 내가 말한다.

"다시 없을게. 일단 언니를 봐야 해."

"알았어."

"내 아파트에서 나와야 해."

"그리고 그건 '지독히 뻔한 사건'으로 분류해야 하지."

"언니!"

"미안. 빨리 내가 모르는 부분을 얘기하란 말이야."

그녀가 안달을 내며 눈을 부릅뜨자 나는 서둘러 쏟아낸다.

"거긴 바퀴벌레가 득실거리고 가끔은 며칠 동안 물이 안 나오고 더워서 죽을 것 같지 않으면 추워서 죽을 것 같거든. 예전에 언니가 내 이름으로 계약했냐고 물어봤잖아."

나는 그녀의 목을 곁눈질로 흘끗 보며 말을 잇는다.

"사실은 아니야. 불법 전대야. 어떻게든 버텨보려고 했는데 안됐어. 못 하겠어. 내가 완전 잘못 생각했고 그래서 떠났어. 그러니까 얼마간 여기 있어야 할 것 같아."

그녀는 차분하게 말한다.

"알았어. 얼마나 있어야 하는데?"

"두 달."

"확실한 근거가 있는 거야, 아니면 양심상 당장 둘러댈 수 있는 기간이 두 달이야?"

젠장, 그녀는 나를 너무 잘 안다.

"두 번째."

"네가 있고 싶은 만큼 있어도 돼. 대신 내 부탁을 들어줘."

그녀는 가운 속으로 손을 넣더니 배에 붙인 마스크 팩을 떼어 테이블 위로 던진다.

"네가 하는 짓 당장 그만둬."

그녀는 팔짱을 끼며 조용히 말한다.

그 시커멓고 끔찍한 기분이 다시 나를 덮친다.

"무슨 소리……."

"그만."

언니는 손을 올리며 말을 이어간다.

"여기에 살 거면 나를 속이면 안 돼. 난 네가 언제 여길 떠나는지 알아. 언제 네 집으로 돌아가는지, 가서 무슨 짓을 하는지 알아. 거기서 할 수 없다면 여기서 하겠지. 그러니까 그 얘기를 해야겠어."

"언니."

내가 애원하듯 말한다. 오늘 아침에 느낀 수치심이 담즙처럼 다시 올라온다. 나는 눈을 감는다.

내 옆의 쿠션이 꺼지는 걸 보니 준이 다가오고 있다. 그녀가 내 손을 잡자 나는 그 손을 내려다본다. 내 손보다 작은 따뜻한 손이 마치 껍질처럼 내 손마디를 덮고 있다.

"다 봤어."

그녀는 나지막이 말한다. 내 언니의 다정한 눈을 견딜 수가 없다.

"그 봉지들 말이야. 고등학교 때 네 방에서 그걸 수없이 찾았어. 랩, 상자, 뭉쳐놓은 화장지. 지퍼백……."

"그만."

"난 봤어, 제이제이."

"그만해."

"네 침대 밑에 있던 토사물 봉지들."

내 손바닥에 묵직하게 놓이던 그 미지근한 비닐봉지들이 떠오른다. 거기에 놔두려던 건 아니었다. 비닐봉지는 최후의 선택이었다. 언니가 화장실에 있거나 내 상태가 아주 심각해서 침대에서 나올 수 없을 때 사용하는 방법. 언니는 내가 얼마나 역겨울까.

나는 멍한 상태로 울면서 주먹 쥔 손으로 얼굴을 문지른다.

"난 너무 겁이 났어."

준이 두 손으로 얼굴을 가리고 거친 울음을 터트린다.

그녀의 울음에 내 울음이 더 커진다.

"얼마나 걱정했는지 몰라. 엄마보다도 더 걱정됐어. 그 어떤 것보다도 더 걱정됐어. 그것 때문에 뉴욕에 오지 말까 생각하기도 했어."

그녀는 잠긴 목소리로 말을 잇는다.

"내가 여기로 오고 엄마 아빠가 일하러 간 사이에 너한테 무슨 일이 일어나면……."

나는 몰랐다. 그게 너무 한심해서 숨이 막힌다.

나는 뉴욕으로 가버린 준을 미워했다. 어떻게 그럴 수 있을까 생각했다. 떠나면서 그녀는 내 방문을 두드렸다. 차고 문이 닫힐 때 나는 미칠 것 같았다. 이번에는 엄마가 아닌 언니가 떠나다니. 오랫동안 엉엉 울면서 헐떡거린 탓에 어깨가 아팠다.

"너를 여기로 데려오면, 내 옆에 두면 괜찮을 줄 알았어."

그녀는 내 눈을 찾는다.

"그런데 지금도 한다는 거 알아."

언니는 내 팔을 잡는다.

"제인, 네 손 때문에 알았어. 손에서 그 냄새가 떠나질 않아. 이게 증거라고. 네가 그럴 때마다 나도 그 냄새로 아는 거야. 도움이 필요하면 뭐든 해보자. 최고의 전문가들을 찾아보자. 나아져야지."

46장

나는 주소를 찾아본다. 시간이 이르긴 해도 제대로 찾아왔다.

안내 책자에 따르면 뉴욕 곳곳에서 모임이 열리지만 이 시간에 가능한 곳은 여기뿐이다. 웨스트 빌리지에 있는 허름한 극장. 준의 집에서 걸어왔다. 아이비를 만났던 빵집과 농구장, 교회 맞은편의 조각 피자 가게를 지나왔다. 곳곳에 추수감사절 장식이 보인다. 미국인들은 기이하게도 칠면조가 곧 잡아먹히는 걸 몹시 기뻐하는 듯한 그림을 애용한다. 오래전 천연두 균을 묻혀 아메리카 원주민에게 줬다는 담요에 동그란 눈과 귀여운 스마일을 그려 함께 걸면 퍽 잘 어울릴 것이다. 모퉁이에서 왼쪽으로 돌자 뒤집어진 U 모양의 자전거 거치대가 있고 거기에 치와와 한 마리가 묶여 있다. 작은 연보라색 카우보이모자를 썼다.

두 코미디 클럽 사이에 위치한 건물은 복도가 좁고 검은색 바닥은 끈적거리며 금방이라도 부서질 듯 낡고 울퉁불퉁한 계단의 칸마다 은색 미끄럼 방지 테이프가 붙어 있다. 뒤돌아 나가고 싶지만 참는다.

2층 계단참에서 닫힌 문을 지나간다. 그 안에서 누군가가 〈미녀와 야수〉에 나오는 노래 〈비 아워 게스트〉를 활기차게 부르고 있다. 별 기대도 없고 사람들과 잘 어울리지도 못하지만 모르는 뉴욕의 건물을 염탐하는 기회는 마다할 수 없다. 3층에는 화장실이 있다. 칸은 두 개고 아무도 없다. 평소 웨스트 빌리지에 올 일은 없지만 어느새 나는 급할 때 갈 만한 괜찮은 화장실로 머릿속에 저장해둔다. 두 번 다시 그럴 일은 없기를 바라지만.

머릿속에서 세 가지 생각이 떠나지 않는다. 하나, 사람들은 내가 여기 올 만큼 뚱뚱하거나 마르지 않았다고 킬킬거릴 것이다. 둘, 입장료가 없다는 건 사이비 집단이라는 뜻이다. 셋, 나는 아픈 사람들 속에 섞일 만큼 아프지 않은데 오히려 그들과 함께 있다 보면 병을 얻을지도 모른다. 그리고 진짜 병적인 생각도 머리를 맴돈다. 혹시 여기서 체중 감량 비법을 얻어갈 수 있을까?

지정된 호실을 찾아 문 안으로 고개를 디밀어 보니 안은 휑하다. 시간을 확인한다. 겨우 4분 남았는데 두 사람뿐이다. 한 명은 밝은 초록색 눈의 나이 지긋한 흑인 여성으로 핸드백을 메고 그 위로 레인코트의 지퍼를 올려 그 부분이 불룩하게 튀어나왔고, 다른 한 명은 모든 속옷을 똑같은 방식으로 갤 것 같은 운동복 차림의 동양 여자다.

그들이 다정하게 수다를 떨며 의자를 놓고 있어서 나도 쌓여 있
는 의자 하나를 빼서 내려놓는다.

복도에서 목소리가 울리더니 여자 셋이 들어온다. 셋 다 비싼 머
리 손질을 했고 디자이너 장화를 신었으며 커다란 약혼반지를 꼈
다. 부유한 여자들이다. 나는 햄프턴스*에 가본 적이 없지만 저들
은 틀림없이 가봤을 것이다.

뒤이어 두 남자가 담배 냄새를 풍기며 들어온다. 한 명은 목에
문신을 했고 다른 한 명은 여든 살쯤 된 노인으로 은빛 머리칼을
하나로 넘겨 묶었다. 밝은 인사와 포옹이 오간다. 3분 만에 실내
는 각양각색의 사람들로 가득 찼다.

활짝 웃고 있는 약 서른 명의 사람들은 연령과 인종, 몸집이 다
양해서인지 마치 연기자 알선 업체에서 보낸 것 같다. 머리에 야
물커**를 쓴 거구의 남자가 아이폰 충전기를 꺼내 줄을 풀고 벽에
꽂는다. 계속 포옹이 오가지만 모두들 나를 건드리지 말라는 지령
이라도 받은 것 같다. 나는 빨리 나갈 수 있도록 그리고 뒤에서 모
두를 관찰할 수 있도록 뒤쪽에 자리를 잡는다. 누군가가 내 옆에
앉는다. 그레이하운드처럼 호리호리한 십 대 소녀다. 낡은 아디다
스 스탠스미스를 신고 코에 피어싱을 했으며 허벅지 사이로 소프

---

* 뉴욕주 남동부 롱아일랜드 섬의 동쪽 끝에 위치한 해변 휴양지로, 사우샘프턴과 이스
트 햄프턴으로 이뤄져 있다.
** 유대인 남자들이 정수리에 쓰는 작고 둥글납작한 모자

트볼 하나를 넣을 수 있을 것 같다. 그녀가 나를 보며 환하게 웃어
주자 어쩐지 속은 기분이 든다.

아무도 그다지 고통스러워 보이지 않는다.

아무도 나와 같은 감정에 시달리는 듯 보이지 않는다.

아무도 나와 비슷한 짓을 하는 듯 보이지 않는다.

우리는 둥글게 서서 손을 잡는다. 이 친밀한 행위와 더불어 다
함께 기도를 하는 순간 나는 기겁한다. 신이 언급되자 내 머리는
단호하게 '안 돼' 하며 문을 닫는다. 이 사람들, 그러니까 이 괴짜
들은 모두 정화의 심호흡을 한다. 자리에 앉으면서 나는 핸드폰을
꺼내고 속으로 타이머를 맞춘다. 15분 뒤에 나가는 거다.

모두가 자리에 앉는다. 앞에는 여섯 개의 의자가 나란히 놓인 채
우리를 마주하고 있다. 성당의 자리 배치와 다르지 않다. 햄프턴스
에 가봤을 것 같은 여자가 한가운데 앉아 바인더에서 포스터를 꺼내
읽는다. 발언자가 있을 거라고 그녀가 말한다. 나는 부유한 여자 중
하나라면 좋겠다고 생각한다. 몽클레어 재킷을 입고 속눈썹 연장술
을 받은 저 여자라면 좋겠다. 그러나 그녀의 옆에 앉은, 머리 묶은
할아버지가 나선다. 이 백인 노인이 무슨 할 얘기가 있다는 건지 모
르겠다.

그는 쓸쓸하게 미소를 짓는다. 자신은 모든 걸 포기했었다고 발
표한다. 그가 초조하게 웃으며 신에게 자신의 이야기를 해달라고
청하자, 저러다가 황홀경에 빠져 바닥으로 쓰러진 뒤 방언을 울부

짖는 건 아닐까 걱정이 된다. 가슴에서 팔다리로 간접적인 부끄러움이 퍼져 나간다. 차마 볼 수는 없지만 귀는 열어둔다.

"안녕하세요. 제 이름은 사이러스입니다. 저는 감사하게도 거식증과 폭식증을 이겨내고 있습니다."

그가 말을 시작한다.

"안녕하세요, 사이러스."

사람들이 쾌활하게 이름을 불러준다.

영화에서 보던 모임 장면이 눈앞에서 펼쳐지는 걸 보니 속이 복작거린다.

"하지만 여전히 과식하고 운동 후엔 폭식하고, 당 중독인 데다가 설사약도 과용하고 있죠."

전쟁을 겪고 베트남 반전 시위도 했을 법한 노인이 사람들 앞에서 저런 얘기를 털어놓다니 믿기지 않는다.

남자도 폭식증을 겪는지 몰랐다. 특히 할아버지가.

그의 얘기를 들으면서 나가려던 마음이 사라진다. 마치 싸움이나 불을 구경하는 것 같다. B52번 버스를 타고 왔을 법한 사람이 이런 부끄러운 질병들을 열거하는 모습을 목격하다니 너무도 흥미롭다. 관습적인 사회에서 완전히 벗어난 것 같다. 그가 발가벗기라도 한 것 같다.

사이러스는 어릴 때부터 늘 뚱뚱했다고 한다. 그가 건장했다고 표현하자 몇몇 사람들이 웃음을 터트린다. 나는 혹시 그가 화가 나지 않았을까, 조롱의 말이 나오지 않을까 싶어 긴장하지만 사이러스는 사람들이 즐거워하는 모습에 얼굴이 밝아지는 듯하다. 그의 부모는 아주 점잖은 분들이었다고 한다. 그는 교외에서 살았다. 아버지는 의사였고 어머니는 기금 모금에 참여했는데 둘 다 그의 곁에 없을 때가 많았다. 왜 그랬는지 모르지만 그는 어릴 때부터 깊은 외로움에 시달렸다고 털어놓는다. 그가 앞으로 몸을 기울이자 그의 무릎이 흔들리기 시작한다.

그는 어릴 때부터 늘 자신이 주변 사람들을 유리창 너머로 관찰한다고 느꼈다. 모두가 친구를 어떻게 사귀는지, 농담을 어떻게 하는지 알고 있는데 자기는 그러지 않은 것 같았다. 자신을 제외한 모두가 남자 친구나 여자 친구를 어떻게 사귀는지 아는 것 같았고 그들에겐 모든 게 너무도 쉬워 보였다.

그의 형이 로드 장학금을 받고 다방면에 뛰어났다는 얘기에 이르자 머리에서 땀이 흐른다. 그는 불안증이 심해서 운전조차 배울 수 없었다는 말을 듣는 순간, 나는 숨이 막힌다.

이 사람은 마치 내 얘기를 하는 것 같다.

그의 부모님은 그가 고등학교 2학년 때 이혼했다. 엄마가 떠났을 때 나도 고등학교 2학년이었다. 그는 술에 의지했다고 한다. 알코올중독자로 '알코올 프로그램'에도 나가고 있으니 2관왕이라고 털어놓는다. 그러다가 술이 마약으로 바뀌고 순식간에 파괴에 이르자 음식으로 눈을 돌렸다. 대학교 1학년 때 그는 135킬로그램까지 불어났다.

그때부터 혼자 해결책을 찾기 시작했다. 토하거나 씹다가 뱉는 방법을 써보기도 하고 광고에 나오는 다이어트는 모조리 시도했다. 고추 우린 물만 마시기도 했고 웨이트 와처스, 팔레오, 식사 대용 쿠키, 혈액형 다이어트, 홀30, 앳킨스 다이어트에 이르기까지 안 해본 게 없었다.

문득 고등학교 때 앳킨스 다이어트를 시도한 기억이 떠오른다. 3.5킬로그램이 빠졌지만 치즈와 베이컨을 너무 많이 먹었고 10분에 한 번씩 소변을 봤으며 그러다가 거의 사흘 동안 대변을 보지 못했다는 사실을 깨달았다. 결국 지독히 괴로운 장운동을 거친 뒤 다리가 저리고 별이 보일 때까지 변기에 앉아 힘을 주면서 쥐똥만한 덩어리를 떨어뜨리곤 했다.

그는 체중 감량을 위해 귀에 스테이플러를 삽입하는 시술을 받기도 했고 턱 와이어 시술을 받기도 했다. 마침내 위 우회술까지 받기로 했다가 막판에 이곳을 찾는 바람에 계약금을 날렸다.

그는 마침내 자신이 겪는 감정을 정의할 수 있게 됐을 때의 기분을 결코 잊을 수 없을 거라고 했다. 자신과 비슷한 사람들이 있다는 사실을 아는 것만으로도 위안이 됐다. 그는 처음 이곳에 왔을 때 몇 가지 사항을 확인했다고 한다. 그런 뒤 그가 그때 확인한 사항들을 읊조리기 시작하자 나는 불쾌하고도 분명한 사실을 깨닫는다. 우리는 똑같은 사람이라는.

상한 음식을 먹은 적이 있는가? 그렇다.

탄 음식을 먹은 적이 있는가? 그렇다.

언 음식을 먹은 적이 있는가? 그렇다.

음식을 훔쳐 먹은 적이 있는가?

나는 셀 수 없이 많다.

마치 내 가슴에 열쇠를 꽂고 돌리는 것 같다. 한밤중에 비틀비틀 일어나 쓰레기통에 버려진 룸메이트의 브라우니를 나도 모르게 먹고 있는 내 모습을 그려본다. 그러지 않으려고 내가 뿌려놓은 주방 세제 부분을 피해가며 먹는 모습.

사람들은 돌아가면서 기막힌 이야기를 들려준다. 그러면서 내가 여태 정의할 수 없었던 감정에 대해 여러 차례 확실한 진단이 내려진다. 내가 숨기고 있는 줄도 몰랐던 비밀들. 그들은 살을 빼면 자기 몸에 만족할 수 있을 거라 굳건히 믿었다고 털어놓는다.

마르기만 하면 마침내 적절한 대우를 받을 수 있을 거 믿었다고.

하지만 정작 내 가슴에 비수를 꽂는 건 감상적인 이야기나 역겨운 폭식 이야기가 아니다.

그보다는 자신의 눈이 잘못됐음을 알고 있는 정신 장애에 마음이 무너진다. 거울을 볼 때마다 문득 그 안에서 완전히 다른 모습을 보게 되는 게 어떤 기분인지 우리는 모두 알고 있다.

우리들 대부분은 위기의 순간에 우리의 몸을 떠난 적이 있다. 점심때 뭘 먹을지 미칠 것 같은 기분으로 고민한 적이 있다. 잘못

고르면 결국 배가 찢어질 때까지 먹다가 토하는 폭식의 길로 들어설 거라는 생각에 안절부절못한 적이 있다.

그들은 폭식을 내가 너무도 잘 아는 '탈선한 화물 열차'의 느낌으로 정의한다. 그 폭주. 그 무력감. 도망칠 수 없는 느낌. 다른 감정을 밀어내기 위해 전부 다 먹어치우고픈 충동. 숨이 차오르면서도 밀려드는 감정의 평화. 무엇 하나 마음대로 되지 않는 세상에서 입안에 음식을 쑤셔 넣고 모조리 밀어내는 것만은 스스로 통제할 수 있는 유일한 무엇이므로.

젠장.

젠장젠장젠장.

나는 저들과 똑같다.

저들은 나와 똑같다.

나는 뭔가 먹기로 한 계획 또는 먹지 않기로 한 계획을 취소한 적이 있다. 살이 쪄서 병가를 낸 적이 있다. 사람을 만나야 할 때 대신 운동하러 간 적이 있다. 스스로를 다독여야 할 때 대신 코가 비뚤어지게 마시거나 먹은 적이 있다. 살이 빠졌는데도 마땅한 찬사나 인정의 말을 듣지 못해서 당황하고 서운했던 적이 있다. 굶어서 살을 빼면서 철저히 참담한 기분에 시달린 적이 있다.

수첩 하나가 내 무릎에 놓인다. 그 안에 여기 모인 사람들이 모두 들어 있다. 그들이 말한 그대로 모두의 이름과 전화번호가 적혀 있다. 성은 없고 이름뿐이지만 이 협박의 담보물에 숨이 멎는 듯하다. 이건 굉장한 신뢰 게임이다. 당장 내 이름을 넣을 수는 없지만 가슴이 뭉클해진다. 지금까지 받아본 모든 선물을 통틀어 가장 한심하면서도 가장 감동적인 선물이다.

끊임없이 웃음이 넘친다. 못된 의도로 조롱하는 비웃음이 아니라 이해와 기쁨의 웃음이다. 어떤 모임에 초대를 받고 이틀 사이에 5킬로그램, 3킬로그램, 2킬로그램, 심지어 20킬로그램을 감량해야 했다는 이야기에 사람들은 손가락을 튕긴다. 파스타를 먹지 않으려고, 혹은 파스타를 먹고 빨리 그 자리를 떠나 집에 가는 길에 몰래 아이스크림을 사려고 식사 자리에서 일부러 싸움을 건 이야기에 사람들은 키득거린다.

케이크 이야기도 나온다. 남은 생일 케이크. 어느 아이 엄마는 한밤중에 한 조각을 더 먹으려고 일어났다. 그런데 한 조각이 두 조각, 세 조각이 되고 결국 몽땅 먹어치웠다. 그녀는 그 케이크를 만든 빵집에 이러저러하게 둘러대며 급하게 하나를 더 주문했다. 설탕 옷을 입힌 은하 간 우주선 케이크가 도착하자 그녀는 남아 있던 케이크를 재현하기 위해 그만큼을 더 먹어야 했다. 나는 한밤에 파이를 사러 HEB에 가려 했던 기억을 떠올린다. 그리고 그 뒤에 먹은 파이가 내 고향 집에 대한 인식을 전혀 바꾸지 못했다는 사실도.

모두가 나를 속속들이 알고 있는 느낌이다. 마치 염탐이라도 당한 것 같다. 한정판 생강 맛 아이스크림. 빵. 땅콩버터. 라면. 코코뱅. 케첩까지.

희망적인 이야기도 있다. 모든 게 얼마나 바뀌었는지. 치아 구멍을 치료한 이야기. 끊겼던 생리가 돌아온 이야기. 다리를 불태웠다가 수리한 이야기. 떠났던 가족에게 돌아간 이야기.

단정한 갈색 단발에 쇠테 안경을 쓰고 모범생처럼 케이블 스웨터를 입은 여자가 울면서 일주일 전에 세상을 떠난 아버지 얘기를 꺼낸다. 8년 동안 해방됐던 그녀는 다시 토하기 시작했고 멈출 수가 없다고 한다. 그녀는 차분히 안경을 벗고 두 뺨에 흘러내리는 눈물을 닦는다. 어젯밤에는 한 시간 동안 변기 옆 욕실 바닥에서 잠을 잤다고 한다. 그녀에게 주어진 3분이 지나가자 시간을 더 주면 좋겠다는 생각에 화가 치민다. 하지만 그녀는 웃으면서 사람들에게 고마움을 표하고 이전에도 수없이 그랬듯 다시 좋아질 거라고 말한다.

이제 10분만 있으면 끝이 나지만 나가고 싶은 마음이 간절하다. 바람을 쐬고 싶다. 나는 짐을 챙겨 돌아보지 않고 몰래 빠져나온다.

좁고 답답한 복도를 걸어가다가 화장실에서 나오는 그녀를 본다. 크루엘라. 연보라색 옷을 입고 개를 안고 있다. 딱히 나이를 가늠해 본 적은 없지만 가까이서 보니 생각보다 더 젊어 보인다. 정말이지 꼭 만화 주인공 같다. 건강하지 않은 여자의 캐리커처 같다고나 할까. 연보라색 트레이닝복을 입고 개의 모자와 한 쌍인, 술 달린 카우보이 조끼를 걸쳤다. 새까맣고 윤기가 흐르는 머리칼을 바짝 당겨 묶어서 눈꼬리가 올라갔다.

"난 한눈에 알아봤어요."

그녀가 말한다. 마치 제러미가 처음 말을 걸었을 때처럼 그림이 캔버스에서 나와 말하는 것 같다.

목소리가 독특하다. 내가 상상한 것보다 훨씬 더 낮고 감미롭다. 공영 라디오 방송에 어울리는 목소리다.

나는 너무 당황한 나머지 말문이 막힌다.

"잉그리드라고 해요."

그녀가 가슴에 손을 얹으며 말을 잇는다.

"우린 아는 사이는 아니지만 서로의 존재를 알잖아요. 우리 아파트 근처에서 자주 보이던데. 패션 스쿨에 다니나 봐요. 늘 완벽한 아이라이너를 보면 알 수 있죠."

"고맙습니다."

그녀가 나를 알다니 어리둥절하다. 내 아이라이너를 칭찬하다니. 어떤 식으로든 나를 기억하고 있다니. 내가 다시 말한다.

"옷이 예뻐요. 단색은 언제나 사람들 속에서 눈에 확 띄거든요."

그녀는 따뜻하게 미소 짓는다.

그녀의 개가 재채기를 한다.

"이런, 더피, 어쩌니."

그녀는 개를 더 꼭 끌어안는다.

잉그리드와 더피. 그러고 보니 밖에서 연보라색 카우보이모자를 쓴 개를 본 기억이 난다. 그녀와 개를 보면 늘 좋은 예감이 들었다는 것도.

"오늘 알레르기가 심해졌나 봐요. 늙었거든요."

그녀는 고개를 저으며 묻는다.

"그쪽도 우리랑 비슷한가 봐요?"

나는 천천히 고개를 끄덕인다.

"어. 그런 것 같아요."

"저런."

그녀는 내 손을 토닥이며 말한다.

"처음이 가장 힘들어요. 그래도 계속 나와봐요. 난 엄청난 폭식증이었거든요. 최악 중에서도 최악이었죠. 여전히 아무도 못 따라올 만큼 제정신이 아니지만 솔직히 비밀로 하면 절대 낫지 않아요. 털어놓는 순간, 푸르르……."

그녀는 입술로 소리를 내며 손가락을 흔든다.

"조금씩 나아지죠. 사람은 가장 어두운 부분을 누군가에게 얘기해야 해요. 짐을 내려놓을수록 모두와 더 가까워질 거예요. 모든 중독자들이 그렇게 생각해요. 자기가 이 세상의 한심한 존재라고. 모두가 자신의 부족한 면에 연연할 거라고. 하지만 사실은 누구나 뻔한 문제를 갖고 있어요. 때로는 그저 털어놓는 게 가장 좋은 방법이에요. 그게 뭐 그렇게 도움이 될까 싶지만 정말 마법처럼 효과가 있다니까요."

그녀는 목 뒤쪽 매듭에 꽂아둔 펜을 꺼내고 주머니에서 메모지를 꺼낸다.

"전화번호가 어떻게 돼요? 전화할게요. 난 문자는 안 해요. 구식이라. 하지만 새로 왔으니까 전화할게요."

한편으론 미심쩍고 한편으론 우쭐해진다. 잠시 아무 번호나 댈까 생각하다가 그러지 않기로 한다. 그녀가 무슨 얘기를 할지 궁금하다. 그녀는 자기 번호를 적더니 메모지 귀퉁이를 뜯어서 내게 건넨다. 하늘을 찌를 듯한 'I'와 한껏 꼬부린 'G'. 고상한 글씨체다.

"행운을 빌어요."

그녀는 펜을 다시 목 뒤에 넣는다.

"계속 나와요. 도움이 되는 곳은 여기밖에 없어요. 타히티 섬에 가서 거기가 치료제라고 생각하지 말고. 그런 건 효과가 없거든요. 내가 해봐서 알아요. 플로리다도 효과 없어요."

그녀는 웃으면서 다시 말한다.

"어쨌든 우린 언제나 여기 있을 거예요."

그녀는 놀랍도록 따뜻한 손으로 한 번 더 내 손을 토닥이고는 문을 열고 다시 안으로 들어간다.

준의 집으로 걸어가는 길에 문득 허기가 진다. 유니언 스퀘어를 지나는데 전 국민 건강보험을 주장하는 작은 시위가 열린다. 나는 그 밴의 주인을 떠올린다. 그 사람은 신장을 구했을까? 내가 일하는 가게를 지나간다. 거기에 걸린 수많은 장식품들. 그런 것들은 집을 만들어주지 못한다는 걸 이제야 알 것 같다.

평생 엉뚱한 곳, 엉뚱한 사람에게 시간과 에너지를 낭비했다. 어째서 내 모습이 변하면 사람들이 나를 다르게 대할 거라고 믿었는지 모르겠다.

외모를 가꾸고 눈에 띄는 행동을 하면 어딘가에 속할 수 있을 거라 생각했다. 당연히 나는 완벽해질 수 없었고 그렇다면 적어도 사람들이 나를 떠나기 전에 내가 의도적으로 온 힘을 다해 쫓겨나는 게 좋겠다고 생각했다.

나는 쭈뼛거리며 비좁은 샌드위치 가게로 들어간다. 1929년에 문을 연 곳인데 늘 이곳에서 점심을 먹고 싶었다. 벽면에는 흑백 사진이 담긴 액자들이 가득 걸려 있고 선해 보이는 사내가 내게 뭘 먹겠냐고 물어본다. 아직은 평소에 먹는 것을 달라고 할 수 없으니 마초 볼* 수프를 주문한다.

아이비에게 문득 생각이 났다며 문자를 보낸다. 어떻게 지내냐고 묻는다. 그녀와 멀어지면 내 이상행동을 그만둘 수 있다고 믿은 게 얼마나 터무니없었는지 깨닫는다. 사실은 우리 둘 다 그런 걸 그만둘 수 있다고 믿었다. 나는 전부 다 그녀의 탓으로 돌리려 했다. 그녀는 그저 나의 가장 추한 부분을 상기시키는 사람이었을 뿐인데.

---

* 발효하지 않고 만드는 유대인의 빵(무교병), 즉 마초를 으깨어 계란과 닭고기 등을 넣고 만든 경단

주문한 음식이 나온다. 아름답다. 황금빛이고 모락모락 김이 난다. 부드러운 마초 볼이 선물 같다. 나는 사진을 찍어 패트릭에게 보낸다.

드디어 나는 뉴욕의 식당에서 혼자 식사한다.

다 먹고 나자 내가 먹은 수프를 게우지 않기를 기도한다. 내가 건강해지길 기도한다. 나의 망가진 몸이 회복되길. 속으로 진심과 희망을 담아 기도를 올린다. 효과가 있을지는 모르겠지만 효과가 없다면 이제 어디로 가야 하는지 안다. 누구에게 전화해야 하는지.

47장

다시 준의 집에 이르자 허리에 연장을 찬 금빛 곱슬머리의 이십 대 사내가 떠날 채비를 하고 있다.

"안녕하세요."

나는 놀라서 인사하며 언니에게 누구냐고 묻는 눈빛을 보낸다. 거실 한가운데 책장이 놓여 있다.

"가구 배달이야."

준이 대꾸하곤 그에게 고맙다는 인사를 건넨다.

우리는 그가 부츠의 끈을 묶는 모습을 지켜본다. 물어볼 것도 많고 할 얘기도 많다. 그는 신발을 신는데 꼬박 11분쯤 걸리는 것 같다.

"고맙습니다."

우리가 일제히 말한다. 준은 나를 향해 눈을 크게 뜬다. 정말이지 백인들은 가끔 몇 년 동안 신발을 벗은 적이 없다는 듯이 군다.

"짜잔!"

그가 가고 나자 준이 환하게 말하며 나를 하얀 책장 쪽으로 데려간다.

"자, 여기부터……."

그녀는 책장의 한쪽 끝을 두드리더니 소파 뒤로 걸어가며 말을 잇는다.

"여기까지……."

그러곤 내가 듣고 있는지 확인하려고 곁눈질을 한다.

"네가 써."

나는 말문이 막힌다.

그녀는 벽걸이 텔레비전을 가리키며 다시 말한다.

"저 삼성 TV는 당연히 네 건 아니지만 가끔 써도 돼. 그리고 필요하면 큰 소파를 하나 둬도 좋겠어. 네가 저 책장에 뭘 넣든 상관하지 않을게."

나는 지난 몇 년 동안 내가 꿈꿔 온 수많은 집들을 떠올려본다. 어째서인지 여기가 가장 마음에 든다.

"고마워."

내 목소리가 잠긴다.

준은 손을 내젓는다. 그녀가 내 '침대'에 앉지 않으려고 2인용 소파로 가서 앉자 왼쪽 눈에 고인 커다란 눈물방울이 떨어져 내리려 한다. 나는 얼른 눈물을 떨쳐내고 코를 훌쩍거린다.

"그럼 이 전망도 내 거야?"

"소파 끝까지만."

내가 옆에 앉자 그녀는 나를 돌아본다.

"어땠어?"

"신이 등장하긴 했어."

"윽. 어떤 종류의 신?"

"말하자면, 각자 자기 이야기는 자기가 써야 한다, 뭐, 그렇게 주장하는 신."

"사이비 집단이야?"

"응, 그런데 지도자가 없어. 자기감정을 스스로 파악하도록 도와주는 독학 집단이랄까."

"그럼 작은 사이비 집단이네."

나는 패트릭과 나눈 얘기를 떠올려본다. 사이비 집단과 가족과 비밀, 그리고 낯선 사람들을 연대하게 해주는 이야기들.

"응."

"그래서 좀 나아졌어?"

나는 잉그리드를 떠올린다.

"응, 그런 것 같아."

"잘됐네."

그녀는 무겁게 한숨을 쉬며 일어난다.

"탐폰을 갈아야겠다."

그러곤 조금 구부정한 자세로 움츠린 채 돌아온다.

"내 몸의 모든 근육이 좀 쉬었으면 좋겠다."

그제야 떠오른다. 나는 복도 벽장으로 가서 내 여행 가방을 꺼낸다. 뭉개진 담뱃갑을 집어 반쯤 피운 빈티지 마리화나를 빼낸다.

"좀 취해볼래?"

"너랑?"

그녀는 다시 소파에 앉는다.

"응."

나는 잠시 머뭇거린다.

"아니면 언니 혼자. 생리통을 위해서."

"불붙여 봐."

준이 스토브를 가리키며 말한다.

나는 바싹 마른 종이에 불이 옮겨붙지 않도록 조심하며 살짝 불을 붙여 언니에게 먼저 건넨다.

"얼마나 오래된 건지 나도 몰라."

내가 경고하듯 말하며 접시라도 가져오려고 부엌으로 간다.

"내 양말 서랍에 재떨이가 있어."

설마 하며 손을 넣어보니 단단한 모서리가 만져진다. 아니나 다를까 진짜 재떨이다. 놀랍게도 슈프림 브랜드다.

나는 그것을 그녀에게 건넨다.

"오래됐든 새거든 난 구분 못 해. 난 겁쟁이라 한 번도 못 해봤거든. 지금도 강박적이잖아."

그녀는 머뭇거리며 마리화나를 입술로 가져간다. 아주 조금 빨아들이곤 숨을 참는다. 조심스레 숨을 내뱉더니 연기를 바라본다. 효과가 있는지 보려는 사람처럼.

"아까 '너랑?'이라고 했잖아. 너랑 같이 피우고 싶지 않다는 뜻은 아니었어. 그보다는 네가 나랑 같이 피우고 싶어 하는 게 의외라서."

"뭐 하나 물어봐도 돼?"

마리화나가 기분 좋게 목구멍을 긁는다.

내가 그것을 다시 건네자 준은 고개를 끄덕인다.

"응."

"내가 뉴욕으로 왔을 때 왜 나랑 어울리지 않았어?"

"흠."

준은 깜부기불이 날아갈 정도로 힘차게 마리화나를 재떨이에 꽂는다.

"야, 너 왔을 때 내가 두 번이나 전화했잖아. 너랑 얘기하려고 침대도 사준 거야."

"그래도 나랑 어울리고 싶어 하진 않았잖아. 전화도 의무적으로 했고. 침대 사준 건 고마운데 그건 언니로서 해야 한다고 생각했겠지. 엄마한테 잘 보이려고."

준은 기가 막히는 표정으로 휙 고개를 젖힌다.

"미쳐. 막내들은 정말 구제 불능이라니까. 무슨 이유가 있어서 한 게 아니야! 참 나!"

그녀는 의기양양하게 하늘을 찌르며 다시 말한다.

"넌 날 보고 숨었잖아."

"뭐? 언제?"

젠장, 무슨 얘길 하려는 건지 벌써 알 것 같다.

"유니언 스퀘어 지하철 4/5/6호선. 1년쯤 됐을걸."

그녀는 나를 어깨로 쿡 찌르며 웃음을 터트린다.

"너 진짜 멍청하다."

나는 정색하려 하지만 그럴 수가 없다. 마리화나가 내 감정의 모서리를 모조리 녹여버리고 있다.

"완전 점프를 하던데."

그녀는 두 손을 앞으로 내밀어 토끼 흉내를 내며 몸을 위로 휙 튕긴다.

"쓰레기통인지 뭔지의 뒤로 껑충 점프했잖아. 다 봤어. 미팅에 늦기도 했고 짜증 나서 그냥 갔지만 그때 멋진 뉴욕 통근자들 앞에서 망신을 줬어야 했는데."

"하프였어. 하프 치는 남자 뒤에 숨었어."

"그때 얼마나 서운했는데."

그녀는 여전히 웃고 있지만 미소가 조금 엷어졌다.

그녀가 나를 봤다니 믿을 수가 없다.

"미안해."

내가 말한다. 진심으로.

"다 미안해. 엄마가 집을 나갔을 때 다정하게 대해주지 못해서 미안해. 학교에서 못되게 군 것도 미안해. 애들이 언니의 생리 사건으로 괴롭힐 때 도와주지 않은 것도 미안하고."

준은 어깨를 으쓱한다.

"너도 네 삶이 있었으니까."

그녀는 목을 가다듬는다.

"시리, 〈로미오와 줄리엣〉 사운드트랙 틀어줘."

그녀가 외친다. 데즈리의 노래가 나온다. 완벽한 곡이다. 나는 그 영화의 어항 장면을 떠올린다. 갑옷을 입은 앳된 얼굴의 디카프리오와 반 묶음 머리를 하고 천사 날개가 달린 드레스를 입은 클레어가 유리를 사이에 두고 서로를 애틋하게 바라보는 장면. 준이 끝내 이 영화를 보지 않았다는 게 나로선 이해할 수 없다. 이 노래가 나올 때 그녀는 무슨 생각을 할지 도무지 모르겠다.

"그 생각을 하면 너나 나나 거기서 벗어난 게 놀랍다니까."

준은 마리화나를 집어 들고 스토브에서 다시 불을 붙인다.

"우리 둘 다 힘들었지."

그녀가 돌아오면서 잠긴 목소리로 말한다. 그러곤 눈을 가늘게 좁히고 마리화나를 다시 건넨다.

"난 공부만 잘하는 병신이었잖아. 그리고 넌……"

짙은 연기가 그녀의 얼굴을 가린다.

"짱깨 걸레였지."

그 말에 나는 웃음이 터진다. 진짜 웃음. 준은 심하게 웃다가 기침을 한다.

"내가 떠나기 전에 그 일제 마커 펜을 사서 그 위에 칠해놓은 거 알아?"

그녀는 주먹을 허공으로 들어 사각형을 그리는 시늉을 한다.

"커다란 사각형을 그린 뒤 새까맣게 칠했어."

속이 답답해진다.

"정말?"

"못 봤어?"

나는 고개를 젓는다.

"난 그 칸에 안 들어갔거든."

그녀는 갑자기 나를 돌아본다.

"잠깐. 너 패트릭이랑 잤지?"

"뭐?"

"미안, 네가 어마어마한 걸레였다는 얘기를 하다 보니까 머리가 그쪽으로만 가나 봐."

"미쳐."

"걔한테 얘기했어? 지금 내가 어떤지?"

나는 무겁게 고개를 젓는다.

"무슨, 아니. 그런 얘긴 안 해."

그녀의 얼굴이 편안해진다.

"좋아. 패트릭은 아는데 엄마 아빠는 모르면 이상하잖아."

"맞아. 그리고 내가 할 얘기는 아니지."

"할 수도 있지."

그녀는 하품한다.

"어떻게 보면."

"아무 얘기 안 했어."

내가 다시 안심시킨다.

"알았어. 그런데 걔 몸은 어때? 갈비뼈가 막 튀어나와 있나? 아님 은근 근육질?"

"말 안 해."

준의 얼굴이 환해진다.

"너 걔 좋아하지?"

"좋아해."

"잘됐네. 물 한 잔만 가져와."

나는 눈을 굴리며 일어선다.

"네가 먼저 마시지 말고."

그녀가 소리친다.

나는 그녀에게 물을 건넨다.

"고마워."

그녀는 벌컥벌컥 들이켠 뒤 잔을 재떨이 옆에 내려놓는다.

"내가 왜 잘렸는지 말해줄까?"

"응."

"이거."

그녀는 하얀 재떨이를 들어 올린다.

"상사 건데 훔쳤어."

그녀는 기억을 떠올리며 고개를 젓고는 미소를 짓는다.

"성차별에 인종차별까지 심한 사람이었어. 곧 정리 해고가 있을 거라는 얘기를 들었는데 그 자식이 나를 싫어하는 건 비밀도 아니었거든."

준은 어깨를 으쓱하며 말을 잇는다.

"그래서 이걸 가져왔어. 여기저기 뒤지고 난리도 아니더라. 완전 꼭지가 돌았다니까. 내가 가져간 건 아는데 증거가 없잖아. 진짜 통쾌하더라."

나는 그 세라믹 전리품을 노려본다. 준은 내가 아는 사람 중에 가장 괴짜다. 그리고 내가 가장 좋아하는 사람이 돼가고 있다.

그녀가 자랑스럽게 말한다.

"그래서 사람들이 나를 셀리나라고 부르는 거야. 셀리나 카일. 캣우먼 말이야. 내가 이걸 어떻게 훔쳤는지 아무도 모르거든. 난 완전 전설이 됐다니까."

48장

　수술 날 아침 나는 언니보다 먼저 일어난다. 아직 한밤중이지만 밥에 따뜻한 물을 부어 피클과 함께 후다닥 먹는다. 크루엘라가 그렇게 하라고 했다. 구체적인 식사 계획을 세우고 지키라고. 준은 금식이지만, 그녀가 수술을 받는 동안 나는 집중해야 하는데 배가 고프면 그럴 수 없을 거다. 준이 나를 걱정하게 해선 안 된다.

　우리는 차를 불러 타고 말없이 병원으로 향한다.

　"기분이 어때?"

　내가 묻는다. 언니는 창문으로 이른 새벽의 도시를 내다보고 있다.

　"더럽게 슬퍼."

　그녀의 말에 나는 손을 꼭 잡아준다. 그녀도 내 손을 꼭 잡는다.

　안내 데스크에서 접수하면서 암 센터 건물은 아무리 최첨단의 화려함을 자랑해도 도무지 호텔처럼 느껴지지 않는다는 생각이 든다. 천장 조명이 주범이다. 냄새도 사라지지 않는다. 소독약과 살충제 냄새. 우리는 안내에 따라 수술 전 검사 센터로 향한다. 나는 수술실에 함께 들어갈 수 없다는 얘기를 듣는다. 당연한 일이고 솔직히 마음이 조금 놓이기도 한다.

안내에 따르면 수술에 걸리는 시간은 세 시간이지만 준은 원한다면 오늘 밤을 여기서 보낼 수 있다. 체류 시간이 24시간을 넘기면 몇천 달러가 더 청구될 테니 24시간이 되기 10분 전까지 나가면 된다.

준을 흘끗 볼 때마다 다시는 그녀를 볼 수 없는 게 아닐까 하는 생각이 들어 미칠 것 같다. 병원에 올 때는 함께였지만 그녀는 여기서 나가지 못하게 되는 게 아닐까? 나는 그녀가 밤을 보내는 데 필요한 물건들이 담긴 가방을 들고 있다. 엄마가 보낸 그 꼴 사나운 털북숭이 잠옷도 들어있다. 우리는 준이 머물 병실을 사진으로 확인한다. 목제를 흉내 낸 패널이 한쪽 벽을 뒤덮고 있어 꽤 괜찮은 비즈니스호텔처럼 보이지만 여전히 나는 그녀가 그 방에 있는 광경을 상상할 수가 없다. 준이 병실에 누워 있는 건 어울리지 않는다.

우리는 탈의실로 안내를 받는다. 평범한 쇼핑몰의 탈의실과 비슷해서 속이 복작거린다. 환자는 액세서리를 모두 빼야 한다.

"너 계속 있을 거야?"

언니가 조그맣게 묻자 나는 고개를 끄덕인다.

"당연하지."

그녀에겐 수술용 종이 가운 두 벌과 짐을 넣을 상자 하나가 제공됐다. 그녀는 핸드폰을 내게 건넨다. 나는 그것을 주머니에 넣는다. 지금까지의 절차 가운데 가장 불편하고 찜찜한 부분이다. 내 언니는 잘 때도 핸드폰을 베개 밑에 넣어놓는 사람이다. 언니가 핸드폰을 갖고 있지 않다는 게 너무도 부자연스럽고 오싹하게 느껴진다.

나는 내 핸드폰을 열어본다. 병원이 있는 위치에서 그녀의 얼굴 아이콘이 내 아이콘과 겹쳐지는 광경에 가슴이 오그라진다.

준이 옷을 다 갈아입을 때까지 우리는 아무 말도 하지 않는다.

그녀는 미끄럼 방지용 고무가 달린 양말 속에서 발을 꼼지락거리며 말한다.

"이거 좋다. 하나에 200달러는 할 거야."

그녀는 빙긋 웃지만 정맥 주사를 맞아야 한다는 얘기를 듣고 우리 둘 다 웃음을 거둔다.

우리는 대기실을 여러 개 모아놓은 듯한 곳으로 안내된다. 바퀴 달린 침대가 놓여 있지만 잠시 안락의자에서 기다려도 좋다고 한다.

나는 언니의 이름표에 적힌 내 이름을 보지 않으려고 애쓴다. 태연하게 굴려고 노력하다 보니 자꾸 부자연스러운 미소를 짓게 된다. 사람들이 자꾸 준을 제인이라고 부른다.

차마 침대를 볼 수가 없다. 진저리가 난다.

준의 활력 징후가 측정되고 채혈이 진행된다. 그녀 역시 특유의 부자연스러운 태도를 보인다. 농담을 하거나 상냥하게 굴며 모두를 편안하게 해주려 애쓰는 모습에 나는 멱살을 잡고 싶다. 지금 어떤 상황인지 제대로 파악하라고 소리치고 싶다. 이게 얼마나 큰 일인지 아냐고, 오늘이 11월 19일이라고, 드디어 그날이 온 거라고 다그치고 싶다.

키가 아주 작고 피부가 매끈하며 눈이 크고 자꾸 시선이 갈 정 도로 눈썹이 예쁜 흑인 여자가 우리에게 다가온다. 그리고 그녀와 키가 비슷하고 주근깨가 난 동양 여자가 뒤따라온다. 둘 다 주황 색과 갈색이 섞인 뿔테 안경을 썼다. 똑같은 안경을 쓰게 된 사연 이 있는지 궁금하다.

먼저 들어온 여자가 내 언니에게 말한다.

"제인, 컨디션 어때요?"

준은 숨을 내쉬며 대꾸한다.

"괜찮아요."

그녀는 내게 손을 내민다. 차갑지만 부드러운 손이다.

"제인의 수술을 맡은 암 전문의 엘링턴이에요. 제인이 나중엔 보호자분하고 얘기하면 된다고 하더라고요."

"네."

목이 잠겼다. 나는 목을 가다듬고 다시 말한다.

"네."

벌써부터 내가 초라하게 느껴진다. 저 여자는 진짜 어른, 좀 더 믿을 만한 보호자를 기대했을 텐데.

"만나서 반가워요."

그녀는 따뜻하게 말하며 옆에 있는 여자를 돌아본다.

"이쪽은 연락 담당 간호사 샌디 치예요. 수술하는 동안 계속 소식을 전해줄 거예요."

그러자 샌디가 내게 말한다.

"안녕하세요, 준. 궁금한 게 있으면 제가 알려드릴게요. 그리고 제인의 수술이 끝나면 마취가 깨기 전에 보게 해드릴게요. 참, 회복실로 가기 전에는 꽃을 가져오면 안 돼요."

준이 끼어든다.

"간호사님?"

"네?"

"안경은 누가 먼저 샀어요? 간호사님? 엘링턴 선생님?"

닥터 엘링턴이 갑자기 웃음을 터트리더니 목을 가다듬는다.

샌디는 코웃음을 치곤 뿔테의 오른쪽을 톡톡 두드리며 대꾸한다.

"같이 샀어요. 제가 먼저 골랐는데 수즈도 써보더라고요. 그런데 더 잘 어울리는 거예요."

그녀는 눈을 굴리다가 웃음을 터트린다.

"세일 중이었어요."

닥터 엘링턴이 변명한다.

"세일 중이었죠."

샌디가 맞장구친다.

"안경이 참 예뻐요."

준이 고개를 끄덕이며 말한다.

"조금 이따 올게요."

닥터 엘링턴이 말한다.

그들이 가고 나자 금방이라도 울음이 터질 것 같다. 나는 입술을 오므린다. 엄지손가락과 집게손가락으로 입술을 꼬집는다.

전화벨이 울리자 나는 화면을 본다.

"패트릭한테 안부 전해줘."

준이 놀리듯 말한다. 그러곤 묻는다.

"걔 페니스는 어때?"

"그만해."

나는 핸드폰을 들고 복도로 걸어 나간다.

패트릭에게는 최대한 솔직하게 얘기했다. 며칠 연락이 안 될 거라고. 집안에 일이 있으니 며칠 뒤에 보자고. 그는 캐묻지 않았고 나는 너무 고마워서 마음이 아플 지경이었다.

나는 언니의 곁에 있어야 한다. 조금 어색하더라도 이번만큼은 준이 나를 돌보는 게 아니라 내가 그녀를 돌봐야 한다. 지금 걸려 오는 이 전화는 내가 아는 최선의 방법이다.

내가 돌아가자 준은 요란하게 한숨을 쉰다.

"지난 30분이 아마 내 생애 핸드폰을 떼어놓은 가장 긴 시간일 걸. 네가 방금 나가 있던 시간이 5분쯤 됐나? 폰이 없으니까 영원처럼 느껴지더라."

나는 시계를 확인한다. 곧 그들이 언니를 데리러 올 것이다.

"언니."

"제인이라고 불러."

"내가 뭔가 했거든."

때마침 문이 열리고 그녀는 얼굴을 일그러뜨리며 **엄마?** 하고 부른다. 그 얼굴과 목소리를 보고 나는 내가 잘했다는 걸 깨닫는다.

"아이고, 지현아. 엄마야."

엄마가 한국말로 대꾸한다.

"이제 괜찮아."

엄마는 달려와서 준의 뺨에 입을 맞춘다.

어제 학교에서 집에 오자마자 엄마에게 전화했다. 엄마는 어젯밤에 출발해서 세 시간이면 올 거리를 비행기를 두 번 갈아탄 뒤 열세 시간 만에 도착했다. 그녀가 1층에서 전화해 어디로 가야 하는지 물었을 때도 믿기지 않았다.

엄마가 여기 있다는 사실이.

엄마는 준의 뺨을 어루만지며 하염없이 눈물을 흘린다.

"다 괜찮을 거야."

이제 농담의 시간은 끝났다. 비꼬는 대화도 끝났다. 내 언니는 흐느끼기 시작한다.

"우리가 있잖아. 울지 마, 지현아. 네 동생 울리겠네."

엄마가 말한다. 나는 **이미** 울고 있다. 준이 "엄마"라고 하는 순간 터놓고 울기 시작했다. 엄마는 두 손으로 언니의 이마에 생긴 걱정의 주름을 펴주며 말한다.

"쉬잇……. 울지 마. 뚝. 이러다 주름 생겨."

준은 울면서 웃는다. 엄마는 우리를 위해 춥고 더럽고 하나님도 없는 뉴욕에 왕림하셨지만 여전히 우리 엄마다.

노크 소리가 들리더니 간호사가 들어온다. 동그란 눈은 밝은 색이고 머리칼은 짙은 색으로 반짝거리는 젊은 간호사다.

"안녕하세요, 어머니. 저는 셀리아라고 해요."

그녀가 말하며 준의 팔에 혈압계를 채운다.

"와, 이렇게 보니까 제 언니들이 생각나네요."

브루클린 억양이 뚜렷하다.

"저는 언니가 둘이에요. 한 명은 여기 뉴욕에 있고 다른 한 명은 웨스트체스터에 살아요. 서로 죽고 못 사는 사이죠. 누가 언니예요?"

내가 준을 흘끗 보며 대답한다.

"저요."

셀리아는 잠시 엄마를 보곤 말한다.

"어머니처럼 안 보여요. 세 분이 자매 같은데요."

엄마는 넉넉한 미소를 짓는다.

"이름이 뭐예요?"

나는 엄마의 시선을 느끼며 대답한다.

"준이요."

방 안의 공기가 희박해지는 듯하다. 차마 언니를 볼 수가 없다.

"제인과 준. 좋네요."

셀리아가 말하며 준의 체온을 잰 뒤 체온계의 비닐 커버를 쓰레기통에 던져 넣는다.

"다 됐어요, 제인. 이제 이동식 침대에 타야 하니까 올라가세요."

그녀는 준이 올라갈 수 있도록 난간을 내린다.

셀리아는 침대를 조정해 준이 앉을 수 있게 해준다. 모든 준비가 끝났다. 준은 가운을 입고 주사를 꽂고 병원 팔찌를 한 채 침대 위에 앉아 있다.

셀리아가 나가고 나자 나는 엄마의 질문을 각오한다. 그저 준이 수술을 받을 거라고만 얘기했다.

엄마는 눈을 깜빡여 눈물을 떨어뜨리며 말한다.

"엄마는 항상 너희들 걱정을 얼마나 하는지 몰라. 이렇게 멀리까지 와서 열심히 살아보려고 고생하잖아. 그래도 둘 다 정말 대견하다."

엄마의 목소리가 갈라진다.

"둘이 다 컸으니 알아서 하겠지. 내가 너희들의 결정에 다 찬성할 수는 없지만 지금 이렇게 서로를 챙기고 있는 걸 보니 자랑스럽네."

엄마는 터놓고 울음을 터트리며 준의 손을 잡는다.

"지현아, 넌 예전부터 주변 사람들을 다 챙겼어. 그래서 네가 아픈가 싶네. 엄마가 너희들한테 잘못해서 이렇게 됐나."

"엄마, 엄마는 우리한테 잘못한 거 없어."

준의 목이 멘다.

"누구의 잘못도 아니에요. 암은 그냥 미친 개자식일 뿐이야."

그녀가 한국어로 말한다. 이렇게 슬픈 상황에서도 나는 그녀의 유창한 한국어에 감탄한다.

엄마는 욕하는 준을 꼬집으며 울다가 웃음을 터트린다. 그러곤 묻는다.

"넌 어쩌다 이렇게 됐니?"

그때 그들이 들어온다. 준을 데려가기 위해서.

"제이제이?"

내가 충동적으로 벌떡 일어나며 말한다. 그러곤 언니의 손을 잡는다. 곧 수술이 시작될 것이다. 저들이 언니를 데려갈 것이다. 준의 얼굴에 순수한 공포가 서린다. 틀림없이 내 얼굴도 똑같을 것이다.

"주주."

언니가 나와 눈을 맞추며 말한다.

"사랑해."

내가 말한다. 한 번도 언니에게 그런 말을 한 적이 없다. 단 한 번도.

"아, 씨. 나도."

준은 내 팔로 손을 뻗으며 다급하게 말한다.

"나도 너 사랑해. 엄마도 사랑하고."

"사랑해."

엄마는 한국어로 말하며 준이 더 이상 잡을 수 없게 된 내 손을 잡아준다. 나는 언니가 눕는 모습을 지켜본다. 그런 뒤 그녀는 사람들 속으로 사라진다. 우리는 가능한 만큼 멀리까지 침대를 따라 걷는다. 문이 닫힐 때까지.

가슴이 타들어 가는 것 같다. 우리는 둘 다 복도에 동상처럼 서서 바라본다.

다시 문이 열리자 우리는 화들짝 놀란다. 샌디 치가 나타나더니 미소를 짓는다.

"안녕하세요."

그녀가 기대에 찬 눈으로 엄마를 보며 인사한다.

"저희 엄마예요."

나는 자연스럽게 부모님의 대변인 역할로 돌아간다.

엄마는 여러 번 고개를 까닥이며 한국어를 할 때보다 훨씬 더 따뜻한 미소를 짓는다.

"안녕하세요."

엄마가 말하며 반걸음 물러선다. 엄마는 늘 누가 껴안을까 봐 두려워하는 사람이다.

샌디는 나를 가리키며 말한다.

"준이 자세하게 설명해 드리겠지만 제인의 수술은 아주 훌륭한 의료진이 맡았어요. 비교적 간단한 수술이에요. 중간에 진행 상황을 알려드릴게요."

그녀는 우리를 다른 대기실로 안내한다. 고상한 가구와 텔레비전이 갖춰진 똑같은 대기실이지만 다른 곳과 좀 더 분리돼 있다.

"새로운 소식이 있으면 이리로 올게요."

엄마는 텔레비전이 가장 잘 보이는 자리에 앉아 클리넥스를 꺼낸다. 그러나 눈물을 닦는 게 아니라 앞에 놓인 테이블을 닦는다.

내가 옆에 앉자 엄마는 도시락을 꺼내 내려놓으며 말한다.

"김밥 싸 왔어. 냄새날까 봐 김치는 안 넣었어."

"응."

우리 둘 다 김밥을 건드리지도 않는다. 마침내 엄마가 나를 돌아보며 묻는다.

"왜 준을 제인이라고 불렀는지 말해줄래?"

나는 서툰 한국말로 말한다.

"언니가 내가 돼야 했거든. 그래서 여기선 내가 준이야. 언니 보험에 문제가 생겼어."

한국말로 건강보험도 자동차보험처럼 '보험'이라고 하는 게 맞는지 모르겠지만 어쨌든 엄마는 알아듣는다.

엄마는 한숨을 쉬며 가방에서 작은 손 소독제를 꺼내 내게 건넨다.

"성당에도 그렇게 한 형제가 있어. 십자인대 재건술이었지. 조테레사 알지? 얼굴은 엄청 예쁜데 남편 일이 잘 안 풀렸잖아. 재활치료가 3만 달러인가 그랬을 거야. 이 나라는 참 웃겨. 당연히 네가 언니를 도와줬겠지. 달리 어떻게 했겠니?"

엄마는 부들부들 떨며 심호흡을 한다. 두 뺨이 아래로 내려오며 그녀는 다시 울음을 터트린다.

"너희 둘이라서 참 다행이다. 네 아빠랑 내가 뭔가 잘못하더라도 너희들은 괜찮을 것 같네."

엄마는 내게 팔을 두르며 말을 잇는다.

"자꾸 이상한 꿈을 꿨거든."

그녀는 가방에서 미지근한 생수병을 꺼내 내게 건넨다. 나는 의자에 깊숙이 몸을 기대고 앉는다.

"커다란 접시에 아주 잘 익은 먹음직스러운 과일이 있어서 입에 넣었더니 흙처럼 거칠고 쇠 맛이 나는 거야. 씹으니까 내 이가 죄다 부서졌지 뭐야."

엄마는 몸서리를 치며 말을 잇는다.

"네 전화를 받기 전부터 무슨 일이 있구나 생각했어."

그러더니 내 다리를 꼬집는다.

"더 일찍 연락했어야지."

엄마가 여기 있다는 게 믿기지 않는다. 나는 공간 감각을 완전히 상실했다. 마치 우리가 병원에 있는 이 현실이 평행 우주인 것만 같다. 뉴욕도, 텍사스도, 심지어 미국도 아닌 것 같다.

엄마가 말한다.

"네 아빠가 뭔가 이상하다고 하더라. 너희들이 집에 왔을 때 말이야. 내가 좋게 생각하라고 계속 얘기했는데도 아빠는 둘이 함께 온 게 이상하다는 거야. 둘이 얘기도 잘하고."

엄마는 나를 돌아보며 대답을 기다린다. 나는 아무 말도 하지 않는다. 엄마가 무슨 말을 듣고 싶어 하는지 모르겠다.

"너희 둘 사이에 무슨 일이 있었는지 모르겠지만 넌 언니를 도와줘야 해. 네 언니는 너를 세상 누구보다도 사랑하거든. 넌 언니의 아기였어. 네가 없어지면 언니는 난리가 났었다. 네가 자꾸 그 화단에 나가서 노니까 플로라를 던져버렸잖아. 플로라 기억하니? 도자기 광대 인형 말이야. 아무도 못 만지게 했거든. 얼마나 아꼈는지 몰라."

나는 집에서 본 사진을 떠올린다. 준의 앨범에서 떨어져 나온 어릴 때 사진. 기도하듯 그 인형을 올려다보고 있는 사진 말이다. 준은 바닥에 앉아 있고 의자에서 인형이 그녀를 내려다보고 있었다.

"그런데 너한테 확실히 보여주겠다고 그걸 창밖으로 던지더라니까. 나는 왜 그러나 했는데, 준이 너를 데려가서 보여주니까 네가 이해를 하더라. 그다음부턴 네가 화단에서 놀지 않았어. 네 언니는 자기한테 가장 소중한 물건을 널 위해 희생시킨 거야."

나는 문득 내가 알고 있었다는 사실을 깨닫는다. 오래전부터 그랬다. 준이 나를 위해 못 할 일은 없다는 것을 나는 알고 있었다.

엄마는 다시 작은 손으로 내 손을 잡는다. 손바닥이 거칠다. 일하느라 손마디가 굵어졌다. 엄마의 결혼반지는 아무 장식도 없는 밋밋한 금반지다.

나는 심호흡을 하며 용기 내 묻는다.

"엄마, 내가 아들이었으면 했지? 내가 태어났을 때 말이야."

"응."

엄마의 대답이 너무 금방 나오자 내게서 작은 헛웃음이 빠져나온다.

"그렇겠지."

엄마는 초조하게 나를 보며 다시 말한다.

"누군들 아들을 바라지 않았겠니? 다들 아들, 딸 하나씩 있으면 좋겠다 생각하지. 지수 때도 우린 아들이길 바랐어."

심장이 멈춘다. 엄마가 죽은 아기의 이름을 말하는 건 처음 듣는다.

"네 둘째 언니 말이야."

엄마가 말한다. 게다가 놀랍도록 태연한 말투다.

"그런데 딸 셋이 있었어도 행복했을 거야. 너희들을 꽃다발처럼 품에 안으면 얼마나 행복했을까? 머리 큰 사랑스러운 딸들."

엄마는 의자에 깊숙이 기대며 덧붙인다.

"너희들 머리가 커서 엄청 힘들게 나왔잖아."

"엄마?"

"응?"

"어디 갔었어?"

나는 용기를 잃기 전에 얼른 묻는다. 준이 깨어나면 말해주고 싶다.

"그렇게 오랫동안 어디 갔었어?"

엄마는 한숨을 쉰다.

"네 아빠가 네가 물어볼 거라고 하더니만. 난 언제쯤 네 아빠 얘기를 들으려나 모르겠다."

나는 아무 말도 하지 않는다. 이번엔 엄마가 내가 원하는 답을 해주길 바라며.

"한국에 갔었어. 집에 가야 했거든."

엄마가 말한다.

"왜 우리를 데려가지 않았어?"

그녀는 고개를 젓는다.

"거긴 네 집이 아니었어. 설명하긴 어려운데, 엄마는 한국에 가야 했어. 네 할머니는 화가 나서 매일 울고불고 때리고 배신자라고 욕했지만 그래도 엄마는 어릴 때 살던 집에서 지내면서 울곤 했어. 그러다 잠이 들기도 하고. 지수의 무덤에 매일 갔어. 그냥 그러다가 온 거야."

나는 작은 무덤을 그려본다. 아기의 무덤.

"날마다 너희들이 보고 싶었지. 네가 믿어주면 좋겠다. 너희들 생각이 머릿속을 떠나지 않았어. 하지만 지수도 엄마가 필요했어. 내 몸은 미국에 있는 걸 원치 않았지. 이 삶이, 우리가 선택한 이 삶이 너무 고됐어. 네 아빠하고 엄마는 10년 넘게 하루에 열여섯 시간씩 일했어. 잘못했다는 생각이 들더라. 이 삶을 택한 것, 너희들까지 끌고 온 것, 그게 잘못이라고 생각하니까 용서할 수가 없었어. 그런데 어느 날 아침 지수와 얘기하러 갔는데 비가 쏟아지다가 날이 갰어. 무릎을 꿇고 앉아서 지수에게 돋아난 풀을 뽑으면서 우리가 본 것을 얘기해 줬어. 우리 집은 어떤지, 너희 둘이 어떻게 지내는지. 그러고 나니까 마음이 차분해지더라. 그 끔찍한 기분, 우리가 텍사스에 내리는 순간 우리를 짓누르기 시작한 중압감, 숨 막힐 정도로 가슴을 짓누르던 그 느낌이 사라졌어. 이제 돌아갈 때가 됐구나 싶었지. 내 진짜 집으로. 너희들 그리고 네 아빠에게로."

엄마는 나를 바라본다.

"더 잘 설명하지 못해서 미안하다. 너도 아이가 생기면 이해할 거야."

나는 엄마를 그려본다. 떠날 때 입었던 정장과 블라우스 차림으로 무릎을 꿇고 있는 엄마. 흙과 작은 돌멩이들이 무릎을 찌르며 스타킹을 망가뜨리는 가운데 초록색 언덕에서 죽은 아기에게 얘기하는 그녀를 그려본다.

내가 과연 이해할 날이 올지 모르겠다. 그때 엄마가 어떤 심정이었는지. 떠난 이유가 자신을 향한 슬픔이었는지 아니면 죽은 딸을 향한 슬픔이었는지. 떠나고 싶은 게 어떤 기분인지 나는 잘 알고 있다. 집이라는 곳이 그저 신기루에 불과할 때, 환영에 불과할 때 어떤 기분인지. 하지만 내가 어디에 있든 준이 곁에 있다면 괜찮을 것이다. 설사 그녀가 나를 조금 미워한다고 해도. 왜냐면 그녀는 나를 미워할 때조차도 나를 가장 사랑하니까.

엄마는 두 손으로 내 손을 잡으며 말한다.

"있잖니. 네 언니를 돌봐주는 한 가지 비결은 언니에게 자기가 너를 돌봐준다고 느끼게 하는 거야. 구체적인 방법은 네 아빠한테 물어보면 될 거야. 아빠는 엄마를 그렇게 잘 속이거든."

그 말에 나는 웃음을 터트린다.

"네 **언니**에겐 네가 필요해. 곁에서 도와줄 수 있는 사람은 너뿐이야. 언니한테 잘해줘. 둘이 또 이런 일을 해야 할 테니까."

나는 어리둥절한 얼굴로 엄마를 본다.

"만약 네가 아기를 갖게 되면 그때는 네가 준이 돼야 해. 왜냐면 이 수술이 끝나고 나면 '제인'은 아기를 가질 수 없는 사람이니까. 의학 기록상 그렇지. 그러니까 그때가 되면 입장을 바꿔서 서로 도와줘야 해."

심장이 멎는 듯하다. 엄마 말이 맞다.

이런 일을 다시 할 생각을 하니 정신이 멍해진다. 얼마나 피곤할지 상상할 수도 없다. 하지만 준의 이름이 우리를 둘 다 보살피고 있다는 점이 좋다. 어쩌면 내 아이의 이름에도 지가 들어갈 것이다. 어쩌면 독약의 이름이나 전쟁 장군의 이름을 붙일지도 모른다.

"엄마?"

"응?"

나는 자리에서 몸을 낮춰 내 커다란 머리를 엄마의 앙상한 어깨에 기댄다.

"지수는 무슨 뜻이야?"

엄마의 작은 가슴에서 심장이 뛰는 게 느껴진다.

"엄마가 얘기 안 했니?"

그녀는 내 손을 가까이 끌어당겨 손가락으로 내 손금을 훑는다.

나는 눈을 감고 고개를 젓는다.

"말해줘."

감사의 말

와. 이 책은 정말.

두 번째 책이 어려웠다고 말한 걸 기억하시나요? 그런데 이 세 번째 책은⋯⋯ 와.

내게 사랑과 인내를 보여준 많은 분들께 감사드립니다. 내 저작권 대리인 에드워드 올로프. 교양 있고 자상할 뿐 아니라 일을 얼마나 잘하는지 모릅니다. 여러 나라에서 아름다운 판본이 나올 수 있게 해준 매코믹의 수전 홉슨, 고맙습니다.

우리 사이먼 앤드 슈스터 가족에게도 고마움을 표합니다. 켄드라 레빈, 당신 같은 편집자가 이 세상에 존재하는지도 몰랐어요. 지혜를 발휘해 줘서, 그리고 이 책이 준비되지도 않은 상태에서 끝내버리고 지옥에 빠지려 했던 나를 구원해 줘서 고마워요. 내 마음을 이해해 주고 아주 꼼꼼하고 정성스럽게 원고를 읽어준 데이니즈 산토스, 고맙습니다. 너무나 든든해서 마음 놓고 원고를 맡길 수 있었습니다.

흔들림 없이 나를 지지해 준 저스틴 찬다, 고맙습니다. 크리시노, 리사 모랄레다, 애너 자자브, 앤 재피안, 로렌 호프만…… 여러분! 우리가 또 여기까지 왔네요. 굉장하지 않나요? 모두 보고 싶어요! 사무실 기억하죠? 그리고 S&S 캐나다의 매켄지도. 하트를 날립니다.

천재 지지gg. 그리고 전설인 리지 브롬리.

필 장과 아키라 아사, 오민야, 에릭 장, 레일라니 잔, 겐조, 에릭 후, 스티븐 연, 하윤진, 트리시 훅, 나오미 자이크너, 로즈 가르시아, 케린 로즈, 세라 빌코머슨, 제스 젠틸레, 김수영, 키스 에이브럼스, 가브리엘라 에인슬리, 매브 히긴스, 멜라니 캠벨, 이멜다 왈라벨카, 브룩 니파, 스티븐 포르토, 우샤 카나, 지니 황, 에밀리 파이, 후쿠다 쿄코.

늘 그랬듯 예리하게 읽어준 수즈 웨브. 음성 메모와 감상을 전해 준 캐런 굿 마라블. 『요크』의 여러 버전을 일일이 확인하고 어떤 것이 쓰레기인지 솔직하게 알려준 마크 로토. 균형감을 주고 좀 더 부드러워지라고 상기시켜 준 제이미 애튼버그. 시간을 내서 생식에 관해 지도해 준 메모리얼 슬론 케터링 암 센터의 닥터 제니퍼 뮬러, 에밀리 이건, 닥터 베티 녜인, 아미나투 소.

손을 잡아주고 애정을 보여준 재린 재퍼리.

우주 공간에서 내 곁에 있어준 제너 워섬.

세계 최고의 안목과 용기를 공유해 준, 그리고 처녀자리인 제니 한. 모두 고맙습니다.

저메인 존슨, 프리야 버마, 제이슨 리치먼, 메리 펜더, 고마워요. 우리 모두가 함께 더없이 아름다운 팀이죠. 저는 참 운이 좋은 것 같네요.

나의 상담가 라이언과 이제는 두 갈래로 분리된 12단계 그룹의 동료들. 여러분은 여전히 나의 삶과 정신을 구원하고 있어요. 감정 은 팩트가 아니며 내가 길을 잃으면 세상이 어떻게든 마법을 보여 주려 할 거라는 사실을 가르쳐줘서 고마워요.

내 가족. 특히 새로 가족이 된 올리. 그리고 더 특별히 나의 엄마. 하늘만큼 사랑해요, 엄마. 영어는 한 글자도 읽지 않는다고 해도 엄마가 여전히 곁에 있어줘서 행복해요.

그리고 당연히 새뮤얼 라인하르트. 이 불공평한 지구에서 내가 가장 좋아하는 인간. 바보처럼 너무나 사랑해.

옮긴이 **박아람**

전문 번역가. 영국 웨스트민스터대에서 문학 번역에 관한 논문으로 영어영문학 석사 학위를 받았다. KBS 더빙 번역 작가로도 활동했다. 『빙하여 안녕』『마션』『어느 영국 여인의 일기 시리즈』『프랑켄슈타인』『해리 포터와 저주받은 아이』『이카보그』『작가의 시작』『내 아내에 대하여』『맨디블 가족』『12월 10일』을 비롯해 60권이 넘는 영미 도서를 우리말로 옮겼다. 2018년 GKL 문학번역상 최우수상을 공동 수상했다.

요크 Yolk

초판 1쇄 인쇄 ㅣ 2023년 7월 21일
초판 1쇄 발행 ㅣ 2023년 7월 28일

지은이 ㅣ 최현경
옮긴이 ㅣ 박아람

발행인 ㅣ 고석현
편　집 ㅣ 김민주
디자인 ㅣ 전종균
마케팅 ㅣ 소재범

발행처 ㅣ ㈜한올엠앤씨
등　록 ㅣ 2011년 5월 14일
주　소 ㅣ 경기도 파주시 심학산로12, 4층
전　화 ㅣ 031-839-6805(마케팅), 031-839-6814(편집)
팩　스 ㅣ 031-839-6828
이메일 ㅣ booksonwed@gmail.com
ISBN ㅣ 978-89-86022-76-6 03840